Lloyd Alexander

TARAN

DIE REISE ZUM DRACHENBERG

Lloyd Alexander

Taran

Die Reise zum Drachenberg

Aus dem Amerikanischen
von Roland Vocke
und Ulrike Killer

cbj

cbj ist der Kinder- und Jugendbuchverlag
in der Verlagsgruppe Random House

FSC
Mixed Sources
Product group from well-managed
forests and other controlled sources

Cert no. GFA-COC-1223
www.fsc.org
© 1996 Forest Stewardship Council

Verlagsgruppe Random House FSC-DEU-0100
Das für dieses Buch verwendete FSC-zertifizierte Papier *Munken Premium*
liefert Arctic Paper Munkedals AB, Schweden.

Gesetzt nach den Regeln der Rechtschreibreform.

1. Auflage 2006

Dieser Band enthält die Einzeltitel:
Der Spiegel von Llunet (Übersetzung von Roland Vocke, Ulrike Killer)
Der Fürst des Todes (Übersetzung von Ulrike Killer)
Umschlagillustration: Dieter Wiesmüller
Umschlaggestaltung: Basic-Book-Design, Karl Müller-Bussdorf
MP · Herstellung: WM
Satz: Uhl + Massopust, Aalen
Druck und Bindung: GGP Media GmbH, Pößneck
ISBN-10: 3-570-13197-1
ISBN-13: 978-3-570-13197-8
Printed in Germany

www.cbj-verlag.de

TARAN

Der Spiegel von Llunet 7

Der Fürst des Todes 239

TARAN

Der Spiegel von Llunet

Inhalt

Wer bin ich? 11
Der Hof Aeddans 32
Goryon der Kühne und Gast der Großmütige 41
Cornillo 57
Das Urteil 68
Der Frosch 79
Gefahr 90
Die Dornenwand 101
Mordas Hand 112
Der Zauber ist gebrochen 121
Dorath 130
Der Zweikampf 140
Das verirrte Lamm 148
Das Ende des Sommers 157
Der Käfig ist offen 166
Die Wanderschaft 174
Das Wehr 185
Die Freien Commots 192
Annlaw der Töpfer 208
Die Wegelagerer 218
Der Spiegel von Llunet 227

Wer bin ich?

Es war mitten im Frühling und ein üppiger Sommer kündigte sich an. Der Obstgarten war übersät mit weißen, duftenden Blüten und die frisch bepflanzten Beete glichen feinen grünen Schleiern. Taran aber hatte an all den Farben und Düften keine Freude. Für ihn war Caer Dallben leer. Zwar half er Coll beim Jäten und Pflanzen, auch versorgte er Hen Wen, das weiße Zauberschwein, so zuverlässig wie immer, doch war er nicht mit dem Herzen bei der Arbeit. Ihn beschäftigte ein einziger Gedanke.

»Nun, mein Junge«, sagte Coll gutmütig, als sie in der Früh mit dem Melken fertig waren, »seit du von der Insel Mona zurückgekommen bist, bist du unruhig wie ein Wolf, den man an die Kette gelegt hat. Von mir aus kannst du an Prinzessin Eilonwy denken, wann du willst, aber pass auf und stoße nicht den Melkkübel um.« Der mächtige alte Krieger klopfte Taran auf die Schulter. »Komm, hör auf, Trübsal zu blasen. Ich werde dich die geheime Kunst des Rübensteckens lehren – oder alles, was du sonst noch wissen willst.«

Taran schüttelte den Kopf. »Was ich wissen möchte, kann mir nur Dallben sagen.«

»Wenn das so ist, kann ich dir nur den einen Rat geben«, sagte Coll, »störe Dallben nicht mit deinen Fragen. Er beschäftigt sich mit wichtigeren Dingen. Du sollst Geduld haben und warten, bis deine Zeit gekommen ist.«

Taran stand auf. »Ich kann nicht länger warten, bis meine Zeit endlich gekommen ist. Ich will jetzt mit ihm sprechen.«

»Überleg dir, was du sagst«, warnte Coll, als Taran schon auf das Tor des Gehöfts zuschritt. »Er wird leicht ungeduldig.«

Taran ging zwischen den Wirtschaftsgebäuden hindurch. In der Hütte saß eine schwarz gekleidete Frau zusammengekauert am Herd und hütete das Feuer. Sie hob nicht den Kopf und sprach nicht. Es war Achren. Früher war sie eine hochmütige Königin gewesen. Doch ihre ehrgeizigen Pläne, die einstige Macht vom verfallenen Schloss der Llyr aus wiederzugewinnen, waren gescheitert, und sie hatte die Zufluchtsstätte angenommen, die ihr Dallben bot. Vor langer Zeit hatte sie über Prydain geherrscht, aber nun übernahm sie freiwillig die Aufgaben, die Eilonwy vor ihrer Abreise nach Mona wahrgenommen hatte, und zog sich des Abends schweigend auf ihr Strohlager zurück.

Vor Dallbens Stube blieb Taran unschlüssig stehen. Dann pochte er schnell an die Tür. Als er auf Geheiß des Meisters eintrat, sah er Dallben über »Das Buch der Drei« gebeugt, das aufgeschlagen vor ihm auf dem papierübersäten Tisch lag. Taran hätte gern nur einen einzigen Blick auf eine Seite des geheimnisvollen Buches geworfen, blieb aber doch in einiger Entfernung stehen. Als Kind hatte er einst gewagt, den altersfleckigen Ledereinband zu berühren. Seine Finger schmerzten wieder, sooft er daran dachte.

»Ich kann mich immer nur wundern«, sagte Dallben, schloss das Buch und blickte Taran an, »dass die jungen Leute, die sich doch auf ihre Stärke so viel einbilden, ihre eigenen Probleme als eine Last empfinden, die sie mit den Alten teilen müssen. Während die Alten …« Er machte eine rasche

Bewegung mit seiner schmalen, knochigen Hand. »Aber lassen wir das, lassen wir das. Ich hoffe nur, du hast einen triftigen Grund, mich zu unterbrechen. Bevor du jedoch Fragen stellst«, fuhr er fort, »versichere ich dir erstens, dass es Prinzessin Eilonwy gut geht und sie nicht unglücklicher ist als irgendein junger Tollkopf, dem man statt des Schwertes die Nadel in die Hand gegeben hat. Zweitens weißt du selbst, dass Kaw noch nicht zurückgekehrt ist. Ich vermute aber, dass er meinen Zaubertrank bereits in Glews Höhle gebracht hat und dass der Riese, der euch auf der Insel Mona so viel zu schaffen gemacht hat, wider Willen auf seine frühere Größe zusammenschrumpfen wird. Aber du weißt auch, dass dein Rabe ein Schlingel ist und sich überall herumtreibt. Drittens sollte ein Hilfsschweinehirt genügend Pflichten haben, um sich zu beschäftigen. Was also führt dich zu mir?«

»Nur eine Frage«, sagte Taran. »Alles, was ich habe, verdanke ich deiner Güte. Du hast mir eine Heimat gegeben und einen Namen. Und du lässt mich wie einen Sohn in deinem Haus leben. Aber wer bin ich wirklich? Wer sind meine Eltern? Du hast mich viel gelehrt, nie aber hast du mir diese Frage beantwortet.«

»Wenn es immer schon so war«, erwiderte Dallben, »warum sollte dich diese Frage jetzt auf einmal quälen?«

Als Taran zur Erde sah und nicht antwortete, lächelte der alte Zauberer verschmitzt. »Sprich nur, mein Junge. Ich glaube, ich erkenne hinter deiner Frage den Schatten einer gewissen goldhaarigen Prinzessin. Ist es nicht so?«

Taran errötete. »Ja, so ist es«, flüsterte er. Er sah Dallben an. »Wenn Eilonwy zurückkehrt, dann – dann ist es meine Absicht, sie um ihre Hand zu bitten. Aber das kann ich nicht«, brach es aus ihm heraus, »das kann ich nicht tun, bis ich weiß, wer ich bin. Ein unbekannter Findling mit einem geborgten Namen kann nicht um die Hand einer Prinzessin anhalten. Wer sind meine Eltern? Ich finde keine Ruhe, bis ich das weiß. Bin ich von niedriger oder von vornehmer Herkunft?«

»Mir scheint«, sagte Dallben sanft, »Letzteres würde dir besser gefallen.«

»Ja, ich hoffe es tatsächlich«, gab Taran etwas beschämt zu. »Aber das spielt keine Rolle: Erwartet mich Ehre, dann lass mich teilhaben; erwartet mich Schande, dann sag es mir.«

»Man muss für beides ein starkes Herz haben«, erwiderte Dallben freundlich und wandte sein sorgenzerfurchtes Gesicht Taran zu. »Doch«, sagte er, »deine Frage darf ich nicht beantworten. Prinz Gwydion weiß nichts darüber«, fuhr er fort, als er Tarans Gedanken spürte. »Selbst der Hochkönig Math kann dir nicht helfen.«

»Dann lass sie mich selbst erkunden«, rief Taran. »Lass mich ziehen, damit ich mir meine eigene Antwort suche.«

Dallben sah ihn prüfend an. Seine Augen fielen auf »Das Buch der Drei« und blieben dort haften, als ob seine Blicke durch den abgenutzten Einband dringen wollten. »Einmal ist der Apfel reif«, murmelte er vor sich hin, »und niemand kann ihn wieder in ein grünes Äpfelchen verwandeln.« Die Sorge machte seine Stimme dunkel, als er zu Taran sprach: »Ist das wirklich dein Wunsch?«

Tarans Herz schlug schneller. »Das ist mein sehnlichster Wunsch.«

Dallben nickte. »So muss es also geschehen. So ziehe denn, wohin du willst. Erkunde, was in deiner Macht steht.«

»Ich danke dir«, rief Taran freudig und neigte sich tief. »Lass mich sofort ziehen. Ich bin bereit …«

Bevor er enden konnte, wurde die Tür aufgestoßen. Eine

zottige Gestalt huschte durch das Zimmer und warf sich Taran zu Füßen. »Nein, nein, nein!«, heulte Gurgi mit schriller Stimme, wiegte sich vor und zurück und fuchtelte mit seinen haarigen Armen. »Hellhöriger Gurgi hört alles! Oh, ja, ja, mit Lauschen hinter der Tür!« Sein Gesicht verzog sich vor Kummer, und er schüttelte seine verfilzte Mähne so heftig, dass er beinahe umgefallen wäre. »Armer Gurgi wird einsam und allein sein mit Tränen und Grämen«, stöhnte er. »Oh, er muss mit liebem Herrn gehen, ja,ja!«

Taran legte die Hand auf Gurgis Schulter. »Der Gedanke, dich zu verlassen, macht mich traurig, alter Freund. Aber ich fürchte, mein Weg wird lang sein.«

»Treuer Gurgi wird folgen!«, beharrte Gurgi. »Er ist stark, kühn und geschickt, den lieben Herrn zu bewahren vor schlimmen Gefahren!« Gurgi begann, noch lauter zu schluchzen, zu winseln und zu stöhnen. Und Taran, der es nicht übers Herz brachte, die unglückliche Kreatur von sich zu weisen, blickte Dallben fragend an.

Ein unerwarteter Ausdruck von Mitleid glitt über das Gesicht des Zauberers. »Ich zweifle nicht an Gurgis Kraft und an seinem gesunden Verstand«, sagte er zu Taran. »Und sein ehrliches, freundliches Herz wird dir im Laufe deiner Suche noch sehr helfen. Ja«, fügte er langsam hinzu, »wenn Gurgi möchte, dann soll er mit dir ziehen.«

Gurgi stieß ein freudiges Gekläff aus und Taran verneigte sich dankbar vor dem Meister.

»So sei es denn«, sprach Dallben, »dein Weg wird in der Tat nicht leicht sein, doch gehe ihn, wie du es beschlossen hast. Und wenn du auch nicht findest, was du suchst, so wirst du sicher ein wenig klüger zurückkehren – und vielleicht erwachsener und reifer.«

In dieser Nacht wälzte sich Taran ruhelos auf seinem Lager. Dallben hatte eingewilligt, dass die beiden Gefährten am Morgen losziehen sollten, aber für Taran wogen die Stunden bis zum Sonnenaufgang wie die Glieder einer schweren Kette. Er hatte einen Plan entwickelt, in den er aber weder Dallben noch Coll noch Gurgi einweihte, denn er empfand selbst zum Teil noch Furcht vor dem, was er sich vorgenommen hatte. Sein Herz verkrampfte sich bei dem Gedanken, Caer Dallben zu verlassen, aber es schmerzte noch mehr aus Ungeduld, endlich die Reise zu beginnen. Es war, als ob die Sehnsucht nach Eilonwy, die Liebe, die er oft verborgen oder gar geleugnet hatte, ihn nun wie eine mächtige Woge dahintriebe.

Lange bevor der Morgen dämmerte, erhob sich Taran und sattelte den grauen, silbermähnigen Hengst Melynlas. Während Gurgi noch blinzelnd und gähnend sein eigenes Pferd fertig machte – ein kurzes, stämmiges Pony, das fast so zottig war wie er selbst –, ging Taran allein zu Hen Wens Umzäunung. Das weiße Zauberschwein quiekte kläglich, als Taran sich niederkniete und seinen Arm um das Tier legte. Es schien seinen Entschluss zu kennen.

»Leb wohl, Hen Wen«, sagte Taran und kraulte ihr das borstige Kinn. »Denk in Freundschaft an mich. Coll wird für dich sorgen, bis ich… Oh, Hen«, murmelte er, »werde ich meine Suche glücklich beenden? Kannst du mir das sagen? Kannst du mir irgendein Zeichen geben, das mir Hoffnung macht?« Aber das Orakelschwein schnaubte und grunzte nur bekümmert. Taran seufzte und gab Hen Wen noch einen letzten liebevollen Patsch.

Dallben war auf den Vorhof getreten, und neben ihm hielt Coll eine Fackel hoch, denn es war noch dunkel. Das Gesicht des alten Kriegers drückte wie das Dallbens in dem ungewissen Dämmerlicht freundliche Anteilnahme aus. Taran umarmte sie. Es schien ihm, er habe beide nie mehr geliebt als in diesem Augenblick des Scheidens.

Gurgi saß zusammengekrümmt auf dem Pony. Seinen ledernen Vorratsbeutel, der niemals leer wurde, hatte er über die Schulter gehängt. Taran trug nur sein Schwert an der Seite und das silberbeschlagene Schlachtenhorn Eilonwys, als er sich auf den ungeduldigen Melynlas schwang. Er zwang sich, nicht zurückzublicken, denn er wusste, ihn würde dann der Abschied noch trauriger stimmen.

Die beiden Gefährten ritten in gleich bleibendem Tempo dahin, während die Sonne immer höher über die welligen, baumbestandenen Hügel stieg. Taran sprach wenig. Gurgi trabte träge hinter ihm her und holte sich hin und wieder aus dem ledernen Schnappsack eine Hand voll Nahrung, die er zufrieden schmatzend kaute. Als sie an einem Fluss Halt machten, um ihre Pferde zu tränken, stieg Gurgi ab und ging zu Taran.

»Lieber Herr«, rief er, »Gurgi folgt, wohin er geht, ja! Wohin wendet er sich beim Streifen und Schweifen? Zum edlen Fürsten Gwydion nach Caer Dathyl? Gurgi will goldene Türme sehen und hohe Hallen zum Schmausen.«

»Ich auch«, erwiderte Taran. »Aber das wäre verlorene Mühe, denn Dallben hat mir gesagt, dass Prinz Gwydion und König Math nichts über meine Herkunft wissen.«

»Dann zu Fflewddur Fflam? Ja, ja! Kühner Barde wird uns empfangen mit herzlichen Grüßen und vielen Genüssen, mit herrlichen Klängen und frohen Gesängen!«

Taran lächelte über Gurgis Eifer, aber er schüttelte den Kopf. »Nein, mein Freund, nicht nach Caer Dathyl und nicht ins Reich Fflewddurs.« Er wandte sich nach Westen.

»Ich habe alles genau bedacht, und ich glaube, es gibt nur einen Ort, wo ich vielleicht das finde, was ich suche«, sagte er langsam. »Die Marschen von Morva.«

Kaum hatte er diese Worte ausgesprochen, da bemerkte er, dass Gurgis Gesicht aschfahl wurde. Dem armen Kerl klappte der Unterkiefer herunter. Er schlug sich mit den Händen an den zottigen Kopf und begann, angstvoll zu stöhnen und zu schluchzen. »O nein, nein!«, winselte er. »Gefahren lauern in bösen Sümpfen. Kühner, vorsichtiger Gurgi fürchtet für sein armes, zartes Haupt! Er möchte nie, nie mehr dorthin zurück! Schreckliche Hexen verwandeln ihn in hässliche Kröte mit Platschen und Plumpsen! Oh, furchtbare Orddu! Furchtbare Orwen! Und Orgoch, oh, Orgoch, die Schlimmste von allen noch!«

»Und doch habe ich vor, ihnen ein zweites Mal gegenüberzutreten«, sagte Taran. »Orddu, Orwen und Orgoch – ob sie eine Person oder drei sind – sind so mächtig wie Dallben. Vielleicht sogar mächtiger. Nichts ist ihnen verborgen. Sie kennen alle Geheimnisse. Es wäre doch möglich, dass sie die Wahrheit wissen. Könnte es nicht sein«, fuhr er hastig fort, und seine Stimme klang hoffnungsvoll, »könnte es nicht sein, dass meine Eltern aus edlem Geschlecht stammten? Und dass sie mich aus irgendeinem Grund zur Erziehung Dallben überließen?«

»Lieber Herr ist aber doch edel!«, schrie Gurgi. »Edel, großzügig und gütig zu armem Gurgi! Braucht Hexen nicht zu fragen!

»Ich spreche von edlem Blut«, erwiderte Taran und lächelte über Gurgis Einwände. »Wenn Dallben es mir nicht sagen kann, dann vielleicht Orddu. Ob sie will, weiß ich nicht, aber ich muss es versuchen. Ich möchte aber nicht, dass du dein armes, zartes Haupt in Gefahr bringst«, fuhr er fort, »du kannst am Rand der Sümpfe ein Versteck suchen und dort auf mich warten.«

»O nein«, jammerte Gurgi. Er sah unglücklich aus und seine zittrige Stimme war kaum zu verstehen: »Treuer Gurgi folgt, wie er versprochen hat.«

Sie setzten den Weg fort. Nachdem sie den Großen Avren an einer seichten Stelle überquert hatten, ritten sie einige Tage in westlicher Richtung am Saum grüner Hügel entlang und bogen dann nach Norden ab. Gurgis Gesicht war angstvoll verzerrt und Taran empfand die Unruhe der armen Kreatur nicht weniger als seine eigene. Je näher sie den Marschen kamen, desto mehr bezweifelte er die Weisheit seines Entschlusses. Sein Plan, der ihm im sicheren Caer Dallben so wohl durchdacht erschienen war, kam ihm nun als ein übereiltes, tollkühnes Wagnis vor. Es gab Augenblicke, in denen Taran sich gestand, dass er, würde Gurgi sein Pony herumwerfen und nach Hause jagen, sich erleichtert anschließen würde.

Ein weiterer Reisetag und das Sumpfgebiet breitete sich vor ihnen aus, düster, hässlich und vom Frühling unberührt. Der bloße Anblick und die Dünste, die aus dem Morast aufstiegen, die trüben, stehenden Wasser erfüllten Taran mit Abscheu. Der moorige Torfboden sog gierig an den Hufen Melynlas'. Das Pony schnaubte ängstlich. Taran hieß Gurgi, sich dicht hinter ihm zu halten und nicht nach links oder rechts abzuweichen. Dann lenkte er den Hengst vorsichtig über den festen Boden am Rande der Sümpfe und durch das mannshohe Schilf. Die Engstelle im oberen Bereich des Moores war noch am gefährlichsten. Außerdem hatte sich der Weg tief in sein Gedächtnis eingegraben. Hier waren er, Eilonwy, Gurgi und Fflewddur auf der Suche nach dem

Zauberkessel von den Jägern aus Annuvin angegriffen worden. Taran hatte diese Augenblicke immer wieder in nächtlichen Albträumen erlebt. Er überließ Melynlas die Zügel, gab Gurgi ein Zeichen und ritt in das Sumpfland hinein. Der Hengst strauchelte einen bangen Augenblick, dann fand er festen Halt auf den kleinen Inselchen, die sich wie eine Kette unter dem brackigen Wasser hinzogen. Auf der anderen Seite fiel Melynlas in Galopp, und das Pony jagte hinterher, als gelte es das Leben. Hinter den verkrüppelten Bäumen am Ende eines langen Wassergrabens hielt Taran an. Orddus Hütte lag gerade vor ihnen.

Angelehnt an einen hohen Erdhügel, halb verdeckt von Gras und Zweigen, erschien sie noch trostloser als in Tarans Erinnerung. Das Strohdach war zerzaust wie ein riesiges, verlassenes Vogelnest und verdeckte die Fenster. Ein Spinnengewebe von Schimmel und Moder überzog die Wände, die jeden Augenblick einzufallen drohten. Unter der schiefen Tür stand Orddu.

Mit klopfendem Herzen sprang Taran aus dem Sattel. Hoch erhobenen Hauptes schritt er über den Vorplatz. Gurgi klapperte vor Angst mit den Zähnen. Orddu beobachtete sie mit scharfen schwarzen Augen. Wenn die Hexe überrascht war, dann ließ sie es sich jedenfalls nicht anmerken; höchstens, dass sie sich etwas nach vorn beugte und Taran noch genauer musterte. Das unförmige Gewand schlotterte ihr um die Knie. Sie nickte heftig und offenbar sehr zufrieden, sodass die edelsteingeschmückten Spangen und Nadeln in ihren struppigen, verfilzten Haaren glitzerten.

»Ja, so ist es also!«, rief Orddu freundlich. »Das liebe, kleine Vögelchen und der Wie-heißt-er-noch. Aber du bist ja viel größer geworden, mein Entchen. Wie mühsam muss es doch sein, wenn du in einen Kaninchenbau hineinschlüpfen möchtest. Komm herein, komm herein«, drängte sie und winkte Taran und Gurgi heran. »Du bist so blass, du armes Gänschen. Du bist doch nicht etwa krank gewesen?«

Taran folgte ihr nicht ohne ein unbehagliches Gefühl, während Gurgi sich schaudernd an ihn klammerte. »Hüte dich, hüte dich«, flüsterte die treue Kreatur. »Freundlicher Empfang macht Gurgi frösteln.«

Die drei Hexen waren, so weit Taran sehen konnte, mit häuslichen Aufgaben beschäftigt. Orgoch, deren Gesicht durch eine schwarze Kapuze verhüllt war, saß auf einem wackligen Schemel und versuchte ohne großen Erfolg, aus einem Schoß voll Wollflocken Kletten herauszuzupfen. Orwen – wenn es überhaupt Orwen war – bemühte sich, ein recht schiefes Spinnrad in Bewegung zu halten, wobei sich die milchweißen Perlen, die sie als Ketten um den Hals trug, jeden Moment in den Speichen des Rades zu verfangen drohten. Orddu selbst hatte wahrscheinlich an dem Webstuhl gestanden, der mitten zwischen Haufen altertümlicher, verrosteter Waffen in einer Ecke der Hütte stand. Die Webarbeit war seit dem letzten Besuch Tarans fortgeschritten, aber noch lange nicht vollendet. Verknotete, wirre Fäden hingen unordentlich herunter, und in das Gewebe war einiges verwoben, das aussah wie die Kletten von Orgoch. Taran konnte nichts von dem Muster erkennen, und doch schien es ihm, als ob sich durch eine Augentäuschung die unbestimmten Schemen, Menschen und Tiere in dem Gewebe hin und her bewegten. Er hatte aber keine Gelegenheit, diese merkwürdige Wirkarbeit näher zu betrachten. Orwen sprang von ihrem Spinnrad auf, klatschte vor Freude in die Hände und eilte auf ihn zu.

»Das Vögelchen auf Wanderschaft und der Gurgi!«, schrie sie. »Und wie geht es dem lieben, kleinen Dallben? Hat er noch ›Das Buch der Drei‹? Und sein Bart? Wie schwer muss das für ihn sein? Das Buch, nicht der Bart«, fügte sie hinzu. »Ist er denn nicht mit euch gekommen? Wie schade. Macht aber nichts. Es ist ja so reizend, wenn man Besuch hat.«

»Ich mache mir nichts aus Besuch«, brummte Orgoch, während sie verdrossen die Wolle auf den Boden warf. »Mir ist das unangenehm.«

»Aber natürlich ist es angenehm, du geiziges Ding!«, erwiderte Orwen scharf. »Und es ist ein Wunder, dass wir überhaupt noch welchen bekommen.«

Orgoch brummte und murrte. Unter ihrer schwarzen Kapuze erblickte Taran undeutlich eine düstere Grimasse. Orddu hob die Hand. »Pass auf Orgoch gar nicht auf«, sagte sie zu Taran. »Sie ist heute schlechter Laune, der arme Liebling. Orwen war heute an der Reihe, Orgoch zu sein, und Orgoch freute sich schon darauf, Orwen zu werden. Jetzt ist sie enttäuscht, weil Orwen sich im letzten Augenblick einfach geweigert hat. Nicht dass ich sie tadeln möchte«, flüsterte Orddu. »Ich möchte auch nicht Orgoch sein. Aber wir werden es irgendwie wieder gutmachen. Und du«, fuhr Orddu fort, wobei ein Lächeln ihr plumpes Gesicht verzog, »du bist das kühnste kleine Gänschen. Nur wenige aus Prydain haben es gewagt, die Marschen von Morva zu durchqueren. Und von diesen wenigen hat es keiner gewagt zurückzukehren. Vielleicht hat Orgoch sie entmutigt. Nur du allein hast das Herz dazu gehabt, mein Entchen.«

»Oh, Orddu, er ist ein tapferer Held«, warf Orwen ein und betrachtete Taran mit mädchenhafter Bewunderung.

»Red keinen Unsinn, Orwen«, erwiderte Orddu. »Es gibt

Helden und Helden. Ich bestreite nicht, dass er sich gelegentlich tapfer gezeigt hat. Er hat an der Seite von Fürst Gwydion gekämpft und er war stolz auf sich. Ein Hühnchen mit Adlerfedern! Aber das ist nur eine Art von Tapferkeit. Hat das liebe, kleine Rotkehlchen jemals allein nach Würmern suchen müssen? Das ist Tapferkeit anderer Art. Und es könnte sein, liebe Orwen, dass er für die zweite mehr Mut braucht.« Die Hexe wandte sich Taran zu. »Aber sprich doch, mein Vögelchen. Warum suchst du uns wieder auf?«

»Sag uns nichts«, unterbrach Orwen. »Lass uns raten. Oh, ich liebe solche Spiele! Wenn sie uns Orgoch auch immer verpatzt.« Sie kicherte. »Lass uns eintausendunddreimal raten. Ich will anfangen.«

»Gut, Orwen, wenn du unbedingt willst«, sagte Orddu nachsichtig. »Aber sind denn eintausendunddreimal genug? Ein junges Lämmchen kann sich so viel wünschen.«

»Ihr befasst euch mit den Dingen, wie sie sind«, sagte Taran, während er sich zwang, den Blick der Hexen zu erwidern, »und wie sie sein müssen. Ich glaube, ihr kennt den Grund meiner Wanderschaft von Anfang bis Ende und wisst, dass ich meine Eltern suche.«

»Eltern?«, fragte Orddu. »Nichts ist leichter. Wähl dir die Eltern aus, die dir gefallen. Da ihr euch gegenseitig nie gekannt habt, was also macht es dann für einen Unterschied – für sie oder für dich? Glaub, was du willst. Du wirst staunen, wie bequem das ist.«

»Ich will keine Bequemlichkeiten«, erwiderte Taran, »sondern die Wahrheit, sei sie nun gut oder schlecht.«

»Ach mein süßes Rotkehlchen«, sagte Orddu, »nichts ist schwieriger, als die Wahrheit zu finden. Es gibt Leute, die ein Leben damit verbracht haben; und viele waren in einer schlimmeren Lage als du. Er war einmal ein Frosch«, redete sie munter weiter. »Ich kann mich gut an ihn erinnern, armes Kerlchen. Er wusste nie genau, ob er nur ein Landtier war, das gern im Wasser umherschwamm, oder ein Wassertier, das gern auf einem Stück Holz saß und sich sonnte. Wir verwandelten ihn in einen Storch mit einer ausgeprägten Vorliebe für Frösche. Und seitdem hat er keine Zweifel mehr, wer er ist, und auch die anderen Frösche haben in diesem Punkt keine Zweifel. Wir würden dasselbe gern für dich tun.«

»Für euch beide«, sagte Orgoch.

»Nein!«, kreischte Gurgi und verbarg sich hinter Taran. »Oh, lieber Herr. Gurgi warnte vor schrecklichen Handlungen und Wandlungen!«

»Vergiss nicht die Schlange«, sagte Orwen zu Orddu, »die so verwirrt und verstört war, weil sie nicht wusste, ob sie grün mit braunen Tupfen oder braun mit grünen Tupfen war. Wir verwandelten sie in eine unsichtbare Schlange«, fügte sie hinzu, »mit braunen und grünen Tupfen. So war sie deutlich zu sehen und konnte nicht getreten werden. Sie war so dankbar hinterher und fühlte sich erleichtert.«

»Und ich erinnere mich«, krächzte Orgoch und räusperte sich misstönend, »da war doch auch …«

»Sei still, Orgoch«, unterbrach sie Orwen, »deine Geschichten haben immer ein so – ein so unappetitliches Ende.«

»Du siehst, mein Entchen«, wandte sich Orddu wieder an Taran, »wir können dir auf mannighafte Weise helfen, und das alles schneller und einfacher, als man sich vorstellen kann. Was möchtest du denn gern sein? Wenn du meine Meinung hören willst, dann schlage ich dir einen Igel vor. Da lebst du sicherer als die meisten anderen. Aber ich will deiner Wahl nicht vorgreifen. Es steht ganz allein bei euch.«

»Nein, nein, überraschen wir sie doch lieber«, schrie Orwen begeistert. »Wir werden das unter uns ausmachen und ihnen die lästige Arbeit des Nachdenkens ersparen. Sie werden sich dann umso mehr freuen. Wie reizend muss das sein, den Ausdruck ihrer kleinen Gesichter zu sehen – oder ihrer Schnäbel, oder was sie am Ende haben werden.«

»Keine Vögel«, brummte Orgoch. »Keine Vögel. Auf keinen Fall Vögel. Ich kann sie nicht leiden. Bei Federn muss ich immer husten.«

Gurgis Furcht war mittlerweile so gewachsen, dass er nur noch sinnlos brabbeln konnte. Taran fühlte sein Blut erstarren. Orddu war einen Schritt auf ihn zugetreten und Taran griff nach seinem Schwert.

»Aber, aber, mein Gänschen«, beschwichtigte Orddu freundlich, »verlier nur nicht die Fassung, sonst könntest du am Ende noch viel mehr verlieren. Du weißt, deine Klinge ist hier nutzlos, und es ist sicher nicht die rechte Art und Weise, jemanden zu überreden, wenn du mit dem Schwert herumfuchtelst. Außerdem hast du dich selbst doch in unsere Hand gegeben.«

»Hand?«, knurrte Orgoch. Ihre rötlichen Augen blitzten aus dem Schatten ihrer Kapuze, und ihr Mund begann, sich zusammenzuziehen.

Taran bewegte sich nicht. »Orddu«, sagte er, wobei er sich nach Kräften bemühte, seiner Stimme einen festen Klang zu verleihen, »wirst du mir antworten? Wenn nicht, brauchen wir nicht länger zu bleiben.«

»Ich habe nur versucht, euch alles ein wenig leichter zu machen«, schmollte Orwen und ließ ihre Perlen durch die Finger gleiten. »Ihr braucht nicht beleidigt zu sein.«

»Natürlich werden wir dir antworten, meine tapfere Kaulquappe«, sagte Orddu. »Du sollst alles wissen, was du wissen willst, sobald wir uns über eine andere Frage geeinigt haben: den Preis, den ihr uns zahlt. Da das, was du fragst, so ungeheuer wichtig ist – wenigstens für dich –, könnte der Preis ziemlich hoch sein. Aber ich bin sicher, dass du daran gedacht hast, noch bevor du hierher gekommen bist.«

»Als wir den Schwarzen Crochan suchten«, begann Taran, »hast du Adaons Zauberspange als Lohn genommen. Seitdem habe ich nichts gefunden, was mir teurer wäre.«

»Aber mein Hühnchen«, sagte Orddu, »dieses Geschäft ist doch längst abgeschlossen. Es ist aus und vorbei. Willst du damit sagen, dass du nichts mitgebracht hast? Du kannst von Glück reden, wenn du ein Igel wirst, denn mehr kannst du dir nicht leisten.«

»Das letzte Mal«, flüsterte Orgoch heiser in Orddus Ohr, »wolltest du von dem jungen Lämmlein einen Sommertag haben, das wäre ein prächtiger Bissen gewesen.«

»Du denkst immer nur an dein eigenes Vergnügen, Orgoch«, tadelte Orddu. »Du könntest wenigstens versuchen, auch an unsere Wünsche zu denken.«

»Damals war doch eine goldhaarige Prinzessin bei ihm«, warf Orwen ein, »ein hübsches, kleines Geschöpf. Er hat sicher liebe Erinnerungen an sie. Könnten wir nicht diese nehmen?« Sie sprach eifrig weiter. »Es wäre doch entzückend, sie vor uns auszubreiten und an den langen Winterabenden zu betrachten. Er hat dann zwar keine mehr für sich selbst, aber ich glaube, das wäre ein ausgezeichnetes Geschäft.«

Taran hielt den Atem an. »Nicht einmal ihr könntet so grausam sein.«

»Meinst du wirklich?«, fragte Orddu lächelnd. »Erbarmen, mein Gänschen, – wenigstens, was du darunter verstehst –, gibt es bei uns nicht. Aber«, sie wandte sich Orwen zu, »das würde auch nicht viel einbringen. Wir haben schon genügend Erinnerungen.

»Dann hört mich an«, rief Taran und verschränkte seine Hände, damit man nicht sah, dass sie zitterten. »Es ist wahr, ich habe wenig von Wert anzubieten, nicht einmal meinen Namen. Gibt es nichts, was ihr von mir haben wollt? Ich mache euch ein Angebot«, fuhr er rasch und mit leiser Stimme fort. Er fühlte, wie seine Stirn feucht wurde. Obwohl er den Entschluss schon in Caer Dallben gefasst und sorgfältig abgewogen hatte, zögerte er nun, ihn auszusprechen. »Was immer ich in meinem künftigen Leben an Kostbarem finden werde«, sagte er endlich, »der größte Schatz, den ich je in Händen haben werde – ich verpfände ihn euch. Er soll euch gehören, und ihr sollt euren Anspruch erheben, wann immer es euch gefällt.«

Orddu antwortete nicht, sie sah ihn nur sonderbar an. Die anderen Zauberweiber schwiegen.

Selbst Gurgi hatte aufgehört zu winseln. Die Gestalten auf dem Webstuhl schienen sich vor Tarans Augen zu drehen, während er auf Orddus Antwort wartete.

Die Hexe lächelte. »Bedeutet dir deine Sache so viel, dass du über etwas verfügen willst, was du noch gar nicht gewonnen hast?«

»Oder vielleicht nie gewinnen wirst«, krächzte Orgoch.

»Mehr kann ich nicht bieten«, rief Taran. »Ihr könnt mich nicht zurückweisen.«

»Das Geschäft, das du vorschlägst«, sagte Orddu in freundlichem, aber durchaus sachlichem Ton, »ist im besten Fall eine riskante Sache und befriedigt eigentlich niemanden. Es gibt keine Sicherheit, und oft genug haben wir erlebt, dass der arme Spatz, der solch ein Versprechen macht, nicht lange genug lebt, um es auch einzulösen. Und selbst wenn er es erlebt, besteht immer die Gefahr, dass er – nun sagen wir mal – etwas dickköpfig wird. Gewöhnlich endet es mit unguten Gefühlen auf allen Seiten. Früher einmal, da hätten wir uns darauf eingelassen. Aber traurige Erfahrungen haben uns veranlasst, ein für alle Mal ein Ende zu machen. Nein, mein Hühnchen, wir wollen nicht. Es tut mir Leid – das heißt, so weit wir überhaupt für etwas Mitleid empfinden können.«

Taran blieb die Stimme im Halse stecken. Einen Augenblick lang verschwammen ihm die Gesichter der Zauberinnen. Er konnte nicht mehr deutlich unterscheiden, ob es Orddu, Orwen oder Orgoch war, die ihm gegenüberstand. Es war, als erhebe sich vor ihm eine Eismauer, die keine Gewalt durchbrechen und keine Bitte schmelzen konnte. Verzweiflung ergriff ihn.

Er senkte den Kopf und wandte sich ab.

»Aber, mein liebes Gänschen«, rief Orddu fröhlich, »das soll doch nicht heißen, dass niemand anders deine Fragen beantworten könnte.«

»Natürlich gibt es andere«, fügte Orwen hinzu, »und das Finden kostet nicht mehr, als dass du die Augen offen halten musst.«

»Und wer?«, fragte Taran rasch.

»Ich denke an die orangebraune Drossel, die einmal im Jahr kommt, um ihren Schnabel am Kilgwyry zu wetzen«, sagte Orwen. »Sie weiß alles, was je geschehen ist. Wenn du Geduld hast, dann warte und frage sie.«

»Ach, Orwen«, fuhr Orddu ungeduldig dazwischen, »manchmal glaube ich wirklich, dass du zu sehr in der Vergangenheit lebst. Den Berg Kilgwyry hat sie längst mit ihrem Schnabel abgewetzt. Er ist verschwunden und das liebe kleine Kerlchen ist woanders hingeflogen.

»Du hast ganz Recht, liebe Orddu«, erwiderte Orwen. »Daran habe ich im Augenblick nicht gedacht. Aber wie ist es denn mit dem Lachs im Llew-See? Ich habe nie einen klügeren Fisch kennen gelernt.«

»Er ist weg«, brummte Orgoch und sog an einem Zahn. »Längst weg.«

»Jedenfalls sind Drosseln und Fische flüchtig und glitschig«, sagte Orddu. »Etwas Verlässliches würde uns jetzt mehr nützen. Du könntest es zum Beispiel mit dem Spiegel von Llunet versuchen.«

»Der Spiegel von Llunet?«, wiederholte Taran. »Ich habe nie von ihm gehört. Was ist das? Wo ...«

»Am besten aber wäre es«, unterbrach ihn Orgoch, »er könnte bei uns bleiben. Und der Gurgi auch.«

»Versuche, dich etwas im Zaum zu halten, liebe Orgoch, wenn ich dabei bin, etwas zu erklären«, bemerkte Orddu streng und wandte sich dann wieder Taran zu. »Ja, vielleicht, wenn du in den Spiegel von Llunet schautest, würde er dir etwas Interessantes zeigen.«

»Aber wo ist er?«, begann Taran wieder.

»Zu weit«, murrte Orgoch. »Bleib doch bei uns.«

»Im Llawgadarn-Gebirge«, erwiderte Orddu und nahm ihn beim Arm, »wenn er nicht woanders hingebracht worden ist. Aber komm mit mir, mein Entchen. Orgoch ist ein bisschen unruhig. Ich weiß, sie möchte dich gerne hier behalten, und bei zwei Enttäuschungen am selben Tag möchte ich nicht für ihr Benehmen garantieren.«

»Aber wie kann ich ihn finden?« Taran konnte nur noch

seine Frage stammeln, dann stand er schon, zusammen mit dem zitternden Gurgi, draußen vor der Hütte.

»Haltet euch nicht in den Sümpfen auf«, rief ihnen Orddu nach, während Taran von drinnen laute und zornige Stimmen hörte. »Ihr könntet sonst eure törichte Kühnheit – oder eure kühne Torheit, wie ihr wollt – bedauern. Leb wohl, mein Rotkehlchen!«

Die schiefe Tür wurde fest verschlossen, obwohl Taran Orddu noch zurief, sie sollte warten.

»Flieh!«, kreischte Gurgi. »Flieh, lieber Herr, solange Gurgis armes, zartes Haupt noch auf den Schultern sitzt!«

Obwohl der Tiermensch Taran heftig am Arm zerrte, stand dieser unbeweglich da und starrte auf die Tür. Seine Gedanken waren verwirrt und eine eigenartige Schwere kam über ihn. »Warum hat sie sich über meinen Mut lustig gemacht?«, sagte er nachdenklich. »Nach Würmern zu graben? Das wäre viel einfacher als die Suche nach dem Spiegel von Llunet.«

»Schnell!«, flehte Gurgi. »Gurgi hat genug vom Forschen und Fragen. Er kehrt nun gern zurück ins sichere, glückliche Caer Dallben, ja, ja! Oh, lass das nutzlose Suchen und Graben!

Taran zögerte noch einen Augenblick. Von dem Llawgadarn-Gebirge wusste er nur, dass es weit im Osten lag. Ohne einen weiteren Hinweis konnte sich seine Fahrt in der Tat als nutzlos erweisen. Gurgi sah ihn bittend an und Taran klopfte der Kreatur auf die Schulter. Dann wandte er sich um und schritt auf Melynlas zu. »Der Spiegel von Llunet ist die einzige Hoffnung, die Orddu mir gegeben hat«, sagte er. »Ich muss ihn finden.«

Während Gurgi hastig auf sein Pony kletterte, schwang

sich Taran auf Melynlas. Noch einmal blickte er zurück zu der Hütte und es wurde ihm plötzlich unbehaglich zumute. »Mir gegeben?«, murmelte er. »Gibt Orddu irgendetwas für nichts?«

Der Hof Aeddans

Die beiden Gefährten ließen die Marschen von Morva hinter sich und ritten südostwärts zu den Tal-Cantrefs am Ystrad, denn Taran hatte beschlossen, seine Fahrt in Caer Cadarn, der Festung von König Smoit, zu unterbrechen. Er wollte den rotbärtigen König bitten, sie mit neuer Kleidung auszustatten. »Von dort aus«, sagte Taran zu Gurgi, »können wir unsere Fahrt nur fortsetzen, wie es uns der Augenblick eingibt. Mein armer Kopf ist voll Fragen«, seufzte er mit einem unsicheren Lächeln, »aber von Plänen leider keine Spur.«

Nach vielen Tagen überschritten sie die Grenze von Caddigor, dem größten der Cantrefs, wo König Smoit lebte. Die Landschaft hatte ihr Aussehen längst gewandelt. Statt der grauen Moore lagen jetzt grüne Wiesen vor ihnen. Gurgi blickte sehnsuchtsvoll zu den kleinen Waldtälern hinüber und sog den Rauch der Herdfeuer aus den Schornsteinen hörbar ein. Taran aber ließ sich nicht von seinem Weg abbringen. Wenn sie flott weiterritten, dann würden sie nach drei weiteren Reisetagen in Caer Cadarn ankommen. Kurz vor Sonnenuntergang bemerkten sie, dass Wolken schwer und dunkel aufzogen. Taran hielt an, um in einem Fichtenwäldchen Unterschlupf zu suchen. Er war kaum vom Pferd gestiegen, und Gurgi hatte gerade erst begonnen, die Satteltaschen abzuschnallen, als plötzlich ein Trupp Reiter in das Wäldchen stürmte. Taran sprang herum und zog sein Schwert.

Gurgi schrie gellend auf.

Es waren fünf bewaffnete Reiter. Ihre raubärtigen Gesichter waren von der Sonne gebräunt, und ihre Haltung zeigte, dass sie seit langem im Sattel zu Hause waren. Die Farben, die sie trugen, waren nicht die des Hauses des Königs, weshalb Taran vermutete, die Krieger stünden im Dienste eines Lehensmannes des Königs.

»Gib auf!«, befahl der Anführer. Er zog sein Schwert und parierte sein Pferd direkt vor den beiden Reisenden. Spöttisch betrachtete er sie: »Wer seid ihr? In wessen Diensten steht ihr?«

»Das sind Geächtete«, schrie ein anderer. »Schlag sie nieder!«

»Die sehen mir eher wie Vogelscheuchen als wie Geächtete aus«, erwiderte der Anführer. »Ich halte sie für Bauernflegel, die ihrem Herrn entlaufen sind.«

Taran senkte das Schwert. »Ich bin Taran, der Hilfsschweinehirt …«

»Wo sind denn deine Schweine?«, lachte der erste Reiter. »Und warum hütest du sie denn nicht?« Er wies auf Gurgi. »Oder willst du mir sagen, dieses armselige Geschöpf ist einer deiner Schützlinge?«

»Er ist kein Schweinchen!«, gab Gurgi zornig zurück. »Durchaus kein Schweinchen! Er ist Gurgi, kühn und geschickt, zu dienen liebem Herrn!

Der Zornesausbruch des Tiermenschen brachte die Reiter noch mehr zum Lachen. Jetzt aber erblickte der erste Reiter Melynlas.

»Dein Hengst ist deiner Stellung nicht angemessen, Sauhirt«, sprach er. »Wie kommst du zu dem?«

»Melynlas gehört mir zu Recht«, erwiderte Taran scharf. »Ein Geschenk von Gwydion, Prinz von Don.«

»Fürst Gwydion?«, schrie der Krieger. »Geschenkt? Vielmehr ihm gestohlen«, höhnte er. »Sei vorsichtig. Deine Lügen kosten dich Prügel.«

»Ich lüge nicht und ich suche keinen Streit«, antwortete Taran. »Wir reisen friedlich zur Burg von König Smoit.«

»Smoit braucht keinen Schweinehirten«, unterbrach einer der Krieger.

»Wir auch nicht«, sagte der erste Reiter. Er wandte sich an seine Genossen.

»Was meint ihr? Sollen wir sein Pferd nehmen oder seinen Kopf? Oder beides?«

»Fürst Goryon wird sich über ein neues Pferd freuen und für dieses hier wird er uns reichlich belohnen«, sagte einer der Reiter. »Aber der Kopf von einem Schweinehirten nützt uns nichts.«

»Gut gesprochen!«, schrie der Krieger. »Außerdem kann er sich zu Fuß besser um seine Schweine kümmern«, fügte er hinzu und griff nach den Zügeln des Hengstes.

Taran warf sich zwischen Melynlas und den Reiter, und Gurgi machte einen Satz nach vorne und klammerte sich wütend am Bein des Reiters fest. Die anderen Krieger spornten ihre Rosse. Taran sah sich plötzlich umringt von sich wild bäumenden Pferden und wurde von seinem eigenen Hengst weggedrängt. Verzweifelt kämpfte er, um sein Schwert zu ziehen, aber einer der Krieger machte eine jähe Wendung und drückte Taran mit der Flanke seines Pferdes zur Seite, sodass er das Gleichgewicht verlor. Im gleichen Augenblick versetzte ihm einer der Angreifer einen Streich, der ihm den Kopf gekostet hätte, wenn er nicht mit der flachen Klinge geführt worden wäre. Taran stürzte betäubt zu Boden. Seine Ohren dröhnten, seine Gedanken verwirrten sich und die Reiter schienen vor seinen Augen wie Sternschnuppen zu zerbersten. Er nahm kaum mehr mit Bewusstsein wahr, dass Gurgi entsetzt aufschrie und dass Melynlas wieherte. Ganz entfernt war es ihm, als sei noch eine weitere Gestalt aufgetaucht, doch als er endlich wieder zu sich kam, waren die Reiter verschwunden und hatten Melynlas mitgenommen.

Vor Bestürzung und Wut schrie Taran laut auf und lief taumelnd in die Richtung, die die Krieger eingeschlagen hatten. Eine schwere Hand packte seine Schulter. Jäh wandte er sich um und erblickte einen Mann in einer ärmellosen Jacke aus grober Wolle, umgürtet mit einem geflochtenen Strick. Seine nackten Arme waren knotig und sehnig, sein Rücken gebeugt, aber weniger durch die Last der Jahre als durch Arbeit. Ein Büschel grauer, ungepflegter Haare hing um sein ernstes Gesicht.

»Halt, halt«, sagte der Mann, »du kannst sie jetzt nicht einholen. Deinem Hengst wird nichts zustoßen. Die Leute von Fürst Goryon behandeln Pferde besser als Fremdlinge.« Er schlug an den eichenen Stab, den er trug. »Zwei von Goryons Grenzwächtern werden sich ihre Köpfe flicken lassen müssen. Du aber auch, so wie du aussiehst.« Er hob einen Sack auf und warf ihn über die Schulter. »Ich bin Aeddan, Sohn von Aedd«, sagte er, »komm mit mir, es ist nicht weit zu meinem Hof.«

»Ohne Melynlas ist meine Fahrt vergebens«, schrie Taran. »Ich muss herausfinden ...« Er hielt plötzlich inne. Der Spott der Reiter klang ihm noch in den Ohren, und er wollte nicht mehr sagen, als er unbedingt musste, auch nicht zu diesem Mann, der ihm so freundlich geholfen hatte. Aber der Bauer stellte keine Fragen. »Was du suchst«, erwiderte Aeddan, »das geht dich mehr an als mich. Ich sah, wie fünf Mann über zwei herfielen, und ich wollte nur das Zahlenverhältnis etwas korrigieren. Willst du deine Verletzungen ausheilen? Dann folge mir.«

Mit diesen Worten schritt der Bauer den Abhang des Hügels hinunter und Taran und Gurgi folgten ihm. Tiefe Niedergeschlagenheit wegen Melynlas' Verlust erfüllte Taran. Voll Bitterkeit dachte er daran, dass er bei seiner Suche nicht mehr fertig gebracht hatte, als sein Pferd zu verlieren und sich den Schädel einschlagen zu lassen. Alle Knochen taten ihm weh und in seinen Muskeln pochte dumpfer Schmerz. Um alles noch schlimmer zu machen, hatten sich die Wolken zusammengeballt, und als die Nacht anbrach, ging ein heftiger Regen nieder, sodass sie, bis auf die Haut durchnässt, auf Aeddans Hof ankamen.

Die Behausung, in die Aeddan die Gefährten führte, war nur eine Hütte aus Flechtwerk und Lehm, aber Taran staunte, wie wohnlich und wie hübsch eingerichtet sie war. Nie zuvor hatte er bei seinen Abenteuern die Gastfreundschaft der einfachen Landbevölkerung Prydains genossen und so blickte er so verwundert um sich wie ein Fremder in einem unbekannten Land. Jetzt, da er Aeddan näher betrachten konnte, erkannte er in dem wettergebräunten Gesicht des Mannes Rechtschaffenheit und Gutmütigkeit. Er fühlte, dass er hier wirklich einen Freund gefunden hatte. Die Bäuerin, eine groß gewachsene, kräftige Frau, deren Gesicht nicht weniger gefurcht war als das ihres Mannes, schlug beim Anblick Gurgis die Hände zusammen, dessen tropfnasse, verfilzte Haare mit Blättern und Zweigen gespickt waren, und schrie entsetzt auf über Tarans blutverschmiertes Gesicht.

Während Aeddan von dem Kampf berichtete, schloss die Frau, Alarca, eine hölzerne Truhe auf und holte eine dicke, warme Jacke heraus. Sie war abgetragen und an vielen Stellen sorgfältig ausgebessert, doch Taran nahm sie dankbar anstelle seiner eigenen durchweichten Kleider an.

Alarca begann, einen Trank aus Heilkräutern zu kochen, und inzwischen leerte Aeddan den Inhalt seines Sacks auf dem Tisch aus: Brotstücke, Käse, ein paar getrocknete Früchte.

»Ich kann euch wenig anbieten«, sagte er. »Mein Land gibt nicht viel her, und ich arbeite deswegen stundenweise auf den Feldern meiner Nachbarn, um das zu kaufen, was ich nicht selbst anbauen kann.«

»Aber ich habe doch gehört«, sagte Taran, bestürzt über Aeddans Worte, »dass es in den Tal-Cantrefs fruchtbaren Boden gibt.«

»Gegeben hat, ja«, lachte Aeddan bitter. »Zur Zeit meiner Ahnen, nicht zu meiner Zeit. So wie die Berg-Cantrefs berühmt waren wegen ihrer langwolligen Schafe, so waren die Tal-Cantrefs weit und breit bekannt für den feinsten Hafer und die feinste Gerste und Cantref Cadiffor selbst für einen Weizen, der schwer und leuchtend war wie Gold. Es müssen wohl für ganz Prydain goldene Zeiten gewesen sein«, fuhr Aeddan fort, während er Brot und Käse aufschnitt und Taran und Gurgi reichte. »Der Vater meines Vaters erzählte eine Geschichte, die bereits alt war, als er sie hörte, eine Geschichte von Pflügen, die von selbst arbeiteten, von Sicheln, die die Ernte schnitten, ohne dass man eine Hand zu rühren brauchte.«

»Das habe ich auch gehört«, bestätigte Taran. »Aber Arawn Todesfürst raubte diese Schätze und jetzt liegen sie ungenutzt und allen verborgen hinter den Mauern von Annuvin.«

Der Bauer nickte. »Arawns Hand erstickt das Leben von Prydain und sein Schatten lässt das Land veröden. Unsere Arbeit wird schwerer, besonders weil unsere Fähigkeiten gering sind. Arawn soll verzauberte Werkzeuge geraubt haben? Es gab viele Geheimnisse, der Erde reiche Frucht abzugewinnen – auch diese raubte uns der Fürst von Annuvin. Zweimal in zwei Jahren haben meine Felder keine Frucht getragen«, erzählte Aeddan weiter, als er sah, dass Taran voller Anteilnahme lauschte. »Meine Kornspeicher sind leer. Und je mehr ich für die anderen arbeiten muss, desto weniger kann ich mich um meine eigenen Äcker kümmern. Auch ist mein Wissen zu gering. Was ich brauchen würde, ist auf ewig in den Schatzgewölben von Annuvin verschlossen.«

»Es liegt aber nicht nur an deinen geringen Kenntnissen«, sagte Alarca. »Vor der ersten Aussaat gingen der Pflugochse und die Kuh ein. Und die zweite Aussaat«, ihre Stimme wurde leise, »bei der zweiten Aussaat waren wir ohne die Hilfe Amrens.« Ihre Augen waren düster geworden und Taran blickte sie fragend an. Sie sagte: »Amren, unser Sohn. Er war in deinem Alter und du trägst seine Jacke. Winter und Sommer sind ihm jetzt gleich. Er schläft unter dem Grabhügel bei den anderen gefallenen Kriegern. Ja, er ist von uns gegangen. Er ritt mit den Männern, die die Plünderer vertreiben wollten.«

»Ich teile eure Trauer«, sagte Taran. Dann fügte er, um sie zu trösten, hinzu: »Aber er starb ehrenvoll. Euer Sohn ist ein Held …«

»Mein Sohn wurde erschlagen«, gab die Frau scharf zurück. »Die Plünderer kämpften, weil sie am Verhungern waren; wir, weil wir kaum mehr hatten als sie. Und am Ende hatten alle weniger als vorher. Die Arbeit ist zu schwer für ein Paar Hände, auch für zwei. Die Geheimnisse, die Arawn Todesfürst uns geraubt hat, könnten uns helfen.«

»Das macht nichts. Auch ohne die Geheimnisse wird es in diesem Jahr keine Missernte geben«, sagte Aeddan. »Alle meine Äcker liegen brach bis auf einen. Aber auf diesen einen habe ich meine ganze Mühe verwandt.« Er blickte Taran stolz an. »Als meine Frau und ich den Pflug nicht mehr selbst ziehen konnten, brach ich die Erde mit meinen Händen auf und legte Saatkorn für Saatkorn hinein.« Der Bauer lachte. »Ja, und ich jätete Halm für Halm so sorgfältig wie eine alte Frau in ihrem Kräuterbeetchen. Es wird nichts schief gehen. Das heißt, es darf nicht«, fügte er nachdenklich hinzu. »Diesmal hängt unser ganzes Auskommen davon ab.«

Es wurde nicht mehr viel gesprochen. Und als das kärgliche Mahl beendet war, streckte Taran seine schmerzenden Glieder neben dem Herd aus, und Gurgi rollte sich an seiner Seite zusammen. Die Müdigkeit besiegte die Verzweiflung wegen Melynlas, und während der Regen auf das Dach klatschte und das Herdfeuer zischend erlosch, schlief Taran ein.

Die Gefährten erwachten vor Tagesanbruch, aber Aeddan arbeitete bereits auf dem Feld. Der Regen hatte aufgehört und die Erde war frisch und feucht. Taran kniete nieder und nahm eine Hand voll auf. Aeddan hatte die Wahrheit gesagt: Der Boden war mit größter Sorgfalt bearbeitet worden. Er betrachtete den Bauern mit wachsendem Respekt und mit steigender Bewunderung. Einen Augenblick stand er da und sah auf die brachliegende Erde hinab, die keine Frucht hervorbrachte, nur weil es an Händen fehlte, sie zu bestellen. Mit einem Seufzer wandte er sich ab und seine Gedanken gingen wieder zu Melynlas. Er konnte sich nicht vorstellen, wie er den silbermähnigen Hengst wiedergewinnen sollte, aber er beschloss, die Burg von Fürst Goryon aufzusuchen, wohin die Krieger nach Aeddans Vermutung das Pferd gebracht hatten. Obwohl er sich um das geliebte Tier mehr denn je sorgte, arbeitete er den ganzen Morgen an der Seite Aeddans. Zu Mittag nahm er Abschied.

Alarca kam an die Tür. Wie ihr Mann hatte auch sie keine Fragen nach Tarans Plänen gestellt. Jetzt aber fragte sie ihn: »Willst du weiterhin deinen eigenen Weg gehen? Hast du dich von deiner Heimat und deiner Familie abgewandt? Welches Mutterherz sehnt sich nach ihrem Sohn so wie meines?«

»Leider keines, das ich kenne«, antwortete Taran. »Und keines, das mich kennt.«

»Du warst sehr geschickt in der Feldarbeit«, sagte Aeddan. »Wenn du einen Ort suchst, wo du gern gesehen bist, dann hast du ihn gefunden.«

»Ich wünschte mir, dass ich überall so herzlich empfangen würde wie bei euch«, erwiderte Taran.

Goryon der Kühne und Gast der Großmütige

Aeddan hatte ihnen den kürzesten Weg zu Fürst Goryons wehrhafter Festung gezeigt. Sie war keine Festung im üblichen Sinn, bestand vielmehr aus einer großen Anzahl Einzelgebäuden, die mit einem Palisadenzaun aus hölzernen Pfählen, Weidenruten und festgestampfter Erde vor Angriffen geschützt war. Das Tor aus schweren Holzstangen stand offen, als die beiden Reisenden sich näherten, und sie beobachteten ein lebhaftes Kommen und Gehen von Reitern, Fußsoldaten und von Hirten, die ihr Vieh von der Weide eintrieben. Gurgi zeigte zwar wenig Begeisterung, aber Taran machte ein möglichst unerschrockenes Gesicht und ging, ohne zu zögern, weiter. Inmitten der Leute gelangten sie völlig unbemerkt in die Festung, und ohne Schwierigkeiten fand Taran die Ställe, die größer, sauberer und in besserem Zustand waren als die übrigen Gebäude. Er trat auf einen jungen Burschen zu, der Stroh zusammenrechte, und sagte mit fester Stimme: »Sag mir, mein Freund, ist hier nicht ein grauer Hengst, den die Krieger von Fürst Goryon erbeutet haben? Ein schönes, einzigartiges Tier wird behauptet.«

»Grauer Hengst?«, schrie der Stallbursche. »Grauer Drache, meinst du wohl! Die Bestie hat aus ihrem Verschlag Kleinholz gemacht, und mich hat sie gebissen, dass ich es nie mehr vergessen werde. Fürst Goryon wird keinen heilen Knochen im Leib haben, bevor der Tag endet.«

»Wie das?«, fragte Taran rasch. »Was hat er mit dem Hengst gemacht?«

»Was hat der Hengst mit ihm gemacht!«, antwortete der Bursche und grinste. »Abgeworfen, mindestens ein Dutzend Mal! Der Stallmeister selbst kann keine drei Augenblicke auf dem Teufelsvieh sitzen bleiben. Jetzt versucht Goryon, darauf zu reiten. Goryon der Kühne, so nennt man ihn«, kicherte der Bursche. Dann fügte er hinter vorgehaltener Hand hinzu: »Ich glaube, er hat gar keine Lust, den Höllengaul auszuprobieren. Aber seine Anhänger drängen ihn. So wird Goryon wohl den Widerstand der Bestie brechen, und müsste er ihr vorher den Rücken brechen.«

»Herr, Herr«, flüsterte Gurgi aufgeregt, »schnell zu König Smoit! Hilfe holen!

Taran war bei den Worten des Stallknechts bleich geworden. Caer Cadarn war zu weit. Smoits Hilfe würde zu spät kommen. »Wo ist der Hengst?«, fragte er scheinbar unbeteiligt. »Dieses Schauspiel sollte man sich nicht entgehen lassen.«

Der Stallbursche deutete mit seinem Rechen auf ein lang gestrecktes Haus. »Auf dem Reitplatz hinter der Großen Halle. Seid aber vorsichtig«, fügte er hinzu und rieb sich die Schulter, »haltet Abstand, sonst setzt euch das Ungeheuer noch mehr zu als mir.«

Taran machte sich sofort auf den Weg. Kaum war er an der Großen Halle vorbei, da hörte er schon das wütende Gewieher von Melynlas. Er begann zu laufen. Er sah eine kahle, hufezerstampfte Reitbahn und eine Gruppe von Kriegern, die den grauen Hengst umstanden. Das Pferd bäumte sich, bockte, warf sich herum und schlug heftig aus. Im nächsten Augenblick flog die dicke, untersetzte Gestalt, die auf dem

Rücken des Hengstes gesessen hatte, in die Luft; und dann plumpste Fürst Goryon, mit Armen und Beinen fuchtelnd, auf den Boden und blieb liegen wie ein Mehlsack. Melynlas suchte verzweifelt, aus dem Kreis der Soldaten zu entkommen. Einer von ihnen griff hastig nach den Zügeln. Da vergaß Taran alle Vorsicht. Er schrie auf, lief auf den Hengst zu und packte den Zaum, bevor der völlig verdutzte Mann auch nur daran denken konnte, sein Schwert zu ziehen. Melynlas begrüßte ihn freudig wiehernd und Taran legte die Arme um seinen Hals. Die Umstehenden liefen auf Taran zu, als dieser eben auf das Pferd steigen und Gurgi hinter sich herziehen wollte. Eine Hand fasste seine Jacke. Taran riss sich los und stellte sich mit dem Rücken gegen die Flanke des Hengstes. Fürst Goryon hatte sich unterdessen aufgerafft und bahnte sich einen Weg durch das Gedränge seiner Krieger.

»Unverschämt! Frechheit!«, brüllte er. Sein dunkler, grau gesprenkelter Bart sträubte sich nach allen Seiten wie ein wild gewordener Igel. Sein plumpes Gesicht war dunkelrot angelaufen, sei es wegen des Sturzes, sei es aus Atemnot, aus blinder Wut oder aus allen diesen Gründen – Taran konnte es nicht entscheiden.

»Ein Bauernflegel wagt es, mein Pferd anzutasten? Fort mit ihm! Prügelt ihn für diese Beleidigung!

»Ich will nichts weiter als diesen Hengst, der mir gehört«, schrie Taran. »Melynlas von Melyngar ... «

Ein großer, grobknochiger Mann, der einen Arm in der Schlinge trug und den Taran für den Stallmeister hielt, maß ihn mit einem scharfen Blick. »Von Melyngar, von Prinz Gwydions Streitross? Das ist eine vornehme Abstammung. Woher willst du das wissen?«

»Ich weiß das genauso gut wie das, dass man mir Melynlas geraubt hat«, erklärte Taran. »Bei Aeddans Hof an der Grenze eures Cantrefs. Und meinem Gefährten hat man sein Pony weggenommen.« Er versuchte zu erklären, wer er war und was der Grund seiner Reise war. Der Cantref-Fürst hörte nicht zu und schrie ihn an: »Unverschämtheit!« Sein Bart sträubte sich mehr und mehr vor Wut. »Wie kann es ein Sauhirt wagen, mich mit Lügengeschichten zu beleidigen! Meine Grenzwachen haben diese Pferde beinahe um den Preis ihres Lebens erbeutet!«

»Um den Preis unseres Lebens«, gab Taran zurück. Rasch blickte er die Umstehenden an. »Wo sind die Reiter? Ich bitte euch, ruft sie als Zeugen.«

»Das ist doch eine Frechheit!«, tobte der Cantref-Fürst. Seine Stimme schnappte über. »Sie reiten an der Grenze auf und ab, wie es ihnen befohlen ist. Willst du etwa sagen, dass ich Faulpelze und Feiglinge in meinen Diensten habe?«

»Und sie haben sich ganz deinem Dienst gewidmet«, sagte einer der Krieger zu Goryon. »Helden sind sie, sie sind alle Helden. Gegen sechs Riesen zu bestehen …«

»Riesen?«, wiederholte Taran, der seinen Ohren kaum traute.

»Riesen, allerdings!«, schrie Goryon. »Man wird es nicht vergessen, wie die tapferen Reiter Goryons des Kühnen von ihren Feinden überfallen wurden. Noch viel schlimmer als Riesen! Einer war ein wildes Ungeheuer mit scharfen Klauen und Hauern. Einer trug einen Eichenstamm und schwang ihn, als wäre es ein Zweiglein. Aber die Reiter Goryons besiegten sie ehrenvoll und rühmlich!«

»Der Hengst war auch behext!«, warf ein anderer aus dem Gefolge Goryons ein. »Er kämpfte so wütend wie die Riesen. Die Bestie ist ein Menschenmörder, hinterhältig wie ein hungriger Wolf.«

»Aber Goryon der Kühne wird das Untier zähmen«, fügte ein anderer hinzu, indem er sich an den Cantref-Fürsten wandte. »Du wirst diese Ausgeburt reiten, Goryon. Wir zweifeln nicht daran.«

»He?«, sagte Goryon. Sein Gesicht verzog sich schmerzlich. Er machte einen wenig glücklichen Eindruck. »Das werde ich tun, ja, das werde ich tun«, knirschte er. Dann brüllte er auf einmal zornig: »Du beleidigst mich, wenn du glaubst, dass ich es nicht kann!«

Taran, der mitten unter den rauen Kriegern stand, begann zu zweifeln, dass er Mittel und Wege finden würde, diesen jähzornigen Cantref-Fürsten zu überzeugen. Er dachte einen Moment daran, sich mit dem Schwert, so gut er konnte, einen Weg zu bahnen. Aber ein kurzer Blick auf die undurchdringlichen Gesichter der Gefolgsleute gab ihm noch mehr Grund zur Unruhe.

»Fürst Goryon«, sagte er mit fester Stimme, »ich spreche die Wahrheit. Es gab keine Riesen außer mir selbst, meinem Gefährten und einem Bauern, der auf unserer Seite kämpfte.«

»Keine Riesen?«, tobte Goryon. »Unverschämtheit! Beleidigung!« Er stampfte mit dem Fuß auf, als ob der Boden selbst ihn gekränkt hätte. »Du nennst meine Leute Lügner? Dann nenne mich doch auch einen Lügner!«

»Fürst Goryon«, begann Taran wieder und verbeugte sich tief. Es wurde langsam klar, dass der Fürst zu empfindlich war, um an einen ganz gewöhnlichen Pferdediebstahl glauben zu können. Auch für die Grenzwache selbst war es weit ehrenvoller, mit Riesen siegreich gekämpft, als einen Hilfsschweinehirten beraubt zu haben. »Ich heiße niemanden einen Lügner und deine Leute haben die Wahrheit gesprochen. Die Wahrheit«, fügte er hinzu, »wie sie sie gesehen haben.«

»Unverschämtheit!«, schrie Goryon. »Die Wahrheit wie sie ist! Es waren Riesen, Ungeheuer, entwurzelte Eichen. Meine Leute wurden für ihre Kühnheit herrlich belohnt, du aber sollst für deine Frechheit Prügel beziehen!«

»Ich glaube, es verhielt sich folgendermaßen, Fürst Goryon«, fuhr Taran fort und wählte die Worte bedachtsam. »Die Sonne stand tief, und unsere Schatten waren lang, sodass wir doppelt so viel zu sein schienen, als wir wirklich waren. Und was die Riesen betrifft«, sprach Taran rasch weiter, bevor der Cantref-Fürst ihn erneut wegen einer vermeintlichen Beleidigung unterbrechen konnte, »so waren es wieder nur die langen Schatten des Abends, die wohl jeden in einer solchen Situation getäuscht hätten.«

»Die entwurzelte Eiche«, begann Fürst Goryon.

»Der Bauer trug einen kräftigen Eichenknüppel«, sagte Taran. »Sein Arm war stark, und seine Schläge fielen geschwind, wie zwei von deinen Leuten wohl bestätigen können. Er hieb so mächtig um sich, dass es kein Wunder ist, wenn sie glauben, ein Baum sei auf sie niedergefallen.«

Fürst Goryon schwieg einen Augenblick, sog an einem Zahn und strich seinen gesträubten Bart. »Und was ist mit dem Ungeheuer? Eine rasende, tollwütige Bestie, die sie mit eigenen Augen gesehen haben?«

»Das Ungeheuer steht vor dir«, antwortete Taran und wies auf Gurgi. »Er ist schon lange mein Gefährte. Er ist ganz sanft, das weiß ich. Aber wenn man ihn reizt, wird er zum erbitterten Gegner.«

»Das ist Gurgi! Ja! Ja!«, rief Gurgi. »Kühn, klug und wild, zu kämpfen für lieben Herrn!« Dabei bleckte er die Zähne, schwang seine haarigen Arme und heulte so fürchterlich, dass Goryon und sein Gefolge einen Schritt zurückwichen.

Auf dem Gesicht des Cantref-Fürsten malte sich tiefes Erstaunen. Er schob das Gewicht seines Körpers von einem Fuß auf den anderen und starrte Taran finster an. »Du willst die Tapferkeit derer, die mir dienen, mit deinen Schatten verdunkeln. Wieder eine Beleidigung …

»Wenn deine Krieger wirklich geglaubt haben, was sie angeblich gesehen haben«, sagte Taran, »und entsprechend gekämpft haben, dann ist ihre Tapferkeit nicht geringer. Ja, man kann mit Recht sagen«, fügte er halblaut hinzu, »ihre Tapferkeit ist um nichts geringer als ihre Wahrheitsliebe.«

»Das sind alles nur Worte«, unterbrach ihn der Stallmeister. »Zeig mir Taten. Es gibt kein Tier mit vier Hufen, das ich nicht reiten könnte, außer diesem hier. Nun, Bürschchen, traust du dich aufzusitzen?

Statt zu antworten, schwang sich Taran schnell in den Sattel. Melynlas wieherte und scharrte mit den Hufen. Dann stand er regungslos. Fürst Goryon war sprachlos vor Staunen und der Stallmeister starrte ungläubig auf Taran. Staunendes Gemurmel erhob sich unter dem Gefolge Goryons. Taran aber vernahm ein raues Lachen, als einer von den Umstehenden rief. »Nun, Goryon! Ein Bauernlümmel reitet einen Hengst, den ein Fürst nicht bezwingen konnte. Er nimmt dir nicht nur das Pferd, sondern auch die Ehre!«

Taran hatte zuvor geglaubt, in Goryons zerschlagenem Gesicht einen Schimmer von Erleichterung auflackern zu sehen, so als wäre der Fürst ganz zufrieden, nicht mehr auf

Melynlas reiten zu müssen. Aber bei diesen Worten begann sein Gesicht, vor Wut blaurot anzulaufen.

»So ist es nicht!«, schrie Taran schnell den umstehenden Männern zu. »Wollt ihr, dass euer Landesherr den Klepper eines Sauhirten reitet? Lässt sich das mit seiner Ehre vereinbaren?« Er wandte sich an Goryon, denn ihm war ein kühner Gedanken gekommen. »Und doch, Fürst Goryon, wenn ihr ihn als Geschenk von mir annehmen ...«

»Was?«, brüllte Goryon mit schriller Stimme. Sein Gesicht wurde grau. »Beleidigung! Unverschämtheit! Frechheit! Wie kannst du es wagen! Ich nehme keine Geschenke von Sauhirten an! Und ich werde mich nie mehr so weit erniedrigen, ein zweites Mal diese Bestie zu besteigen.« Er hob mit jäher Bewegung einen Arm. »Fort! Aus meinen Augen – deine Schindmähre, dein Ungeheuer, sein Pony – fort damit!

Goryon klappte den Mund hörbar zu und sagte kein Wort mehr. Gurgis Pony wurde aus dem Stall geführt und unter den Augen des Cantref-Fürsten und seines Gefolges ritten die beiden Gefährten ungehindert durch das Tor hinaus. Taran ritt langsam und mit hoch erhobenem Haupt, um möglichst selbstsicher zu erscheinen. Als sie aber außer Sichtweite waren, bohrten sie die Fersen in die Flanken ihrer Pferde und galoppierten davon, als koste es das Leben.

»Oh, Klugheit, die Pferde von übermütigem Fürst gewinnt!«, schrie Gurgi, als sie weit genug geritten waren, um vor Verfolgung sicher zu sein, falls Goryon seinen Entschluss bereuen sollte.

»Nicht einmal Gurgi wäre so schlau gewesen. Oh, er möchte gern so klug sein wie lieber Herr, aber sein armes, zartes Haupt hat kein Geschick für solche Gedanken!«

»Meine Klugheit?«, lachte Taran. »Kaum genug, um den Verlust von Melynlas wieder gutzumachen.«

Sorgfältig prüfte er das Tal. Die Nacht brach an. Er hatte gehofft, auf ein Gehöft zu stoßen, wo sie für die Nacht Unterschlupf finden konnten, denn er hatte nicht die Absicht, mit anderen umherziehenden Banden Bekanntschaft zu machen. Aber er sah kein Haus und keine Hütte und so zogen sie weiter durch die purpurne Dämmerung.

Lichter schimmerten vor ihnen auf, und Taran brachte Melynlas nahe bei einer Burg zum Stehen, die ähnlich angelegt war wie die Goryons. Aber hier leuchteten Fackeln an jeder Ecke des Palisadenzauns und selbst auf dem Dachfirst der Großen Halle wie zum Zeichen eines ausgelassenen Festes.

»Sollen wir wagen, hier zu bleiben?«, fragte Taran. »Wenn dieser Cantref-Fürst so gastfreundlich ist wie Goryon, dann würden wir im Nest eines Gwythaints sicher ruhiger schlafen.«

Aber die Hoffnung auf ein bequemes Bett war stärker als alle Befürchtungen und der einladende Schein der Fackeln machte ihm seine Erschöpfung erst richtig bewusst. Er zögerte noch einen Augenblick, dann aber ritt er näher an das Tor.

Den Männern im Wachturm rief Taran zu, sie seien Reisende auf dem Weg nach Caer Cadarn und dem König Smoit wohl bekannt. Er war erleichtert, als sich das Tor kreischend öffnete und die Wachen ihnen ein Zeichen gaben, einzutreten. Der Haushofmeister wurde herbeigeholt und er führte Taran und Gurgi zur Großen Halle.

»Bittet um die Gastfreundschaft meines Herrn, Fürst Gast«, sagte ihnen der Haushofmeister, »und er wird entscheiden, was richtig ist.«

Taran folgte dem Haushofmeister. Der Gedanke an eine warme Mahlzeit und an ein bequemes Lager richtete seine Lebensgeister wieder auf. Aus der Großen Halle tönten laute Stimmen, Gelächter und fröhliche Harfenklänge. Als Taran durch die Tür trat, sah er zu beiden Seiten des niedrigen Raumes dicht besetzte Tische. Am anderen Ende des Saals saß inmitten seiner Gefolgsleute und deren Damen ein reich gekleideter Heeresfürst, ein Trinkhorn in der einen Faust und eine riesige Fleischkeule in der anderen.

Taran und Gurgi verbeugten sich tief. Bevor sie jedoch näher treten konnten, wandte sich der Harfenspieler um, stieß einen Schrei der Überraschung aus, lief auf sie zu und schüttelte Taran beinahe die Hand vom Arm. Dieser sah ungläubig und glücklich auf die gewaltige Adlernase und das borstige strohblonde Haar seines alten Gefährten Fflewddur Fflam.

»Wenn das kein Zufall ist!«, rief der Barde und zog sie zum oberen Ende der Tafel. »Ihr habt mir gefehlt. Seid ihr denn nicht in Caer Dallben geblieben? Als wir von Mona abfuhren«, erklärte Fflewddur hastig, »hatte ich wirklich die Absicht, das Umherziehen bleiben zu lassen und in meinem eigenen Reich sesshaft zu werden. Dann sagte ich mir, Fflewddur, alter Bursche, Frühling ist nur einmal im Jahr. Und jetzt ist er da und ich bin auch da. Was ist mit euch? Aber zuerst Essen und Trinken, später den Bericht.«

Fflewddur hatte die Gefährten vor Fürst Gast geführt. Taran erblickte einen Krieger mit fleischigem Gesicht und einem Bart von der Farbe schmutzigen Flachses. An seinem Hals hing eine prächtige Kette. An seinen Fingern, die stark genug waren, um Walnüsse zu knacken, blitzten Ringe. An den Armen trug er Reife aus gehämmertem Silber. Die Kleidung des Cantref-Fürsten war kostbar und sorgfältig gearbeitet. Aber Taran sah auch, dass sie nicht nur Flecken und Spritzer des heutigen Schmauses trug, sondern auch vieler anderer, früherer. Der Barde schlug einen Akkord auf der Harfe und stellte dem Fürsten die Gefährten vor. »Das sind die beiden, die erfolgreich versucht haben, Arawn von Annuvin den Schwarzen Crochan streitig zu machen, und Seite an Seite mit Gwydion, Prinz von Don, gekämpft haben. Möge deine Gastfreundlichkeit ihrer Kühnheit entsprechen!«

»So soll es sein!«, rief Gast mit lauter Stimme. »Kein Fremder kann die Gastfreiheit Gasts des Großmütigen schelten!« Er machte für die Gefährten Platz an seinem Tisch, schob die leeren Becher und Schalen, die vor ihm standen, zur Seite, klatschte in die Hände und rief nach dem Haushofmeister. Als dieser erschien, befahl ihm der Fürst, eine solche Unmenge von Speisen und Getränken aufzutragen, dass Taran sich nicht vorstellen konnte, wie er auch nur die Hälfte davon verzehren sollte. Gurgi, hungrig wie immer, schleckte sich in genüsslicher Vorfreude bereits die Lippen.

Als der Haushofmeister gegangen war, begann der Fürst mit einer Geschichte, der Taran nur mit Mühe folgen konnte. Er sprach davon, wie viel Geld er für das Essen ausgebe und wie großzügig er gegen Fremde sei. Taran hörte höflich zu und war erfreut, dass er das Glück gehabt hatte, auf Gasts Festung zu stoßen. Er begann, sich sicherer zu fühlen, da er Fflewddur an seiner Seite wusste, und schließlich wagte er, von seinem Zusammentreffen mit Fürst Goryon zu sprechen.

»Goryon!«, knurrte Gast. »Unverschämter Bauernlümmel! Grober Kerl! Prahler und Aufschneider! Und womit schneidet er auf?« Er ergriff ein Trinkhorn. »Siehst du das?«, schrie er. »Der Name Gast ist hier eingegraben und die Buchstaben sind aus Gold gearbeitet! Sieh dir den Becher an! Diese Schale! Sie schmücken meinen Tisch bei jeder gewöhnlichen Mahlzeit. Meine Schatzkammern enthalten noch schönere Geräte, wie du sehen wirst. Goryon! Pferdefleisch ist das Einzige, wovon er etwas versteht, und auch davon wenig genug!«

Fflewddur hatte die Harfe an die Schulter gelegt und begann nun, eine Melodie zu spielen.

»Das ist ein kleines Stückchen, das ich selbst komponiert habe«, erläuterte er. »Und obwohl ich gestehen muss, dass es von tausenden bejubelt und gepriesen worden ist …«

Kaum waren diese Worte über seine Lippen gekommen, da krümmte sich die Harfe wie ein überspannter Bogen, und eine Saite riss mit schrillem Ton. »Zum Teufel mit dem Ding!«, schimpfte der Barde vor sich hin. »Lässt es mir denn keine Ruhe? Ich schwöre, es wird immer schlimmer. Das kleinste Tüpfelchen Farbe, das ich den Tatsachen hinzufüge, kostet mich eine Saite. Ja, nun, ich wollte sagen, ich kenne ein volles halbes Dutzend Leute, die das Lied, na, sagen wir, für recht gut gelungen hielten.« Mit einer Gewandtheit, die auf lange, schmerzliche Erfahrung schließen ließ, knotete Fflewddur die gerissene Saite wieder zusammen.

Taran schaute sich unterdessen in der Halle um und war überrascht, als er feststellte, dass die Teller und Trinkhörner der Gäste nicht einmal halb voll und offenbar nie richtig voll gewesen waren. Sein Staunen wuchs, als der Haushofmeister zurückkehrte und das mit Speisen überladene Tablett vor Fürst Gast absetzte.

»Esst euch satt!«, schrie Gast zu Taran und Gurgi hinüber und schob ihnen ein kleines Eckchen Brot zu, das in Bratensoße getunkt war. Das Übrige behielt er für sich. »Gast der Großmütige hat stets eine offene Hand! Ein lästiger Fehler, der mich noch arm machen wird. Aber es ist nun einmal meine Natur, von meinem Reichtum großzügig auszuteilen. Ich kann nichts dagegen tun!«

»Großmütig«, sagte Taran halblaut zu Fflewddur, während Gurgi die kümmerliche Mahlzeit verschlang und sich verzweifelt nach mehr umsah. »Ich glaube, er bringt es fertig, dass ein Geizhals neben ihm wie ein Verschwender erscheint!«

So ging die Mahlzeit vorüber. Gast drängte die Gefährten mit lauter Stimme, sich reichlich zu bedienen, wobei er ihnen widerstrebend ein paar Fetzen zähen Fleisches von der hochgetürmten Platte anbot. Erst ganz am Ende, als Gast so viel verschlungen hatte, wie er nur vermochte, und er den Kopf vor Müdigkeit nicht mehr gerade halten konnte, sodass sein Bart ins Trinkhorn hing, durften die Gefährten die mageren Überreste hinunterwürgen. Schließlich tappten die drei Freunde entmutigt und mit leeren Bäuchen zu einer armseligen Kammer, wo sie bald in einen bleiernen Schlaf sanken.

Am Morgen drängte Taran ungeduldig zum Aufbruch nach Caer Cadarn, und Fflewddur war bereit, mit ihm zu ziehen. Aber Fürst Gast wollte davon nichts hören: Zuerst mussten sie seine Schatzkammern bewundern. Der Cantref-Fürst öffnete Truhen mit Bechern, Schmuck, Waffen, Pferdegeschirren und vielen anderen Dingen, wirr durcheinander geworfen, deren Wert Taran sehr hoch einschätzte. Unter all diesen Kostbarkeiten fiel Taran besonders eine zierlich geformte Weinschale auf.

»Diese Weinschale ist allein so viel wert wie all das übrige

Zeug«, flüsterte Fflewddur Taran zu, als Fürst Gast die drei Gefährten aus dem Schatzhaus auf eine Viehweide direkt vor dem Palisadenzaun führte. »Sie ist aus der Hand von Annlaw dem Töpfer, einem Meister in seiner Kunst und dem geschicktesten Töpfer in Prydain. Ich schwöre, seine Töpferscheibe hat Zauberkräfte. Armer Gast!«, fügte Fflewddur hinzu. »Er nennt sich reich und weiß so wenig von dem, was er besitzt!«

»Aber wie konnte er solche Schätze anhäufen?«, fragte Taran.

»Was das betrifft, möchte ich nicht gern Fragen stellen«, sagte Fflewddur leise und grinste. »Sehr wahrscheinlich auf die gleiche Weise, wie Goryon dein Pferd gewann.«

»Und das hier«, schrie Gast und blieb neben einer Kuh stehen, die friedlich grasend bei den übrigen Rindern stand, »und das ist Cornillo, die schönste Kuh im ganzen Land!«

Taran konnte das nicht bestreiten, denn Cornillo glänzte, als ob sie frisch poliert wäre, und ihre kurzen gebogenen Hörner funkelten in der Sonne. Fürst Gast streichelte ihre glatten Flanken. »Sanft wie ein Lamm und stark wie ein Ochse! Schnell wie ein Pferd und klug wie eine Eule!« Gast ging weiter, während Cornillo langsam ihr Futter wiederkäute und Taran geduldig anblickte, als wollte sie bitten, man möchte sie doch nicht für etwas anderes als für eine Kuh halten.

»Sie führt mein Vieh besser als jeder Hirt«, erläuterte Fürst Gast. »Wenn nötig, kann sie einen Pflug ziehen oder eine Kornmühle drehen. Ihre Kälber sind immer Zwillinge! Und ihre Milch ist süß! Rahm! Jeder einzelne Tropfen! So dick, dass die Milchmagd sie kaum buttern kann!«

Cornillo stieß den Atem fast wie einen Seufzer aus, schlug

mit dem Schwanz und fing an zu grasen. Fürst Gast drängte die Gefährten zum Hühnerstall weiter und von dort zum Gehege der Jagdfalken. Der Vormittag war fast vorüber, und Taran hatte schon alle Hoffnungen aufgegeben, die Festung je verlassen zu können, als Gast endlich den Befehl gab, ihre Pferde fertig zu machen.

Taran sah, dass Fflewddur noch immer Llyan ritt, die mächtige goldbraune Katze, die den Gefährten auf der Insel Mona das Leben gerettet hatte. »Ja, ich habe mich entschlossen, sie zu behalten – vielmehr sie hat beschlossen, mich zu behalten«, sagte der Barde, als Llyan herbeisprang und ihren Kopf vertraulich an Tarans Schulter zu reiben begann. »Sie liebt die Harfe mehr denn je«, erzählte Fflewddur weiter. »Sie kann nicht genug davon kriegen.«

Kaum hatte er das gesagt, da sträubte Llyan ihre langen Schnurrhaare und gab dem Barden einen kräftigen Stoß. Fflewddur musste auf der Stelle sein Instrument nehmen und ein paar Saiten anschlagen. Llyan sah ihn laut schnurrend und freundlich mit ihren großen gelben Augen an.

»Lebt wohl«, rief der Cantref-Fürst, als die Gefährten aufsaßen. An der Festung Gasts des Großmütigen werdet ihr immer großzügig empfangen werden!

»Eine Großmut, bei der man verhungern kann«, bemerkte Taran lachend. »Gast hält sich für freigebig, so wie Goryon sich für kühn hält. Soweit ich mir ein Urteil erlauben kann, haben beide Unrecht. Und doch«, fügte er hinzu, »scheinen sie mit sich zufrieden zu sein. Ein Mensch ist doch das, wofür er sich selbst hält.«

»Aber nur, wenn er ein richtiges Bild von sich hat«, antwortete Fflewddur. »Wenn zwischen seiner Meinung und den Tatsachen ein zu großer Unterschied ist – ja dann, mein

Freund, möchte ich sagen, dass ein solcher Mensch nicht mehr Substanz hat als Goryons Riesen! Aber beurteile sie nicht zu streng«, sprach der Barde weiter. »Diese Cantref-Fürsten sind sich ziemlich gleich. Einmal liebenswürdig wie Stachelschweine, im nächsten Augenblick so harmlos wie junge Hunde. Sie alle hüten ihren Besitz, und doch können sie großzügig bis zur Schwachheit sein, wenn sie gerade in Laune sind. Doch sind sie keine Feiglinge. Der Tod sitzt mit ihnen im Sattel und sie achten ihn nicht. Ich habe gesehen, wie sie in der Schlacht ihr Leben hingeben für einen Freund. Gleichzeitig«, fügte er noch hinzu, »habe ich die Erfahrung auf allen meinen Fahrten gemacht: Je weiter eine Heldentat zurückliegt, desto größer wird sie. So ist es auch nicht verwunderlich, dass man auf so viele Helden stößt. Wenn jeder eine solche Harfe hätte wie ich«, sagte er mit einem nachdenklichen Blick auf sein Instrument, »was könntest du für ein Geklirre hören aus jeder Festung in Prydain!«

Cornillo

Am Spätnachmittag erblickten die Gefährten das leuchtend rote Banner mit dem schwarzen Bären, das Emblem des Königshauses von Smoit, das stolz über den Türmen von Caer Cadarn wehte. Im Gegensatz zu den palisadenbewehrten Festungen der Cantref-Fürsten war Smoits Burg eine Anlage mit Mauern aus behauenen Steinen und eisenbeschlagenen Toren, die stark genug war, jedem Angriff zu widerstehen. Zersplitterte Steine und tiefe Dellen im Eisen der Tore deuteten darauf hin, dass die Burg manchem Ansturm standgehalten hatte. Für die drei Reisenden aber öffneten sich die Tore ohne Umstände, und eine Ehrengarde von Lanzenträgern eilte herbei, um die Gefährten zu begleiten.

Der rotbärtige König saß an der Tafel in der Großen Halle. Aus der Anzahl der vollen und leeren Schüsseln, Platten und Trinkhörner schloss Taran, dass Smoit seit dem Morgen nicht aufgehört hatte zu tafeln. Beim Anblick der drei Freunde sprang der König von seinem eichenen Thronsessel auf, der, geschnitzt wie ein gewaltiger Bär, Smoit selbst erstaunlich glich.

»Bei meinen Knochen!«, bellte er, dass das Geschirr auf dem Tisch klapperte und klirrte. »Euer Anblick ist mir lieber als ein Festmahl!« Sein narbenbedecktes Gesicht leuchtete vor Freude, und er schloss die Gefährten so kräftig in seine Arme, als wollte er sie zermalmen. »Kratz doch ein Lied aus deinem alten Kochtopf«, schrie er Fflewddur zu. »Eine freudige Melodie für ein freudiges Zusammentreffen! Und du, mein Junge«, fuhr er fort und packte Taran mit seinen schweren, rot bepelzten Pranken an den Schultern, »beim letzten Mal hast du so jämmerlich ausgesehen wie ein gerupftes Huhn. Und dein zottiger Freund, der hat sich wohl den ganzen Weg von Caer Dallben bis hierher im Gebüsch gewälzt?«

Smoit klatschte in die Hände, brüllte, man sollte mehr Speisen und Getränke heranschaffen, und weigerte sich, Tarans Bericht anzuhören, bevor die Gefährten nicht gesättigt wären und er selbst ein weiteres üppiges Mahl vertilgt hätte.

»Der Spiegel von Llunet?«, sagte Smoit, als Taran schließlich von seiner Suche erzählen konnte. »Ich habe nie von einem solchen Ding gehört. Du kannst genauso gut eine Nadel in einem Heuhaufen suchen wie einen Spiegel in den Bergen von Llawgadarn.« Der König zog seine mächtigen Brauen zusammen und schüttelte den Kopf. »Das Llawgadarn-Gebirge liegt im Gebiet der Freien Commots, und ob die Leute dort Lust haben, dir zu helfen …«

»Die Freien Commots?«, fragte Taran. »Ich habe den Namen gehört, aber ich weiß nur wenig über sie.«

»Das sind Weiler und kleine Dörfchen«, warf Fflewddur ein. »Sie beginnen östlich von den Berg-Cantrefs und sind bis zum Großen Avren hin verstreut. Ich selbst bin nie hingekommen. Die Freien Commots sind sogar für meine Streifzüge etwas weit abgelegen. Aber das Land selbst ist das lieblichste in ganz Prydain – sanfte Hügel und freundliche Täler, fetter Ackerboden und süße Wiesen für das Vieh. Es gibt Eisen für scharfe Schwerter. Gold und Silber für wertvollen Schmuck. Annlaw der Töpfer soll dort leben und viele andere Handwerker: geschickte Weber, Kunstschmiede – seit Menschengedenken war ihre Kunstfertigkeit der Stolz der Commots.«

»Ein stolzes Volk, das sind sie«, stimmte Smoit zu, »und eine unbeugsame Rasse. Sie erkennen keinen Cantref-Fürsten an, sondern nur den Hochkönig Math selbst.«

»Keine Cantref-Fürsten ?«, fragte Taran erstaunt. »Wer regiert sie dann?«

»Nun, sie regieren sich selbst«, antwortete Smoit. »Außerdem sind sie beharrlich und stark. Und bei meinem Bart, ich bin sicher, dort kennt man mehr Frieden und nachbarliche Hilfsbereitschaft als sonst wo in Prydain. Wozu also brauchen sie Könige und Fürsten? Wenn du der Sache auf den Grund gehst«, fügte er hinzu, »dann hängt doch die Macht eines Königs von der Willigkeit derer ab, über die er herrscht.«

Taran, der aufmerksam zugehört hatte, nickte. »Ich habe noch nie daran gedacht«, sagte er wie zu sich selbst, »aufrichtige Treue kann tatsächlich nur freiwillig gegeben werden.«

»Genug geredet!«, polterte Smoit. »Das macht mir Kopfweh und dörrt mir den Schlund aus. Wir wollen lieber essen und trinken. Vergiss den Spiegel! Bleib bei mir in meinem Cantref, Junge. Wir werden auf die Jagd reiten, tafeln und uns einen guten Tag machen. Du wirst hier mehr Fleisch an deine Knochen kriegen, als wenn du nutzlos in der Gegend herumstreifst. Das soll dir ein guter Rat sein, mein Junge.«

Smoit musste schließlich doch einsehen, dass er Taran nicht von seinem Vorhaben abbringen konnte, und erklärte, er werde die Gefährten mit allem ausstatten, was sie für ihre Fahrt nötig hätten. Am nächsten Morgen, nach einem gewaltigen Frühstück, das – so sagte Smoit – ihren Appetit auf die Hauptmahlzeit schärfen sollte, überließ ihnen der König sein Vorratshaus, ging aber mit ihnen hinein, um sich zu vergewissern, dass sie auch nur das Beste aussuchten.

Taran hatte gerade angefangen, die Berge von Taurollen, Satteltaschen und Ledergeschirren zu durchwühlen, als ein Mann von der Schlosswache hereinstürmte und rief: »Herr! Ein Reiter von Fürst Gast ist eingetroffen! Goryons Räuber haben Gasts preisgekrönte Kuh und die ganze Herde gestohlen!«

»Bei allem Blut, das durch meine Adern rinnt!«, brüllte Smoit. Die struppigen, buschigen Augenbrauen des Königs zogen sich zusammen, sein Gesicht wurde so rot wie sein Bart. »Wie kann er es wagen, Unfrieden in meinem Cantref zu säen!«

»Die Leute Gasts haben sich gerüstet. Sie reiten gegen Goryon, sprach der Wächter hastig weiter. »Gast bittet dich dringend um Hilfe. Willst du mit dem Boten sprechen?«

»Mit ihm sprechen?«, bellte Smoit. »Ich werde seinen Herrn in Eisen schlagen, weil er den Frieden gebrochen hat! Noch schlimmer! Weil er ihn ohne meine Erlaubnis gebrochen hat!«

»Gast in Eisen legen?«, fragte Taran ziemlich erstaunt. »Aber Goryon hat doch seine Kuh gestohlen.«

»Seine Kuh?«, schrie Smoit. »Seine Kuh, von wegen! Gast hat sie selbst im vergangenen Jahr Goryon gestohlen. Und vorher umgekehrt. Keiner von ihnen weiß mehr, wem das Vieh nun eigentlich gehört. Diese verdammten Streithähne! Denen werd ich ihr Mütchen kühlen! In meinem Kerker! Beiden, Gast und Goryon!«

Smoit griff nach einer riesigen doppelschneidigen Streitaxt. »Ich werde sie an den Ohren zurückholen!«, tobte er.

»Sie kennen meinen Kerker. Sie waren oft genug drinnen. Wer reitet mit mir?«

»Ich, selbstverständlich!«, schrie Fflewddur mit blitzenden Augen. »Großer Belin, ein Fflam lässt sich keinen Kampf entgehen! »Wenn du unsere Hilfe brauchen kannst, Herr«, begann Taran, »dann sind wir gerne bereit. Aber ... «

»Aufs Pferd, mein Junge!«, befahl Smoit. »Du sollst sehen, wie Gerechtigkeit geübt wird. Ich will Frieden zwischen Gast und Goryon, und wenn ich ihnen vorher die Köpfe einschlagen müsste!«

Smoit stürmte aus dem Vorratshaus, schwang wild die Axt und brüllte Befehle nach rechts und links. Ein Dutzend Krieger sprangen auf die Pferde. Smoit selbst stieg auf einen Hengst mit einer Brust breit wie ein Fass. Dann pfiff er durch die Zähne und gab das Zeichen zum Aufbruch.

Der rotbärtige König legte bei dem Ritt durch die Täler ein solches Tempo vor, dass sich selbst Llyan anstrengen musste mitzukommen, während sich Gurgi, dem es schier den Atem verschlug, am Hals seines wild dahinrasenden Ponys festklammerte. Smoits Streitross war schaumbedeckt und ebenso Melynlas, als der Cantref-König schließlich Halt gebot.

»An die Fleischtöpfe!«, schrie Smoit, schwang sich aus dem Sattel und sah so frisch aus, als habe er eben erst einen gemütlichen Morgenritt begonnen. Die Gefährten, die immer noch ganz außer Atem waren, hatten durchaus keinen Appetit, aber Smoit schlug mit den Fäusten gegen den breiten Bronzegürtel, den er um die Mitte seines Leibes trug. »Der Hunger macht einen Mann verdrießlich und raubt ihm das Vergnügen an der Schlacht.«

»Herr, müssen wir denn mit Fürst Gast kämpfen?«, fragte

Taran mit einiger Sorge, denn Smoits Kriegerschar zählte nur ein Dutzend Leute. »Wenn sich Fürst Goryon gerüstet hat, dann sind wir wohl zu wenig, um sie alle zu besiegen.«

»Kämpfen?«, erwiderte Smoit. »Nein, das lohnt nicht. Ich werde diese Unruhestifter bei der Nase kriegen und noch vor Sonnenuntergang in den Kerker sperren. Sie werden tun, was ich befehle. Ich bin ihr König, bei meinem Bart! Hier steckt genug Kraft, um sie zu erinnern.« Er schüttelte seine Faust.

»Trotzdem«, wagte Taran einzuwenden, »du selbst hast mir gesagt, dass die wahre Kraft eines Königs auf der freiwilligen Bereitschaft derer beruhe, über die er herrscht.«

»Was soll das?«, donnerte Smoit, der sich gegen einen Baumstamm gelehnt hatte und eben dabei war, einen Fleischbrocken in Angriff zu nehmen, den er aus der Satteltasche gezogen hatte. »Bring mich nicht mit meinen eigenen Worten in Verlegenheit! Bei meinen Knochen, ein König ist ein König!«

»Ich wollte nur sagen, dass du Goryon und Gast schon oft in deine Kerker gesperrt hast«, antwortete Taran. »Und doch kämpfen sie immer wieder. Gibt es denn keine Möglichkeit, dass sie Frieden miteinander halten? Oder dass sie verstehen lernen …«

»Ich werde ihnen schon Vernunft beibringen!«, brüllte Smoit und schwang die Streitaxt. Er zog seine buschigen Augenbrauen zusammen, um nachzudenken. »Ja, eigentlich stimmt das«, gab er dann zu. Er kaute so bedächtig, als stecke in den Knorpeln des Fleischstückes ein neuer Gedanke. »Sie kommen in den Kerker und sie verlassen ihn genauso sicher. Du hast hier etwas herausgefunden, mein Junge. Der Kerker nützt nichts mehr bei diesen beiden. Und bei meinem Blut, ich weiß auch, warum! Das Gefängnis muss feuchter und zugiger sein. Das ist es! Ich lasse das Loch noch heute Abend tüchtig unter Wasser setzen.«

Taran wollte schon einwerfen, dass er eigentlich an etwas anderes gedacht hätte, aber da stieß Fflewddur einen Ruf aus und deutete auf einen Reiter, der über die Wiese heranpreschte.

»Er trägt die Farben von Goryon«, rief Smoit und sprang auf. Immer noch hielt er den Fleischbrocken in der einen und die Streitaxt in der anderen Hand. Zwei seiner Mannen stiegen schnell zu Pferd, zogen die Schwerter und jagten los, um den Reiter zu stellen. Der aber hielt das Heft seiner Waffe nach unten und rief ihnen zu, dass er eine Nachricht vom Cantref-Fürsten überbringe.

»Du Schurke!«, brüllte Smoit, ließ Fleisch und Axt fallen, packte den Reiter am Kragen und zerrte ihn aus dem Sattel. »Welches Unheil steht denn noch bevor? Sprich! Was bringst du an Nachrichten? Kerl, antworte mir, sonst reiß ich sie dir zusammen mit den Gedärmen heraus!

»Herr«, keuchte der Bote, »Fürst Gast greift mit aller Macht an. Mein Herr, Fürst Goryon, ist unter starkem Druck. Er wendet sich an dich um Hilfe.«

»Und was ist mit den Kühen?«, bellte Smoit. »Hat Gast sie? Oder hat Goryon sie noch?«

»Keiner, Herr«, antwortete der Bote. Er konnte kaum sprechen, weil Smoit ihn nach jedem Wort schüttelte. »Fürst Gast griff Fürst Goryon an, um seine eigene Herde und die Fürst Goryons zu gewinnen. Aber während sie noch kämpften, erfasste die Tiere eine Panik, und sie liefen davon. Die Kühe? Herr, beide Herden sind fort, verloren, alle miteinander, sogar Cornillo!«

»Das soll das Ende des Streites sein«, erklärte Smoit, »und gleichzeitig eine gute Lehre für die Viehräuber. Gast und Goryon sollen Frieden schließen, dann werde ich sie schonen.«

»Herr, der Kampf wird immer hitziger«, drängte der Bote. »Keiner will ablassen. Jeder wirft dem anderen den Verlust der Herde vor. Fürst Goryon schwört, Rache an Fürst Gast zu nehmen; und Fürst Gast schwört, Rache an Fürst Goryon zu nehmen.«

»Beide wollten also den Kampf«, polterte Smoit. »Jetzt haben sie einen Vorwand!« Er winkte einen seiner Krieger heran und befahl ihm, Goryons Boten nach Caer Cadarn zu bringen, wo er als Geisel festgehalten werden sollte.

»Und die anderen aufs Pferd!«, kommandierte Smoit. »Bei meinen Knochen, dann werden wir also doch unser Vergnügen haben.« Er griff nach seiner Axt. »Ha, heute wird es noch gespaltene Schädel geben!«, schrie er sichtlich aufgeräumt. Sein verwittertes Gesicht leuchtete, als ob er auf dem Weg zu einem Festmahl wäre.

»Die Barden werden davon singen«, rief Fflewddur, den Smoits Kampfstimmung mitriss. »Ein Fflam im dichtesten Kampfgewühl! Je dichter, desto besser!« Die Harfe erbebte und eine Saite riss entzwei. »Ich wollte sagen«, fügte Fflewddur eilig hinzu, »ich hoffe, wir sind nicht zu sehr in der Minderzahl.«

»Herr«, rief Taran, als Smoit auf sein Streitross zuschritt, »wenn Gast und Goryon nicht aufhören wollen, weil ihre Herden auf und davon sind, sollten wir dann nicht versuchen, die Kühe zu finden?«

»Ja, ja!«, warf Gurgi ein. »Kühe finden! Und beenden das Hauen und Stechen!«

Aber Smoit saß schon im Sattel. Taran musste ihm wohl oder übel folgen, denn er wusste nicht, zu welcher der beiden Festungen Smoit sie führte. Was Smoit betraf, so vermutete Taran, war es ihm ziemlich gleichgültig, ob ihm Goryon oder Gast zuerst in die Hände fiel. Nach einiger Zeit erkannte Taran den Weg wieder, den er und Gurgi von Aeddans Hof aus eingeschlagen hatten. Er dachte deshalb, Smoit wollte gegen Goryons Festung vorrücken. Als sie aber über ein freies Feld ritten, wandte sich der König scharf nach links, wo Taran in einiger Entfernung einen Trupp Berittener erspähte.

Beim Anblick der Banner stieß Smoit ein Wutgebrüll aus und gab seinem Hengst die Sporen, um die Reiter einzuholen. Da diese aber ihrerseits die Pferde antrieben, verschwanden sie rasch in den Wäldern. Smoit parierte sein Ross, brüllte ihnen etwas nach und schüttelte seine gewaltige Faust.

»Hat Goryon noch mehr Krieger für diesen Streit aufgeboten?«, schrie Smoit mit krebsrotem Gesicht. »Dann hat Gast das Gleiche getan! Diese Kerle trugen seine Farben!«

»Herr«, begann Taran, »wenn wir die Kühe finden könnten …«

»Kühe!« Smoit schonte seine Stimme nicht. »Hier geht es um mehr als um Kühe, mein Junge. Eine solche Fehde kann sich ausbreiten wie ein Funke in trockenem Zunder. Diese dickschädeligen Burschen werden ganz Cadiffor in Brand stecken, und als Nächstes wirst du erleben, dass wir uns alle gegenseitig an der Gurgel packen! Aber bei meinem Bart, sie sollen lernen, dass meine Faust härter zuschlägt als die ihre!«

Smoit wurde nachdenklich. Sein Gesicht verfinsterte sich.

Etwas schien ihn zu beunruhigen. Er blickte düster vor sich hin und zerrte an seinem Bart. »Die Fürsten aus den benachbarten Cantrefs werden gegen uns losschlagen, wenn sie merken, dass wir uns bekriegen.«

»Aber die Kühe«, drängte Taran. »Wir drei könnten nach ihnen suchen, während du …

»Der Kerker!«, schrie Smoit. »Ich werde Gast und Goryon in den Kerker stecken, bevor ihre Rauferei noch weiter um sich greift.«

Smoit gab seinem Pferd die Sporen. In mörderischem Galopp brach er durch Dickicht und Gesträuch. Die drei Freunde und die Schar der Krieger dicht auf den Fersen, jagte er polternd über die Steine am Ufer eines Flusses und trieb sein Pferd in die rasche Strömung. Der König hatte den Flussübergang schlecht gewählt, denn schon im nächsten Augenblick umspülte das Wasser Taran bis zum Sattelknauf. Smoit stieß ungeduldige Rufe aus und kämpfte sich durch den Fluss. Taran sah noch, wie der König in den Bügeln aufstand und seinen Leuten Zeichen gab, sie sollten sich mehr beeilen. Aber in diesem Augenblick verlor das Pferd den Grund unter den Hufen und rutschte seitwärts ab. Pferd und Reiter tauchten spritzend unter, und noch bevor Taran Melynlas heranbringen konnte, wurde Smoit von seinem Pferd getrennt und trieb wie ein Fass schnell stromabwärts.

Hinter Taran hatten einige Krieger kehrtgemacht und versuchten, den König am Ufer zu überholen. Taran, der dem anderen Ufer schon näher war, erzwang von Melynlas eine letzte Anstrengung, sprang aus dem Sattel an das trockene Ufer und lief, so schnell er konnte, hinter Smoit her. Das Getöse von rauschendem Wasser drang an seine Ohren, und zu seinem Entsetzen erkannte Taran, dass der König unaufhaltsam einem Wasserfall entgegengetrieben wurde. Tarans Herz schlug zum Zerspringen. Doch bevor er noch die Stromschnelle erreicht hatte, sah er, dass der rote Bart des Königs in dem wirbelnden Wasser versank. Er stieß einen Schrei der Verzweiflung aus, als Smoit in den schäumenden Wassern verschwand.

Das Urteil

Taran kletterte hastig über die Felsen hinab, die den mächtigen Wasserfall säumten. In der weißen Gischt konnte er mit Mühe Smoits plumpen Körper erkennen, der sich in den strudelnden Wassermassen kreiselnd drehte. Ohne auf das tosende Wasser zu achten, stürzte sich Taran in den Fluss, griff nach Smoits Gürtel und konnte ihn packen. Mit äußerster Anstrengung und unter ständiger Gefahr, selbst in die tödlichen Wirbel gezogen zu werden, gelang es ihm endlich, den halb bewusstlosen König ins seichte Uferwasser zu ziehen.

Smoit blutete heftig an der Stirn. Sein sonst rotes Gesicht war kalkweiß. Taran versuchte, den schwerfälligen Körper ans seichte Ufer zu zerren. Gurgi und Fflewddur, die Taran nachgeeilt waren, halfen ihm. Smoit brach wie ein gestrandeter Wal zusammen.

Gurgi winselte ängstlich und lockerte die Kleider des Königs, während Taran und der Barde sich in alle Eile um die Verletzungen kümmerten.

»Er kann von Glück sagen, wenn er sich nur den Schädel und die Hälfte seiner Rippen gebrochen hat«, sagte Fflewddur. »Ein anderer wäre glatt auseinander gebrochen. Aber wir sind ganz hübsch in der Patsche«, fügte er leise hinzu, dass nur Taran es hörte, und sah dabei zu den Kriegern hinüber, die sich um den bewusstlosen Smoit sammelten. »Er wird jetzt weder Gast noch Goryon aufs Kreuz legen. Er braucht Pflege. Am besten wäre es, wenn wir ihn nach Caer Cadarn brächten.«

Taran schüttelte den Kopf. Er dachte an Smoits Worte über die benachbarten Cantref-Fürsten, die nur auf eine Gelegenheit zum Angriff lauerten. Er dachte auch daran, dass das beste Mittel, Gast und Goryon zu versöhnen, wäre, die Wunderkuh Cornillo zu finden. Aber seine Gedanken waren so wirr wie das Gewebe Orddus. Am liebsten hätte er mit Smoit tauschen wollen. Bewusstlosigkeit schien ihm in diesem Augenblick der beneidenswerteste Zustand zu sein. »Aeddans Hof liegt näher«, sagte er schließlich. »Wir werden ihn dorthin bringen und Gurgi soll bei ihm bleiben. Wir beide müssen Gast und Goryon suchen und alles tun, ihren Kampf zu beenden. Und was Cornillo und die Herde angeht, so zweifle ich, ob wir überhaupt noch hoffen dürfen, sie jemals zu finden.«

Die Gefährten rissen ihre Mäntel in Streifen, um Smoits Wunden zu verbinden. Die Lider des Königs flatterten und er stöhnte laut auf. »Gebt mir was zu essen!«, keuchte er. »Wenn ich auch halb ersoffen bin, so möchte ich nicht noch halb verhungern.« Er legte Taran eine Hand auf die Schulter. »Mein guter Junge, mein guter Junge. Du hast mir das Leben gerettet. Einen Augenblick noch und ich wäre zu Pudding zerschlagen worden. Erbitte, was immer du willst, und ich werde es dir geben.«

»Ich bitte um nichts«, erwiderte Taran, während er einen Verband um Smoits gewaltige Brust legte. »Meinen sehnlichsten Wunsch«, murmelte er, »den kann mir doch niemand erfüllen.«

»Ganz gleich«, schnaufte Smoit, »was ich dir geben kann, das sollst du haben.« Schmerzverzerrten Gesichts versuchte er, auf die Beine zu kommen.

»Herr, du kannst nicht weit gehen«, begann Taran. »Erlaube uns, mit deinen Kriegern wegzureiten und …«

»Lieber Herr! Höre!«, rief Gurgi aufgeregt. »Höre mit Lauschen!« Auch Llyan musste ein Geräusch vernommen haben, denn ihre Ohren stellten sich auf und ihre Schnurrhaare sträubten sich.

»Das ist mein Magen! Er ruft nach Fleisch und einem Trunk!«, schrie Smoit. »Und er muss laut sein, denn ich bin leer wie eine Trommel!«

»Nein! Nein!«, rief Gurgi, packte Taran am Arm und zog ihn am Flussufer entlang. »Nicht Trommeln und Trappeln, Murren und Muhen!«

Auf den Barden gestützt, stolperte Smoit hinter ihnen her. Gurgi hatte die Wahrheit gesagt. Seine scharfen Ohren hatten ihn nicht getäuscht, denn jetzt hörte auch Taran ein entferntes Muhen. Gurgi rannte darauf zu. Hinter den Bäumen senkte sich das Gelände sanft zu einer schattigen Mulde. Taran schrie vor Entsetzen auf: Dort stand die Herde und graste friedlich. Und mitten in der Herde stand Cornillo.

»Mein Blut!«, schrie Smoit so laut, dass ein Dutzend gehörnter Köpfe sich wandten und so erschreckt herüberblickten, als habe irgendein unbekannter Stier ihre harmlose Beschäftigung unterbrochen.

»Großer Belin!«, schrie nun auch Fflewddur. »Cornillo hat sie alle in Sicherheit gebracht! Sie ist klüger als ihre beiden Herren.«

Cornillo hob den Kopf, als Taran auf sie zulief. Sie schnaubte und rollte die Augen mit einem Blick unerschütterlicher Geduld. Ohne auf seine schmerzhaften Beulen zu achten, klatschte Smoit triumphierend in die Hände und brüllte mit äußerstem Stimmaufwand nach seinen Kriegern.

»Herr, lass uns die Herde auf Aeddons Hof treiben«, bat Taran. »Deine Wunden müssen besser versorgt werden.«

»Treib sie, wohin du willst, mein Junge«, antwortete Smoit. »Bei meinen Knochen, jetzt haben wir sie! Jetzt werden Gast und Goryon im Galopp zu mir kommen!« Er winkte zwei Reitern und befahl ihnen, den Cantref-Fürsten eine Botschaft zu überbringen. »Sag den beiden Unruhestiftern, wo ich sie erwarte«, donnerte er. »Und sag jedem der beiden, er soll Frieden schließen, denn seine Kühe sind gefunden!«

»Und Gurgi hat sie gefunden!«, rief Gurgi und schlug wilde Purzelbäume. »Ja! Ja! Kühner, geschickter, scharfohriger Gurgi! Alles findet er! O ja!« Er wedelte mit seinen behaarten Armen und schien fast zu bersten vor Stolz und Freude über seine Tat. »Oh, Barden werden singen von listigem Gurgi mit Heldengesängen und Harfenklängen!

»Sicher werden sie das, alter Freund«, sagte Taran. »Du hast die Herde gefunden. Vergiss aber nicht, wir müssen noch mit Gast und Goryon verhandeln – und wir haben nur eine Cornillo.«

Die Kühe zeigten wenig Neugier, das stille Tal zu verlassen. Aber mit vielen guten Worten konnte Taran Cornillo zu Aeddons Hof treiben. Die Herde folgte ihr unter lautem Muhen. Es war ein seltsamer Zug, der sich da seinen Weg über die Wiesen und das wellige Land suchte. Zu beiden Seiten der Herde ritten Smoits Krieger, der rotbärtige König selbst schwang einen Speer, als wäre es der Stecken eines Viehtreibers. Llyan trottete hinter den Kühen her und trieb die Nachzügler an. Und Gurgi hockte stolz wie ein zerzauster Gockel auf Cornillos Rücken. Als der Hof in Sicht kam, ritt Taran voraus und rief den Namen Aeddans. Er war kaum vom Pferd gesprungen, als die Tür aufgerissen wurde, sodass er erstaunt zurückwich: Aeddan stand vor ihm mit einem verrosteten Schwert in der Faust. Hinter ihm sah Taran Alarca, die in ihre Schürze weinte.

»Erwiderst du so meine Gastfreundschaft?«, schrie Aeddan, als er Taran erkannte. Seine Augen blitzten und entschlossen hob er die altertümliche Waffe gegen die anrückende Kriegerschar. »Kommst du mit denen, um unser Land zu zerstören? Verschwindet! Ihr habt es bereits getan!

»Was denn?«, stotterte Taran, den diese Worte aus dem Mund eines Mannes erschütterten, den er für einen Freund gehalten hatte. »Ich reite mit König Smoit und seinen Leuten. Wir wollen Frieden zwischen Gast und Goryon stiften.

»Macht es einen Unterschied, wessen Soldaten meine Ernte zertrampeln?«, gab Aeddan zurück. »Was Gast verwüstet hat, hat Goryon doppelt verwüstet, als sie auf meinem Acker ihren Kampf ausfochten, bis kein Halm mehr stand! Kämpfen ist ihr Stolz, mein Hof aber bedeutet mein Leben. Suchten sie Vergeltung? Ich wollte nur meine Ernte.« Müde und hoffnungslos senkte Aeddan den Kopf und warf sein Schwert auf den Boden.

Erschüttert blickte Taran auf das Feld, das Aeddan unter solchen Mühen bestellt hatte. Die Hufe der Streitrosse hatten die Erde aufgewühlt und zerstampft, die jungen Schösslinge entwurzelt und über den Boden verstreut. Die Ernte, auf die Aeddan all seine Hoffnung gesetzt hatte, würde nie mehr aufgehen. Taran fühlte den herzzerreißenden Schmerz des Bauern, als ob es sein eigener wäre.

Bevor er sprechen konnte, näherte sich ein Trupp Reiter mit Fürst Goryon an der Spitze. Im nächsten Augenblick erschien Fürst Gast mit seinen Kriegern und trieb, als er den Gegner erkannte, sein Ross an, galoppierte wütend auf die

Hütte zu, sprang aus dem Sattel und lief wild schreiend auf Goryon zu.

»Räuber!«, schrie Gast. »Willst du mir Cornillo wieder stehlen?«

»Dieb!«, schrie Goryon. »Zunächst einmal: Ich nahm, was mir gehört!«

»Lügner!«, brüllte Gast. »Nie hat sie dir gehört!«

»Unverschämtheit! Beleidigung!«, brüllte Goryon. Sein Gesicht färbte sich dunkelrot, seine Hand griff nach dem Schwert.

»Ruhe!«, donnerte Smoit. Er schwang seine Streitaxt gegen die Cantref-Fürsten. »Euer König spricht! Wie könnt ihr es wagen, miteinander zu streiten und euch zu beschimpfen, ihr schweinsköpfigen Streithähne!« Smoit gab seinen Kriegern ein Zeichen, dass sie Gast und Goryon festnehmen sollten. Aus den Reihen der zwei bewaffneten Haufen erhob sich ein Wutschrei. Die Reiter entblößten ihre Schwerter, und Taran fürchtete einen Augenblick, dass der Kampf erneut ausbrechen werde. Aber Smoits Krieger ließen sich nicht einschüchtern. Der Anblick des wütenden Königs bewog die Reiter schließlich, sich zurückzuziehen.

»In meinem Kerker sollt ihr lernen, wie man als Nachbarn gut miteinander auskommt«, schrie Smoit. »Dort werdet ihr bleiben, bis ihr die Lektion begriffen habt. Und Cornillo – ich habe mir den Schädel aufgeschlagen und alle Knochen gebrochen, ich bin geritten, bis ich am Rande des Hungertodes war, darum behalte ich Cornillo für mich! Als Kampfpreis! Und als kleine Entschädigung für die Unannehmlichkeiten, die ihr mir bereitet habt! Noch ein Tag, und ihr hättet den ganzen Cantref in Brand gesteckt!«

Bei diesen Worten erhoben Gast und Goryon laut und wütend Protest. Auch Taran konnte seine Zunge nicht länger im Zaum halten. Er trat vor den König: »Herr, auch eine lebenslängliche Haft in deinem Kerker wird kein Weizenhälmchen auf diesem verwüsteten Feld mehr zum Wachsen bringen. Aeddan hat verloren, was er zu gewinnen hoffte: eine einzige Ernte, die ihn und seine Frau am Leben erhalten sollte. Du hast versprochen, mir einen Wunsch zu erfüllen. Ich wollte nichts haben. Darf ich aber jetzt um eine Gnade bitten?«

»Sag, was du willst, mein Junge«, antwortete Smoit. »Du bekommst es.«

Taran zögerte einen Augenblick. Dann trat er auf die Cantref-Fürsten zu und stand ihnen Auge in Auge gegenüber. Er wandte sich an Smoit.

»Ich bitte dich«, sagte er, »lass Gast und Goryon frei.«

Smoit blinzelte erstaunt. Goryon aber, der Taran zum ersten Mal eines Blickes würdigte, rief aus: »Das ist ja der Schweinehirt, der mich um mein Pferd geprellt hat! Ich habe ihn für einen Bauernlümmel gehalten, aber er bittet um eine Gunst, die eines Edelmannes würdig ist. Gewähre sie, Smoit. Er spricht klug!«

»Lass sie frei«, fuhr Taran fort, »damit sie mit Aeddon arbeiten und wieder gutmachen können, was sie zerstört haben.«

»Was?«, empörte sich Gast. »Ich hielt ihn für einen Helden, aber er ist nur ein Bauernlümmel! Wie kann er es wagen, zu fordern, dass Gast der Großmütige den Boden umgräbt wie ein Maulwurf und noch dazu ohne Lohn!«

»Unverschämtheit! Frechheit! Gemeinheit!«, kreischte Goryon. »Ich dulde es nicht, dass ein Sauhirt zu Gericht sitzt über Goryon den Kühnen!

»Und auch nicht über Gast den Großmütigen!«, rief Gast.

»Dann sitzt selbst über euch zu Gericht«, antwortete Taran, nahm zwei Hand voll Erde und geknickte Schösslinge auf und hielt sie den erbosten Cantref-Fürsten vor Augen. »Das ist alles, was von Aeddans bestelltem Feld noch übrig ist. Ihr könnt ebenso gut ein Schwert nehmen und ihn erschlagen. Schau her, Fürst Goryon, denn hierin liegt mehr Wahrheit als in deinen Märchen von Riesen und Ungeheuern. Das war ihm teurer, Fürst Gast, als dir alle deine Schätze – und er nannte es mit mehr Recht sein Eigen, denn er hat es sich erarbeitet.«

Gast und Goryon waren still geworden. Die zwei rauen Cantref-Fürsten starrten auf den Boden wie zwei dumme Jungen. Aeddan und seine Frau sahen zu und waren sprachlos.

»Der Junge hat einen besseren Kopf auf den Schultern als ich«, rief Smoit, »und sein Urteil ist klug. Allerdings wäre der Kerker mehr nach meinem Geschmack gewesen.«

Widerstrebend stimmten die Cantref-Fürsten der Entscheidung zu.

Taran wandte sich an Smoit. »Und dann möchte ich dich noch um dieses eine bitten: Sei gnädig, wenn man deiner Gnade am meisten bedarf. Du beanspruchst Cornillo für dich selbst? Herr, gib sie Aeddan.«

»Cornillo hergeben?« Smoit spuckte vor Empörung. »Meinen Kampfpreis …« Dann aber nickte er doch zustimmend. »So sei es, mein Junge.«

»Aeddan soll sie behalten«, fuhr Taran fort, »und Gast und Goryon sollen ihre nächsten Kälbchen haben.«

»Und meine Herde?«, schrie Goryon.

»Und meine!«, schrie Gast. »Sie sind so durcheinander geraten, dass sie keiner mehr auseinander halten kann.«

»Fürst Goryon soll die Herde in zwei gleiche Teile teilen«, bestimmte Taran.

»Er soll nicht!«, fiel ihm Fürst Gast ins Wort. »Der wird mir nur die Klappergestelle anhängen! Mir steht es zu, zu teilen!«

»Von wegen!«, protestierte Goryon. »Du wirst mir keines von deinen grobknochigen Viechern andrehen!«

»Fürst Goryon soll die Herde teilen«, wiederholte Taran. »Aber Fürst Gast soll als Erster wählen dürfen.«

»Gut gesprochen!« Smoit brüllte vor Lachen. »Bei meinem Blut! Jetzt hast du sie erwischt! Goryon teilt und Gast wählt! Hahaha! Man braucht zwei Diebe, um ein ehrenhaftes Geschäft abzuschließen!«

Aeddan und Alarca waren vor Taran und Smoit getreten. »Wer du in Wahrheit bist, ich weiß es nicht«, sagte der Bauer zu Taran. »Aber du hast mir mehr geholfen als ich dir.«

Die Cantref-Fürsten begannen, die Herde zu teilen, und Smoits Krieger schickten sich an, nach Caer Cadarn zurückzukehren.

»Oh, Klugheit vom lieben Herrn!«, schrie Gurgi. »Gurgi findet Kühe, kluger Herr weiß, was man mit ihnen anfangen soll!«

»Wenn ich wirklich das Richtige getan habe«, gab Taran zurück, »dann werden Gast und Goryon auf Cornillos Kälbchen warten. Gast sagte, sie werfe immer Zwillinge. Ich kann nur hoffen, dass sie uns nicht enttäuscht.«

Lange nach Einbruch der Dunkelheit erreichten die Gefährten endlich Caer Cadarn. Fflewddur und Gurgi waren so erschöpft, dass sie sich einfach auf ihre Lager fallen ließen. Taran wäre gern ihrem Beispiel gefolgt, aber Smoit nahm ihn am Arm und zog ihn in die Große Halle. »Heute hast du wahrhaftig etwas geleistet, mein Junge«, rief Smoit. »Du hast den Cantref vor einem Krieg bewahrt und mich davor, zu Sülze geschlagen zu werden. Ich weiß zwar nicht, wie lange Gast und Goryon Frieden halten werden. Aber ich habe eines von dir gelernt: Meine Kerker sind nutzlos. Bei meinen Knochen! Von heute an werde ich versuchen, lieber zu sprechen als dreinzuschlagen! Aber weißt du, mein Junge«, fuhr Smoit fort und runzelte die Brauen, »mit meinem Verstand ist es nicht weit her. Das braucht man mir nicht zu sagen. Ich fühle mich wohler, wenn ich eine Klinge in der Hand habe. Willst du mir Gunst mit Gunst vergelten? Bleib bei mir im Cantref Cadiffor.«

»Herr«, antwortete Taran, »ich suche zu erfahren, wer meine Familie ist. Ich kann nicht …«

»Familie!«, rief Smoit und schlug sich auf den fetten Bauch. »Ich kann dir die ganze Familie ersetzen. Hör zu«, fügte er etwas leiser hinzu. »Ich bin Witwer und kinderlos. Sehnst du dich nach Eltern? Ich sehne mich genauso nach einem Sohn. Wenn das Horn Gwyns des Jägers mich abberuft, dann gibt es niemanden, der meinen Platz einnehmen könnte. Ich möchte dich wählen und keinen anderen. Bleibe, mein Junge, und eines Tages wirst du König von Cadiffor sein.«

»König von Cadiffor?« Tarans Herz schlug heftig. Was sollte er noch den Spiegel suchen, da er Eilonwy jetzt einen Königsthron anbieten konnte? Ein stolzeres Geschenk würde er ihr niemals zu Füßen legen können. Taran, König von Cadiffor. Das klang besser als Taran, der Hilfsschweinehirt. Doch plötzlich kühlte sich seine Freude ab. Eilonwy würde vielleicht seine neue Stellung achten. Aber konnte sie ihn auch achten, wenn er seine Suche aufgab, noch ehe sie begonnen hatte? Konnte er denn sich selbst achten? Lange Zeit schwieg Taran. Dann sah er Smoit voller Zuneigung an. »Die Ehre, die du mir anbietest«, sagte er, »schätze ich höher als irgendetwas anderes. Ich möchte sie nur zu gern annehmen.« Er stockte. »Doch ich will den Königsthron lieber als rechtmäßiger Erbe einer adligen Herkunft und nicht als Geschenk. Es kann ja sein«, fuhr er zögernd fort, »dass ich tatsächlich von edler Abstammung bin. Dann werde ich gerne über Cadiffor herrschen.«

»Was soll das heißen!«, polterte Smoit. »Bei meinen Knochen! Mir ist es lieber, auf meinem Thron sitzt ein kluger Schweinehirt als ein Prinz von Geblüt, der ein Narr ist!«

»Da ist noch etwas«, sprach Taran weiter. »Ich muss die Wahrheit über mich selbst erfahren. Und ich will die Suche nicht einfach abbrechen. Ich wüsste dann nie, wer ich wirklich bin. Mein ganzes Leben lang hätte ich das Gefühl, mir fehlte etwas.«

Bei diesen Worten breitete sich Trauer über Smoits narbiges Gesicht. Aber gleich darauf schlug er Taran herzhaft auf den Rücken. »Bei allem Blut, das durch meine Adern fließt! Bei meinem Bart!«, schrie er. »Du hast dir nun einmal in den Kopf gesetzt, die Wildgans, den Irrwisch, den Spiegel oder was es auch ist, zu suchen. Suche es nur, mein Junge! Ob du's nun findest oder nicht, komm zurück, und Cadiffor wird dich willkommen heißen. Aber beeile dich, denn wenn Gast und Goryon wieder aneinander geraten, dann kann ich nicht dafür bürgen, dass von dem Cantref noch viel übrig sein wird!

So machte sich Taran mit Fflewddur und Gurgi wieder auf den Weg. Im innersten Herzen hegte Taran die Hoffnung, er werde mit stolzen Nachrichten über seine Herkunft zurückkehren.

Der Frosch

Die Gefährten kamen gut voran. Nach ein paar Tagen bereits überquerten sie den Ystrad-Fluss, und Fflewddur führte sie eine Zeit lang am Ufer entlang, bevor sie ihren Weg nordostwärts durch die Berg-Cantrefs fortsetzten. Diese Gegend war grau und steinig und ebenso unfruchtbar, wie die Tal-Cantrefs fruchtbar waren. Wo früher vielleicht einmal fettes Weideland gewesen sein mochte, bedeckte jetzt Gestrüpp den Boden, und die riesigen Waldflächen waren dunkel von verfilztem Buschwerk und Unterholz. Fflewddur gab zu, dass ihn seine Streifzüge nur selten hierher führten. »Die Fürsten in diesen Cantrefs sind ebenso düster wie ihre Ländereien. Man spielt ihnen die fröhlichsten Lieder, und der beste Lohn, den man dafür erwarten darf, ist ein säuerliches Lächeln. Aber wenn die alte Sage stimmt, dann waren diese Fürstentümer einst so reich wie irgendein anderes in Prydain. Die Schafe aus den Berg-Cantrefs – Großer Belin! Man sagt, ihr Fell sei so üppig gewesen, dass man den Arm bis zum Ellenbogen darin verstecken konnte. Jetzt sind sie eher schäbig.«

»Aeddan sagte mir, dass Arawn Todesfürst den Bauern des Tales viele Geheimnisse gestohlen hätte«, warf Taran ein. »Sicher hat er auch die Hirten der Berg-Cantrefs beraubt.«

Fflewddur nickte. »Es gibt nur Weniges, was er nicht zerstört oder an sich gebracht hat – nur das Zwergenvolk hat er unbehelligt gelassen. Denn selbst Arawn wird es sich zweimal überlegen, bevor er sich mit ihnen anlegt. Wie dem auch sei«, fuhr er fort, »ich würde die Reiche des Nordens, wo ich selbst ein Königreich habe, nicht für eines von diesen hier eintauschen. Dort züchten wir zwar keine Schafe, mein Junge, aber wir bringen berühmte Barden und Krieger hervor. Natürlich hat das Geschlecht der Fflam den Thron schon seit – nun, jedenfalls schon bemerkenswert lange inne. In den Adern eines Fflam«, erklärte der Barde, »fließt das königliche Blut derer aus dem Hause der Don! Prinz Gwydion selbst ist mein Verwandter! Ein sehr entfernter – ein sehr entfernter, das ist richtig«, fügte er eiligst hinzu, »aber immerhin verwandt.«

»Gurgi schert sich nicht um berühmte Schafe oder wollige Barden«, brummte Gurgi. »Er ist glücklich in Caer Dallben. O ja, und wünscht, bald wieder dort zu sein.«

»Wenn du das willst, dann sehe ich schwarz für dich«, sagte Fflewddur zu Gurgi. »Ich fürchte, ihr werdet noch eine recht beschwerliche Reise haben, bevor ihr die Heimat wiederseht, und kein Mensch kann ahnen, wie lange es dauert, bis ihr euren geheimnisvollen Spiegel findet. Ich werde, soweit ich kann, mit euch ziehen«, sagte er zu Taran, »doch früher oder später werde ich in mein Reich zurückkehren müssen. Meine Untertanen erwarten stets voll Ungeduld meine Heimkehr ...«

Die Harfe erzitterte heftig, als eine Saite entzweiriss. Fflewddur wurde rot. »Na ja.«, gestand er, »was ich eigentlich sagen wollte, ist dies: Ich sehne mich stets, sie wiederzusehen. Ich habe zwar oft das Gefühl, dass alles recht gut geht, wenn ich nicht da bin, aber ein Fflam kennt seine Pflichten!

Die Gefährten hielten an. Fflewddur ließ sich von Llyans Rücken gleiten und setzte sich auf den Rasen, um die zerrissene Saite zu reparieren. Dann holte er aus seiner Jacke einen großen Schlüssel, mit dem er die hölzernen Wirbel anzog, und begann, das Instrument zu stimmen. Plötzlich ertönte von oben ein heiserer Schrei. »Das ist Kaw!« Taran deutete auf den schwarzen Vogel, der im Sturzflug auf die drei Gefährten niederstieß und schließlich auf Tarans ausgestrecktem Arm landete. Gurgi klatschte erfreut in die Hände.

»So hast du uns also doch gefunden, alter Freund«, rief Taran. »Sag mir«, fuhr er rasch fort, »wie geht es Eilonwy? Vermisst sie – uns alle?«

»Prinzessin!«, krächzte Kaw und schlug mit den Flügeln. »Prinzessin! Eilonwy! Taran!« Er klapperte mit dem Schnabel, hopste auf Tarans Arm auf und ab und begann ein solches Plappern und Schnattern, dass Taran kaum ein Wort von dem anderen unterscheiden konnte. Immerhin verstand er, dass Eilonwy nach wie vor verärgert war, da man ihr höfische Umgangsformen aufzwang; und dass sie ihn tatsächlich vermisste – zwei Nachrichten, die Taran freuten und seine Sehnsucht nach der Prinzessin mit dem Goldhaar vermehrten. Außerdem erzählte Kaw, dass der Riese Glew in der Höhle auf der Insel Mona dank Dallbens Zaubertrank seine ursprüngliche Größe wiedererlangt hätte.

Kaw war glänzender Laune. Er schwatzte aufgeregt, schlug mit seinen pechschwarzen Flügeln, hüpfte von Tarans Hand, um auch die anderen Freunde zu begrüßen, und setzte sich sogar auf Llyans Kopf, um der großen Katze mit seinem Schnabel eifrig das goldbraune Fell zu kraulen.

»Seine Augen werden uns bei der Suche helfen«, sagte Taran zu Fflewddur. Dieser hatte seine Harfe liegen lassen und streichelte das glatte Gefieder des Vogels. »Kaw kann das Land besser erkunden als wir alle.«

»Ja«, stimmte Fflewddur zu, »falls er mag und falls er dir folgt. Denn dieser Taugenichts steckt seinen Schnabel immer in alle möglichen Dinge, nur nicht dorthin, wo er soll.«

»Ja, ja«, drohte Gurgi dem Raben. »Folge liebem Herrn. Hilf ihm! Flieg in der Runde und bring ihm die Kunde! Lass Lügen und Trügen!

Anstatt zu antworten, streckte der Rabe ganz frech seine spitze schwarze Zunge heraus. Mit einer raschen Bewegung seines Schwanzes flatterte er zur Harfe und begann, die Saiten heftig mit seinem Schnabel zu bearbeiten. Auf den empörten Aufschrei des Barden hüpfte Kaw von dem geschwungenen Rahmen des Instrumentes herab, fasste den Stimmschlüssel und zerrte ihn über den Rasen.

»Der ist unverschämt wie eine Elster!«, schrie Fflewddur und rannte hinter dem Raben her. »Er stiehlt wie eine Dohle!«

Kaum war Fflewddur auf einen halben Schritt herangekommen, hüpfte Kaw behände weiter. Den Schlüssel hatte er noch immer im Schnabel. Wieder und wieder entschlüpfte er fröhlich kreischend Fflewddurs Zugriff, sodass Taran schließlich nicht anders konnte und anfing zu lachen. Es war zu komisch, wie der langbeinige Barde ständig im Kreis lief und den vor ihm her tanzenden Kaw vergeblich zu fangen versuchte. Gurgi und Taran beteiligten sich an der Verfolgung, und Tarans Finger waren schon auf Haaresbreite an die Schwanzfedern des Raben herangekommen, da schoss Kaw empor und flog übermütig ein Stückchen in den Wald. Dort setzte er sich auf den knorrigen Ast einer großen, alten Eiche und spähte mit blanken Perlenaugen auf die Gefährten.

»Komm herunter«, befahl Taran mit gespielter Strenge,

denn er konnte dem ausgelassenen Vogel unmöglich böse sein. »Ich habe alles versucht, ihm gutes Benehmen beizubringen«, seufzte er, »aber es ist zwecklos. Er wird das Ding wiederbringen, wenn es ihm passt, und nicht früher.«

»He, du, lass das fallen!«, brüllte Fflewddur und schwenkte die Arme. »Lass es fallen, sage ich!« Kaw beugte den Kopf, breitete die Flügel aus und ließ den Schlüssel fallen – nicht in die ausgestreckte Hand des Barden allerdings, sondern in ein Loch im Baumstamm.

»Fallen gelassen! Fallen gelassen!«, krächzte Kaw, schaukelte sich auf dem Zweig und plapperte und kicherte vergnügt über sein Kunststück.

Fflewddur schnaubte. »Der Vogel hat ein Benehmen wie ein Sperling! Er hat seinen Spaß gehabt und ich habe die Plage.«

Unter Verwünschungen aller mutwilligen Krähen umklammerte der Barde den Stamm und versuchte, sich hochzuziehen. Er war aber noch nicht halb oben, da glitt er ab und stürzte unsanft.

»Ein Fflam ist gewandt!«, keuchte er und rieb sich jämmerlich den Rücken. »Bei Belin! Es gibt keinen Baum, auf den ich nicht hinaufkäme – natürlich mit Ausnahme von diesem da.« Er fuhr sich über die Stirn und starrte auf den hohen Stamm.

»Gurgi klettert! Ja! Ja!« Gurgi sprang auf die Eiche zu, kletterte flink hinauf und streckte seine magere Hand in das Loch. »Liederschlüssel! Oh, ja!«, rief er dabei. »Geschickter Gurgi findet ihn!« Er hielt inne. Taran sah, wie sich im Gesicht des Tiermenschen Staunen und Überraschung spiegelten. Gurgi warf Fflewddur den Schlüssel hinunter und wandte sich noch einmal dem Loch zu.

»Aber was ist das! Was findet Gurgi noch beim Tasten! Lieber Herr«, rief er, »hier ist ein seltsames Etwas tief im Versteck!«

Taran sah, wie die aufgeregte Kreatur einen Gegenstand unter den Arm klemmte und den Eichenstamm hinabglitt.

»Komm mit schauen!«, schrie Gurgi, als Taran und der Barde ihn umdrängten. Kaws Streich war sofort vergessen, und der Rabe, keineswegs verlegen oder reuig, flog auf Tarans Schulter, streckte neugierig den Hals, als sei er entschlossen, als Erster Gurgis Entdeckung in Augenschein zu nehmen.

»Ein Schatz!«, rief Gurgi. »Oh, Schatz von großem Wert! Und Gurgi findet ihn!« Aufgeregt hüpfte er von einem Bein auf das andere. »Öffne, lieber Herr! Öffne und sieh die Schätze darin!

Was Gurgi Taran in die Hand drückte, war ein kleines, flaches Eichenkästchen, nicht größer als Tarans Handfläche. Der gewölbte Deckel war mit schweren Scharnieren versehen, mit Eisenbändern verstärkt und durch ein starkes Vorhängeschloss gesichert.

»Kostbare Steine mit Glitzern und Glimmern! Goldene Geschmeide mit Schimmern und Scheinen!« Gurgi kreischte vor Begeisterung. Taran drehte das Kästchen hin und her, und selbst Fflewddur konnte seine Neugierde nicht verbergen.

»Nun, meine Freunde«, bemerkte er schließlich, »wenigstens haben wir einen Lohn für die Mühe, die uns der diebische Taugenichts gemacht hat. Allerdings wird er nicht üppig sein, nach der Größe zu schließen.«

Taran plagte sich indessen mit dem Schloss, das nicht nachgeben wollte. Schließlich musste er das Kästchen auf den Boden stellen, wo Gurgi es fest hielt, während der Barde und Taran mit den Spitzen ihrer Schwerter versuchten, die Scharniere zu brechen. Aber das Kästchen war erstaunlich solide gearbeitet. Es bedurfte all ihrer Kraft, bis der Deckel endlich nachgab und mit einem lauten, knarrenden Geräusch aufsprang. In dem Kästchen lag ein Gegenstand, sorgfältig in weiches Leder eingewickelt. Taran faltete die Umhüllung vorsichtig auseinander.

»Was ist es? Was ist es?« Gurgi konnte sich kaum beherrschen und hopste erwartungsvoll um Taran herum.

Taran lachte und schüttelte den Kopf. Das Päckchen enthielt weder Gold noch edle Steine, sondern lediglich ein dünnes Knochenstückchen so lang wie Tarans kleiner Finger. Gurgi winselte enttäuscht.

Fflewddur schnaubte. »Ich möchte sagen, unser zottiger Freund hat eine sehr kleine Haarnadel gefunden oder einen sehr großen Zahnstocher. Ich vermute, wir haben weder für das eine noch für das andre so recht Verwendung.«

Taran untersuchte den seltsamen Gegenstand sehr eingehend. Der Knochenspan war trocken und spröde, weiß gebleicht und poliert. Ob er von einem Menschen oder einem Tier stammte, konnte er nicht sagen.

»Was kann das für einen Wert haben?«, murmelte er nachdenklich.

»Großen Wert«, entgegnete Fflewddur, »wenn jemand einen Zahnstocher nötig haben sollte. Aber sonst«, er zuckte mit den Schultern. »Behalte es, wenn du willst, oder wirf es weg. Mir ist das gleich. Nicht einmal das Kästchen ist mehr zu reparieren.«

»Wenn es aber nichts wert ist«, wandte Taran ein, »warum hätte man es denn so sorgsam verschließen und verbergen sollen?«

»Es ist eine alte Erfahrung von mir, dass die Leute recht eigenwillig sein können, was ihre Habseligkeiten betrifft«, sagte Fflewddur. »Ein Lieblingszahnstocher, ein Familienerbstück – aber, ja, ich sehe, worauf du hinauswillst. Ein Fflam begreift schnell! Wer es versteckt hat, wollte nicht, dass man es findet. Genau, was ich gerade sagen wollte: Da steckt erheblich mehr dahinter, als man sehen kann.«

»Und doch«, begann Taran wieder, »ein hohler Baum scheint mir kaum der sicherste Platz zu sein, um etwas aufzubewahren.«

»Im Gegenteil«, ereiferte sich der Barde. »Was könnte es Besseres geben? Im Haus kann man es leicht finden. Du kannst es aber auch nicht in der Erde vergraben, wegen der Maulwürfe, Dachse und ähnlicher Tiere. Doch auf einen solchen Baum wie den hier«, fuhr er fort und blickte hinauf, »kann außer Gurgi nur jemand mit einer Leiter hinaufklettern. Und es ist doch höchst unwahrscheinlich, dass einer, der sich hier im Wald herumtreibt, zufällig eine Leiter bei sich haben wird. Wenn Vögel oder Eichhörnchen dort oben nisten, dann verdecken sie alles nur noch mehr. Nein, wer es hierher gelegt hat, der hat sich das gut überlegt und sich so viel Mühe gegeben, als ob …«

Fflewddurs Gesicht erbleichte. »Als ob …« Er schluckte heftig und schien an seinen eigenen Worten zu ersticken. »Lass die Finger davon«, flüsterte er eindringlich. »Vergiss, dass wir das Ding je gefunden haben. Ich kann Hexerei meilenweit riechen. Zahnstocher, Haarnadel – was auch immer, irgendetwas stimmt nicht.« Er schauderte. »Ich habe es wieder und wieder gesagt: Misch dich in nichts ein. Du kennst meine Meinung in diesem Punkt.«

Taran betrachtete eine Weile den glatten Splitter, ohne zu

antworten. Endlich sagte er: »Was immer es auch sein mag, es steht uns nicht zu, es mitzunehmen. Ist aber Zauberei im Spiel, sei es gute oder böse, können wir es dann wagen, das Kästchen hier zu lassen?«

»Wirf es fort!«, schrie Fflewddur. »Wenn es ein guter Zauber ist, dann richtet es keinen Schaden an. Wenn es aber ein böser Zauber ist, dann kann man nicht vorhersagen, was alles geschehen könnte! Leg es zurück!«

Taran nickte zögernd. Er wickelte den Knochen wieder ein, legte ihn in das Kästchen und setzte den abgerissenen Deckel lose darauf. Dann bat er Gurgi, das Kästchen zurück auf den hohlen Baum zu tragen. Gurgi, der Fflewddur genau zugehört hatte, sträubte sich, den Kasten auch nur zu berühren, und es bedurfte inständiger Bitten und schmeichelnder Worte, ihn schließlich umzustimmen.

»Das sind wir glücklich los«, seufzte Fflewddur erleichtert.

Die Gefährten kehrten zu ihren Pferden zurück und schickten sich an aufzusteigen. Fflewddur hob seine Harfe auf, blickte umher und rief: »Nanu, wo ist denn Llyan? Sagt mir nur nicht, sie hat sich aus dem Staub gemacht.«

Taran erschrak, dann aber sah er die große Katze aus dem Unterholz auftauchen und auf Fflewddur zuspringen.

Der Barde klatschte in die Hände und stieß ein lautes, zischendes Geräusch aus. »Sa-sa! Da bist du also, altes Mädchen!«, schrie er und strahlte, als er Llyan um sich springen sah. »Na, hinter wem warst du denn her?«

»Ich glaube, sie hat – ja, ja, sie hat einen Frosch gefangen!«, rief Taran, der eben ein paar lange Beine mit Schwimmfüßen entdeckt hatte, die aus Llyans Maul baumelten.

»Ja! Ja!«, bekräftigte Gurgi. »Ein Fröschlein! Ein Fröschlein mit Platschen und Klatschen!«

»Das glaube ich kaum«, sagte der Barde. »Wir haben doch keine Sümpfe und Teiche gesehen, überhaupt wenig Wasser.«

Unter stolzem Schnurren ließ Llyan ihre Beute zu Füßen Fflewddurs fallen. Es war tatsächlich ein Frosch, und zwar der größte, den Taran je gesehen hatte. Der Barde tätschelte Llyans Kopf und kniete dann nieder, um das regungslose Tier mit spitzen Fingern aufzuheben.

»Nun ja, altes Mädchen, ich freue mich«, sagte er und hielt die Beute zwischen Daumen und Zeigefinger auf Armeslänge von sich. »Er ist wirklich hübsch. Ich weiß gar nicht, wie ich dir danken soll. Sie macht das oft«, erklärte er Taran. »Ich meine, nicht unbedingt tote Frösche, aber allerlei Zeug – gelegentlich eine Maus oder so. Kleine Geschenke, von denen sie glaubt, dass sie mir Freude machen. Ein Zeichen der Zuneigung. Ich mache dann immer ein großes Getue. Schließlich zählt ja die gute Absicht.«

Taran nahm den Frosch aus der Hand des Barden. Er sah, dass Llyan das Tierchen ganz vorsichtig getragen hatte. Doch hatte der Frosch wohl darunter gelitten, dass er lange Zeit ohne Wasser war, und seine grüngelb gefleckte Haut war jämmerlich ausgedörrt. Die Beine waren leicht gespreizt, die Schwimmzehen begannen bereits zu welken wie trockene Blätter und die großen, hervortretenden Augen waren fest verschlossen. Voll Bedauern wollte Taran das Tierchen gerade wieder ins Gebüsch setzen, als er einen schwachen Herzschlag verspürte.

»Fflewddur, das arme Geschöpf lebt ja noch!«, sagte Taran. »Vielleicht können wir es retten.«

Der Barde schüttelte den Kopf. »Das bezweifle ich, es ist zu schwach. Schade, denn es ist ein nettes Tierchen.

»Gib armem Fröschlein zu trinken«, schlug Gurgi vor. »Gib ihm Wasser zum Spülen und Kühlen.«

Der Frosch bewegte sich in Tarans Hand. Ein Auge zuckte, das breite Maul öffnete sich und der Hals bebte wie schwacher Pulsschlag.

»Arrad!«, quakte der Frosch.

»Na also, es steckt noch Leben in ihm!«, rief Fflewddur. »Aber er muss hoffnungslos krank sein. Ich habe noch nie so ein Geräusch von einem Frosch gehört!«

»Urgghi!«, quakte der Frosch. »Ood!«

Das Geschöpfchen bemühte sich, noch einen Laut hervorzubringen, aber sein Quaken ebbte ab zu einem heiseren, kaum vernehmlichen Röcheln. »Ilf! Ilf!«

»Eigenartig«, bemerkte Fflewddur, als Taran erstaunt den Frosch nahe ans Ohr hielt. Das Tier hatte endlich die Augen geöffnet. »Ich habe sie ›quak-quak‹ rufen hören«, redete Fflewddur weiter, »zuzeiten wohl auch ›quonk‹. Aber dieser Bursche – wenn Frösche reden können, würde ich schwören, dass er sagte ›hilf‹!«

Taran bedeutete dem Barden zu schweigen. Aus tiefstem Schlund des Frosches kam noch ein Laut, kaum mehr als ein Flüstern, aber klar und unmissverständlich. Tarans Gesicht wurde lang. Seine Augen weiteten sich vor Bestürzung und Staunen. Kaum mehr fähig zu sprechen, hielt er den Frosch in der ausgestreckten Hand und flüsterte: »Das ist Doli!«

Gefahr

»Doli!«, wiederholte der Barde überrascht und wich einen Schritt zurück. Seine Augen traten hervor wie die des Frosches. Er griff sich an den Kopf. »Das kann doch nicht sein! Doch nicht Doli aus dem Reich der Unterirdischen! Doch nicht der gute alte Doli!«

Gurgi war mit einer ledernen Wasserflasche in der Hand zurückgekommen. Als er Fflewddurs Worte hörte, begann er, vor Angst und Schrecken zu winseln.

Taran nahm ihm die Flasche ab, entkorkte sie und begann eilig, den Frosch mit Wasser zu bespritzen.

»Oh, schrecklich! Oh, entsetzlich!«, stöhnte Gurgi. »Unglücklicher Doli! Unglücklicher Zwergenfreund! Wie konnte das Fröschlein ihn schlucken mit Schmatzen und Schlingen?«

Durch das belebende Nass kam der Frosch allmählich wieder zu sich und begann, heftig mit seinen langen Hinterbeinen auszuschlagen.

»Haut! Haut!«, kam Dolis Stimme. »Schütte es auf meine Haut! Nicht in den Schlund, du ungeschickter Tölpel! Willst du mich ersäufen?«

»Großer Belin!«, murmelte Fflewddur. »Anfangs dachte ich, es sei einfach ein Frosch, der zufällig Doli heißt. Aber dieser bissige Ton kommt mir doch irgendwie bekannt vor.«

»Doli!«, rief Taran. »Bist du's denn wirklich?«

»Natürlich, du langbeiniger Lümmel!«, schnauzte Doli ihn an. »Ich sehe zwar außen wie ein Frosch aus, das heißt aber noch lange nicht, dass ich innen nicht ich selbst bin.«

Taran wurde es schwindelig und Gurgi verschlug es ganz und gar die Sprache. Sein Mund stand offen und die Augen quollen ihm vor ungläubigem Staunen fast aus dem Kopf. Fflewddur, nicht weniger verstört als die anderen, hatte sich etwas von seinem ersten Schock erholt und ließ sich nun mit Händen und Knien auf dem feuchten Rasen nieder, auf den Taran den Frosch gesetzt hatte. »Das ist eine merkwürdige Art und Weise, sich die Welt anzusehen«, sagte er. »Dich unsichtbar zu machen, hattest du wohl satt? Ich kann mir gut vorstellen, dass es tatsächlich mit der Zeit ermüden muss. Aber – ein Frosch? Freilich bist du ein hübscher Frosch. Ich habe das sofort gesehen.«

Der Frosch rollte erbittert die Augen, und sein grün gefleckter Körper blähte sich auf, als wollte er bersten. »Gewählt? Du glaubst, ich habe das gewählt? Ich bin verzaubert, du Einfallspinsel! Siehst du das denn nicht?«

Tarans Herz schlug heftig. »Wer hat dich verzaubert?«, schrie er, erschüttert über das seltsame Schicksal seines alten Freundes. »War es Orddu? Sie hat uns auch damit gedroht. Warst du denn in den Sümpfen?«

»Idiot! Dummkopf!«, schnauzte Doli zurück. »Ich habe Besseres zu tun, als mich mit der abzugeben.«

»Aber wer hat dir das angetan?«, rief Taran aus. »Wie können wir dir helfen? Dallben kennt sicher ein Mittel gegen diesen Zauber. Sei nicht traurig. Wir werden dich zu ihm bringen.«

»Keine Zeit!«, antwortete Doli. »Ich weiß nicht, ob Dallben diesen Zauber brechen kann. Ich weiß nicht einmal, ob der Zwergenkönig Eiddileg es kann. Im Augenblick aber ist das unwesentlich. Wenn ihr mir helfen wollt«, fuhr Doli fort, »dann grabt ein Loch und gießt Wasser hinein. Ich bin knochentrocken, und das ist das Schlimmste, was mir – ich meine einem Frosch – passieren kann. Das habe ich sehr schnell gelernt.« Er blinzelte zu Fflewddur hinauf. »Wenn mich deine Riesenkatze nicht gefunden hätte, dann wäre ich jetzt tot, wie ein Baumstumpf. Wo hast du denn das überdimensionale Biest her?«

»Das ist eine lange Geschichte«, begann der Barde.

»Dann erzähl sie nicht«, fuhr Doli ihn an. »Und was euch ausgerechnet hierher geführt hat, das könnt ihr immer noch berichten, wenn wir mehr Zeit haben.«

Taran und Fflewddur hatten währenddessen ein Loch gegraben, das sie mit Wasser aus ihrer Flasche bis zum Rand anfüllten. Erleichtert ließ sich Doli in das schlammige Wasser plumpsen. »Ah, ah, das ist schon besser. Ich verdanke euch mein Leben. Ah, wie herrlich! Danke euch, Freunde, danke.«

»Doli, wir können dich nicht in dieser entsetzlichen Lage lassen«, begann Taran von neuem. »Sag uns, wer dich verhext hat. Wir werden ihn finden und ihn zwingen, den Zauber aufzuheben.«

»Wenn nötig, mit blankem Schwert!«, schrie Fflewddur. Er hielt inne und blickte Doli an. »Sag, alter Junge, wie fühlt man sich eigentlich als Frosch! Das hat mich schon immer interessiert.«

»Feucht ist es«, gab Doli zurück. »Feucht! Klebrig! Wenn ich geglaubt hatte, es wäre unbequem, sich unsichtbar zu machen, so ist dies hundertmal schlimmer. Es ist so wie – ach was, quäl mich nicht mit dummen Fragen! Außerdem ist es unwichtig. Ich werde schon damit fertig. Jetzt haben wir

Wichtigeres zu tun. Doch ihr könnt mir helfen«, fuhr er schnell fort. »Wenn überhaupt jemand helfen kann. Seltsame Dinge haben sich ereignet …«

»Ja, so scheint es«, stimmte der Barde zu, »um es sehr gelinde auszudrücken.«

»Fflewddur, lass ihn ausreden«, unterbrach Taran. »Sein Leben könnte vielleicht davon abhängen.«

»Seltsame Dinge«, wiederholte Doli, »merkwürdige und beunruhigende. Es fing damit an, dass König Eiddileg vor gar nicht so langer Zeit in unserem Reich auf dem Grund des Schwarzen Sees die Nachricht erhielt, dass jemand die Schatzkammer des Feenvolkes geplündert hätte. Sie aufgebrochen hätte. Sich davongemacht hätte mit den kostbarsten Edelsteinen! Das hat es sicher in der Geschichte Prydains bisher nicht gegeben!«

Fflewddur pfiff überrascht durch die Zähne. »Wie ich Eiddileg kenne, wird er ziemlich wütend gewesen sein.«

»Nicht wegen der Edelsteine«, sagte Doli. »Wir haben mehr als genug davon! Nein, weil jemand die Schatzkammer überhaupt gefunden hat und weil jemand es gewagt hat, die Schätze der Unterirdischen anzutasten. Die meisten von euch Sterblichen sind zu klug, so etwas zu tun.«

»Könnte es Arawn oder einer seiner Diener gewesen sein?«, fragte Taran.

»Das glaube ich nicht«, warf Fflewddur ein. »Ich habe es heute schon einmal gesagt. Selbst der Fürst von Annuvin würde dem Feenvolk gegenüber vorsichtiger sein.«

»Damit hast du sogar einmal Recht«, antwortete Doli. »Nein, nicht Arawn. Das wussten wir. Wir hatten nur einen lückenhaften Bericht eines Wachtpostens der Unterirdischen aus dem Gebiet der Berg-Cantrefs und keine einzige

Meldung von einem Stützpunkt hier in der Nähe. Das war an sich schon sehr seltsam. Eiddileg schickte einen Kundschafter aus, der die Sache untersuchen sollte. Er kam nie zurück. Wir wussten nicht, was mit ihm geschehen war. Eiddileg schickte einen zweiten Boten und das Gleiche passierte, nämlich nichts. Ihr könnt euch denken, wer der Nächste war, der gehen sollte. Richtig! Der gute alte Doli.

Gibt es irgendetwas Unangenehmes zu tun? Irgendeine unerfreuliche Aufgabe?«

Bis jetzt hatte Taran noch nie bemerkt, dass ein Froschgesicht so viel Zorn ausdrücken konnte, ja, dass es überhaupt zu einem Ausdruck fähig war.

Doli schnaubte, soweit ihm das in seiner jetzigen Natur möglich war.

»Lasst sofort den guten alten Doli kommen.«

»Aber du hast herausgefunden, wer es war?«, fragte Taran.

»Natürlich«, knurrte Doli. »Aber die Sache ist schief gelaufen. Schaut mich an! Ausgerechnet ein Frosch! Hätte ich doch wenigstens mein Beil bei mir! Die Unterirdischen sind in Gefahr«, fuhr er hastig fort. »In schrecklicher Gefahr. Ja, ich habe herausbekommen, wer unsere Schatzkammer entdeckt und unseren Schatz gestohlen hat. Derselbe, der auch diesen Zauber über mich verhängt hat: Morda!«

»Morda?«, wiederholte Taran nachdenklich. »Wer ist Morda? Wie sollte er es getan haben? Und warum sollte er es wagen, Eiddilegs Zorn auf sich zu lenken?«

»Warum! Warum!« Doli blähte sich wütend auf und die Augen fielen ihm fast aus dem Kopf. »Verstehst du denn nicht? Morda, dieser widerwärtige Schurke von einem Zauberer ist hinterlistiger als eine Schlange! Verstehst du denn nicht? Er hat herausgefunden, wie man die Kleinen Leute behexen kann! Kein Zauberer hat es je vermocht, uns mit einem Zauberbann zu belegen. Unerhört! Undenkbar! Und wenn er nun die Macht hat, uns in Tiere – Fische, Frösche oder sonst was – zu verwandeln, sind wir ihm ausgeliefert. Er könnte uns auf der Stelle töten, wenn er wollte. So ist es sicher auch dem Posten am Weg und den Boten ergangen, die spurlos verschwunden sind. Jedem von uns kann es passieren. Sogar Eiddileg selbst! Keiner der Unterirdischen wird vor Morda sicher sein. Er bedeutet die schlimmste Bedrohung, die jemals unser Reich getroffen hat.« Doli sank erschöpft zurück. Die Gefährten sahen sich voll Schrecken an.

»Was seine eigentliche Arbeit ist, konnte ich nicht herausbringen«, sprach Doli schließlich weiter. »Oh, ich habe ihn ohne Schwierigkeiten bis zu seinem Versteck verfolgt. Er wohnt in einer Art Gehege hier ganz in der Nähe. Ich hatte mich natürlich unsichtbar gemacht – unnötig, das überhaupt zu erwähnen. Aber dann brausten mir die Ohren wieder so heftig, schlimmer als ein paar Hornissennester! Als es dunkel war, dachte ich deshalb, ich könnte mich wieder sichtbar machen – wenigstens einen Augenblick lang, damit das Ohrensausen etwas nachließe. Das Nächste, woran ich mich erinnern kann, ist, dass ich so aussah, wie ich jetzt vor euch sitze. Morda hätte mich auf der Stelle zertreten können. Stattdessen machte er sich über mich lustig. Es amüsierte ihn offensichtlich, einen hilflosen Frosch zu beobachten. Schließlich warf er mich zwischen die Felsen. Er genoss meinen langsamen Todeskampf sichtlich mehr als einen schnellen barmherzigen Tod. Er war überzeugt, ich würde in diesen wasserlosen Bergen zugrunde gehen und langsam und allmählich den Tod des Austrocknens sterben. Falls ich durch irgendeinen dummen Zufall nicht sterben sollte – was konnte das schon ausmachen? Wie konnte ein Frosch hoffen, gegen einen Zauberer zu bestehen? Ich versuchte, Wasser zu finden, und ich kroch so lange weiter, bis ich erschöpft zusammenbrach. Hätte mich eure Katze nicht gefunden, das sage ich euch, dann wäre es mein sicheres Ende gewesen. Eines aber vergaß Morda«, fügte Doli hinzu. »Einen ganz kleinen Umstand hat er übersehen: Ich konnte noch sprechen. Damals wusste ich das selbst nicht. Der Schreck, mich in einen Frosch verwandelt zu sehen, hat mir vorübergehend die Stimme geraubt.«

»Großer Belin«, murmelte Fflewddur. »Ich habe von Leuten gehört, die Frösche im Hals haben, aber nie … Verzeih mir, verzeih mir, alter Freund«, fügte er schnell hinzu, als er Dolis finstere Blicke bemerkte. »Ich hatte nicht die Absicht, deine Gefühle zu verletzen.«

»Doli, sag uns, was wir tun sollen.« Taran war von Dolis Geschichte zu Tode erschrocken. Es war nicht allein die schlimme Lage des Zwerges, die sein Blut erstarren ließ. Er sah vielmehr ganz deutlich, welches Unglück allen Kleinen Leuten drohte. »Führe uns zu Morda. Wir wollen versuchen, ihn gefangen zu nehmen oder zu töten, wenn es nicht anders geht.«

»Das werden wir tun!« Fflewddur zog sein Schwert. »Ich erlaube nicht, dass meine Freunde in Frösche verwandelt werden!«

»Nein! Nein!«, rief Gurgi. »Fröschlein sind Fröschlein und Freunde sind Freunde!

»Morda angreifen? Seid ihr denn verrückt?«

Doli brauste auf. »Euch wird es genau wie mir ergehen. Nein, das dürft ihr nicht riskieren. Eiddileg muss gewarnt werden, aber vorher werde ich meinen Auftrag erfüllen. Versucht, mehr über die Macht Mordas herauszufinden. Wir Zwerge können nicht hoffen, gegen ihn zu bestehen, wenn wir nicht genauer erfahren, mit wem wir uns anlegen. Bringt mich zurück zu Mordas Festung. Irgendwie werde ich seinen Absichten schon auf den Grund kommen. Dann tragt mich zu einem Stützpunkt am Weg, damit ich König Eiddileg Meldung machen kann.«

Ein plötzlicher Krampf schüttelte ihn, und einen Augenblick lang schien es, Doli würde ersticken. Dann aber musste er so fürchterlich niesen, dass er beinahe aus seinem Pfuhl geschleudert worden wäre. »Verfluchte Nässe!« Doli spuckte vor Ärger. »Verfluchter, boshafter Morda! Alle schlechten Seiten eines Froschlebens hat er mir angehängt!« Doli begann, heftig zu husten. »Verdabbt! Ich verliere auch doch beide Stibbe! Bacht schdell! Bacht schdell! Ich zeige euch ded Weg. Wir büssed uds beeiled!«, näselte er verzweifelt.

Die Gefährten saßen eilends auf, Doli klammerte sich an Tarans Sattelknauf und wies den Weg. Aber der Wald wurde immer dichter und der Ritt immer beschwerlicher. Oft zwang sie das Gewirr der verfilzten Zweige abzusitzen. Doli hatte ihnen versichert, es sei nicht weit, aber sein sonst unfehlbares Orientierungsvermögen war in Verwirrung geraten. Hin und wieder wusste der Zwerg nicht sicher, welchen Weg sie einschlagen mussten, und zweimal hielten die Gefährten an und verfolgten ihre eigene Spur zurück.

»Bacht bich dicht veradwortlich!«, keuchte Doli. »Ich bid hier auf deb Bauch edladgekroched. Udd vod hier obed dibbt sich alles aders aus.«

Was aber die Sache noch schlimmer machte: Doli begann zu zittern und zu bibbern. Seine Augen wurden trüb, seine Nase lief, und selbst als Frosch sah er ausgesprochen elend aus. Ständig musste er husten und niesen, und er brachte kaum mehr ein schwaches, krächzendes Flüstern hervor. Das verbesserte weder seine Laune noch die Klarheit seiner Anweisungen.

Die ganze Zeit hatte man nichts von Kaw gesehen. Als die Gefährten auf Dolis Gebot eilends aufbrachen, war der Rabe in den Wald geflogen und hatte sich hartnäckig geweigert, Tarans Rufen zu folgen. Taran gab schließlich auf, denn er wusste, dass Kaw kommen würde, wenn es ihm passte. Später machte er sich doch Sorgen um den unverschämten Vogel. Und so war er viel zu erleichtert, als der Rabe plötzlich wieder auftauchte, um mit ihm zu schimpfen. Dieser Galgenstrick war offensichtlich seinem Lieblingsvergnügen nachgegangen, denn er trug einen glitzernden Gegenstand im Schnabel, den er gefunden haben mochte. Unter stolzem Krächzen ließ er das Ding in Tarans Hand fallen. Erstaunt erkannte dieser den Fund: Es war der glatt polierte Knochensplitter.

»Was hast du angestellt?«, rief Taran verärgert. Kaw war zufrieden mit seiner Leistung, trippelte hin und her und nickte mit dem Kopf.

»Der Affenschwanz!«, polterte Fflewddur. »Er ist zurückgeflogen und hat das Kästchen geplündert. Ich dachte schon, wir wären den verfluchten Zahnstocher endlich los, und jetzt haben wir ihn wieder. Ein schlechter Scherz, du Elster!«, rief er aus und schlug mit seinem Mantel nach dem Vogel. Doch Kaw wich geschickt aus. »Ein Fflam versteht wohl einen Spaß, aber das, das ist ganz und gar nicht komisch. Wirf das Zeug weg«, beschwor er Taran. »Wirf es ins Gebüsch.«

»Wenn es wirklich verhext ist, wage ich es nicht.«

Taran fühlte sich ebenso unbehaglich wie der Barde, und er wünschte von Herzen, Raw hätte das Kästchen unberührt gelassen. Ein neuer Gedanke, ganz vage noch und ohne feste Umrisse, schoss ihm durch den Sinn. Er kniete nieder und hielt Doli, den man auf die Erde gesetzt hatte, den Splitter hin. »Was könnte das sein? Könnte ihn Morda versteckt haben?«

»Wer kadd das wissed?«, ächzte Doli. »Ich habe so etwas doch die gesehed. Aber er ist verhext. Da ködd ihr euch darauf verlassed. Aber behalte ihd, behalte ihd auf jeded Fall.«

»Behalten?«, schrie der Barde. »Das verdammte Ding wird uns nichts als Unglück bringen! Vergrab es!«

Unschlüssig, wem er folgen sollte, steckte Taran endlich den Splitter ein, wenn auch mit einigem Unbehagen. Fflewddur seufzte. »Einmischung!

Wir werden nur Ärger damit haben. Denk an meine Worte! Ein Fflam ist furchtlos, aber wenn ein unbekannter Zauber in der Hosentasche eines Freundes lauert, dann ist das etwas anderes.«

Als sie weiterritten, musste Taran immer an den Knochensplitter denken, und langsam kam er zu der Überzeugung, dass er sich falsch entschieden hatte und dass Fflewddurs böse Ahnungen durchaus berechtigt waren. Dolis Befinden hatte sich verschlechtert. Er konnte nur noch stammeln, und sein Froschkörper zitterte, als werde er von einem qualvollen Fieber geschüttelt. Taran glaubte, die Krankheit käme von der übermäßigen Anstrengung, denn Doli hatte einen weiten Weg, auf dem Bauch kriechend, zurückgelegt. Die Gefährten bespritzten ihn zwar regelmäßig mit Wasser, um seine Haut vor dem Austrocknen zu bewahren, doch stieg dadurch sein Ungemach nur noch: Das kalte Wasser machte ihn niesen, er drohte zu ersticken und spuckte und prustete. Bald brabbelte er nur noch lustlos dahin, zu schwach selbst, um seine üble Laune zu zeigen.

Der Tag war rasch vergangen und die Gefährten hielten auf einer Lichtung. Doli hatte ihnen zu verstehen gegeben, dass sie von nun an mit äußerster Vorsicht weiter vordringen müssten. Taran setzte den Frosch sorgfältig in die Falten eines angefeuchteten Mantels, nahm dann Fflewddur beiseite und sprach eifrig auf ihn ein.

»Er hat nicht mehr die Kraft für seine Aufgabe«, flüsterte Taran. »Wir können ihn nicht weiter mitnehmen.«

Fflewddur nickte. Beide sahen sorgenvoll aus.

Taran schwieg. Was er zu tun hatte, war ihm vollkommen klar. Und trotzdem schrak er davor zurück. Er zermartete sein Hirn nach einem anderen, besseren Plan, fand aber keinen. Was ihn davon abhielt, den direkten Weg einzuschlagen, war nicht die Ungewissheit, ob er einem Freund helfen sollte. Es war auch nicht die Angst um sein Leben, sondern vielmehr die Furcht, Dolis Los teilen zu müssen. Nicht nur, dass damit seine Suche ein jähes Ende finden würde, sondern dass er in Gefangenschaft geraten könnte und auf ewig in der Gestalt eines jämmerlichen Geschöpfes eingeschlossen wäre.

Er kniete neben Doli nieder. »Du musst hier bleiben. Fflewddur und Gurgi werden bei dir wachen. Sag mir, wie ich Morda finden kann.«

Die Dornenwand

Als Doli das hörte, sträubte er sich schwach und krächzte einen unverständlichen Protest. Schließlich konnte er nicht anders, als Tarans Plan zuzustimmen. Mit Kaw auf der Schulter machte sich Taran auf den Weg durch den Wald. Gurgi folgte ihm hopsend, denn er hatte darauf bestanden, mit ihm zu gehen. Nach einer Weile verlangsamte Taran seinen Schritt und blieb endlich stehen, um den Wald ringsum zu betrachten. Verfilztes Brombeergestrüpp versperrte ihm den Weg, und er war sicher, dass er gefunden hatte, was er suchte. Die hohen Sträucher standen nicht zufällig hier. Irgendjemand hatte sie kunstvoll zu einer undurchdringlichen Mauer verflochten, zu einer lebenden Wand, die doppelt so hoch wie Taran und mit Dornen bewehrt war, die schärfer waren als die Klauen eines Gwythaints.

Taran zog sein Schwert, um sich einen Weg durch das Dickicht zu bahnen. Das Gestrüpp war hart wie kaltes Eisen. Das Schwert wurde schartig und stumpf. Tarans Kräfte ließen bald nach, und der ganze Erfolg seiner Mühe war schließlich ein kleines Loch, durch das er hindurchspähen konnte. Alles, was er sah, war ein dunkler Geröllhaufen und ein schwärzliches Stück Wiese, umwuchert von Unkraut und Kletten. Was aber zunächst wie der Unterschlupf eines wilden Tieres aussah, erwies sich als roh zusammengefügtes Wohnhaus mit niedrigen, aber soliden Wänden und einem rasengedeckten Dach. Nichts regte sich, und Taran begann sich zu fragen, ob er nicht zu spät gekommen sei. Dieser Gedanke beunruhigte ihn noch mehr.

»Irgendwie muss Doli hier eingedrungen sein«, murmelte er vor sich hin. »Aber er ist eben geschickter als ich. Vielleicht ist er auch auf einen Durchgang gestoßen. Wenn wir versuchen, über die Hecke zu klettern«, fügte er hinzu, »könnten wir entdeckt werden.«

»Oder in den Dornen hängen bleiben und stachliger Strauch zersticht uns den Bauch!«, erwiderte Gurgi. »Oh, kühner Gurgi mag keine Mauern, weiß nicht, was dahinter ist mit Lauern.«

Taran nahm den Raben von der Schulter. »Morda hat sicher seinen eigenen Eingang. Such ihn«, schärfte er Kaw ein. »Such ihn, alter Freund!«

»Beeil dich«, fügte Gurgi hinzu. »Keine Späßchen und Mätzchen!«

Lautlos wie eine Eule schwang sich der Rabe empor, umkreiste die Dornenmauer und entschwand dann dem Blick. Taran und Gurgi zogen sich in das Zwielicht des dichten Waldes zurück, um zu warten. Als jedoch die Sonne hinter den Bäumen untergegangen war und ein feiner Nebel sich auszubreiten begann, ohne dass sie etwas von Kaw gehört oder gesehen hatten, wurde Taran unruhig. Freilich, Kaw war ein Tunichtgut, aber er verstand immer, wie ernst eine Aufgabe war, und Taran war sicher, dass es diesmal keine übermütige Laune war, die die Rückkehr des Raben verzögerte.

Schließlich wollte Taran nicht länger warten. Er ging auf die Hecke zu und versuchte hinaufzuklettern. Die Zweige wanden sich wie Schlangen und griffen nach seinem Gesicht und seinen Händen. Wo er Halt suchte, da stellten sich die

Dornen gegen ihn, als hätten sie einen eigenen Willen. Unter sich hörte er Gurgis Stöhnen, wenn die scharfen Stacheln das wirre Haar der Kreatur zausten. Taran hielt inne, um Atem zu schöpfen, und Gurgi kletterte zu ihm hinauf. Sie hatten die Höhe der Mauer beinahe erreicht.

Plötzlich hörte Taran ein klatschendes Geräusch und eine Schlinge legte sich blitzschnell um seinen ausgestreckten Arm. Er schrie überrascht auf und sah im gleichen Augenblick Gurgis schreckverzerrtes Gesicht und eine weitere Schlinge, die sich über dem zottigen Körper des Tiermenschen zusammenzog. Ein niedergebogener junger Baum, an dem die Schlingen befestigt waren, schnellte hoch. Taran empfand noch, wie er aus dem Gestrüpp gezerrt und über den Brombeerwall geschleudert wurde. Er verstand jetzt auch die Worte, die Doli noch mühsam zu formen versucht hatte: Fallen und Schlingen. Er fiel zu Boden und Dunkelheit senkte sich auf ihn herab.

Eine knochige Hand umklammerte seinen Hals. In seine Ohren drang scharf und schrill eine Stimme, schneidend wie eine Klinge, die man an einem Stein schleift. »Wer bist du?«, wiederholte die Stimme. »Wer bist du?«

Taran versuchte mit aller Macht, sich dem Griff zu entziehen. Dann aber erkannte er, dass seine Hände auf dem Rücken zusammengebunden waren. Gurgi winselte erbärmlich. Tarans Gedanken verwirrten sich. Das grelle Licht einer Kerze stach ihm in die Augen. Als er wieder klarer sehen konnte, blickte er in ein hageres, lehmfahles Gesicht und in ein Paar eiskalte, kristallklare Augen, die unter dem Gestrüpp der Brauen wie aus der Tiefe eines Brunnen glitzerten. Der Schädel war kahl. Der Mund glich einer farblosen Narbe, und die Runzeln der Falten, die den Mund umgaben, waren wie die weißen Narben der Stiche, die die Wunde einst zusammengehalten hatten. »Wie seid ihr hierher gekommen?«, fragte Morda gebieterisch. »Was wollt ihr von mir?«

In der ungewissen Beleuchtung konnte Taran kaum mehr erkennen, als dass er sich in einer niedrigen Kammer mit einem erkalteten Herd befand. Er selbst lehnte in einer Ecke. Gurgi lag auf den Steinen neben ihm. Er erblickte Kaw, der, an den Flügeln gefesselt, in einem Weidenkorb saß, und rief ihn an.

»Was soll das heißen?«, fuhr der Zauberer auf. »Gehört der Vogel etwa dir? Er hat, genau wie du, eine meiner Schlingen gefunden. Keiner kommt hier herein, ohne dass ich es weiß. Das hast du ja schon erfahren. Jetzt aber ist es Zeit, dass ich von dir etwas erfahre.«

»Ja, der Vogel gehört mir«, antwortete Taran mutig. Seine einzige Chance auf Rettung sah er darin, sich so weit wie nötig an die Wahrheit zu halten, seine eigentliche Absicht aber nicht zu enthüllen. »Er flog über das Dornengesträuch und kam nicht mehr zurück. Wir fürchteten, dass ihm etwas geschehen sei, und so suchten wir ihn. Wir sind unterwegs nach den Bergen von Llawgadarn. Du hast keinen Grund, uns aufzuhalten.«

»Ihr habt euch selbst aufgehalten«, erwiderte Morda, »ihr Dummköpfe, die ihr nicht einmal den Verstand einer Fliege habt. Nach den Bergen von Llawgadarn, sagst du? Vielleicht. Vielleicht auch nicht. Im Menschengeschlecht gibt es viel Habsucht und Neid, aber wenig Wahrheitsliebe. Dein Gesicht spricht an deiner Stelle und nennt dich einen Lügner. Was willst du vor mir verbergen? Aber das spielt keine Rolle. Die lumpige Zahl von Tagen, die ihr Leben nennt, ist abgelaufen. Ihr werdet hier nie mehr herauskommen. Aber da ihr jetzt in meiner Hand seid, könnte es sein, dass ihr mir nützlich sein werdet. Das muss ich mir noch überlegen. Euer Leben hat vielleicht doch einen Sinn – für mich jedenfalls, wenn schon nicht für euch.«

Es waren nicht diese Worte allein, die Taran mit nacktem Entsetzen erfüllten. Mordas Augen waren immer geöffnet. Und selbst wenn er in das Licht der Kerzenflamme blickte, senkte sich nie auch nur für einen Bruchteil einer Sekunde das runzlige Lid über den kalt starrenden Augapfel. Fasziniert und gelähmt konnte Taran sich nicht von dem bewegungslosen Blick lösen.

Der Zauberer richtete sich auf und zog das schmutzige, fadenscheinige Gewand enger um seinen verfallenen Leib. Taran stöhnte auf: Um Mordas welken Hals hing eine silberne Kette mit dem Abbild des zunehmenden Mondes. Wie er wusste, gab es nur noch eine einzige Person, die ein ähnliches Schmuckstück trug: Prinzessin Eilonwy, die Tochter von Angharad. Mordas Mondsichel jedoch – im Gegensatz zu Eilonwys – umschloss einen ungewöhnlich geformten, glashellen Stein, dessen geschliffene Flächen blitzten, als würden sie von einem inneren Feuer beleuchtet. »Das Zeichen des Hauses von Llyr!«, schrie Taran auf.

Morda machte eine jähe Bewegung und trat zurück. Mit seinen Spinnenfingern umklammerte er den Stein. »Tor«, zischte er. »Wolltest du das haben? Ja, ja«, murmelte er, »das war wohl die Absicht.« Seine blutleeren Lippen verzogen sich unmerklich, als er Taran mit seinen nackten Augen anstarrte. »Zu spät. Prinzessin Angharad ist lange tot und alle Geheimnisse des Steins gehören mir.«

Taran wandte den Blick nicht von ihm. Er war bestürzt,

den Namen hier zu hören. »Angharad, Tochter von Regat?«, flüsterte er. »Eilonwy hat nie das Schicksal ihrer Mutter erfahren. Aber es lag in deiner Hand, in deiner Hand.« Er konnte sich nicht länger zurückhalten. »In deiner Hand lag ihr Tod beschlossen!«

Morda schwieg eine Zeit lang, als habe sich seiner ein düsterer Traum bemächtigt. Als er sprach, klang aus seiner Stimme tiefer Hass. »Glaubst du, mich würde Leben oder Tod eines dieser jämmerlichen Geschöpfe bewegen? Ich habe genug von der Menschenart gesehen und beurteile sie so, wie sie sind: gemeiner als Tiere, blind und ohne Verstand, streitsüchtig, verstrickt und verfangen in ihren kleinen Sorgen. Sie verzehren sich in Stolz und nutzlosem Streben. Sie lügen und betrügen. Ja, ich bin auch ein Mensch. Ein Mensch!« Er stieß das Wort voll Verachtung aus. »Aber ich weiß seit langem, dass es nicht meine Bestimmung ist, einer von ihnen zu sein, und seit langem wohne ich fern von ihren Streitigkeiten und Eifersüchteleien, von ihren kleinen Leiden und armseligen Freuden.« Die Augen des Zauberers leuchteten in ihren tief eingesunkenen Höhlen. »Und wie ich mich nicht so weit herablassen wollte, ihr Leben zu teilen, so wollte ich auch ihren Tod nicht teilen. Allein auf mich gestellt, studierte ich die Geheimnisse der Zauberkunst. Aus alter Überlieferung erfuhr ich, dass die Unterirdischen gewisse edle Steine in geheimen Schatzkammern verbargen. Wer einen davon besaß, der gewann ein Leben, das weit länger währte als die kurze Spanne Zeit, die einem Sterblichen gegeben ist. Niemand hatte diese Schatzkammern gefunden, und wenige hatten es gewagt, auch nur danach zu suchen. Doch ich wusste genau, dass ich den Weg finden würde.

An einem Winterabend kam eine, die sich Angharad von

Llyr nannte, zu mir«, fuhr der Zauberer fort, »und bat mich um ein Nachtlager. Sie behauptete, man hätte ihre Tochter geraubt und sie würde sie suchen.« Der Hexenmeister verzog den Mund. »Als ob mir ihr Schicksal oder das Schicksal des Mädchens irgendetwas bedeutet hätte. Für Unterkunft und eine Mahlzeit bot sie mir den Tand an, den sie um den Hals trug. Ich hatte dieses Tauschgeschäft nicht nötig. Der Schmuck gehörte bereits mir, denn, schwach und von Fieber geschüttelt, wie sie war, konnte sie ihn nicht vor mir bewahren, wenn ich ihn haben wollte. Sie überlebte die Nacht nicht.«

Voll Abscheu wandte sich Taran ab. »Du hast ihr das Leben geraubt, so sicher wie du ihr einen Dolch ins Herz gestoßen hast.«

Mordas scharfes, bitteres Lachen klang wie das Zerbrechen trockener Stecken. »Ich habe sie nicht gebeten, hierher zu kommen. Ihr Leben hatte für mich nicht mehr Wert als das Buch mit den leeren Seiten, das ich unter ihren Habseligkeiten fand. Und doch hatte das Buch in gewisser Weise einen Wert: Einst fand ein winselnder Wicht den Weg zu mir. Glew hieß er und er wollte ein Zauberer werden. Armseliger Schafskopf. Er drängte mich, ihm einen Zauberspruch zu verkaufen, ein Amulett, ein geheimes Wort von großer Kraft. Ein kläglicher Möchtegern! Es machte mir Spaß, ihm eine Lektion zu erteilen. Ich verkaufte ihm das leere Buch und schärfte ihm ein, das Buch nicht zu öffnen, bevor er nicht weit von hier weg sei, sonst würden die Zaubersprüche unsichtbar.«

»Glew!«, murmelte Taran vor sich hin. »Du also hast ihn betrogen.«

»Es war bei ihm wie bei euch allen«, antwortete Morda,

»die eigene Gier und Habsucht haben ihn betrogen, nicht ich. Ich weiß nicht, was aus ihm geworden ist, und es ist mir auch gleichgültig. So viel aber hat er mit Sicherheit gelernt: Die Geheimnisse der Zauberkunst kann man nicht mit Gold kaufen.«

»Noch kann man sie durch Herzlosigkeit und Gemeinheit an sich reißen, so wie du es getan hast«, gab Taran heftig zurück.

»Herzlosigkeit? Gemeinheit?«, sagte Morda.

»Kreaturen wie du selbst mögen mit solchen Worten spielen, mir aber bedeuten sie nichts. Das Buch diente dazu, einen Narren seine Narrheit kosten zu lassen. Das Kleinod aber diente mir, so wie endlich alles mir dienen wird. Die Dame Angharad hatte mir gesagt, dass der Edelstein harte Bürden und schwere Aufgaben leichter machen würde. Und das ist wahr. Wenn ich auch Jahre damit zugebracht habe, die Geheimnisse des Steins zu erproben, so habe ich gelernt, sie zu meistern. Auf meinen Befehl wurden die mächtigsten Äste zu kleinen Zweigen. Mithilfe des Steins errichtete ich eine Mauer aus Dornen. Und als meine Erfahrung zunahm, fand ich eine verborgene Quelle.« Die bewegungslosen Augen des Zauberers blitzten triumphierend. »Schließlich«, flüsterte er, »brachte mich der Stein dorthin, wohin ich wollte: zur Schatzkammer des Feenvolkes. Dieser Hort barg zwar keinen der Leben spendenden Steine«, sprach Morda weiter. »Aber das bedeutete nichts. Ich würde sie anderswo finden. Alle Kammern, Stollen, verborgenen Wege der Kleinen Leute lagen nun offen vor mir. Einer von den Wächtern der Unterirdischen entdeckte mich. Er durfte keinen Alarm auslösen. Noch keiner hat die Unterirdischen jemals herausgefordert – außer mir!«, schrie Morda. »Mein Kleinod war mehr als ein hübscher Tand, der einem Abwaschmädchen die Arbeit erleichtert. Seine wahre Kraft lag in meiner Hand. Auf meinen Befehl wurde der Zwergenspion zu einem blinden, kriechenden Maulwurf. Ja«, zischte Morda, »ich hatte mehr Macht, als ich eigentlich gesucht hatte. Wer sollte mir noch widerstehen, da ich ein Mittel besaß, die Menschen in die armseligen, kriechenden Kreaturen zu verwandeln, die sie in Wirklichkeit sind? Wollte ich denn nur einen Edelstein haben? Das ganze Reich der Kleinen Leute war von diesem Augenblick an meine Beute. Und ganz Prydain. Und jetzt erkannte ich meine eigentliche Bestimmung. Die Menschen haben endlich ihren wahren Herrn gefunden.«

»Ihren Herrn?«, schrie Taran entsetzt. »Du bist niederträchtiger als die, die du verachtest. Du wagst es, von Habgier und Neid zu sprechen? Die Macht von Angharads Edelstein sollte Gutes wirken, nicht versklaven. Früher oder später wirst du dein Leben wegen deiner Übeltaten verwirken.«

Der Blick aus Mordas lidlosen Augen huschte hin und her wie die Zunge einer Schlange. »Glaubst du?«, entgegnete er leise.

Ein lauter Schrei und ein polterndes Geräusch drangen in die Kammer. Morda nickte kurz. »Wieder eine Fliege in meinem Netz.«

»Fflewddur!«, stöhnte Taran. Morda verließ die Stube. Mit einer jähen Bewegung ließ sich Taran neben Gurgi fallen, und gegenseitig versuchten sie, ihre Fesseln zu lösen – vergebens, denn in wenigen Augenblicken kam der Hexenmeister zurück und zog eine sorgfältig verschnürte Gestalt hinter sich her, die er neben die Gefährten auf den Boden warf. Es war, wie Taran befürchtet hatte, der unglückliche Barde.

»Großer Belin! Was ist mit euch geschehen? Und was mit mir?«, stöhnte Fflewddur, noch ganz benommen. »Ihr seid nicht zurückgekommen. Da bin ich euch suchen gegangen. Ich hatte schon befürchtet, dass ihr euch in den Dornen verfangen hättet.« Vorsichtig bewegte der Barde den Kopf hin und her. »Was für ein Schlag! Mein Hals wird nie mehr das sein, was er früher einmal war.«

»Du hättest uns nicht folgen sollen«, flüsterte Taran. »Ich konnte dich nicht warnen. Wie geht's Doli?«

»Ganz gut«, erwiderte Fflewddur. »Wenigstens besser als uns.« Morda hatte die Gefährten genau beobachtet. »So waren es also die Kleinen Leute, die euch geschickt haben, damit ihr mich ausspioniert. Ihr seid im Bund mit der Zwergenkreatur, die so dumm war zu glauben, mir entrinnen zu können. So sei es denn. Hatte ich erwogen, euch zu schonen? Nun werdet ihr sein Schicksal teilen!«

»Ja, Doli aus dem Feenvolk ist unser Gefährte«, schrie Taran. »Nimm den Zauber von ihm. Ich warne dich: Tu keinem von uns etwas zuleide. Dein Plan wird fehlschlagen, Morda. Ich bin Taran von Caer Dallben und wir stehen unter dem Schutz von Dallben selbst.«

»Dallben«, geiferte Morda. »Graubärtiger alter Trottel. Seine Kräfte können euch nicht mehr schützen. Auch Dallben wird sich vor mir beugen und meinen Befehlen gehorchen. Und euch«, fügte er hinzu, »euch werde ich nicht töten. Das wäre eine zu geringe Strafe. Im Gegenteil, ihr sollt leben, solange ihr als Tier leben könnt, deren Gestalten ihr bald annehmen werdet. Ihr sollt leben und in jeder Minute eures jämmerlichen Daseins wissen, was es kostet, mich überlisten zu wollen.«

Morda nahm den Edelstein und die Kette vom Hals und

wandte sich Fflewddur zu. »Du warst sehr kühn, als du nach deinen Freunden gesucht hast – nun wirst du dafür mit Feigheit belohnt werden. Fliehen sollst du von nun an, wenn die Bluthunde bellen oder wenn du die Verfolgung der Jäger hörst. Zittern sollst du, wenn nur ein Blatt bebt oder wenn ein Schatten vorüberhuscht.«

Mordas Hand fuhr nach vorn und Taran hörte Fflewddur laut aufschreien. Dann erstarb die Stimme des Barden. Gurgi kreischte und Taran erstarrte vor Schreck: Der Barde war nicht mehr an seiner Seite, aber in Mordas Hand zappelte ein schwarzbrauner Hase. Morda hielt das Tier in die Höhe und betrachtete es höhnisch lachend, dann warf er es in einen Korb neben Kaws Käfig. Langsam ging er auf die Gefährten zu und blieb vor Gurgi stehen. Dieser blickte entsetzensstarr zu ihm auf und winselte kläglich. Taran zerrte an seinen Fesseln.

Morda hielt den Edelstein hoch. »Diese Kreatur«, sagte der Hexenmeister, »dieses halbe Tier ist für niemanden von Nutzen. Schwaches, am Boden gekrümmtes Geschöpf, du sollst noch schwächer werden, du sollst als Beute der Eulen und Schlangen dienen.«

Mit seiner ganzen Kraft versuchte Taran, die Fesseln zu zerreißen. »Du vernichtest uns, Morda!«, schrie er. »Aber dich wird deine eigene Bosheit vernichten!

Als Taran diese Worte herausschrie, blitzte der Edelstein erneut auf. Wo Gurgi gelegen hatte, richtete sich eine kleine Feldmaus auf den Hinterbeinen auf und entfloh dann quiekend in eine Ecke der Stube.

Morda wandte seine lidlosen Augen Taran zu.

Mordas Hand

Und du«, sagte Morda, »du wirst nicht das Glück haben, dich frei in Feld und Wald zu bewegen. Mein Plan wird fehlschlagen? Du sollst als Gefangener hier bleiben und meinen Triumph mit ansehen. Aber welche Gestalt soll ich dir geben? Die eines Hundes, der nach den Abfällen von meinem Tisch winselt? Oder die eines Adlers im Käfig, der sein Herz verzehrt nach der Freiheit der Lüfte?«

Starr wie ein Vogel unter dem hypnotischen Blick der Schlange, sah Taran auf das Kleinod in Mordas Hand, und lähmende Verzweiflung überfiel ihn. Er beneidete seine unglücklichen Gefährten Gurgi und Fflewddur. Die Klauen eines Habichts oder die Zähne eines Fuchses würden sich ihrer bald erbarmen und ihrem Leben ein Ende machen. Doch seine Tage würden sich im langsamen Todeskampf der Gefangenschaft zerreiben wie Steine, die aneinander wetzen, bis es Morda gefiel, ihn zu enden. Der Hohn des Zauberers brannte wie Gift. Aber während Morda sprach, fühlte Taran einen pelzigen Körper an seinen gefesselten Handgelenken. Sein Herz schlug heftig. Es war die Maus, die einst Gurgi gewesen war. Ungeachtet der eigenen trostlosen Lage, war der arme Kerl auf seinen Pfötchen geräuschlos in die Ecke geeilt, wo Taran lag. Ohne von dem Zauberer entdeckt zu werden, begann er nun in aller Eile, die Stricke mit seinen scharfen Zähnen zu benagen.

Morda spielte mit Angharads Zauberkleinod, als sei er unschlüssig, was er tun sollte. Gurgi biss sich verzweifelt in den Stricken fest. Die Zeit drängte, aber noch immer hielten die Fesseln. Taran versuchte, die Stricke straff anzuziehen, um der Maus zu helfen, aber nichts deutete darauf hin, dass die Fesseln sich lockerten. Und jetzt hob der Hexenmeister den schimmernden Edelstein.

»Halt ein!«, schrie Taran. »Wenn es mein Schicksal ist, ein Tier zu werden, dann gewähre mir wenigstens dieses: Lass mich wählen, welches Tier es sein soll.«

Morda hielt inne. »Wählen?« Seine blutleeren Lippen verzogen sich zu einem höhnischen Grinsen. »Was gehen mich deine Wünsche an? Aber – vielleicht wäre es angemessen, dass du dir dein Gefängnis selbst wählst. Sprich«, befahl er. »Schnell.«

»In Caer Dallben«, begann Taran so langsam wie möglich, »war ich Hilfsschweinehirt. Unter meiner Obhut stand ein weißes Schwein ...« An seinen Handgelenken löste sich ein Strang. Aber Gurgis Kräfte begannen zu schwinden.

»Was?«, unterbrach ihn Morda mit einem schrillen Lachen. »Soll das heißen, dass du ein Schwein werden möchtest? Um dich im Kot zu wälzen und nach Eicheln zu graben? Ja, Sauhirt, du hast wirklich das Richtige gewählt!«

»Das ist mein einziger Wunsch«, entgegnete Taran, »denn das erinnert mich vielleicht an glücklichere Zeiten.«

Morda nickte. »Ja. Und genau deswegen wird dir dein Wunsch nicht erfüllt werden. Du schlauer Schweinehirt«, spottete er, »du hast mir verraten, was du dir am meisten wünschst. Jetzt weiß ich also, dass du das sicher nicht bekommen wirst.«

»Du willst mir also nicht die Gestalt geben, um die ich

dich bitte?«, fragte Taran. Ein zweiter Strang gab nach. Gurgi hatte seine Erschöpfung überwunden und verdoppelte nun seine Anstrengung. Plötzlich gaben die Fesseln nach, Tarans Hände wurden frei. »Dann«, schrie er, »dann will ich meine eigene behalten!«

Im gleichen Augenblick sprang er auf, riss die Klinge aus der Scheide und stürzte sich auf den Zauberer, der überrascht einen Schritt zurückgetreten war. Bevor Morda den Stein erheben konnte, schrie Taran auf und stieß das Schwert mit aller Macht dem Zauberer in die Brust. Aber sein Triumphschrei wurde zu einem Schreckensschrei. Er taumelte zurück: Morda stand unverletzt vor ihm. Das höhnische Lachen des Hexenmeisters schallte durch den Raum. »Einfältiger Sauhirt! Wenn ich mich vor deinem Schwert gefürchtet hätte, dann hätte ich es dir genommen!« Der Zauberer hob Angharads Stein. Tarans Gedanken verwirrten sich und der Schreck lähmte ihn von neuem. In Mordas Klauen blitzte das Kleinod auf. Plötzlich aber war Taran frei von Furcht. Er sah deutlich die geschliffenen Flächen des Steins vor sich und die knochige Klaue, die ihn hielt. Auch gewahrte er nun zum ersten Mal, dass an Mordas Hand der kleine Finger fehlte und dass an seiner Stelle ein hässlicher Stummel aus vernarbtem, faltigem Fleisch war.

»Du willst mein Leben?«, zischte Morda. »Dann such es doch, Schweinehirt! Mein Leben ist nicht in meinem Körper. Nein, es ist weit von hier, dem Zugriff des Todes selbst entzogen. Denn noch eine letzte, höchste Macht habe ich erworben«, sprach der Zauberer weiter. »So wie mein Zauberstein das Leben der Sterblichen verwandeln kann, so kann er mein eigenes Leben schützen. Ich habe es mir entzogen und es sicher verwahrt, wo niemand es je finden wird. Du willst mich töten? Deine Hoffnung ist nutzlos wie das Schwert, das du in Händen hältst. Jetzt, Schweinehirt, büße für deinen Trotz! Hund oder Adler, das wäre ein zu edles Geschick. Du sollst in der Dunkelheit der Erde umherkriechen als niedrigste aller Kreaturen, als knochenloser, blinder Wurm.«

Im Inneren des Edelsteins glomm das Licht auf. Tarans Schwert entfiel seiner Hand, er barg das Gesicht in den Armen und taumelte, als habe ihn der Donner gerührt, aber er stürzte nicht. Sein Körper war nicht verwandelt, er blieb er selbst.

»Was widersteht meinem Zauber?«, schrie Morda mit schrecklicher Stimme. Für einen Augenblick schien Furcht aus seinen Zügen zu sprechen. »Als ob ich gegen mich selbst ankämpfte.« Seine lidlosen Augen starrten Taran ungläubig an und seine Hand mit dem fehlenden Finger umfasste den Stein noch fester.

Taran hatte einen eigenartigen Gedanken. Das Leben sicher geborgen? Wo niemand es finden konnte? Taran vermochte nicht, den Blick von der Hand des Hexenmeisters zu wenden. Ein kleiner Finger. Das Kästchen in dem hohlen Baum. Langsam und immer noch voller Angst, dass seine Hoffnung ihn trügen könnte, schob Taran eine Hand in die Jacke und zog das polierte Knochenstückchen hervor.

Als Morda es erblickte, schien sein Gesicht zu verfallen. Der Mund öffnete sich, die Lippen zitterten, die Stimme wurde zu einem heiseren Flüstern. »Was hast du da in der Hand, Schweinehirt! Gib es mir! Gib es her, ich befehle es dir!«

»Es ist ein unbedeutendes Ding, das meine Gefährten und ich fanden«, erwiderte Taran. »Wie könnte es für dich irgendeinen Wert haben, Morda? Wie kannst du eine solche Kleinigkeit begehren?«

Auf der Stirn des Zauberers begann sich kalter Angstschweiß zu sammeln. Sein Gesicht verzerrte sich zu einer Grimasse. Mit schauerlicher Stimme, der er vergebens einen sanften Klang zu geben versuchte, schmeichelte er: »Mein Junge, du bist kühn genug, mir entgegenzutreten. Ich wollte nur deinen Mut prüfen, um zu sehen, ob du es wert bist, mir zu dienen, und ob du einer reichen Belohnung würdig bist. Als Beweis meiner Freundschaft sollst du Gold haben. Und als Beweis deiner Freundschaft sollst du mir das kleine Ding da geben, diese Kleinigkeit in deiner Hand…«

»Diesen wertlosen Splitter?«, fragte Taran. »Willst du ihn als Spielzeug? Dann wollen wir ihn teilen – die Hälfte für mich, die Hälfte für dich.«

»Nein! Nein, brich ihn nicht entzwei!« Mordas Gesicht wurde aschfahl. Er streckte seine hagere Klaue aus und machte einen Schritt auf Taran zu. Doch dieser wich schnell zurück und hielt das Knochenstückchen hoch. »Ein wertloses Ding soll das sein?«, schrie Taran. »Dein Leben ist es, Morda! Ich halte dein Leben in meiner Hand!«

Mordas Augen rollten wie die eines Wahnsinnigen in den tiefen Höhlen. Er zitterte heftig, und sein Körper schwankte, als werde er von einem jähen Wind geschüttelt. »Ja, ja!« In seiner Stimme klang Todesfurcht. »Mein Leben! Geborgen in meinem Finger! Mit einem Messer schnitt ich ihn selbst von meiner Hand. Gib her! Gib ihn mir wieder!

»Du hast dich über alle Menschen emporgehoben«, erwiderte Taran. »Du hast ihre Schwäche verhöhnt, ihre Vergänglichkeit verachtet; du wolltest dich nicht zu ihnen rechnen. Aber ich, der ich weder Namen noch Erbe habe, weiß doch, dass ich ein Mensch bin.«

»Töte mich nicht!«, schrie Morda. »Mein Leben gehört dir. Nimm es mir nicht!« Der Zauberer warf sich auf die Knie und streckte die zitternden Arme aus. Seine blutleeren Lippen bebten, als er das sprach. »Höre mich an! Höre mich an! Viele Zauberkünste, viele Geheimnisse sind mir kund. Ich werde sie dich lehren. Alle, alle!« Seine Finger verkrampften sich. Weinerlich flehte er. »Ich werde dir dienen, dir gut dienen, Meister Schweinehirt. Mein ganzes Wissen, alle meine Kräfte stehen zu deiner Verfügung.« An Mordas Handgelenk hing noch Angharads Kleinod. Er erfasste es und hielt es Taran hin. »Dies! Auch dies!«

»Der Edelstein ist nicht dein. Du kannst ihn nicht verschenken.«

»Ich kann ihn nicht verschenken, Meister Schweinehirt?« Die Stimme des Hexenmeisters klang sanft und durchtrieben. »Ich kann ihn nicht verschenken. Aber du kannst ihn annehmen. Möchtest du seine Geheimnisse kennen? Ich allein vermag sie dir zu entdecken. Möchtest du seine Kräfte beherrschen? Hast du nie davon geträumt, Macht zu besitzen? Hier, sie wartet nur auf dich. Das ganze Menschengeschlecht wird dir dienen. Wer würde es wagen, den kleinsten deiner Wünsche unerfüllt zu lassen? Wer würde nicht vor dir zittern? Versprich mir, dass du mir das Leben lässt, Meister Schweinehirt, und ich werde dir versprechen …«

»Machst du Geschäfte mit Zauberkünsten, die du gestohlen und missbraucht hast?«, schrie Taran zornig. »Diese Geheimnisse sollen mit dir untergehen!«

Bei diesen Worten stieß Morda ein schauerliches Geheul aus und warf sich flach auf den Boden. Heftiges Schluchzen erschütterte seinen Körper. »Mein Leben! Schone es! Liefere mich nicht dem Tod aus. Nimm den Edelstein. Verwandle mich in das geringste Geschöpf, das auf der Erde kriecht, in den gemeinsten Wurm, nur lass mich leben!«

Der Anblick des zusammengekauerten Zauberers erregte in Taran Übelkeit und er schwieg einen Augenblick. Endlich sagte er: »Ich will dich nicht töten, Morda!« Der Zauberer hörte zu winseln auf und hob den Kopf. »Du willst also nicht, Meister Schweinehirt?« Er kroch näher.

»Ich will dich nicht töten«, wiederholte Taran und wich angeekelt zurück, »obwohl mir eigentlich danach zumute wäre. Dein Verbrechen ist so niederträchtig, dass ich keine angemessene Strafe finden kann. Verwandle meine Gefährten zurück«, befahl er. »Dann wirst du als Gefangener mit mir zu Dallben gehen. Er allein kann dir Gerechtigkeit widerfahren lassen. Steh auf, Hexenmeister. Wirf Angharads Kleinod von dir!«

Morda, noch immer am Boden kauernd, zog langsam und widerstrebend die Kette vom Handgelenk. Seine teigigen Wangen bebten, als er den schimmernden Edelstein streichelte und leise vor sich hin summte und murmelte. Plötzlich sprang er auf, machte einen Satz nach vorn und schlug Taran mit aller Kraft den Stein ins Gesicht. Die scharfen Kanten rissen Tarans Stirn auf. Mit einem Schrei taumelte er zurück. Blut floss ihm in die Augen und raubte ihm die Sicht. Das Knochenstückchen entfiel seiner Hand und wirbelte über den Boden. Der Zauberer hatte so heftig zugeschlagen, dass das Kleinod von der silbernen Kette sprang und in eine Ecke rollte. Im nächsten Augenblick war Morda über Taran und knurrte und brummte wie ein rasendes Tier. Seine knochigen Finger umkrallten seinen Hals, die gelben

Zähne hatte er zu einem grausigen Grinsen entblößt. Taran versuchte verzweifelt, sich dem Griff des Zauberers zu entziehen, aber der unerwartete und heftige Überfall hatte ihn gänzlich unvorbereitet getroffen. Er verlor den Halt und stürzte zu Boden. Vergebens suchte er, den tödlichen Griff zu lockern. Sein Kopf dröhnte und er sah über sich das verzerrte Gesicht des Zauberers.

»Deine Stärke wird dich nicht retten«, zischte Morda. »Habe ich dich nicht gewarnt? Mein Leben ist nicht in meinem Körper. Ich bin stark wie der Tod! So wirst du sterben, Sauhirt!«

Entsetzt erkannte Taran plötzlich, dass der Zauberer die Wahrheit sprach. Mordas magere Arme waren hart wie knorrige Äste, und obwohl Taran sich verzweifelt wehrte, wurde der erbarmungslose Griff immer fester. Seine Lungen waren gespannt bis zum Bersten. Er glaubte, in schwarzem Wasser zu versinken.

Das Krachen zersplitternden Holzes drang in Tarans Ohren und Mordas Griff ließ plötzlich nach. Brüllend vor Schreck und Wut, sprang der Hexenmeister herum. Immer noch halb bewusstlos, hielt sich Taran an der Wand fest und versuchte, sich aufzurichten. Llyan war in die Stube gestürmt und sprang nun wütend knurrend auf Morda zu.

»Llyan! Nimm dich in Acht vor ihm!«, schrie Taran.

Die Gewalt von Llyans Ansturm warf den Zauberer auf die Knie, aber Morda war stark. Wie rasend warf sich die goldbraune Riesenkatze hin und her. Ihre mächtigen Hinterbeine mit den gefährlichen Krallen schlugen nach dem Zauberer, doch dieser hatte sich an ihrem Buckel festgekrallt, sodass die Schläge ihn nicht trafen. Jaulend und fauchend warf die große Katze den Kopf hin und her, die scharfen Zähne blitzten angriffslustig, aber sie konnte sich nicht aus der Umklammerung des Zauberers befreien. Taran wusste, dass ihre Kraft bald nachlassen würde. Der Knochen! Taran ließ sich auf Hände und Knie nieder. Nirgends sah er den Knochensplitter. Er warf hölzerne Schemel zur Seite, stieß irdene Gefäße um, stocherte in der Asche des Herdes – der Knochen war verschwunden. Da quiekte und zirpte es hinter ihm, und als er sich umwandte, sah er die Maus. Im Mäulchen hielt sie den Knochensplitter. Sofort nahm Taran das blank polierte Ding. Verzweifelt stöhnte er auf. Der Knochen wollte nicht zerbrechen.

Der Zauber ist gebrochen

Taran mühte sich mit zusammengebissenen Zähnen und zitternd vor Anspannung, doch der blanke Splitter war unnachgiebig wie Eisen. Er fühlte, dass er gegen den Zauberer selbst ankämpfte. Dieser war vom Rücken der erschöpften Riesenkatze gesprungen und wandte sich nun wieder Taran zu. Er griff nach dem Knochen, packte ihn in der Mitte. Taran hielt verzweifelt die äußeren Enden fest. Er fühlte, wie sich der Splitter bog, als Morda ihn seiner Hand entreißen wollte. Plötzlich brach der Knochen mit einem entsetzlichen Knall, durchdringender und lauter als ein Donnerschlag. Tarans Trommelfell schien zu bersten. Mit einem grauenhaften Schrei, der die Wände erbeben ließ, taumelte Morda zurück, erstarrte, griff in die leere Luft und stürzte, polternd wie ein Stapel Brennholz, zu Boden. Im gleichen Augenblick verschwand die Maus und Gurgi stand neben Taran.

»Lieber Herr rettet uns!«, kreischte er und umarmte Taran. »Ja! Ja! Gurgi ist wieder Gurgi! Nicht mehr eine Maus mit Quieken und Pfeifen!«

Der zerbrochene Splitter in Tarans Hand war zu grauem Staub geworden. Er ließ ihn durch die Finger laufen. Vor Aufregung und Erschöpfung war er noch unfähig zu sprechen und streichelte Gurgi nur zärtlich und dankbar. Llyan atmete heftig, hatte sich aber wieder aufgerichtet. Das goldbraune Nackenfell und der lange Schwanz waren noch wütend gesträubt, ihre goldenen Augen blickten suchend umher und aus ihrem Rachen kam ein ängstlicher, fragender Ton. Gurgi befreite Kaw, der laut vor sich hin schwatzte und aufgeregt mit den Flügeln schlug.

»Großer Belin!«, ertönte plötzlich Fflewddurs Stimme. »Ich sitze immer noch in der Falle!«

Llyan sprang sofort in eine Ecke der Stube, Taran folgte ihr: Der Barde saß eingezwängt in dem Weidenkorb, in den der Hexenmeister den Hasen gesperrt hatte. Seine langen Beine baumelten auf der einen Seite über den Rand und seine Arme hingen hilflos an der anderen Seite herab. Taran und Gurgi machten sich gemeinsam daran, den Barden zu befreien. Sein Gesicht war aschfahl, sein Blick stier, und er brabbelte unzusammenhängendes Zeugs vor sich hin. Dann schüttelte er den struppigen Haarschopf und stieß einen tiefen Seufzer der Erleichterung aus.

»Welch eine Demütigung!«, platzte er los. »Ein Fflam! In ein Karnickel verwandelt! Ich dachte, man stopft mich in einen Sack. Bei Belin! Meine Nase juckt mich immer noch! Nie wieder! Ich habe dir doch gesagt, es kommt nichts Gutes dabei heraus, wenn man sich einmischt! In diesem Fall allerdings war es ein Glück, dass du diesen Knochen behalten hast, Taran, alter Freund. Ah, oh! Vorsicht! Diese verdammten Weidenruten pieken mich. Ein Kaninchen! Wenn ich doch nur meine Pfoten – Hände, meine ich natürlich – an diesen, diesen üblen Burschen legen könnte!«

Als Fflewddur endlich aus seiner unbequemen Lage befreit war, schlang er die Arme stürmisch um Llyans kräftigen Nacken. »Und du, altes Mädchen! Wenn du nicht gekommen wärst … « Er hielt schaudernd inne. »Nun ja, wollen wir gar nicht daran denken.«

Unter der Tür stand eine kurze, gedrungene Gestalt in derben Stiefeln und einer rostfarbenen Lederjacke. Auf dem Kopf trug sie eine eng anliegende runde Kappe. Die Daumen lässig in den Gürtel gesteckt, betrachtete sie die Gefährten mit ihren leuchtend roten Augen. Statt des verdrossenen Ausdrucks lag nun ein breites Grinsen auf ihrem Gesicht.

»Doli!« Taran erblickte den Zwerg zuerst. »Bist du wieder du selbst?«

»Wieder?«, fuhr Doli auf und versuchte, möglichst barsch zu wirken. »Ich war immer ich.« Er trat in die Stube. Einen Augenblick betrachtete er Morda, dann nickte er grimmig. »So war das also«, sagte er zu Taran. »Ich habe es mir fast so vorgestellt. Ich war als Frosch in einen tropfnassen Mantel verpackt und dachte, ihr seid alle tot, und im nächsten Moment war ich wieder so, wie ihr mich hier seht. Deine Katze wurde nach einiger Zeit unruhig«, wandte er sich an Fflewddur. »Sie hob mich mitsamt dem Mantel auf und folgte eurer Spur.«

»Sie wollte mich nicht aus den Augen verlieren.« Fflewddur kraulte Llyan liebevoll am Ohr. »Und deshalb haben wir ihr alle zu danken.«

»Aber wie ist sie durch die Dornenhecke gekommen?«, fragte Taran.

»Durch die Dornen? Sie ging nicht hindurch, sondern drüber!« Doli schüttelte den Kopf. »Mit einem Satz! Ich habe nie ein Tier so hoch springen sehen. Ich habe überhaupt noch nie so ein Tier wie das da gesehen. Aber wie steht es mit euch? Was ist mit Morda?«

»Wenn ihr nichts dagegen habt«, unterbrach Fflewddur, bevor Taran die Geschichte von ihrem Abenteuer erzählen konnte, »so schlage ich vor, wir machen uns hier sofort aus dem Staub. Ein Fflam ist zwar standhaft, aber diese Hexereien, auch wenn sie wirkungslos geworden sind, haben doch etwas an sich, das geeignet ist, mich, nun ja, zu beunruhigen.«

»Wartet«, rief Taran. »Das Kleinod! Wo ist es?«

Doli sah überrascht, wie die Gefährten alle Ecken durchstöberten. Taran wurde unruhig. Er wollte den Stein nicht zurücklassen. Als er gerade die Suche abbrechen wollte, hörte er über seinem Kopf ein heiseres Lachen. Kaw saß auf einem Balken, hüpfte selbstzufrieden hin und her und schwatzte. In seinem Schnabel leuchtete der kostbare Gegenstand.

»He, he!«, rief Fflewddur erregt. »Gib her! Großer Belin! Du hängst uns allen wieder Pfoten und Schwänze an!«

Tarans Schmeichelworte und Fflewddurs Drohungen brachten Kaw schließlich dazu, den Edelstein fallen zu lassen.

»Jetzt gehört er liebem, klugem Herrn!«, rief Gurgi. »Gurgi fürchtet Glitzern und Blitzen. Wenn lieber Herr ihn besitzt, dann fürchtet Gurgi ihn nicht.«

Doli sah den Stein prüfend an. »Damit also wollte Morda uns zu seinen Sklaven machen! Das hätte ich mir denken können. Der Stein kommt aus dem Feenreich«, fügte er hinzu. »Wir haben seit jeher das Haus von Llyr anerkannt und geehrt und hatten diesen Edelstein Prinzessin Regat als Hochzeitsgabe überreicht. Sie wird ihn wohl an ihre Tochter weitergegeben haben. Als Angharad dann verschwand, war auch das Kleinod verschwunden.«

»Und jetzt liegt es in meinen Händen«, Taran barg den Edelstein in seiner hohlen Hand und beobachtete das Spiel des Lichts im Innern des Kristalls. »Morda hat ihn, der Gutes bringen sollte, missbraucht. Ob er je wieder seinem eigentlichen Zweck dienen wird, das weiß ich nicht. Wenn ich ehrlich bin, muss ich gestehen, dass er mich magisch anzieht, zugleich aber auch ängstigt. Seine Kräfte sind gewaltig – vielleicht zu gewaltig, um sie zu beherrschen. Selbst wenn es mir möglich wäre, seine Geheimnisse zu lernen, würde ich darauf verzichten.«

Er sah Gurgi lächelnd an. »Du nennst mich klug? Wenigstens bin ich klug genug zu wissen, dass ich nie die Weisheit besitzen werde, um von diesen Kräften Gebrauch machen zu können. Vielleicht aber wird mir der Stein doch noch nützen«, fuhr Taran fort. »Orddu wird mir sicher sagen, wer ich bin, wenn ich ihr dieses kostbare Schmuckstück als Preis anbiete. Ja!«, rief er. »Diesen Schatz wird sie nicht zurückweisen.« Er hielt jäh inne und schwieg. In seiner Hand lag der Stein, mit dem er das Wissen erwerben konnte, nach dem ihn verlangte. Aber seine Freude darüber ließ nach. Zwar hatte er den Stein rechtmäßig an sich gebracht, aber er konnte nicht sagen, der rechtmäßige Besitzer zu sein. Also hatte er nicht mehr Recht als Morda, einen solchen Tausch vorzuschlagen. Er sah Doli an. »Der Stein gehört mir«, sagte er, »aber nur um ihn weiterzugeben, nicht um ihn zu behalten.« Er legte den Stein in Dolis Hand. »Er gehörte einst den Unterirdischen. Er gehört ihnen wieder.«

Dolis mürrisches Gesicht wurde weich. »Du hast uns einen Dienst erwiesen«, sagte er. »Wahrscheinlich den größten Dienst, den je ein Sterblicher dem Feenvolk erwiesen hat. Ohne deine Hilfe hätte uns Morda alle vernichten können. Ja, der Stein muss in unser Reich zurückkehren. Für andere Hände ist seine Macht zu gefährlich. Du hast das Richtige getan. König Eiddileg wird sich immer deiner erinnern. Du hast seinen Dank – und meinen.« Doli nickte zufrieden und steckte den Stein sorgsam in die Tasche. »Er hat eine lange Reise hinter sich. Endlich kommt er zu uns zurück.«

»Ja! Ja!«, stimmte Gurgi zu. »Nimm und behalte. Lieber Herr will ihn nicht und Gurgi will bösen Stein nicht mehr sehen. Weg damit! Weg! Er soll armen, treuen Gurgi nie mehr in Maus verzaubern mit Quieken und Pfeifen.«

Taran lächelte und legte dem Tiermenschen zärtlich den Arm um die zottigen Schultern. »Morda hätte nie dein Herz verzaubern können. Du hast zwar ausgesehen wie eine Maus, aber du warst immer noch mutig wie ein Löwe. Was wäre mit mir gewesen?« Taran wurde nachdenklich. »Wäre ich als gefangener Adler oder als blinder Wurm noch ich selbst geblieben? Wäre ich Taran geblieben, obwohl ich kaum weiß, wer Taran ist?«

Die Sonne war höher gestiegen und verhieß einen klaren blauen Tag, als die Freunde die Behausung des Hexenmeisters verließen. Die Dornenwand war verschwunden, zerstört wie der Zauber, der sie errichtet hatte, sodass die Gefährten ohne Schwierigkeiten ins Freie gelangten. Sie banden Melynlas und das Pony los und brachen auf. Erst als sie ein beträchtliches Stück Weges zurückgelegt hatten, wollte Fflewddur einer kurzen Rast zustimmen. Selbst jetzt noch schien er sich äußerst unbehaglich zu fühlen, denn während Gurgi den Schnappsack öffnete, blickte er geistesabwesend auf einen Erdhügel und zupfte nachdenklich an seinen Ohren, als wollte er sich vergewissern, dass es wirklich seine eigenen waren. »Kaninchen!« brummte er. »Ich werde nie mehr auf sie Jagd machen.«

Taran und Doli hatten sich etwas abseits niedergelassen. Doli, mürrisch und ungeduldig wie eh und je, konnte doch bisweilen ein Lächeln nicht unterdrücken, und als er von Tarans Vorhaben hörte, wurde er noch umgänglicher. »Die Freien Commots?«, fragte er. »Wir stehen auf gutem Fuß mit den Leuten der Commots. Sie achten uns und wir achten sie. Du wirst in ganz Prydain nicht viele finden, die ihnen an Mut und guter Gesinnung gleichkommen. Niemand maßt sich Macht an, nur weil er in einem Königsschloss statt in einem Bauernhaus geboren wurde. Was in den Freien Commots zählt, ist die Geschicklichkeit, nicht die Herkunft. Aber ich kann dir wenig mehr erzählen. Wir haben zwar einige Stützpunkte am Weg, falls sie unsere Hilfe benötigen sollten, aber das kommt so gut wie nie vor. Die Leute aus den Commots verlassen sich lieber auf sich selbst. Und daran tun sie gut. Außerdem ist es auch in unserem Interesse, denn wir haben genug zu tun, das übrige Prydain im Auge zu behalten. Von dem Spiegel allerdings habe ich noch nie gehört. Es gibt wohl einen See Llunet in den Bergen von Llawgadarn, soviel ich weiß. Mehr aber kann ich dir auch nicht sagen. Was hast du denn da?«, fragte der Zwerg plötzlich, als sein Blick zufällig auf Tarans Schlachtenhorn fiel. »Woher hast du das?«

»Eilonwy gab es mir, als ich von Mona abfuhr«, erwiderte Taran. »Es war ihr Pfand, dass wir …« Er lächelte traurig. »Wie lang ist das schon her.« Er nahm das Horn von der Schulter und reichte es Doli.

»Das ist Zwergenarbeit!«, rief der Kleine. »Zweifellos!

Zu Tarans Erstaunen schaute Doli zuerst in das eine Ende, dann in das andere, hob das Horn gegen die Sonne, als versuche er, durch das Mundstück zu blicken, klopfte schließlich mit dem Knöchel fest an das Metall und schlug es gegen sein Knie. »Leer!«, brummte er. »Alles aufgebraucht.

Nein! Augenblick.« Er presste den Schalltrichter ans Ohr und lauschte angestrengt. »Einer ist noch übrig, nicht mehr.«

»Einer was?« Taran war von Dolis seltsamem Benehmen überrascht.

»Ein Ruf, was denn sonst?«, fuhr ihn Doli an.

Fflewddur und Gurgi waren näher gekommen. Der Zwerg wandte sich an sie: »Dieses Horn ist vor langer Zeit gearbeitet worden, als die Menschen und die Kleinen Leute noch in enger Freundschaft lebten und sich gegenseitig halfen. Das Horn birgt einen Ruf an uns.«

»Ich verstehe nicht«, begann Taran.

»Wenn du mir zuhörst, dann kannst du auch verstehen.« Doli reichte ihm das Schlachtenhorn. »Und ich meine, ganz genau zuhören.« Er spitzte die Lippen und pfiff eine Sequenz aus drei lang gezogenen, hohen Tönen, die Taran unbekannt war. »Hörst du das? Blas diese Töne auf dem Horn – genau so, wohlgemerkt, nicht anders. Sie sind ein Signal für die Unterirdischen, dass du in Not bist. Die Zwerge, die dir am nächsten leben, werden sofort alles tun, dir zu helfen. Hast du die Melodie behalten?« Doli pfiff die Töne noch einmal. Taran nickte und hob gedankenlos das Horn an den Mund.

»Nicht jetzt, du Schwachkopf«, rief Doli. »Du sollst sie dir merken. Ich habe dir doch gesagt, dass nur noch ein Ruf im Horn ist. Vergeude ihn nicht. Vielleicht hängt eines Tages dein Leben an diesem Ruf.«

Taran starrte das Horn ungläubig an. »Eilonwy wusste selbst nichts davon. Du hast mir einen unbezahlbaren Gefallen getan, Doli.«

»Gefallen?«, knurrte der Zwerg. »Durchaus nicht. Das Horn dient jedem, der es zufällig hat, in diesem Fall also dir.

Ich habe nichts weiter getan, als dir gezeigt, wie du von einem Ding, das ohnehin dir gehört, etwas mehr Nutzen haben kannst. Gefallen? Pah! Eine ganz gewöhnliche Höflichkeit. Aber pass gut auf. Vertue den Ruf wie ein Tor beim ersten Anhauch einer Gefahr, und du wirst es bereuen, wenn du wirklich in Schwierigkeiten bist.«

Fflewddur flüsterte Taran ins Ohr: »Mein Rat ist: Vertraue deinem Verstand, deinem Schwert und deinen Beinen. Zauberei bleibt Zauberei, und wenn du durchgemacht hättest, was ich durchgemacht habe, dann würdest du dich da raushalten.« Er blickte unbehaglich auf das Schlachtenhorn und wandte sich dann ab. »Ich werde nicht mehr sein wie früher, das ist sicher!«, murmelte er und zupfte sich nervös an den Ohren. »Großer Belin! Ich habe immer noch das Gefühl, sie wären länger als früher!«

Dorath

Die Gefährten aßen und streckten sich dann auf dem Rasen aus, um den Rest des Tages und die ganze Nacht zu verschlafen. Am Morgen verabschiedete sich Doli. Kaw war bereits auf dem Weg zum Feenreich, um zu melden, dass alles in Ordnung sei. Von dort aus sollte er wieder zu Taran stoßen.

»Ich würde mit euch gehen, wenn ich könnte«, sagte der Zwerg zu Taran. »Wenn ich daran denke, dass ein ungeschickter Hilfsschweinehirt blindlings und unbekümmert im Llawgadarn-Gebirge herumtappt, dann sträuben sich mir die Haare. Aber ich darf nicht. Der Stein muss sicher in Eiddilegs Hände gelangen. Und wer wird ihm das Kleinod bringen? Der gute alte Doli! Ha!«

»Es macht mich traurig, dass wir uns trennen müssen«, sagte Taran, »aber du hast mir mehr geholfen, als ich hoffen durfte. Der See Llunet trägt denselben Namen wie der Spiegel; vielleicht hilft mir das weiter.«

»So lebt denn wohl«, sagte Doli. »Du hast uns alle davor bewahrt, Frösche oder noch Schlimmeres zu werden, und uns hast du einen Schatz wiedergegeben. Das sollst du nicht bereuen. Wir Kleinen Leute haben ein langes Gedächtnis.«

Der Zwerg reichte den Freunden die Hand und drückte seine Lederkappe tiefer in die Stirn. Ein letztes Mal winkte er. Taran blickte der untersetzten Gestalt nach, die festen

Schrittes über die Wiese ging und in der Ferne immer kleiner wurde, bis sie im Unterholz des Waldes verschwand.

Die Gefährten zogen weiter in nordöstlicher Richtung. Taran wäre sehr froh gewesen, wenn Doli sie geführt hätte, denn er vermisste den mürrischen Zwerg sehr, und doch war er zuversichtlich wie nie zuvor.

»Eilonwys Geschenk ist noch kostbarer, als ich dachte«, sagte er zu Fflewddur. »Ich bin Doli sehr dankbar, auch weil er mir etwas vom See Llunet erzählt hat. Es ist merkwürdig, Fflewddur«, fuhr er fort, »aber irgendwie habe ich das Gefühl, dass ich dem Ende meiner Suche näher bin. Ich bin mehr denn je der Überzeugung, dass ich finden werde, wonach ich suche.«

»He? Was ist los?« Fflewddur blinzelte, als sei er eben erst aufgewacht. Während Gurgi nicht mehr an Morda dachte, beschäftigte den Barden noch immer, was ihm zugestoßen war. Oft verfiel er in gedankenvolles Schweigen und zupfte sich verdrießlich an den Ohren, als erwarte er, sie könnten sich jeden Moment wieder verlängern. »Ein furchtbares Erlebnis!«, murmelte er jetzt. »Ein Fflam verwandelt in ein Kaninchen! Was hast du eben gesagt? Die Suche? Ja, natürlich.«

»Riecht mit Schnüffeln!«, unterbrach Gurgi. »Reißen-und-Beißen!«

»Du hast Recht«, stimmte Fflewddur zu und sog die Luft ein. »Oh, verdammt! Meine Nase juckt schon wieder!«

Taran parierte Melynlas. Auch Llyan hatte etwas gerochen. Sie richtete die Ohren auf und leckte sich die Schnurrhaare. Taran nickte und die Gefährten ritten vorsichtig über die Lichtung. Taran wollte zunächst die Fremden in Augenschein nehmen, ohne dass man ihn selbst bemerkte. Aber er war kaum ein paar Schritte gegangen, als sich zwei bärtige Männer aus dem Schatten der Büsche aufrichteten. Taran stutzte. Die beiden, offensichtlich Wachtposten, zückten die Schwerter, und einer der beiden ahmte den Ruf eines Vogels nach. Sie behielten die Gefährten scharf im Auge, ohne allerdings einen Versuch zu machen, sie aufzuhalten. Taran bemerkte nun die Feuerstelle auf der Lichtung und ungefähr ein Dutzend Männer, die sich um das Feuer herum gelagert hatten und mächtige Fleischstücke brieten. Die Männer waren bewaffnet wie Krieger, trugen aber weder Wappen noch Farbe eines Cantref-Fürsten. Einige von ihnen aßen, andere schärften ihre Klingen oder schmierten die Sehne der Bogen. Dem Feuer am nächsten lag, bequem ausgestreckt und auf einen Ellenbogen gestützt, ein Mann, breitgesichtig und schwer, und spielte mit einem langen Dolch. Er warf ihn in die Höhe, ließ ihn herumwirbeln und fing ihn abwechselnd am Griff und an der Spitze wieder auf. Er trug eine ärmellose Jacke aus Pferdefell und schmutzige, genagelte Stiefel mit dicken Sohlen. Strohiges Haar fiel ihm über die Schultern und seine kalten blauen Augen maßen die Gefährten gleichmütig.

»Willkommen, ihr Herren«, sagte er gedehnt, als Taran vom Pferd stieg. »Welch glücklicher Wind bläst euch ins Lager Doraths?«

»Ich bin kein Herr …«, erwiderte Taran. »Ich bin Taran der Hilfsschweinehirt.«

»Kein Herr?«, unterbrach ihn Dorath mit spöttischem Erstaunen. »Wenn du es mir nicht gesagt hättest, wäre ich nie von allein draufgekommen.«

»Das hier sind meine Freunde«, fuhr Taran fort. Er war verärgert, dass sich dieser Bursche über ihn lustig machte.

»Gurgi, Fflewddur Fflam – er zieht als Barde umher, aber in seinem Land ist er König.«

»Und Dorath ist König überall, wo er reitet«, erwiderte der Mann mit den gelben Haaren und lachte. »Nun, Herr Schweinehirt, willst du unser einfaches Mahl teilen?« Mit seinem Dolch wies er auf die Bratenstücke über dem Feuer. »Esst euch voll. Doraths Schar ist nie knauserig. Dann wollen wir mehr hören von euch drei Burschen.«

»Der Harfenspieler reitet einen seltsamen Hengst, Dorath«, rief ein Mann mit einem üblen zerhauenen Gesicht. »Ich wette, meine Mähre könnte sich mit dem Biest messen, kein Zweifel, denn sie ist ein störrisches Vieh und ein geborener Totschläger. Das wäre doch ein lustiger Kampf? Was meinst du, Dorath? Wollen wir uns nicht einen Spaß mit der Katze machen?«

»Halt's Maul, Gloff«, fuhr ihn Dorath an und betrachtete Llyan eingehend. »Du bist ein Schafskopf und warst immer einer.«

Er schob einen Fleischbrocken vom Spieß und warf ihn den Gefährten zu. Fflewddur hatte sich vergewissert, dass der Braten kein Kaninchenbraten war, und langte kräftig zu. Gurgi brauchte wie üblich nicht genötigt zu werden. Und auch Taran war nur zu froh, etwas essen zu können. Die Sonne ging jetzt rasch unter. Einer aus der Bande warf trockene Zweige aufs Feuer. Dorath stieß den Dolch in den Erdboden und blickte dann Taran scharf an. »Und nun, mein Fürst«, sagte er, »hast du keine Reiseabenteuer zu erzählen, um mir und meinen Freunden die Zeit zu vertreiben? Wo kommt ihr her? Wo geht ihr hin? Und warum? Die Berg-Cantrefs sind gefährlich, wenn man sich nicht auskennt.«

Taran antwortete nicht sofort. Der Ton, mit dem Dorath sprach, und die Blicke der Männer rings um das Feuer veranlassten Taran, seine Worte vorsichtig zu wählen. »Wir reisen nordwärts – durch die Berge von Llawgadarn.«

Dorath grinste ihn an. »Und wohin dann?«, fragte er. »Oder hältst du meine Frage für unhöflich?«

»Zum See Llunet«, antwortete Taran zögernd.

»Ich habe von Schätzen gehört, die es in diesen Gegenden geben soll«, warf der Mann namens Gloff ein. »Sucht ihr sie?«

»Wirklich?«, fragte Dorath. »Schätze?« Er lachte laut. »Kein Wunder, dass du mit deinen Worten so geizt!«

Taran schüttelte den Kopf. »Wenn ich das finde, wonach ich suche, dann ist es für mich wertvoller als Gold.«

»So?« Dorath beugte sich zu ihm hinüber. »Was wäre denn das für ein Schatz, Hoheit? Juwelen? Schön gearbeitete Schmuckstücke?«

»Nein«, entgegnete Taran. Er zögerte. »Ich suche meine Eltern.«

Für einen Augenblick war Dorath still. Das Grinsen wich nicht aus seinem Gesicht, aber als er wieder zu sprechen begann, war sein Gesicht kalt. »Wenn Dorath eine Frage stellt, dann wünscht er eine wahrheitsgemäße Antwort, Herr Schweinehirt.«

Taran wurde rot vor Zorn. »Ich habe sie dir gegeben! Behauptest du das Gegenteil, dann nennst du mich einen Lügner.«

Tiefes, bedrohliches Schweigen breitete sich aus. Dorath hatte sich halb erhoben und sein fleischiges Gesicht war finster geworden. Taran tastete nach dem Knauf seines Schwertes. Aber in diesem Augenblick stimmte der Barde ein Lied auf seiner Harfe an und rief: »Immer mit der Ruhe, Freunde!

Hört eine fröhliche Melodie, damit wir das Abendessen gut verdauen!«

Er legte die schön geschwungene Harfe an die Schulter und ließ die Finger rasch über die Saiten gleiten. Begeistert feuerten ihn die Männer an. Dorath setzte sich langsam wieder, blickte aber zu Fflewddur hinüber und spuckte ins Feuer.

»Schluss jetzt, Harfner«, sagte er nach einer Weile. »Verschone uns mit deinen falschen Tönen aus diesem wurmstichigen Kasten da. Wir wollen unsere Ruhe. Bis morgen früh bleibt ihr und dann werden euch meine Leute zum See Llunet begleiten.«

Taran sah, wie Fflewddur unwillig die Stirn runzelte. Er stand auf und sagt zu Dorath: »Wir danken für deine Gastfreundschaft, aber die Zeit drängt, und wir haben die Absicht, während der Nacht weiterzuziehen.«

»Ja«, Fflewddur nickte zustimmend. »Wir wollen euch keine Ungelegenheiten machen. Es ist eine weite Reise zum See – viel weiter als bis zur Grenze deines Cantrefs.

»Prydain ist mein Cantref«, entgegnete Dorath. »Habt ihr noch nie von Doraths Schar gehört? Wir dienen jedem, der bereit ist zu zahlen: einem schwachen Fürsten, der eine starke Kampfgruppe braucht, oder drei Reisenden, die Schutz vor Gefahren nötig haben, vor vielen Gefahren, Harfenspieler«, fügte er grimmig hinzu. »Llunet liegt für meine Männer nur einen Sprung weit entfernt, und ich weiß, wo das Land liegt. Willst du sicher dorthin gelangen? Ich bitte nur um einen kleinen Teil des Schatzes, den du suchst, einen kleinen Lohn für deinen demütigen Diener.«

»Wir danken dir«, sagte Taran bestimmt. »Es ist schon dunkel und wir müssen unseren Weg suchen.«

»Was denn!«, schrie Dorath unwillig. »Verachtest du meine armselige Gastfreundschaft? Ihr verletzt meine Gefühle, Fürsten. Ist es unter eurer Würde, neben solchen zu schlafen, wie wir sind? Oho, Schweinehüter, beleidige nicht meine Männer! Sie könnten es missverstehen.«

Tatsächlich erhob sich bei diesen Worten Doraths ein drohendes Murren unter der Bande. Taran sah, dass einige von den Kriegern nach ihren Schwertern griffen. Er stand da und wusste nicht, was er tun sollte. Dorath beobachtete ihn genau. Zwei von den Männern waren unauffällig zu den angepflockten Pferden hinübergegangen, wo sie, wie Taran sich sehr gut vorstellen konnte, mit entblößten Schwertern warteten.

»So sei es denn«, sagte Taran und sah Dorath genau zwischen die Augen. »Wir freuen uns über eure Gastfreundschaft für diese eine Nacht. Und morgen werden wir uns dann von euch verabschieden.«

Dorath grinste. »Darüber wird noch zu sprechen sein. Schlaft gut.«

Die Gefährten wickelten sich in ihre Mäntel. »Schlaft gut?«, brummte Fflewddur. »Großer Belin! Ich werde kein Auge zumachen. Ich habe die Berg-Cantrefs nie gemocht, und diese Kerle sind ein weiterer Grund, sie noch weniger zu mögen.« Er sah sich um. Dorath hatte sich am Feuer niedergelegt, aber der Mann namens Gloff lag bei den Freunden. »Ich habe von diesen umherziehenden Kriegerbanden gehört«, sprach Fflewddur mit gedämpfter Stimme weiter. »Nichts als Raufbolde und Raubgesindel, alle miteinander. Der Cantref-Fürst, der sie kauft, um gegen seine Nachbarn zu kämpfen, hat sie bald selbst am Hals. Dorath will uns vor Gefahren schützen? Die schlimmste Gefahr ist Dorath selbst!«

»Er glaubt, wir sind hinter einem Schatz her«, flüsterte Taran. »Er hat sich das in den Kopf gesetzt und wird uns nichts anderes glauben. In einer Hinsicht haben wir sogar Glück«, fügte er traurig hinzu. »Solange er meint, wir könnten ihn zu Gold und Edelsteinen führen, so lange wird er uns nicht einfach umbringen.«

»Vielleicht, vielleicht auch nicht«, antwortete Fflewddur. »Er wird uns nicht gleich die Hälse abschneiden, aber er könnte uns genauso gut – na, sagen wir einmal – dazu überreden, ihm zu sagen, wo die Schätze sind. Und ich glaube, er wird beträchtlich viel mehr tun, als uns nur in die Zehen zu kneifen.«

»Ich bin nicht sicher«, entgegnete Taran. »Wenn er uns foltern wollte, hätte er es längst tun können. Er hat uns in die Enge getrieben, und wir wollen nicht, dass er mit uns zieht. Und doch glaube ich nicht, dass Dorath seiner Sache ganz sicher ist. Wir sind zwar nur drei gegen ein Dutzend, vergiss aber nicht Llyan. Wenn es zum Kampf kommt, dann hat Dorath eine hervorragende Gelegenheit, uns alle zu töten. Doch ich denke, er ist gewitzt genug einzusehen, dass es ihn teuer zu stehen käme – ihn und die meisten von seiner Bande. Ich zweifle, ob er es wagt, wenn es nicht unbedingt sein muss.«

»Ich hoffe, du hast Recht«, seufzte der Barde. »Aber trotzdem möchte ich lieber nicht so lange warten, bis wir das genau wissen, eher würde ich die Nacht in einem Schlangennest verbringen. Wir müssen diese Schurken loswerden. Aber wie?«

Taran dachte angestrengt nach und biss sich auf die Lippen. »Eilonwys Horn«, begann er.

»Ja! Ja!«, flüsterte Gurgi. »O ja! Zauberhorn mit Dröhnen und Tönen! Hilfe kommt mit Rettung. Blase, kluger Herr!«

»Eilonwys Horn«, Taran sprach langsam. »Ja, das war mein erster Gedanke. Soll ich es jetzt gebrauchen? Es ist ein kostbares Geschenk, zu kostbar, um es zu verschwenden. Wenn es keinen Ausweg mehr gibt …« Er schüttelte den Kopf. »Bevor ich das Horn blase, wollen wir es mit eigener Kraft versuchen. Schlaft jetzt, ruht euch so gut wie möglich aus. Vor Anbruch der Dämmerung kann Gurgi leise zur Pferdekoppel hinübergehen und die Zügel von Doraths Hengsten durchschneiden, während Fflewddur und ich versuchen, die Posten zu überwältigen. Mach die Tiere scheu, zerstreu sie in alle Richtungen. Und dann …«

»Dann reiten wir um unser Leben!«, warf Fflewddur ein. Er nickte. »Gut, das ist unsere einzige Chance, wenn du nicht in dein Horn stößt. Dorath!«, fügte er hinzu und wiegte die Harfe liebevoll in seinen Armen. »Meine Lieder klingen tatsächlich nicht schön. Meine Harfe ein wurmstichiger Kasten! Der Raufbold hat weder Ohren noch Augen! Ein Fflam ist geduldig, aber wenn Dorath meine Harfe beleidigt, dann geht das zu weit. Allerdings habe ich diese Ansicht auch schon von manchen anderen gehört.«

Gurgi und Fflewddur fielen in einen unruhigen Schlummer. Taran aber blieb wach. Das Lagerfeuer brannte nieder. Er hörte das schwere Atmen von Doraths Leuten. Gloff lag regungslos da und schnarchte entsetzlich. Für eine kurze Weile schloss Taran die Augen. Hatte er eine falsche Entscheidung getroffen? Ihm war schmerzlich bewusst, dass drei Menschenleben auf dem Spiel standen. Doli hatte ihm eingeschärft, das Geschenk nicht leichtsinnig zu verschleudern. Aber war der Einsatz denn zu groß? Sollte er das Geschenk jetzt ausnutzen, da die Not doch offenkundig war? Diese Gedanken bedrückten ihn schwerer als die tiefe Finsternis der mondlosen Nacht.

Ein heller Streifen am Himmel kündigte den Morgen an, als Taran heimlich die Freunde weckte. Vorsichtig schlichen sie zur Pferdekoppel. Die beiden Wachen schliefen tief. Taran, in der Absicht, Gurgi beim Durchschneiden der Leinen zu helfen, wandte sich um, hielt sich aber im Schatten einer mächtigen Eiche. Plötzlich versperrte ihm ein gestiefeltes Bein den Weg. Dorath lehnte am Baum. In der Hand hielt er einen Dolch.

Der Zweikampf

Warum willst du denn schon wieder aufbrechen, Herr Schweinehirt?«, höhnte Dorath, wirbelte den Dolch durch die Luft und schnalzte mit der Zunge. »Ohne Lebewohl zu sagen? Ohne ein Wort des Dankes?« Er schüttelte den Kopf. »Das ist eine große Unhöflichkeit mir und meinen Leuten gegenüber. Ihre Gefühle sind empfindlich. Ich fürchte, du hast sie zutiefst verletzt.«

Die Männer begannen, sich zu regen. Gloff hatte sich aufgerichtet und hielt das Schwert spielerisch, fast sorglos in der Hand. Taran wusste, dass der Mann blitzartig die Klinge heben konnte, bevor er selbst die Waffe gezückt hatte. Tarans Augen wanderten hinüber zu den angepflockten Pferden. Ein anderer Mann Doraths war nachlässig auf die Tiere zugeschlendert, stand nun scheinbar zufällig in ihrer Nähe und reinigte sich die Nägel mit der Spitze seines Jagdmessers. Taran wies die Gefährten mit einer Bewegung an, sich nicht zu rühren.

Dorath stand auf. Seine Augen blickten kalt. »Sei ehrlich, willst du dich von uns trennen? Auch nachdem du vor den Gefahren in den Bergen gewarnt worden bist?« Er zuckte mit den Schultern. »Du sollst nicht sagen können, dass Dorath seine Gastfreundschaft aufdrängt. Geh, wenn du dir das in den Kopf gesetzt hast. Suche deine Schätze. Wir wünschen dir eine rasche Reise.«

»Wir wollten nicht unhöflich sein«, antwortete Taran. »Trag uns nichts nach, denn wir tragen dir auch nichts nach. Lebt alle wohl, du und deine Schar.«

Sehr erleichtert winkte er Gurgi und dem Barden und wandte sich ab. Doraths Hand griff nach seiner Schulter. »Was soll das heißen?«, schrie er. »Willst du dich davonmachen, ohne die kleine Angelegenheit zwischen uns in Ordnung zu bringen?«

Überrascht blieb Taran stehen. Dorath sprach weiter. »Wir müssen noch abrechnen, Herr Sauhirt. Willst du mich um meinen Lohn prellen? Wir sind arme Leute, Hoheit. Zu arm, um dort Geschenke zu machen, wo wir nichts bekommen.«

Die Krieger brachen in raues Gelächter aus, Dorath gab sich demütig, doch Taran schien diese Pose bedrohlicher als ein Wutausbruch. »Du hast unser Fleisch gegessen und unseren Wein getrunken«, winselte Dorath. »Die ganze Nacht hast du sicher unter unserem Schutz verbracht. Gilt dir das nichts?«

Taran starrte ihn erstaunt und beunruhigt an. Doraths Leute waren herangetreten und umstanden den Anführer. Gurgi drängte sich näher an Taran. »Schutz!«, murmelte Fflewddur kaum hörbar vor sich hin. »Wer wird uns vor Dorath schützen? Schutz? Großer Belin! Ich würde es eher Wegelagerer nennen!«

»Und da ist noch etwas, Herr Sauhirt«, fuhr Dorath schnell fort. »Die Frage der Bezahlung für das Geleit zum See Llunet. Es ist keine leichte Reise für meine Schar. Der Weg ist lang und rau …«

Taran blickte dem Mann ins Gesicht. »Du hast uns Speise, Trank und ein Lager gewährt«, sagte er und dachte angestrengt nach, wie er Doraths Fallstricken entkommen könnte.

»Wir werden dafür bezahlen. Doch was den Schutz auf unserer Reise angeht, so wünschen wir ihn nicht und brauchen ihn nicht.«

»Meine Leute sind bereit, wir warten nur auf ein Wort von dir, um euch zu begleiten«, erwiderte Dorath. »Du bist es, der den Vertrag bricht.«

»Ich habe keinen Vertrag mit dir abgeschlossen, Dorath«, antwortete Taran.

Doraths Augen wurden schmal. »Nein? Du wirst ihn aber trotzdem halten.«

Sie maßen sich schweigend einen Augenblick. Die Krieger bewegten sich unschlüssig. Aus Doraths Gesichtsausdruck konnte Taran nicht entnehmen, ob der Mann tatsächlich einen Kampf riskieren wollte. Wenn ja, dann schätzte Taran die Chance, heil zu entkommen, sehr gering ein. Endlich sagte er: »Was willst du von uns?«

Dorath grinste. »Jetzt sprichst du klug. Kleine Meinungsverschiedenheiten sind schnell vergessen. Wir sind einfache Leute, Fürst. Wir erbitten wenig, viel weniger als uns zusteht. Unserer Freundschaft wegen will Dorath großzügig sein. Was du mir geben sollst?« Seine Augen richteten sich auf Tarans Gürtel. »Du trägst ein schönes Schwert«, sagte er. »Es soll mir gehören.«

Tarans Hand umklammerte den Knauf. »Das wirst du nicht bekommen«, erwiderte er schnell. »Ich biete dir stattdessen Zaumzeug und Geschirr. Und auch das könnten wir eigentlich nicht entbehren. Dallben, mein Herr, gab mir diese Klinge – die erste, die wirklich mir gehört, die mich zum Mann machte. Das Mädchen, das ich liebe, gürtete mich mit eigenen Händen. Nein, Dorath, ich handle nicht mit meinem Schwert.«

Dorath warf den Kopf zurück und lachte. »Du machst viel Getue wegen eines Stück Eisens. Deine Süße hat es dir also angelegt! Dein erstes Schwert! Das macht es nicht wertvoller. Es ist eine hübsche Waffe, weiter nichts. Ich habe bessere als sie weggeworfen. Aber diese da gefällt mir eben. Gib sie mir und wir sind quitt.«

Aus Doraths Augen sprach grausames Vergnügen, als er die Hand ausstreckte. Plötzliche Wut stieg in Taran auf. Er ließ alle Vorsicht außer Acht, riss die Klinge aus der Scheide und wich einen Schritt zurück. »Hüte dich, Dorath!«, schrie er. »Du willst mein Schwert? Das wird ein teurer Handel. Vielleicht lebst du bald nicht mehr, um diese Ansprüche geltend zu machen.«

»Und du vielleicht nicht mehr, um das Schwert zu behalten«, antwortete Dorath kalt. »Wir kennen unsere Gedanken, Sauhirt. Bin ich vielleicht so töricht, wegen eines Spielzeugs das Leben zu riskieren? Bist du töricht genug, mir Einhalt zu gebieten? Das werden wir leicht feststellen«, fügte er hinzu. »Willst du mich auf die Probe stellen? Meine Schar gegen die deine?« Als er keine Antwort erhielt, fuhr er fort: »Mein Beruf ist es, das Blut anderer zu vergießen, nicht mein eigenes zu verschwenden. Unser Problem lässt sich leicht lösen. Stell einen von deinen Leuten gegen einen von meinen zum Kampf auf. Ein freundschaftlicher Wettkampf, Sauhirt. Wagst du es? Der Preis? Dein Schwert!«

Gloff hatte aufmerksam zugehört, nun leuchtete sein Schurkengesicht auf. »Gut gesprochen, Dorath. Jetzt werden wir endlich unseren Spaß haben!«

»Du hast die Wahl, Sauhirt«, sagte Dorath zu Taran. »Wer ist dein Vorkämpfer? Soll dieser zottige Wilde, den du deinen Kameraden nennst, gegen Gloff antreten? Sie sind beide von der Natur so benachteiligt worden, dass sie gut zusammenpassen würden. Oder der Harfenzupfer …«

»Die Sache geht nur dich und mich an, Dorath«, erwiderte Taran, »und keinen anderen.«

»Umso besser«, antwortete Dorath. »Du nimmst also den Zweikampf an? Die Bedingungen sind, dass wir unbewaffnet um Sieg oder Niederlage kämpfen und dass der Preis dein Schwert sein soll. Dafür hast du Doraths Wort.«

»Ist dein Wort so aufrichtig wie deine Forderung?«, gab Taran zurück. »Ich traue keiner Abmachung mit dir.«

Dorath zuckte mit den Schultern. »Meine Leute werden sich unter die Bäume zurückziehen, wo sie mir nicht zu Hilfe kommen können – wenn du das fürchtest. Deine Leute werden dasselbe tun. Was sagst du dazu? Ja oder nein?«

»Nein! Nein!«, rief Gurgi dazwischen. »Lieber Herr, sei auf der Hut!«

Lange blickte Taran auf das Schwert. Weder die Klinge noch das Heft waren verziert, und doch hatte Dorath erkannt, dass sie kunstvoll geschmiedet waren. Der Tag, an dem Dallben ihm das Schwert überreicht hatte, leuchtete in Tarans Gedächtnis so hell wie das blanke Eisen selbst. Und Eilonwy – ihre schroffen Worte hatten ihren Stolz und ihre Erregung nicht überspielen können. Obwohl ihm die Klinge kostbar war, zwang er sich doch, sie so zu betrachten, als wäre sie nichts als nur ein gewöhnliches Stück Metall. Zweifel stieg in seinem Herzen auf. Er zweifelte, ob Dorath – sollte er als Sieger oder Besiegter aus dem Kampf hervorgehen – die Gefährten ohne eine Entscheidungsschlacht ziehen lassen würde. Aber er nickte kurz. »So sei es denn.«

Dorath gab seinen Leuten ein Zeichen, und Taran beobachtete sie misstrauisch, bis sie sich weit genug in den Wald zurückgezogen hatten. Auf Tarans Weisung banden Fflewddur und Gurgi Llyan und die beiden Pferde los und zogen sich in die entgegengesetzte Richtung zurück. Taran warf seinen Mantel und Eilonwys Horn auf den Boden. Dorath wartete. Seine Augen folgten Taran aufmerksam und verschlagen, als dieser Schwert und Scheide auf den Boden fallen ließ.

Taran trat zurück. In diesem Augenblick sprang Dorath ihn ohne Warnung an. Der jähe Angriff raubte Taran den Atem und die Wucht des Anpralls fällte ihn beinahe. Dorath rang mit ihm. Taran merkte bald, dass der Gegner ihn am Gürtel zu packen suchte, um ihn auf die Erde zu schleudern. Deshalb warf er die Arme empor und entschlüpfte Doraths Umklammerung. Laut fluchend holte dieser zu einem wuchtigen Faustschlag aus, Taran sprang zur Seite, aber die Faust traf ihn doch schmerzlich an der Seite des Schädels. Tarans Ohren dröhnten, und er versuchte, festen Halt zu gewinnen, aber Dorath ging sofort wieder zum Angriff über. Da Taran wusste, dass er mit seinem gewichtigeren Gegner nicht ringen durfte, weil dessen mächtige Arme ihn zerquetschen würden, fasste er ihn am Unterarm und schleuderte ihn mit all seiner Kraft über die Schulter auf den Boden. Dorath war blitzschnell wieder auf den Beinen. Taran duckte sich und machte sich für einen erneuten Angriff bereit. Trotz seiner Massigkeit bewegte sich Dorath geschmeidig wie eine Katze. Er ließ sich zur Seite fallen, warf sich herum und stieß völlig unerwartet seine gespreizte Hand nach Tarans Augen. Taran versuchte auszuweichen, Dorath aber packte ihn an den Haaren und riss ihm den Kopf nach hinten. Die Faust des Kriegers war zum Schlag erhoben. Taran stöhnte vor Schmerz auf und taumelte. Verzweifelt und mit seiner ganzen Kraft schlug er in das grinsende Gesicht des Gegners. Doraths Griff lockerte sich und Taran entkam mit einer raschen Bewegung. Für einen Augenblick schien Dorath betäubt. Taran nutzte sofort seinen geringen Vorteil, indem er von einer Seite auf die andere sprang, um so einen Angriff unmöglich zu machen.

Ganz plötzlich ließ sich Dorath auf ein Knie fallen und umschlang Taran mit den Armen. Taran wand sich, um sich zu befreien. Da spürte er in der Seite einen scharfen Hieb. Er fiel nach rückwärts und tastete nach der Stelle. Dorath erhob sich. Er hatte ein kurzes Messer in der Hand.

»Weg mit der Waffe!«, schrie Taran. »Wir kämpfen unbewaffnet. Du hast mich betrogen, Dorath!

Der Krieger sah auf ihn herab. »Weißt du nun, wer von uns beiden der Dummkopf ist, Herr Sauhirt?«

Eilonwys Horn lag in Reichweite. Taran streckte die Hand danach aus. Wie lange würde es dauern, bis ihm das Feenvolk zu Hilfe käme? Konnte er hoffen, Dorath von sich fern zu halten? Er wollte die drei Töne blasen, dann aber warf er das Schlachtenhorn wütend zur Seite, benutzte seinen Mantel als Schild und stürzte sich auf Dorath. Das Messer blieb in den Falten des Kleidungsstücks hängen. Die Wut verlieh Taran Kräfte. Er entriss Dorath die Klinge. Dieser taumelte unter dem wilden Ansturm und stürzte zu Boden. Taran warf sich auf ihn, packte ihn an den Schultern und drückte ihm das Knie auf die Brust.

»Halsabschneider!«, stieß er zwischen den Zähnen hervor. »Für ein Stückchen Eisen wolltest du mir das Leben nehmen.«

Doraths Finger krallten sich in den Boden. Ein Arm schnellte vor und eine Hand voll Erde und Steine klatschte Taran ins Gesicht.

»Erwisch mich doch, wenn du kannst!«, schrie Dorath und befreite sich von Tarans Gewicht. Taran fasste sich ins Gesicht. Seine Augen brannten. Blind tappte er nach dem Gegner. Doraths schwerer Stiefel traf seine Rippen. Taran stieß einen Schrei aus, dann brach er stöhnend zusammen. Er versuchte aufzustehen, aber nicht einmal Wut und Verzweiflung vermochten, ihn auf die Füße zu stellen. Er sank zu Boden und drückte das Gesicht auf die Erde.

Dorath hob das Schwert auf. »Ich schone dein Leben, Sauhirt«, schrie er höhnisch. »Es bedeutet mir nichts, ich brauche es nicht. Sollten wir wieder zusammenkommen, dann könnte es schlimmer für dich ablaufen.«

Taran hob den Kopf. In Doraths Augen sah er nur kalten Hass, der alles zu zerfressen und zu zerstören schien. »Du hast nichts gewonnen«, flüsterte er. »Was hast du denn gewonnen, das dir mehr wert sein könnte als mir?«

»Der Kampf hat mir Spaß gemacht, Sauhirt, und die Beute noch mehr.« Dorath schleuderte das Schwert durch die Luft und fing es wieder auf. Dann warf er den Kopf zurück und brach in rohes Gelächter aus. Er drehte sich auf den Fersen um und ging in den Wald.

Selbst als seine Kräfte zurückgekehrt waren und der stechende Schmerz in seiner Seite einem dumpfen Pochen gewichen war, saß Taran noch lange auf der Erde, bevor er seine Habseligkeiten zusammensuchte – den zerfetzten Mantel, das Schlachtenhorn und die leere Schwertscheide. Dann stand er auf und ging zu Fflewddur und Gurgi. Dorath war verschwunden. Keine Spur war mehr von ihm vorhanden, doch das Gelächter klang noch in Tarans Ohren.

Das verirrte Lamm

Der Himmel war heiter und das Wetter mild, als die Gefährten in das Gebiet der Berg-Cantrefs vordrangen. Gurgi hatte Tarans Wunde verbunden; und der körperliche Schmerz hatte rascher nachgelassen als der Schmerz über den Verlust des Schwerts. Den Barden aber hatte das Erlebnis mit Dorath die Sorge um seine Ohren vergessen lassen und kaum noch sprach er das Wort »Kaninchen« aus. Allmählich begann er, wieder an ein gutes Ende der schwierigen Fahrt zu glauben. Gurgi grollte den Strolchen heftig. Oft wandte er sich um und schüttelte drohend die Faust. Glücklicherweise hatten die Gefährten keine Spur mehr von der Bande gesehen, und Gurgis wilde Grimassen hätten wohl genügt, um jeden Straßenräuber in sicherer Entfernung zu halten.

»Schändliches Rauben!«, brummte Gurgi. »Oh, lieber Herr, warum hast du nicht rettendes Horn geblasen, dich zu schützen vor Hauen und Klauen?«

»Das Schwert war sehr kostbar für mich«, antwortete Taran, »aber ich werde ein neues finden, das mir die gleichen Dienste tun wird. Und Eilonwys Horn verliert seine Kräfte für immer, wenn es einmal geblasen wird.«

»Ja! Ja!«, schrie Gurgi und blinzelte erstaunt, als sei dieser Gedanke nie in seinen zottigen Kopf gekommen. »Oh, Weisheit des lieben Herrn! Wird armer Gurgi nie klüger?«

»Wir haben alle Verstand genug, um zu sehen, dass Taran

richtig entschieden hat«, warf Fflewddur ein. »Ich an seiner Stelle hätte dasselbe getan – nein, nein! Was ich eigentlich sagen wollte«, fügte er mit einem Blick auf seine Harfe hastig hinzu, »ich hätte das Horn geblasen, bis ich blau im Gesicht geworden wäre. Holla, was soll das! Langsam, langsam, altes Mädchen!« Llyan sprang plötzlich in großen Sätzen vorwärts. »Holla, was hast du vor?«

Gleichzeitig hörte Taran ein klägliches Geblök aus einem Brombeerdickicht. Llyan war bereits dort, duckte sich wie zum Spielen, streckte den Schwanz in die Luft und zupfte mit einer Pfote an den Zweigen. Ein weißes Lamm hatte sich in den Dornen verfangen und blökte und zappelte verzweifelt, als es die Riesenkatze bemerkte. Fflewddur lockte die Katze mit ein paar Tönen seiner Harfe von den Büschen fort und Taran sprang schnell vom Pferd. Mit Gurgis Hilfe bog er die Zweige zur Seite und befreite das verschreckte Geschöpf.

»Das arme Tierchen hat sich verirrt. Aber wo mag es herkommen?«, überlegte Taran. »Ich habe keinen Bauernhof in der Nähe gesehen.«

»Nun, ich vermute, es kennt seinen Stall besser als wir«, antwortete Fflewddur, während Gurgi das Tier betrachtete und ihm den wolligen Kopf tätschelte. »Wir sollten es einfach gehen lassen. Es wird seinen Weg allein finden.«

»Das Lamm gehört mir«, rief eine strenge Stimme.

Überrascht wandte sich Taran um. Ein großer, breitschultriger Mann kletterte mühsam den felsigen Abhang herab. Bart und Haare waren angegraut, seine breite Stirn war narbenbedeckt und seine dunklen Augen beobachteten die Gefährten scharf. Bis auf ein langes Jagdmesser war er unbewaffnet. Er trug das grobe Gewand des Hirten. Den Mantel hatte er zusammengerollt um die Schulter gezogen, die Jacke war an den Kanten ausgefranst, verschmutzt und schäbig. Was Taran zunächst für einen Hirtenstab gehalten hatte, erwies sich bei näherem Zusehen als eine roh gearbeitete Krücke. Das rechte Bein des Mannes war gelähmt.

»Das Lamm gehört mir«, wiederholte der Hirte.

»Nun, dann hast du ein Recht darauf«, antwortete Taran und übergab ihm das Tier.

Das Lamm hörte auf, kläglich zu blöken, und schmiegte sich eng an die Schulter des Mannes. Dieser sah Taran etwas erstaunt an, als habe er tatsächlich erwartet, um den Besitz des verirrten Tieres kämpfen zu müssen. »Ich danke euch«, sagte er nach einer kleinen Pause, dann fügte er hinzu: »Ich bin Craddoc, Sohn des Custennin.«

»Sehr erfreut«, sagte Taran, »und nun leb wohl. Dein Lamm ist in Sicherheit und wir haben noch einen weiten Weg vor uns.«

Craddocs Hand krallte sich um den Knauf seiner Krücke. Dann drehte er sich um und begann, den Abhang wieder hinaufzusteigen. Er hatte erst eine kurze Strecke zurückgelegt, als er ausglitt, den Halt verlor und auf ein Knie fiel. Taran lief zu ihm, um ihm zu helfen.

»Wenn der Weg zu deiner Hürde so beschwerlich ist wie der, den wir gegangen sind«, sagte Taran, »dann wollen wir dich begleiten.«

»Nicht nötig«, entgegnete barsch der Hirte. »Haltet ihr mich für einen solchen Krüppel, dass ich mir Kraft von anderen borgen muss?« Als er sah, dass Taran noch immer seine Hand zur Hilfe anbot, wurde sein Ausdruck weniger abweisend. »Vergib mir«, sagte er. »Du hast in guter Absicht gesprochen und ich habe deine Worte falsch aufgefasst. Ich bin nicht an Gesellschaft gewöhnt. Ihr habt mir einen Dienst erwiesen«, fuhr er fort, als Taran ihm aufhalf. »Nun tut mir noch einen zweiten Gefallen. Nehmt meine Gastfreundschaft an.« Er lächelte. »Es ist allerdings nur ein geringer Lohn dafür, dass ihr mein Lamm gerettet habt.«

Fflewddur führte die Pferde, und Gurgi war überglücklich, dass er das Lämmchen auf den Armen tragen durfte. Taran ging neben dem Hirten, der sich nun, obwohl er anfangs gezögert hatte, auf Tarans Schulter stützte. Der Pfad wurde immer steiler, wand sich langsam aufwärts und fiel schließlich in ein tiefes Tal ab. Das Gehöft bestand aus einer einzigen wackeligen Hütte, deren Wände aus Feldsteinen teilweise eingestürzt waren. Ein halbes Dutzend schlecht geschorene Schafe graste auf der spärlichen Weide. Ein verrosteter Pflug, eine Hacke mit zerbrochenem Stiel und ein paar andere Werkzeuge lagen in einem Schuppen, dessen Tür kein Schloss hatte. Eingeschlossen von hohen Berggipfeln, umgeben von Dornengestrüpp und Büschen, stand der Hof einsam und verlassen da. Und doch machte er den Eindruck, als sei er mit dem Boden verwachsen, und glich fast einem einsamen Kämpfer, der den andrängenden Feinden Trotz bot.

Craddoc bat die Gefährten mit einer scheuen, beinahe verlegenen Bewegung einzutreten. Im Innern war die Hütte kaum einladender als das karge Land ringsum. Es gab Anzeichen, dass Craddoc versucht hatte, die Feuerstelle und den geborstenen Herd zu reparieren, das Dach auszubessern und die Risse in der Wand zu flicken, aber er hatte die Arbeit nie vollendet. Ein Spinnrad in der Ecke wies auf die Anwesenheit einer Frau hin, doch musste das bereits vor langer Zeit gewesen sein.

»Mein Freund«, Fflewddur setzte sich an den schmalen Tisch. »Du bist mutig, in dieser entlegenen Gegend zu leben. Hübsch ist es hier schon«, fügte er rasch hinzu, »sehr hübsch, aber – nun ja – ziemlich abgelegen.«

»Es gehört mir.« Aus den Augen Craddocs leuchtete der Stolz. Fflewddurs Worte schienen ihn gesprächiger zu machen. Er beugte sich vor und umklammerte die Tischkante. »Ich habe gegen die gekämpft, die mir meinen Besitz entreißen wollten. Und wenn ich muss, dann werde ich es wieder tun.«

»Daran zweifle ich durchaus nicht«, erwiderte Fflewddur. »Ich will dich nicht kränken, Freund, aber ich bin schon überrascht, dass jemand überhaupt die Absicht hatte, dir dies zu nehmen.«

Craddoc schwieg. Schließlich sagte er: »Das Land war früher schöner, als ihr es jetzt seht. Wir lebten hier ganz für uns, ungestört und friedlich, bis einige Fürsten auf den Gedanken kamen, unseren Besitz für sich zu beanspruchen. Die von uns, die ihre Freiheit behalten wollten, schlossen sich gegen sie zusammen. Heiß tobte der Kampf und viel wurde zerstört. Doch wir schlugen sie zurück.« Craddocs Gesicht wurde düster. »Der Preis war hoch. Wir hatten viele Tote, darunter viele meiner engsten Freunde. Und ich«, er blickte auf seine Krücke, »ich habe mit dem Bein bezahlt.«

»Und die anderen?«, fragte Taran.

»Mit der Zeit verließen sie alle, einer nach dem anderen, ihre Heimat«, erwiderte Craddoc. »Das Land lohnte den Kampf nicht mehr. Sie gingen in andere Cantrefs. Resigniert, wie sie waren, verdingten sie sich als Soldaten, arbeiteten sogar für jeden, wenn er ihnen nur Brot und Unterkunft gewährte.«

»Doch du bist geblieben«, sagte Taran. »In einem verwüsteten Land. Warum?«

Craddoc hob den Kopf. »Um frei zu sein«, antwortete er schroff. »Um mein eigener Herr zu sein. Freiheit war mein einziger Wunsch. Hier hatte ich sie gefunden und ich hatte sie erkämpft.«

»Du bist glücklicher als ich, mein Freund«, antwortete Taran. »Ich habe noch nicht gefunden, was ich suche.«

Als Craddoc ihn forschend ansah, berichtete Taran von seiner Suche. Der Hirte lauschte schweigend; doch während Taran sprach, trat auf sein Gesicht ein eigenartiger Ausdruck – zweifelnd und erstaunt zugleich. Als Taran geendet hatte, setzte Craddoc zum Sprechen an, zögerte dann aber, klemmte die Krücke unter den Arm und erhob sich unvermittelt. Er müsse noch nach seinen Schafen sehen, murmelte er und verließ die Hütte. Gurgi folgte ihm, denn er wollte die sanften Tiere gern betrachten.

Die Schatten waren länger geworden. Taran und Fflewddur saßen schweigend am Tisch. »Ich bedauere und bewundere den Hirten«, sagte Taran. »Er kämpfte, um eine Schlacht zu gewinnen, und verlor eine andere. Sein Land ist nun sein schlimmster Feind, gegen den er kaum etwas ausrichten kann.«

»Ich fürchte, du hast Recht«, stimmte der Barde zu. »Wenn Unkraut und Dornengestrüpp ihn immer mehr einschließen, dann muss er die Schafe bald auf seinem grasüberwucherten Dach weiden lassen.«

»Ich möchte ihm helfen, wenn ich nur könnte«, sagte Taran. »Aber leider braucht er mehr, als ich geben kann.«

Als der Hirte zurückkam, traf Taran alle Anstalten zum Aufbruch. Craddoc aber bat die Gefährten dringend zu bleiben. Taran zögerte. Er wollte zwar weiter, wusste aber andererseits, dass Fflewddur einem Nachtritt durchaus abgeneigt war. Außerdem konnte er in Craddocs Augen die stumme Bitte lesen. So stimmte er schließlich zu. Da Craddocs Vorräte mehr als kümmerlich waren, teilten sie mit ihm eine Mahlzeit aus Gurgis Vorratsbeutel. Der Hirte aß schweigend, warf dann ein paar trockene Dornenzweige auf das kleine Feuer, sah zu, wie sie knisternd in Flammen aufgingen, und richtete endlich seinen Blick auf Taran. »Ein Lamm meiner Herde verirrte sich und wurde wiedergefunden«, sagte er. »Aber ich hatte noch eines, das sich verirrte und nicht wiedergefunden wurde.« Der Hirte sprach langsam und mit großer Anstrengung, als ob ihn die Worte schmerzten. »Vor langer Zeit, als alle anderen das Tal verlassen hatten, wünschte meine Frau dringend, dass wir ihnen folgten. Sie erwartete ein Kind und hier in diesem Land sah sie nichts als Mühe und Trostlosigkeit. Sie sprach im Namen des Ungeborenen.« Craddoc senkte den Kopf. »Ich aber wollte nicht. Und jedes Mal wenn sie mich drängte, wies ich sie ab.

Als die Zeit kam, wurde unser Kind geboren. Unser Sohn. Das Kind lebte. Aber seine Mutter starb. Mein Herz brach, denn ich war es ja, der sie getötet hatte. Ihr letzter Wunsch war, ich sollte das Kind von hier wegbringen.« Craddocs Stimme war dunkel vor Kummer, seine verwitterten Züge verzerrten sich. »Und nicht einmal diesen Wunsch achtete ich. Nein«, fügte er hinzu, »ich dachte, ich hätte mit Blut und mit mehr noch als mit Blut meine Freiheit bezahlt. Ich wollte sie nicht aufgeben.«

Der Hirte schwieg eine Weile. Dann sagte er: »Allein versuchte ich, das Kind großzuziehen. Ich konnte es nicht. Es war ein kräftiger Junge, aber in weniger als einem Jahr sah ich ihn dahinkränkeln. Erst damals erkannte ich, dass seine Mutter den richtigen Rat gegeben hatte, auf den ich, ein dünkelhafter Narr, nicht gehört hatte. Nun war ich bereit, das Tal zu verlassen. Aber mein Entschluss kam zu spät. Ich wusste, dass das Kind die Reise nicht überleben würde, ebenso wenig wie einen zweiten Winter. Der Junge war mein Herzenslamm, das bereits dem Tod überantwortet war. Aber eines Tages«, erzählte Craddoc weiter, »kam zufällig ein Wanderer an meine Tür. Ein Mann von tiefer Gelehrsamkeit war er und ein Mann, der viele Geheimnisse der Heilkunst kannte. Nur seine Hand könnte dem Kind das Leben erhalten, so sagte er mir, und ich wusste, dass er die Wahrheit sprach. Er erbarmte sich des hilflosen Kleinen und bot mir an, ihn an meiner Stelle großzuziehen. Ich dankte ihm für seine Güte und legte das Kind in seine Arme. Dann ging er seines Wegs und mein Sohn war bei ihm. Von beiden habe ich nie mehr etwas gehört oder gesehen. Oft befürchtete ich, dass sie in den Bergen zugrunde gegangen wären. Aber ich hoffte weiter, denn der Fremde hatte mir geschworen, dass mein Sohn eines Tages zurückkehren würde.« Der Hirte sah Taran scharf an. »Der Name des Wanderers war Dallben.«

Ein Dornenzweig barst knackend im Feuer. Craddoc war verstummt, aber seine Augen hingen an Tarans Gesicht.

Fflewddur und Gurgi schwiegen. Langsam stand Taran auf. Er fühlte, dass er zitterte. Einen Augenblick lang fürchtete er, seine Beine würden ihn nicht tragen, und er stützte sich schwer auf die Kante des Tischs. Er war unfähig, einen Gedanken zu fassen, starrte nur auf Craddoc. Der Mann, den er als Fremden kennen gelernt hatte, erschien ihm noch fremder. Tarans Lippen bewegten sich lautlos und formten endlich einzelne Worte. Seine Stimme klang ihm fremd in den

Ohren. »Du sagst«, flüsterte er, »du sagst, du bist mein Vater?«

»Das Versprechen wurde gehalten«, antwortete Craddoc leise. »Mein Sohn ist zurückgekehrt.«

Das Ende des Sommers

Die Morgendämmerung war nicht mehr fern. Das Feuer auf dem Herd war längst niedergebrannt. Taran stand leise auf. Er hatte unruhig geschlafen. Der Kopf schwirrte ihm, und er hatte Mühe, seine Gedanken zu ordnen: Fflewddurs überraschter Aufschrei. Gurgis freudiges Gekläff. Craddocs väterliche Umarmung für einen Sohn, den er kaum gesehen hatte, und Tarans verwirrte Umarmung für einen Vater, den er nie gekannt hatte. Fflewddur sang und spielte. Seine Stimme war nie besser gewesen und die Hütte des Hirten hatte gewiss noch nie so viel laute Fröhlichkeit erlebt. Aber Taran und Craddoc waren eher still gewesen, als ob sie sich bemühten, die Gedanken des anderen zu spüren. Endlich waren alle eingeschlafen.

Taran ging zur Tür. Die Schafe schliefen. Die Luft war schneidend kalt. Wie ein silbernes Netz lag der Tau auf der kargen Weide, und die Steine blitzten wie Sterne, die zur Erde gefallen waren. Taran fröstelte und zog den Mantel enger um sich. Er stand bereits eine Weile unter der Tür, bevor er merkte, dass er nicht allein war. Fflewddur hatte sich zu ihm gesellt. »Konntest nicht schlafen, he?«, sagte er heiter. »Ich auch nicht. Zu aufgeregt. Ich habe meine Augen keine drei Sekunden geschlossen – na, vielleicht doch etwas länger. Großer Belin! Das war ein Tag! Nicht jeder findet seinen verlorenen Vater mitten in einer Einöde wieder. Taran, mein Freund, deine Suche ist zu Ende. Wir haben uns die Fahrt zum See Llunet erspart – und ich sage dir, das freut mich genauso sehr. Jetzt müssen wir unsere Pläne ändern. Ich schlage vor, wir reiten nordwärts zum Feenreich, holen den guten alten Doli und dann geht's weiter in mein Königreich zum Feiern. Ich denke, du wirst nach Mona fahren wollen, um Eilonwy die guten Nachrichten zu bringen. So soll es sein! Nun ist deine Suche vorüber, du bist frei wie ein Vogel!«

»Frei wie ein Adler im Käfig, zu dem mich Morda machen wollte!«, rief Taran. »Dieses Tal wird Craddoc vernichten, wenn er allein hier bleibt, und sei es auch nur für eine kurze Zeit. Die Last ist zu groß für ihn. Ich achte ihn, weil er versucht, sie zu tragen. Ja, ich achte ihn dafür, aber nur dafür. Seine Pläne kosteten meiner Mutter das Leben, beinahe auch mir. Kann ein Sohn einen solchen Vater lieben? Aber solange Craddoc lebt, bin ich mit den Banden des Blutes an ihn gefesselt – falls wirklich sein Blut in meinen Adern fließt.«

»Falls?« Fflewddur runzelte die Stirn und sah Taran scharf an. »Du sagst falls – als ob du Zweifel hättest …«

»Craddoc spricht die Wahrheit, wenn er sagt, er sei mein Vater«, antwortete Taran. »Aber ich bin es, der ihm nicht glaubt.«

»Was soll nun das wieder?«, fragte Fflewddur. »Du weißt, dass er dein Vater ist, und gleichzeitig glaubst du es nicht. Das ist zu hoch für mich.«

»Fflewddur, kannst du denn nicht sehen?« Taran sprach langsam und widerstrebend. »Ich glaube ihm nicht, weil ich ihm nicht glauben will. Im tiefsten Innern meines Herzens hatte ich immer – schon als Kind – geträumt, ich könnte von vornehmer Herkunft sein.«

Fflewddur nickte. »Ja, ich verstehe dich.« Er seufzte. »Leider aber kann man sich seine Verwandten nicht aussuchen.«

»Jetzt«, sagte Taran, »ist mein Traum nichts weiter als ein Traum und ich muss ihn aufgeben.«

»Seine Geschichte klingt wahr«, antwortete der Barde. »Aber was sollst du tun, wenn du Zweifel hast? Ja, Kaw, der Lump, wenn der hier wäre, dann könnten wir ihn mit einer Nachricht zu Dallben schicken. Aber ich zweifle, ob er uns in dieser trostlosen Einöde finden wird.«

»Trostlose Einöde?«, sagte die Stimme Craddocs. Er stand unter der Tür. Taran wandte sich rasch um. Er schämte sich seiner Reden, denn er wusste nicht, wie viel Craddoc gehört hatte. Falls der Hirte tatsächlich schon länger da war, dann ließ er sich jedenfalls nichts anmerken. Stattdessen lächelte er aus seinem wetterharten Gesicht, als er auf die Gefährten zuhumpelte. Gurgi folgte ihm. »Als Einöde seht ihr es jetzt, bald aber wird es wieder so schön sein wie je zuvor.« Er legte stolz seine Hand auf Tarans Schulter. »Mein Sohn und ich, wir werden es schaffen.«

»Ich hatte gedacht«, begann Taran langsam, »ich hatte gehofft, du würdest mit uns nach Caer Dallben zurückkehren. Coll und Dallben würden dich willkommen heißen. Das Gehöft ist reich und kann noch reicher werden, wenn du uns hilfst. Das Land hier ist abgewirtschaftet, sodass es wohl nie mehr fruchtbar wird.«

»Was?« Craddocs Gesicht wurde ernst. »Mein Land verlassen? Eines anderen Knecht werden? Jetzt? Wo wir endlich hoffen können?« Aus seinem Blick sprach Schmerz. »Mein Sohn«, sagte er ruhig, »du sprichst nicht alles aus, was dir auf dem Herzen liegt, und ich habe nicht alles gesagt, was ich fühle. Meine Freude macht mich blind für die Wahrheit.

Dein Leben hat sich zu lang fern von mir abgespielt. Caer Dallben ist deine Heimat, mehr als es diese Gegend je sein kann, diese Einöde, dieses Brachland – und der Herr dieses Landes ist ein Krüppel.« Der Hirte hatte seine Stimme nicht erhoben, aber seine Worte hallten in Tarans Ohren. Craddocs Züge waren hart wie Stein geworden, aus seinen Augen flammte Stolz. »Ich kann weder verlangen, dass du dies mit mir teilst, noch mag ich einen Sohn an seine Pflicht gemahnen, der mir fremd geworden ist. Wir haben uns wiedergesehen. Wir werden uns wieder trennen, wenn das dein Wunsch ist. Ich halte dich nicht davon ab.« Bevor Taran antworten konnte, drehte sich Craddoc um und ging zur Hürde.

»Was soll ich denn tun?«, rief Taran bestürzt.

Fflewddur schüttelte den Kopf. »Er wird von hier nicht fortgehen, das ist gewiss. Es ist nicht schwer, zu erkennen, woher dein eigener Dickkopf stammt. Nein, er wird sich nicht von der Stelle rühren. Aber wenn du zur Ruhe kommen möchtest, dann könntest du allein nach Caer Dallben gehen. Erforsche die Wahrheit bei Dallben. Er allein kann sie dir sagen.«

»Der Winter würde uns überraschen, bevor ich wieder zurückkehren könnte«, wandte Taran ein. Er blickte auf das raue Land und die elende Hütte. »Mein – mein Vater ist am Ende seiner Kräfte. Es ist viel zu tun. Und was getan werden muss, muss getan werden, bevor der erste Schnee fällt.« Eine Zeit lang sagte er nichts. Fflewddur wartete schweigend. Auch Gurgi war still, hatte die Stirn in Falten gelegt und lauschte voll Anteilnahme. Taran blickte beide an und das Herz tat ihm weh. »Hört mir gut zu, Freunde«, sagte er langsam. »Fflewddur, wenn du möchtest, dann reite nach Caer

Dallben. Berichte, dass meine Suche zu Ende ist und wie alles gekommen ist. Mein Platz aber muss hier sein.«

»Großer Belin! Du willst also tatsächlich in dieser Wildnis bleiben?«, schrie Fflewddur. »Und das, obwohl du Zweifel hegst …«

Taran nickte. »Meine Zweifel rede ich mir vielleicht nur selbst ein. Wie dem auch sei, ich bitte euch, schickt mir bald eine Nachricht. Aber Eilonwy darf nichts erfahren, außer dem einen, dass meine Suche zu Ende ist, dass ich meinen Vater gefunden habe.« Seine Stimme wurde zu einem Flüstern. »Craddoc braucht meine Hilfe. Leib und Leben hängen davon ab. Aber Eilonwy wissen lassen, dass ich der Sohn eines Schafhirten bin … Nein!«, brach es aus ihm heraus. »Das könnte ich nicht ertragen. Sag ihr ein Lebewohl. Sie und ich, wir dürfen uns nie mehr treffen. Es wäre besser, die Prinzessin vergisst den Hirtenbuben – besser, ihr vergesst mich alle.« Er wandte sich an Gurgi. »Und du, mein allerbester Freund, reite mit Fflewddur. Wenn auch mein Platz hier ist, dann hast du doch einen glücklicheren verdient.«

»Lieber Herr!«, rief Gurgi und umschlang ihn verzweifelt mit den Armen. »Gurgi bleibt! Das hat er versprochen!«

»Nenn mich nicht mehr Herr!«, gab Taran bitter zurück. »Ich bin kein Herr, sondern ein niedrig geborener Bauernsohn. Du verlangst Klugheit? Hier bei mir wirst du sie nicht finden. Nimm deine Freiheit. Dies Tal ist kein Anfang, sondern ein Ende.«

»Nein! Nein! Gurgi hört nicht auf dich!«, rief Gurgi und hielt sich die Ohren zu. Er warf sich flach auf den Boden und blieb stocksteif liegen. »Er weicht liebem Herrn nicht von der Seite. Nein! Nein! Nicht mit Ziehen und Stoßen! Nicht mit Schleppen und Zerren!«

»Gut«, sagte Taran endlich, als er einsah, dass die Kreatur durch nichts von dem Entschluss abzubringen war.

Als Craddoc wiederkam, sagte ihm Taran nur, dass er und sein Gefährte bleiben wollten und dass Fflewddur seine eigene Reise nicht länger unterbrechen könnte.

Taran legte Llyan die Arme um die mächtigen Schultern und drückte seine Wange in ihr dichtes Fell. Sie miaute unglücklich. Schweigend reichten er und Fflewddur sich die Hände. Dann sah er dem Barden nach, wie er sich langsam entfernte. Taran und Gurgi ließen Melynlas und das Pony im Schuppen und trugen die Satteltaschen mit ihren wenigen Habseligkeiten in die windschiefe Hütte. Einen Augenblick betrachtete Taran die abgebröckelten Wände, die erloschene Feuerstelle, den zerborstenen Herd. Von der Schafweide rief ihn Craddoc. »So«, murmelte Taran vor sich hin, »so sind wir also nach Hause gekommen.«

In den folgenden Wochen glaubte Taran, er wäre wohl nicht schlechter gefahren, wenn Morda seine Drohung wahr gemacht hätte. Hohe graue Gipfel erhoben sich rings um ihn gleich Gitterstäben eines Käfigs. Er war gefangen, und es blieb ihm nur die harte Arbeit endlos langer Tage, um sich wenigstens von den Erinnerungen zu befreien. Es gab viel zu tun, eigentlich gab es noch alles zu tun: Der Boden musste gerodet, das Haus repariert, die Schafe versorgt werden. Anfangs hatte er den Morgen gefürchtet, der ihn, müde als ob er nicht geschlafen hätte, von der Strohschütte neben dem Herd aufscheuchte und an die Arbeit zwang, die nie ein Ende zu nehmen schien. Aber bald spürte er – was Coll ihm bereits vor langer Zeit gesagt hatte –, dass er sich in die Arbeit stürzen konnte wie in einen eiskalten Strom und selbst im Zustand der völligen Erschöpfung daraus neue Kräfte schöpfen würde.

Zusammen mit Gurgi und Craddoc schwitzte er und quälte sich, die großen Steine aus dem Feld zu graben und zu der Hütte zu schleppen, wo sie dann später zum Ausbessern der Wände dienen sollten. Die Quelle, an der die Schafe getränkt wurden, war bis auf ein schwaches Rinnsal versiegt. Taran grub den feuchten Boden auf, hob einen schmalen Kanal aus, den er mit flachen Steinen fasste, und leitete das Wasser um. Als der klare Bach in seinem neuen Bett dahinfloss, kniete Taran nieder und trank aus der hohlen Hand. Der kühle Schluck kam ihm so wunderbar vor, als hätte er vorher nie Wasser gekostet.

Eines Tages begannen die drei, das Dornengestrüpp und das Unterholz abzubrennen. Tarans Abschnitt fing nur langsam Feuer. Deshalb drang er tiefer ein, um die Fackel mitten in das Gebüsch zu stoßen. Da trieb ein plötzlicher Windstoß das Feuer auf ihn zu. Er wollte zurückweichen, aber die Dornen verfingen sich in seiner Jacke. Er stolperte und stürzte und schrie auf, als die Flammen wie eine Purpurwoge emporstiegen. Gurgi, der etwas entfernt stand, hörte den Schrei. Craddoc erkannte sofort die Gefahr, in der Taran schwebte, schwang sich auf der Krücke herum und war noch vor Gurgi an Tarans Seite. Der Hirte ließ sich zu Boden fallen, schützte Taran mit dem eigenen Körper vor den Flammen und zerrte ihn aus dem Gestrüpp. An der Stelle, an der Taran sich verfangen hatte, prasselten und knackten bereits die brennenden Dornenbüsche.

Der Hirte raffte sich stöhnend auf. Taran war unverletzt geblieben, aber Craddocs Brauen und Hände waren versengt. Doch der Hirte lächelte, schlug Taran auf die Schulter und sagte mit rauer Zärtlichkeit: »Ich habe den Sohn nicht gefunden, um ihn gleich wieder zu verlieren«, und ging wieder an die Arbeit.

»Ich danke dir«, rief ihm Taran nach. Aber in seiner Stimme schwang neben Dankbarkeit auch Bitterkeit, denn der Mann, der ihm das Leben gerettet hatte, war derselbe Mann, der es vernichtet hatte.

Und so war es auch in den Tagen, die nun folgten. Wenn ein Schaf erkrankte, umsorgte es Craddoc mit einer Liebe, die Taran zu Herzen ging. Andererseits aber war Craddoc der Mann, der den Traum seiner vornehmen Herkunft zerstört und alle Hoffnung, die er um Eilonwys willen hegte, vernichtet hatte. Wenn der Herde Gefahr drohte, wurde Craddoc wild wie ein Wolf, dachte nicht an seine eigene Sicherheit, sondern bewies einen Mut, den Taran nur bewundern konnte. Und doch hielt ihn dieser Mann gefangen – gefangen in den Fesseln der Blutsverwandtschaft. Craddoc aß nicht, bevor nicht Taran und Gurgi satt waren. Nicht selten stand er hungrig auf, behauptete aber stets, sein Appetit sei gering. Doch dieses Geschenk blieb Taran im Halse stecken. Er verachtete die Großmut, die er bei jedem anderen hoch geschätzt hätte.

»Gibt es denn zwei Hirten in diesem Tal?«, fragte sich Taran. »Einen, den ich liebe, und einen, den ich hasse?«

So ging der Sommer dahin. Um die Qual seines zerrissenen Herzens zu vergessen, arbeitete Taran wie besessen, um sich zu beschäftigen. Viel war noch zu tun und die Schafe mussten immer gehütet werden. Craddoc hatte bisher Mühe gehabt, die neugeborenen Lämmer bei der Herde zu halten und abends alle Schafe sicher und vollzählig in die Hürde zu treiben. Nun bat Gurgi, man möchte ihm die Herde anvertrauen. Die Schafe schienen damit ebenso zufrieden wie er selbst. Glücklich hüpfte er mit den Lämmern umher, plapperte munter mit den älteren Schafen, und selbst der ehrwürdige, übellaunige Widder wurde in seiner Gegenwart sanft. Als die Tage kühler wurden, gab ihm Craddoc eine Jacke aus ungeschorenem Vlies, und wenn Gurgi mit seinen Schützlingen dahinzog, konnte Taran den zottigen Tiermenschen in seinem wolligen Gewand kaum von den Schafen unterscheiden. Oft überraschte ihn Taran, wie er auf einem Felsbrocken hockte, umringt von den Tieren, die ihren Hirten wie in stummer Bewunderung ansahen. Die Schafe folgten ihm überallhin und wären wohl auch hinter ihm in die Hütte getrottet. Wenn Gurgi an der Spitze seiner Herde einherschritt, dann sah er so stolz wie ein Heerführer aus. »Sieh mit Schauen!«, rief er dann. »Sie ehren Gurgi mit Blöken! Ist lieber Herr Hilfsschweinehirt? Kühner, kluger Gurgi ist jetzt Hilfsschafhirt!

Tarans Augen aber suchten noch immer das Land jenseits der Gebirgskette. Jeden Abend durchforschte er die Passwege nach einem Zeichen Fflewddurs und die Wolken nach einer Spur Kaws. Er fürchtete, der Rabe wäre zum See Llunet geflogen. Wenn er dort die Gefährten nicht fand, wartete er wohl, vielleicht wurde er ungeduldig und suchte sie irgendwo anders. Und der Barde? Taran hatte mehr denn je das Gefühl, dass Fflewddur nicht mehr hierher zurückkehren würde. Und als die Tage kürzer wurden und der Herbst näher rückte, gab er seinen Beobachtungsposten auf und sah nicht mehr zum Himmel hinauf.

Der Käfig ist offen

Während des ganzen Sommers und Herbstes hatten die drei unermüdlich gearbeitet, um die Hütte wieder in Ordnung zu bringen, die ihre einzige Zuflucht für den Winter war. Jetzt, da der erste Schnee vom dicht verhangenen Himmel herabwirbelte war die Arbeit vollendet. Die Wände, völlig neu aus Feldsteinen aufgeschichtet, erhoben sich stark und fest gefügt; das Dach hatten sie mit Stroh gedeckt, sodass es Schutz vor Wind und Wetter bot. Drinnen brannte ein lustiges Feuer auf dem neuen Herd. Die Holzbänke waren ausgebessert, die Tür hing nicht mehr schief in den zerbrochenen Angeln.

Craddoc hatte sich völlig der Arbeit gewidmet, doch die Hütte war größtenteils Tarans Werk. Die rostigen Werkzeuge hatte er geschärft und gereinigt, um mit ihnen andere Werkzeuge, die er benötigte, herzustellen. Den Plan hatte er gemacht und er hatte ihn auch in die Tat umgesetzt. Wie er dann unter der Tür stand und der feine Schnee wie Spreu auf sein langes Haar fiel, sah er nicht ohne Stolz den Rauch aus dem neu aufgemauerten Kamin aufsteigen. Craddoc war herausgetreten und stand neben ihm. Der Hirt legte eine Hand zärtlich auf Tarans Schulter. Sie schwiegen. Endlich sagte Craddoc. »All die Jahre habe ich mich bemüht, das zu erhalten, was mir gehörte. Jetzt gehört es nicht mehr mir.« Er lächelte. »Uns«, sagte er.

Taran nickte schweigend.

Im Winter gab es wenig zu tun, so schienen die kurzen Tage länger. Um die Zeit zu vertreiben, erzählte Craddoc von seiner Jugend und von seinem Leben in diesem Tal. Er sprach von seinen Hoffnungen und seinen Mühen. Und langsam empfand Taran Bewunderung für ihn; zum ersten Mal sah er in Craddoc einen Mann, der ihm in mancher Hinsicht glich. So war auch Taran auf Craddocs Drängen bereit, von Caer Dallben zu erzählen und von den Abenteuern, die ihm begegnet waren. Doch geschah es oft, dass er mitten in seiner Erzählung innehielt, wenn die Erinnerung an Eilonwy und an sein früheres Leben plötzlich in ihm hochstieg. Dann brach er jäh ab, wandte sein Gesicht ab und starrte ins Feuer. Und Craddoc drängte ihn nicht, weiterzusprechen.

Die drei verknüpfte ein Band der Zuneigung, das aus gemeinsamer Arbeit entstanden war. Craddoc behandelte Gurgi sehr freundlich, und der Tiermensch war damit wohl zufrieden, besonders weil er seine Pflichten als Schäfer liebte. Aber eines Tages, zu Beginn des Winters, nahm Craddoc Taran auf die Seite und sagte: »Seit dem ersten Tag habe ich dich Sohn genannt, aber du hast nie Vater zu mir gesagt.«

Taran biss sich auf die Lippen. Früher hätte er seine Bitterkeit laut hinausgeschrien. Immer noch quälte ihn dieses Gefühl, aber jetzt brachte er es nicht mehr übers Herz, einen Mann zu verletzen, den er zwar als Vater ablehnte, doch als Menschen hoch schätzte.

Als Craddoc Tarans Verlegenheit spürte, nickte er kurz. »Vielleicht«, sagte er, »wirst du es eines Tages tun.«

Der Schnee machte die grauen Gipfel schimmernd weiß. Die steilen Berge, die für Taran immer unüberwindliche Hindernisse gewesen waren, schützten nun das Tal vor der Wut der Stürme. Und den gierigen Winden, die durch die eisbedeckten Pässe heulten, hielt die Hütte stand. Eines Spätnachmittags waren Craddoc und Gurgi draußen, um nach der Herde zu sehen. Der Sturm wurde heftiger, und Taran stand auf, um ein dickeres Schaffell vor das schmale Fenster zu spannen. Da sprang die Tür auf, als würde sie aus den Angeln gerissen. Kreischend stürmte Gurgi herein.

»Hilfe! Hilfe! Lieber Herr! Komm mit Eilen!« Gurgis Gesicht war aschfahl, seine Hände zitterten heftig, als er Tarans Arm packte. »Herr! Herr, komm mit Gurgi! Schnell! Oh, schnell!« Er winselte.

Taran ließ das Fell fallen, schlüpfte hastig in eine Pelzjacke, griff nach einem Mantel und rannte durch die offene Tür. Sofort packte ihn der Sturm und warf ihn zurück. Gurgi drängte vorwärts. Taran stemmte sich gegen den Sturm und stolperte neben dem völlig verzweifelten Gefährten über das schneebedeckte Feld. Die Weide, die sie im Sommer gerodet hatten, ging in einen steil abfallenden Abhang über. Gurgi hielt darauf zu und Taran folgte ihm dicht auf den Fersen. Sie hasteten über Felsbrocken und erreichten schließlich einen steilen Pfad. Gurgi blieb stehen, wimmerte kläglich und deutete hinunter. Entsetzt stöhnte Taran auf. Ein schmaler Felsvorsprung ragte aus der senkrecht abfallenden Wand. Darauf lag eine reglose Gestalt, die Arme ausgebreitet, das eine Bein unnatürlich abgewinkelt und mit herabgestürztem Gestein bedeckt. Es war Craddoc.

»Gefallen mit Stolpern!«, stöhnte Gurgi. »Oh, armer Gurgi konnte ihn nicht vor dem Ausgleiten bewahren!« Er schlug sich mit den Händen an den Kopf. » Zu spät! Zu spät zum Helfen!«

Taran war wie versteinert. Der Schmerz durchbohrte ihn wie ein Schwert. Dann aber stieg, erschreckend in seiner Heftigkeit, ein wildes Gefühl der Freiheit aus seinem innersten Herzen empor und überflutete ihn. Sein Bewusstsein war einen Moment lang getrübt, und er hatte die Vision, wie sein steinerner Käfig zerbröckelte.

Der Körper auf dem Felsvorsprung bewegte sich.

»Er lebt!«, schrie Taran.

»Oh, Herr! Wie retten wir ihn?«, jammerte Gurgi. »Schreckliche Hänge sind steil! Sogar kühner Gurgi fürchtet das Klettern!«

»Gibt es keinen Weg?«, rief Taran. »Er ist schwer verletzt, vielleicht tödlich. Wir können ihn nicht im Stich lassen.« Die schneebedeckten Berge begannen, sich zu drehen. Er presste die Fäuste auf seine Augen. »Selbst wenn wir zu ihm hinunterkönnten, wie sollten wir ihn heraufholen? Wenn es nicht gelingt – ist nicht nur ein Leben verloren, sondern drei.«

Seine Hände zitterten. Nicht Verzweiflung war in ihm, sondern Entsetzen, schwarzes Entsetzen über seine eigenen Gedanken. Gab es auch nur die geringste Hoffnung, den verletzten Hirten zu retten? Wenn nicht, dann könnte nicht einmal Prinz Gwydion seine Entscheidung tadeln oder irgendein anderer. Sie würden mit ihm seinen Verlust beklagen. Die Tür seines Käfigs öffnete sich weit. Frei war er von seiner Last, frei von dem Tal, und ein ganzes Leben lag vor ihm. Eilonwy, Caer Dallben. Er glaubte, seine eigene Stimme zu hören, die diese Worte sprach, und er hörte sie mit Scham und Schrecken. In wildem Zorn schrie er, als wollte sein Herz zerspringen: »Was bin ich für ein Mensch!«

Blind vor Wut auf sich selbst, sprang er den Abhang hinunter. Gurgi folgte ängstlich wimmernd. Taran suchte zwischen den eisüberkrusteten Steinen nach einem festen Halt, doch seine erstarrten Finger tasteten vergebens. Der Fels war glatt und steil. Dann plötzlich gab der Fels nach und Taran stürzte in die Tiefe. Ein Stein traf ihn auf der Brust. Taran schrie auf. Schlitternd folgte Gurgi in einer Lawine aus Eis und Geröll. Tarans Herz schlug zum Zerspringen. Er war auf dem Vorsprung, Craddoc lag neben ihm. Taran kroch näher. Blut sickerte von der Stirn, als der Hirte versuchte, den Kopf zu heben. »Sohn, Sohn«, stöhnte er, »du hast dein Leben für mich geopfert.«

»Nein«, antwortete Taran. »Versuche nicht, dich zu bewegen. Wir werden einen Weg zur Rettung finden.« Er erhob sich auf die Knie. Craddoc war noch schwerer verletzt, als Taran befürchtet hatte. Vorsichtig räumte er die schweren Steine fort, die den Hirten begruben.

Gurgi war auf die Felsplatte gesprungen. »Herr! Herr!«, schrie er nun. »Gurgi sieht einen Pfad. Aber steil! Oh, steil! Steil und gefährlich mit Stolpern und Stürzen!«

Taran folgte Gurgis ausgestrecktem Arm mit den Augen. Zwischen den Felsen und dem schneebedeckten Geröll konnte er einen schmalen Fußsteig erkennen, der frei von Eis geblieben war. Doch führte er fast senkrecht empor. Ein Mann allein konnte hinaufklettern – aber zwei, die einen dritten trugen? Er knirschte mit den Zähnen. Der messerscharfe Stein hatte ihn schwer getroffen und jeder Atemzug füllte seine Lunge mit Feuer. Er bedeutete Gurgi, Craddocs Beine zu fassen, während er vorsichtig am Abgrund entlangkroch und seine Hände unter die Schulter des Hirten schob. So sanft wie möglich hoben die Gefährten ihn hoch, aber Craddoc schrie in wildem Schmerz auf. Sie mussten innehalten.

Der Wind war heftiger geworden. Er heulte durch das Tal und riss die Gefährten beinahe über den Felsvorsprung hinab. Noch einmal versuchten sie, Craddoc zu dem Fußsteig zu schleppen, und noch einmal mussten sie aufgeben, als der Sturm sie packte. Die frühe Dämmerung senkte sich herab und Schatten legten sich über den Abgrund. Die Felswand schien vor Tarans Augen zu schwanken. Seine Beine zitterten, als er sich noch einmal zwang, den Hirten aufzunehmen.

»Lasst mich«, murmelte Craddoc heiser, »lasst mich liegen. Ihr vergeudet eure eigene Kraft.«

»Dich liegen lassen?«, versetzte Taran. »Welcher Sohn ließe sein eigenes Fleisch und Blut im Stich?«

Als Craddoc dies hörte, lächelte er einen Augenblick, dann wurde er ernst. »Rettet euch«, flüsterte er.

»Du bist mein Vater«, antwortete Taran. »Ich bleibe.«

»Nein!«, schrie der Hirte mit aller Kraft. »Frag nicht und geh weg von hier. Hör mir jetzt gut zu oder es ist zu spät. Kindespflicht? Die schuldest du mir nicht. Keine Bande des Blutes verbinden uns.«

»Was sagst du?«, keuchte Taran und starrte auf den Hirten. Ihm wurde schwindlig und er musste sich am Felsen festkrallen. »Was sagst du? Soll das heißen, ich bin gar nicht dein Sohn?«

Craddoc sah ihn fest an. »Niemals habe ich einen Menschen belogen – außer einem einzigen Mal – dich.«

»Eine Lüge?«, stammelte Taran. »Hast du mich damals angelogen oder lügst du mich jetzt an?«

»Die halbe Wahrheit ist schlimmer als eine Lüge«, entgegnete Craddoc stockend. »Höre. Höre die Wahrheit. Ja, vor langer Zeit fand Dallben Unterkunft bei mir, als er durch Prydain zog. Aber wonach er suchte, das verriet er nicht.«

»Das Kind«, schrie Taran. »Gab es also gar kein Kind?«

»Doch«, erwiderte Craddoc, »einen Jungen. Unser Erstgeborener, wie ich dir erzählt habe. Er überlebte den Tag seiner Geburt nicht. Seine Mutter starb mit ihm«, flüsterte er. »Und du – ich brauchte deine jugendliche Kraft, um das zu erhalten, was mir geblieben war. Doch schon als ich die Lüge aussprach, schämte ich mich; aber ich schämte mich noch mehr, die Wahrheit zu sagen. Als dein Gefährte uns verließ, konnte ich nur hoffen, dass du ihm folgen würdest, und ich gab dir die Möglichkeit dazu. Du hast dich entschlossen zu bleiben. Aber auch dies ist wahr«, fuhr Craddoc schnell fort. »Anfangs lehnte ich mich auf dich wie auf meine Krücke, weil ich dich brauchte. Aber kein Vater würde einen Sohn inniger lieben können als ich dich.«

Tarans Kopf sank auf die Brust. Er war unfähig zu sprechen. Tränen trübten seinen Blick. Craddoc, der sich halb aufgerichtet hatte, sank zurück auf die Steine. »Geht, geht«, murmelte er.

Tarans Hände fielen herab. Seine Finger berührten das Metall des Schlachtenhorns. Mit einem Schrei richtete er sich auf. Eilonwys Horn! Er musste es völlig unbewusst umgehängt haben, als er aus der Hütte gestürzt war. Hastig zog er es unter dem Mantel hervor. Der Ruf des Feenvolks, den er so sorgsam bewahrt hatte! Er allein konnte Craddoc retten. Unsicher stand er auf. Der Fels schien unter ihm zu wanken. Doch die Weise, die Doli ihn gelehrt hatte, war aus seinem Gedächtnis gelöscht. Verzweifelt versuchte er, sich zu erinnern, und plötzlich hörte er sie wieder. Er hob das Horn an die Lippen. Die Töne klangen laut und klar. Noch bevor das Signal verklungen war, erfasste es der Wind und trug es durch das Tal, sodass es als Echo wiederkehrte. Dann senkten sich wirbelnde Schatten auf ihn herab und Taran stürzte zu Boden.

Wie lange sie dort gelegen hatten, das wusste er nicht, vielleicht Augenblicke, vielleicht Stunden. Undeutlich spürte er, wie starke Hände ihn aufhoben, wie ein Seil um seine Hüften geschlungen wurde. Umrisshaft sah er das Flackern einer Lampe und die breiten Gesichter der Unterirdischen. Als er die Augen endlich aufschlug, lag er in der Hütte, das Feuer brannte, und Gurgi stand neben ihm. Taran sprang auf. Ein scharfer Schmerz nahm ihm den Atem. Jetzt erst spürte er den festen Verband um seine Brust.

»Das Signal!«, flüsterte er matt. »Es wurde erhört …«

»Ja! Ja!«, kreischte Gurgi. »Zwerge retten mit Holen und Heben, sie verbinden lieben Herrn und sie lassen ihm heilende Kräuter zurück!

»Der Ruf«, begann Taran. »Guter alter Doli. Er legte mir ans Herz, ihn nicht zu verschwenden. Ich freue mich um Craddocs willen, dass ich den Ruf so lange bewahrt habe. Craddoc – wo ist er? Wie geht es ihm?« Er hielt plötzlich inne.

Gurgi sah ihn schweigend an. Das Gesicht des Tiermenschen war von Kummer verzerrt. Tränen standen in seinen Augen, als er den zottigen Kopf beugte. Taran sank zurück. Sein eigener Schmerzensschrei hallte ihm in den Ohren. Dann umgab ihn nur noch Finsternis.

Die Wanderschaft

Das Fieber kam und hielt ihn gefangen, ein feuriger Wald, durch den er endlos hindurchtaumelte. Er wälzte sich auf dem Strohsack hin und her, weder Tag noch Nacht nahm er wahr. Oft sah er im Traum undeutlich Gesichter: von Eilonwy, von seinen Gefährten, von allen, die er geliebt hatte. Doch sie entglitten ihm wieder, unstet und flüchtig wie Wolken im Wind; oder sie wurden verdrängt von düsteren Nachtmahren, die ihn angsterfüllt aufschreien ließen. Später glaubte er, Fflewddur zu erkennen, aber der Barde war mager und hohläugig geworden, sein gelbes Haar hing ihm verfilzt in die Stirn, sein Mund war verkniffen und seine lange Nase schmal wie eine Messerschneide. Die Kleider waren zerlumpt und schmutzig. Kaw saß ihm auf der Schulter und krächzte: »Taran, Taran!«

»Ja, nun ist es wirklich an der Zeit, dass du aufwachst«, sagte Fflewddur und lächelte ihm zu. Neben dem Barden hockte Gurgi auf einem Holzschemel und betrachtete ihn voll Sorge. Taran rieb die Augen. Er wusste nicht, ob er schlief oder wachte. Diesmal aber verschwanden die Gesichter nicht. Er blinzelte. Jemand hatte das Schaffell vom Fenster entfernt. Die Sonne schien ihm ins Gesicht.

»Gurgi? Kaw?«, murmelte Taran. »Fflewddur? Was ist mit dir los? Du siehst aus, als ob du halbiert wärst.«

»Dir steht es wohl kaum zu, über das Aussehen anderer zu urteilen, alter Freund.« Der Barde kicherte. »Wenn du dich sehen könntest, dann müsstest du zugeben, dass du übler aussiehst als ich.«

Gurgi war aufgesprungen, hatte vor Freude einen Purzelbaum geschlagen und in die Hände geklatscht. Unsicher blickte Taran ihn an.

»Lieber Herr ist wieder wohlauf!«, rief Gurgi. »Er ist wohlauf, ohne Ächzen und Stöhnen, ohne Zittern und Bibbern. Und der treue, geschickte Gurgi hat ihn gepflegt!

»Allerdings«, bestätigte Fflewddur. »In den letzten zwei Wochen war er beschäftigt wie eine Glucke. Selbst wenn du sein Lieblingslamm gewesen wärst, hätte er dich nicht besser umsorgt. Ich selbst komme direkt von Caer Dallben«, fuhr der Barde fort. »Das heißt – nun ja – in Wirklichkeit habe ich mich verirrt. Dann begann es zu schneien. Llyan watete bis zu den Ohren im Schnee und schließlich konnte auch sie nicht mehr. Eine Zeit lang suchten wir in einer Höhle Unterschlupf – Großer Belin! Ich glaubte schon nicht mehr, das Tageslicht je wiederzusehen.« Fflewddur deutete auf seine zerschlissene Kleidung. »Auf solchen Reisen kommt man eben herunter. Ganz zu schweigen davon, dass man zu drei Viertel verhungert. Kaw war es schließlich, der uns fand. Und er führte uns dann auch auf gangbaren Wegen hierher. Und Dallben«, erzählte Fflewddur weiter, »Dallben war sehr aufgeregt, viel mehr als er sich anmerken lassen wollte. Aber alles, was er sagte, war: ›Taran ist nicht der Sohn des Hirten. Aber wie dem auch sei, er steckt in einer Sache, die er sich ganz allein ausgesucht hat.‹ Und so kam ich also zurück, so schnell ich konnte«, schloss der Barde. »Leider erreichte ich euch nicht früher.« Er schüttelte den Kopf. »Gurgi erzählte mir, was geschehen ist.«

»Craddoc sehnte sich nach einem Sohn«, antwortete Taran langsam, »so wie ich mich nach Eltern sehne. Vielleicht wäre ich glücklicher gewesen, wenn ich ihm geglaubt hätte. Ganz zuletzt aber habe ich ihm geglaubt. Gurgi und ich, wir hätten uns retten können. Ich blies das Horn für Craddoc. Hätte ich es früher getan, vielleicht würde er noch leben. Er besaß Mut und ein gutes Herz, ein stolzer Mann. Jetzt ist er tot. Ich habe den Hilferuf für einen Notfall bewahrt, und als ich ihn hatte, da war der Ruf verschwendet.«

»Verschwendet?«, antwortete Fflewddur. »Ich glaube nicht. Du hast dein Bestes getan und nicht gezögert, von dem Horn Gebrauch zu machen. Darum solltest du nicht von Verschwendung reden.«

»Es gibt noch etwas, was du nicht weißt«, sagte Taran. Er blickte dem Barden ins Auge. »Mein Bestes? Im ersten Augenblick dachte ich daran, Craddoc auf dem Felsvorsprung liegen zu lassen.«

»Nun ja«, erwiderte der Barde, »jeder hat einmal einen Augenblick der Schwäche. Wenn wir alle täten, wie wir wollten, dann wäre es recht traurig in Prydain. Zähle die Taten, nicht die Gedanken.«

»Hier zählt der Gedanke nicht weniger«, sagte Taran mit kalter Stimme. »Willst du die Wahrheit wissen? Ich schämte mich, von niedriger Herkunft zu sein. Ich schämte mich so sehr, dass ich krank davon wurde. Ich hätte Craddoc im Tod allein gelassen. Ja, ich hätte ihn im Stich gelassen, damit er stirbt! Weil ich glaubte, dadurch von ihm befreit zu werden. Ich schämte mich meiner selbst.« Er wandte sich ab und schwieg.

Die Gefährten überwinterten in der Hütte und ganz allmählich kehrten Tarans Kräfte zurück. Als es zu tauen begann, als der schmelzende Schnee in der Sonne glänzte und die Bäche sich aus den Fesseln des Eises befreiten, stand Taran schweigend unter der Tür und schaute hinüber zu den blassgrünen Gipfeln und dachte darüber nach, was lange in seinem Herzen verborgen war.

»Bald werden wir aufbrechen können«, sagte Fflewddur. Er hatte nach den Pferden und nach Llyan gesehen. »Die Pässe müssten eigentlich frei sein. Der See Llunet kann nicht weit von hier liegen und mit Kaws Hilfe werden wir ihn in kürzester Zeit erreichen.«

»Ich habe genau darüber nachgedacht«, erwiderte Taran. »Den ganzen Winter über habe ich versucht zu entscheiden, was ich tun soll. Ich habe keine Antwort gefunden. Eines ist aber klar und dazu habe ich mich entschlossen: Ich werde den Spiegel nicht suchen.«

»Was soll das nun wieder heißen?«, schrie Fflewddur. »Höre ich recht? Die Suche aufgeben? Ausgerechnet jetzt? Nach all dem, was du durchgemacht hast? Taran, mein Junge, du bist zwar wieder bei Kräften und bei guter Gesundheit, aber nicht bei rechtem Verstand!«

Taran schüttelte den Kopf. »Ich gebe die Suche auf. Sie hat euch allen nur Kummer gebracht. Und mir? Mir brachte sie keine Ehre, sondern Schande. Taran? Taran ekelt mich an. Ich wünschte sehnlichst, von vornehmer Abstammung zu sein. Ich wünschte es so sehnlich, dass ich es schließlich für wahr hielt. Nur eine vornehme Herkunft zählte für mich. Wer keine hatte, zählte deshalb weniger – selbst wenn ich ihn bewunderte, wie Aeddan und schließlich auch Craddoc. Ohne sie zu kennen, hielt ich sie für geringer, als sie waren. Jetzt erkenne ich sie als wirkliche Menschen. Vornehm? Sie sind weit vornehmer als ich. Ich bin nicht stolz auf mich«, fuhr Taran fort. »Vielleicht werde ich es nie mehr sein. Falls ich aber doch einmal wieder stolz sein werde, dann jedoch nicht auf das, was ich war oder bin, sondern auf das, was ich vielleicht werde; nicht auf meine Herkunft, sondern auf mich selbst.«

»Also gut«, erwiderte der Barde, »dann ist es wohl am besten, wir packen unsere Sachen und brechen nach Caer Dallben auf.«

Taran schüttelte den Kopf. »Ich kann Dallben oder Coll nicht unter die Augen treten. Später vielleicht einmal. Nicht jetzt. Ich muss meinen eigenen Weg gehen, meinen eigenen Lebensunterhalt verdienen. Irgendwie muss das Rotkehlchen nun allein seine Würmer suchen.« Er hielt plötzlich inne und schaute den Barden verwundert an. »Orddu – das waren ihre Worte. Ich hörte sie nur mit den Ohren. Bis zu diesem Augenblick verstand ich sie nicht wirklich.«

»Würmer suchen und aus der Erde kratzen, das ist gelinde gesagt unappetitlich«, meinte Fflewddur. »Aber es stimmt, jeder sollte eine bestimmte Fertigkeit haben. Nimm zum Beispiel mich. Ich bin zwar ein König, aber du wirst keinen besseren Barden finden …«

Eine Saite der Harfe riss, und für einen Augenblick schien es, als wollten noch weitere Saiten nachgeben. »Nun, jedenfalls«, sagte Fflewddur hastig, »wenn du schon nicht nach Hause zurückkehren willst, dann schlage ich dir die Freien Commots vor. Die dortigen Handwerker freuen sich vielleicht über einen arbeitswilligen Lehrling.«

Taran überlegte einen Augenblick, dann nickte er. »Das will ich tun. Und ich werde keines Menschen Willkommen mehr verachten.«

Das Gesicht des Barden wurde länger. »Ich – ich fürchte, ich kann nicht mit dir gehen, alter Freund. Mein eigenes

Reich wartet auf mich. Es stimmt wohl, dass ich ein glücklicherer Barde als König bin. Aber ich war zu lange weg.«

»Dann werden sich unsere Wege also wieder trennen«, sagte Taran. »Muss man sich denn immer Lebewohl sagen!«

»Aber Gurgi sagt liebem Herrn nicht Lebewohl«, schrie Gurgi, als Fflewddur begann, seine Sachen zusammenzusuchen. »Nein, nein! Bescheidener Gurgi arbeitet an seiner Seite!«

Taran senkte den Kopf und wandte sich ab. »Wenn der Tag kommt, an dem ich deine Treue verdiene, dann wird mir das reichlicher Lohn sein.«

»Nein! Nein!«, protestierte Gurgi. »Kein Lohn!« Gurgi gibt nur, was er in seinem Herzen zu verschenken hat! Er bleibt und möchte nichts weiter. Freundlosen Gurgi hast du getröstet. Nun lass Gurgi kummervollen Herrn trösten!«

Taran fühlte die Hand der Kreatur auf seiner Schulter. »Dallben sprach die Wahrheit, alter Freund«, murmelte er. »Festigkeit und ein gutes Herz? Ja, und noch weit mehr. Aber dein Trost hilft mir mehr als alle Klugheit in Prydain.«

Am nächsten Morgen verabschiedeten sich Taran und Fflewddur. Trotz der Behauptung, ein Fflam fände immer seinen Weg, bestand Taran darauf, dass Kaw den Barden als Führer begleiten sollte. Dann sollte der Rabe nach Caer Dallben zurückkehren oder, wenn er wollte, frei umherfliegen.

»Ich will dich nicht an meine Reisestrecke binden«, sagte Taran zu Kaw, »denn nicht einmal ich weiß, wo sie enden wird.«

»Wic soll es weitergehen?«, schrie Gurgi. »Treuer Gurgi folgt, o ja! Aber wo will lieber Herr beginnen?«

Das Tal schien plötzlich leer zu sein, als Taran, ohne zu

antworten, dastand und die stille Hütte betrachtete und den Steinhaufen, unter dem Craddoc ruhte. »Es gab eine Zeit«, sagte er wie zu sich selbst, »da glaubte ich, ich baue mit eigenen Händen an meinem Gefängnis. Und jetzt weiß ich nicht, ob ich je wieder so unermüdlich arbeiten und so viel gewinnen werde.« Er wandte sich an Gurgi. »Wohin?« Er kniete nieder, riss eine Hand voll trockenes Gras aus und warf es in die Luft. Der Wind trug die Halme ostwärts, auf die Freien Commots zu. »Dorthin«, sagte Taran. »Wohin der Wind bläst, dorthin wollen wir ihm folgen.«

Da weder Taran noch Gurgi die Schafe im Stich lassen wollten, schieden die beiden Reisenden von dem Tal mit einer kleinen blökenden Herde hinter sich. Taran hatte die Absicht, die Tiere auf dem ersten Bauernhof mit gutem Weideland anzubieten, aber es gingen einige Tage dahin und sie trafen auf keinen bewohnten Ort. Die beiden Gefährten waren in südöstlicher Richtung aufgebrochen, aber bald überließ Taran Melynlas die Zügel, und obwohl er bemerkte, dass der Hengst mehr nach Osten als nach Süden drängte, achtete er wenig darauf, bis sie in die Nähe des Ufers eines breiten, rasch dahinfließenden Flusses kamen. Hier dehnte sich üppiges Weideland. Vor sich erblickte er eine leere Hürde. Er sah keine Herde, aber das Tor der Einfriedung stand weit offen, als ob die Rückkehr der Tiere erwartet würde. Die niedrige Hütte und die Nebengebäude waren hübsch und in gutem Zustand. Ein Paar langhaarige Ziegen weideten in der Nähe des Vorgartens … Taran blickte sich erstaunt um. Rings um das Wohngebäude standen alle möglichen Arten von geflochtenen Körben, manche groß, andere klein, manche auf Stelzen, andere achtlos hingeworfen. Einige Bäume am Fluss trugen hölzerne Plattformen, und am Flussufer entlang entdeckte Taran etwas, was ein Wehr aus sorgsam ineinander verflochtenen Ästen zu sein schien. Hölzerne Stangen sicherten eine Anzahl von Netzen und Angeln, die in der Strömung trieben. Das war das eigenartigste Gehöft, das er jemals gesehen hatte.

Taran ritt näher und stieg ab. Eine hohe Gestalt trat unterdessen aus der Hütte und schritt auf die Gefährten zu. Die Frau des Bauern spähte, wie Taran bemerkte, aus dem Fenster. Gleichzeitig tauchten wie aus dem Nichts ein halbes Dutzend Kinder unterschiedlichen Alters auf und hüpften und liefen auf die Herde zu. Sie lachten fröhlich und riefen sich zu: »Sie sind da, sie sind da!« Als sie Gurgi entdeckten, wandten sie ihre Aufmerksamkeit von den Schafen ab und drängten sich um ihn, klatschten in die Hände vor Freude und begrüßten ihn so herzlich, dass der verblüffte Bursche nur lachen und zur Erwiderung auch in die Hände klatschen konnte.

Der Mann, der vor Taran stand, war steckendürr, mit schütterem Haar, das lose in die Stirn hing, und blauen Augen, so hell wie die Augen eines Vogels. Mit den schmalen Schultern und den spindeldürren Beinen sah er tatsächlich aus wie ein Kranich oder ein Storch. Seine Jacke war an den Armen zu kurz, am Körper zu lang, und seine ganze Kleidung schien aus Stücken aller Größen, Formen und Farben zusammengesetzt zu sein.

»Ich bin Llonio Sohn des Llonwen«, sagte er, lächelte freundlich und winkte mit der Hand. »Herzlich willkommen, wer ihr auch sein mögt.«

Taran verbeugte sich höflich. »Mein Name – mein Name ist Taran.«

»Ist das alles?«, fragte Llonio. »Als Name ist es ein wenig kurz, mein Freund.« Er lachte gutmütig. »Soll ich dich nennen, Taran Sohn des Niemand? Taran von Nirgendwo? Da du lebst und atmest, bist du doch offenbar der Sohn von zwei Eltern. Und gewiss bist du von irgendwoher gekommen.«

»Dann nenne mich Taran den Wanderer«, erwiderte Taran.

»Taran der Wanderer? Gut, wenn es dir so recht ist.« Llonios Blick zeigte Neugier, aber er fragte nicht weiter. Als dann Taran davon sprach, dass sie Weide für die Schafe suchten, nickte er eifrig.

»Ja, die können hier bleiben und ich danke euch«, rief er. »Es gibt keinen Platz, wo das Gras frischer und wohlschmeckender ist und wo die Hürde sicherer wäre. Wir haben seit dem ersten Tauwetter daran gearbeitet.«

»Ich fürchte aber, die Hürde wird für deine eigene Herde zu eng«, sagte Taran. Allerdings wäre er doch sehr zufrieden gewesen, seine Schafe hier zu lassen, denn das Weideland war fett und die Umzäunung solide.

»Meine Herde?«, fragte Llonio lachend. »Ich hatte bis zu diesem Augenblick keine Herde! Wenn wir auch die ganze Zeit hofften und warteten und die Kinder von nichts anderem mehr sprachen. Es war ein glückliches Windchen, das euch zu uns wehte. Goewin, meine Frau, braucht Wolle, um unsere Kleinen zu kleiden. Jetzt haben wir Schafwolle und können noch etwas verkaufen.«

»Halt, halt«, unterbrach ihn Taran völlig verblüfft. »Soll das heißen, dass du Weideland gerodet und eine Hürde gebaut hast, ohne überhaupt ein einziges Schaf zu haben? Ich verstehe nicht ganz. Das war doch vergebliche Mühe …«

»War sie wirklich vergebens?«, fragte Llonio und blinzelte verschmitzt. »Wenn ich nicht vorbereitet wäre, hättet ihr mir dann diese schöne Herde angeboten? Und hätte ich dann überhaupt Platz, sie aufzunehmen? Na?«

»Aber das konntest du doch nicht wissen«, begann Taran.

»Ha, ha«, gluckste Llonio. »Pass auf. Ich wusste, dass mit etwas Glück irgendwann eine Schafherde kommen musste. Alles geht irgendwie! Jetzt aber müsst ihr uns die Ehre erweisen und ein Weilchen hier bleiben. Unsere Kost ist freilich nicht so reich wie unser Dank herzlich, aber wir werden euch nach besten Kräften bewirten.«

Bevor Taran antworten konnte, beugte sich Llonio hinunter zu einem der kleinen Mädchen, das Gurgi mit runden Augen anstarrte. »Nun, Gwenlliant, lauf und schau, ob es der braunen Henne gefallen hat, uns heute ein Ei zu legen.«

Er wandte sich an Taran. »Die braune Henne ist ein launisches Tier«, sagte er. »Aber wenn sie gerade aufgelegt ist, legt sie ein ansehnliches Ei.« Dann gab er den anderen Kindern verschiedene Anweisungen. Taran und Gurgi beobachteten verblüfft das Leben und Treiben in diesem höchst sonderbaren Haushalt. Llonio führte sie in die Hütte, und Goewin empfing sie freundlich und lud sie ein, sich am Herd niederzulassen. Nach kürzester Zeit war Gwenlliant zurück und brachte ein Ei.

»Ein Ei!«, schrie Llonio, nahm es entgegen, hob es hoch und betrachtete es, als hätte er noch nie eines gesehen. »Das ist ein Ei! Das schönste, das uns die braune Henne geschenkt hat. Schau, wie groß! Und die Form! Glatt wie Glas und ohne Kratzer! Das gibt einen Schmaus, Freunde!«

Zunächst sah Taran nichts Ungewöhnliches an dem Ei, das Llonio so hoch pries. Aber angeregt von Llonios Begeisterung betrachtete schließlich auch er – zu seinem eigenen großen Erstaunen übrigens – das Ei, als ob er niemals eines gesehen hätte. In Llonios Hand schien die Schale so hell zu leuchten, sich so vollkommen zu formen, dass selbst Gurgi es bestaunte. Fast mit Bedauern beobachtete Taran, wie Goewin ein solch kostbares Ei in einen großen irdenen Topf schlug. Doch wenn Llonio tatsächlich die Absicht hatte, das Ei unter seiner zahlreichen Familie aufzuteilen, dann, so sagte sich Taran, würde die Kost allerdings mager sein. Während Goewin den Inhalt des Topfes verrührte, versammelten sich die Kinder eines nach dem anderen in der Hütte, und alle brachten etwas mit. Und jedes Mal wenn Llonio etwas Neues entdeckte, schrie er vor Freude laut auf. »Kräuter! Hervorragend! Zerhackt sie gut. Und hier, was ist das, eine Hand voll Mehl! Das wird ja immer besser! Wir brauchen auch diesen Topf mit Ziegenmilch. Etwas Käse? Genau das Richtige.« Und als das letzte und kleinste Kind ein Stückchen Honigwabe hochhielt, klatschte er begeistert in die Hände. »Was für ein Glücksfall!«

Goewin hatte indessen alle diese Schätze in den Topf geworfen, der nun bis zum Rand gefüllt war. Aber die Überraschungen waren noch nicht zu Ende. Goewin schüttete die ungewöhnliche Mischung auf eine Metallplatte, die Taran für nichts anderes als für einen flach gehämmerten Kriegsschild hielt, und schob sie auf den glühend heißen Herd. Innerhalb von Sekunden erfüllte ein appetitanregender Duft die Hütte. Gurgi lief das Wasser im Mund zusammen. Und schon zog die Frau einen goldbraunen Kuchen so groß wie ein Wagenrad vom Feuer. Llonio teilte ihn in Portionen. Zu Tarans Erstaunen war nicht nur für alle genug da, sondern es blieb sogar noch etwas übrig. Er aß sich satt an dem köstlichsten Ei, das er je verzehrt hatte.

»So«, sagte Llonio, »ich werde nach meinen Netzen sehen.«

Das Wehr

Gurgi blieb in der Hütte, Taran aber folgte Llonio zum Flussufer. Dieser pfiff fröhlich vor sich hin und inspizierte die Körbe. Taran bemerkte, dass einer davon einen großen Bienenschwarm enthielt – zweifellos die Quelle, aus der der Honig für Goewins Kuchen stammte. Die übrigen aber standen leer. Llonio zuckte nur mit den Schultern. »Macht nichts«, meinte er. »Irgendetwas wird später schon hineingeraten. Neulich ließ sich hier ein ganzer Schwarm Wildgänse nieder. Du hättest die Federn sehen sollen, die sie zurückließen! Genug, um für uns alle Kissen zu stopfen.«

Sie erreichten den Fluss, den Llonio den Kleinen Avren nannte, da er in den Großen Avren mündete. »Er ist zwar klein«, bemerkte er, »aber früher oder später kommt alles dahergeschwommen, was du dir wünschen kannst.« Wie zum Beweis seiner Behauptung begann er, kräftig an dem Netz zu ziehen, das am Ufer entlang befestigt war. Es war leer, genau wie die Angeln. Wieder zuckte Llonio gleichgültig mit den Schultern. »Wahrscheinlich dann morgen.«

»Hör mal«, rief Taran verwundert, »rechnest du etwa damit, dass dir die Körbe und Netze bringen, was du brauchst?« Verblüfft sah er seinen Gastgeber an.

»Ja, natürlich.« Llonio lachte gutmütig. »Mein Besitz ist gering und ich arbeite nach Kräften. Im Übrigen – nun, siehst du, wenn ich etwas sicher weiß, dann dies: Das Leben ist Glückssache. Vertraue darauf, und du findest mit Sicherheit, was du suchst, heute oder morgen.«

»Vielleicht«, gab Taran zu, »was aber, wenn es länger dauert? Oder wenn es nie kommt?«

»Das spielt keine Rolle«, erklärte Llonio lächelnd. »Wenn ich mir über das Morgen den Kopf zerbrechen würde, dann hätte ich am Heute wenig Freude.« Mit diesen Worten kletterte er gewandt auf das Wehr, das, wie Taran jetzt erkannte, nicht dazu diente, den Fluss zu stauen, sondern zu filtern. Llonio glich mehr denn je einem Kranich, wie er so auf dieser sonderbaren Konstruktion balancierte, zwischen den Körben hin und her sprang und nach irgendetwas suchte. Plötzlich schrie er freudig überrascht auf und winkte aufgeregt. Taran hastete über den Damm, doch als er Llonio erreichte, wurde sein Gesicht lang: Der Grund für Llonios Freude war nur ein ausrangiertes Pferdegeschirr.

»Schade«, Taran war enttäuscht. »Damit ist wenig anzufangen. Die Trense fehlt und die Zügel sind abgenutzt.«

»Stimmt, stimmt«, gab Llonio zu. »Das hat uns der Kleine Avren heute beschert, doch eines Tages wird es uns schon nützen.«

Er schlang den tropfenden Zaum um die Schulter, kletterte vom Damm und ging mit großen Schritten auf ein kleines Wäldchen zu, das den Fluss säumte. Taran folgte ihm. Wenig später schrie Llonio wieder auf. Am Fuß einer knorrigen Ulme wuchsen Pilze im Überfluss.

»Schneide sie ab, Wanderer«, rief Llonio. »Das ist unser Abendessen. Die schönsten Pilze, die ich je gesehen habe! Zart und schmackhaft! Heute haben wir reichlich Glück.« Llonio sammelte die Pilze rasch ein und stopfte sie in einen Sack an seinem Gürtel und ging weiter. Hin und wieder blieb er stehen, um Kräuter und Wurzeln aufzulesen. Auf diese Weise verging der Tag schnell und war beinahe schon vorüber, ehe er für Taran recht begonnen hatte. Wie sie so dahinschritten, blieb Taran mit dem Fuß an der Kante eines Steines hängen und fiel der Länge nach auf den Boden. »Du hast mehr Glück als ich.« Taran lächelte kläglich. »Du hast Pilze gefunden und ich trage nur Schrammen und Beulen nach Hause.«

»Nein, nein, durchaus nicht!«, widersprach Llonio und kratzte schnell die Erde weg, die den Stein halb bedeckte. »Da schau her! Hast du jemals einen solchen Stein gesehen? Rund wie ein Rad und glatt wie ein Ei. Ein unerhörter Fund, den man nur mitnehmen muss.«

Wenn das ein unerhörter Fund war, dachte Taran, dann war es jedenfalls der härteste und schwerste, über den er je gestolpert war, denn Llonio bestand nun darauf, den flachen Stein auszugraben. So geschah es auch. Sie gruben und zerrten und schleppten ihn mühsam zum Gehöft, wo ihn Llonio in den Schuppen rollte, der schon überquoll von Holzgriffen, Tuchstreifen, Pferdegeschirren, Riemen, geflochtenen Schnüren und all den Gegenständen, die er mit seinem Wehr, seinen Netzen und seinen Körben eingesammelt hatte.

Sie brieten die Pilze über dem Feuer und aßen sie zusammen mit den Resten des Kuchens und einer Hand voll Frühgemüse, das die Kinder gefunden hatten. Das Mahl war köstlich und weder Taran noch Gurgi ließen sich lange nötigen. Die Nacht brach an, und Taran nahm gern die Einladung seiner Gastgeber an, neben dem Herd zu schlafen. Gurgi, satt und zufrieden, begann sofort zu schnarchen. Und auch Taran schlief – zum ersten Mal seit Tagen – tief und traumlos.

Der nächste Morgen war klar und frisch. Als Taran erwachte, stand die Sonne schon hoch, und obwohl er ursprünglich die Absicht gehabt hatte, Melynlas zu satteln, um aufzubrechen, unterließ er es jetzt. Am Tag vorher war Llonios Wehr nicht sehr ergiebig gewesen, während der Nacht jedoch hatte die Strömung das mehr als wettgemacht: Ein großer Sack Weizen hatte sich in einem Haufen abgebrochener Äste verfangen und war darauf wie auf einem Floß ganz trocken den Fluss hinuntergetrieben. Goewin holte unverzüglich eine große steinerne Handmühle und verrieb das Getreide zu Mehl. Alle halfen, die Kinder und sogar Llonio selbst. Taran bot freiwillig seine Hilfe an, obgleich er die Mühle schwer und unhandlich fand. Auch Gurgi half.

»Oh, mühsames Mahlen«, schrie dieser. »Gurgis arme Finger sind voll von Schmerzen, die Arme angestrengt und arg verrenkt!« Trotzdem arbeitete er weiter.

Sie hatten reichlich Mehl gemahlen und ein weiterer Tag war verstrichen. Wieder drängte Llonio die Fremden, seine Gastfreundschaft anzunehmen. Taran lehnte die Einladung nicht ab, und als er sich neben dem Feuer ausstreckte, gestand er sich ein, dass er insgeheim auf dieses Angebot Llonios gehofft hatte.

In den nächsten Tagen war es Taran so leicht ums Herz wie nie zuvor, seitdem er sich entschlossen hatte, die Suche abzubrechen. Die Kinder waren anfangs schüchtern gewesen, genau wie er selbst auch. Nun aber hatten sie sich angefreundet. Jeden Tag begleitete er Llonio zu den Netzen, den Körben und dem Wehr. Oft kehrten sie mit leeren Händen zurück, oft aber auch beladen mit allen möglichen Dingen, die Wind oder Strömung herangetragen hatten. Zunächst war ihm der ganze Kram völlig wertlos erschienen, aber Llonio hatte nahezu für alles eine Verwendung: Aus einem Wagenrad wurde ein Spinnrad, Teile eines Zügels ergaben Gürtel für die Kinder, aus einer Satteltasche wurden Stiefel. Sehr bald musste Taran zugeben, dass es kaum etwas gab, was die Familie benötigte, das nicht früher oder später zufällig auftauchte. Und es gab nichts – sei es ein Ei, ein Pilz, eine Hand voll Federn, zart wie Farnkraut –, was nicht als Kostbarkeit aufbewahrt wurde.

»Eigentlich«, sagte Taran zu Gurgi, »ist Llonio reicher, als Fürst Gast es jemals sein wird. Und nicht nur das, er ist der glücklichste Mensch in ganz Prydain! Ich beneide niemanden um seine Reichtümer«, Taran seufzte und schüttelte den Kopf, »aber ich wünschte, ich hätte Llonios Glück.« Das sagte er auch zu Llonio.

Dieser grinste nur und blinzelte ihm zu.

»Glück, Wanderer? Eines Tages, wenn du glücklich bist, dann will ich dir mein Geheimnis verraten.« Mehr wollte er nicht sagen.

Taran hatte sich überlegt, dass fast alles, was Llonio gefunden hatte, auf irgendeine Weise verwendet worden war, außer dem flachen Stein im Schuppen. »Ich frage mich«, sagte er deshalb zu Llonio, »ich frage mich, ob er zum Getreidemahlen nicht besser taugen würde als die alte Handmühle …«

»Natürlich!« Llonio war begeistert. »Wenn du meinst, es wird gehen, dann versuch es doch.«

Taran beschäftigte sich in Gedanken noch immer mit seinem Plan und streifte dabei ziellos durch den Wald. Da stieß er plötzlich auf einen zweiten Stein von gleicher Größe wie der erste. »Das ist ein Glücksfall«, lachte er, als Llonio ihm half, den Stein nach Hause zu schleppen.

Llonio grinste. »Das ist es wirklich.«

In den folgenden Tagen arbeitete Taran unermüdlich und Gurgi half ihm eifrig. In einer Ecke des Schuppens legte er den ersten Stein auf den Boden, den anderen darüber. In diesen bohrte er mühsam ein Loch und befestigte darin mit Hilfe eines alten Zaumzeugs eine lange Stange, die durch die Öffnung in der Decke weit über das Dach hinausragte. Am oberen Teil der Stange brachte er Holzrahmen an, die er mit großen viereckigen Stoffstücken bespannte.

»Aber das ist keine Mühle«, schrie Gurgi. »Das ist ein Schiff, mit dem man fährt und Flüsse überquert. Aber es ist auch kein Schiff, nur ein Mast mit Segeln!«

»Wir werden sehen«, antwortete Taran und rief Llonio herbei, damit er sein Werk begutachtete.

Einen Augenblick lang starrte die Familie verblüfft auf Tarans sonderbare Konstruktion. Plötzlich aber kam Wind auf und blähte die Segel. Die Stange erbebte und kreischte, und Taran befürchtete schon, sein ganzes Werk würde zusammenstürzen. Da aber begann sich die Stange zu drehen, langsam zuerst, dann immer schneller und schneller, während im Schuppen der obere Stein munter herumwirbelte. Goewin füllte Getreide in Tarans handgefertigte Mühle, und in kürzester Zeit waren die Körner zerrieben – viel feiner als je zuvor in der alten Handmühle. Die Kinder klatschten in die Hände und schrien vor Vergnügen. Gurgi kläffte überrascht, und Llonio lachte, bis ihm die Tränen herabkollerten.

»Wanderer«, schrie er, »du hast aus wenig viel gemacht und hast es besser gemacht, als ich es vermocht hätte!«

In den nächsten Tagen wurde nicht nur das Getreide gemahlen, um den täglichen Bedarf der Familie zu decken, sondern es wurden auch – und das war wiederum Tarans Idee – die Werkzeuge Llonios geschärft. Wenn Taran sein Werk betrachtete, fühlte er zum ersten Mal, seit er Craddocs Tal verlassen hatte, eine Spur von Stolz. Gleichzeitig aber empfand er eine unerklärliche Ratlosigkeit.

»Eigentlich«, sagte er zu Gurgi, »könnte ich mich überglücklich preisen, dürfte ich hier mein ganzes Leben verbringen. Ich habe Frieden und Freundschaft gefunden, sogar eine Art Hoffnung. Und sie tut meinem Herzen gut wie Balsam einer Wunde.« Er zögerte. »Und doch ist Llonios Lebensweise nicht die meine. Etwas in mir treibt mich, nach mehr zu streben, als der Kleine Avren mir bietet. Was ich will, das weiß ich nicht. Aber ich weiß sicher, dass es nicht hier zu finden ist.« Dann sprach er mit Llonio, dass er sich wieder auf den Weg machen müsse. Diesmal drängte ihn Llonio nicht zu bleiben, denn er fühlte, dass der Entschluss unumstößlich feststand.

»Du hast mir bis heute nicht das Geheimnis deines Glücks verraten«, sagte Taran, als er sich auf Melynlas schwang.

»Geheimnis?«, entgegnete Llonio. »Hast du es denn nicht längst erraten? Nun, mein Glück ist nicht größer als deines oder eines anderen Menschen. Du brauchst nur die Augen offen zu halten, damit du es erkennst, wenn es kommt, und du musst deinen Verstand gebrauchen, damit du nutzen kannst, was du in Händen hältst.«

Taran und Gurgi verließen das Ufer des Kleinen Avren. Als sie sich umwandten, um ein letztes Lebewohl zu winken, hörten sie Llonio rufen: »Vertrau deinem Glück, Taran. Vergiss aber nicht, deine Netze auszuspannen!«

Die Freien Commots

Vom Kleinen Avren aus ritten sie ohne Eile ostwärts, hielten an, wo es ihnen gefiel, schliefen unter freiem Himmel oder suchten Unterkunft bei einem der zahlreichen Gehöfte in den üppigen grünen Tälern. Es war das Land der Freien Commots. Die Bauernhäuser waren zu großzügig angelegten Ortschaften verbunden und sorgfältig bestellte Felder und Weiden umgaben sie. Die Leute waren freundlich und gastfrei. Und obwohl sich Taran nur als »der Wanderer« ausgab, achteten sie seine Zurückhaltung und fragten nicht nach seiner Herkunft, seinem Woher und Wohin.

Taran und Gurgi hatten gerade das Gebiet des Commots Cenarth betreten, als Taran Melynlas zu einem lang gestreckten, niedrigen Gebäude lenkte, aus dem Hammerschläge klangen. Drinnen fand er den Schmied, einen Mann mit breiter Brust, einem Lederschurz, schwarzem Bart und dichtem schwarzem Haar. Seine Wimpern waren versengt, sein Gesicht rußbedeckt. Funken regneten auf seine bloßen Schultern, doch er beachtete sie nicht mehr, als wären es Glühwürmchen. Mit einer Stimme, die polterte wie Steine auf einem Bronzeschild, sang er lauthals ein Lied zum Takt seiner Hammerschläge, sodass Taran glaubte, seine Lungen müssten aus Leder sein wie der Blasebalg. Während Gurgi vorsichtig vor dem Funkenregen zurückwich, rief Taran einen Gruß, konnte jedoch nur mit Mühe den Lärm übertönen.

»Meister Schmied«, sagte er nochmals und verbeugte sich, als ihn der Mann endlich gewahrte und den Hammer sinken ließ, »ich heiße Taran der Wanderer und suche Arbeit, mit der ich mein Brot verdienen kann. Ich verstehe ein wenig von deiner Kunst und bitte dich, mich noch mehr zu lehren. Ich habe weder Gold noch Silber, um dich zu bezahlen, aber gib mir irgendeine Arbeit, und ich will sie gerne tun.«

»Fort mit dir!«, rief der Schmied. »Arbeit habe ich im Überfluss, aber keine Zeit, anderen zu zeigen, wie man sie erledigt.«

»Fehlt's dir nur an Zeit?« Taran blickte den Schmied listig an. »Ich habe sagen hören, dass man ein wahrhaftiger Meister in seiner Kunst sein muss, wenn man lehren will.«

»Halt!«, brüllte der Schmied, als Taran sich zum Gehen wandte, und fasste seinen Hammer, als wollte er ihn Taran an den Kopf werfen. »Du zweifelst an meiner Kunst? Ich habe schon manchen Mann aus geringerem Anlass auf meinem Amboss flach gehämmert. Kunstfertigkeit? In allen Freien Commots hat niemand größere Kunstfertigkeit als Hevydd Sohn des Hirwas!« Der Schmied packte eine Zange, zog ein Stück rot glühendes Eisen aus dem brüllenden Feuer, warf es auf den Amboss und bearbeitete es so schnell, dass Taran kaum dem Schwung von Hevydds muskulösem Arm folgen konnte. Und plötzlich erkannte er am Ende der Eisenstange eine Weißdornblüte, vollkommen in jeder Einzelheit.

Erstaunt und bewundernd sah Taran zu. »Nie habe ich eine so kunstvolle Arbeit gesehen.«

»Und du wirst sie auch nirgends wieder sehen«, sagte Hevydd und verbarg nur mühsam sein stolzes Lächeln. »Aber was hast du mir erzählt? Du weißt, wie man Metall formt? Nicht viele besitzen diese Kenntnisse. Und nicht einmal ich kenne alle Geheimnisse dieser Kunst.« Zornig schüttelte er den Borstenkopf. »Die tiefsten Geheimnisse? Sie liegen verborgen in Annuvin, geraubt von Arawn Todesfürst. Sie sind verloren, für Prydain auf immer verloren. Aber hier, nimm das!«, befahl der Schmied und drückte Taran Hammer und Zange in die Hand. »Schlag das Stück wieder so glatt, wie es war. Aber schnell, bevor es abkühlt. Zeig mir, ob du Kraft hast in deinen Hühnerflügelchen.«

Taran trat zum Amboss und tat sein Bestes, so wie Coll es ihn vor langer Zeit gelehrt hatte, um das rasch abkühlende Eisen wieder gerade zu hämmern. Der Schmied verschränkte die gewaltigen Arme und sah ihm mit kritischen Blicken eine Zeit lang zu. Dann brach er in lautes Gelächter aus.

»Genug, genug!«, schrie er. »Du sprichst die Wahrheit: Von der Kunst weißt du tatsächlich wenig. Und doch«, fügte er hinzu und rieb sich das Kinn mit einem zerschmetterten Daumen, der fast so dick wie eine Faust war, »und doch hast du wenigstens ein Gefühl dafür.« Er sah Taran scharf an. »Aber hast du auch Mut, ganz nahe am Feuer zu stehen? Das heiße Eisen nur mit Hammer und Zange anzugehen?«

»Lehre mich dein Handwerk«, entgegnete Taran. »Mut brauchst du mich nicht zu lehren.«

»Ein kühnes Wort!«, schrie Hevydd und schlug Taran auf die Schulter. »Ich werde dich in meinem Feuer formen! Zeig mir, dass du etwas taugst, und ich schwöre, ich werde einen Schmied aus dir machen. Nun, für den Anfang …« Sein Auge fiel auf Tarans leere Scheide. »Mir scheint, du hast einmal ein Schwert getragen.«

»Früher einmal«, antwortete Taran. »Aber es ist schon lange verloren und jetzt reite ich unbewaffnet.«

»Dann wirst du dir ein Schwert schmieden«, befahl Hevydd. »Und wenn du das geschafft hast, dann kannst du mir sagen, was schwerer ist, mit dem Schwert zu schlagen oder mit dem Hammer!« Die Antwort darauf lernte Taran bald.

Die nächsten Tage waren die mühevollsten, die Taran je erlebt hatte. Zuerst dachte er, der Schmied werde ihm die Bearbeitung einer der vielen Stangen auftragen, die schon in der Esse lagen. Aber Hevydd hatte durchaus nicht die Absicht. »Was? Eine Arbeit anfangen, die schon halb getan ist?«, schnaubte er. »Nein, nein, mein Junge. Du wirst ein Schwert schmieden, von Anfang bis zu Ende.«

So war die erste Arbeit, die Taran übertragen bekam, Brennholz für den Ofen zu sammeln. Von Tagesanbruch bis zur Abenddämmerung schürte er das Feuer, bis er den Schmelzofen als ein brüllendes, flammenzüngiges Ungeheuer ansah, das nie satt werden würde. Dann aber begann die eigentliche Arbeit. Hevydd wies ihn an, nach Erz zu schürfen und das Metall herauszuschmelzen. Als dann die Eisenbarren gegossen wurden, war Taran an Gesicht und Armen versengt und geschwärzt, und seine Hände waren mit Blasen übersät. Der Rücken schmerzte ihn, die Ohren dröhnten vom Getöse der Schmiede und von der polternden Stimme Hevydds, der ihm Befehle und Anweisungen zubrüllte. Gurgi hatte angeboten, den Blasebalg zu treten. Er wich nicht von seinem Platz, auch wenn Wolken von Funken emporstoben und in sein zottiges Haar fielen, es stückweise absengten, bis er schließlich aussah, als habe ihn ein Vogelschwarm gerupft, um Nester zu bauen.

»Das Leben ist eine Esse!«, schrie der Schmied, als Taran schweißüberströmt die Eisenstange bearbeitete. »Ja, und zugleich Hammer und Amboss! Du wirst geröstet, umgeschmolzen, geschlagen, und du weißt kaum, wie dir geschieht.

Aber halte dich tapfer! Erz ist wertlos, ehe es nicht geformt ist.«

Obwohl Taran so müde war, dass er am Ende eines Tages dankbar auf sein Strohlager fiel, begann sein Herz doch, rascher zu schlagen, und sein Mut zu wachsen, als die Klinge allmählich Gestalt gewann. Der Hammer schien mit jedem Schlag schwerer zu wiegen. Endlich aber warf er ihn mit einem Freudenruf auf den Boden und hob das fertige Schwert empor, das hell im Feuerschein der Esse leuchtete.

»Eine schöne Waffe, Meister Schmied!«, schrie er. »So schön wie die, die ich früher trug!«

»Wie?«, rief Hevydd. »Hast du deine Arbeit so gut gemacht? Würdest du dein Leben dieser Klinge anvertrauen, ohne sie erprobt zu haben?« Er deutete auf einen Holzklotz, der in der Ecke lag. »Schlag kräftig zu«, befahl er. »Die flache Seite, die Schneide und die Spitze.«

Stolz hob Taran das Schwert und ließ es auf den Klotz niedersausen. Die Waffe erzitterte von der Wucht des Hiebes, ein scharfes Krachen, ein Klirren traf sein Ohr. Die Waffe zersprang und die Trümmer flogen in alle Richtungen. Taran schrie auf. Er hätte heulen können. Ungläubig starrte er das abgebrochene Heft an, das er noch immer umklammert hielt.

»Na, siehst du!«, schrie der Schmied. Tarans jämmerlicher Gesichtsausdruck beeindruckte ihn nicht. »Hast du wirklich geglaubt, du würdest auf Anhieb eine brauchbare Klinge fertig bringen?« Er lachte laut und schüttelte den Kopf.

»Was soll ich denn tun?«, schrie Taran, entsetzt über Hevydds Worte.

»Tun?«, gab der Schmied zurück. »Was denn sonst, als noch mal von vorne anfangen?«

Und das taten sie auch. Diesmal aber erfüllte Taran nicht mehr freudige Erregung. Er arbeitete grimmig und verbissen und mutlos. Hevydd befahl ihm, zwei weitere Klingen wegzuwerfen, noch bevor sie fertig waren, da er sie für brüchig hielt. Der Geruch von heißem Metall drang ihm in die Nase und haftete selbst den Speisen an, die er hastig hinunterschlang. Die Dampfwolken aus dem großen Wasserbottich, der zum Abkühlen diente, drohten ihn zu ersticken, als ob er kochend heißen Nebel einatmete. Der ständige Lärm betäubte ihn, bis er glaubte, er selbst und nicht die Klinge läge unter dem Hammer.

Das nächste Schwert, das er schmiedete, schien ihm hässlich, uneben und rissig, ohne Proportionen. Und auch dieses hätte er weggeworfen, wenn ihm der Schmied nicht befohlen hätte, weiterzuarbeiten.

»Es kann ganz gut werden«, sagte Hevydd zuversichtlich.

Taran warf ihm einen zweifelnden Blick zu und nahm das Schwert. Mit aller Kraft versuchte er, die Klinge auf dem Holzblock zu zerschmettern. Das Metall klang wie eine Glocke und der Klotz zersprang in zwei Teile.

»Siehst du«, sagte Hevydd ruhig, »das ist eine Klinge, die es wert ist, dass man sie trägt.«

Dann schlug er in die Hände und packte Taran am Arm. »Du hast also doch Kraft in diesen Hühnerflügeln. Du hast dich bewährt wie deine Klinge. Bleib hier, Junge, und ich werde dich alles lehren, was ich selbst weiß.«

Taran schwieg eine Weile und betrachtete, nicht ohne Stolz, sein Schwert. »Ich habe bei dir viel gelernt«, sagte er endlich, »wenn ich auch das verloren habe, was ich zu erreichen hoffte: Ich hatte gehofft, ich wäre wirklich ein Schwertschmied. Aber ich habe gelernt, dass ich es nicht bin.«

»Wieso?«, schrie Hevydd. »Du hast das Zeug zu einem tüchtigen Schmied, so tüchtig wie nur irgendeiner in Prydain.«

»Der Gedanke, dass das stimmen könnte, freut mich«, antwortete Taran. »Aber ich weiß sehr gut, dass ich nicht deine Kunstfertigkeit besitze. Ein innerer Zwang hat mich vom Ufer des Kleinen Avren fortgetrieben und er treibt mich auch jetzt. So muss ich wieder reisen, auch wenn ich gerne bleiben würde.«

Der Schmied nickte. »Du hast den richtigen Namen, Wanderer. So sei es. Ich dränge niemanden, gegen seine innerste Überzeugung zu handeln. Nimm das Schwert als Zeichen der Freundschaft. Es gehört dir mehr als irgendeinem anderen, denn du hast es mit eigener Hand geschmiedet.«

»Es ist keine Waffe für einen Edelmann, deshalb passt sie zu mir um so besser«, lachte Taran und betrachtete das plumpe Schwert. »Ein Glück, dass ich nicht ein Dutzend vorher machen musste.«

»Glück?«, brummte Hevydd, als Taran und Gurgi sich verabschiedeten. »Durchaus nicht! Eher Arbeit als Glück. Das Leben ist eine Esse, sage ich dir! Sei auf Schläge gefasst, fürchte nicht die Prüfungen, dann wirst du Amboss und Hammer standhalten.«

Hevydd der Schmied winkte den Gefährten zum Abschied mit seiner rußigen Hand.

Die beiden aber ritten das fruchtbare Tal des Großen Avren entlang nach Norden. Nach einem angenehmen Ritt von einigen Tagen durch eine anmutige Landschaft kamen sie an die Grenze des Commots Gwenith. Hier begann es plötzlich, in Strömen zu regnen, und sie ritten im Galopp auf die erstbeste Hütte zu, die sie finden konnten. Eigentlich war es eine Ansammlung von Hütten, Ställen, Hühnerverschlägen und Vorratshäusern, die scheinbar planlos errichtet waren. Doch als Taran vom Pferd stieg und auf das Wohnhaus zueilte, das in der Mitte stand, erkannte er, dass alle Gebäude untereinander durch überdachte und gepflasterte Wege verbunden waren. Welchen davon er auch gewählt hätte, jeder hätte ihn früher oder später zum Eingang des Wohnhauses geführt, dessen Tür sich sofort öffnete, noch ehe er anklopfen konnte.

»Kommt herein und herzlich willkommen!«, rief eine Stimme, die spröd klang wie trockene Zweige im Feuer.

Gurgi schlüpfte durch die Tür, um dem strömenden Regen zu entgehen, und Taran sah eine grau gekleidete alte, gebeugte Frau, die ihn zum Herd winkte. Ihr langes Haar war weiß wie die Wolle am Spinnrocken, der an ihrem geflochtenen Gürtel hing. Ihre mageren Beine, die unter dem hochgeschürzten Rock hervorsahen, glichen dünnen, harten Spindeln. Ein Gewebe von Fältchen überzog ihr Gesicht und ihre Wangen waren verwelkt. Aber trotz ihrer Jahre wirkte sie nicht gebrechlich. Es schien, als habe die Zeit sie nur zäher und trockener gemacht. Ihre grauen Augen waren hell und scharf wie Nadeln.

»Ich bin Dwyvach die Weberin«, sagte sie, als Taran sich höflich verbeugte und seinen Namen nannte. »Taran der Wanderer?«, wiederholte sie mit einem herben Lächeln. »So wie du aussiehst, kann man tatsächlich sagen, dass du dich herumgetrieben hast. Jedenfalls mehr, als du dich gewaschen hast. Und das ist so sicher wie Kette und Schuss auf meinem Webstuhl.«

»Ja! Ja!«, schrie Gurgi. »Sieh den Webstuhl zum Weben.

Sieh die Knoten und Fäden. So viele, Gurgis armes, zartes Haupt dreht sich mit Wirbeln und Zwirbeln!«

Jetzt erst bemerkte Taran einen hohen Webstuhl, der wie eine riesige Harfe mit tausend Saiten in einer Ecke der Hütte stand. Darum herum waren Flachssträhnen in allen Farben aufgeschichtet. Von den Dachsparren hingen Stränge Garn, Wolle und Flachs und an den Wänden fertige Arbeiten in leuchtenden Farben und mit einfachen Mustern oder kunstvoller gearbeitete und mit erlesenen feinen Mustern. Voller Staunen betrachtete Taran die unendliche Vielfalt der Stoffe, dann wandte er sich an die Weberin von Gwenith.

»Dies spricht von einer Kunstfertigkeit, die alles, was ich kenne, weit übertrifft«, sagte er bewundernd. »Wie kann man so etwas nur machen?«

»Wie machen?«, gluckste die Weberin. »Es würde mich mehr Atem kosten, dir das alles zu erzählen, als du Ohren hast zuzuhören. Aber wenn du aufpasst, dann kannst du es ja sehen.«

Sie humpelte zum Webstuhl, kletterte auf die Bank, die davorstand, und begann, mit erstaunlicher Kraft das Weberschiffchen hin und her zu werfen und die Pedale zu treten. Kaum, dass sie für einen Moment innehielt, um ihre Arbeit zu begutachten. Schließlich wandte sie sich Taran zu und sah ihn mit ihren grauen Augen scharf an. »So wird das gemacht, Wanderer, so wie alle Dinge, jedes auf seine Art, Faden auf Faden.«

Taran hatte ihr staunend zugesehen. »Das würde ich gerne lernen«, sagte er eifrig. »Das Schmiedehandwerk ist nicht meine Sache, aber vielleicht ist es die Weberei. Ich bitte dich, willst du mich in dieser Kunst unterrichten?«

»Meinetwegen, wenn du mich darum bittest«, erwiderte

Dwyvach. »Aber bedenke, es ist etwas anderes, selbst am Webstuhl zu sitzen, als ein schön gewebtes Tuch zu bewundern.«

»Ich danke dir«, rief Taran. »Die Arbeit am Webstuhl fürchte ich nicht. Bei Hevydd dem Schmied scheute ich nicht vor dem heißen Eisen und den Flammen seiner Esse zurück und ein Weberschiffchen ist leichter als ein Schmiedehammer.«

»Meinst du?«, fragte Dwyvach und kicherte. Es klang, als ob ein Paar Stricknadeln klapperten. »Was willst du also zuerst weben?« Sie blickte ihn scharf an. »Du nennst dich Taran der Wanderer? Taran der Schäbige würde besser passen. Möchtest du dir einen Mantel weben? Dann hast du wenigstens etwas, um deinen Rücken zu bedecken. Und ich kann sehen, wie geschickt deine Finger sind.« Taran war einverstanden.

Am nächsten Tag aber führte Dwyvach die Gefährten, statt mit dem Unterricht zu beginnen, in eine ihrer vielen Kammern, die fast bis zur Decke mit Wolle voll gestopft waren.

»Zieh die Dornen heraus, zupf die Kletten heraus«, befahl sie. »Kämm und krempel die Wolle – aber sorgfältig, Wanderer, sonst spürst du am eigenen Leib, dass dein Mantel aus Disteln statt aus Wolle ist.«

Mutlos betrachtete Taran den riesigen Wollberg, und er zweifelte, ob er ihn jemals würde abtragen können. Trotzdem machte er sich sofort mit Gurgi und Dwyvach an die mühsame Arbeit. Er erfuhr bald, dass die alte Frau nicht nur eine scharfe Zunge hatte, sondern auch ein scharfes Auge. Nichts entging ihr. Sie bemerkte den kleinsten Knoten, den winzigsten Flecken und machte Taran darauf aufmerksam, indem sie ihm mit dem Spinnrocken auf die Knöchel klopfte. Was aber Taran weit mehr traf als die Spindel, war die Erfahrung, dass Dwyvach trotz ihres Alters schneller, länger und härter arbeiten konnte als er. Jeden Abend waren seine Augen entzündet, seine Finger aufgerissen und sein Kopf schwer vor Müdigkeit, sie aber war munter und frisch, als habe der Tag gerade begonnen.

Eines Tages endlich war die Arbeit getan. Und jetzt setzte ihn Dwyvach vor ein gigantisches Spinnrad. »Die feinste Wolle ist nutzlos, solange sie nicht gesponnen ist«, sagte sie. »Du fängst also am besten an, auch das zu lernen.«

»Spinnen ist Weiberarbeit!«, protestierte Gurgi energisch. »Nein, nein, spinnen gehört sich nicht für kühne und geschickte Weber!

»So, meinst du!«, brauste Dwyvach auf. »Dann setz dich nieder und lern was anderes. Ich habe Männer gehört, die über Weiberarbeit, und Weiber, die über Männerarbeit klagten«, fügte sie hinzu, packte Gurgi mit ihren knochigen Fingern am Ohr und schob ihn zu einem Schemel neben Taran, »aber ich habe nie gehört, dass sich die Arbeit darüber beklagt hätte, wer sie tut, solange sie gut getan wird.«

Also spannten Taran und Gurgi unter Dwyvachs wachsamem Blick die Wolle und füllten eine Spindel nach der anderen. Gurgi hatte sich Dwyvachs Worte zu Herzen genommen und half nach Kräften, wenn er sich auch ständig in den langen Fäden verhedderte.

Als Nächstes führte Dwyvach die Gefährten in einen Schuppen, wo sie Töpfe mit Farbe über einem Feuer stehen hatte. Hier ging es Taran nicht besser als Gurgi: Als das Garn endlich eingefärbt war, war er selbst von oben bis unten mit

Farbe bespritzt, und Gurgi sah aus wie ein Regenbogen, dem plötzlich Haare gewachsen waren. Erst jetzt, nachdem alle Vorarbeiten zu Dwyvachs vollster Zufriedenheit getan waren, führte sie Taran in die eigentliche Weberei. Sein Mut sank, denn dort stand der Webstuhl, kahl und starr wie ein entlaubter Baum.

»Also, was ist?«, gackerte die Frau, als Taran ihr einen jämmerlichen Blick zuwarf. »Der Webstuhl muss mit Fäden bespannt werden. Ich habe dir doch gesagt: Alles muss Schritt für Schritt getan werden, Faden für Faden.«

»Hevydd der Schmied sagte mir, das Leben sei eine Esse«, seufzte Taran. Mühsam zählte er die Fäden ab, die er benötigte. »Und ich glaube, ich werde tüchtig gehärtet sein, bis mein Mantel fertig ist.«

»Das Leben eine Esse?«, sagte die Weberin. »Eher ein Webstuhl, auf dem Lebensläufe und Tage verwoben werden. Wer das Muster erkennt, der ist weise. Aber wenn du einen neuen Mantel möchtest, dann solltest du mehr arbeiten und weniger schwatzen. Oder meinst du, ein Heer von Spinnen würde plötzlich auftauchen und dir helfen?«

Taran hatte sich für ein Muster entschieden, alle Fäden waren eingezogen, aber immer noch schienen die Fäden hoffnungslos verwirrt. Unendlich langsam wuchs das fertige Gewebe und am Ende eines langen Arbeitstages hatte er kaum mehr als eine Handbreit Stoff als Lohn für seine Mühen.

»Und ich hatte einmal geglaubt, ein Weberschiffchen wäre eine leichte Last«, seufzte Taran. »In Wirklichkeit ist es schwerer als Hammer, Zange und Amboss zusammen.«

»Nicht das Schiffchen«, antwortete Dwyvach, »sondern der Mangel an Übung ist die schwere Last, Wanderer. Es gibt nur ein einziges Mittel dagegen.«

»Und was ist das für ein Geheimnis?«, rief Taran. »Sag es mir jetzt, sonst wird mein Mantel nie fertig!«

Aber Dwyvach lächelte nur. »Es ist Geduld, Wanderer. Und die kann ich nicht lehren. Geduld ist das Erste und das Letzte, was du ganz allein lernen musst.«

Verdrießlich wandte sich Taran wieder seiner Arbeit zu. Ihm dünkte, er werde so alt wie Dwyvach sein, bis sein Mantel fertig wäre. Doch seine Hände gewöhnten sich so an die Arbeit, dass das Schiffchen hin und her schoss wie ein Fisch zwischen Seegras, und das Tuch nahm allmählich Gestalt an. Dwyvach war mit seinen Fortschritten zufrieden, nicht jedoch Taran. »Das Muster«, murmelte er nachdenklich. »Es – ich weiß nicht recht, aber irgendwie gefällt es mir nicht.«

»Nun ja, Wanderer«, erwiderte Dwyvach, »niemand hat dir das Messer auf die Brust gesetzt: Das Muster hast du dir selbst ausgesucht.«

»Das stimmt«, gab Taran zu, »aber wenn ich es jetzt so betrachte, hätte ich besser ein anderes wählen sollen.«

»Na«, Dwyvach kicherte trocken, »wenn das so ist, dann gibt es zwei Möglichkeiten: Entweder du arbeitest weiter an einem Mantel, den du ungern tragen wirst, oder du ziehst das Gewebe wieder auf und beginnst von vorne. Der Webstuhl fertigt nur das Muster, das man auflegt.«

Lange starrte Taran auf sein Werk. Endlich holte er tief Luft, seufzte und schüttelte den Kopf. »Also gut, dann fange ich wieder von vorne an.«

In den nächsten Tagen zog er die Fäden heraus und spannte neue ein. Dann aber merkte er, dass ihm die Arbeit schneller von der Hand ging als früher, und seine Zuversicht wuchs mit seiner Geschicklichkeit. Als der Mantel schließlich fertig war, hielt er ihn stolz in die Höhe. »Dieser ist viel schöner als der alte!«, rief er. »Aber ich glaube, ich kann nie mehr einen Mantel tragen, ohne an jeden einzelnen Faden zu denken.«

Gurgi kreischte vor Begeisterung und Dwyvach nickte anerkennend mit dem Kopf. »Gut gemacht«, sagte sie. Sie blickte Taran freundlich an und lächelte. »Du hast geschickte Finger, Wanderer«, sagte sie. »Und du könntest einer der besten Weber Prydains werden. Wenn mein Spinnrocken und deine Knöchel öfter zusammenstießen, als dir lieb war, dann nur weil ich dich des Tadels für würdig hielt. Bleib bei mir, wenn du willst, arbeite an meinem Webstuhl, und du sollst alles lernen, was ich weiß.«

Taran schwieg. Da lächelte die Weberin und ergriff wieder das Wort. »Ich weiß, was in deinem Herzen vorgeht, Wanderer«, sagte sie. »Ein junger Mann ist rastlos, ja, und ein junges Mädchen auch – ich bin noch nicht so alt, dass ich das vergessen hätte. Dein Gesicht sagt mir, dass du nicht in Commot Gwenith bleiben möchtest.«

Taran nickte. »Ich hatte gehofft, ich könnte ein Schmied werden, und ich hatte gehofft, ein Weber zu werden. Aber du sprichst die Wahrheit. Das ist nicht mein Weg.«

»Dann müssen wir also Abschied nehmen«, antwortete die Frau. »Vergiss aber nicht«, fügte sie in ihrem gewohnten scharfen Ton hinzu, »wenn das Leben ein Webstuhl ist, dann lässt sich das Muster, das du einwebst, nicht so leicht wieder aufziehen.«

Taran und Gurgi brachen auf und ritten in nördlicher Richtung weiter. Bald lag der Commot Gwenith hinter ihnen. Taran trug den neuen Mantel und das neue Schwert, aber seine Freude darüber machte bald einer ungewissen Unruhe Platz. Die Worte Dwyvachs gingen ihm nicht aus dem Sinn, und seine Gedanken wandten sich einem anderen Webstuhl zu, der fern in den Marschen von Morva stand. »Und Orddu?«, sagte er. »Webt sie etwa anderes als Fäden? Das Rotkehlchen hat seine Würmer aus der Erde gescharrt. Aber habe ich wirklich mein eigenes Muster gefunden? Oder bin ich nichts anderes als ein Faden auf ihrem Webstuhl? Wenn das so ist, fürchte ich, dann ein Faden von geringem Wert. Jedenfalls«, schloss er mit einem traurigen Lachen, »ist es ein langer und recht wirrer Faden.«

Aber diese düsteren Gedanken wichen von ihm, als ihn einige Tage später Melynlas auf eine Anhöhe trug und er auf den schönsten Commot hinabblickte, den er je gesehen hatte: Ein stattlicher Bestand von Föhren und Tannen umschloss wohl bestellte Felder, die sich grün und üppig ausbreiteten. Weiße, strohgedeckte Gehöfte leuchteten in den Strahlen der Sonne. Selbst die Luft schien anders zu sein, kühl und erfüllt vom herben Duft der Nadelbäume. Sein Herz schlug schneller bei diesem Anblick und eine seltsame Erregung bemächtigte sich seiner. Gurgi war neben ihn getreten. »Lieber Herr, können wir nicht bleiben?«

»Ja«, murmelte Taran und wandte den Blick nicht von den Feldern und Gehöften. »Ja. Hier werden wir Rast machen.«

Er lenkte Melynlas den Hang hinab und Gurgi folgte eilig. Sie überquerten einen seichten Flusslauf und hielten an. Ein rüstiger alter Mann füllte ockerfarbenen Ton in hölzerne Eimer, die neben ihm auf der Erde standen. Sein eisengraues Haar und sein Bart waren kurz geschnitten und trotz seines Alters schienen seine Arme so kräftig zu sein wie die des Schmieds Hevydd.

»Ich grüße dich, Meister«, rief Taran. »Was ist das für eine Gegend?«

Der Mann drehte sich um, fuhr sich mit dem Handrücken über die zerfurchte Stirn und blickte Taran aus hellen blauen Augen an. »Das Wasser, in dem dein Pferd steht – und es nebenbei bemerkt in Schlamm verwandelt –, ist der Fernbrake-Fluss. Der Commot? Das ist der Commot Merin.«

Annlaw der Töpfer

Ich habe euch gesagt, wo ihr seid«, fuhr der Mann freundlich fort, als Taran vom Pferd sprang. »Jetzt habt ihr vielleicht die Güte zu sagen, wer ihr seid und was euch in eine Gegend führt, nach deren Namen ihr erst fragen müsst. Habt ihr euch verirrt und Merin zufällig gefunden?«

»Ich heiße Taran der Wanderer«, erwiderte Taran. »Und verirrt«, fügte er mit einem Lachen hinzu, »das kann ich kaum behaupten, denn ich weiß nicht einmal genau, welches mein Weg ist.«

»Dann ist Merin so gut wie irgendeine andere Gegend für eine Rast«, sagte der Mann. »Kommt mit, wenn ihr sehen wollt, was ich euch beiden an Gastfreundschaft bieten kann.«

Der Mann hatte beide Eimer gefüllt, und Taran bot an, sie zu tragen. Und da der Mann seine Hilfe nicht zurückwies, legte Taran das Joch auf die Schultern. Aber die Eimer waren schwerer, als er geschätzt hatte, und Schweiß trat auf seine Stirn. Er stolperte mühsam unter der Last. Jeder Schritt schien sich zu verdoppeln, und die Hütte, auf die der Mann deutete, schien zurückzuweichen, statt näher zu kommen.

»Wenn du Lehm gesucht hast, um deinen Kamin auszubessern«, stöhnte Taran, »dann bist du einen weiten Weg gegangen, um ihn zu finden.«

»Du kennst dich mit dem Joch nicht richtig aus«, sagte der Mann und grinste. Dann nahm er die Eimer, die ihm Taran bereitwillig zurückgab, auf die Schultern und schritt trotz der Last wacker aus, dass die Gefährten kaum folgen konnten. Er leerte den Ton in einen hölzernen Trog und bedeutete den Reisenden, in seine Hütte zu treten. Drinnen standen auf Regalen und Gestellen Töpferwaren aller Art, Gefäße aus einfachem, gebranntem Ton, zierliche Krüge und, wie zufällig dazwischengeraten, Stücke von hoher handwerklicher Kunst, deren Anblick Taran den Atem verschlug. Ein einziges Mal, in der Schatzkammer von Fürst Gast, hatte er Ähnliches gesehen. Er wandte sich erstaunt an den alten Mann, der begonnen hatte, den Tisch zu decken. »Als ich dich fragte, ob du Lehm für deinen Kamin suchst, sprach ich wie ein Tor«, sagte er und verneigte sich. »Wenn das deine Arbeiten sind, dann habe ich schon früher einige davon gesehen, und ich weiß, wer du bist: Annlaw der Töpfer.«

Der Mann nickte. »Das sind meine Arbeiten. Es ist gut möglich, dass du mich kennst, denn ich arbeite schon lange in diesem Handwerk, Wanderer. Ich weiß nicht einmal sicher, wo die Grenze ist zwischen mir und meinem Ton, oder ob wir nicht in Wahrheit ein und dasselbe sind.«

Taran betrachtete die Gefäße eingehend; die gerade vollendete Weinschale, noch kunstvoller als die in Fürst Gasts Schatztruhe; die langen, lehmverschmierten Tische und die Farbtöpfe darauf. Staunend bemerkte er, dass das, was er zunächst für einfaches Küchengeschirr gehalten hatte, ebenso ausgewogen und vollkommen war wie die Weinschale.

»Ich habe gehört«, sagte Taran zu Annlaw, »dass ein Stück aus deiner Werkstatt mehr wert ist als alles, was ein Cantref-Fürst in seiner Schatzkammer gehortet hat – jetzt glaube ich es. Das hier«, er nickte anerkennend, »das ist selbst eine wahre Schatzkammer.«

»Ja! Ja!«, rief Gurgi. »Oh, kunstfertiger Töpfer gewinnt Reichtum und Geld aus kunstvoller Arbeit!«

»Reichtum und Geld«, Annlaw lächelte. »Eher das Essen auf meinem Tisch. Die meisten Töpfe und Schalen schicke ich in die kleinen Commots, die keinen eigenen Töpfer haben. Weil ich ihnen gebe, was sie brauchen, geben sie mir, was ich brauche. Und Schätze brauche ich am wenigsten. Meine Freude ist die Arbeit, nicht der Gewinn. Können die Schätze von ganz Prydain meinen Händen helfen, eine schönere Schale zu formen?«

»Manche behaupten«, sagte Taran ernsthaft mit einem Seitenblick auf die Töpferscheibe, »dass eine derartige Arbeit nur mithilfe von Zauberei möglich sei.«

Annlaw warf den Kopf zurück und lachte herzlich. »Ich wünschte, es wäre so! Das würde mir manche Mühe sparen. Nein, nein, Wanderer. Mein Rad ist leider wie jedes andere. Allerdings«, fügte er hinzu, »stellte Govannion der Lahme, ein Meister der handwerklichen Künste Prydains, vor langer Zeit zauberkräftige Werkzeuge her. Er gab sie dem, von dem er annahm, er werde sie klug und verantwortungsvoll benutzen. Aber sie fielen alle, eines nach dem anderen, in die Klauen von Arawn Todesfürst. Nun sind sie verloren. Govannion entdeckte außerdem die tiefsten Geheimnisse eines jeden Handwerks und schrieb sie nieder«, berichtete Annlaw weiter. »Auch diese raubte Arawn, um sie in Annuvin zu horten, wo niemand jemals wieder Vorteil aus ihnen ziehen wird.« Das Gesicht des Töpfers wurde ernst. »Ein Leben lang habe ich versucht, sie selbst neu zu entdecken, herauszufinden, was sie eigentlich beinhaltet haben. Vieles habe ich gelernt – gelernt durch Erfahrung, wie ein Kind das Laufen lernt. Aber meine Schritte wurden unsicher. Das tiefste Wissen ist mir verborgen – ich fürchte, für immer. Könnte ich diese Kenntnisse erlangen«, sagte Annlaw, »dann brauchte ich nicht mehr nach Zauberwerkzeugen zu fragen. Lass mich dieses Wissen erlangen – und ich hätte keinen weiteren Wunsch.«

»Du weißt wenigstens, was du suchst«, antwortete Taran. »Ich aber suche, ohne zu wissen, wo ich suchen soll.« Dann erzählte er Annlaw von Hevydd dem Schmied und Dwyvach der Weberin, von dem Schwert und dem Mantel, die er selbst gemacht hatte. »Ich war stolz auf mein Werk«, fuhr er fort. »Doch am Ende reichte mir weder Amboss noch Webstuhl.«

»Und wie ist es mit der Töpferei?«, fragte Annlaw. Taran gestand, dass er von dieser Kunst nichts verstünde, und bat Annlaw, ihm bei der Arbeit zusehen zu dürfen. Der alte Töpfer willigte gern ein. Er zog einen groben Rock über, setzte sich ans Rad und warf einen Klumpen Ton auf die rotierende Scheibe. Beinahe ehrfürchtig neigte er sich über die Arbeit und legte die Hände so zart um den feuchten Klumpen, als höbe er einen jungen Vogel empor. Vor Tarans Augen begann Annlaw, ein hohes, schlankes Gefäß zu formen. Während Taran voll Ehrfurcht zusah, schien der Ton zu erglänzen und von Augenblick zu Augenblick seine Gestalt zu verändern. Jetzt verstand Taran Annlaws Worte: Die geschickten Finger des Töpfers und der Lehm bildeten eine Einheit, als ob die Hände in den Lehm übergingen und ihm Leben gäben. Annlaw arbeitete schweigend und konzentriert. Sein faltiges Gesicht leuchtete. Die Jahre schienen von ihm abgefallen. Taran fühlte eine Freude in seinem Herzen aufsteigen, die von dem Töpfer auf ihn überzugehen schien. In diesem Augenblick erkannte er, dass er einen wahren Meister seines Handwerks vor sich hatte, einen größeren, als er je getroffen hatte.

»Fflewddur hatte Unrecht«, flüsterte er. »Wenn hier Zauberei im Spiel ist, dann nicht bei der Töpferscheibe, sondern beim Töpfer selbst.«

»Hier gibt es keine Zauberei«, antwortete Annlaw, ohne von seiner Arbeit aufzusehen. »Eine Gabe vielleicht, aber eine Gabe, die viel Mühe und Arbeit erfordert.«

»Wenn ich etwas so Schönes formen könnte, dann wäre mir die Mühe willkommen«, sagte Taran.

»Dann setz dich her«, sagte Annlaw und machte Taran Platz. »Versuche, den Ton zu bearbeiten.«

Taran wandte ein, er werde Annlaws halb fertiges Gefäß verderben, aber der Töpfer lachte nur. »Sicher wirst du es verderben. Ich werfe es dann in die Knetmulde, mische es mit dem übrigen Lehm und früher oder später wird es wieder verwendet. Es ist nicht endgültig verloren. Nichts ist wirklich endgültig verloren; alles kommt in irgendeiner Form wieder.«

»Aber die Mühe, die du darauf verwendet hast«, sagte Taran, »die ist verloren.«

Der Töpfer schüttelte den Kopf. »Durchaus nicht. Handwerkskunst ist nicht wie Wasser in einem irdenen Topf, das man herausschöpft, bis er leer ist. Im Gegenteil, je mehr man herausholt, desto mehr wird es. Der Geist verjüngt sich, Wanderer, und die Kunstfertigkeit nimmt dadurch zu. Also, leg die Hände hierher und hierher die Daumen.«

Kaum fühlte Taran, wie die Tonmasse unter seinen Fingern herumwirbelte, als sein Herz mit der gleichen Freude schlug, die auch das Gesicht des Töpfers verklärt hatte. Das Gefühl des Stolzes, das er empfunden hatte, als er sein eigenes Schwert schmiedete und seinen eigenen Mantel webte, verblasste bei dieser neuen Erfahrung, und er schrie vor Freude laut auf. Aber seine Hände wurden unsicher und das Gefäß verlor seine Form. Annlaw stoppte das Rad.

Tarans erstes Werk war schief und missgestaltet. Trotz seiner Enttäuschung konnte er nicht anders, er warf den Kopf zurück und lachte.

Annlaw schlug ihm auf die Schulter. »Als Versuch ganz gut, Wanderer. Die erste Schale, die ich drehte, gelang mir ebenso schlecht – ja, noch schlechter. Du hast ein Gefühl dafür. Aber bevor du das Handwerk lernst, sollst du den Ton kennen lernen. Grabe ihn aus, siebe ihn und knete ihn, bis er dir vertrauter ist als dein bester Freund. Dann zerreibe die Farben für die Glasuren und dann erprobe, wie das Feuer im Brennofen auf sie wirkt.«

»Meister Annlaw«, bat Taran mit leiser Stimme, »würdest du mich dein Handwerk lehren? Das wünsche ich mir mehr als alles andere.«

Annlaw zögerte einige Augenblicke und sah Taran nachdenklich an. »Ich kann dich nur das lehren, was du zu lernen vermagst«, sagte der Töpfer. »Wie viel das sein wird, kann sich erst allmählich herausstellen. Bleib, wenn es dein Wunsch ist. Morgen beginnen wir.«

Die beiden Freunde machten es sich für die Nacht in einer Ecke der Werkstatt bequem. Gurgi rollte sich auf seinem Strohsack zusammen, Taran aber umschlang die Knie mit den Armen. »Merkwürdig«, murmelte er nachdenklich. »Je mehr ich die Leute aus den Commots kennen lerne, desto lieber werden sie mir. Aber der Commot Merin zog mich sofort an, mehr noch als die anderen.«

Die Nacht war mild und still. Taran lächelte sehnsüchtig.

»Von Anfang an hatte ich das Gefühl, das ist der Ort, wo ich zufrieden leben könnte. Und vielleicht – vielleicht könnte sogar Eilonwy hier glücklich sein. Und als meine Hände den Ton fassten«, sprach er weiter für sich, »da wusste ich, ich könnte als Töpfer glücklich werden. Mehr als beim Schmieden, mehr als beim Weben habe ich das Gefühl, mit den Fingern meine Gedanken ausdrücken zu können, so als ob ich das unmittelbar wiederzugeben vermöchte, was mein Herz bewegt. Ich verstehe, was Annlaw meint. Es gibt keinen Unterschied zwischen ihm und seiner Arbeit. Er ist eins mit seiner Arbeit, er verleiht dem Ton etwas von seinem eigenen Wesen. Wenn ich das auch erlernen könnte …«

Gurgi antwortete nicht. Die müde Kreatur war fest eingeschlafen. Taran lächelte und zog ihm den Mantel über die Schultern. »Schlaf gut«, sagte er. »Vielleicht sind wir jetzt am Ende unserer Fahrt.«

Annlaw hielt Wort. Er zeigte Taran in den folgenden Tagen mancherlei, was nicht weniger wichtig war als die Arbeit mit dem Ton selbst: wie man geeignete Erde findet, wie man Beschaffenheit und Qualität beurteilt, wie man siebt, mischt und befeuchtet. Gurgi war überall dabei, sodass sein zottiges Haar bald mit Staub, Lehm und Sand überkrustet war. Er glich einem ungebrannten Tontopf auf zwei mageren Beinen.

Der Sommer verstrich schnell und glücklich. Je mehr Taran den Töpfer bei der Arbeit beobachtete, desto mehr wuchs seine Bewunderung. In der Knetmulde bearbeitete Annlaw den Ton mit größerer Kraft als Hevydd der Schmied den Amboss. Und auf der Scheibe stellte er die schwierigsten Gegenstände mit einer Gewandtheit her, die selbst die der Weberin Dwyvach übertraf. Wenn Taran am Morgen aufstand, fand er den Töpfer bereits an der Arbeit. Annlaw war unermüdlich. Oft verbrachte er die Nächte ohne Schlaf und die Tage ohne Nahrung, so sehr nahm ihn seine Arbeit an der Scheibe in Anspruch. Selten verwendete er ein Muster ein zweites Mal, sondern bemühte sich, das noch zu verbessern, was er selbst entworfen hatte.

»Abgestandenes Wasser ist ein schlechter Trunk«, sagte er. »Abgestandene Künste sind noch schlechter. Und ein Mann, der in seinen eigenen Fußstapfen geht, endet dort, wo er begonnen hat.«

Erst im Herbst litt es Annlaw, dass Taran sich wieder an die Töpferscheibe setzte. Diesmal wurde die Schale nicht so übel wie die erste. Annlaw prüfte sie genau, dann nickte er und sagte: »Du hast schon etwas gelernt, Wanderer.« Dennoch warf er das Gefäß zu Tarans Kummer wieder in die Knetmulde. »Keine Sorge«, tröstete er ihn, »wenn dir etwas gelingt, das wert ist, aufbewahrt zu werden, dann wird es im Ofen gebrannt.«

Taran befürchtete zwar, dass es nie so weit kommen würde, aber es dauerte nicht lange, bis Annlaw ein einfaches, flaches Gefäß mit ausgewogenen Proportionen für geeignet hielt. Er stellte es zusammen mit anderen Töpfen und Schalen, die für die Leute aus dem Commot Isav bestimmt waren, in einen Brennofen, der höher und tiefer war als die Feueresse Hevydds. Dann begann er sofort, weitere Krüge und Gefäße zu formen. Taran aber konnte seine Ungeduld kaum bezähmen, und ihm schien es, er selbst werde in den Flammen gebrannt. Als endlich das Feuer verloschen und der Ofen abgekühlt war, holte Annlaw die Schale heraus, drehte sie in den Händen und klopfte sie mit seinen lehmverschmierten Fingern ab. Taran wartete atemlos. Der Töpfer grinste ihn an. »Klingt ganz gut. Anfängerarbeit, Wanderer, aber keine, deren man sich schämen müsste.«

Tarans Zuversicht wuchs, als ob er eine Weinschale geformt hätte, schöner als jene von Fürst Gast. Aber seine Freude wich bald einer tiefen Mutlosigkeit. Den ganzen Herbst hindurch arbeitete Taran, doch zu seiner wachsenden Bestürzung stellte ihn kein einziges Gefäß zufrieden, entsprach kein einziges seinen Erwartungen, obwohl er sich redlich gemüht hatte.

»Was fehlt mir denn?«, fragte er Annlaw verzweifelt. »Ich konnte ein Schwert schmieden und einen Mantel weben, und beides gelang. Aber das, was ich erreichen will, bleibt mir versagt. Warum bleibt mir die Kunst, die ich vor allen anderen beherrschen möchte, unerreichbar? Wird diese Gabe mir verweigert?« Er senkte den Kopf, und das Herz erstarrte ihm bei seinen Worten, denn er wusste, dass er die Wahrheit gesprochen hatte. Annlaw widersprach nicht und blickte ihn lange traurig an. »Warum?«, flüsterte Taran. »Warum ist das so?«

»Eine schwierige Frage«, erwiderte Annlaw schließlich. Er legte die Hand auf Tarans Schulter. »Kein Mensch kann sie wirklich beantworten. Es gibt eben Menschen, die ein Leben lang streben und sich abmühen, um am Ende einzusehen, dass es vergebens war. Und es gibt andere, die diese Gabe in sich hatten, ohne es je zu ahnen. Es gibt Menschen, die den Mut zu schnell verloren, und andere, die nie hätten anfangen sollen. Sei froh«, fuhr der Töpfer fort, »dass du es jetzt eingesehen hast und nicht deine Jahre mit leeren Hoffnungen vergeudest. Das wenigstens hast du gelernt und keine Erfahrung ist vergebens.«

»Was soll ich tun?«, fragte Taran. Trauer und Bitterkeit wie einst im Tal bei Craddoc übermannten ihn.

»Man kann auch anders glücklich werden«, erwiderte Annlaw. »Du bist in Merin glücklich gewesen und kannst es auch bleiben. Es gibt genug Arbeit für dich. Als Freund kannst du mir willkommene Hilfe leisten. Sieh her«, sprach er ermunternd weiter, »morgen wollte ich meine Ware nach dem Commot Isav senden. Aber eine Tagesreise ist lang für einen Mann in meinem Alter. Willst du mir nicht als Freund die Last abnehmen?«

Taran nickte. »Ich werde deine Ware nach Isav bringen.«

Er wandte sich ab und wusste, dass das Glück, das er sich erwartet hatte, zerbrochen war wie ein rissiges Gefäß, das im Ofen zerbirst.

Die Wegelagerer

Am nächsten Morgen belud Taran wie versprochen Melynlas und das Pony mit der Töpferware und brach mit Gurgi zum Commot Isav auf. Er wusste, Annlaw hätte ebenso leicht die Commot-Leute benachrichtigen können, damit sie ihre Ware abholten. »Das tue ich nicht für ihn, sondern er tut es für mich«, sagte er zu Gurgi. »Ich glaube, er will mir Zeit geben, über mich nachzudenken. Aber«, fügte er traurig hinzu, »ich habe noch keinen Ausweg gefunden. Gerne würde ich in Merin bleiben, doch was soll mich hier halten? Ich ehre Annlaw als meinen Freund und als Meister in seiner Kunst. Aber seine Kunst wird nie die meine sein.«

Mit diesen Worten und ähnlichen Gedanken und Sorgen im Herzen erreichte Taran noch lange vor der Abenddämmerung Isav. Er war der kleinste Commot, den er kannte: weniger als ein halbes Dutzend Gehöfte und ein bescheidener Weidegrund für ein paar Schafe und Rinder. An der Hürde hatten sich einige Leute versammelt. Als Taran näher kam, sah er, dass sie ihm ernst und grimmig entgegenblickten. Etwas überrascht über diesen Empfang, nannte er seinen Namen und sagte, dass er ihnen die Töpferwaren von Annlaw brächte.

»Seid gegrüßt«, erwiderte ein Mann, der sich Drudwas Sohn von Pebyr nannte. »Und – lebt wohl«, fügte er hinzu. »Wir danken Annlaw und euch. Wenn ihr aber bleibt, um unsere Gastfreundschaft zu genießen, dann kann es sein, dass ihr stattdessen euer Blut vergießt. Räuber streifen in den Bergen umher«, fuhr Drudwas rasch fort, als er Tarans fragenden Blick bemerkte, »eine Bande, ungefähr ein Dutzend. Wir haben erfahren, dass sie schon zwei andere Commots überfallen haben. Sie begnügen sich nicht mit einem Schaf oder einer Kuh für ihren eigenen Bedarf, sondern schlachten die ganze Herde nur so zum Spaß ab. Vorhin sah ich Reiter jenseits des Hügels. An der Spitze ritt ein gelbhaariger Bursche auf einem fuchsroten Gaul.«

»Dorath!«, schrie Taran.

»Wie?«, fragte einer von den Commot-Leuten. »Du kennst diese Bande?«

»Wenn es die Schar Doraths ist, dann kenne ich sie allerdings«, antwortete Taran. »Sie sind käuflich, aber wenn keiner sie anwirbt, töten sie eben auf eigene Rechnung, so wie ich sie einschätze. Es sind raue Krieger und grausam wie die Jäger Annuvins.«

Drudwas nickte ernst. »Ja, so erzählt man. Vielleicht ziehen sie vorüber«, sprach er weiter, »aber das bezweifle ich. Der Commot Isav ist geringe Beute, aber wenn es nur wenige Verteidiger gibt, wagt man einen Überfall umso eher.« Taran betrachtete die Männer. An ihren Gesichtern und an ihrer Haltung erkannte er, dass es ihnen nicht an Mut fehlte. Aber er hörte wieder Doraths Gelächter und erinnerte sich an die Schlauheit und Rücksichtslosigkeit des Burschen.

»Und wenn sie angreifen«, fragte er, »was wollt ihr tun?«

»Was glaubst du?«, fuhr ihn Drudwas zornig an. »Sollen wir unsere Tiere ihren Schwertern ausliefern und unsere Häuser ihren Fackeln? Commot Isav war immer friedlich. Unser Stolz ist nicht Krieg, sondern Ackerbau und Viehzucht, aber wir werden uns verteidigen. Haben wir eine andere Wahl?«

»Ich kann nach Merin zurückreiten«, erwiderte Taran, »und Hilfe holen.«

»Zu weit und zu spät«, antwortete Drudwas. »Außerdem möchte ich es nicht, denn dann wäre Merin schlecht geschützt. Nein, wir erwarten sie, wie wir sind, sieben gegen zwölf Mann. Mein Sohn Llassar.« Er wies auf einen hoch gewachsenen Jungen mit mutigem Gesicht, kaum älter als Taran damals, als Coll ihm zum ersten Mal die Würde eines Hilfsschweinehirten übertragen hatte.

»Du zählst falsch«, unterbrach ihn Taran. »Ihr seid nicht sieben, sondern neun. Gurgi und ich bleiben bei euch.«

Drudwas schüttelte den Kopf. »Du schuldest uns nichts, Wanderer. Eure Schwerter sind uns willkommen, aber wir bitten nicht darum.«

»Sie gehören euch dennoch«, erwiderte Taran, und Gurgi nickte zustimmend. »Pass auf. Neun können gegen ein Dutzend bestehen und siegen. Aber wenn es sich um Dorath handelt, dann gilt weniger die Zahl als die List. Wäre er allein, würde ich ihn trotzdem mehr fürchten als zwölf. Er kämpft hinterhältig und will möglichst viel mit möglichst geringem Aufwand gewinnen. Wir müssen ihm in gleicher Weise entgegentreten.« Die Commot-Leute hörten Taran aufmerksam zu, als er seine Kriegslist darlegte: Sie sollten die Räuber glauben machen, sie seien in der Minderzahl, um dann dort anzugreifen, wo Dorath nur schwachen Widerstand erwartete. »Wenn zwei Leute sich in der Hürde auf die Lauer legen und zwei auf der Koppel und plötzlich hervorbrechen«, sagte Taran, »dann können sie vielleicht die Bande überraschen und so lange festhalten, bis wir anderen sie im

Rücken angreifen. Wenn die Frauen gleichzeitig mit Rechen und Hacken einen Mordslärm veranstalten, so klingt es, als seien uns noch andere Bewaffnete zu Hilfe gekommen.«

Drudwas überlegte, dann nickte er. »Dein Plan mag ja gut sein, Wanderer, aber ich fürchte für die Leute in den Viehgehegen, denn sie müssen den ersten Anprall allein aushalten. Wenn irgendetwas schief geht, dann haben sie wohl kaum mehr eine Chance, zu entkommen.«

»Ich werde einer der Posten in der Hürde sein«, begann Taran.

»Und der andere?«, unterbrach Llassar schnell.

Drudwas runzelte die Stirn. »Ich möchte dich nicht deswegen schonen, weil du mein Sohn bist. Du bist ein tüchtiger Bursche und kannst mit der Herde umgehen. Ich denke an dein Alter …«

»Ich versorge die Herde«, schrie Llassar. »Und ich habe einen Anspruch darauf, beim Wanderer zu bleiben.«

Die Männer besprachen sich in aller Eile, dann waren sie sich schließlich einig, dass Llassar mit Taran zusammen Posten beziehen sollte, während Drudwas über die Rinder wachen würde. Bei ihm blieb Gurgi, denn dieser weigerte sich trotz seiner Todesangst standhaft, sich weit von Taran zu entfernen. Als der Plan endlich in allen Einzelheiten ausgearbeitet war und die Commot-Leute sich hinter Bäumen nahe der Hürde postiert hatten, war die Nacht bereits hereingebrochen und der Vollmond ging auf. Sein kahles Licht hob die Schatten und die Umrisse der Sträucher und Zweige schärfer hervor. Taran und Llassar kauerten mitten zwischen der unruhigen Herde. Eine Weile sprach keiner. Im hellen Mondlicht fand Taran das Gesicht Llassars noch knabenhafter als vorher. Er sah, dass der Junge sich fürchtete und alles versuchte, dies zu verbergen. Obwohl er sich selbst unbehaglich fühlte, lächelte er ihm aufmunternd zu. Drudwas hatte Recht gehabt, der Bursche war noch zu jung, zu unerfahren. Und doch – Taran lächelte, denn er wusste genau, dass er in Llassars Alter den gleichen Anspruch erhoben hätte.

»Dein Plan ist gut, Wanderer«, sagte Llassar endlich mit unterdrückter Stimme, und Taran wusste, dass er hauptsächlich sprach, um sich selbst zu beruhigen. »Viel besser als das, was wir getan hätten. Er kann nicht fehlschlagen.«

»Alle Pläne können scheitern«, sagte Taran barsch. Er schwieg. Furcht begann, ihn zu schütteln wie ein kalter Windstoß die Blätter. Und unter seiner dicken Felljacke war er in Schweiß gebadet. Er war nach Isav gekommen als ein Unbekannter, noch nicht Erprobter, und doch hatten die Commot-Leute ihm zugehört und hatten ihr Schicksal in seine Hände gelegt. Sie hatten seinen Plan angenommen, obwohl ein anderer vielleicht besser gewesen wäre. Sollte er fehlschlagen, konnten sie alle das Leben einbüßen, aber die Schuld träfe ihn allein. Er tastete nach dem Knauf seines Schwertes und spähte angestrengt in die Finsternis: keine Bewegung, selbst die Schatten waren wie erstarrt.

»Man nennt dich den Wanderer«, sprach Llassar ruhig und etwas schüchtern weiter. »Für mich ist ein Wanderer einer, der etwas sucht. Stimmt das?«

Taran schüttelte den Kopf. »Einst suchte ich, die Kunst der Schmiede und der Weber zu erlernen. Dann die Kunst der Töpfer. Aber das ist vorbei. Jetzt muss ich vielleicht umherziehen, ohne etwas zu suchen.«

»Wenn du nichts suchst«, Llassar lachte freundlich, »dann

wirst du es schwerlich finden. Unser Leben hier ist nicht leicht«, fuhr er fort. »Es fehlt uns nicht am Willen, sondern am Wissen. Die Söhne des Don haben Prydain lange gegen Fürst Annuvin verteidigt und wir danken ihnen für ihren Schutz. Doch die Geheimnisse, die Arawn Todesfürst uns raubte – sie wiederzuerlangen, meinte mein Vater, das wäre für uns ein festerer Schild und ein schärferes Schwert als selbst die kampferprobten Heere des Prinzen Gwydion. Aber trotz allem ist Isav meine Heimat und ich bin zufrieden.« Llassar grinste. »Ich beneide dich nicht, Wanderer.«

Taran antwortete zunächst nicht. Dann murmelte er: »Nein, aber ich beneide dich.«

Sie sprachen nicht weiter. Sie lauschten aufmerksam auf jeden Laut, während die Nacht verstrich und der Mond langsam von dichten Wolkenschleiern verdeckt wurde und allmählich verblasste. Llassar atmete erleichtert auf. »Jetzt werden sie nicht mehr kommen«, sagte er. »Sie reiten vorbei.«

Er hatte noch nicht zu Ende gesprochen, als sich aus der Dunkelheit Schatten lösten, Gestalten bewaffneter Krieger. Taran sprang auf, als das Tor aufgerissen wurde, stieß ins Schlachtenhorn und stürzte sich auf den Eindringling, der überrascht aufschrie und zurücktaumelte. Llassar war im gleichen Augenblick aufgesprungen und warf sich den Angreifern mit erhobenem Speer entgegen. Taran hieb blindlings um sich. Er kämpfte nicht nur gegen die Räuber, sondern zugleich auch gegen die plötzlich aufsteigende Angst, sein Plan könnte fehlschlagen, die Strolche könnten zu schnell und zu leise herangeschlichen sein. Doch im nächsten Moment hörte er über dem angstvollen Brüllen der Tiere die Schreie der Commot-Leute, mit denen sie aus dem

Schutz der Bäume hervorbrachen, und den hellen Klang von Eisen, das auf Eisen schlägt. Die Räuber zögerten. Llassars Gegner war gefallen. Taran bemerkte, wie der Junge an ihm vorbeisprang und erneut zustieß. Die Männer am Tor hatten sich umgewandt, um dem Angriff der Leute aus Isav zu begegnen. Aber einer der Krieger heulte wie ein wildes Tier auf und stürmte mit erhobenem Messer in die Hürde, als ob er alles in seiner Reichweite vernichten wollte. Taran packte ihn. Der Kerl fuhr herum und schlug nach Taran. Es war Gloff. Er erkannte Taran sofort, und sein anfängliches Erstaunen wich einem hässlichen Grinsen, aus dem hämische Freude und Blutgier sprach. Er stieß zu. Taran hob die Waffe, um den Stoß zu parieren. Aber der Krieger machte einen Satz nach vorn und fuhr mit der freien Hand nach Tarans Augen. Die Klinge funkelte, der tödliche Stich schien unausweichlich. Da warf sich eine Gestalt dazwischen. Llassar. Taran rief eine Warnung, doch der Junge versuchte, den Stoß mit seinem Speer abzufangen. Knurrend wandte sich Gloff dem neuen Angreifer zu. Der Hirtenjunge stürzte. Mit einem Wutschrei hob Taran das Schwert. Plötzlich war Drudwas neben ihm. Gloff schrie auf, als die Klinge des Bauern herabsauste.

Vor dem Ansturm der Commot-Leute wich Doraths Schar zurück. Taran wurde aus der Hürde hinausgedrängt. Als er kurz zurückzublicken wagte, sah er weder Drudwas noch Llassar. Wütend drängte er vorwärts. Fackeln flammten auf, und er bemerkte, dass die Frauen und Mädchen von Isav ihren Männern zu Hilfe geeilt waren und mit Hacken, Rechen und Heugabeln auf die Eindringlinge einhieben.

Taran suchte Gurgi, rief seinen Namen, aber die Stimme ging im Tumult unter. Da erhob sich plötzlich ein wildes

Gebrüll und ein dunkler Schatten durchbrach die Absperrung der Koppel. Taran schrie überrascht auf, als er einen schwarzen Bullen erkannte, der unter den Räubern wütete. Auf seinem Rücken hockte Gurgi, kläffte, so laut er konnte, trommelte mit den Fersen gegen die mächtigen Flanken des Tieres und jagte mitten in die entsetzte Schar Doraths – oder was von ihr noch übrig war.

»Sie fliehen!«, rief einer von den Commot-Leuten.

Taran stürmte vorwärts. Die Räuber stolperten hastig zu ihren Pferden, die sie am Rand eines Wäldchens zurückgelassen hatten. Taran erkannte Dorath auf seinem fuchsroten Gaul und lief, um ihn einzuholen. Aber Dorath spornte das Pferd und verschwand im Wald. Taran machte kehrt, eilte zu den Ställen und pfiff nach Melynlas. Einer der Bauern packte ihn am Arm. »Der Sieg ist unser, Wanderer!« Erst jetzt bemerkte Taran, dass der Kampflärm verklungen war. Dorath war verschwunden. Taran rannte zur Hürde. Dort fand er Drudwas' Frau, die neben ihrem Sohn kniete.

»Llassar!«, schrie Taran voll Schmerz und stieß den Hirten beiseite.

Die Augen des Jungen öffneten sich. Er versuchte, Taran anzulächeln.

»Seine Wunde ist nicht tief«, sagte Drudwas. »Er wird überleben und wieder seine Herde versorgen.«

»Das werde ich«, sagte Llassar zu Taran. »Und dir haben wir es zu danken, dass wir überhaupt noch eine Herde zu versorgen haben.«

Taran legte die Hand auf Llassars Schulter. »Und dir verdanke ich mehr als nur die Schafe.«

»Die Hälfte der Bande wird nie mehr plündern«, sagte Drudwas, »weder hier noch anderswo. Der Rest ist zerstreut.

Es wird lange dauern, bis ihre Wunden geheilt sind. Du hast uns einen großen Dienst erwiesen, Wanderer, du und dein Gefährte. Ihr seid zu uns als Fremde gekommen, aber für uns seid ihr keine Fremden mehr, sondern Freunde.«

Der Spiegel von Llunet

Die Bewohner von Isav bedrängten Taran, doch bei ihnen zu bleiben, aber er nahm Abschied und ritt langsam zurück nach Merin. Die Freude über Doraths Niederlage dauerte nicht lange, denn immer noch kreisten seine Gedanken ruhelos und seine Fragen blieben weiter ohne Antwort. Er war niedergeschlagener als sonst. Annlaw erzählte er nur wenig von dem, was er in Isav getan hatte. Aber Gurgi, der vor Stolz fast platzte, berichtete ausführlich von ihren Erlebnissen.

»Ja! Ja!«, schrie er. »Böse Räuber flohen mit Schreien! Oh, sie fürchteten lieben Herrn! Sie fürchteten auch kühnen Gurgi! Und großen Stier mit Strampeln und Trampeln, spitzen Hörnern mit Stechen und Stoßen!«

»Du kannst zufrieden sein, Wanderer«, sagte Annlaw zu Taran, der die ganze Zeit geschwiegen hatte.

»Drudwas nannte mich nicht mehr einen Fremden, sondern einen Freund«, sagte Taran. »Das macht mich froh. Ich wünschte nur«, fügte er hinzu, »dass ich mir selbst nicht so fremd wäre. Wem nütze ich denn?«, schrie er auf. »Mir selbst? Einem anderen? Ich kenne niemanden.«

»Die Bauern in Isav würden dir widersprechen«, antwortete der Töpfer. »Und sicher gibt es noch andere, die eine starke Klinge und ein mutiges Herz zu schätzen wissen.«

»Ein gekauftes Schwert?«, fragte Taran mit bitterem Lächeln. »Vielleicht Dorath nacheifern?« Er schüttelte den Kopf.

»Als ich ein Kind war, träumte ich von Abenteuer, von Ruhm, von Kriegsehre. Jetzt glaube ich, dass diese Dinge nur wesenlose Schatten sind.«

»Wenn sie dir Schatten sind, dann hast du ihr wahres Wesen erkannt«, sagte Annlaw. »Viele strebten nach Ehre und verloren auf der Suche danach mehr, als sie jemals gewinnen konnten. Aber ich dachte nicht an ein gekauftes Schwert …« Er unterbrach sich unvermittelt und sann einen Augenblick nach. »Ihr wahres Wesen erkennen«, wiederholte er. »Vielleicht – vielleicht …« Der Töpfer sah Taran an. »Hier bei uns gibt es eine alte Sage, wie man sein eigentliches Wesen erkennen kann. Ob sie wahr ist oder nur eine Altweibergeschichte, das will ich nicht beurteilen«, fuhr der Töpfer langsam fort. »Aber die Sage weiß, dass der, der sich selbst kennen lernen will, nur in den Spiegel von Llunet zu blicken braucht.«

Obwohl Annlaw ganz ruhig gesprochen hatte, trafen seine Worte Taran wie ein Donnerschlag. »Der Spiegel von Llunet?«, schrie er. Seit er Craddocs Tal verlassen hatte, hatte er alle Gedanken an den Spiegel von sich geschoben. Die Zeit hatte sie begraben, wie tote Blätter einen Grabhügel decken. »Der Spiegel«, wiederholte er mit erstickter Stimme, »das Ziel meiner Suche von Anfang an! Ich hatte die Suche aufgegeben. Finde ich ihn nun, da ich ihn am wenigsten suche?«

»Deine Suche?«, sagte Annlaw erstaunt. Er hatte sich erhoben und sah Taran teilnahmsvoll an. »Davon hast du nie gesprochen, Wanderer.«

»Es würde mir wenig Ehre bringen«, erwiderte Taran.

Jetzt aber konnte er alles erzählen, von Caer Dallben, von Orddu, von all den Stationen seiner Fahrt, von Craddocs Tod und von seiner Verzweiflung. Und Annlaw hörte geduldig zu. Sein Gesicht drückte Güte aus. »Einst«, schloss Taran, »hatte ich keinen anderen Wunsch, als in den Spiegel zu blicken. Doch jetzt würde ich es kaum mehr wagen, selbst wenn ich ihn in der Hand hielte.«

»Ich verstehe deine Angst«, antwortete der Töpfer ruhig. »Der Spiegel könnte dir Ruhe bringen oder dich noch mehr quälen. Es ist ein Wagnis. Und du musst dich entscheiden. Du sollst wissen, Wanderer«, fuhr Annlaw fort, während Taran sich schweigend auf die Lippen biss, »es ist nicht ein Spiegel, wie du ihn dir vorstellst. Er liegt ganz in der Nähe, im Llawgadarn-Gebirge, nur zwei Tagesreisen entfernt, in einer Höhle am See Llunet. Der Spiegel von Llunet ist ein Tümpel.«

»Ein Tümpel?«, schrie Taran. »Und welcher Zauber verleiht ihm diese Macht? Verzaubert muss er doch sein.«

»Er ist es für die, die ihn dafür halten«, antwortete der Töpfer.

»Und du?«, fragte Taran leise. »Hast du je versucht hineinzusehen?«

»Nein«, erwiderte Annlaw. »Ich weiß, wer ich bin: Annlaw der Töpfer. Wohl oder übel muss dieses Wissen mein Leben lang ausreichen.«

»Und für mich?«, murmelte Taran. »Welches Wissen würde für mein Leben ausreichen?« Er schwieg, dann hob er den Kopf. »Es ist wahr. Ich scheue mich vor dem, was er mir sagen könnte. Aber ich habe Schande genug auf mich geladen«, rief er bitter. »Muss es auch noch Feigheit sein? Morgen früh«, sagte er bestimmt, »reite ich zum Spiegel von Llunet.«

Seine Entscheidung verschaffte ihm eine gewisse Erleichterung. Beim ersten Tagesgrauen sattelten er und Gurgi die

Pferde. Seine Zweifel machten ihn mehr frösteln als die kühlen Nebel des Spätherbsttages. Dennoch schlug er, da er sich entschieden hatte, ein scharfes Tempo an und ritt von Merin aus nordwärts zu den Bergen von Llawgadarn. Er fasste den hohen Gipfel des Meledin ins Auge, denn am Fuß dieses Berges sollte er nach den Worten Annlaws die Höhle finden. Die Gefährten ritten schweigend und in gleichmäßigem Tempo dahin. Erst als der Abend sich senkte, hielten sie an, um auf dem weichen Teppich der Fichtennadeln ihr Lager aufzuschlagen. Beide erfüllte eine tiefe Unruhe und sie schliefen nur wenig. In der Dämmerung des neuen Tages ritten sie zügig auf dem Kamm eines Höhenrückens weiter. Da stieß Taran plötzlich einen Schrei aus und deutete hinab: Der See Llunet glänzte in der Morgensonne. Ruhig und blau schimmerte das Wasser und schien selbst ein Spiegel zu sein, der die waldigen Ufer in seinen Tiefen barg. In einiger Entfernung ragte der Meledin-Gipfel schwerelos aus einem Nebelmeer in den klaren Himmel.

Tarans Herz schlug heftiger, als sie ihren Weg hinab zum Ufer suchten. In Richtung auf den Meledin fiel das Land steil ab, spärliche Grasnarben gingen in sanft abfallende Hänge über. Neben einem Wildbach banden sie die Pferde fest. Taran hatte die Höhle bereits entdeckt und eilte darauf zu. Gurgi folgte ihm.

»Dort!«, schrie Taran. »Dort! Der Spiegel!«

Am Fuß des Meledin hatten Wind und Wetter eine gewölbte Höhlung in den Fels gefressen, die wenig mehr als ein paar Fuß tief war. Dünne Rinnsale tröpfelten über die moosbewachsenen Felsen herab. Taran stürzte darauf zu. Sein Herz schlug, sein Puls raste. Doch je näher er kam, desto langsamer wurde sein Schritt. Furcht, schwer wie eine Fessel, lähmte seine Beine. Am Eingang der Höhle blieb er einen Augenblick stehen. Gurgi sah ihn angstvoll an.

»Hier ist es also«, murmelte Taran. Er machte einen Schritt nach vorn. In der Höhle lag der Spiegel von Llunet wie ein Schild aus poliertem Silber und leuchtete von innen heraus. Langsam kniete Taran am Rand nieder. Im Becken stand das Wasser nur fingerbreit. Es wurde von einem fadendünnen Rinnsal gespeist, das die Felswand heruntersickerte. Zahllose Jahre hatten es nicht vermocht, das Becken bis zum Rand zu füllen, doch so seicht es war, glich das Wasser einem unendlichen Kristall, dessen geschliffene Flächen sich überlagerten und Strahlen weißen Lichtes in sich aufnahmen. Taran beugte sich tiefer hinab. Er wagte kaum zu atmen, um nicht die leuchtende Spiegelfläche zu trüben. Es war unendlich still, selbst eine herabfallende trockene Moosflocke hätte das Spiegelbild zerstören können. Seine Hände zitterten, als er sein eigenes Gesicht erblickte, gezeichnet von der Reise, verbrannt von der Sonne. Er wollte sich abwenden, doch er zwang sich, tiefer hineinzusehen. Narrten ihn seine eigenen Augen?

Er beugte sich noch tiefer. Was er sah, ließ ihn aufschreien.

Im gleichen Augenblick quiekte Gurgi vor Entsetzen. Taran sprang auf und fuhr herum. Gurgi rannte zu ihm und duckte sich neben ihn. Vor ihnen stand Dorath. Sein Gesicht war von Bartstoppeln bedeckt, die schmutzig gelben Haare hingen ihm in die Augen, die Jacke aus Pferdehaut war auf einer Seite aufgerissen, die Stiefel waren dreckverkrustet. In einer Hand hielt er irgendetwas zu essen, das er in den Mund stopfte. Er grinste Taran an. »Ein erfreuliches Zusammentreffen, Fürst Schweinehirt«, sagte er zwischen zwei Bissen.

»Ein unerfreuliches«, rief Taran und zückte das Schwert.

»Willst du deine Schar herbeirufen, damit sie über uns herfällt? Ruf sie doch, alle, die vor uns im Commot Isav geflohen sind!« Er hob die Waffe.

Dorath lachte roh. »Willst du zuschlagen, bevor meine eigene Klinge aus der Scheide ist?«

»Dann zieh sie«, gab Taran zurück.

»Das werde ich auch, wenn ich mit dem Essen fertig bin.« Dorath stieß ein verächtliches Grunzen aus. »Du hast da eine recht plumpe Klinge, Sauhirt, hässlicher als Gloffs Gesicht.« Er grinste hinterhältig. »Ich habe die schönere Waffe und sie hat mich nichts gekostet. Meine Schar?«, fügte er hinzu. »Soll ich sie rufen? Sie sind alle taub. Der Hälfte von ihnen stopft die Erde ihrer Gräber die Ohren. Ich habe dich in Isav gesehen, und ich vermute auch, dass du es warst, der die Bauerntölpel zu Kriegern gemacht hat. Leider hatte ich keine Zeit, dir meine Grüße zu überbringen.« Dorath wischte sich mit dem Handrücken über den Mund. »Zwei von denen, die von Isav geflohen sind, haben sich feig aus dem Staub gemacht. Ich habe sie nie mehr gesehen. Zwei waren schwer verwundet. Ich selbst habe ihre Reise zu den Aasvögeln beschleunigt. Sie fallen mir nicht länger zur Last. Macht nichts. Ich werde bald neue Leute um mich sammeln. Vorerst ist es besser so«, fuhr er fort. »So werde ich deinen Schatz nur mit mir selbst zu teilen haben.«

»Schatz?«, schrie Taran. »Es gibt keinen Schatz! Zieh dein Schwert, Dorath, oder ich töte dich waffenlos, so wie du es mit mir auch getan hättest.«

»Schluss mit deinen Lügen, Sauhirt«, knurrte Dorath. »Hältst du mich immer noch für einen Narren? Ich wusste ja, wohin du ziehen wolltest, und die verschlungenen Wege, die dich hierher führten, konnten mich nicht täuschen.

Deine Satteltaschen enthalten nichts von Wert. Ich habe es selbst gesehen. Den Preis habe ich also noch zu fordern.«

Er trat auf den Spiegel zu. »Ist das das Versteck? Was hast du gefunden, Sauhirt? Eine Dreckpfütze? Und was liegt hier verborgen?«

Taran schrie auf. Doch bevor er sich auf Dorath stürzen konnte, sprang dieser mit einem Fluch in den Tümpel, dass das Wasser aus dem Becken spritzte.

»Nichts ist drinnen!« Doraths Gesicht war verzerrt vor Wut. Taran stöhnte auf und machte einen unsicheren Schritt vorwärts.

Dorath zog sein Schwert. »Ich bin fertig mit dem Essen, Sauhirt«, schrie er. Dorath führte einen gewaltigen Streich. Und die Wucht seines Angriffs ließ Taran aus der Höhle taumeln. Gurgi kläffte wütend und klammerte sich an den Burschen. Dieser aber packte ihn mit seiner mächtigen Pranke und schleuderte die Kreatur gegen die Felswand. Dann sprang er wutschnaubend auf Taran zu. Dieser hatte sich wieder aufgerafft und hob nun das Schwert, um den Hieb seines Gegners zu parieren. Dorath spie aus und griff erneut an. Taran wurde immer näher an den Abhang zurückgedrängt. Dorath stieß zu. Taran verlor seinen Halt, taumelte zurück und fiel auf die Knie. Höhnisch lachend hob Dorath seine Waffe. Taran sah die Klinge, die einst ihm gehört hatte, über seinem Haupt blitzen. Dann ließ sie Dorath mit aller Kraft niedersausen.

Taran riss verzweifelt sein Schwert empor, um den Streich abzufangen. Die Schwerter schlugen hell und kreischend aufeinander. Tarans Waffe erbebte in seiner Hand, die Wucht des Schlages warf ihn zu Boden. Doch seine Klinge hielt. Doraths Schwert zerbrach.

Mit einem Fluch schleuderte Dorath den nutzlosen Knauf Taran ins Gesicht und lief auf ein Wäldchen zu. Sein Gaul kam auf einen Pfiff zwischen den Bäumen hervor. Taran war sofort wieder auf die Beine gesprungen und verfolgte Dorath.

»Hilf! Hilf!«, schrie Gurgi. »Lieber Herr! Oh, hilf verwundetem Gurgi!«

Taran blieb stehen. Vor ihm sprang Dorath aufs Pferd und galoppierte davon. Doch Taran eilte zurück zur Höhle. Drinnen versuchte Gurgi stöhnend und jammernd, sich wieder auf die Beine zu ziehen. Taran kniete rasch nieder. Die Stirn der armen Kreatur war übel zugerichtet, aber Gurgi schrie und klagte mehr vor Schrecken als vor Schmerz. So trug Taran ihn aus der Höhle und lehnte ihn an einen Felsbrocken.

Taran kehrte nicht mehr zum Spiegel von Llunet zurück. Er hatte gesehen, dass er jetzt leer und das Wasser verspritzt war. Man sah nur noch den Abdruck von Doraths schmutzigem Stiefel.

Taran ließ sich neben Gurgi nieder und legte den Kopf auf die Arme. Lange saß er regungslos und schwieg.

»Komm«, sagte er endlich und half Gurgi auf.

»Komm, wir haben noch eine weite Reise.«

Licht schimmerte aus Annlaws Hütte. Die Nacht war fast vorüber, doch der Töpfer war noch immer über seine Scheibe gebeugt. Er stand auf, als Taran langsam eintrat. Schweigend prüfte der Töpfer Tarans Gesicht und sagte endlich: »Hast du in den Spiegel gesehen, Wanderer?«

Taran nickte. »Für ein paar Augenblicke. Aber niemand wird jemals mehr hineinsehen. Er ist zerstört.« Dann berichtete er von Dorath und von den Geschehnissen am See Llunet. Als Taran geendet hatte, schüttelte der Töpfer traurig den Kopf. »Du hast also nichts gesehen?«

»Ich habe erfahren, was ich erfahren wollte«, erwiderte Taran.

»Ich will dich nicht ausfragen, Wanderer«, sagte Annlaw. »Aber wenn dir danach zumute ist, mir zu berichten, dann werde ich hören.«

»Ich sah mich selbst«, antwortete Taran. »Und als ich hineinsah, erkannte ich Stärke – und Schwäche. Stolz und Eitelkeit, Mut und Furcht. Ein wenig Weisheit, viel Torheit. Viele gute Vorsätze und viele, die nie in die Tat umgesetzt wurden, ich erkannte, dass ich ein Mensch bin, ein Mensch wie jeder andere. Aber ich erkannte auch dies«, fuhr er fort. »Sosehr sich die Menschen gleichen mögen, jeder ist anders – wie Schneeflocken, von denen sich auch nie zwei völlig gleichen. Du hast gesagt, du bräuchtest den Spiegel nicht zu suchen, weil du wüsstest, du bist Annlaw der Töpfer. Jetzt weiß ich, wer ich bin: ich selbst und niemand anders. Ich bin Taran.«

Annlaw antwortete nicht sofort. Dann sagte er: »Wenn du das erkannt hast, dann hast du das tiefste Geheimnis erfahren, das dir der Spiegel eröffnen konnte. Vielleicht war er doch ein Zauberspiegel.«

»Nein, es war kein Zauber.« Taran lächelte. »Es war nur ein kleiner Tümpel – der schönste, den ich kenne –, aber eben ein Tümpel, sonst nichts. Zuerst dachte ich, Orddu hätte einen Narren auf eine närrische Reise geschickt. Das stimmt nicht. Sie wollte, dass ich sah, was der Spiegel mir zeigte. Jeder Bach, jeder Fluss hätte mir dasselbe Bild gezeigt, aber ich hätte es nicht verstanden, wie ich es jetzt verstehe. Und meine Herkunft«, fügte er hinzu, »ist nicht mehr wichtig. Echte Zusammengehörigkeit hat nichts zu tun mit den Banden des Bluts, wie stark sie auch sein mögen. Ich glaube, wir sind alle vom gleichen Stamm, sind Brüder und Schwestern, alle Kinder aller Eltern. Und das Erbe, nach dem ich einst suchte, bedeutet mir nun nichts mehr. Die Menschen in den Freien Commots haben mich gelehrt, dass man wahres Menschentum nicht erbt, sondern erwirbt. Auch König Smoit im Cantref Cadiffor hat mir das gesagt, aber ich habe nicht darauf geachtet. Llonio sagte, das Leben sei ein Netz, um das Glück zu fangen. Für Hevydd war es eine Feueresse und für Dwyvach die Weberin ein Webstuhl. Sie alle hatten Recht. Du aber«, sagte Taran und sah den Töpfer an, »du hast mir gezeigt, dass das Leben mehr ist. Es ist der Ton, dem man Gestalt gibt wie dem ungeformten Ton auf dem Rad eines Töpfers.«

Annlaw nickte. »Und du, Wanderer, wie willst du dein Leben formen?«

»Ich kann nicht in Merin bleiben«, erwiderte Taran, »sosehr ich das Land liebe. Caer Dallben wartet auf mich. Dort ist mein Leben, und frohen Herzens kehre ich zurück, denn ich bin schon zu lange fort gewesen.«

Dann saßen sie schweigend beieinander: Taran, Gurgi und Annlaw der Töpfer. Als es draußen heller wurde, nahm Taran Abschied.

»Eine gute Fahrt«, rief Annlaw, als sich Taran auf Melynlas schwang. »Vergesst uns nicht, denn wir werden euch auch nicht vergessen.«

»Ich habe das Schwert, das ich geschmiedet habe«, rief Taran stolz, »den Mantel, den ich gewebt, die Schale, die ich geformt habe, und die Freundschaft der Menschen, die in der schönsten Gegend Prydains leben. Niemand kann reichere Schätze finden.«

Melynlas scharrte ungeduldig mit den Hufen und Taran überließ ihm die Zügel. So ritten sie fort aus Merin.

Und als sie unterwegs waren, da schien es ihm, dass er Stimmen hörte, die ihm zuriefen: »Denk an uns zurück! Denk an uns zurück!« Er drehte sich noch einmal um, aber Merin war bereits weit entfernt und seinen Blicken entschwunden. Von den Bergen hatte sich ein Wind erhoben, der die verstreuten Blätter vor sich her trieb und nach Caer Dallben. Taran folgte ihm.

TARAN

Der Fürst des Todes

Für die Jungs,
die Taran gewesen sein könnten,
und die Mädchen, die stets Eilonwy
sein werden

Inhalt

Die Heimkehr 245
Die Runenstäbe 258
Die Prophezeiung 272
Caer Cadarn 285
Gwystyl 297
Eine Hand voll Eier 310
Der König von Mona 319
Die Boten 330
Die Fahne 338
Die Ankunft Pryderis 355
Caer Dathyl 368
Das Rote Brachland 381
Dunkelheit 397
Das Licht des Tages 416
Der Fluss aus Eis 428
Der Zauberer 440
Der Schneesturm 449
Der Drachenberg 463
Der Todesfürst 471
Das Geschenk 486
Der Abschied 497

Die Heimkehr

Unter einem frostgrauen Himmel bewegten sich zwei Reiter mühsam vorwärts. Der größere von ihnen war Taran. Er hatte sich nach vorne geneigt und blickte unverwandt auf die Hügelkette am Horizont. Den scharfen Wind schien er nicht zu spüren. An seinem Gürtel hing ein Schwert, über der Schulter trug er ein silberbeschlagenes Schlachtenhorn.

Sein Freund Gurgi, der noch zerzauster war als das Pony, das er ritt, wickelte den Mantel enger um sich, rieb seine kalten Ohren und ächzte und stöhnte so erbärmlich, dass Taran schließlich anhielt.

»Nein! Nein!«, protestierte Gurgi. »Treuer, tapferer Gurgi will weiter! Er folgt liebem Herrn, o ja! Achte nicht auf sein Zittern und Zagen! Auch wenn er sein armes, zartes Haupt hängen lässt.«

Taran lächelte, denn er bemerkte, dass Gurgi trotz seiner tapferen Rede mit einem kleinen Wäldchen liebäugelte, das ihnen Schutz zu bieten versprach.

»Wir haben Zeit«, sagte er. »Ich sehne mich zwar nach Hause, aber ich möchte nicht, dass dein armes, zartes Haupt Schaden nimmt. Wir bleiben hier und ziehen erst am Morgen weiter.«

Sie saßen ab und entzündeten ein kleines Feuer.

Gurgi rollte sich gleich zusammen und schnarchte, noch bevor er seine Mahlzeit ganz verschlungen hatte. Taran war ebenso müde wie sein Gefährte, doch ließ er sich nieder und begann, sein Wams auszubessern. Plötzlich aber hielt er inne und hob den Kopf. Ein schwarzer Schatten stürzte wie ein Stein aus den Wolken.

»Wach auf!«, rief Taran und packte den Tiermenschen an den mageren Schultern.

Gurgi rieb sich schlaftrunken die Augen.

»Wach auf! Kaw ist gekommen!«

Eine schwarze Krähe ließ sich flügelschlagend auf Tarans Hand nieder und begann sofort, aufgeregt zu schwatzen.

»Eilonwy!«, krächzte Kaw. »Prinzessin Eilonwy! Heim!«

Die Mutlosigkeit fiel von Taran ab wie ein Mantel. Gurgi war ebenfalls hellwach, kreischte vor Freude und stolperte und kugelte hastig zu den Pferden, um sie loszubinden. Taran sprang in den Sattel, warf seinen grauen Hengst herum und stürmte im Galopp davon. Kaw krallte sich an seiner Schulter fest und Gurgi hetzte auf seinem Pony hinterher.

Tag und Nacht ritten sie; kaum nahmen sie sich Zeit, eine Hand voll zu essen oder einen Augenblick zu schlafen. Auch ihren Tieren verlangten sie das Äußerste ab. Nach Süden galoppierten sie, ließen die Berge hinter sich, überquerten den Großen Avren und an einem hellen Morgen lagen die Wiesen von Caer Dallben vor ihnen.

Taran hatte kaum die Schwelle der Hütte überschritten, als er sich schon von allen Seiten umringt sah. Kaw plapperte und flatterte aufgeregt, der alte Haudegen Coll, dessen kahler Schädel vor Freude glänzte, schlug Taran auf die Schulter, und Gurgi schnatterte glücklich und wälzte sich ausgelassen auf dem Boden, dass seine struppigen Haare flogen. Sogar Dallben, der alte Meister, der sich ungern in seinen

Betrachtungen stören ließ, trat aus seiner Stube. In dem Gedränge konnte Taran Prinzessin Eilonwy kaum ausmachen, doch hörte er ihre Stimme deutlich.

»Taran von Caer Dallben«, rief sie, als er sich einen Weg zu ihr bahnte. »Du hast mich lange warten lassen! Erst schickt man mich auf eine Insel und will unbedingt eine Dame aus mir machen – als ob ich das nötig hätte! –, und wenn ich dann endlich nach Hause komme, ist niemand da, der mich begrüßt.«

Sie hatte sich nicht verändert. Wie früher trug sie das sichelförmige Amulett, das ihrer Mutter gehört hatte, und den kostbaren Ring, ein Geschenk Gwydions. Freilich, ihr Kleid war prächtig, und ein goldener Reif, Zeichen ihrer fürstlichen Herkunft, glänzte in ihren rotblonden Haaren.

»Oder glaubst du etwa, es ist lustig, in einem Schloss eingesperrt zu sein«, plapperte sie munter weiter, »und lauter Dinge zu tun, die man überhaupt nicht ausstehen kann? Ich weiß nicht, wie lange es her ist, dass ich zum letzten Mal ein Schwert in der Hand hatte …«

Eilonwy unterbrach sich plötzlich und sah Taran prüfend an.

»Aber was ist mit dir los? Irgendetwas an dir ist anders. Es sind nicht deine Haare, obwohl sie aussehen, als ob du sie mit geschlossenen Augen gestutzt hättest. Es ist – ich weiß nicht, wie ich es ausdrücken soll. Aber niemand würde dich für einen Hilfsschweinehirten halten.«

Taran lachte. »Ja, es ist lange her, dass ich für Hen Wen gesorgt habe. Und auf meiner langen Wanderung musste ich nie Schweine hüten. Freilich habe ich sehr viele andere Dinge gelernt«, fuhr er ernster fort. »Diesen Mantel hier habe ich bei Dwyvach gewebt. Und dieses Schwert – ich habe es selbst auf Hevydds Amboss geschmiedet. Und das«, sagte er traurig und zeigte Eilonwy eine irdene Schale, »das habe ich auf der Töpferscheibe Annlaws geformt. Wenn es dir gefällt, dann sollst du es haben.«

»Es ist wunderschön«, versicherte Eilonwy. »Ja, ich werde es behalten. Aber ich habe nicht gemeint, dass du ein schlechter Hilfsschweinehirt bist. Ich bin sicher, du bist sogar der beste in ganz Prydain. Aber da ist noch etwas anderes ...«

»Du hast Recht, Prinzessin«, unterbrach ihn Coll. »Als er uns verließ, war er ein Schweinehirt. Jetzt aber macht er den Eindruck, er könne alles, was er versucht.«

Taran schüttelte den Kopf. »Ich habe gelernt, dass ich weder ein Schmied noch ein Weber sein kann. Auch kein Töpfer. Und Gurgi und ich waren bereits auf dem Heimweg, als Kaw uns fand. Wir werden für immer in Caer Dallben bleiben.«

»Darüber bin ich wirklich froh«, seufzte Eilonwy. »Alles, was man von euch hörte, war, dass ihr umherzieht. Dallben erzählte mir, dass du deine Eltern suchen wolltest. Und dass du jemanden gefunden hast, der dein Vater war, es aber dann doch nicht war. Oder war es umgekehrt? Ich glaube, ich habe das nicht ganz richtig verstanden.«

»Da gibt es wenig zu verstehen«, sagte Taran schnell. »Was ich gesucht habe, habe ich gefunden – wenn auch nicht das, was ich erhoffte.«

»Nein«, murmelte Dallben. »Du hast mehr gefunden, als du suchtest, und vielleicht mehr gewonnen, als du selber weißt.«

»Aber ich verstehe immer noch nicht, warum du überhaupt Caer Dallben verlassen wolltest«, fragte Eilonwy.

Taran blieb keine Zeit, Eilonwy zu antworten, denn ein

junger Mann mit blassblauen Augen und strohblonden Haaren packte seine Hand und schüttelte sie heftig.

»Hallo, hallo«, rief er. Sein prächtig besticktes Gewand sah aus, als sei es im Wasser gelegen und anschließend ausgewrungen worden. Seine Schuhriemen waren gerissen und mit riesigen Knoten wieder verknüpft.

»Prinz Rhun!« Taran hätte ihn fast nicht erkannt. Rhun war größer und dünner geworden.

Sein Grinsen aber war noch genauso breit und freundlich wie damals.

»König Rhun, wenn man es genau nimmt«, berichtigte der junge Mann. »Mein Vater starb letzten Sommer. Das ist auch der Grund, weshalb Prinzessin Eilonwy hier ist. Meine Mutter wollte sie eigentlich in Mona behalten, um ihre Erziehung abzuschließen. Du kennst meine Mutter! Sie hätte sie nie gehen lassen, auch als Dallben nach ihr schickte. So habe ich«, fügte er stolz hinzu, »energisch eingegriffen. Ich habe befohlen, ein Schiff auszurüsten, und dann sind wir hierher gefahren. Erstaunlich, was ein König tun kann, wenn er sich etwas in den Kopf gesetzt hat. Ich habe übrigens auch jemanden mitgebracht.« Rhun deutete zur Feuerstelle.

Taran bemerkte ein fettes kleines Männchen, das einen Kochtopf auf den Knien balancierte, seine Finger leckte und die fleischige Nase kraus zog. Es erhob sich nicht, nickte nur kurz, dass die spärlichen Haarsträhnen wie Tangfäden unter Wasser auf und nieder wogten.

Taran starrte es an und war unfähig zu glauben, was er sah. Das Männchen reckte sich und schnüffelte arrogant und beleidigt.

»Eigentlich sollte man sich mühelos an einen Riesen erinnern«, bemerkte es spitz.

»Wie konnte ich dich vergessen!«, rief Taran aus. »Die Höhle auf der Insel Mona! Als ich dich das letzte Mal sah, warst du allerdings – nun, etwas größer, wenn ich so sagen darf. Du bist es tatsächlich, Glew!«

»Ja, als ich noch ein Riese war«, sagte Glew, »da hätte mich so leicht niemand vergessen. Aber leider, leider haben sich die Dinge in dieser Weise entwickelt. Damals, in der Höhle …«

»Das geht jetzt so weiter«, flüsterte Eilonwy leise, »bis du beim besten Willen nicht mehr hinhören kannst. Er redet nur noch von der Zeit, als er ein Riese war, und hört nur auf, wenn er isst; und er hört nur auf zu essen, wenn er erzählt. Dass er so viel isst, kann ich ja noch verstehen, denn er hat so lange nur von Pilzen gelebt. Aber als Riese muss er doch unglücklich gewesen sein. Also möchte man annehmen, er würde diese Zeit gern vergessen.«

»Ich habe gewusst, dass Dallben ihm einen Zaubertrank geschickt hat, damit er wieder auf seine normale Größe zusammenschrumpft«, entgegnete Taran. »Was aber seither mit ihm geschehen ist, weiß ich nicht.«

»Das kann ich dir erzählen«, sagte Eilonwy. »Als Glew endlich einen Weg aus seiner Höhle gefunden hatte, kam er geradewegs zu Rhuns Schloss. Dort hatte niemand das Herz, ihn wegzujagen, obwohl er uns alle entsetzlich langweilte mit seinen endlosen und uninteressanten Geschichten. Wir nahmen ihn dann mit, als wir nach Caer Dallben fuhren, denn wir dachten, er würde sich gern bei Dallben bedanken. Von wegen! Wir mussten ihn fast mit Gewalt vom Schiff zerren. Ich wünschte, wir hätten ihn gelassen, wo er war.«

»Aber es fehlen noch drei von unseren Freunden«, sagte

Taran und blickte sich in der Hütte um. »Der gute alte Doli und Fflewddur Fflam. Fürst Gwydion sollte eigentlich auch kommen, um dich in Caer Dallben zu begrüßen.«

»Doli hat Grüße geschickt«, erklärte Coll. »Unser Zwergenfreund lässt sich schwerer entwurzeln als ein Baum. Er bleibt lieber bei seinem Volk. Fflewddur Fflam und seine Harfe dagegen sind eigentlich immer zur Stelle, wenn es etwas zu feiern gibt. Er sollte bereits hier sein.«

»Ebenso Fürst Gwydion«, fügte Dallben knapp hinzu. »Wir haben einiges miteinander zu besprechen. Wichtigere Dinge – auch wenn ihr junges Volk daran zweifelt –, als die Rückkehr einer Prinzessin und eines Hilfsschweinehirten.«

»Ich werde das hier erst wieder aufsetzen, wenn Fflewddur und Fürst Gwydion gekommen sind«, erklärte Eilonwy entschieden und nahm den goldenen Reif ab, »damit sie sehen, wie ich damit aussehe. Aber jetzt kann ich das Ding keinen Augenblick länger ertragen. Es drückt und macht mir Kopfweh. Ich habe das Gefühl, als wenn mir jemand den Hals zudrückt – nur natürlich weiter oben.«

»Du siehst, Prinzessin«, lächelte Dallben, »eine Krone bedeutet Unbequemlichkeit und nicht Schmuck. Wenn du das begriffen hast, hast du schon sehr viel gelernt.«

»Lernen!«, ereiferte sich Eilonwy. »Ich habe entsetzlich viel gelernt, aber man sieht überhaupt nichts davon. Nein, das stimmt nicht. Hier, das habe ich gelernt.« Sie zog ein Stück Stoff aus ihrem Mantel und reichte es zögernd Taran. »Ich habe es für dich gestickt. Es ist noch nicht fertig, aber trotzdem möchte ich, dass du es bekommst. Freilich ist es nicht so hübsch wie die Dinge, die du gemacht hast.«

Taran breitete den Stoff aus. Das Bild war so groß, dass

man es gerade mit ausgestreckten Armen halten konnte, und zeigte mit etwas ungeübten Stichen ein weißes Schwein mit blauen Augen vor einem grünen Hintergrund.

»Das soll Hen Wen sein«, erklärte Eilonwy schüchtern. Rhun und Gurgi schoben sich näher heran, um das Kunstwerk zu betrachten.

»Zuerst habe ich versucht, auch dich hineinzusticken«, sagte Eilonwy, »weil du Hen so gern magst und weil – weil ich an dich gedacht habe. Aber du hast ausgesehen wie ein Bündel Stöcke mit einem Vogelnest obendrauf – gar nicht wie du. So habe ich nur Hen Wen gestickt. Du musst dir eben vorstellen, dass du neben ihr stehst, hier gleich links.«

»Wenn ich in deinen Gedanken war, freut mich das Bild noch viel mehr«, versicherte Taran. »Es macht auch nichts, dass Hens Augen eigentlich braun sind.«

Eilonwy sah ihn bestürzt an. »Du magst das Bild nicht?«

»Doch, ich mag es – braun oder blau, was macht das für einen Unterschied. Es wird mir nützlich sein ...«

»Nützlich«, schnaubte Eilonwy empört. »Es ist ein Andenken und keine Pferdedecke! Taran von Caer Dallben, du verstehst wirklich überhaupt nichts.«

»Immerhin«, grinste Taran gutmütig, »kenne ich die Farbe von Hen Wens Augen.«

Eilonwy warf den Kopf zurück und reckte das Kinn in die Luft. »Pah, und wahrscheinlich hast du die Farbe meiner Augen vergessen.«

»Nein, Prinzessin«, entgegnete Taran ruhig. »Ich habe auch nicht vergessen, wann du mir dies gegeben hast.« Er nahm das Schlachtenhorn von der Schulter. »Seine Kräfte waren größer, als irgendjemand von uns vermutet hätte. Sie sind aufgebraucht, und trotzdem behalte ich es, weil es von dir ist. Du hast mich gefragt, warum ich meine Eltern suchen wollte«, fuhr er fort. »Ich hatte gehofft, ich wäre von edler Herkunft, damit ich um etwas bitten könnte, was ich vorher nicht zu erbitten wagte. Meine Hoffnung wurde nicht erfüllt. Doch auch so …«

Er zögerte und suchte nach Worten. Doch bevor er weitersprechen konnte, wurde die Tür aufgestoßen.

Auf der Schwelle stand Fflewddur Fflam. Das Gesicht des Barden war aschfahl, das strohige Haar hing ihm zerzaust und verklebt in die Stirn. Er trug die leblose Gestalt eines Mannes über der Schulter.

Taran und Rhun waren sofort neben ihm und betteten den reglosen Körper vorsichtig auf den Boden.

Der erste Schock hatte Taran gelähmt, dann aber öffnete er schnell und geschickt den Mantel und das zerfetzte Wams des Verwundeten. Vor ihm auf dem harten Lehmboden lag Fürst Gwydion aus dem Hause Don. Blut hatte das wolfsgraue Haar des Kriegers verklebt und das wetterharte Gesicht befleckt. Die schmalen Lippen waren verzerrt und die Zähne entblößt. Einen Zipfel des Mantels hatte er um den Arm gewickelt, als habe er zuletzt nur noch versucht, die Schläge abzuwehren.

»Fürst Gwydion ist tot!«, schrie Eilonwy.

»Er lebt.« Taran wandte sich an Gurgi: »Hol die Heilkräuter aus meiner Satteltasche …« Er hielt bestürzt inne und blickte Dallben an. »Verzeih mir. Es steht mir nicht an, unter meines Meisters Dach Befehle zu erteilen. Aber die Kräuter besitzen große Kraft. Adaon Sohn von Taliesin gab sie mir vor vielen Jahren. Sie sind dein, wenn du sie willst.«

»Ich kenne ihre Kraft und ich hätte keine besseren«, antwortete Dallben ruhig. »Auch magst du unter meinem Dach

Befehle geben, da du gelernt hast, dich selbst zu beherrschen. Ich vertraue deinen Fähigkeiten, denn ich sehe, dass du selbst ihnen traust. Tue, was du für nötig hältst.«

Coll brachte ein Gefäß mit Wasser. Dallben, der neben Gwydion gekniet hatte, erhob sich und wandte sich an den Barden.

»Was für eine verruchte Tat ist dies?« Der alte Zauberer erhob die Stimme kaum über ein heiseres Flüstern, doch klang sie bedrohlich durch die Hütte und seine Augen sprühten vor Zorn. »Wessen Hand wagte, ihn zu treffen?«

»Die Häscher Arawns«, berichtete Fflewddur. »Zwei Leben hätten sie fast gefordert. Wie ist es dir ergangen?«, wandte er sich an Taran. »Wie bist du ihnen so rasch entkommen? Sei dankbar, dass es nicht schlimmer für dich ausging.«

Taran sah den Barden verständnislos an. »Deine Worte sind Rätsel, Fflewddur.«

»Rätsel?«, gab der Barde zurück. »Das sind keine Rätsel. Gwydion hätte sein Leben für dich hergegeben, als dich die Häscher vor kaum einer Stunde angriffen.«

»Mich angriffen?« Tarans Verwirrung wuchs. »Wie soll das möglich sein? Wir, Gurgi und ich, sind keinen Häschern begegnet. Wir sind seit mehr als einer Stunde in Caer Dallben.«

»Bei Belin, ein Fflam sieht, was er sieht!«, schrie Fflewddur aufgebracht.

»Du hast Fieber«, beruhigte ihn Taran. »Auch kannst du schwerer verletzt sein, als du glaubst. Ruhe dich aus. Wir werden dir helfen, so gut wir können.« Er wandte sich wieder zu Gwydion, öffnete das Bündel, das Gurgi ihm gebracht hatte, und schüttete einige Kräuter ins Wasser.

Dallbens Gesicht verdüsterte sich. »Lass den Barden erzählen«, befahl er. »Vieles in seinen Worten gibt mir zu denken.«

»Fürst Gwydion und ich ritten gemeinsam durch die nördlichen Gebiete«, begann Fflewddur. »Wir hatten den Avren überquert und waren auf dem Weg hierher. Auf einer Lichtung, ganz nahe vor uns…« Der Barde hielt inne und sah Taran an. »Ich sah dich mit meinen eigenen Augen! Du warst in die Enge getrieben. Du hast uns um Hilfe gebeten und bedeutet, schneller zu reiten. Wir gaben den Tieren die Sporen, aber Gwydion hatte einen Vorsprung. Dann warst du plötzlich verschwunden und Gwydion ritt dir nach wie der Wind. Ich folgte, so schnell ich konnte, doch als ich den Prinzen eingeholt hatte, war keine Spur mehr von dir zu sehen. Die Häscher jedoch waren noch da. Sie hatten Gwydion vom Pferd gezogen. Wenn sie sich mir gestellt hätten, hätten sie es mit ihrem Leben gebüßt. Doch sie flohen, als ich herankam. Gwydion war schwer verletzt, und ich wagte nicht, ihn allein zurückzulassen.« Fflewddur senkte den Kopf. »Ich konnte ihm nicht helfen. So habe ich ihn hierher gebracht.«

»Du hast ihm das Leben gerettet, mein Freund«, sagte Taran.

»Und das verloren, wofür Gwydion sein Leben gegeben hätte!«, rief der Barde verzweifelt. »Die Häscher Arawns haben ihn zwar nicht erschlagen, aber ein größeres Unglück hat ihn getroffen. Sie nahmen sein Schwert – Klinge und Scheide!

Taran hielt den Atem an. Er hatte sich allein um die Wunde des Freundes gekümmert, sodass ihm entgangen war, dass Dyrnwyn, das Zauberschwert in der schwarzen Scheide, nicht an Gwydions Seite hing. Entsetzen kroch in ihm hoch.

Dyrnwyn, die Zauberklinge, die feurige Waffe eines vergangenen Reiches, war den Häschern in die Hände gefallen. Und sie würden sie ihrem Gebieter bringen: Arawn Todesfürst, im dunklen Reich von Annuvin.

Fflewddur sank zu Boden und barg sein Gesicht in den Händen. »Ich bin ratlos, da du sagst, du warst es nicht, der uns gerufen hat.«

»Ich kann dir nicht sagen, was du gesehen hast«, sagte Taran. »Doch Gwydions Leben ist jetzt wichtiger. Über das andere reden wir später, wenn du dich besser erinnern kannst.«

»Der Barde kann sich sehr gut erinnern.« Eine schwarz gekleidete Frau trat aus einer unbeleuchteten Ecke, von wo aus sie dem Gespräch gelauscht hatte. Ihr langes Haar schimmerte wie mattes Silber, und ihre tödliche Schönheit war noch nicht gänzlich vergangen, wenn sie nun auch verblichen und verbraucht wirkte.

»Widrige Vorzeichen umwölken das Wiedersehen, Hilfsschweinehirt«, sagte Achren. »Ich heiße dich trotzdem willkommen. Du fürchtest mich immer noch?«, fügte sie spöttisch hinzu, als sie Tarans unsicheren Blick bemerkte. »Auch Eilonwy Tochter der Angharad hat meine Macht nicht vergessen, obgleich sie sie selbst zerstörte. Habe ich nicht, seitdem ich hier bin, Dallben so gut gedient wie ihr?«

Achren schritt auf die regungslose Gestalt zu. Ihre kalten Augen schienen von Mitleid erfüllt.

»Fürst Gwydion wird leben«, sagte sie. »Aber er wird dieses Schicksal grausamer finden als den Tod.« Sie beugte sich über den Krieger und berührte mit den Fingerspitzen leicht dessen Stirn. Dann zog sie die Hand zurück und wandte sich an den Barden.

»Deine Augen haben dich nicht getrogen, Harfenspieler«, sagte sie. »Du hast gesehen, was du sehen solltest. Ein Schweinehirt? Warum nicht, wenn er dessen Gestalt wählen möchte? Nur einer besitzt diese Macht: Arawn selbst, der Herrscher von Annuvin, dem Reich des Todes.«

Die Runenstäbe

Taran konnte einen Aufschrei nicht unterdrücken. Die schwarz gekleidete Frau sah ihn kalt an.

»Arawn wagt es nicht, die Grenzen von Annuvin in seiner wahren Gestalt zu überschreiten«, sagte sie. »Das wäre sein Tod. Doch kann er jede Gestalt annehmen und die ist für ihn zugleich Schutz und Maske. Als Schweinehirt erschien er dem Harfenspieler und Fürst Gwydion. Er hätte ebenso als Fuchs, als Adler, sogar als blinder Wurm erscheinen können, wenn das seinen Absichten mehr gedient hätte. Ja, Schweinehirt, ohne zu zögern hätte er die Gestalt irgendeiner lebenden Kreatur gewählt. Doch was wäre für Fürst Gwydion das beste Lockmittel gewesen, wenn nicht ein Freund in Gefahr – noch dazu einer, der oft an seiner Seite gekämpft hat, ihm bekannt war und vertraut? Gwydion ist ein erfahrener Krieger und wäre keinem schwächeren Fallstrick erlegen.«

»Dann sind wir alle verloren«, sagte Taran verzweifelt. »Der Fürst von Annuvin kann sich zwischen uns bewegen und wir können uns nicht wehren.«

»Deine Angst ist berechtigt«, entgegnete Achren. »Du hast heute nur einen Beweis von Arawns kleineren Kräften gesehen. Doch auch diese Kräfte setzt er nur ein, wenn er keinen anderen Ausweg sieht. Nie würde er ohne Grund seine Festung verlassen. Es sei denn, er schwebte in tödlicher Gefahr.

Oder jagte eine ungewöhnliche Beute.« Achren senkte die Stimme. »Arawn hat viele Geheimnisse, aber dieses wird streng gehütet: Hat er eine andere Gestalt angenommen, so schwindet seine Macht, und er ist ebenso verwundbar und sterblich wie der, dessen Aussehen er angenommen hat.«

»Oh, Fflewddur, wenn ich doch nur bei dir gewesen wäre!«, rief Eilonwy verzweifelt. »Arawn hätte mich nicht getäuscht. Ich kann einen richtigen Hilfsschweinehirt von einem falschen unterscheiden!«

»Maßlose Anmaßung, Tochter der Angharad«, antwortete Achren verächtlich. »Kein Auge kann hinter die Maske von Arawn Todesfürst blicken. Kein Auge«, fügte sie hinzu, »außer dem meinen. Zweifelst du?«, fuhr Achren schnell fort, als sie Eilonwys Überraschung bemerkte. Ihre verwüsteten Züge zeigten immer noch einen Rest des früheren Stolzes und ihre Stimme wurde scharf vor Hochmut und Zorn.

»Lange bevor die Söhne aus dem Hause Don nach Prydain kamen, lange bevor die Cantref-Fürsten Math, dem Hochkönig, und Gwydion, seinem Feldherrn, Treue schworen, regierte ich und forderte Gehorsam – ich, die ich die Eiserne Krone von Annuvin trug. Arawn war mein Gemahl und er diente mir. Aber er hinterging mich.« Ihre Stimme war leise und spröde geworden. Zorn glomm in ihren Augen. »Er beraubte mich meines Thrones und verstieß mich. Doch seine Kräfte sind mir bekannt, denn ich habe sie ihn gelehrt. Er mag euch täuschen, mich aber täuscht er nicht.«

Gwydion bewegte sich und stöhnte leise. Taran wandte sich wieder dem Wassergefäß zu und Eilonwy hob den Kopf des Kriegers an.

»Tragt Prinz Gwydion in meine Stube«, befahl Dallben. Das sorgenzerfurchte Gesicht des Zauberers war verschlossen und die Runzeln und Falten schienen schärfer eingegraben.

»Dein Wissen hat geholfen, ihn vor dem Tod zu bewahren«, sagte er zu Taran. »Ich muss nun zusehen, ob ihm meines hilft zu leben.«

Coll nahm Gwydion auf seine kräftigen Arme.

Achren folgte. »Ich brauche wenig Schlaf und werde die Wache übernehmen«, sagte sie. »Ich werde die Nacht bei Fürst Gwydion verbringen.«

»Ich werde bei ihm wachen«, sagte Eilonwy rasch und trat neben Coll.

»Fürchte mich nicht, Tochter der Angharad«, entgegnete Achren. »Ich hege keinen Groll gegen Fürst Gwydion.« Sie verneigte sich tief, halb demütig, halb spöttisch. »Der Stall ist mein Schloss und die Küche ist mein Reich. Ich begehre nichts weiter.«

»Kommt«, bestimmte Dallben, »ihr beide sollt mir helfen. Ihr anderen wartet. Seid geduldig und zuversichtlich.«

Die Dunkelheit hatte sich vor die Fenster des Wohnhauses gelegt. Taran schien es, als hätte das Feuer seine Wärme verloren und würfe nun kalte Schatten an die Wände.

»Zuerst dachte ich, wir sollten die Häscher überholen und ihnen den Weg nach Annuvin abschneiden«, sagte Taran nach einer Weile. »Doch wenn Achren die Wahrheit spricht, dann befehligt sie Arawn selbst und das Schwert Gwydions ist in seiner Hand. Ich kenne seine Wirkung nicht, aber ich bin zutiefst beunruhigt.«

»Ich werde es mir nie verzeihen«, klagte Fflewddur. »Es ist meine Schuld. Ich hätte die Falle sofort erkennen müssen.«

Taran schüttelte den Kopf. »Arawn hat dich getäuscht und selbst Gwydion hat die List nicht durchschaut.«

»Aber ich schon!«, rief der Barde. »Ein Fflam hat scharfe Augen! Auf den ersten Blick habe ich Kleinigkeiten bemerkt – wie er auf dem Pferd saß, wie … « Die Harfe, die er über dem Rücken trug, spannte sich plötzlich, und eine Saite riss mit einem durchdringenden Sirren, dass Gurgi, der sich vor dem Herd zusammengerollt hatte, aufschreckte. Fflewddur verstummte auf der Stelle und schluckte.

»Jetzt geht das schon wieder los«, brummte er, »werde ich denn nie meine Ruhe haben? Wenn ich die Geschichten auch nur ein bisschen – hm, verziere, dann reißen diese verrückten Saiten! Glaub mir, ich wollte nicht übertreiben. Wie ich so zurückdachte, schien es mir, dass ich bemerkt hätte … Nein, nein, die Wahrheit ist, dass die Täuschung perfekt war. Ich würde wieder darauf reinfallen, bestimmt.«

»Erstaunlich!«, murmelte der König von Mona, der mit großen Augen zugehört hatte. »Ich wollte, auch ich könnte meine Gestalt so ändern. Ganz unglaublich! Ich habe mir immer ausgemalt, wie interessant es sein müsste, ein Dachs zu sein oder eine Ameise. Wie gern möchte ich bauen können wie sie! Ich habe allerdings auch schon einiges erreicht, seit ich König bin. Zum Beispiel plane ich eine neue Hafenmauer. Einmal habe ich bereits mit der Arbeit begonnen. Ich fand, wenn man von beiden Seiten gleichzeitig anfing zu bauen, dann müsste es schneller gehen. Ich kann nicht verstehen, was am Ende falsch gelaufen ist, denn ich habe die Arbeit selbst überwacht. Aber die beiden Mauern sind komischerweise in der Mitte nicht aufeinander getroffen. Jetzt werde ich mir eine andere Möglichkeit ausdenken müssen.

Dann habe ich eine Straße geplant, die zu Glews alter

Höhle führen soll. Es ist dort fantastisch, und ich könnte mir vorstellen, dass die Leute von Dinas Rhydnant gern Ausflüge zur Höhle machen würden. Unwahrscheinlich, wie einfach das alles ist.« Rhun strahlte. »In der Planung jedenfalls. Die Ausführung scheint aus irgendwelchen Gründen viel schwieriger.«

Als Glew hörte, dass man von ihm sprach, spitzte er die Ohren. Er hatte seinen Platz an der Feuerstelle nicht verlassen, ebenso wenig, wie er seinen Kochtopf aus der Hand gegeben hatte.

»Als ich ein Riese war …«, begann er.

»Wie ich sehe, ist dieses kleine Wiesel auch da«, sagte Fflewddur zu König Rhun. Er hatte Glew sofort erkannt, obwohl der ehemalige Riese erheblich eingeschrumpft war.

»Als der ein Riese war«, knurrte der Barde und warf Glew einen verdrießlichen Blick zu, »war er ein recht erbärmlicher. Er hätte alles getan, nur um aus dieser Höhle herauszukommen – er hätte uns sogar in das widerliche Gebräu getunkt, das er sich zusammengekocht hat. Aber ein Fflam ist nicht nachtragend! Trotzdem glaube ich, dass er ein wenig zu weit gegangen ist.«

»Als ich ein Riese war«, begann Glew wieder – er schien die Bemerkung des Barden nicht gehört zu haben –, »als ich ein Riese war, hätte es niemand gewagt, mich so zu demütigen, dass er mich an den Ohren auf ein stinkendes Schiff geschleppt hätte. Ich wollte nicht herkommen. Und nach dem, was heute geschehen ist, habe ich noch weniger Lust zu bleiben.« Glew schürzte die Lippen.

»Dallben soll dafür sorgen, dass ich sofort nach Mona zurückgebracht werde«, befahl er.

»Ich bin sicher, er würde es gern tun«, versicherte Taran.

»Im Augenblick hat Dallben allerdings andere Sorgen – so wie wir auch.«

Glew brummelte etwas von schlechter Behandlung und mangelnder Rücksicht, wandte sich wieder seinem Topf zu, kratzte die Reste zusammen und schmatzte schließlich befriedigt.

Die Freunde schwiegen und setzten sich, um den Tag abzuwarten.

Das Feuer brannte nieder und der Wind blies ums Haus. Taran legte den Kopf auf die Arme. Er hatte sich vorgenommen, bei seiner Heimkehr jeden Gedanken an seine ungewisse Herkunft zu vergessen und Eilonwy um ihre Hand zu bitten. Doch das Unglück, das über Gwydion hereingebrochen war, machte seine eigenen Wünsche bedeutungslos. Obwohl er Eilonwys Gefühle nicht kannte und nicht wusste, was sie ihm geantwortet hätte, brachte er es nicht übers Herz, zu fragen, solange ein ungewisses Schicksal über den Gefährten schwebte. Er schloss die Augen.

Der Wind pfiff wütend über die Felder und die fruchtbaren Gärten von Caer Dallben.

Eine Hand legte sich auf Tarans Schulter und weckte ihn. Es war Eilonwy. »Gwydion ist aufgewacht«, sagte sie. »Er möchte mit uns sprechen.«

Der Prinz aus dem Hause Don lag in Dallbens Stube und hatte sich halb aufgerichtet. Sein wettergegerbtes Gesicht war bleich und gespannt, doch spiegelte es eher Zorn als Schmerz. Seine Lippen waren zusammengepresst, in den Augen flackerte grünes Feuer, aber sein Blick war der eines stolzen Wolfes, der weder seiner Wunden achtet noch seiner

Feinde, die ihm diese Wunden schlugen. Achren kauerte wie ein schwarzer Schatten in einer Ecke.

Neben dem papierübersäten Tisch, an dem er Taran früher unterwiesen hatte, stand der alte Zauberer. Das »Buch der Drei«, der mächtige, in Leder gebundene Foliant geheimer Künste, den allein Dallben benutzen durfte, lag geschlossen auf einem Stapel alter Bücher.

Taran, Eilonwy und Fflewddur, gefolgt von König Rhun, traten zu Gwydion. Taran ergriff die Hand des Kriegers. Der Prinz von Don lächelte grimmig.

»Kein freudiges Wiedersehen und kein langes, Hilfsschweinehirt«, sagte er. »Dallben hat mir von der List des Todesfürsten erzählt. Dyrnwyn, mein schwarzes Schwert, muss um jeden Preis zurückgewonnen werden – und schnell. Er hat mir auch von deiner Suche erzählt. Ich möchte mehr darüber wissen, aber das muss im Augenblick warten. Ich reite nach Annuvin, bevor der Tag zu Ende ist.«

Taran sah den Prinzen erstaunt und besorgt an. »Deine Wunden sind noch nicht geheilt. Du kannst keine solche Reise unternehmen.«

»Ich kann auch nicht hier bleiben«, widersprach Gwydion. »Seit ich Dyrnwyn besitze, habe ich einiges über seine Kräfte erfahren – einiges nur, doch genug, um zu wissen, dass sein Verlust entsetzlich ist. Dyrnwyns Geschichte geht zurück in Zeiten, an die sich niemand mehr erinnert«, fuhr er langsam fort. »Vieles davon wurde vergessen, vieles ist verloren. Lange glaubte man, die Kunde von dem Schwert sei der Fantasie der Barden entsprungen. Selbst Taliesin, der größte und weiseste der Barden, der alle Überlieferungen Prydains kennt, konnte mir nur sagen, dass Govannion der Lahme, ein Meister des Handwerks, Dyrnwyn geschmiedet und gehärtet hatte, wie es ihm König Rhydderch Hael befahl. Es sollte eine Waffe sein, die mächtiger war als jede andere. Sie sollte das Reich schützen. Um das Schwert zu sichern, wurde es mit einem Zauberbann belegt. Und ein Warnspruch wurde in die Scheide gegraben.«

»Ich erinnere mich an diese alte Inschrift«, warf Eilonwy ein. »Ich werde sie nie vergessen, denn ich hatte damals alle Mühe, Taran davon abzuhalten, sich in Dinge zu mischen, die er nicht verstand. ›Dyrnwyn ziehe nur, wer da königlichen Geblüts ...‹«

»Eigentlich heißt es ›von edler Gesinnung‹«, sagte Gwydion. »Der Zauber wirkt denen entgegen, die das Schwert unklug und verantwortungslos benutzen wollen. Die Flamme Dyrnwyns würde sie unweigerlich vernichten, wenn sie es wagen sollten, die Klinge zu erheben. Doch die Worte auf der Scheide wurden zerstört. Wie der Spruch wirklich gelautet hat, der sicher mehr über das Schwert aussagen könnte, ist unbekannt.«

»König Rhydderch trug die Klinge sein Leben lang«, fuhr Gwydion nach einer Weile fort, »und nach ihm sein Sohn. Ihrer beider Regierung war friedvoll und gesegnet. Doch hier ist die Geschichte Dyrnwyns zu Ende. König Rhitta, der Enkel Rhydderchs, war der Letzte, der das Schwert besaß. Er war Herr von Spiral Castle, bevor Königin Achren die Burg zu ihrem Sitz machte. Man weiß nicht, wie er starb, doch noch im Tod hielt er Dyrnwyn umklammert. Es war vergessen und lag bei dem toten König im verborgensten Gelass von Spiral Castle begraben.«

Gwydion wandte sich an Eilonwy. »Dort, Prinzessin, hast du es gefunden und mir gebracht. Ich aber hätte es nie freiwillig hergegeben. Die Klinge ist wertvoller als mein Leben oder als das Leben eines anderen Menschen. In der Hand Arawns kann es den Untergang für Prydain bedeuten.«

»Glaubst du, Arawn wird es aus der Scheide ziehen?«, fragte Taran hastig. »Kann er die Waffe gegen uns erheben?«

»Das weiß ich nicht«, gab Gwydion zu. Sein Gesicht war sorgenvoll. »Es ist möglich, dass Arawn Todesfürst den Zauberbann brechen kann. Vielleicht aber will er das Schwert nur behalten, damit niemand Nutzen davon hat. Er hätte mir das Leben genommen wie mein Schwert. Allein Fflewddur Fflam verdanke ich es, dass ich wenigstens noch dieses besitze. Nun muss ich das Schwert finden, und wenn mich mein Weg in die finsteren Gänge und Kammern Annuvins selbst führen sollte.«

Achren, die bisher geschwiegen hatte, hob den Kopf und sagte zu Gwydion: »Lass mich Dyrnwyn an deiner statt suchen. Ich kenne die Wege und Stege nach Annuvin. Keine Fremde bin ich. Ich kenne die geheimen Schatzkammern, ich weiß, wie sie bewacht werden. Wenn das Schwert verborgen ist, werde ich es finden. Wenn Arawn selbst es trägt, werde ich es ihm entreißen. Mehr noch: Ich schwöre, dass ich ihn vernichten werde. Ich habe es mir seit langem geschworen – jetzt schwöre ich es euch ein zweites Mal. Du, Gwydion, hast mich gezwungen weiterzuleben, als ich den Tod erbat. Gib mir jetzt ein Ziel. Gib mir meine Rache.«

Gwydion antwortete nicht sofort.

Seine grün schimmernden Augen sahen sie prüfend an. »Rache ist keine Gabe, über die ich verfüge, Achren.«

Die schwarze Königin richtete sich auf. Ihre Hände verkrampften sich zu Klauen, und Taran fürchtete, sie würde sich auf Gwydion stürzen. Aber sie bewegte sich nicht.

»Du traust mir nicht«, flüsterte sie heiser. Ihr Mund verzog sich verächtlich. »Nun gut, Prinz von Don. Einmal hast du verschmäht, ein Königreich mit mir zu teilen. Verschmähe mich ein zweites Mal – du wirst es bereuen.«

»Ich habe dich nicht verschmäht«, entgegnete Gwydion. »Ich habe dir nur geraten, Dallbens Schutz zu suchen. Bleib hier. Du hättest wenig Erfolg bei der Suche nach dem Schwert, denn Arawns Hass ist ebenso groß wie der deine. Seine Leute würden dich töten, wenn sie deiner ansichtig würden. Wahrscheinlich noch bevor du die Grenze Annuvins überschritten hast. Nein, Achren, was du mir anbietest, ist unmöglich.« Er schwieg einen Augenblick. »Aber es gibt vielleicht einen anderen Weg, um zu erfahren, wie wir Dyrnwyn finden können.«

Gwydion blickte zu Dallben, doch der Meister schüttelte traurig den Kopf. »Nein«, sagte er, »das ›Buch der Drei‹ kann uns nicht helfen. Sorgfältig habe ich jede Seite befragt und ihre verborgene Botschaft zu ergründen versucht. Sie ist dunkel geblieben auch für mich. Bring mir die Runenstäbe«, befahl er Coll. »Nur Hen Wen kann uns helfen.«

Das weiße Orakelschwein beobachtete den stummen Zug, der sich auf sein Gehege zubewegte. Dallben trug die Runenstäbe über den knochigen Schultern, Ruten aus Eschenholz, bedeckt mit geheimnisvollen Zeichen. Glew, der sich allein für die Vorräte in der Küche interessierte, blieb zurück, und Gurgi leistete ihm Gesellschaft, denn er misstraute dem ehemaligen Riesen zutiefst und behielt ihn scharf im Auge.

Achren hatte kein Wort mehr gesprochen. Sie verhüllte ihr Gesicht und wich in die äußerste Ecke zurück.

Gewöhnlich lief das weiße Schwein quiekend auf die Umzäunung zu, wenn es Taran sah, hob ihm den breiten Rüssel entgegen und ließ sich unter dem Kinn kraulen. Heute indes drückte sich Hen in den entferntesten Winkel des Schweinegartens, hatte die kleinen Augen weit aufgerissen und zitterte. Als Dallben in das Gehege trat und die Runenstäbe in die Erde steckte, wich Hen Wen weiter zurück und grunzte beunruhigt.

Dallben bewegte die Lippen und stellte sich neben den Ruten auf. Die anderen warteten vor dem Schweinegarten. Hen Wen schnaufte ängstlich, bewegte sich aber nicht.

»Wovor fürchtet sie sich?«, flüsterte Eilonwy.

Taran antwortete nicht. Er hatte seine Augen auf den uralten Meister geheftet, auf die Runenstäbe und die regungslose Hen Wen. Gegen den düsteren Himmel schienen sie erstarrt zu einem symbolischen Bild, dessen Bedeutung die schweigenden Freunde nicht kannten. Es war das erste Mal, dass Taran erlebte, wie der Zauberer das Orakelschwein befragte. Dallbens Kräfte kannte er nicht, doch fühlte er, dass Hen Wen zu entsetzt war, um sich zu bewegen. Die Zeit dehnte sich endlos. Selbst Rhun spürte, dass etwas nicht stimmte, und sein unbekümmertes Gesicht wurde ungewöhnlich ernst.

Dallben warf Gwydion einen unsicheren Blick zu. »Niemals zuvor hat Hen Wen eine Antwort verweigert, wenn ich ihr die Runenstäbe gezeigt habe.«

Wieder murmelte er Worte, die Taran nicht verstehen konnte. Das Orakelschwein zitterte, schloss die Augen und steckte den Kopf zwischen die Vorderbeine.

»Vielleicht einige Noten auf meiner Harfe?«, schlug Fflewddur zögernd vor. »Ich habe schon einmal riesigen Erfolg …«

Der Alte bedeutete ihm zu schweigen. Wieder sprach er.

Seine Stimme war zugleich weich und befehlend. Hen Wen schreckte zurück und stöhnte.

»Die Angst hat ihre Kräfte ausgelöscht«, sagte Dallben ernst. »Meine Zaubersprüche erreichen sie nicht. Ich habe versagt.«

Verzweiflung malte sich auf den Gesichtern der Freunde. Gwydion senkte den Kopf und seine Augen waren dunkel vor Sorge.

»Auch wir werden versagen«, sagte er, »wenn wir nicht erfahren, was sie weiß.«

Entschlossen sprang Taran über die Umzäunung und schritt langsam auf das verschreckte Tier zu. An seiner Seite kniete er nieder, kraulte es unter dem Kinn und tätschelte seinen Hals. »Hab keine Angst, Hen. Es wird dir nichts geschehen.«

Überrascht wollte Dallben auf Taran zugehen, besann sich jedoch.

Das Schwein hatte, als es Tarans Stimme hörte, vorsichtig ein Auge geöffnet. Sein Rüssel zuckte, es hob den Kopf und grunzte leise.

»Hen, hör mir zu«, schmeichelte Taran. »Ich habe nicht die Macht, dir Befehle zu erteilen. Doch brauchen wir deine Hilfe. Wir alle.«

Taran sprach weiter auf das Orakelschwein ein und langsam hörte es auf zu zittern. Es versuchte nicht aufzustehen, doch schmatzte es zärtlich, schnaufte und stieß zufriedene Grunzlaute aus. Es zwinkerte mit den Augen, und fast schien es, es würde seinen Rüssel zu einem breiten Grinsen verziehen.

»Hen, erzähl uns«, drängte Taran, »erzähl uns alles.«

Hen Wen bewegte sich unruhig. Zögernd erhob sie sich.

Sie keuchte und warf einen Blick auf die Runenstäbe. Langsam kam sie näher.

Der Meister nickte Taran zu. »Gut gemacht«, murmelte er. »Heute ist die Macht eines Hilfsschweinehirten größer als meine eigene.«

Taran wagte nicht zu sprechen. Er beobachtete das weiße Schwein, wie es bei der ersten Rute stehen blieb. Noch immer zögernd, zeigte es mit seinem Rüssel auf eines der Zeichen, dann auf ein zweites. Dallben schrieb schnell die Runen, die Hen Wen bedeutet hatte, auf ein Stück Pergament. Eine Zeit lang ging dies so weiter, dann plötzlich wich Hen Wen zurück.

Dallbens Gesicht war ernst. »Kann das möglich sein?«, murmelte er. Seine Stimme klang beunruhigt. »Nein – nein. Wir müssen mehr erfahren.« Er warf Taran einen Blick zu.

»Bitte, Hen«, flüsterte Taran und trat neben das Orakelschwein, das wieder zu zittern begonnen hatte. »Hilf uns.«

Trotz seiner Bitte fürchtete Taran, Hen Wen würde sich abwenden. Sie schüttelte den Kopf, verdrehte die Augen, grunzte und stöhnte Mitleid erregend. Doch dann näherte sie sich vorsichtig dem zweiten Stab. Hastig, als wollte sie die Angelegenheit so rasch wie möglich beenden, zeigte sie nacheinander auf verschiedene Zeichen. Die Hand des Zauberers zitterte, als er die Runen niederschrieb.

»Jetzt die dritte Rune«, drängte er.

Steifbeinig wich das Schwein zurück und setzte sich auf die Keulen. Und die einschmeichelnden Worte Tarans waren umsonst. Es bewegte sich nicht mehr. Schließlich aber erhob es sich noch einmal und näherte sich verängstigt dem letzten der Runenstäbe. Doch während es sich langsam näher schob und noch bevor es eines der Zeichen bedeuten konnte, wankten die Stäbe und bewegten sich, als wären sie lebendig. Sie drehten sich, als wollten sie sich selbst entwurzeln und splitterten und zersprangen mit einem mächtigen Knall.

Hen Wen quiekte auf, warf sich herum und floh. Taran folgte ihr.

Dallben sammelte die Holzstücke ein. Ratlos betrachtete er sie.

»Sie sind zerstört und nutzlos«, sagte er mit schwerer Stimme. »Warum, weiß ich nicht, und die Prophezeiung bleibt unvollständig. Auch so zweifle ich, ob ihr Ende Besseres gebracht hätte als ihr Beginn. Hen Wen muss es gespürt haben.«

Der alte Meister entfernte sich langsam. Eilonwy versuchte zusammen mit Taran, das verängstigte Schwein zu beruhigen. Hen Wen zitterte noch immer und hatte den Kopf zwischen den Vorderbeinen verborgen.

»Kein Wunder, dass Hen nichts weissagen wollte«, sagte Eilonwy.

»Und doch«, fügte sie, zu Taran gewandt, hinzu, »wenn du nicht gewesen wärst, dann hätte sie überhaupt nichts gesagt.«

Dallben war neben Gwydion getreten. Coll, Fflewddur und König Rhun drängten sich heran, und auch Taran und Eilonwy schlossen sich an, als sie sicher waren, dass Hen Wen nichts geschehen war und sie nur Ruhe brauchte.

»Hilf. Oh, hilf!«

Schreiend und wild mit den Armen rudernd, lief Gurgi über die Wiese. Aufgeregt deutete er auf die Ställe.

»Gurgi konnte nichts machen!«, schrie er. »Er hat versucht, o ja, aber es gab nur Püffe und Knüffe für sein armes, zartes Haupt! Fort.« Gurgi war außer sich. »Reiten mit wildem Galopp! Böse Königin ist fort!«

Die Prophezeiung

Die Gefährten eilten zu den Ställen. Wie ihnen Gurgi bereits gesagt hatte, war eines von Rhuns Pferden verschwunden. Von Achren fehlte jede Spur.

»Lass mich Melynlas satteln«, drängte Taran Gwydion. »Ich kann sie einholen.«

»Sie reitet direkt nach Annuvin«, platzte Fflewddur heraus. »Ich hab dieser Frau nie getraut. Bei Belin, wer weiß, was für verbrecherische Pläne sie hat. Die ist fort und polstert ihr eigenes Nest, da könnt ihr sicher sein.«

»Achren reitet wahrscheinlich in ihren Tod«, sagte Gwydion. Er sah grimmig aus, wie er so zu den Hügeln und den kahlen Bäumen hinüberblickte. »Außerhalb von Caer Dallben gibt es für sie keine Sicherheit. Ich möchte sie retten, aber ich wage nicht, meine Suche zu verzögern.« Er wandte sich an Dallben. »Ich muss Hen Wens Orakelspruch hören. Er ist mein einziger Anhaltspunkt.«

Der Meister nickte und führte die Gefährten zum Wohnhaus. Der alte Zauberer trug noch immer die nutzlosen Splitter der Runenstäbe und den Fetzen Pergament in der Hand. Er betrachtete die wertlosen Holzstücke eine Weile, dann sprach er: »Hen Wen hat uns erzählt, was sie konnte, und das ist alles – so fürchte ich –, was wir je von ihr erfahren werden. Ich habe die Zeichen, die sie ausgewählt hat, genau betrachtet, denn ich hoffte, ich hätte sie anfangs falsch gedeutet.« Er hielt die Augen gesenkt, sein Gesicht war verschlossen, und er sprach mühsam, als müsste er um jedes Wort ringen.

»Ich fragte, wie Dyrnwyn zurückgewonnen werden könne. Hört ihre Antwort: ›Frag eher stummen Stein und fühllosen Fels.‹ Das ist Hen Wens Botschaft, die ich aus dem ersten Runenstab ablese«, sagte Dallben. »Ob es eine Weigerung ist, zu sprechen, ob es eine Prophezeiung ist, ob eine Warnung, weiterzufragen, das kann ich nicht entscheiden. Doch die Zeichen des zweiten Runenstabes bezeichnen das Schicksal Dyrnwyns selbst.«

Taran trafen die Worte des Meisters wie Schwerthiebe: »Verlöschen wird Dyrnwyns Flamme, verderben seine Kräfte. Nacht wird zum Tag, Flüsse flammen in gefrorenem Feuer, ehe Dyrnwyn zurückgewonnen wird.«

Der alte Zauberer senkte den Kopf und schwieg.

»Der dritte Stab«, fuhr er schließlich fort, »wurde zerstört, bevor Hen Wen ihre Botschaft beenden konnte. Vielleicht hätte sie uns noch mehr berichten können. Kaum aber wäre das dritte Orakel günstiger gewesen.«

»Das Orakel macht sich über uns lustig«, sagte Taran bitter. »Hen hat die Wahrheit gesagt, aber ebenso gut hätten wir einen Stein um Rat fragen können.«

»Und der hätte uns vernünftigere Dinge berichtet!«, rief Eilonwy. »Hen hätte gleich sagen können, dass alles verloren ist und wir Dyrnwyn nie wiederbekommen. Die Nacht kann nicht zum Tag werden. Und das ist das Ende.«

»Auf allen meinen Fahrten«, fügte Fflewddur hinzu, »habe ich nie auch nur den winzigsten Bach in Flammen gesehen – ganz zu schweigen von einem Fluss. Die Prophezeiung ist zweifach unsinnig.«

»Trotzdem«, sagte König Rhun begeistert, »wäre es nicht fantastisch, das zu erleben? Ich wünschte, es würde tatsächlich passieren!«

»Ich fürchte, du wirst darauf verzichten müssen, König von Mona«, sagte Dallben. Seine Stimme war schwer geworden.

Gwydion hatte währenddessen schweigend am Tisch gesessen und gedankenverloren mit den Holzsplittern gespielt. Nun erhob er sich und sagte zu den Gefährten: »Hen Wens Prophezeiung ist entmutigend. Ich hatte etwas anderes erhofft. Aber wenn es keine Hilfe von Orakeln gibt, dann müssen die Menschen selbst eingreifen.« Seine Hände schlossen sich um die Holzstäbe. »Solange ich lebe, werde ich Dyrnwyn suchen. Die Prophezeiung hat keinen Einfluss auf meine Pläne. Ich muss jetzt nur noch schneller sein.«

»Dann lass uns wenigstens mit dir gehen«, bat Taran und erhob sich. »Nimm unsere Stärke an, bis deine zurückgekehrt ist.«

»Genau!« Fflewddur sprang auf. »Mir ist egal, ob Flüsse brennen oder nicht. Wir wollen Steine befragen? Ich werde Arawn selbst befragen. Er kann einem Fflam nichts verheimlichen!«

Gwydion schüttelte den Kopf. »Je mehr Leute, desto größer das Risiko. Ich muss es allein unternehmen. Wenn irgendein Leben aufs Spiel gesetzt werden soll, dann das meine.«

Taran verneigte sich, denn Gwydions Worte duldeten keinen Widerspruch. »Wenn du es so wünschst«, sagte er. »Aber vielleicht sollte Kaw vorausfliegen? Schicke ihn nach Annuvin. Er wird schnell fliegen und Informationen zurückbringen.«

Gwydion blickte Taran an und nickte. »Du hast auf deiner Suche Weisheit gefunden, Hilfsschweinehirt. Dein Vorschlag ist gut. Kaw kann mir besser dienen als ihr und eure Schwerter. Doch werde ich nicht auf seine Rückkehr warten. Zu viel Zeit würde vergeudet. Er soll Annuvin erkunden, so gut er kann, und mich in König Smoits Festung im Cantref Cadiffor treffen. Smoits Reich liegt auf meinem Weg. Und wenn Kaw kommt, wird bereits die Hälfte meiner Reise hinter mir liegen.«

»Wir können wenigstens bis zu König Smoits Schloss mit dir reiten«, schlug Taran vor, »und dich beschützen. Zwischen Caer Dallben und dem Cantref Cadiffor suchen die Hascher Arawns vielleicht noch immer nach dir.«

»Diese feigen Galgenvögel!«, schrie der Barde. »Diese Meuchelmörder! Sie werden mein Schwert zu spüren bekommen. Sie sollen uns nur angreifen. Hoffentlich tun sie es!« Eine Saite seiner Harfe riss mit schrillem Ton. »Nun ja – man redet halt so«, verteidigte sich Fflewddur lahm. »Ich hoffe, wir begegnen ihnen überhaupt nicht. Sie könnten uns aufhalten.«

»Niemand hat sich darum gekümmert, wie unbequem es für mich ist«, maulte Glew. Der ehemalige Riese war aus der Küche gekommen und sah sich verdrießlich um.

»Wiesel«, knurrte Fflewddur. »Dyrnwyn ist verloren. Wir wissen nicht, ob unser Leben in Gefahr ist, und der spricht von Bequemlichkeit. Er hat wirklich ein kleines Hirn.«

»Da niemand davon gesprochen hat«, sagte Eilonwy, »nehme ich an, dass man mich nicht fragen will, ob ich mitkommen möchte. Sehr gut, ich werde nicht darauf bestehen.«

»Auch du, Prinzessin, bist klüger geworden«, sagte Dallben lächelnd. »Die Zeit auf Mona war also nicht umsonst.«

»Natürlich könnte mir der Gedanke kommen«, fügte Eilonwy hinzu, »dass ich, wenn ihr alle fort seid, einen kurzen Ausflug mache, um wilde Blumen zu pflücken, die selten sind – besonders weil es bald Winter wird. Wohlgemerkt – ich folge euch nicht. Aber natürlich könnte ich vom Weg abkommen und zufällig auf euch stoßen. Dann wäre es allerdings zu spät, umzukehren. Mich träfe dabei nicht die geringste Schuld.«

Gwydion lächelte. »So soll es sein, Prinzessin. Was ich nicht verhindern kann, das akzeptiere ich. Reitet mit mir – doch nur bis zu Smoits Burg Caer Cadarn.«

»Oh, Prinzessin«, seufzte Coll und schüttelte den Kopf. »Ich möchte Fürst Gwydion nicht widersprechen, doch es dürfte kaum einer Dame angemessen sein, derart ihren Kopf durchzusetzen.«

»Sicher nicht«, stimmte Eilonwy zu. »Das war das Erste, was mich Königin Taleria gelehrt hat: Eine Dame besteht nicht darauf, ihren Willen durchzusetzen. Aber schließlich geschieht doch alles so, wie man es will, ohne dass man auch nur das Geringste dafür tun muss. Erst habe ich gedacht, ich würde es nie lernen, dabei ist es ziemlich einfach, wenn man erst den richtigen Dreh heraushat.«

Taran holte Kaw von seiner Stange neben der Feuerstelle und trug ihn zur Tür. Diesmal plapperte die Krähe nicht vergnügt. Statt frech und übermütig herumzutoben, hockte sie auf Tarans Hand, neigte den Kopf mit den schwarzen Perlaugen und hörte aufmerksam zu, während Taran ihr den Auftrag erklärte. Dann hob er den Arm und Kaw schlug mit den glänzenden Flügeln.

»Annuvin!«, krächzte Kaw. »Dyrnwyn!«

Dann flog er davon und war wenig später hoch über Caer

Dallben. Der Wind trug ihn wie ein Blatt und er flatterte einen Augenblick über den Gefährten. Dann wandte er sich nach Nordwesten. Taran folgte ihm mit den Augen, bis der Vogel in den düsteren Wolken verschwand. Schließlich wandte er sich traurig und besorgt ab.

Kaw, dessen war er sicher, würde wachsam sein. Gefahren lauerten allenthalben: die Pfeile der Häscher Arawns, die scharfen Klauen und eisenharten Schnäbel der Gwythaints, Arawns gefiederte Schreckensboten. Mehr als einmal hatten die Gwythaints die Freunde angegriffen. Und auch die Nestlinge waren gefährlich. Taran dachte daran, wie er als Junge einem Gwythaint das Leben gerettet hatte. Er erinnerte sich sehr gut an die spitzen Krallen. Und obgleich er Kaws mutiges Herz und seinen scharfen Verstand kannte, bangte er doch um seine Sicherheit. Mehr noch bangte er allerdings um den guten Ausgang von Gwydions Suche. Ihn erfüllte die vage Ahnung, dass Kaw noch schwerere Bedrängnis und schlimmere Nachricht zurückbringen würde.

Man hatte vereinbart, dass, sobald die Freunde den Großen Avren erreicht hatten, König Rhun den missvergnügten Glew zum Schiff begleiten würde, wo er auf die Rückkehr des Königs von Mona warten sollte, denn dieser war entschlossen, Gwydion nach Caer Cadarn zu begleiten. Glew behagte es zwar weder, auf dem schwankenden Schiff kaltgestellt zu werden, noch, auf den harten Kieselsteinen am Ufer zu schlafen. Doch aller Protest des ehemaligen Riesen konnte den König von Mona nicht dazu bewegen, seine Pläne zu ändern.

Die Gefährten holten die Pferde aus den Ställen und Gwydion besprach sich zum letzten Mal mit Dallben. Die weise Melyngar, Gwydions goldmähnige Schimmelstute, wartete ruhig auf ihren Herrn. Melynlas, Tarans Hengst, aber schnaubte ungeduldig und scharrte mit den Hufen.

Eilonwy saß bereits im Sattel ihres Lieblingspferdes, des Rotfuchses Lluagor. In den Falten des Mantels verborgen, trug sie ihren kostbarsten Besitz: die goldene Kugel, die strahlend leuchtete, wenn sie sie mit den Händen umschloss.

»Ich lass die unbequeme Krone hier«, erklärte sie. »Sie ist völlig nutzlos. Höchstens als Stirnband kann sie dienen. Aber ich würde eher auf den Händen laufen, als meine Kugel zurücklassen. Außerdem könnten wir unterwegs Licht benötigen. Das ist viel praktischer als ein Reif auf dem Kopf.«

In der Satteltasche steckte die Stickerei, die sie für Taran angefangen hatte und die sie unterwegs beenden wollte.

»Vielleicht«, fügte sie hinzu, »kann ich das mit Hens Augenfarbe in Ordnung bringen.«

Fflewddurs Reittier war die riesige goldbraune Katze Llyan. Als sie den Barden erblickte, schnurrte sie laut, und Fflewddur hatte Mühe, sich der zärtlichen Begrüßung zu erwehren, die ihn beinahe umwarf.

»Liebes altes Mädchen«, rief er, als die Katze ihm den dicken Kopf auf die Schulter legte. »Ich weiß, du möchtest, dass ich dir etwas auf der Harfe vorspiele. Ich tue es später. Ganz bestimmt.«

Glew hatte Llyan sofort erkannt.

»Das ist gemein«, schniefte er. »Schließlich gehört sie mir.«

»Ja«, entgegnete Fflewddur, »wenn man bedenkt, dass du ihr damals dieses widerliche Gebräu gegeben hast, damit sie größer wird. Wenn du willst, kannst du sie gern reiten. Allerdings würde ich an deiner Stelle vorsichtig sein – Llyan hat ein Gedächtnis, das länger ist als ihr Schwanz.«

Llyan hatte Glew bereits entdeckt und schlug heftig mit

dem prächtigen Schwanz. Sie beäugte den fetten kleinen Mann mit ihren gelben Augen, ihre Schnurrhaare sträubten sich und ihre buschigen Ohren legten sich flach an den Kopf. Tief aus dem Hals kam ein Geräusch, das ganz und gar nicht so klang wie das sanfte Miauen, mit dem sie den Barden begrüßt hatte. Sogleich zupfte Fflewddur einige Töne auf der Harfe, und Llyan ließ von Glew ab, verzog das Maul zu einem breiten Grinsen und blinzelte dem Barden zärtlich zu.

Glew war sehr blass geworden und wich entsetzt zurück. »Als ich ein Riese war«, murmelte er, »da war doch alles viel besser.«

König Rhun sattelte seinen Apfelschimmel. Und da Coll, der Gwydion ebenfalls begleiten wollte, den Rotfuchs Llamrei nahm, musste Glew zusammen mit Gurgi auf dessen zerzaustem Pony reiten – allen drei war dies höchst unangenehm. Taran und Coll fehlten. Sie suchten in Ställen, Schuppen und in der Schmiede nach Waffen.

»Wenig genug haben wir ja«, erklärte Coll. »Diese Speere hier haben mir als Bohnenstangen gute Dienste geleistet«, fügte der stämmige Krieger bedauernd hinzu. »Ich hatte gehofft, ich würde sie nie mehr für etwas anderes benutzen müssen. Und die einzige Klinge, die ich Gwydion geben kann, ist völlig verrostet, weil ich eines der Apfelbäumchen damit gestützt habe. Außer meiner Lederkappe gibt es auch keine Helme – und in ihr brüten die Sperlinge. Ich will sie nicht stören. Gut, dass mein alter Schädel hart genug ist«, fügte er grinsend hinzu.

»Aber du, mein Junge, siehst aus, als wenn dir die Rüben erfroren wären.« Coll hatte sehr wohl Tarans sorgenvolles Gesicht bemerkt. »Dabei«, fuhr er fort, »erinnere ich mich genau an die Zeit, als ein gewisser Hilfsschweinehirt Feuer und Flamme gewesen wäre, hätte er mit Fürst Gwydion reiten dürfen.«

Taran lächelte. »Ich würde selbst nach Annuvin reiten, wenn Gwydion es zulassen würde. Was du sagst, ist wahr, alter Freund. Für den Jungen, der ich einst war, wäre dies ein kühnes, ruhmvolles Abenteuer. Doch habe ich gelernt, dass das Leben eines Menschen schwerer wiegt als Ruhm und dass der Preis, den man mit Blut bezahlt, sehr hoch ist. Mein Herz ist schwer«, fügte er hinzu. »Vor langer Zeit bist du einmal nach Annuvin geritten, um Hen Wen zurückzuholen, die man dir gestohlen hatte. Sage mir: Welche Aussichten hat Gwydion allein in Arawns Reich?«

»Kein Mann hat bessere«, sagte Coll und nahm die Speere auf.

Noch bevor es Taran klar war, dass der alte Krieger ihm eigentlich gar keine Antwort auf seine Frage gegeben hatte, war Coll verschwunden.

Caer Dallben lag weit hinter ihnen, und der Tag neigte sich, als die Gefährten tief im Waldesdunkel rasteten.

Eilonwy warf sich glücklich auf den Boden.

»Es ist lange her, dass ich auf unbequemen Wurzeln und Steinen geschlafen habe!«, rief sie fröhlich. »Was für eine angenehme Abwechslung nach diesen weichen Betten!«

Gwydion erlaubte, dass ein Feuer entzündet wurde. Und während sich Coll um die Pferde kümmerte, öffnete Gurgi seinen ledernen Vorratsbeutel, der niemals leer wurde, und verteilte das kärgliche Mahl. Die Gefährten schwiegen. Sie waren steif von der Kälte und von dem langen Tagesritt. Doch König Rhun hatte seine gute Laune nicht verloren.

Die anderen drängten sich um die hellen Flammen, er aber zeichnete mit einem Zweig Linien auf den Boden.

»Diese Hafenmauer«, sagte er eifrig. »Ich glaube, ich weiß jetzt, was schief gelaufen ist. Ja, genau. Und so müsste man die Sache anfangen.«

Taran saß auf der anderen Seite des Feuers und sah die leuchtenden Augen Rhuns und sein unbekümmertes Gesicht. Aber Rhun, das fühlte Taran, war nicht mehr der schwache Prinz, den er auf der Insel Mona kennen gelernt hatte. Genau wie Rhun sich in seine Baupläne verbissen hatte, so hatte sich Taran in seine Arbeit an der Esse, am Webstuhl und am Töpferrad verbissen. Und war Rhun gereift, während er ein Königreich regierte, so war es Taran durch seine Arbeit unter den tüchtigen Leuten der Freien Commots. Er betrachtete Rhun nun mit anderen Augen.

Der König von Mona sprach weiter über seinen Plan und Taran verfolgte die Zeichnung auf der Erde genauer. Er lächelte. Etwas hatte sich nicht geändert, merkte er. Wie früher überstiegen die Pläne des Königs von Mona weit seine Fähigkeiten.

»Ich fürchte, deine Mauer wird einstürzen, wenn du sie so baust«, sagte Taran und lachte gutmütig. »Schau her.« Er deutete auf die Zeichnung. »Die schweren Steine müssen tiefer in den Boden versenkt werden. Und hier …«

»Erstaunlich!« Rhun schnippte begeistert mit den Fingern. »Richtig! Du wirst mit mir nach Mona kommen und mir helfen!« Er begann sofort, neue Linien zu zeichnen, und war so eifrig bei der Sache, dass er beinahe kopfüber in die Flammen gestürzt wäre.

»Oh, großer, lieber Herr!«, schrie Gurgi, der dem Gespräch aufmerksam gefolgt war, ohne jedoch genau zu verstehen, was die Freunde besprachen. »Oh, kluges Bauen und Planen! Gurgi möchte auch so klug sein!«

Gwydion ermahnte sie, leiser zu sprechen. »Unser Feuer ist gefährlich genug, auch ohne den Lärm, den ihr macht. Ich hoffe nur, dass Arawns Häscher nicht in der Nähe sind. Wir sind zu wenige, um auch nur einer Hand voll von ihnen zu widerstehen. Sie sind keine gewöhnlichen Krieger.«

Als Gwydion Rhuns fragenden Blick bemerkte, fügte er hinzu: »Sie sind üble Burschen. Wenn du einen von ihnen erschlägst, so wächst die Stärke der anderen.«

Taran nickte. »Sie sind genauso grausam wie die Kesselkrieger«, warnte er Rhun, »diese stummen Mordknechte Arawns, die Annuvin verteidigen. Die Kesselkrieger können nicht getötet werden, doch schwindet ihre Stärke, entfernen sie sich zu weit von Arawns Reich oder bleiben sie zu lange fort.«

Rhun blinzelte unsicher. Gurgi verstummte und warf ab und zu besorgte Blicke hinter sich.

Die Erinnerung an die mitleidslosen Kesselkrieger ließ Taran wieder an die Prophezeiung Hen Wens denken.

»Die Flamme Dyrnwyns wird verlöschen«, murmelte er. »Doch wie sollte Arawn dies erreichen? Ich glaube nicht, dass er überhaupt die Macht hat, das Schwert zu ziehen.«

»Eine Prophezeiung beinhaltet mehr, als die bloßen Worte ausdrücken«, bemerkte Gwydion. »Suche nach der Bedeutung, die unter ihnen verborgen ist. Für uns ist die Flamme so gut wie erloschen, wenn Arawn das Schwert für sich behält. Dyrnwyns Kräfte sind für uns wertlos, wenn es für immer in den Schatzgewölben Annuvins verborgen ist.«

»Schatz?« Glew hörte genauso lange mit Kauen auf, wie er Zeit brauchte, das Wort auszusprechen.

»Das Reich des Todesfürsten ist zugleich eine Schatzkammer und eine Festung des Bösen«, sagte Gwydion. »Lange wurden darin all die nützlichen Dinge gehortet und angehäuft, die Arawn in Prydain gestohlen hat. Diese Schätze nützen ihm nichts; sein einziges Ziel ist, sie von uns fern zu halten, damit wir unsere Kräfte verzehren. Wir hätten reichere Ernten und ein glücklicheres Leben, besäßen wir die Geheimnisse.«

Gwydion schwieg. »Ist dies nicht der Tod, nur in einer anderen Verkleidung?«

»Ich habe gehört«, warf Taran ein, »dass die Schatzkammern von Annuvin alles enthalten, was die Menschen nur wünschen können. Pflüge sollen dort liegen, die von allein arbeiten, Sicheln, die die Halme mähen, ohne dass eine Hand sie zu führen braucht, Zauberwerkzeuge und anderes. Denn Arawn stahl die Geheimnisse der Schmiede und Töpfer, die Kunst der Ackerbestellung und der Viehzucht. Alles Wissen ist für immer in Arawns Gewölben verschlossen.«

Glew schmatzte. Er vergaß zu essen und schwieg eine Weile, dann räusperte er sich. »Ich werde alle Demütigungen und Unverschämtheiten vergessen. Als ich noch ein Riese war, hätte das sowieso nicht geschehen können. Aber macht nichts. Ich vergebe euch. Und um euch meinen guten Willen zu beweisen, werde ich mit euch reisen.«

Gwydion sah ihn durchdringend an.

»Warum eigentlich nicht«, sagte er schließlich.

»Natürlich!«, stimmte Fflewddur zu. »Dieses unverschämte Wiesel will nur schnüffeln. Ich kann schon sehen, wie seine Nase zittert! Und ich hätte nie gedacht, dass einmal der Tag kommt, an dem ich froh bin, dass er bei uns ist. Aber ich denke, dies ist klüger, als wenn wir ihn im Rücken hätten.«

Glew lächelte süßlich.

»Ich vergebe auch dir«, sagte er.

Caer Cadarn

Im ersten Licht des neuen Tages machte sich König Rhun reisefertig. Er wollte zusammen mit Fflewddur, der die kürzeren Wege und die seichtesten Furten kannte, nach Westen zum Avren-Hafen reiten, um dort den Schiffsführer seines stattlichen Bootes von den neuen Plänen zu unterrichten.

Eilonwy hatte beschlossen, mit ihnen zu gehen. »Ich habe mein Stickgarn auf Rhuns Schiff vergessen, und jetzt brauche ich es dringend, denn ich will Hen Wen fertig machen. Von euch würde es bestimmt niemand finden. Ich weiß ja selbst nicht, wo es sein könnte. Wenn ich mich nicht täusche, habe ich auch noch einen Mantel dort gelassen. Und dann noch einige Dinge, die mir im Augenblick nicht einfallen.«

Coll grinste und kratzte seinen kahlen Schädel.

»Die Prinzessin«, bemerkte er, »wird mehr und mehr eine Dame.«

»Ich bleibe ja sowieso nicht auf dem Schiff«, sagte Glew – seinem Entschluss war er treu geblieben –, »also besteht auch kein Grund, weswegen ich unnützen Strapazen ausgesetzt werden soll. Ich ziehe mit Fürst Gwydion.«

»Darin, mein kleiner Riese, täuschst du dich«, sagte der Barde spitz. »Steig hinter König Rhun aufs Pferd, falls er deine Gesellschaft ertragen kann. Und beeil dich ein bisschen. Denk nur nicht, ich würde dich auch nur eine Sekunde aus den Augen lassen. Du gehst dorthin, wohin ich auch gehe, und umgekehrt; damit du Bescheid weißt.«

»Höre, Fflewddur«, sagte Taran und nahm den Barden beiseite. »Glew kann uns keine Schwierigkeiten bereiten. Ich werde ihn bewachen.«

Der Barde schüttelte den zerzausten strohgelben Schopf. »Nein, mein Freund. Ich bin beruhigter, wenn ich ihn mit eigenen Augen sehe. Und zwar die ganze Zeit. Nein, nein, das kleine Wiesel steht unter meiner Aufsicht. Reitet voraus. Wir werden euch noch vor Mittag auf der anderen Seite des Avren einholen. Ich bin froh, König Smoit wiederzusehen«, fügte er hinzu. »Dieser rotbärtige alte Bär ist mir richtig ans Herz gewachsen. Wir werden tüchtig feiern in Caer Cadarn, denn Smoit tafelt genauso tapfer, wie er ficht.

Gwydion war bereits aufgesessen und bedeutete den andern, sich zu beeilen. Fflewddur klopfte Taran auf die Schulter und schwang sich auf Llyan, die munter in der hellen, kalten Sonne spielte und hinter ihrem eigenen Schwanz herjagte.

König Rhun, Fflewddur, Eilonwy und Glew waren bald nicht mehr zu sehen. Die anderen ritten ebenfalls nach Westen – Taran zwischen Gwydion und Coll, Gurgi auf seinem Pony hinterdrein. So erreichten sie den Großen Avren auf direktem Weg. An seinem Ufer machten sie Halt. Mittag verstrich, ohne dass die anderen Gefährten sich blicken ließen. Taran machte sich Sorgen, doch redete er sich ein, dass die Verspätung nichts zu bedeuten habe.

»Rhun hat sicher vor einem Dachsbau oder einem Ameisenhügel verweilt«, meinte er. »Ich hoffe, dass das der einzige Grund ist.«

»Keine Angst«, beruhigte ihn Coll. »Fflewddur wird ihm

schon Beine machen. Sie werden jeden Augenblick kommen.«

Taran blies sein Horn, um Fflewddur die Richtung zu weisen, falls dieser den Weg verloren hätte. Doch sie kamen nicht. Gwydion hatte so lange gewartet, wie er wagte, jetzt aber drängte er weiter nach Caer Cadarn. Zügig ritten sie den ganzen Tag. Oft drehte Taran sich um, und jedes Mal erwartete er, Rhun und die anderen herangaloppieren zu sehen oder das fröhliche »Hallo! Hallo!« des jungen Königs zu hören. Als der Tag dann zu Ende ging, musste Taran einsehen, dass sie Rhun, der ein langsamer Reiter war, längst weit voraus waren. Fflewddur, das wusste er sicher, würde nachts nicht reiten.

»Sie übernachten irgendwo hinter uns«, versicherte Coll. »Sollte irgendetwas nicht stimmen, dann würde uns einer von ihnen verständigt haben. Fflewddur Fflam kennt den Weg zu Smoits Schloss. Wir werden sie dort treffen. Und wenn sie längere Zeit nicht auftauchen sollten, muss Smoit einen Suchtrupp losschicken.«

Der alte Krieger legte Taran eine Hand auf die Schulter. »Mach dir keine Sorgen, solange noch kein Grund dafür vorhanden ist. Oder«, fügte er augenzwinkernd hinzu, »sehnst du dich nach der Gesellschaft von Prinzessin Eilonwy?«

»Sie hätte nicht mit uns kommen sollen«, entgegnete Taran.

»Das stimmt«, lächelte Coll. »Aber du hast nicht versucht, sie davon abzuhalten.«

Taran musste lachen. »Das habe ich schon vor langer Zeit aufgegeben.«

Am späten Vormittag des nächsten Tages erhob sich Caer Cadarn vor ihnen. Über einem der befestigten Türme wehte das leuchtend rote Banner Smoits mit dem Wappen eines schwarzen Bären. Die Burg war auf einer Lichtung erbaut und ihre starken Mauern traten wuchtig hervor wie die buschigen Augenbrauen des Königs selbst. Unzählige Schlachten hatten ihre Spuren hineingegraben.

Coll trieb Llamrei an und rief den Wachsoldaten den Namen Gwydions, Prinz von Don, zu. Die schweren Tore schwangen auf und die Freunde galoppierten in den Hof. Ihre Pferde wurden von Soldaten versorgt, sie selbst aber zu Smoits Großer Halle geleitet.

Gwydion schritt schnell aus. Taran, Coll und Gurgi, gefolgt von den Wachen, liefen hinter ihm.

»Smoit wird beim Mahl sitzen«, sagte Taran. »Sein Frühstück dehnt sich bis mittags.« Er lachte. »Er sagt, das regt seinen Appetit an. Gwydion wird keine Silbe aus ihm herausbekommen, bis wir nicht satt bis oben hin sind.«

»Ja, ja!«, schrie Gurgi. »Gurgi freut sich auf Reißen-und-Beißen.«

»Das wirst du bekommen, alter Freund«, sagte Taran. »Da kannst du ganz beruhigt sein.«

Sie betraten die Große Halle, an deren Ende Smoits riesiger Thron stand, der aus einem halben Eichenstamm gefertigt und in der Form eines Bären mit erhobenen Tatzen geschnitzt war. Doch der Mann, der auf dem Thron saß, war nicht König Smoit. »Magg!«, keuchte Taran.

Die Wachen stürzten sich auf die Gefährten. Taran wurde das Schwert von der Seite gerissen. Mit einem Schrei warf sich Gwydion den Soldaten entgegen, doch diese umzingelten ihn und zwangen ihn auf die Knie. Coll wurden ebenfalls niedergeworfen und mit einem Speer in Schach gehalten. Gurgi kreischte vor Wut und Schrecken. Ein Krieger ergriff ihn an seinen struppigen Nackenhaaren, schüttelte und stieß ihn, dass die Kreatur sich kaum auf den Beinen halten konnte.

Magg grinste wie ein Totenschädel. Auf ein kurzes Zeichen seiner knochigen Finger traten die Wachen zur Seite. Sein graues, mageres Gesicht verzog sich vor Vergnügen.

»Unsere Begegnung, Fürst Gwydion, ist anders, als ich vermutet hatte. Meine Krieger halten Caer Cadarn, und die Beute ist fetter, als ich erhofft hatte.«

Gwydions grün schimmernde Augen funkelten.

»Du hast es gewagt, sogar König Smoits Cantref zu betreten! Mach, dass du fortkommst, ehe er zurückkehrt. Er könnte weniger sanft mit dir umgehen, als ich es tue.«

»Du wirst König Smoit Gesellschaft leisten«, erwiderte Magg. »Obwohl ich diesen rohen Cantref-Fürsten nicht König nennen mag.«

Maggs dünne Lippen kräuselten sich. Seine Hand strich über den gestickten Mantel. Taran bemerkte, dass Maggs Kleidung wesentlich wertvoller war als damals, als er noch Haushofmeister auf Mona war.

»Mächtiger als Smoit oder der König von Mona, mächtiger als Königin Achren ist mein Lehensherr«, sagte Magg mit einem falschen Lachen.

»Und mächtiger als der Prinz von Don.«

Er berührte die eherne Kette, die er um den Hals hatte, und betastete das schwere Amtssiegel. Voller Entsetzen sah Taran, dass es dasselbe Zeichen trug, das den Häschern in die Stirn gebrannt war.

»Ich diene keinem Geringeren«, sagte Magg hochmütig, »als dem König von Annuvin, Arawn Todesfürst.«

Gwydion zeigte keine Gemütsbewegung. »Du hast deinen wahren Meister gefunden, Magg.«

»Als wir uns damals trennten«, stellte Magg fest, »hielt ich dich für tot. Ich war sehr froh, als ich später erfuhr, dass dies nicht stimmte.« Der Haushofmeister fuhr sich über die Lippen. »Selten nur ergibt sich die Gelegenheit, dass man eine Rache doppelt genießen kann. Ich konnte geduldig warten, bis wir eines Tages wieder aufeinander treffen würden. Geduldig, ja«, zischte er. »Ich war lange unterwegs, seit ich Mona verlassen habe. Einigen habe ich gedient, während ich wartete. Einer wollte mich in den Kerker werfen – mich, Magg, der einst ein Königreich sein Eigen nannte.«

Die Stimme des Haushofmeisters wurde schrill. Sein Gesicht war fahl geworden, die Augen traten hervor. Doch dann hatte er sich wieder in der Gewalt, seine Hände hörten auf zu zittern und er sank auf Smoits Thron zurück. Nun schien er jedes einzelne Wort auszukosten, das über seine Lippen kam.

»Schließlich bin ich nach Annuvin gezogen, bis an die Schwelle des Schwarzen Tores. Fürst Arawn kannte mich damals noch nicht so, wie er mich heute kennt.« Magg nickte befriedigt. »Er hat viel von mir gelernt.

Fürst Arawn kannte die Geschichte von Dyrnwyn«, fuhr Magg fort. »Er wusste, dass es verloren gewesen war und dann wiedergefunden wurde und dass Gwydion aus dem Hause Don es trug. Aber ich, Magg, habe ihm geraten, damit er seiner habhaft werden konnte.«

»Sogar dein Verrat ist erbärmlich«, sagte Taran. »Früher oder später, mit oder ohne dich wäre Arawn selbst auf diese Idee gekommen.«

»Vielleicht«, sagte Magg verschlagen. »Vielleicht war das, was er von mir gelernt hat, tatsächlich weniger wichtig, als das, was ich von ihm erfuhr. Ich habe nämlich bald herausgefunden, dass seine Macht auf gefährliche Weise bedroht war. Sein treuester Mann, der Gehörnte König, ist schon lange besiegt. Sogar der Schwarze Crochan, der Kessel, der ihm die Kesselkrieger gab, wurde zerstört. Fürst Arawn hat viele heimliche Gefolgsleute unter den Cantref-Königen.« Magg blähte sich stolz auf. »Er hat ihnen große Reichtümer und Besitzungen versprochen und sie haben ihm Treue geschworen. Die Niederlagen Arawns aber machten sie nun aufrührerisch. Ich war es, der ihm gezeigt hat, wie man stärkere Verbündete gewinnt. Es war mein Plan, meiner allein, der ihm Dyrnwyn verschaffte. Die Nachricht, dass Arawn Todesfürst die mächtigste Waffe ganz Prydains in Händen hält, verbreitete sich schnell in den Cantrefs. Er kennt das Geheimnis des Schwertes viel besser als du, Fürst Gwydion, und er weiß, dass er nicht besiegt werden kann. Seine Gefolgsleute triumphieren, denn sie werden schon bald den Sieg heimführen. Andere Kriegsfürsten werden sich unter seiner Fahne versammeln und sein Heer wird anwachsen. Ich, Magg, ich habe das bewirkt!«, schrie der Haushofmeister. »Ich, Magg, der Zweite nach dem Todesfürsten! Ich, Magg, spreche in seinem Namen. Ich bin sein vertrauter Bote und fahre von Königreich zu Königreich, sammle ein Heer, um die Söhne aus dem Hause Don und ihre Anhänger zu vernichten. Ganz Prydain wird ihm gehören. Und diejenigen, die sich gegen ihn wenden, die wird der Fürst, wenn er gnädig ist, töten. Seine Häscher sollen ihr Blut trinken. Die anderen aber werden für ewig Sklaven sein.«

Maggs Augen brannten unter den fahlen Augenbrauen und seine Wangen zitterten heftig. »Dafür«, zischte er, »dafür hat mir Fürst Arawn geschworen: Ich, Magg, werde eines Tages die Eherne Krone von Annuvin tragen.«

»Du bist nicht nur ein Verräter, du bist auch ein Narr«, sagte Gwydion barsch. »Ein zweifacher sogar: Du glaubst Arawn, und du glaubst, König Smoit würde auf deine doppelzüngige Rede hereinfallen. Hast du ihn getötet? Nur als ein Toter wird er dir zuhören.«

»Smoit lebt«, sagte Magg. »Ich brauche kein Bündnis mit ihm. Ich suche die Lehenstreue seiner Gefolgsleute. Smoit soll ihnen helfen – in seinem Namen, doch mir zu Nutzen.«

»Smoit würde sich eher die Zunge herausreißen«, rief Taran.

»Vielleicht wird ihm auch dies blühen«, entgegnete Magg gleichmütig. »Als ein Stummer kann er mir ebenso gut dienen. Er wird mich auf den Ritten begleiten, und ich werde in seinem Namen sprechen – und besser, als er es könnte. Doch«, überlegte er, »würde ich es vorziehen, wenn die Befehle von seinen Lippen kämen. Es gibt Wege, um ihm die Zunge zu lösen. Einige sind bereits ausprobiert worden.«

Magg kniff die Augen zusammen. »Den besten Weg aber sehe ich jetzt vor mir: dich, Fürst Gwydion, und dich, Sauhirt! Sprecht mit ihm! Beweist Smoit, dass er sich mir unterwerfen muss.« Magg grinste teuflisch. »Eure Leben hängen davon ab.«

Der Haushofmeister bewegte leicht den Kopf.

Die Wachen traten vor. Sie ergriffen die Gefährten und zerrten sie aus der Halle. Taran war so verzweifelt, dass er nicht auf den Weg achtete.

Die Soldaten hielten schließlich an und die Freunde wurden in eine enge Kammer gestoßen. Hinter ihnen fiel die schwere Tür ins Schloss. Sie waren von undurchdringlicher Dunkelheit umgeben.

Taran tastete umher, um sich zu orientieren. Da stolperte er plötzlich über eine Gestalt, die sich bewegte und brummte.

»Bei meinen Knochen«, bellte die Stimme von König Smoit, und Taran fühlte sich von einem Paar kräftiger Arme gepackt. »Bist du wiedergekommen, Magg? Du wirst mich nicht lebend bekommen!«

Taran rang mühsam nach Luft, doch da rief Gwydion seinen und seiner Freunde Namen. Smoit lockerte den Griff und Taran spürte eine riesige Hand auf dem Gesicht.

»Mein Blut! Es stimmt!«, brüllte Smoit. Die Gefährten drängten sich um ihn. »Der Schweinehirt! Fürst Gwydion! Coll! Deinen Pelz würde ich überall erkennen!« Seine Hand betastete Gurgis zotteligen Kopf. »Und der kleine – Wie heißt er doch? Was für ein freudiges Wiedersehen.« Smoit stöhnte laut. »Und zugleich, was für ein trauriges. Wie hat dieser miese Jammerlappen euch überrumpeln können? Dem schmierigen, kriecherischen Lakai sind wir alle auf den Leim gegangen.«

Gwydion erzählte schnell, was ihnen zugestoßen war.

Den rotbärtige König knurrte wütend.

»Mich hat Magg genauso leicht gefangen wie euch. Ich saß gestern beim Frühstück und hatte gerade mit dem Fleisch begonnen, da brachte mein Küchenmeister die Nachricht, dass ein Bote von Fürst Goryon eingetroffen sei. Ich wusste, dass sich Goryon mal wieder mit Gast in die Haare gekriegt hatte. Kuhdiebstahl, wie gewöhnlich. Wollen die Cantref-

Fürsten von Prydain eigentlich nie ihre endlosen Streitereien aufgeben? Jedenfalls, ich hatte Gasts Version gehört, deshalb musste ich auch Goryons Version anhören.« Smoit schnaubte und schlug sich auf die gewaltigen Schenkel. »Bevor ich einen weiteren Bissen hinunterschlucken konnte, waren die Krieger Maggs über mir. Bei meiner Leber! Einige von denen werden Smoit nie vergessen! Eine zweite Abteilung Soldaten hatte im Hinterhalt gelegen und stürmte nun durch die Tore.« Smoit barg den Kopf in den Händen. »Meine eigenen Leute, soweit sie nicht erschlagen wurden, sind in den Wachstuben und den Waffenkammern eingeschlossen.«

»Und du?«, fragte Taran besorgt. »Bist du verletzt, gefoltert worden?«

»Verletzt!«, dröhnte Smoit, dass es laut widerhallte. »Folter? Ich leide, bis ich schwitze. Aber nicht unter den Händen dieses langnasigen Wurms! Mein Fell ist dick genug. Soll sich Magg doch die Zähne an meinen Knochen ausbeißen! Er belästigt mich nicht mehr als ein Mückenstich oder ein Kratzer. Bei jeder Rauferei unter Freunden habe ich Schlimmeres erlebt. Schmerzen?«, polterte Smoit. »Bei jedem einzelnen Haar in meinem Bart schwöre ich, es schmerzt mehr als glühendes Eisen, dass ich in meinem eigenen Schloss eingesperrt bin!«

Währenddessen hatten sich Gwydion und Coll an die Wände herangetastet und untersuchten sie in dem spärlichen Licht, so gut es ging, nach schwachen Stellen. Taran, der sich allmählich an die Finsternis gewöhnt hatte, befürchtete, dass seine Freunde vergeblich suchten. Die Kammer war fensterlos.

Smoit erriet die Absicht Gwydions und schüttelte den

Kopf. Mit dem eisenbeschlagenen Stiefel stampfte er auf den Boden.

»Fest wie ein Berg«, rief er. »Ich weiß es, denn ich habe ihn selbst angefertigt. Spar dir die Mühe, mein Freund. Er wird genauso wenig nachgeben wie ich.«

»Wie tief unter der Erde ist dieser Kerker?«, fragte Taran, doch im Grunde schwand die Hoffnung auf Rettung immer mehr. »Gibt es keine Möglichkeit, uns nach oben zu graben?«

»Kerker?«, brüllte Smoit. »Ich habe keine Kerker mehr in Caer Cadarn. Als wir uns zuletzt gesehen haben, hast du gesagt, Kerker seien nutzlos. Du hast Recht gehabt und so habe ich sie alle zugemauert. Es gibt in meinem Cantref kein Vergehen, das ich nicht mit einigen Worten schneller und leichter in Ordnung bringen könnte. Wer meine Stimme hört, der bessert sich – oder er verbindet sich den Kopf. Von wegen Kerker! Es ist eine unbenutzte Vorratskammer. Ich wollte, sie wäre ebenso sorgfältig versehen wie gebaut«, brummte Smoit. »Soll Magg doch seine Eisen und seine Peitschen bringen. Ich beachte sie gar nicht. Sie sind ohne Bedeutung im Vergleich zu den anderen Qualen. Die Vorratskammer liegt neben meiner Küche! Ich habe seit zwei Tagen nichts in den Magen bekommen. Wie zwei Jahre scheint das! Und dieser heimtückische Verräter hat die ganze Zeit gefeiert! Und ich? Ich durfte es nur riechen. Der wird mir dafür büßen!«, brüllte Smoit »Nur eines erbitte ich von ihm: einen Augenblick meine Pfoten um seinen dürren Hals legen! Ich werde ihm die Puddings und Pasteten herausquetschen, die er verschlungen hat!«

Gwydion hatte sich neben den tobenden Smoit gekauert. »Deine Vorratskammer kann unser Grab werden«, sagte er düster. »Und nicht nur für uns selbst«, fügte er hinzu. »Fflewddur Fflam führt unsere Freunde hierher. Maggs Klauen werden sich um sie ebenso fest schließen, wie sie uns umschlossen halten.«

Gwystyl

Fflewddur Fflam führte Eilonwy, König Rhun und Glew rasch zum Avren-Hafen. Doch ihre Rückkehr verlief weniger schnell. Zuerst brachte es der König von Mona geschickterweise fertig, über den Hals seines Apfelschimmels zu stürzen, als dieser am Rand des Flusses trank. Das unfreiwillige Bad durchnässte den unseligen König zwar bis auf die Haut, seine gute Laune wurde dadurch allerdings nicht abgekühlt. Doch hatte sich sein Schwert gelöst und die Klinge war ins Wasser gefallen. Rhun wollte sie daraufhin herausfischen und verhedderte sich dabei so hoffnungslos in den Zügeln, dass Fflewddur sich schließlich gezwungen sah, selbst ins Wasser zu tauchen und nach der Waffe zu suchen. Glew beschwerte sich, dass er hinter einem triefnassen Barden reiten sollte.

»Dann lauf doch, du Wiesel!«, schrie ihn Fflewddur an. Er schlug mit den Armen und bibberte vor Kälte. »Von mir aus auch in die entgegengesetzte Richtung.«

Glew schnaufte nur hochmütig und blieb sitzen. Eilonwy stampfte ungeduldig auf. »Wollt ihr euch nicht endlich beeilen! Wir sollten Gwydion beschützen, aber wir können uns offensichtlich nicht einmal um uns selbst kümmern.«

Der ehemalige Riese willigte endlich ein, hinter der Prinzessin auf Lluagor zu reiten, und sie machten sich erneut auf den Weg.

Llyan hatte sich plötzlich in den Kopf gesetzt zu spielen. Sie tänzelte mit ihren riesigen weichen Pfoten und drehte sich ausgelassen um sich selbst. Der hilflose Barde klammerte sich verzweifelt an ihrem rostroten Fell fest. Doch das Einzige, was er erreichte, war, Llyan daran zu hindern, sich auf dem Rücken zu wälzen.

»Sie macht das nicht sehr oft«, schrie der Barde atemlos, während Llyan weiter um die Gefährten herumsprang. »Sie ist sonst wirklich sehr fügsam! Keinen Zweck, sie zu schelten! Das stört sie überhaupt nicht.«

Schließlich blieb Fflewddur nur die eine Rettung: Er löste – mit beträchtlichen Schwierigkeiten – die Harfe von der Schulter und zupfte einige Töne, bis Llyan wieder ruhiger wurde.

Bald nach Mittag hörte der Barde aus weiter Ferne den leisen Ton von Tarans Horn.

»Sie machen sich Sorgen«, sagte Fflewddur. »Hoffentlich treffen wir sie bald.«

Die Freunde ritten so schnell wie möglich, doch vergrößerte sich der Abstand eher, als dass er schwand. Und als die Nacht hereinbrach, hielten sie erschöpft an und schliefen ein.

Am Morgen ritten sie weiter. Fflewddur schätzte, dass sie weniger als einen halben Tag hinter den anderen zurück waren. König Rhun, der so schnell wie möglich Caer Cadarn erreichen wollte, trieb seinen Apfelschimmel an. Doch war sein Pferd langsamer als Lluagor oder Llyan und Eilonwy und Fflewddur mussten ihre Tiere ständig zügeln.

Am Nachmittag stieß König Rhun einen freudigen Schrei aus: Caer Cadarn lag in geringer Entfernung vor ihnen. Sie konnten Smoits purpurne Fahne deutlich zwischen den

Baumstämmen erkennen. Die Freunde wollten schon ihre Reittiere anspornen, da bedeutete Eilonwy ihnen zu warten. Sie runzelte die Stirn und sah die flatternde Fahne genauer an.

»Wie merkwürdig«, sagte sie schließlich. »Ich sehe König Smoits freundlichen alten Bären. Aber ich sehe keine Fahne des Hauses Don. Und doch muss Gwydion bereits eingetroffen sein. Königin Taleria hat mich gelehrt, dass es für jeden Cantref-Fürsten eine Ehre ist, das goldene Sonnenbanner zu hissen, wenn er von einem Mitglied des Königshauses besucht wird.«

»Das ist richtig«, stimmte Fflewddur zu, »aber ich möchte bezweifeln, dass Gwydion diesmal Wert darauf legt, seine Anwesenheit bekannt zu geben. Er hat sicher Smoit gesagt, er solle auf Formalitäten verzichten. Und das war sehr umsichtig.«

»Ja, natürlich«, rief Eilonwy. »Ich wäre nie darauf gekommen. Du bist klug, Fflewddur.« Der Barde strahlte. »Erfahrung, Prinzessin, lange Erfahrung. Aber mach dir nichts draus – auch du wirst einmal so klug werden.«

»Trotzdem«, gab Eilonwy zu bedenken, als sie weiterritten, »es ist sonderbar, dass die Tore geschlossen sind. Ich kenne König Smoit und würde glauben, dass er sie weit öffnet und an der Spitze einer Ehrengarde auf uns wartet.«

Fflewddur winkte ab. »Nein, nein. Fürst Gwydion folgt einem Pfad der Gefahr und macht keine Vergnügungstour. Ich weiß, wie man sich in derartigen Situationen verhalten muss. Ich selbst bin tausendmal in geheimer Mission unterwegs gewesen – na ja, ein- oder zweimal bestimmt«, fügte er hastig hinzu. »Ich habe geradezu erwartet, Caer Cadarn verrammelt und verschlossen wie eine Auster zu finden.«

»Ja«, gab Eilonwy zu, »ich bin sicher, du weißt besser Bescheid in solchen Dingen.« Sie zögerte und blickte angestrengt zu dem Schloss hinüber, dem sich die Freunde nun schnell näherten. »Aber König Smoit liegt doch nicht in Fehde mit seinen Nachbarn, soweit ich weiß. Zwei Posten auf der Mauer würden mehr als genug sein. Warum braucht er eine ganze Armee?«

»Das ist doch völlig klar«, entgegnete Fflewddur, »um Fürst Gwydion zu schützen, natürlich.«

»Aber wenn doch niemand wissen soll, dass Gwydion hier ist«, beharrte Eilonwy.

»Bei Belin!«, rief der Barde und zügelte Llyan. »Du hast mich völlig verwirrt. Willst du sagen, dass Gwydion nicht in Caer Cadarn ist? Wenn er nicht da sein sollte, so finden wir es sehr bald heraus. Und wenn er da ist, dann werden wir das auch bald wissen.« Fflewddur kratzte sich den Kopf. »Aber wenn er nicht da ist, wieso? Was könnte passiert sein? Aber wenn er da ist, dann brauchen wir uns keine Sorgen zu machen. Und wenn er nicht ist … Verflixt und zugenäht, du hast mich völlig blöd gemacht. Ich verstehe nicht …«

»Ich verstehe es doch auch nicht«, antwortete Eilonwy. »Ich weiß nur – und selbst das weiß ich eigentlich nicht genau -, dass … Ich kann es dir nicht erklären. Ich – ich sehe das Schloss … Ich sehe, dass etwas nicht stimmt – nein, ich sehe es nicht wirklich. Ich spüre es. Nein, auch nicht … Es spielt schließlich keine Rolle«, platzte sie ungeduldig heraus. »Jedenfalls habe ich überall Gänsehaut und mir ist unheimlich zumute und mir gefällt die Sache nicht. Du hast Erfahrung, das bestreite ich gar nicht. Aber meine Vorfahren waren Zauberinnen. Ich wäre auch eine geworden, wenn ich es nicht vorgezogen hätte, eine junge Dame zu sein.«

»Zauberei!«, brummte der Barde unbehaglich. »Halte dich davon fern. Misch dich nicht ein. Das ist auch eine Erfahrung, die ich gemacht habe. Es bringt nichts Gutes.«

»Wenn die Prinzessin glaubt, dass etwas nicht stimmt«, warf Rhun ein, »dann reite ich gern voraus und sehe nach.«

»Unsinn!«, erwiderte Fflewddur. »Ich bin völlig sicher, dass alles in Ordnung ist.« Eine Saite riss und gab einen schrillen Ton. Der Barde räusperte sich. »Nein, ich bin überhaupt nicht sicher. Zum Kuckuck! Dieses Mädchen hat mir etwas in den Kopf gesetzt und ich kann es nicht mehr loswerden. Einerseits sieht alles in Ordnung aus – andererseits sieht alles verdächtig aus. Um euch zu überzeugen – das heißt, um mich zu überzeugen«, wandte sich Fflewddur an die Prinzessin, »werde ich derjenige sein, der nachsieht. Als fahrender Barde kann ich kommen und gehen, wie ich will. Wenn nicht, dann spielt es auch keine Rolle. Bleibt hier. Ich werde schnell wieder zurück sein. Wir werden später an König Smoits Tafel herzlich darüber lachen«, fügte er noch hinzu, aber es klang wenig überzeugend.

Der Barde saß ab, weil er es für klüger hielt, keine unnötige Aufmerksamkeit zu erregen. Und Llyan wäre eine Sensation gewesen.

»Und du«, warnte er Glew, »versuche keine dummen Tricks. Ich lasse dich ungern aus den Augen, aber Llyan wird gut auf dich aufpassen. Sie hat schärfere Augen als ich – und schärfere Zähne.«

Dann machte sich der Barde auf zum Schloss.

Eilonwy beobachtete, wie die Tore geöffnet wurden und der Barde ihrem Blick entschwand.

Der Abend war hereingebrochen und das Mädchen war ernstlich beunruhigt. Von dem Barden fehlte jede Spur. Die

Freunde hatten sich im Buschwerk verborgen, um Fflewddurs Rückkehr abzuwarten, doch Eilonwy erhob sich nun und sah ängstlich zum Schloss hinüber.

»Nichts ist in Ordnung!«, rief sie ungeduldig und trat einen Schritt aus dem Unterholz heraus.

König Rhun zog sie zurück. »Vielleicht hast du Unrecht«, sagte er. »Fflewddur wäre sofort zurückgekommen, uns zu warnen. Sicher hat ihm Smoit etwas zu essen vorgesetzt oder…« Rhun lockerte sein Schwert. »Ich werde nachsehen.«

»Nein, das wirst du nicht tun!«, schrie Eilonwy.

»Ich hätte zuerst gehen sollen. Ich hätte mehr Verstand haben müssen.«

Doch Rhun bestand auf seinem Vorhaben. Eilonwy widersprach. Es entstand ein hitziger – wenn auch geflüsterter – Wortwechsel, der erst durch das plötzliche Erscheinen des Barden unterbrochen wurde. Atemlos stolperte er in das Versteck.

»Es ist Magg! Er hat sie alle gefangen!«

Seine Stimme war ausdruckslos wie sein bleiches Gesicht. »Gefangen! Eingesperrt!

Eilonwy und Rhun lauschten entsetzt Fflewddurs Bericht.

»Die Krieger wissen nicht, wer die Gefangenen sind, nur dass neben Smoit vier andere wegen Verrat eingesperrt sind. Verrat! Man hat sie gezwungen, die Geschichte zu glauben. Aber es steckt mehr dahinter. Was es genau ist, konnte ich nicht erfahren. Ich glaube, die Posten hatten Befehl, jeden festzunehmen, der die Burg betrat. Glücklicherweise schien sich der Befehl nicht auf fahrende Barden zu beziehen. Es ist so selbstverständlich, dass ein Barde vorbeikommt und um einen

Bissen Essen singt, dass die Krieger sich überhaupt nichts dabei dachten. Trotzdem waren sie wachsam und ließen mich nicht in die Nähe der Großen Halle oder der Vorratskammer, in die sie die Gefangenen eingeschlossen haben. Doch habe ich Magg gesehen. Diese schmierige Giftspinne! Wenn ich ihn nur gleich hätte durchbohren können!

Die Soldaten ließen mich spielen, bis ich dachte, meine Finger würden abfallen«, schloss er schnell. »Sonst wäre ich schon längst zurückgekommen. Ich wagte nicht aufzuhören, sonst hätten sie Unrat gewittert – und es gibt dort eine Menge Unrat, den man wittern könnte!«, schrie er wütend.

»Wie sollen wir sie befreien?«, fragte Eilonwy. »Mir ist gleichgültig, weswegen sie eingesperrt sind. Das können wir später erfahren. Erst müssen wir sie retten.«

»Es geht nicht«, sagte Fflewddur verzweifelt. »Unmöglich. Nicht wenn wir nur vier sind. Und vier auch nur, wenn wir Glew mitzählen, den man eigentlich gar nicht rechnen darf.«

Glew schnaubte. Für gewöhnlich blieb das Männchen ungerührt, solange etwas nicht ihn selbst betraf. Jetzt aber war er aufgeregt.

»Als ich ein Riese war, hätte ich die Mauern niederreißen können.«

»Du mit deinem ›Als ich ein Riese war‹«, fuhr ihn Fflewddur an. »Jetzt bist du eben keiner mehr. Unsere einzige Hoffnung besteht darin, tiefer in den Cantref einzudringen und einen der Fürsten zum Überfall zu überreden.«

»Das dauert zu lange«, rief Eilonwy. »Sei endlich mal still und lass mich denken!«

Das Mädchen trat wieder auf die Lichtung und betrachtete das Schloss herausfordernd. Sie dachte fieberhaft nach, ohne zu einer klaren Lösung zu kommen. Unwillig und enttäuscht wollte sie sich abwenden, als sie eine Bewegung ganz in der Nähe wahrnahm. Sie erstarrte und wagte nicht, den Kopf zu wenden. Aus dem Augenwinkel gewahrte sie einen sonderbaren Schatten, der nun völlig bewegungslos war. Sie tat, als würde sie den Weg zurück zu Fflewddur und Rhun verfolgen, bewegte sich dabei aber ganz vorsichtig und unmerklich auf den Baum und den Schatten zu.

Plötzlich stürzte sie sich, flink wie Llyan, auf die unförmige dunkle Masse. Ein Teil davon rollte in eine Richtung, der andere kreischte. Eilonwy schlug, trat und kratzte. Fflewddur und Rhun waren sofort neben ihr und packten fest zu. Eilonwy trat zurück, nahm schnell die goldene Kugel und umschloss sie mit ihren Händen. Sofort begann sie zu leuchten. Die Prinzessin näherte sich der wild um sich schlagenden Gestalt. Vor Erstaunen öffnete sie den Mund: Die goldenen Strahlen beschienen ein bleiches, runzliges Gesicht mit einer langen, welken Nase und einem traurigen Mund. Spärliche Haarsträhnen gleich Spinnweben hingen ihm in die Stirn. Ein Paar tränenfeuchte, unglückliche Augen sahen sie an.

»Gwystyl!«, rief Eilonwy. » Gwystyl aus dem Reich der Unterirdischen!«

Der Barde lockerte den Griff.

Gwystyl setzte sich, rieb die dünnen Arme, rappelte sich schließlich auf die Beine und schlug den Mantel fröstelnd um sich.

»Nett, euch wiederzusehen«, murmelte er. »Eine große Freude, wirklich. Ich habe oft an euch gedacht. Auf Wiedersehen, lebt wohl. Ich muss jetzt gehen.«

»Hilf uns!«, bat Eilonwy. »Gwystyl, wir bitten dich. Unsere Freunde sind in Smoits Burg gefangen.«

Gwystyl hielt sich die Ohren zu. Sein Gesicht verzog sich unglücklich.

»Bitte, bitte«, ächzte er, »schrei nicht so. Ich fühle mich nicht wohl; ich möchte heute Abend nicht angeschrien werden. Und würde es dir etwas ausmachen, mir nicht direkt ins Gesicht zu leuchten? Es ist wirklich zu viel. Es ist mehr als genug, herumgezerrt zu werden und dann noch angebrüllt und geblendet zu werden. Wie ich gesagt habe – es ist wunderbar, dass ich euch getroffen habe. Natürlich helfe ich euch gern. Aber vielleicht ein anderes Mal. Wenn die Zeiten ruhiger sind.«

»Gwystyl, verstehst du denn nicht?«, rief Eilonwy. »Hast du mir überhaupt zugehört? Du musst uns jetzt helfen. Gwydions Schwert wurde gestohlen. Dyrnwyn ist verloren! Arawn hat es! Weißt du nicht, was das bedeutet? Das ist das Schlimmste, was passieren konnte. Wie soll Gwydion das Schwert zurückholen, wenn er eingesperrt ist und in Lebensgefahr schwebt? Und Taran – und Coll und Gurgi ...«

»An manchen Tagen ist es eben so«, seufzte Gwystyl. »Und was kann man dagegen machen? Nichts, außer hoffen, dass alles besser wird – was wahrscheinlich sowieso umsonst ist. Aber das ist alles, was man tun kann. Ja, ich weiß, dass Dyrnwyn gestohlen wurde. Ein Unglück, ein trostloser Zustand.«

»Du weißt es?«, rief der Barde erstaunt. »Großer Belin, heraus mit der Sprache! Wo ist es?«

»Keinen blassen Schimmer«, schluchzte Gwystyl so verzweifelt, dass Eilonwy überzeugt war, dieser weinerliche Wicht spräche tatsächlich die Wahrheit. »Aber das soll mich nicht kümmern. Was um Annuvin vorgeht ...« Er schauderte und rieb sich mit zitternder Hand die Stirn. »Die Häscher Arawns sammeln sich. Die Kesselkrieger sind gekommen, ganze Armeen von Kesselkriegern. Ich habe nie in meinem Leben so eine Menge Kesselkrieger gesehen. Genug, um einen anständigen Menschen in den Wahnsinn zu treiben. Und das ist noch lange nicht alles«, fuhr Gwystyl mit erstickter Stimme fort. »Einige der Cantref-Fürsten sammeln ihre Gefolgsleute und ihre Truppenführer beraten sich in Annuvin. Alles ist mit Kriegern übersät – innerhalb wie außerhalb der Grenzen, wohin man auch blickt. Ich lebte in ständiger Angst, sie könnten meine unterirdischen Gänge und meine Höhlen entdecken. Heutzutage bin ich der Einzige, der einen Stützpunkt des Zwergenvolkes bewacht, der so nahe bei Annuvin liegt.

Glaubt mir«, sprach Gwystyl hastig weiter, »eure Freunde sind dort, wo sie jetzt sind, besser aufgehoben. Viel sicherer. Egal was ihnen geschieht, es kann nicht schlechter sein, als in dieses Hornissennest zu tappen. Falls ihr sie zufällig einmal wiedersehen solltet, dann grüßt sie recht herzlich von mir. Tut mir Leid, tut mir schrecklich Leid, aber ich kann nicht länger bleiben. Ich bin auf dem Weg zum Reich der Unterirdischen. König Eiddileg sollte von diesen Vorkommnissen unverzüglich erfahren.«

»Wenn König Eiddileg erfährt, dass du uns nicht helfen wolltest«, rief Eilonwy unwillig, »würdest du wünschen, du hättest deinen Posten nie verlassen.«

»Es ist eine lange, beschwerliche Reise«, sagte Gwystyl mit Grabesstimme und schüttelte den grauen Kopf. Er schien Eilonwys Worte nicht gehört zu haben. »Ich kann die unterirdischen Gänge nicht benutzen. Eiddileg wird alles wissen wollen, was sich über der Erde abspielt. Ich bin nicht sehr für Reisen, nicht mit meiner Gesundheit und erst recht nicht bei diesem Wetter. Im Sommer wäre es ungleich angenehmer gewesen. Aber das kann niemand ändern. Wiedersehen, lebt wohl. Hat mich sehr gefreut.«

Gwystyl bückte sich und hob ein Bündel auf, das fast ebenso groß war wie er selbst. Eilonwy packte ihn am Arm.

»Nein, du wirst nicht gehen!«, rief sie. »Du kannst König Eiddileg warnen, nachdem wir die Freunde befreit haben. Versuche nicht, mich zu täuschen, Gwystyl vom Feenvolk. Wenn du uns nicht helfen willst, dann weiß ich, wie ich dich dazu zwingen kann: Ich werde dich zu Mus quetschen!«

Eilonwy tat, als wollte sie den Zwerg am Genick packen. Gwystyl schluchzte auf und setzte sich kraftlos zur Wehr. »Nicht quetschen! Bitte nicht! Ich könnte es nicht ertragen. Nicht jetzt. Wiedersehen. Wirklich, das ist nicht der rechte Augenblick ...«

Fflewddur hatte sich inzwischen etwas mit dem Bündel beschäftigt. Der riesige Packen war ein Stück gerollt und hatte sich teilweise gelöst.

»Bei Belin«, murmelte der Barde, »was für ein Ramsch. Der zimperliche Engerling ist schlimmer als eine Schnecke, die den gesamten Hausrat auf dem Rücken trägt.«

»Es ist nichts, überhaupt nichts«, erklärte Gwystyl auffallend hastig. »Nur ein, zwei Dinge, die die Reise erleichtern sollen.«

»Wir sollten uns lieber mit diesem Bündel beschäftigen als mit dem dürren Hals dieses Jammerlappens«, meinte Fflewddur. Er hatte sich auf die Knie niedergelassen und wühlte zwischen den verschiedenen Gegenständen. »Vielleicht gibt es hier etwas, was wertvoller ist als Gwystyl.«

»Nehmt, was ihr wollt«, sagte der Zwerg traurig, als Eilonwy das Licht ihrer Kugel auf das Bündel richtete. »Nehmt alles, wenn ihr wollt. Es spielt keine Rolle, ich komme auch ohne dieses Zeug zurecht. Zwar wird es schwer sein, aber es wird gehen.«

König Rhun kniete neben dem Barden, der inzwischen einige geflickte Schaffelljacken und zerfetzte Mäntel hervorgezogen hatte.

»Erstaunlich!«, rief Rhun aus. »Hier ist ein Vogelnest!«

»Ja«, murmelte Gwystyl. »Nimm es. Ich habe es aufgehoben. Man weiß nie, wann man es brauchen kann. Aber es soll jetzt dir gehören.«

»Nein, nein, danke«, brummte der Barde. »Ich möchte dich nicht berauben.«

Als Nächstes fanden sie leere und gefüllte Wasserflaschen, einen zusammenlegbaren Spazierstock, ein Kissen, zwei Schnurenden, einige Angelleinen und große Angelhaken, zwei Zelte, eine Anzahl eherner Keile und eine verbogene Eisenstange, einen großen Lappen weichen Leders, der, wie Gwystyl stockend erklärte, über einen Rahmen aus Weidenruten gespannt werden konnte und dann als Boot diente; einige große Bündel getrocknetes Gemüse und Kräuter und zahlreiche Beutel mit Flechten in allen Farben.

»Für meine Gesundheit«, erklärte Gwystyl und zeigte auf die Flechten. »Die Feuchtigkeit um Annuvin ist fürchterlich. Sie helfen zwar überhaupt nicht, sind aber besser als gar nichts. Aber wenn ihr sie wollt, bitte …«

Der Barde schüttelte verzweifelt den Kopf. »Nutzloses Gerümpel. Wir können die Angelschnüre und -haken nehmen. Doch was sie uns nützen sollen …«

»Gwystyl«, rief Eilonwy ärgerlich, »deine Zelte, Boote und Spazierstöcke sind unbrauchbar! Ich möchte dich am liebsten zerquetschen und zwicken, denn ich verliere langsam die Geduld. Verschwinde! Ja, mach, dass du fortkommst!«

Gwystyl seufzte erleichtert auf und packte hastig sein Bündel. Als er dieses über die Schulter schwang, fiel aus seinem Mantel ein kleiner Sack, nach dem er sich unverzüglich bückte.

»Was ist das denn?«, fragte Rhun neugierig. Er hatte das Säckchen aufgehoben und war gerade im Begriff, es dem aufgeregten Zwerg zu reichen.

»Eier«, nuschelte Gwystyl.

»Hast du ein Glück, dass sie nicht zerbrochen sind«, sagte Rhun freundlich. »Vielleicht sollten wir uns aber vergewissern«, meinte er und knotete die Schnur auf.

»Eier!« Fflewddur strahlte. »Ich könnte eines oder auch zwei davon vertragen. Ich habe seit Mittag nichts gegessen – diese Krieger haben mich zwar spielen lassen, aber zu essen haben sie mir nichts gegeben. Komm, alter Freund, ich bin so ausgehungert, dass ich glatt eines roh austrinken könnte.«

»Nein! Nein!«, kreischte Gwystyl und griff nach dem Säckchen. »Es sind keine Eier. Es sind überhaupt keine Eier!«

»Jedenfalls sehen sie wie Eier aus«, versicherte Rhun. »Was soll es denn sonst sein?«

Gwystyl schluckte, begann, schrecklich zu husten, und seufzte ergeben, bevor er antwortete.

»Rauch«, brachte er mühsam hervor.

Eine Hand voll Eier

Erstaunlich!«, rief König Rhun. »Rauch aus Eiern! Oder sind es Eier aus Rauch?«

»Der Rauch ist drinnen«, ächzte Gwystyl und wickelte sich fester in seinen schäbigen Umhang. »Lebt wohl. Zerbrecht die Schale und der Rauch quillt hervor – reichlich. Behaltet sie. Als Geschenk. Falls ihr Fürst Gwydion einmal wiedersehen solltet, dann sagt ihm, er soll Annuvin unbedingt meiden. Was mich betrifft, so bin ich froh, diesen Ort hinter mir zu lassen, und hoffe, ich werde niemals zurückkehren. Auf Wiedersehen.«

»Gwystyl«, sagte Eilonwy scharf und packte den Zwerg am Ärmel. »Irgendetwas sagt mir, dass es mit deinem Mantel eine besondere Bewandtnis hat. Was hast du noch verborgen? Aber bitte die Wahrheit. Oder ich verspreche dir, dass ich dich zwicken und zwacken …«

»Nichts!«, keuchte Gwystyl. Trotz des scharfen Windes hatte er begonnen zu schwitzen. Seine Spinnwebhaare hingen ihm strähnig um den Kopf, und der Schweiß troff ihm von der Stirn, als sei er in einen Regenschauer geraten. »Nichts, außer einigen persönlichen Dingen. Kleinkram. Wenn dich das interessiert, von mir aus …«

Gwystyl hob die Arme und breitete den Umhang aus, dass er wie eine langnasige und traurige Fledermaus aussah. Er seufzte und stöhnte zum Erbarmen.

Die Gefährten starrten ihn überrascht an.

»Krimskrams«, sagte Fflewddur, »jede Menge Krimskrams, bei Belin.«

In den Falten des Mantels hingen, fein säuberlich befestigt, ein Dutzend Leinensäckchen, Netze und sorgfältig eingeschlagene Pakete. Die meisten schienen noch mehr von den Eiern zu enthalten. Gwystyl löste eines der Netze und gab es Eilonwy.

»Na, so was«, rief Rhun. »Erst Eier und jetzt Pilze!«

Soweit die Prinzessin sehen konnte, enthielt das Netz nichts weiter als einige große braun gefleckte Giftpilze. Gwystyl ruderte verzweifelt mit den Armen und stöhnte. »Hütet euch, seid vorsichtig! Wenn ihr einen davon zerbrecht, verbrennt er euch die Haare. Sie machen eine schöne Stichflamme, falls ihr so etwas einmal benötigen solltet. Nehmt sie alle. Ich bin froh, dass ich sie los bin.«

»Das ist genau, was wir brauchen!«, rief Eilonwy. »Gwystyl, vergib mir, dass ich dir gedroht habe.«

Sie wandte sich zu dem Barden, der die beiden Säcke zweifelnd untersuchte. »Ja! Das wird uns helfen. Wenn wir nun noch einen Weg finden, um ins Schloss zu gelangen …«

»Meine liebe Prinzessin«, entgegnete Fflewddur, »ein Fflam ist kühn, aber ich halte es kaum für möglich, eine Festung mit Eiern und Pilzen zu erobern – auch wenn es Eier und Pilze einer ganz besonderen Art sind. Und doch …« Er zögerte, dann schnippte er mit den Fingern. »Großer Belin, wir könnten es schaffen! Ich sehe langsam, wie es gehen könnte.«

Gwystyl hatte inzwischen die übrigen Pakete aus seinem Umhang getrennt. »Hier«, murmelte er, »ihr könnt genauso gut den Rest haben. Für mich ist es jetzt ohne Bedeutung.«

Die Pakete, die Gwystyl ihnen mit zitternder Hand entgegenstreckte, enthielten ein dunkles Pulver. »Streut dies auf eure Füße, und niemand wird eure Spuren sehen können – das heißt, falls überhaupt jemand nach euren Spuren sucht. Und wenn ihr den Staub jemandem ins Gesicht schleudert, dann wird er geblendet – für eine kurze Weile jedenfalls.«

»Das wird ja immer besser!«, rief Fflewddur. »Wir befreien unsere Freunde aus dem Netz der Spinne im Handumdrehen. Eine tapfere Tat! Rauchwolken! Feuerwogen! Pulver, das blendet! Und ein Fflam, der zu Hilfe eilt! Das gibt den Barden Stoff! Ach – sag mal, alter Freund«, wandte er sich unsicher an Gwystyl, »bist du ganz sicher, dass diese Pilze funktionieren?«

Rasch kehrten die Gefährten zu ihrem Versteck zurück und berieten sich. Gwystyl hatte man so lange geschmeichelt und gedroht, bis er sich schließlich doch entschlossen hatte – mit vielen gequälten Seufzern und jammervollem Stöhnen –, bei der Rettung zu helfen. Der Barde wollte sofort beginnen.

»Ich habe die Erfahrung gemacht«, sagte Fflewddur, »dass man solche Dinge sofort angehen muss. Ich werde zum Schloss zurückkehren, und da mich die Krieger kennen, werden sie mir ohne weiteres die Tore öffnen. Unter dem Umhang habe ich Gwystyls Eier und Pilze, und wenn die Tore offen sind – Rauchwolken, eine Feuerwoge! Ihr anderen haltet euch in der Nähe verborgen und auf ein Zeichen stürmen wir mit gezogenen Schwertern und laut schreiend in den Hof.

»Wunderbar!«, lobte Rhun. »Das muss gelingen.« Der König von Mona runzelte die Stirn. »Aber es scheint doch, als ob wir – ich verstehe ja nichts von der Sache – mitten in unseren eigenen Rauch und in unser eigenes Feuer laufen. Ich meine, die Krieger können uns zwar nicht sehen, doch wir die Krieger ebenso wenig.«

Fflewddur schüttelte den Kopf »Glaub mir, mein Freund, das ist der beste und schnellste Weg. Ich habe mehr Gefangene befreit, als ich Finger an beiden Händen zählen kann.« Die Harfe bog sich, und eine Reihe von Saiten wäre unweigerlich gerissen, hätte Fflewddur nicht im gleichen Atemzug hinzugefügt: »Geplant zu befreien, heißt das. In Wirklichkeit habe ich noch nie einen Gefangenen befreit.«

»Rhun hat Recht«, erklärte Eilonwy, »es wäre schlimmer, als über unsere eigenen Füße zu stolpern. Außerdem würden wir alles auf einmal riskieren. Nein, wir müssen einen besseren Plan ausdenken.«

König Rhun strahlte, überrascht und entzückt, dass seine Worte Zustimmung gefunden hatten. Er blinzelte mit seinen blassblauen Augen, grinste schüchtern und wagte, noch einmal die Stimme zu erheben.

»Ich muss gerade an die Hafenmauer denken, die ich erneuert habe«, begann er zögernd. »Ich meine, dass ich sie von zwei Seiten her begonnen habe. Unglücklicherweise klappte die Sache nicht ganz so gut, wie ich gedacht habe. Aber die Idee war gut. Wenn wir jetzt dasselbe versuchen würden … Natürlich keine Mauer bauen. Ich meine vielmehr, Caer Cadarn von verschiedenen Seiten angehen.«

Fflewddur, der kein bisschen niedergeschlagen war, dass sein Vorschlag verworfen wurde, zuckte mit den Schultern. Aber Eilonwy nickte. »Ja, das ist das einzig Vernünftige.«

Glew schnaufte. »Das einzig Vernünftige ist, eine Armee im Rücken zu haben. Als ich ein Riese war, hätte ich euch liebend gern geholfen. So aber will ich mich da raushalten.«

Das Männchen wollte noch einiges hinzufügen, aber ein Blick des Barden ließ es verstummen.

»Keine Angst«, sagte Fflewddur, »wir beide werden immer zusammenbleiben. Du wirst in guten Händen sein.«

»Nun also«, unterbrach Rhun, der vor Ungeduld brannte, »wir sind fünf. Einige sollten über die Mauer auf der Rückseite klettern, die anderen durch das Tor kommen.«

Der junge König stand auf, seine Augen glänzten unternehmungslustig. »Fflewddur Fflam wird dafür sorgen, dass die Tore geöffnet werden. Und während die anderen von der Rückseite her angreifen, reite ich geradewegs durch das Tor.«

Rhuns Hand ruhte auf dem Schwertknauf. Er hielt den Kopf zurückgeworfen und stand stolz neben den Freunden, als seien alle Fürsten von Mona an seiner Seite. Er sprach weiter, bestimmt und klar, mit solcher Begeisterung, dass Eilonwy es nicht übers Herz brachte, ihn zu unterbrechen.

»Rhun, es tut mir Leid«, sagte sie schließlich, »aber – und ich glaube, Fflewddur wird mir zustimmen – du solltest dich besser aus dem Kampf heraushalten, solange es irgend möglich ist. So bist du zur Stelle, wenn du gebraucht wirst, und es ist nicht so gefährlich für dich.«

Rhuns Gesicht verdüsterte sich. »Aber …«

»Du bist nicht länger ein Prinz«, fuhr Eilonwy fort. »Du bist König von Mona. Dein Leben gehört nicht dir allein, verstehst du das nicht? Du musst an ein ganzes Volk denken, und wir lassen es nicht zu, dass du ein unnötiges Risiko eingehst. Du würdest in zu großer Gefahr schweben. Wenn Königin Taleria gewusst hätte, wie die Sache ausgeht, wärst du gar nicht nach Caer Dallben gefahren.«

»Ich verstehe nicht, was meine Mutter damit zu tun hat«, rief Rhun. »Ich bin sicher, mein Vater hätte gewollt…«

»Dein Vater wusste, was es heißt, ein König zu sein«, sagte Eilonwy sanft. »Du musst lernen, genauso zu handeln.«

»Taran von Caer Dallben hat mir das Leben auf Mona gerettet«, sagte Rhun heftig. »Ich stehe in seiner Schuld – und es ist eine Schuld, die nur ich allein begleichen kann.«

»Auch den Fischern von Mona gegenüber hast du eine Schuld zu begleichen«, entgegnete Eilonwy fest, »und ihr Anspruch ist der größere.«

Rhun wandte sich ab und setzte sich traurig auf einen kleinen Erdhügel. Fflewddur gab ihm einen aufmunternden Klaps auf die Schulter.

»Kopf hoch«, sagte der Barde »Wenn die Eier und Pilze von unserem Freund Gwystyl versagen, dann hast du mehr als genug zu tun. Und wir auch.«

Der Morgen begann schon zu dämmern, und die Luft war eisig, als die Freunde ihr Versteck im Unterholz verließen und verstohlen zur dunklen Burg schlichen. Jeder trug einen Teil von Gwystyls Eiern und Pilzen sowie einen Beutel mit dem schwarzen körnigen Pulver. Sie beschrieben einen Bogen und näherten sich Caer Cadarn von seiner finsteren Seite her.

»Vergesst unseren Plan nicht«, warnte Fflewddur leise. »Es muss alles so ablaufen, wie wir es geplant haben. Wenn wir alle auf unseren Plätzen sind, wird Gwystyl einen seiner berühmten Pilze zerbrechen. Das Feuer wird die Wachen in den hinteren Teil des Hofes locken. Das ist unser Zeichen«, sagte er zu Eilonwy und Rhun. »Dann und nicht eher – haltet euch bereit, die Tore zu öffnen, so schnell ihr könnt; denn ich kann mir denken, dass wir es ziemlich eilig haben werden, hinauszukommen. Zur gleichen Zeit befreie ich Smoits Krieger, die in der Wachstube eingesperrt sind. Sie werden euch helfen, wenn ihr Hilfe nötig habt. Ich gehe inzwischen zur Vorratskammer und befreie unsere Freunde. Wir können nur davon ausgehen, dass diese heimtückische Giftspinne sie noch nicht woanders hingebracht hat. Wenn er es doch getan hat, dann müssen wir an Ort und Stelle einen neuen Plan machen. Und du, alter Freund«, sagte er zu Gwystyl, als die schwarzen Mauern vor ihnen auftauchten, »ich glaube, es ist Zeit, dass du ausführst, was du versprochen hast.«

Gwystyl seufzte herzzerreißend und zog die Mundwinkel weinerlich nach unten. »Ich fühle mich nicht nach Klettern, nicht heute. Wenn ihr nur gewartet hättet. Nächste Woche vielleicht. Oder wenn das Wetter besser geworden ist. Nun, ist egal. Man kann nichts dagegen tun.«

Er wackelte zweifelnd mit dem Kopf und legte das Seil nieder, das er in einer Rolle über dem Rücken getragen hatte. Die großen Angelhaken aus seinem Bündel befestigte er nun an einem Ende. Fasziniert beobachtete Rhun, wie Gwystyl mit einer schnellen Bewegung die Schnur nach oben warf. Von der Mauerkrone hoch über ihnen drang ein feines schabendes Geräusch, dann ein kurzes Klicken, als die Haken sich in den vorspringenden Steinen der Brustwehr verfangen hatten. Gwystyl zog prüfend an der Schnur und wickelte sich den Rest um den Hals.

»Glaubst du denn, dass diese Angelschnur stark genug ist?«, fragte Rhun flüsternd.

Gwystyl seufzte und sah ihn betrübt an. »Ich fürchte, nein.«

Trotzdem schwang er sich schnell unter Ächzen und

Stöhnen hinauf, schwebte einen Augenblick in der Luft, bis seine Füße an der Mauer Halt fanden, und arbeitete sich geschickt empor, zog sich am Seil hinauf und stieß sich mit den Füßen ab, dass er bald nicht mehr zu sehen war.

»Erstaunlich!«, rief Rhun.

Der Barde bedeutete ihm energisch zu schweigen.

Einen Moment später wurde die dünne Angelschnur hochgezogen und die stärkere Schnur heruntergelassen. Der Barde hob Glew empor, der so laut und heftig, wie er es eben wagte, protestierte.

»Hinauf mit dir«, ermunterte ihn Fflewddur. »Ich komme gleich nach.«

Rhun folgte, nachdem der Barde und der ehemalige Riese im Dunkeln verschwunden waren. Eilonwy ergriff die Schnur und wurde schnell hinaufgezogen. Sie kletterte über die Brustwehr und ließ sich auf einen Vorsprung fallen. Gwystyl war bereits zur Rückseite geeilt. Fflewddur und Glew glitten hinunter in die Finsternis. König Rhun lächelte Eilonwy zu und kauerte sich eng an die eisige Mauer.

Der Mond war untergegangen und der Himmel stand schwarz über ihnen. Mitten zwischen den Schatten der stillen Gebäude, der Ställe und einer lang gestreckten Form, die Eilonwy für die Große Halle Smoits hielt, glomm der schwache Schein eines Wachfeuers. Weiter vorn, näher auf die Tore zu, standen die Wachen bewegungslos und schläfrig.

»Ich glaube, es ist finster genug«, wisperte Rhun zuversichtlich. »Wir werden Gwystyls Pulver gar nicht brauchen. Ich kann kaum etwas sehen.«

Eilonwy blickte in die Richtung, die Gwystyl eingeschlagen hatte, und wartete auf das Zeichen.

Rhun war angespannt und jeden Moment bereit, sich an dem Seil herunterzulassen.

Ein Schrei drang aus dem Hof. Im selben Augenblick schlug eine rote Flamme aus dem Schatten der Großen Halle.

Eilonwy sprang auf die Füße.

»Etwas stimmt nicht!«, rief sie. »Fflewddur greift zu früh an.«

Jetzt erst sah sie den Feuerschein am anderen Ende der Burg. Weitere Rufe übertönten das Geräusch hastiger Fußtritte. Aber die Krieger, Eilonwy bemerkte es enttäuscht, liefen nicht zu Gwystyls falschem Angriff, sondern zur Großen Halle. Der Hof war übersät mit Schatten. Fackeln wurden entzündet.

»Schnell!«, schrie Eilonwy. »Die Tore!«

Rhun sprang von der Mauer. Eilonwy wollte gerade folgen, als sie einen Bogenschützen erspähte. Er lief auf sie zu, blieb dann stehen, um zu zielen.

Hastig holte Eilonwy einen Pilz aus ihrem Umhang und warf ihn dem Krieger entgegen. Er fiel vor dem Soldaten auf den Stein und zerbarst. Die Flammen schlugen empor, wuchsen zu einer brüllenden, wabernden Woge. Der Bogenschütze schrie vor Entsetzen und wich zurück. Der Pfeil pfiff an ihr vorbei.

Das Mädchen ergriff das Seil und ließ sich auf den Hof hinunter.

Der König von Mona

Gurgi war der Erste, der die aufgeregten Rufe hörte. Sie drangen nur gedämpft durch die mächtigen Wände der Vorratskammer, die nun ein Gefängnis war. Doch Gurgi war schon auf den Beinen, bevor seine Gefährten die Geräusche hörten. Während der Nacht hatten sie, ständig in Angst, Magg könnte kommen, einen Fluchtplan nach dem anderen geschmiedet und wieder verworfen. Später waren sie vor Erschöpfung eingeschlafen, stellten jedoch Wachen auf. Die einzige Hoffnung sahen sie darin, ihr Leben teuer zu verkaufen, wenn Maggs Wachen sie holen kämen.

»Hauen und Stechen!«, schrie Gurgi. »Für müde, mutlose Freunde? Ja! Ja! Da sind wir!« Er lief zur Tür und schrie durch das Gitter.

Auch Taran hörte nun ein helles Geräusch, das der Klang eines Schwertes zu sein schien. Coll und König Smoit waren schnell an seiner Seite und Gwydion hatte bereits die Tür erreicht und zog den aufgeregten Gurgi zurück.

»Sei vorsichtig«, warnte Gwydion scharf. »Fflewddur Fflam kann einen Weg gefunden haben, uns zu befreien, doch wenn das ganze Schloss in Aufruhr versetzt wird, könnte Magg uns töten, ehe noch die Freunde uns befreit haben.«

Sie hörten Schritte, jemand hantierte an dem Türschloss, und die Gefährten wichen zurück, bereit, sich auf ihre Gefängniswärter zu stürzen. Die Tür wurde aufgestoßen. Eilonwy stürmte in die Kammer.

»Folgt mir!«, rief sie. In einer Hand trug sie die leuchtende Kugel, mit der anderen löste sie einen Sack vom Gürtel. »Nehmt. Die Pilze sind Feuer, die Eier Rauch. Werft sie, wenn jemand euch angreift. Und dieses Pulver blendet die Angreifer. Ich konnte keine Waffen finden«, sprach sie schnell weiter. »Ich habe Smoits Krieger befreit, aber Fflewddur ist im Hof gefangen. Alles ist schief gegangen. Unser Plan ist missglückt.«

Smoit brüllte vor Wut und stürzte zur Tür.

»Weg mit deinen Schwämmen und deinen Hühnereiern!«, donnerte er. »Ich brauche nur meine Hände, um dem Verräter den Hals umzudrehen!«

Gwydion sprang auf den Gang hinaus, Coll und Gurgi folgten. Taran eilte hinter Eilonwy her. Er lief durch die Gänge der Großen Halle bis zum Ausgang. Ein ungewisses Licht – weder das Licht des Tages noch die Finsternis der Nacht – lag über dem Hof; dicke Wolken undurchdringlichen weißen Rauches erhoben sich und verdeckten den Morgenhimmel. Wie träge Schwaden, leise bewegt vom Wind, zogen sie durch die Luft, gaben für einen Augenblick den Blick auf ein Knäuel kämpfender Krieger frei und schlossen sich wieder zu einer dichten Rauchwand. Hier und da zuckten hohe Flammen auf und züngelten in den grauen Himmel.

Taran tauchte in den wogenden Rauch ein. Er hatte Eilonwy aus den Augen verloren. Da stand plötzlich ein Krieger vor ihm, erhob das Schwert und schlug zu. Taran versuchte hastig, dem Schlag auszuweichen, und warf dem Angreifer eine Hand voll seines Pulvers ins Gesicht. Der Mann wich zurück, als sei er getroffen. Seine weit geöffneten Augen blickten starr und leer. Taran zögerte keinen Augenblick, entriss dem verdutzten Krieger das Schwert und stürmte weiter.

»Hierher, zu König Smoit!« Der Ruf des rotbärtigen Königs ertönte von den Ställen. Taran konnte einen kurzen Blick auf den wütenden Smoit erhaschen. Er hatte sich mit einer riesigen Sense bewaffnet und schlug um sich wie ein Bär, der sich in einen Bauern verwandelt hat. Der Pechvogel Gurgi war gestürzt. Alle seine Eier hielt er noch umklammert. Doch waren sie beim Sturz zerbrochen und dichter Rauch ergoss sich über ihn. Taran konnte nur zwei wild rudernde haarige Arme sehen, dann verschwanden auch diese in den Rauchwogen. Gurgi kreischte verzweifelt, drehte sich wie von Sinnen im Kreis und rannte kopfüber davon. Die Krieger schrien entsetzt und flohen vor diesem fürchterlichen Wirbelwind.

König Smoit versuchte – soweit Taran feststellen konnte –, seine Leute um sich zu versammeln. Taran wollte sich ebenfalls einen Weg zu den Ställen bahnen. Einmal war Coll neben ihm. Der kräftige Krieger hatte nun ein Schwert, das einem gefallenen Gegner gehört hatte, und warf sich mit seinem massigen Körper gegen die Männer, die Fflewddur Fflam gefangen hielten.

Taran stürmte unaufhaltsam weiter und teilte nach allen Seiten wirkungsvolle Schläge aus.

Maggs Krieger wichen zurück. Nun schloss sich auch der Barde Taran an und verfolgte sie.

»Wo ist Rhun?«, fragte Taran.

»Ich weiß nicht!«, keuchte Fflewddur. »Er und Eilonwy sollten uns die Tore öffnen. Aber, bei Belin, was seitdem geschah, kann ich nicht mal raten. Alles ist anders. Einer von Maggs Leuten ist auf Glew getreten, und wir waren entdeckt, noch bevor wir einen Schritt weit gehen konnten. Dann ist alles schief gegangen. Wo Glew ist, weiß ich nicht – allerdings muss ich sagen, das kleine Wiesel hat sich ganz gut gehalten. Wie Gwystyl übrigens auch.«

»Gwystyl?«, stotterte Taran. »Wie ...«

»Später«, entgegnete Fflewddur, »wir werden dir später alles erzählen, falls es ein Später gibt.«

Sie hatten die Ställe fast erreicht. Taran erblickte Gwydion. Der wolfsgraue Kopf des Prinzen überragte die umherwirbelnden Krieger. Aber die anfängliche Freude Tarans, als er sah, dass Gwydion lebte, wurde schnell zu Verzweiflung: Er erkannte, dass sich das Kriegsglück gegen die Gefährten wandte. Nur ein paar Männer Smoits hatten sich zu einem gemeinsamen Angriff sammeln können, die anderen waren umzingelt und in kleinere Gefechte verwickelt.

»Zu den Toren!«, kommandierte Gwydion. »Rettet euch!« Niedergeschlagen bemerkte Taran, dass ihre kleine Gruppe einer riesigen Übermacht gegenüberstand. Verschwommen nahm er wahr, dass die Tore offen standen, doch mehr von Maggs Kriegern waren hinzugekommen, und nun blockierten sie den Weg, der in die Sicherheit des Waldes führte.

Plötzlich galoppierte ein Reiter in den Hof. Es war Rhun, der seinem Apfelschimmel wie wild die Sporen gab. Sein kindliches Gesicht strahlte grimmigen Zorn aus. Dann zügelte er sein Ross, dass es sich aufbäumte, schwang sein Schwert über dem Kopf und schrie: »Bogenschützen! Folgt mir! In den Hof?«

Er warf das Pferd herum und fuchtelte mit dem Schwert, als winke er nachfolgenden Truppen. Seine Stimme übertönte den Lärm der Waffen. »Speerkämpfer! Hierher! Beeilt euch!«

»Er hat Hilfe geholt!«, schrie Taran.

»Hilfe?« Der Barde war erstaunt. »Hier gibt es keine, meilenweit.«

Rhun galoppierte vor und zurück, mitten durch die Krieger, brüllte Befehle, als sei eine ganze Armee hinter ihm. Maggs Leute wandten sich dem unsichtbaren Feind zu.

»Eine List!«, rief Fflewddur. »Er ist verrückt! Das gelingt niemals!«

»Doch, es gelingt.«

Mit einem Blick erfasste Taran, dass ihre Angreifer sich verwirrt einem vermeintlichen neuen Feind zugewandt hatten. Er hob das Horn an die Lippen und blies zum Angriff. Maggs Leute zögerten – sie glaubten nun den Feind im Rücken.

In diesem Moment sprang Llyan durch das Tor. Wer sie sah, schrie vor Entsetzen auf, als die riesenhafte Katze sprang. Doch Llyan achtete nicht auf die Krieger. Sie stürmte über den Hof. Maggs Männer warfen bei ihrem Anblick die Waffen von sich und flohen.

»Sie sucht mich!«, rief Fflewddur. »Hier bin ich, altes Mädchen!«

König Smoits kleine Truppe nutzte diesen Augenblick und drängte nach vorn. Viele von Maggs Leuten waren bereits geflohen, die anderen, erfüllt von Furcht und Schrecken, stachen und schlugen blindlings aufeinander ein. Rhun galoppierte davon und verschwand im dichten Rauch.

»Er hat sie ganz schön an der Nase herumgeführt«, schrie Fflewddur fröhlich. »Diese Eier und Pilze haben uns geholfen, aber es war Rhun, der die Sache geschaukelt hat!«

Der Barde lief zu Llyan. Gwydion hatte sich auf die goldmähnige Melyngar geschwungen und jagte hinter den flüchtenden Feinden her. Smoit und Coll waren ebenfalls aufgesessen. Hinter ihnen galoppierte Gwystyl, und Smoits Krieger schlossen sich ebenfalls an. Taran suchte Melynlas, doch bevor er noch die Ställe erreicht hatte, hörte er Eilonwy seinen Namen rufen. Er wandte sich um. Das Mädchen winkte ihm ungeduldig.

»Komm!«, rief sie. »Rhun ist schwer verletzt!«

Taran folgte ihr. Am hinteren Ende der Mauer stand der reiterlose Apfelschimmel. Der König von Mona saß auf dem Boden und lehnte mit dem Rücken an einem noch schwelenden Wagen. Gurgi und Glew, beide unverletzt, hockten an seiner Seite.

»Hallo, hallo!«, murmelte Rhun und winkte. Sein Gesicht war totenbleich.

»Der Tag ist unser«, sagte Taran. »Ohne dich wäre das anders gewesen. Beweg dich nicht«, befahl er und entfernte vorsichtig Rhuns blutdurchtränkte Jacke. Taran sah besorgt aus. Ein Pfeil war tief in Rhuns Seite gedrungen und der Schaft ragte heraus.

»Erstaunlich«, flüsterte der König. »Ich habe noch nie eine Schlacht mitgemacht und ich war nicht sicher – überhaupt nicht. Aber ich sage euch, die verrücktesten Dinge sind mir durch den Kopf gegangen. Ich habe an die Hafenmauer von Mona gedacht. Ist das nicht sonderbar? Ja, dein Plan ist gut«, murmelte Rhun. Seine Augen wanderten, und plötzlich sah er sehr jung aus, sehr verloren und verschüchtert. »Und ich glaube – ich glaube, ich werde sehr froh sein, wieder nach Hause zu kommen.« Er versuchte, sich aufzurichten. Taran beugte sich schnell über ihn.

Fflewddur war zusammen mit Llyan herangekommen. »Hier bist du also, alter Junge«, rief er Rhun zu. »Ich habe dir gesagt, dass wir mehr als genug zu tun kriegen. Aber du hast uns gerettet! Oh, die Barden werden von dir singen …«

Taran hob sein trauriges Gesicht. »Der König von Mona ist tot.« Still und traurig errichteten die Freunde einen Grabhügel, nicht weit von Caer Cadarn entfernt. Smoits Krieger folgten ihnen, und in der Dämmerung umrundeten Fackelträger zu Pferd den Hügel, um den König von Mona zu ehren.

Als die letzte Flamme erloschen war, trat Taran vor das Grab.

»Leb wohl, Rhun, Sohn von Rhuddlum. Deine Hafenmauer ist unvollendet«, sagte er sanft, »aber ich verspreche dir, dass dein Werk nicht unvollendet bleiben wird. Deine Fischer werden ihren sicheren Hafen bekommen, und wenn ich ihn mit meinen eigenen Händen anlegen muss.«

Kurz nachdem die Nacht angebrochen war, kehrten Gwydion, Coll und König Smoit zurück. Magg war ihnen entkommen und die fruchtlose Verfolgung hatte sie ermüdet und angestrengt. Auch sie betrauerten Rhuns Tod und ehrten die gefallenen Krieger. Gwydion führte dann die Freunde zur Großen Halle.

»Arawn Todesfürst lässt uns wenig Zeit für Trauer – und ich fürchte, wir werden noch viele Freunde verlieren, bevor wir unsere Aufgabe erfüllt haben«, sagte er. »Ich muss euch nun von unserer Lage unterrichten, damit wir eine abgewogene Entscheidung treffen können.

Gwystyl vom Feenvolk hat uns verlassen und setzt seine Reise zu König Eiddileg fort. Bevor wir uns trennten, erzählte er mir mehr von Arawns Heer. Maggs Worte waren keine selbstgefälligen Übertreibungen. Gwystyl nimmt an, so wie ich, dass Arawn uns in einer letzten Schlacht besiegen will. Er versammelt bereits seine Gefolgsleute.

Es ist ein großes Risiko, vielleicht ein tödliches, Dyrnwyn in seinem Besitz zu lassen«, fuhr Gwydion fort. »Trotzdem müssen wir der ernsteren Gefahr begegnen. Ich suche nicht mehr nach dem schwarzen Schwert. Was für eine Macht es Arawn auch verleihen mag, ich werde ihm mit meinen eigenen Kräften gegenübertreten – bis zum Tod. Ich reite nicht nach Annuvin, sondern nach Caer Dathyl, um die Söhne aus dem Hause Don zu sammeln.«

Einige Augenblicke schwiegen alle. Dann entgegnete Coll: »Ich glaube, du hast klug gewählt, Prinz von Don.«

Smoit und Fflewddur nickten.

»Ich wünschte, ich wäre ebenso sicher«, sagte Gwydion ernst. »Doch so soll es geschehen.«

Taran erhob sich und blickte Gwydion an. »Gibt es keine Möglichkeit, dass einer von uns in die Festung des Todesfürsten eindringt? Muss die Suche nach Dyrnwyn wirklich aufgegeben werden?«

»Ich kenne deine Gedanken, Hilfsschweinehirt«, antwortete Gwydion. »Doch kannst du mir am besten dienen, wenn du meinen Befehlen gehorchst. Gwystyl warnt uns vor einer Reise nach Annuvin; sie würde nur vertanes Leben bedeuten – und mehr noch: Verlust kostbarer Zeit. Gwystyls Art ist es, seine wahre Natur zu verbergen, unter dem Zwergenvolk aber gibt es keinen, der verschlagener und gleichzeitig verlässlicher wäre. Ich folge seiner Warnung – und ihr sollt es auch. Gwystyl hat versprochen, alles zu tun, was in seiner Macht steht, um Hilfe von den Unterirdischen zu erhalten. König Eiddileg liebt die Menschen nicht besonders. Doch auch er muss erkennen, dass ein Sieg Arawns ganz Prydain vernichten würde. Die Unterirdischen würden ebenso darunter leiden wie wir.

Aber wir dürfen uns nicht zu sehr auf Eiddileg verlassen. Wir müssen unsere eigenen Heere sammeln. Und dabei wird uns am meisten König Pryderi vom Westland helfen. Kein Fürst in Pryderi befehligt eine mächtigere Armee. Seine Verbundenheit mit dem Hause Don ist eng und zwischen uns besteht ein festes Band der Freundschaft. Ich werde ihm eine Botschaft senden und ihn bitten, seine Truppen mit den unseren in Caer Dathyl zu vereinen.

Dort werden wir uns alle treffen«, fuhr Gwydion fort. »Vorher aber bitte ich König Smoit, er möge alle treuen Krieger seines Cantrefs und der umliegenden Gebiete sammeln.«

Er wandte sich an den Barden. »Fflewddur Fflam Sohn des Godo, du bist König im Nordland. Kehre nach Hause zurück. Dir vertraue ich die Rüstung der nördlichen Cantrefs an. Und du, Hilfsschweinehirt«, kam Gwydion der Frage in Tarans Augen zuvor, »wirst eine sehr wichtige Aufgabe übernehmen müssen. Du bist den Leuten der Freien Commots bekannt. Ich beauftrage dich deshalb, dort eine große Streitmacht auszuheben. Führe alle, die dir folgen wollen, nach Caer Dathyl. Gurgi und Coll Sohn des Collfrewr werden mit dir reiten. Und Prinzessin Eilonwy. Ihre Sicherheit liegt in deinen Händen.«

»Bin ich froh«, murmelte Eilonwy, »dass niemand vorgeschlagen hat, mich nach Hause zu schicken.«

»Gwystyl erzählte uns, dass eine Reihe von Arawns Gefolgsleuten bereits marschieren«, sagte Coll zu ihr. »Die Tal-Cantrefs sind zu gefährlich. Sonst«, fügte er grinsend hinzu, »wärst du längst auf dem Weg nach Caer Dallben.«

Noch bevor der Morgen dämmerte, ritten Gwydion und Fflewddur Fflam fort von Caer Cadarn. Jeder schlug einen anderen Weg ein.

König Smoit hatte sich wie für einen Feldzug gewappnet und machte sich zusammen mit Fürst Gast und Fürst Goryon auf, die verspätet von dem Angriff auf ihren König erfahren hatten und sich ihm nun eilig anschlossen. Angesichts der drohenden Gefahr hatten die beiden Streithähne ihre Meinungsverschiedenheiten vergessen. Goryon weigerte sich einfach, jedes Wort Gasts als Beleidigung zu verstehen, Gast wiederum vermied es, Goryon zu beleidigen, und niemand von ihnen erwähnte Kühe.

An diesem Morgen trat ein grauhaariger Bauer zu Taran, als er gerade im Hof der Burg stand. Es war Aeddan, der ihm vor langer Zeit in Smoits Cantref freundschaftlich begegnet war. Sie reichten sich herzlich die Hand, aber das Gesicht des Bauern war grimmig.

»Wir haben jetzt keine Zeit, von der Vergangenheit zu sprechen«, sagte Aeddan. »Ich biete dir meine Freundschaft an – und dies«, fügte er hinzu und zog ein rostiges Schwert aus der Scheide. »Einmal hat es mir gedient und es kann mir wieder dienen. Sage mir, wohin du reitest, und ich werde mit dir gehen.«

»Ich schätze das Schwert, und den Mann, der es trägt, schätze ich noch mehr«, entgegnete Taran. »Doch dein Platz ist neben deinem König. Folge ihm und hoffe, dass wir uns zu einer glücklicheren Zeit wiedertreffen.«

So wie Gwydion es befohlen hatte, warteten Taran und die übrigen Gefährten in Smoits Schloss. Sie hofften auf Kaws Rückkehr, der weitere Nachricht bringen sollte. Doch als am nächsten Tag weit und breit nichts von der Krähe zu sehen war, rüsteten sie sich für ihre Reise. Eilonwys Handarbeit war unversehrt und nun entfaltete sie das Tuch sorgfältig.

»Du bist jetzt ein Heerführer«, sagte sie stolz zu Taran. »Aber ich habe noch nie von einem Feldherrn gehört, der keine Fahne hat.«

Sie befestigte die noch unfertige Stickerei mit Lederriemen an einem Speer. »So«, sagte Eilonwy. »Als Wappen ist Hen Wen nicht gerade Furcht einflößend. Trotzdem ist sie für einen Hilfsschweinehirten sehr passend.«

Sie zogen zum Tor hinaus. Gurgi ritt neben Taran und hielt den Speer hoch. Der Wind verfing sich in der Fahne mit dem Weißen Schwein. Über dem rauchgeschwärzten Schloss und dem Grabhügel, dessen frische Erde bereits frostüberkrustet war, ballten sich schwere Wolken zusammen. Bald würde es Schnee geben.

Die Boten

Als Kaw Caer Dallben verließ, war er direkt nach Annuvin geflogen. Und obwohl es die höchste Freude für den Vogel bedeutete, hoch in den Lüften die unendliche Weite des Himmels zu genießen, über den weißen Schäfchenwolken zu segeln und zu schweifen, ließ er nun jede Versuchung des Windes, mit ihm zu spielen, vorübergehen und blieb auf seinem Kurs. Weit unter ihm glitzerte der Avren wie ein Rinnsal aus geschmolzenem Silber; fahle Felder, rechteckig, bildeten ein Muster; die Baumwipfel ragten schwarz und blattlos, unterbrochen nur von dunkelgrünen Strichen der Fichtenwälder, die sich an den Hängen der Hügel ausbreiteten. Kaw flog stetig gegen Nordwesten und rastete selten während der hellen Stunden. Nur in der Dämmerung, wenn selbst die scharfen Augen einer Krähe die aufziehenden Schatten nicht mehr unterscheiden konnten, ließ er sich fallen und suchte Schutz zwischen den Zweigen eines Baumes.

Tagelang flog Kaw hoch über den Wolken, um den Wind zu nutzen, der ihn wie ein Blatt im Strom vorwärts trug. Doch als er den Wald von Idris überflog und sich den unwirtlichen Berggipfeln von Annuvin näherte, flog er niedriger. Aufmerksam beobachtete er die Berge, um zu sehen, ob sich etwas regte. Bald sah er eine lange Reihe von schwer bewaffneten Kriegern, die nach Norden marschierten. Er flog näher und erkannte in ihnen die Häscher von Annuvin. Eine

Zeit lang folgte er ihnen, und wenn sie zwischen den überwucherten und verkümmerten Bäumen anhielten, flatterte Kaw auf einen Zweig und ließ sich dort nieder. Die Häscher hockten um eine Feuerstelle und kochten ihr Mittagessen. Kaw hielt den Kopf schräg und lauschte angestrengt, doch die leise Unterhaltung sagte ihm wenig – bis er die Worte »Caer Dathyl« hörte.

Kaw bewegte sich und suchte einen günstigeren Zweig. Da bemerkte einer der Häscher, ein grobschlächtiger Krieger, gekleidet in ein Bärenfell, den Vogel. Er grinste grausam, weil er eine Gelegenheit sah, sich zu amüsieren, griff nach dem Bogen und legte einen Pfeil auf die Sehne. Rasch zielte er und ließ den Pfeil von der Sehne zischen. Doch so schnell seine Bewegungen auch waren, Kaws scharfe Augen folgten ihnen ebenso rasch. Er schlug mit den Flügeln und duckte sich, sodass der Pfeil knapp über seinem Kopf durch die dürren Zweige pfiff. Der Häscher verwünschte Pfeil und Krähe und machte einen zweiten Versuch. Kaw jagte über den Wipfel dahin, war sehr mit sich zufrieden und krächzte vergnügt. Er wollte einen großen Bogen beschreiben und dann zurückkehren, um einen besseren Lauscherposten zu suchen.

Doch da kamen die Gwythaints.

Im ersten Augenblick, als er gerade zum Lager der Häscher zurückkehren wollte, bemerkte er den Flug der drei großen Vögel nicht. Aus einer Wolkenbank tauchten sie hinunter und schlugen die Luft mit ihren schwarzen Flügeln. Kaws Selbstzufriedenheit verflog. Er drehte ab, um dem Angriff zu entgehen, und versuchte verzweifelt, höher zu steigen, denn er wagte nicht, die schwarzen, todbringenden Kreaturen über sich zu haben. Auch die Gwythaints drehten plötzlich ab. Einer brach aus der Gruppe aus und verfolgte die fliehende Krähe. Die anderen erhoben sich mit mächtigen Flügelschlägen höher in die Luft, um ihren Angriff zu wiederholen.

Kaw zwang sich, weiter zu steigen. Es gelang. Der Gwythaint hatte sich nur wenig genähert, als die Krähe durch den Dunst der Wolken brach und in die sonnenüberflutete Weite vorstieß, die sie beinahe blendete.

Doch die beiden anderen Gwythaints warteten. Kreischend vor Wut, stießen sie auf Kaw hinunter. Der Verfolger drängte ihn mehr und mehr auf die beiden anderen Vögel zu. Kaw sah einen Augenblick lang das Blitzen der glänzenden Schnäbel und die blutig roten Augen. Der Triumphschrei der Gwythaints gellte durch den leeren Himmel. Doch plötzlich hielt Kaw abrupt inne und gab vor, verwirrt zu sein. Und als die Gwythaints genau über ihm waren, nahm er seine ganzen Kräfte zusammen und schoss davon – aus der Reichweite der messerscharfen Krallen.

Doch war die Krähe nicht völlig ungeschoren davongekommen. Einer der Gwythaints hatte sie am Flügel getroffen. Doch trotz der Schmerzen, die sie fast betäubten, kam sie von den Angreifern frei. Der weite Himmel konnte keine Rettung für Kaw sein. Jetzt konnte er sich nicht länger auf seine Gewandtheit und seine Schnelligkeit verlassen. Er stürzte zur Erde nieder.

Die Gwythaints gaben sich noch nicht geschlagen. Der Geruch des Blutes hatte sie wahnsinnig gemacht und sie würden ihre Beute nicht entkommen lassen. Sie schossen der Krähe nach, um sie zu überholen und daran zu hindern, den Wald zu erreichen. Die höchsten Baumkronen reckten sich Kaw entgegen. Er aber ließ sich tiefer fallen. Das Gewirr der Zweige hemmte den raschen Flug seiner Verfolger. Kaw jedoch flog mit unverminderter Geschwindigkeit über den Boden und drang tiefer und tiefer in das undurchdringliche Unterholz ein. Die riesigen Schwingen, die den Gwythaints so gut in der Höhe gedient hatten, hinderten sie nun daran, ihren Preis zu erjagen. Sie schrien vor Wut, machten aber keinen Versuch, tiefer in den Wald einzudringen. Die Krähe hatte sich wie ein Fuchs verkrochen.

Der Tag begann zu verlöschen und Kaw richtete sich für die Nacht ein. In der Morgendämmerung flatterte er vorsichtig auf einen Baumwipfel. Die Gwythaints waren nicht zu sehen, doch ein Instinkt sagte ihm, dass er weit nach Osten abgetrieben war. Er schwang sich in die Luft und stieg flatternd in die Höhe. Im Süden lag Caer Cadarn, unerreichbar für ihn, denn seine Kräfte nahmen rasch ab. Er musste sich entscheiden, solange noch Leben in ihm war. Kaw beschrieb einen Bogen, dann flog er schwerfällig auf sein neues Ziel zu – und auf seine einzige Hoffnung.

Das Fliegen bedeutete nun eine Qual für ihn. Oft versagten seine Schwingen und allein die Strömung der Winde hielt ihn in der Luft. Er konnte nicht länger einen ganzen Tag fliegen. Bevor die Sonne unterging, zwang ihn seine Wunde, sich auf einem Baum niederzulassen und sich dort zu verbergen. Auch konnte er nicht sehr hoch fliegen, damit er der Sonnenwärme näher wäre, sondern er flog dicht über dem Wald und berührte beinahe die Wipfel der Bäume. Unter ihm belebte sich die Landschaft zusehends mit Kriegern zu Pferde und zu Fuß. Während der Pausen, in denen er neue Kräfte sammelte, erfuhr er deren Ziel: wie das der Häscher war es die Burg der Söhne aus dem Hause Don. Der Schrecken war stärker als der Schmerz und Kaw flog weiter.

Schließlich machte er in der lähmenden Kälte der Berge nordöstlich des Ystrad-Flusses aus, wonach er gesucht hatte: Das Tal war von steilen Felswänden umgeben und bildete ein grünes Nest zwischen den schneebedeckten Gipfeln. Eine kleine Hütte wurde sichtbar und der blaue Spiegel eines Sees glänzte im Sonnenlicht. Am Fuß des Hanges lag ein langes Boot, seine Rippen und die Takelage waren mit Moos überzogen.

Kaw schlug schwach mit den Flügeln und fiel wie ein Stein hinunter.

Undeutlich nahm er noch wahr, bevor ihm die Augen zufielen, dass sich ein Maul um ihn schloss und er vom Boden emporgehoben wurde. Dann hörte er erst wieder eine tiefe Stimme, die fragte: »Nun, Brynach, was hast du denn da gebracht?«

Was weiter geschah, wusste Kaw nicht.

Als er wieder die Augen öffnete, lag er auf einem weichen Binsennest in einem sonnendurchfluteten Raum. Er war schwach, doch hatte er keine Schmerzen mehr. Seine Wunde war versorgt. Als er matt mit den Flügeln schlug, packte ihn eine starke Hand und beruhigte ihn.

»Langsam, langsam«, sagte die Stimme, »ich fürchte, du wirst eine Weile auf der Erde bleiben müssen.«

Das weißbärtige Gesicht des Mannes war knorrig und wettergezeichnet wie eine uralte Eiche. Weißes Haar hing ihm über die breiten, sehnigen Schultern, und ein blauer Edelstein blitzte in dem Goldreif, den er um die Stirn trug. Kaw, der sonst ständig plapperte und schnatterte und zu jedem Schabernack aufgelegt war, neigte demütig den Kopf. Er war nie vorher in dieses Tal geflogen, doch wusste sein Herz, dass es ihm als Zuflucht dienen würde. Ein Instinkt, eine halb verlorene Erinnerung, die alle Tiere Prydains besaßen, hatte ihn sicher geführt. Und die Krähe begriff, dass sie in das Reich von Medwyn gekommen war.

»Lass mich überlegen, lass mich überlegen«, sagte Medwyn. Er legte die Stirn in Falten, als suche er nach etwas, was seit langem in einem Winkel seines Gedächtnisses verborgen lag. »Du müsstest – ja, die Ähnlichkeit ist erstaunlich: Kaw Sohn des Kadwyr. Ja, natürlich. Vergib mir, dass ich dich nicht sogleich erkannt habe, doch es gibt eine so große Anzahl von Krähensippen, dass es mich manchmal verwirrt. Ich kannte deinen Vater, seit er ein dünnbeiniger Grünschnabel war.« Medwyn lächelte, als er sich daran erinnerte. »Dieser Bursche war kein Fremder in meinem Tal – ein gebrochener Flügel musste geflickt, ein Bein eingerenkt werden, kurz: Er hatte eine Schramme nach der anderen.

Ich hoffe doch, dass du nicht seinem Beispiel nacheiferst«, fügte er hinzu. »Ich habe schon viel über deinen Mut gehört und über eine – bestimmte Neigung, sagen wir, zu Ausgelassenheit. Auch ist bis zu mir gedrungen, dass du einem Hilfsschweinehirten in Caer Dallben dienst. Melynlas ist sein Name, glaube ich. Nein – entschuldige. Der Name des Schweinehirten ist mir im Augenblick entfallen. Nun, das spielt keine Rolle. Diene ihm treu, Sohn des Kadwyr, denn sein Herz ist edel. Von dem Menschenvolk war er einer der wenigen, die ich in meinem Tal geduldet habe. Was dich betrifft, so scheint mir, dass du eine Begegnung mit den Gwythaints hattest. Sei vorsichtig. Viele von Arawns Boten streifen heutzutage durch den Himmel. Doch nun bist du in Sicherheit. Und bald wirst du wieder gesund sein und fliegen können.«

Auf der Rückenlehne von Medwyns Stuhl hockte ein

mächtiger Adler und beäugte die Krähe aufmerksam. Neben dem alten Mann saß der Wolf Brynach – mager und grau –, schlug mit dem Schwanz und grinste die Krähe an. Kurz darauf trottete ein zweiter Wolf herein, der kleiner war und einen weißen Fleck auf der Brust hatte, und ließ sich neben dem Männchen nieder.

»Oh, Briavael«, sagte Medwyn, »bist du gekommen, um unseren Gast zu begrüßen? Wie sein Vater wird er uns zweifellos eine abenteuerliche Geschichte erzählen können.«

Kaw sprach daraufhin in seiner eigenen Sprache, die Medwyn mühelos verstand. Während er aufmerksam lauschte, wurde das Gesicht des Alten ernst. Und als die Krähe geendet hatte, schwieg Medwyn eine Weile und hing seinen Gedanken nach. Brynach wimmerte unsicher.

»So ist es also geschehen«, sagte Medwyn bedrückt. »Ich hätte es wissen müssen, denn ich spürte eine ungewöhnliche Furcht unter den Tieren. Immer mehr finden ihren Weg hierher. Sie sind auf der Flucht vor etwas, was sie selbst nur undeutlich wahrnehmen. Sie erzählen von Truppen bewaffneter Häscher im ganzen Land, von Männern, die Waffen tragen. Nun verstehe ich die Bedeutung dieser Kunde. Der Tag, den ich seit jeher gefürchtet habe, ist angebrochen. Doch mein Tal kann nicht alle aufnehmen, die Zuflucht suchen werden.«

Medwyn hatte die Stimme erhoben, sodass sie wie ein wütender Sturmwind gellte. »Das Menschengeschlecht trotzt der Sklaverei Annuvins so wie alle Kreatur in ganz Prydain. In den Schatten des Todesreiches wird der Gesang der Nachtigall ersticken und sterben. Die Gänge der Dachse und Maulwürfe werden zu Gefängnissen werden. Kein Tier wird freudig und freien Herzens umherstreifen oder -fliegen. Diejenigen, die nicht getötet werden, erleiden das Schicksal der Gwythaints, die man vor langer Zeit gefangen, gequält, gebrochen hat, sodass aus den sanften, liebenswerten Vögeln bösartige, heimtückische Kreaturen wurden, die den schrecklichen Zielen Arawns dienen.«

Medwyn wandte sich an den Adler. »Du, Edyrnion, fliege geschwind zu den luftigen Horsten deiner Sippe. Bitte sie, sie möchten sich vollständig versammeln.

Du, Brynach, und du, Briavael«, befahl er den Wölfen, die ihre Ohren aufstellten, »verbreitet die Nachricht unter euresgleichen; unter den Bären, die Pranken haben zu schlagen, unter den Hirschen mit den scharfen Geweihen; unter all den Waldbewohnern, groß und klein.«

Medwyn hatte sich zu voller Höhe aufgerichtet. Seine Hände verkrampften sich und glichen knotigen Wurzeln, die sich in die Erde krallen. Die Krähe beobachtete ihn erschrocken und schweigend. Medwyns Augen blitzten, und seine tiefe Stimme schwoll an wie dumpfes Donnergrollen. »Sprecht zu ihnen in meinem Namen und sagt ihnen: Das sind die Worte desjenigen, der das Schiff gebaut hat, als dunkle Wasser Prydain überfluteten, desjenigen, der eure Vorväter in Sicherheit brachte. In dieser Flut des Bösen muss nun jedes Nest, jeder Bau eine Festung sein. Alle Tiere sollen ihre Zähne, ihre Schnäbel, ihre Krallen gegen diejenigen wenden, die Arawn Todesfürst dienen.«

Die Wölfe sprangen Seite an Seite aus der Hütte und der Adler schwang sich in die Lüfte.

Die Fahne

Noch bevor die Gefährten einen Tag weit geritten waren, fiel leichter Schnee, und als sie das Tal des Ystrad erreichten, waren die Hänge bereits weiß bestäubt und Eis begann, sich über den Fluss zu legen. Als sie den Flusslauf durchquerten, zersplitterte die dünne Decke und eisige Splitter schnitten in die Beine der Pferde. Sie folgten einem Weg durch die trostlosen Berge Cantrefs und ritten in östlicher Richtung eilig den Freien Commots zu. Gurgi litt am schlimmsten unter der Kälte. Zwar war er in einen riesigen Schafmantel gewickelt, doch zitterte die arme Kreatur erbärmlich. Seine Lippen waren blau und Eiszapfen hingen an seinen verfilzten Haaren. Trotzdem hielt er sich an Tarans Seite und umklammerte mit froststarren Händen die Fahne.

Eine tagelange, entbehrungsreiche Reise brachte sie nach Cenarth am anderen Ufer des Kleinen Avren, wo Taran beginnen wollte, sein Heer zu sammeln. Doch als er in das Dorf mit seinem Gewirr strohgedeckter Hütten einritt, sah er, dass die Gassen bereits überfüllt waren von Männern. Unter ihnen fand er Hevydd den Schmied, breit wie ein Schrank, mit einem borstigen Bart. Er drängte sich durch die Menge und schlug Taran mit einer Hand auf den Rücken, die so schwer wog wie einer seiner Hämmer.

»Willkommen, Wanderer«, rief der Schmied. »Wir sahen dich von fern und haben uns versammelt, dich zu grüßen.«

»Auch ich grüße dich, mein guter Freund«, erwiderte Taran, »doch bringe ich schlimme Nachricht als Entgelt für einen warmen Gruß. Höre mir zu«, sprach er eindringlich weiter. »Was ich von dir erbitte, wird weder leicht erbeten noch leicht gewährt: die Stärke eurer Hände und den Mut eurer Herzen und – wenn es sein muss – euer Leben.«

Die Commot-Leute redeten untereinander und drängten sich um Taran. Dieser erzählte, was Gwydion zugestoßen war und dass Arawn sich erhoben hatte. Als er geendet hatte, waren die Gesichter der Männer erfüllt von grimmiger Entschlossenheit und lange Zeit standen sie unbeweglich. Dann erhob Hevydd der Schmied die Stimme.

»Die Leute der Freien Commots ehren König Math und das Haus Don«, sagte er, »doch sie werden nur einem folgen, den sie als Freund schätzen – nicht aus Pflicht, sondern aus Freundschaft. So soll Hevydd der Erste sein, der Taran dem Wanderer folgt.«

»Alle folgen! Alle!«, riefen die Männer aus dem Commot wie aus einem Mund. Und im nächsten Augenblick brodelte das einst so friedliche Cenarth, als bereite sich ein Sturm vor: Jeder der Männer lief, um sich zu bewaffnen. Hevydd aber sah Taran und die Gefährten mit einem bitteren Lächeln an.

»Unser Wille ist stark, aber es fehlt an Waffen«, sagte er. »Doch das macht nichts, Wanderer. Du hast dich redlich in meiner Schmiede abgemüht. Nun soll meine Schmiede für dich arbeiten. Ich werde die Nachricht an alle Schmiede in den Commots senden, dass sie ebenso hart für dich arbeiten wie ich.«

Die Männer sattelten die Pferde und Hevydd schürte ein brüllendes Feuer. Taran aber führte seine Freunde weiter. Sein Vorhaben wurde rasch bekannt, und jeden Tag stießen mehr Männer, Hirten und Bauern, zu ihnen, die keine Aufforderung brauchten, um sich dem wachsenden Heer unter der Fahne des Weißen Schweins anzuschließen.

Für Taran gab es weder Tag noch Nacht. In den Lagern ritt er auf seinem ausdauernden Melynlas durch die Gruppen der einst so friedvollen Männer und sah nach der Ausrüstung und der Verpflegung. An den Feuern der Wachen beratschlagte er mit den neu hinzugekommenen Gruppen.

Hevydd schloss sich Taran an, sobald er in Cenarth getan hatte, was er vermochte, und diente Taran als Waffenmeister. »Du hast gut gearbeitet, aber wir sind immer noch zu leicht bewaffnet«, sagte Taran zu Hevydd, den er auf die Seite genommen hatte. »Ich fürchte, alle Essen in ganz Prydain reichen nicht aus. Irgendwie muss ich einen Weg finden …«

»Und das wirst du auch!«, rief eine Stimme.

Taran wandte sich um und erblickte einen Reiter, der an seiner Seite anhielt. Taran war erstaunt, denn es war der sonderbarste Krieger, den er je gesehen hatte. Er war groß, hatte glatte Haare und spindeldürre Beine wie ein Storch, die außerdem so lang waren, dass sie beinahe den Boden berührten, wenn ihr Besitzer auf dem Pferd saß. Eisenstücke und alle möglichen Metallteile waren auf sein Wams genäht und er trug eine hölzerne Stange mit einem Sensenblatt am Ende. Auf dem Kopf saß, was einst ein Kochtopf gewesen sein musste und nun als Helm diente und dem Krieger so tief in die Stirn rutschte, dass er fast nichts mehr sehen konnte.

»Llonio!«, rief Taran und ergriff herzlich die Hand des Neuankömmlings. »Llonio Sohn des Llonwen!«

»Kein anderer«, antwortete Llonio und schob seine sonderbare Kopfbedeckung zurück. »Hast du dir nicht denken können, dass ich früher oder später kommen würde?«

»Aber deine Frau, deine Familie«, begann Taran. »Ich möchte nicht verlangen, dass du sie verlässt. Und deine Kinder – ich erinnere mich an mindestens ein halbes Dutzend.«

»Und ein nächstes ist glücklich unterwegs«, entgegnete Llonio und lachte stolz. »Vielleicht Zwillinge. Ich habe doch immer Glück. Meiner Braut wird nichts zustoßen, bis ich zurückkehre und es Frieden in Prydain gibt. Ich muss dem Wanderer folgen. Doch du sollst dich nicht um Babys kümmern, sondern um Krieger. Höre, mein Freund Wanderer«, fuhr Llonio fort. »Ich habe unter den Commot-Leuten Forken und Heugabeln gesehen. Sollte man nicht die Zinken abtrennen und in hölzerne Schäfte einlassen? So könntest du drei, vier oder sogar noch mehr Waffen aus einer einzigen machen.«

»Natürlich können wir das!«, rief Hevydd begeistert. »Wie konnte ich das übersehen?«

»Mir ging es genauso«, gab Taran zu. »Llonio beobachtet schärfer als irgendeiner von uns; aber er nennt es Glück, was andere Witz und Verstand nennen würden. Freund Llonio, geh und suche, denn ich weiß, du findest mehr, als man mit den Augen überhaupt wahrnehmen kann.«

Llonio, unterstützt von Hevydd dem Schmied, durchstreifte die Commots auf der Suche nach zurückgelassenen Sensen, Forken, Schürhaken, Sicheln und Gartenmessern und fand Mittel und Wege, dass selbst die ungewöhnlichsten Gegenstände einen neuen Zweck erfüllten. Das Waffenlager wurde größer und größer.

Taran sammelte jeden Tag neue Gefolgsleute in großer Zahl. Währenddessen halfen Coll, Gurgi und Eilonwy, die Wagen mit Proviant und Ausrüstung zu beladen. Der Prinzessin gefiel diese Beschäftigung wenig. Sie wollte lieber von einem Commot zum anderen reiten, als sich mit den hoch beladenen Wagen abmühen. Sie hatte Männerkleider angelegt und trug die Haare zu Zöpfen geflochten, die sie um den Kopf wand. An ihrem Gürtel hingen ein Schwert und ein kurzer Dolch, beides hatte sie Hevydd dem Schmied abgeschmeichelt. Ihr Waffenrock saß zwar nicht richtig, aber sie war stolz auf ihn. Und als Taran ihr verbot auszureiten, war sie verärgert. »Du wirst mit mir reiten, sobald die Lasttiere versorgt und die Lasten sicher verschnürt sind«, versicherte ihr Taran.

Die Prinzessin gab unwillig nach. Aber am nächsten Tag, als Taran bei den Pferden am Ende des Lagers vorbeiritt, schrie sie ihn wütend an: »Du hast mich überlistet! Das ist eine Arbeit ohne Ende! Wenn ich gerade mit einer Gruppe Wagen und Pferde fertig bin, kommt schon die nächste. Gut, ich werde tun, was ich versprochen habe. Aber, Taran von Caer Dallben, ob du nun Feldherr bist oder nicht, ich spreche nicht mehr mit dir.«

Taran lächelte und ritt weiter.

Die Gefährten ritten in nördlicher Richtung durch das Tal des Großen Avren und kamen zum Commot Gwenith. Sie waren kaum abgesessen, als Taran eine brüchige Stimme hörte, die rief: »Wanderer! Ich weiß, du suchst Krieger, keine alten Frauen. Aber bleibe einen Augenblick und begrüße jemanden, der dich nicht vergessen hat.«

Dwyvach, die Weberin von Gwenith, stand im Eingang ihrer Hütte. Trotz ihrer weißen Haare und ihres runzligen Gesichts sah sie so lebhaft und frisch aus wie immer. Ihre grauen Augen sahen Taran prüfend an und wandten sich dann Eilonwy zu. Die uralte Weberin winkte ihr. »Taran den Wanderer kenne ich sehr gut. Wer du bist, kann ich wohl erraten, selbst wenn du dich als Mann verkleidet hast und deine Haare ruhig ein bisschen Wasser vertragen könnten.« Sie blickte die Prinzessin scharf an. »Ich war sicher, dass der Wanderer an ein hübsches Mädchen dachte, als ich ihn zum ersten Mal traf.«

»Pah«, schnaubte Eilonwy. »Ich bin nicht sicher, ob er das jemals getan hat, und ich bezweifle, ob er es jetzt tut.«

Dwyvach kicherte. »Wenn du es nicht weißt, dann kann es niemand wissen. Die Zeit wird zeigen, wer von uns Recht hat. Doch inzwischen, mein Kind«, fügte sie hinzu und breitete einen Mantel aus, den sie in ihren welken Händen hielt. Sie legte ihn um Eilonwys Schultern. »Inzwischen nimm dieses Geschenk einer alten Frau für ein junges Mädchen und wisse, dass zwischen beiden kein so großer Unterschied ist. Denn selbst eine gebrechliche Alte behält etwas Mädchenhaftes und das jüngste Mädchen hat eine Spur Weisheit einer alten Frau.«

Taran war zur Hütte gekommen und begrüßte die Weberin herzlich. Bewundernd lobte er den Mantel, den sie Eilonwy gegeben hatte.

»Hevydd und die Commot-Schmiede stellen Waffen für uns her«, sagte er. »Aber Krieger brauchen Wärme genauso nötig wie Waffen. Leider haben wir keine Mäntel wie diesen hier.«

»Glaubst du, eine Weberin ist weniger fleißig als ein Schmied?«, entgegnete Dwyvach. »So wie du geduldig an meinem Webstuhl gesessen hast, werde ich nun für euch arbeiten. Und in jedem Commot wird das Weberschiffchen für Taran den Wanderer hin und her sausen.«

Ermutigt durch das Versprechen der Weberin brachen die Gefährten von Gwenith auf. Kurz darauf bemerkte Taran eine kleine Gruppe Reiter, die sich ihnen schnell näherte.

Ein hoch aufgeschossener junger Bursche führte sie an, rief Tarans Namen und hob die Hand zum Gruß. Mit einem Freudenschrei trieb Taran Melynlas an und ritt den Kriegern entgegen.

»Llassar!«, rief Taran und zügelte sein Pferd. »Ich hätte nie gedacht, dass wir uns, so weit entfernt von deinen Schafen und vom Commot Isav, treffen würden.«

»Die Neuigkeit reitet dir voraus, Wanderer«, erwiderte Llassar. »Aber ich habe befürchtet, dass dir unser Commot zu klein erscheinen und du gar nicht kommen würdest. Ich«, fügte er zögernd und stolz hinzu, »ich habe unsere Leute angeführt, um dich zu suchen.«

»Die Größe von Isav ist kein Maßstab für seinen Mut«, sagte Taran. »Ich brauche euch alle und ich begrüße euch. Aber wo ist dein Vater?«, fragte er. »Wo ist Drudwas? Er würde seinen Sohn nicht allein reiten lassen.«

Llassars Gesicht wurde traurig. »Der Winter nahm ihn von uns. Ich trauere um ihn, aber ich ehre sein Andenken und tue das, was er selbst getan hätte.«

»Und was ist mit deiner Mutter?«, fragte Taran und führte ihn zu seinen Gefährten. »Wollte auch sie, dass du die Heimat und die Herde verlässt?«

»Andere werden sich um meine Herde kümmern«, antwortete der junge Hirte. »Meine Mutter weiß, was ein Kind tun muss und was ein Mann tun muss. Ich bin ein Mann«, sagte er fest. »Ich bin es, seitdem wir beide gegen Dorath und seine Raufbolde gekämpft haben.«

»Ja, ja!«, schrie Gurgi. »Furchtloser Gurgi hat auch gekämpft mit Hauen und Schlagen!«

»Das kann ich mir vorstellen«, bemerkte Eilonwy spitz. »Und ich war währenddessen auf Mona, habe Hofknickse geübt und meine Haare gewaschen. Ich weiß nicht, wer Dorath ist, aber wenn ich ihm jemals begegnen sollte, dann, das verspreche ich euch, hole ich alles nach, was ich versäumt habe.«

Taran schüttelte den Kopf. »Sei froh, dass du ihn nicht getroffen hast. Ich kenne ihn leider nur zu gut.«

»Er hat uns seit jener Nacht in Ruhe gelassen«, sagte Llassar. »Er wird uns wahrscheinlich nie wieder belästigen. Ich habe gehört, dass er das Commot-Gebiet verlassen hat und nach Westen zog. Er hat sein Schwert in den Dienst des Todesfürsten gestellt, sagt man. Vielleicht stimmt das. Doch wenn Dorath irgendjemandem dient, dann nur sich selbst.«

»Euer Dienst, den ihr uns freiwillig anbietet, zählt mehr für uns als irgendeiner, den der Fürst von Annuvin mit Geld und Versprechungen erkauft«, sagte Taran zu Llassar. »Fürst Gwydion wird euch dankbar sein.«

»Eher dir«, sagte Llassar. »Wir sind nicht stolz aufs Kämpfen, sondern auf unsere Arbeit auf dem Hof, auf die Arbeit unserer Hände, nicht auf die unserer Klingen. Nie haben wir Kriege gesucht.

Wir sammeln uns nun unter der Fahne des Weißen Schweines, weil es die Fahne eines Freundes ist, Taran Wanderer.«

Das Wetter verschlechterte sich, als die Freunde ihren Weg durch das Tal fortsetzten. Und die ständig wachsende Kriegsschar zwang ihnen einen langsamen Schritt auf. Die Tage waren zu kurz, um die Arbeit zu erledigen, aber Taran ritt entschlossen weiter. Neben ihm galoppierte Coll. Er beklagte sich nie und war immer fröhlich. Sein breites Gesicht, gerötet und gegerbt von Kälte und Wind, war fast völlig hinter dem hochgestellten Kragen seiner weiten Schaffelljacke verborgen. Ein Schwertgehänge aus schweren Eisengliedern gürtete seine Mitte und auf seinem Rücken hing ein Rundschild aus Ochsenhaut. Er hatte einen Helm aus getriebenem Metall gefunden, doch erklärte er, dieser säße lange nicht so bequem auf seinem kahlen Schädel wie seine alte Lederkappe.

Taran nahm Colls Weisheit dankbar an und suchte seinen Rat. Coll brachte ihn auf den Gedanken, kleine, wendigere Gruppen direkt nach Caer Dathyl zu senden, anstatt die immer mehr anwachsende Armee von einem Commot zum nächsten mitzuführen. Llassar, Hevydd und Llonio wollten Tarans Vorhut nicht verlassen und hielten sich dicht bei ihm. Doch wenn Taran sich in seinen Mantel hüllte und auf den gefrorenen Boden zu einem kurzen Schlaf ausstreckte, wachte Coll über ihn.

»Du bist der Eichenstab, auf den ich mich stütze«, sagte Taran. »Mehr noch«, er lachte. »Du bist der ganz starke Baum und ein echter Krieger.« Coll lächelte nicht. Er verzog das Gesicht.

»Willst du mich loben?«, entgegnete er. »Dann sag lieber, dass ich ein echter Züchter von Rüben und Äpfeln bin, aber kein Krieger. Außer wenn ich eine Weile dazu gebraucht werde. Mein Garten sehnt sich nach mir, wie ich mich nach ihm«, fügte er traurig hinzu. »Ich habe ihn nicht für den Winter gerichtet. Dafür werde ich bei der Aussaat im Frühling bezahlen.«

Taran nickte. »Wir werden den Boden gemeinsam umgraben und das Unkraut jäten, Züchter von Rüben – und Freund.«

Die Wachfeuer flackerten in der Nacht. Die Pferde bewegten sich. Um sie herum lagerten die schlafenden Krieger, eine undurchdringliche Masse Schatten, schwarz vor dem schwarzen Hintergrund der Finsternis. Der eisige Wind schnitt Taran ins Gesicht. Plötzlich fühlte er sich unendlich müde. Er wandte sich zu Coll. »Auch mein Herz wird leichter sein«, sagte er, »wenn ich wieder ein Hilfsschweinehirt sein darf.«

Die Nachricht erreichte Taran, dass König Smoit eine starke Truppe ausgehoben hatte und nun nach Norden zog. Die Freunde erfuhren außerdem, dass einige von Arawns Gefolgsleuten ein Heer über den Ystrad geschickt hatten, um die Truppen, die nach Caer Dathyl unterwegs waren, anzugreifen. Tarans Aufgabe wurde also noch dringlicher, doch konnte er nicht mehr tun, als weiterzureiten.

Die Gefährten waren auf dem Weg zum Commot Merin. Für Taran war es einer der hübschesten Commots gewesen, den er auf seiner Wanderschaft kennen gelernt hatte. Sogar jetzt noch, trotz des Tumults der Krieger, der wiehernden Pferde und schreienden Reiter, schienen die weißen, strohgedeckten Hütten friedlich. Taran ritt an den Felsen vorbei, die von Tannen und Fichten eingeschlossen waren. Sein Herz war schwer von Erinnerungen, und er zügelte sein Pferd vor einer Hütte, die ihm wohlvertraut war. Der rauchende Schornstein zeigte, dass ein warmes Feuer im Herde brannte. Die Tür wurde geöffnet, und heraus trat ein untersetzter, kräftiger alter Mann, gekleidet in einen groben braunen Mantel. Er trug einen eisengrauen Bart und die Haare kurz geschnitten. Die Augen strahlten blau und klar.

»Ein glückliches Wiedersehen«, rief er Taran zu und hob eine riesige Hand, die mit angetrocknetem Ton verkrustet war. »Du hast uns als Wanderer verlassen und kommst zurück als Feldherr. Was deine Fähigkeit dazu betrifft, so habe ich viel darüber gehört. Aber ich frage dich: Wie steht es mit deiner Fähigkeit als Töpfer? Hast du alles vergessen, und habe ich meine Zeit vergeudet, um dich zu unterrichten?«

»Ein glückliches Wiedersehen, Annlaw«, antwortete Taran, schwang sich aus dem Sattel und drückte die Hand des Alten herzlich. »Ich glaube, vergeudet«, lachte er und folgte dem Töpfer in die Hütte, »denn der Meister hatte einen ungeschickten Schüler. Meine Fähigkeiten lassen zu wünschen übrig, nicht aber mein Gedächtnis. Das Wenige, was ich zu lernen vermochte, habe ich nicht vergessen.«

»Zeig es mir«, forderte der Alte ihn heraus und holte eine Hand voll Ton aus einem hölzernen Behälter.

Taran lächelte traurig und schüttelte den Kopf. »Ich bin nur gekommen, um dich zu begrüßen«, sagte er. »Nun mühe ich mich mit dem Schwert, nicht mit irdenen Töpfen.« Aber er unterbrach sich und schwieg eine Weile. Das Licht des Feuers warf einen glühenden Schein auf die Regale, die beladen waren mit Töpferware – auf anmutige Weingefäße, auf sorgfältig und liebevoll geformte Krüge. Schnell ergriff er den kühlen Ton, warf ihn auf das Rad, das der Töpfer in Bewegung gesetzt hatte. Die Zeit drängte, Taran wusste es; doch als der Ton unter seinen Händen Gestalt gewann, legte er für einen Augenblick seine schwere Last nieder. Ferne Tage kehrten zurück, und es gab nur das sich drehende Rad und die Form der Schale, die aus dem formlosen Lehm entstand. »Gut gemacht«, sagte Annlaw ruhig und fügte hinzu: »Ich habe gehört, dass Schmiede und Weber in allen Commots für dich Waffen anfertigen und Mäntel. Meine Töpferscheibe kann keine Klingen formen und keine Mäntel fertigen. Mein Ton formt nur Dinge für den Frieden. Leider kann ich dir nichts geben, was dir nützen würde.«

»Du hast mir mehr als die anderen gegeben«, entgegnete Taran. »Und ich schätze es höher. Meine Art ist nicht die eines Kriegers. Wenn ich jetzt aber nicht mein Schwert trage, dann wird es in Prydain keinen Ort geben, der dem Nützlichen und Schönen und dem Handwerk vorbehalten bleibt. Und wenn ich versage, verliere ich alles, was ich von dir erhalten habe.«

Seine Hand wurde unsicher, denn Coll rief laut nach ihm. Taran sprang auf, lief hinaus und rief dem Töpfer ein Lebewohl zu. Coll hatte bereits sein Schwert gezogen. Llassar schloss sich ihnen an, und sie galoppierten zum Lager, das etwas außerhalb von Merin lag. Coll berichtete Taran hastig, dass die Wachen eine Bande Räuber gesichtet hätten.

»Sie werden bald hier sein«, sagte Coll. »Wir sollten sie abfangen, bevor sie unseren Versorgungszug angreifen. Als ein Züchter von Rüben rate ich dir, eine Gruppe von Bogenschützen und eine zweite von ausgezeichneten Reitern zusammenzustellen. Llassar und ich werden versuchen, sie mit einer kleineren Truppe wegzulocken.«

Schnell setzten sie ihren Plan in die Tat um. Taran ritt voran und rief Reiter und Fußsoldaten zusammen, die sogleich die Waffen ergriffen und ihm folgten. Er befahl Eilonwy und Gurgi, sich zwischen den Wagen in Sicherheit zu bringen. Ohne ihren Protest abzuwarten, galoppierte er auf den Fichtenwald zu, der die Hügel bedeckte.

Die Räuber waren schwerer bewaffnet, als Taran erwartet hatte. Rasch kamen sie den schneebedeckten Hang hinunter. Auf ein Zeichen von Taran liefen die Bogenschützen heran und verbargen sich in einer flachen Bodenwelle. Die Berittenen gingen zum Angriff über. Die beiden Reitertruppen prallten aufeinander. Da griff Taran zu seinem Horn.

Auf sein weithin schallendes Signal hin erhoben sich die Bogenschützen aus der Deckung. Taran wusste, dass dies nur ein Scharmützel war, auch wenn es verbittert geführt wurde. Erst ganz zuletzt, als Coll und Llassar eine Reihe der Feinde absprengten, brachen die Räuber aus und flohen. Doch war es die erste Schlacht, die Taran als Feldherr für den Prinzen von Don geführt und geschlagen hatte. Die Leute der Commots hatten diesmal den Sieg davongetragen, ohne dass auch nur einer gefallen wäre. Obgleich Taran müde und erschöpft war, klopfte doch sein Herz wild, als er die siegestrunkenen Krieger zurück nach Merin führte.

Als er den Hügelkamm erreichte, sah er die Flammen und die schwarzen Rauchwolken.

Zuerst dachte er, das Lager hätte Feuer gefangen, und er trieb Melynlas den Abhang hinunter. Als er jedoch näher kam und sah, wie die feuerroten Zungen zum Himmel emporloderten, einem blutig roten Sonnenuntergang gleich, wie der Rauch sich erhob und über dem Tal ausbreitete, da wusste er, dass der Commot brannte.

Er ließ die Truppe weit hinter sich und galoppierte auf Merin zu. Dort fand er die Krieger aus seinem Lager und Eilonwy und Gurgi, die verzweifelt und vergeblich gegen die Flammen ankämpften. Coll hatte das Dorf vor ihm erreicht und Taran eilte zu ihm.

»Zu spät!«, rief Coll. »Die Räuber haben den Commot umzingelt und von hinten angegriffen. Merin ist den Flammen zum Opfer gefallen, seine Bewohner dem Schwert.«

Mit einem verzweifelten und zornigen Aufschrei rannte Taran an den brennenden Hütten vorbei. Das Stroh ihrer Dächer war verkohlt, die Wände zerborsten und eingestürzt. Auch die der Hütte Annlaws. Die Trümmer schwelten noch und die zerstörten Mauern ragten in den Himmel. Mitten zwischen den Scherben lag der Körper des Töpfers: Das Werk seiner Hände war völlig zerstört, das Rad umgestoßen, die Gefäße zerbrochen.

Taran warf sich auf die Knie, Colls Hand legte sich tröstend auf seine Schulter, aber er entzog sich ihr und richtete seinen starren Blick empor zu dem alten Krieger.

»Habe ich heute den Sieg verkündet?«, flüsterte er heiser. »Schwacher Trost für Leute, die mich einst freundlich aufgenommen haben. Wie habe ich es ihnen vergolten? Das Blut von Merin klebt an meinen Händen.«

Später sprach Llassar alleine mit Coll.

»Der Wanderer ist noch immer in der Hütte des Töpfers«, sagte der Schäfer leise. »Es ist bitter für jeden Mann, seine eigenen Wunden zu tragen. Der aber, der sie anführt, trägt all die Wunden derer, die ihm folgen.«

Coll nickte. »Lass ihn, wenn er bleiben möchte«, sagte er. »Am Morgen wird es besser sein. Auch wenn die Wunde vielleicht nie heilt.«

Als der Winter halb vorbei war, hatten sie ein großes Heer gesammelt. Die Commot-Krieger waren auf dem Weg nach Caer Dathyl. Zusammen mit einer Gruppe von Reitern blieben nur noch Llassar, Hevydd und Llonio bei Taran, der die Gefährten nun nach Nordwesten durch die Llawgadarn-Berge führte. Sie waren stark genug, um ihren Vormarsch zu sichern, ohne ihre Marschgeschwindigkeit zu verlangsamen.

Zweimal griffen Räuber sie an, zweimal schlugen Tarans Gefolgsleute sie zurück und fügten ihnen schwere Verluste zu. Das schien sich herumzusprechen; denn die Wegelagerer hatten offensichtlich schnell gelernt, den Feldherrn, der unter dem Emblem des Weißen Schweins ritt, zu meiden. Sie blieben in Zukunft fern und wagten nicht mehr, die Freunde anzugreifen. Diese zogen eilig weiter und durchquerten ungehindert die Ausläufer der Adlerberge. Immer noch trug Gurgi stolz die Fahne, die in den scharfen Böen, die von den fernen Hügeln herabfegten, flatterte. Taran trug unter seinem Mantel einen Talisman: einen feuergeschwärzten Scherben aus dem Commot Merin.

Als sie sich schließlich Caer Dathyl näherten, brachten Späher die Nachricht von einem großen Heer. Taran galoppierte voraus, um der Vorhut zu begegnen. Mitten unter den Speerträgern ritt Fflewddur Fflam.

»Großer Belin!«, schrie der Barde und trieb Llyan an Tarans Seite, »Gwydion wird sich freuen. Die Fürsten des Nordens rüsten sich nach Kräften. Wenn ein Fflam das Kommando führt – nun ja, ich versammelte sie im Namen Gwydions, sonst wären sie vielleicht nicht so willig gefolgt. Aber das spielt keine Rolle, sie sind unterwegs. Ich habe gehört, dass auch König Pryderi eine Streitmacht gerüstet hat. Du wirst eine Armee erleben! Ich sage dir, die Hälfte der westlichen Cantrefs steht unter seinem Befehl. Ach ja«, setzte Fflewddur hinzu, als er sah, dass Taran Glew entdeckt hatte, der hoch auf einem schwankenden, schwerfälligen grauen Pferd hockte, »der Schrumpfriese ist immer noch bei uns.«

Glew war intensiv mit einem Knochen beschäftigt und schenkte Taran nur einen flüchtigen Blick.

»Ich hatte keine Ahnung, was ich mit ihm tun sollte«, sagte Fflewddur leise. »Ich brachte es nicht übers Herz, ihn fortzujagen – nicht wenn überall Krieger durchs Land streifen. So ist er also hier. Er jammert und klagt die ganze Zeit; einen

Tag tun ihm die Füße weh, den nächsten der Kopf und nach und nach der Rest. Und während der Mahlzeiten geht es dann weiter mit seinen Geschichten, als er noch ein Riese war.

Das Schlimme aber ist«, fuhr Fflewddur verstört fort, »er liegt mir ständig in den Ohren, dass ich schon fast Mitleid mit ihm bekomme. Er ist ein feiges Wiesel – war es immer und wird es auch bleiben. Aber wenn du es dir genau überlegst, er ist doch ziemlich schlecht behandelt worden. Und als Glew ein Riese war …«

Der Barde unterbrach sich und schlug sich mit der Hand vor die Stirn. »Genug! Noch mehr von dem Gewäsch und ich glaub schließlich selbst daran! Komm, komm zu uns«, rief er und löste seine Harfe aus dem Gewirr von Bogen, Pfeilen, Schilden und Lederriemen, die er über der Schulter trug. »Alle Freunde haben sich wiedergetroffen. Ich werde euch ein Lied spielen. Eines zum Feiern und eines, das uns gleichzeitig warm macht.«

Die Musik des Barden heiterte die Freunde auf und sie ritten gemeinsam weiter. Bald erhob sich die hohe Burg von Caer Dathyl golden im winterlichen Sonnenlicht. Ihre mächtigen Bastionen sprangen empor wie Adler, die ungeduldig den Himmel erstürmen. Jenseits der Wälle und Mauern dehnten sich die Lager mit den flaggenüberwehten Zelten der Fürsten, die dem königlichen Haus von Don treu die Gefolgschaft hielten. Doch waren es weder die Fahnen noch die windgepeitschten Embleme der Goldenen Sonne, die Tarans Herz pochen ließen, es war vielmehr die Gewissheit, dass die Gefährten und die Commot-Krieger wohlbehalten diese eine Reise beendet hatten und sich nun für kurze Zeit aufwärmen und ausruhen durften. Wohlbehalten – Taran hielt inne, und die Erinnerung kehrte zurück: die Erinnerung an Rhun, König von Mona, der vor den Toren von Caer Cadarn ruhte; die Erinnerung an Annlaw den Töpfer. Und seine Finger umkrampften den Tonscherben.

Die Ankunft Pryderis

Caer Dathyl war ein befestigtes Lager. Funken stoben wie blitzende Schneeflocken von der Esse der Schmiedewerkstätten. Seine weitläufigen Höfe klangen wider von den Hufeisen der Kriegsrosse und den gellenden Signalen der Hörner. Obgleich die Freunde nun sicher hinter den Mauern waren, lehnte es Eilonwy ab, ihre unförmige Kriegsbekleidung gegen eine andere einzutauschen, die ihr eher angemessen war. Das Einzige, dem sie zustimmte – und dem auch nur zögernd –, war, sich die Haare zu waschen. Einige Hofdamen blieben zurück, die anderen waren zu den Festungen im Osten geschickt worden. Doch Eilonwy weigerte sich strikt, ihnen in ihren Spinn- und Webstuben Gesellschaft zu leisten.

»Caer Dathyl mag das allerherrlichste Schloss in Prydain sein«, erklärte sie, »aber Hofdamen sind immer Hofdamen, egal wo man sie trifft. Und ich habe mehr als genug von ihnen, seit ich in Königin Talerias Hühnerhof war. Ihrem Gekicher und ihrem Geklatsche zuzuhören, ist schlimmer, als mit einer Feder in den Ohren gekitzelt zu werden. Nur weil ich eine Prinzessin bin, hat man mich in seifigem Wasser halb ertränkt, und das ist eigentlich genug. Meine Haare sind immer noch feucht und fühlen sich an wie Seetang. Und was Röcke betrifft, nun, so fühle ich mich ausgesprochen wohl, so wie ich bin. Außerdem habe ich meine ganzen Kleider zurückgelassen, und ich werde mir sicher nicht die Mühe machen, mir neue anmessen zu lassen. Was ich anhabe, reicht mir völlig.«

»Niemand hat daran gedacht, mich einmal zu fragen, ob meine Kleider passend sind«, beschwerte sich Glew, obwohl der Anzug des ehemaligen Riesen – soweit Taran dies beurteilen konnte – in besserem Zustand war als der seiner Freunde.

»Aber schlechte Behandlung«, jammerte Glew weiter, »daran habe ich mich schon gewöhnt. In meiner Höhle, als ich noch ein Riese war, ja, da waren die Dinge ganz anders. Freigebigkeit! Für immer dahin. Ich erinnere mich, als die Fledermäuse und ich …«

Taran hatte weder die Stärke, mit Eilonwy zu diskutieren, noch die Zeit, Glew zuzuhören. Gwydion hatte von der Ankunft der Gefährten erfahren und berief sie in den Thronsaal. Coll, Fflewddur und Gurgi versorgten Ausrüstung und Proviant der Krieger, die mit ihnen geritten waren. Taran jedoch folgte dem Wachtposten in die Halle. Gwydion besprach sich mit König Math, Sohn des Mathonwy, sodass Taran zögerte, aber Math winkte ihn heran. Taran fiel vor dem weißbärtigen König auf die Knie.

Der Hochkönig berührte Tarans Schulter mit seiner faltigen, aber starken Hand und hieß ihn aufstehen. Seit der Schlacht zwischen den Söhnen der Don und den Truppen des Gehörnten Königs war Taran Math Sohn des Mathonwy nicht mehr begegnet, und er bemerkte, dass die vergangenen Jahre den Monarchen gezeichnet hatten. Das Gesicht Maths war von Sorgen entstellt und von schärferen Falten durchzogen als das Dallbens. Die Goldkrone der Don erschien wie eine grausame Last über der feinen Stirn. Doch seine Augen blickten scharf und stolz. Mehr noch, Taran fühlte einen Kummer, der so tief war, dass es sein eigenes Herz zusammenzog, und er beugte den Kopf.

»Sieh mich an, Hilfsschweinehirt«, befahl Math mit ruhiger Stimme. »Scheue dich nicht, das zu sehen, was ich selbst weiß. Die Hand des Todes fasst nach mir, und ich bin nicht unwillig, sie zu ergreifen. Ich habe schon vor langer Zeit das Horn von Gwyn dem Jäger gehört, das auch einen König nach Hause in sein Grab ruft. Frohen Herzens würde ich ihm folgen«, sagte Math, »denn eine Krone ist ein mitleidsloser Herrscher und unbequemer als der Stab des Schweinehirten; ein Stab stützt, eine Krone beugt, und ein Mann, der sie leichtfertig tragen will, hat nicht die Kraft, sie zu tragen. Was mich bekümmert, ist nicht der Tod; aber am Ende meines Lebens muss ich sehen, wie Blut vergossen wird in einem Land, für welches ich nur Frieden wünschte.

Du kennst die Geschichte unseres Königshauses; du weißt, wie vor langer Zeit die Söhne aus dem Hause Don in ihren goldenen Schiffen nach Prydain segelten und wie die Menschen ihren Schutz suchten vor Arawn Todesfürst, der Prydain seiner Schätze beraubt und ein reiches, blühendes Land in unfruchtbares, dürres Ödland verwandelt hatte. Seit dieser Zeit standen die Söhne der Don wie ein Schutzschild vor der Bedrohung durch Annuvin. Wenn der Schild zerschlagen wird, sinkt Prydain in Trümmer.«

»Wir werden siegen«, sagte Gwydion. »Der Fürst von Annuvin wagt alles, doch seine Stärke ist gleichzeitig seine Schwäche, denn es könnte sein, dass seine Macht für immer zerbricht, wenn wir ihm widerstehen. Gute Nachricht wie schlechte Nachricht hatten uns erreicht«, fuhr Gwydion fort. »Die letztere betrifft König Smoit. Er und seine Truppen sind im Tal des Ystrad eingeschlossen, und sie können – trotz aller Tapferkeit – ihren Weg nicht weiter nach Norden erzwingen, bevor der Winter zu Ende ist. Trotzdem dient uns Smoit vortrefflich: Seine Krieger halten die Verräter unter den Fürsten des Südens auf und hindern sie, sich Arawns Armee anzuschließen. Die entferntesten Könige aus den nördlichen Reichen kommen wegen des Winters nur langsam voran. Der Winter ist ihnen ein schlimmerer Feind als Arawn.

Ermutigender ist die Nachricht, dass die Truppen aus den Westgebieten nur noch einige Tagesmärsche von unserer Burg entfernt sind. Späher haben sie bereits gesichtet. Die Stärke der Truppen ist größer als jemals zuvor in Prydain und Fürst Pryderi selbst befehligt sie. Er hat alles getan, worum ich ihn bat – sogar mehr. Meine einzige Sorge ist, dass Arawns Gefolgschaft ihn angreift, bevor er Caer Dathyl erreicht. Doch falls das so sein sollte, würden wir es erfahren und eine Hilfstruppe entsenden.

Eine weitere gute Nachricht«, fügte Gwydion lächelnd hinzu, »ist die Ankunft von Taran von Caer Dallben und der Krieger aus den Commots. Ich habe auf ihn gezählt und werde es weiterhin tun.«

Gwydion sprach dann von Tarans Reitern und Fußsoldaten und der König hörte aufmerksam zu und nickte.

»Geh nun an deine Arbeit«, sagte Math zu Taran, »denn der Tag ist angebrochen, dass ein Hilfsschweinehirt helfen muss, die Last eines Königs zu tragen.«

Während der folgenden Tage taten die Freunde alles, was gerade wichtig war und was Gwydion ihnen auftrug. Sogar Glew beteiligte sich bis zu einem gewissen Grad an der Arbeit – weil Fflewddur Fflam ihn dazu mit Drohungen überredete, nicht weil er selbst es wollte. Unter den wachsamen

Augen Hevydds wurde der ehemalige Riese bestimmt, den Blasebalg in der Schmiede zu bedienen, was ihm wiederum willkommener Anlass war, unausgesetzt über die Blasen an seinen plumpen Händen zu jammern.

Mehr als eine Festung war Caer Dathyl ein Ort der Erinnerung und der Schönheit. Innerhalb der Wehranlagen, im entferntesten Hof, wuchsen einige Tannen, und unter den schlanken Stämmen erhoben sich die Ehrenhügel der gefallenen Krieger und Helden.

Hallen, gestützt von geschnitzten und verzierten Balken, enthielten die Waffen und Rüstungen eines alten, edlen Geschlechts und Fahnen, deren Embleme in den Liedern der Barden besungen wurden. In anderen Gebäuden lagen die Schätze des Handwerks aus jedem Cantref und Commot in Prydain wohl verwahrt. Dort fand Taran einen fein geformten Weinkrug von den Händen Annlaws des Töpfers.

Die Freunde entdeckten viel Wunderbares und Schönes, wenn sie nicht mit ihren Aufgaben beschäftigt waren. Coll war nie vorher in Caer Dathyl gewesen, und er betrachtete die Torbogen und Türme, die sich höher zu erstrecken schienen als die schneebedeckten Berge jenseits der Mauern, voller Staunen.

»Sehr hübsch ist es«, gab Coll zu, »dazu vollendet gearbeitet. Doch die Türme erinnern mich daran, dass ich meine Apfelbäume besser hätte ausputzen sollen. Und wenn ich meinen Garten weiter sich selbst überlasse, wird er so viel Ertrag bringen wie die Steine des Hofes hier.«

Ein Mann rief nach ihnen und winkte aus der Tür eines der kleinsten und einfachsten Häuser. Er war groß, das Gesicht gegerbt vom Wetter. Weißes Haar fiel ihm auf die

Schultern. Der grobe Umhang war nachlässig übergeworfen und kein Dolch und kein Schwert schmückte den Ledergürtel. Die Freunde folgten dem Wink; Fflewddur aber eilte auf den Mann zu und warf sich vor ihm auf die Knie, ohne des Schnees zu achten.

»Vielleicht muss ich mich vor dir verneigen, Fflewddur Fflam Sohn des Godo«, sagte der Mann lächelnd, »und um Verzeihung bitten.« Er wandte sich den Gefährten zu und streckte ihnen die Hand entgegen. »Ich kenne euch besser als ihr mich«, sagte er und lachte gutmütig über ihre erstaunten Gesichter. »Mein Name ist Taliesin.«

»Der größte Barde von Prydain«, sagte Fflewddur und strahlte voll Stolz, »hat mir meine Harfe geschenkt. Ich stehe in seiner Schuld.«

»Dessen bin ich nicht so sicher«, entgegnete Taliesin. Die Freunde folgten ihm durch die Tür in ein weites, spärlich eingerichtetes Zimmer mit nur einigen grob gearbeiteten Stühlen und Bänken und einem langen Tisch aus sonderbar gemasertem Holz, das im Licht des freundlichen Herdfeuers glühte. Alte Folianten, Stapel und Rollen von Pergament lagen an den Wänden aufgeschichtet und reichten bis in die Schatten der hohen Decke, die gleichzeitig der unverputzte Dachstuhl war.

»Ja, mein Freund«, sagte der große Barde zu Fflewddur, »ich habe oft an diese Gabe gedacht. Sie hat mir in Wahrheit sogar einige Gewissensbisse verursacht.«

Er warf dem Barden einen verschlagenen, aber freundlichen und amüsierten Blick zu.

Taran hatte Taliesin zunächst als einen sehr, sehr alten Mann angesehen; nun aber fand er sich unfähig, sein Alter zu schätzen. Die Züge, obwohl tief eingegraben, schienen eine

Mischung uralter Weisheit und Jugendlichkeit zugleich zu vermitteln. Er trug nichts, was seinen Rang angedeutet hätte; und Taran wurde sich klar, dass es auch nicht nötig war. Wie Adaon, sein Sohn und Tarans Gefährte früherer Zeiten, waren seine Augen grau, tief liegend und schienen mehr zu sehen, als was sie tatsächlich erblickten. Gesicht und Stimme des großen Barden strahlten eine natürliche Autorität aus, die größer war als die eines Feldherrn und absoluter als die eines Königs.

»Ich kannte die Eigenschaft der Harfe, als ich sie dir gab«, fuhr der Barde fort. »Außerdem kannte ich deine Natur und vermutete, dass du einige Schwierigkeiten mit den Saiten haben würdest.«

»Schwierigkeiten?«, schrie Fflewddur. »Aber überhaupt keine! Niemals…« Zwei Saiten rissen mit einem derartig schrillen Laut, dass Gurgi erschrocken auffuhr. Fflewddur wurde bis an die Nasenspitze dunkelrot. »Tatsache ist, wenn ich es recht überlege, dass mich dieser alte Topf gezwungen hat, die Wahrheit zu sagen – das heißt, ein bisschen mehr die Wahrheit zu sagen, als ich es normalerweise getan hätte. Aber es scheint, dass die Wahrheit niemandem Schaden zufügt, am wenigstens aber mir selbst.«

Taliesin lächelte. »Dann hast du etwas sehr Wichtiges gelernt. Trotzdem war mein Geschenk ein Spaß – und doch nicht ganz ein Spaß. Sagen wir, das Lachen eines Herzens für ein anderes Herz. Aber du hast es bereitwillig ertragen. Nun kannst du wählen«, sagte er.

Taliesin deutete auf ein Regal, wo eine Anzahl von Harfen stand, alte und neue und einige davon zierlicher gebogen als Fflewddurs Instrument. Mit einem freudigen Aufschrei lief Fflewddur hinüber, berührte liebevoll die Saiten jeder einzelnen Harfe, bewunderte ihre Schönheit und wusste nicht, für welche er sich entscheiden sollte.

Er zögerte und betrachtete kummervoll die gerissenen Saiten seiner eigenen Harfe, die abgeschlagenen Stellen und das abgegriffene Holz.

»Nun ja, du ehrst mich«, murmelte er verwirrt, »aber dieser alte Topf ist gut genug für mich. Es gibt Augenblicke, da scheint er von alleine zu spielen. Keine andere Harfe hat einen besseren Klang – wenn alle Saiten aufgezogen sind, natürlich. Sie liegt gut an meiner Schulter. Ich möchte diese dort nicht schlecht machen, aber wir beide sind irgendwie aneinander gewöhnt. Ja, ich bin dir sehr dankbar, aber ich möchte keine andere eintauschen.«

»Gut, so soll es sein«, sagte Taliesin. »Und ihr anderen«, fügte der Barde, zu den Gefährten gewandt, hinzu, »ihr habt die Schätze von Caer Dathyl gesehen. Aber habt ihr auch seinen ganzen Stolz, seinen unschätzbaren Besitz erblickt? Er ist hier«, sagte er ruhig und zeigte auf sein Zimmer. »Aufgehäuft in dieser Halle der Überlieferung liegt ein großer Teil des alten Wissens über Prydain. Obgleich Arawn Todesfürst den Menschen die Geheimnisse des Handwerks geraubt hat, so hat er doch nicht die Lieder der Barden an sich reißen können. Hier sind sie, sorgfältig gesammelt. Auch von deinen Liedern, mein tapferer Freund«, sagte er zu Fflewddur, »sind eine ganze Reihe hier.

Die Erinnerung lebt länger als das, was sie festhält«, sprach Taliesin weiter. »Und alle Menschen haben teil an der Erinnerung und der Weisheit der anderen. Unter diesem Zimmer liegen noch reichere Schätze.« Er lächelte. »Wie bei Gedichten liegt der größte Teil tief verborgen. Hier gibt es auch die Halle der Barden. Doch, Fflewddur Fflam«, sagte Taliesin, »nur ein wahrer Barde darf eintreten. Vielleicht wirst du eines Tages dazugehören.«

»Oh, Weisheit edler Sänger!«, rief Gurgi. Vor Staunen fielen ihm fast die Augen aus dem Kopf. »Es macht Gurgis armes, zartes Haupt ganz durcheinander mit Wirbeln und Zwirbeln! Wehe, wehe, wer wenig Weisheit hat! Er wird auf Reißen-und-Beißen verzichten, sie zu erlangen!«

Taliesin legte die Hand auf die Schulter der Kreatur.

»Glaubst du denn, du hättest keine Weisheit?«, fragte er. »Das stimmt nicht. Die Weisheit kann so verschieden sein wie das Muster, das ein Webstuhl fertigt. Deine Weisheit ist die eines guten und selbstlosen Herzens. Selten ist sie und von großem Wert.

Dies ist auch die Weisheit Colls Sohn des Collfrewr«, sagte der große Barde. »Bei ihm kommt noch hinzu die Weisheit der Erde, die Gabe, unfruchtbaren Boden zu beleben und für reiche Ernte zu bereiten.«

»Mein Garten tut dies, nicht ich«, protestierte Coll. Sein kahler Schädel hatte sich leicht gerötet vor Freude und vor Bescheidenheit. »Und wenn ich daran denke, wie ich ihn zurückgelassen habe, dann werde ich wohl lange auf eine nächste Ernte warten müssen – wann immer das auch sein mag.«

»Ich sollte Weisheit auf der Insel Mona lernen«, warf Eilonwy ein. »Deswegen hat mich Dallben dorthin geschickt. Aber alles, was ich gelernt habe, ist handarbeiten, kochen und Knickse machen.«

»Lernen bedeutet nicht dasselbe wie Weisheit«, unterbrach Taliesin mit einem freundlichen Lachen. »In deinen Adern, Prinzessin, fließt das Blut der Zauberinnen von Llyr. Deine Weisheit mag die verborgenste von allen sein, denn du weißt, ohne zu wissen; so wie das Herz weiß, wie es schlagen muss.«

»Und was meine Weisheit betrifft«, sagte Taran. »Ich war mit deinem Sohn zusammen, als er starb. Er gab mir eine Spange von großer Kraft. Solange ich sie trug, wurde mir vieles klar, und was verborgen war, enthüllte sich mir. Die Spange gehört mir nicht mehr, falls sie mir überhaupt jemals gehört hat. Was ich einst wusste, ist mir heute nur noch wie ein Traum und wird mir immer unerreichbar bleiben.«

Ein Schatten zog über Taliesins Gesicht.

»Es gibt Menschen«, sagte er ruhig, »die erst den Verlust erfahren müssen, die Verzweiflung und den Kummer. Von allen Pfaden, die zur Weisheit führen, ist dieser der grausamste und längste. Gehörst du zu denen, die ihm folgen müssen? Das weiß nicht einmal ich selbst. Wenn es stimmt, dann sei trotzdem nicht mutlos. Die, die ihn bis zu Ende gehen, erringen nicht nur Weisheit allein. Eine grobe Wolle wird zu Stoff, der körnige Ton wird zu einem Gefäß – genauso verändern die Menschen sich und erreichen Weisheit, die anderen nützt – und was sie geben können, ist größer, als was sie gewinnen.«

Taran wollte etwas erwidern, doch der Klang eines Horns schallte vom mittleren Turm herüber und Rufe erhoben sich unter den Wachmannschaften der Türme. Sie kündigten die Ankunft von König Pryderis Heer an. Taliesin führte die Gefährten eine breite Treppe hinauf auf eine Plattform über der Halle der Überlieferung, von wo aus sie weit ins Land blicken konnten.

Taran erspähte zunächst nur den Widerschein der untergehenden Sonne auf Zeilen von Speeren, die das ganze Tal erfüllten. Dann brachen Berittene aus der Masse der Krieger und galoppierten über die schneebedeckte Ebene. Gegen den Hintergrund hügeliger Wiesen hob sich die Gestalt ihres Anführers, der in Rot, Schwarz und Gold gekleidet war, scharf ab, und das Sonnenlicht funkelte auf seinem goldenen Helm. Taran konnte nicht länger zusehen, denn die Wachen riefen nach den Gefährten, damit sie sich in der Großen Halle versammelten. Gurgi ergriff hastig die Fahne mit dem Weißen Schwein und stürzte hinter Taran her zur Großen Halle. Man hatte einen langen Tisch in den riesigen Saal gestellt. An seinem oberen Ende saß König Math, ihm zur Seite Gwydion. Taliesin nahm zu Gwydions Linken Platz; zur rechten Hand neben Math stand ein leerer Thron, der die Farben von König Pryderis Haus trug. Zu beiden Seiten saßen die Fürsten aus dem Hause Don, die Cantref-Fürsten und Feldherren.

An den Wänden der Halle standen die Fahnenträger. Gurgi sah sich verängstigt um, doch als ihm Gwydion ein Zeichen gab, reihte er sich zwischen sie ein. Die arme Kreatur sah verschüchtert und erschreckt aus zwischen den grimmigen Kriegern. Aber die Freunde warfen ihm aufmunternde Blicke zu, und Coll grinste ihn so breit an und zwinkerte ihm zu, dass Gurgi seinen zottigen Kopf und die behelfsmäßige Fahne stolzer als jeder andere in der Großen Halle trug.

Taran fühlte sich auch etwas unsicher, als Gwydion ihm und den anderen bedeutete, unter den Feldherren Platz zu nehmen. Eilonwy jedoch, die immer noch ihre Soldatenkleider anhatte, lächelte glücklich und schien sich recht wohl zu fühlen.

»Hm«, bemerkte sie. »Ich glaube, Hen Wen macht sich sehr hübsch, eigentlich viel hübscher als die meisten anderen Fahnen. Du warst so schrecklich eigen mit ihren Augen, ob sie nun blau oder braun sein sollten. Aber schau dir doch nur die anderen Farben an! Sie sind viel unnatürlicher als die, die ich gestickt habe …«

Eilonwy verstummte, denn die Türen wurden aufgerissen und König Pryderi betrat die Halle. Alle Augen ruhten auf ihm, als er sich dem Tisch näherte. Er war so groß wie Gwydion und sein prächtiger Mantel glänzte im Licht der Fackeln. Er trug keinen Helm. Was Taran auf der Plattform gesehen hatte, war sein langes Haar, das wie Gold leuchtete. An seiner Seite hing ein Schwert ohne Scheide, denn es war die Angewohnheit Pryderis, so erklärte es Fflewddur flüsternd Taran, niemals das Schwert zu bedecken, bevor die Schlacht gewonnen war. Hinter ihm folgten Falkner mit ihren Jagdfalken auf der behandschuhten Faust, dann die Feldherren mit dem aufgestickten roten Falkenemblem des Hauses Pwyll auf den Mänteln und endlich die Speerträger, die die Fahnenträger flankierten.

Gwydion, in einen schmucklosen Soldatenmantel gekleidet wie der große Barde, erhob sich, ihn zu grüßen, doch Pryderi blieb stehen, bevor er den Tisch erreichte, verschränkte die Arme und sah sich in der Halle um.

»Eine glückliche Begegnung, Fürsten«, begrüßte er die Cantref-Könige. »Ich freue mich, dass ihr hier seid. Die Bedrohung von Annuvin lässt euch die eigenen Streitereien vergessen. Wiederum sucht ihr den Schutz des Hauses Don, wie junge Vögel, die den Habicht seine Kreise ziehen sehen.«

In Pryderis Stimme schwang Verachtung. Taran erschrak über die bittere Rede des Königs. Der Hochkönig selbst sah Pryderi scharf an, doch als er sprach, waren seine Worte abgewogen und ernst.

»Nun, Fürst Pryderi, ich habe diejenigen gerufen, die uns zur Seite stehen wollen, denn unser aller Sicherheit steht auf dem Spiel.«

Pryderi lächelte grimmig. Sein ebenmäßiges Gesicht war gerötet. Taran wusste nicht, ob wegen der Kälte oder aus Zorn über die Worte. Blut färbte Pryderis hohe, hervortretende Wangenknochen, als er den goldenen Kopf zurückwarf und dem Hochkönig direkt ins Gesicht sah. »Hätte irgendjemand gezögert, wenn er sich selbst bedroht sieht?«, entgegnete Pryderi. »Sie antworten nur einer Eisenfaust oder einem Schwert, das sie an der Gurgel spüren. Die, die dir folgen, tun es, weil sie Vorteil davon haben. Untereinander sind die Cantref-Regenten niemals befriedet, denn jeder ist darauf bedacht, von der Schwäche des Nachbarn zu profitieren. Sind sie im tiefsten Herzen weniger schlecht als Arawn Todesfürst?«

Erschrockenes und unwilliges Gemurmel erhob sich aus den Reihen der Cantref-Könige. Math brachte sie mit einem Wink zum Schweigen.

Dann sprach Gwydion: »Es liegt nicht in der Weisheit eines Menschen, das Innerste eines anderen zu beurteilen«, sagte er, »denn in ihm sind Gut und Böse zugleich. Doch das sind Probleme, die man am Lagerfeuer erörtern kann, wie wir beide es oft schon getan haben; oder am Ende eines Gastmahls, wenn die Fackeln niedergebrannt sind. Unsere Taten müssen Prydain jetzt retten. Komm, Pryderi Sohn des Pwyll. Dein Platz wartet auf dich und wir müssen viele Pläne besprechen.«

»Du hast mich gerufen, Prinz von Don«, entgegnete Pryderi mit harter Stimme. »Ich bin gekommen. Um mich dir anzuschließen? Nein. Um deine Unterwerfung zu fordern.«

Caer Dathyl

Niemand sprach einen Augenblick lang. Die silbernen Glöckchen an den Füßen von Pryderis Falken klingelten leise. Dann war Taran auf den Beinen, das Schwert in der Hand.

Die Cantref-Fürsten schrien auf vor Wut und zogen die Waffen.

Da ertönte Gwydions Stimme und befahl ihnen Schweigen.

Pryderi bewegte sich nicht. Seine Mannen hatten die Schwerter entblößt und bildeten einen Kreis um ihn. Der Hochkönig erhob sich.

»Du treibst deinen Spott mit uns, Sohn des Pwyll«, sagte Math ernst, »aber Verrat ist keine Sache, mit der man scherzt.«

Pryderi stand immer noch mit verschränkten Armen da. Seine goldenen Züge waren grau wie Eisen.

»Nenne es einen Scherz«, entgegnete er, »und nenne mich einen Verräter. Dies habe ich lange und eingehend bedacht. Ich sehe nun, dass Prydain nur so gedient werden kann.«

Gwydion war erbleicht und sah ernst aus.

»Du sprichst im Wahnsinn«, sagte er. »Haben Arawns falsche Versprechungen deinen Verstand verwirrt? Willst du mir sagen, dass ein Lehnsmann des Todesfürsten einem anderen Land dient außer Annuvin?«

»Mir kann Arawn nichts versprechen, was ich nicht bereits

hätte«, sagte Pryderi. »Doch Arawn wird tun, was die Söhne aus dem Hause Don versäumt haben: Er wird den endlosen Streitereien unter den Cantref-Fürsten ein Ende bereiten und dort Frieden bringen, wo es vorher keinen gab.«

»Den Frieden des Todes und die Stille der Sklaverei«, bemerkte Gwydion.

Pryderi blickte um sich. Ein hartes Lächeln spielte um seine Lippen. »Verdienen diese Leute etwas Besseres, Fürst Gwydion? Sind ihrer aller Leben zusammen denn so viel wert wie eines von uns? Ungehobelte Raufbolde. Diese Cantref-Fürsten sind unfähig, ihren eigenen Haushalt zu führen. Ich wähle, was das Beste für Prydain ist«, sprach er weiter, »ich diene nicht Arawn. Ist die Axt die Herrin über den Holzfäller? Am Ende wird es Arawn sein, der mir dient.«

Voller Entsetzen lauschte Taran den Worten Pryderis.

»Wirf deine Waffen fort«, wandte sich Pryderi an Math. »Lass die Schwächlinge fallen, die sich an dich klammern und um Schutz betteln. Unterwirf dich mir jetzt. Caer Dathyl soll verschont bleiben, ebenso du selbst und die, die ich für würdig erachte, mit mir zu regieren.«

Math hob den Kopf.

»Gibt es etwas Schlimmeres?«, sagte er leise und sah Pryderi unverwandt an. »Gibt es Schlimmeres als das Übel, das sich hinter der Maske des Guten verbirgt?«

Einer der Cantref-Fürsten sprang auf, schwang sein Schwert und wollte sich auf Pryderi stürzen.

»Rühre ihn nicht an!«, rief Math. »Wir grüßten ihn wie einen Freund. Er verlässt uns als Feind, aber er soll ungehindert gehen. Wenn jemand auch nur eine Feder seiner Falken anrührt, hat er sein Leben verspielt.«

»Geh fort von hier, Pryderi Sohn des Pwyll«, sagte Gwydion. Seine Stimme klang kalt vor Zorn. »Mein Schmerz ist so groß wie der deine. Unsere Freundschaft ist zerbrochen. Zwischen uns kann es nur noch Schlachtreihen geben und das blanke Schwert.«

Pryderi antwortete nicht, machte kehrt und verließ mit seinem Gefolge die Große Halle. Und als er sich in den Sattel schwang, verbreitete sich die Nachricht unter den Kriegern und sie sahen schweigend zu. Jenseits der Mauern hatten die Krieger Pryderis Fackeln entzündet, sodass das Tal, so weit Taran sehen konnte, in Flammen zu stehen schien. Pryderi ritt durch das Tor, das Rot und Gold seines Mantels schimmerte wie die Fackeln selbst, und galoppierte zu der wartenden Truppe. Taran und die Leute der Commots beobachteten ihn verzweifelt. Sie wussten, wie alle anderen in Caer Dathyl, dass dieser glänzende König ihnen wie ein Habicht des Todes das Leben entrissen hatte und es nun mit sich fortführte.

Gwydion hatte erwartet, dass die Soldaten König Pryderis im ersten Morgengrauen angreifen würden, und die Männer in der Burg waren die ganze Nacht bereit, um der Belagerung zu widerstehen. Als die Nacht dem Tag wich und die fahle Sonne aufstieg, stellte sich jedoch heraus, dass die Armee sich nur wenig genähert hatte. Auf der Mauerkrone standen Taran, Fflewddur, Coll und die anderen Feldherren und hielten zusammen mit Gwydion Ausschau. Dieser prüfte aufmerksam das Tal und die Hügel, die steil abfielen ins flache Land. Seit einigen Tagen war kein Schnee gefallen, und nur wenige Bodenwellen und Felsen waren noch mit weißen Flecken bedeckt, mit Schnee, der sich in den Spalten wie Wollflöckchen gesammelt hatte. Aber das weite Weideland war größtenteils schneefrei. Die abgestorbenen Grasbüschel glichen braunen Flecken unter dem zerlumpten Mantel der Kälte.

Späher hatten berichtet, dass Pryderis Krieger das Tal völlig in ihrer Gewalt hatten und alle Ausgänge besetzt hielten. Und doch hatte man keine abgesprengten Gruppen gesehen. Daraus schlossen die Kundschafter, dass der Angriff direkt und von vorn erfolgen würde – wie mit eiserner Faust gegen die Tore von Caer Dathyl.

Gwydion nickte. »Pryderi beabsichtigt, einen Schlag mit all seinen Streitkräften auszuführen, doch das wird ihn teuer zu stehen kommen. Er kann freigebig das Leben seiner Krieger vertun, denn er weiß, dass wir es uns nicht leisten können, einen ähnlichen Preis zu zahlen.«

Er runzelte die Stirn und rieb das Kinn mit dem Rücken seiner behandschuhten Hand. Seine grauen Augen zogen sich zusammen. Er blickte über das Tal und ähnelte in diesem Augenblick einem grauen Wolf, der seinen Feind wittert.

»Fürst Pryderi ist überheblich«, murmelte er.

Gwydion wandte sich abrupt an seine Feldherren. »Ich werde die Belagerung nicht abwarten. Würde ich es tun, wäre das die sichere Niederlage. Pryderi hat genug Krieger, um uns völlig zu überwältigen. Wir werden uns vor den Mauern der Burg zum Kampf stellen, und wir werden die anrollende Woge von Soldaten zurückschlagen, bevor sie ihren Höhepunkt erreicht hat. Math Sohn des Mathonwy wird die Verteidigung innerhalb der Mauern befehligen. Nur im Äußersten, wenn es unbedingt sein muss, werden wir uns in die Mauern zurückziehen und von dort aus Widerstand leisten.«

Gwydion sah lange auf die Gebäude und Türme der Burg, die nun in den ersten Strahlen der Sonne aufleuchteten. »Die

Söhne von Don haben Caer Dathyl mit ihren eigenen Händen nicht nur als Schild gegen Arawn, sondern zum Schutz der Weisheit und der Schönheit Prydains erbaut. So wie ich alle meine Kräfte sammele, Pryderi zu vernichten, so möchte ich alle Kräfte einsetzen, Caer Dathyl vor Zerstörung zu bewahren. Vielleicht erreichen wir beides, vielleicht verlieren wir beides. Doch wir dürfen nicht wie schwerfällige Ochsen kämpfen, sondern schnell und verschlagen wie Wölfe und Füchse.«

Der Prinz von Don besprach sich rasch mit den Feldherren und gab klare Anweisungen. Taran fühlte sich unsicher. Als Junge hatte er davon geträumt, als Mann seinen Platz unter Männern zu haben; und er hatte sich stark genug dafür gefühlt. Doch jetzt, zwischen den grauen, schlachtenerfahrenen Kriegern, schien ihm seine Stärke gering, sein Wissen lückenhaft.

Coll spürte seine Gedanken und zwinkerte ihm aufmunternd zu. Taran wusste, dass der untersetzte Alte genau Gwydions Worten gefolgt war. Aber, so vermutete Taran, ein Teil seines Herzens beschäftigte sich mit seinen Rüben.

Fast den ganzen Morgen blieben die Truppen Pryderis an ihrem Platz. Die Verteidiger aber formierten in aller Eile ihre Kampfreihen. Jenseits der Mauern von Caer Dathyl und in einiger Entfernung standen schwer bewaffnete Krieger, die den ersten Ansturm Pryderis auffangen sollten. Gwydion würde sie selbst befehligen. Fflewddur und Llyan hielten gemeinsam mit Taliesin und einer Gruppe Kriegsbarden einen Posten auf der anderen Seite des Tals. Die Reiter aus den Commots würden an den Flanken von Pryderis Heer stehen und Breschen in die anrollende Woge schlagen, um die Wucht und die Stärke des Ansturms zu mindern.

Taran und Coll, die eine Truppe führen sollten, und Llassar, der eine andere befehligte, galoppierten auf ihre Posten. Gurgi trieb die Fahne des Weißen Schweins in den gefrorenen Boden, um den Sammelpunkt zu markieren. Die arme Kreatur war schweigsam und zitterte in ihrer weiten Jacke.

Taran spürte, wie der Feind jede ihrer Bewegungen genau verfolgte, und eine sonderbare Unrast, vermischt mit Angst, erfüllte ihn, dass er sich gespannt wie eine Bogensehne fühlte.

Gwydion kam auf Melyngar herangeritten, um einen letzten Blick auf die Schlachtenreihen der Commot-Männer zu werfen, und Taran schrie ihm entgegen: »Warum wartet Pryderi? Macht er sich über uns lustig? Sind wir nicht mehr als Ameisen für ihn, die sich an einem Hügel abmühen und die er nach Belieben zertreten kann?«

»Geduld«, antwortete Gwydion freundlich, aber bestimmt. »Ihr seid Schwerter, die meinen Händen helfen. Lasst euch nicht zerstreuen. Bewegt euch rasch. Verweilt nicht zu lange bei einem Angriff, sondern beginnt viele.«

Er reichte Taran, Coll und Gurgi die Hand. »Lebt wohl«, sagte er. Dann schwang er Melyngar herum und ritt zu seinen Kriegern zurück.

Taran sah ihm nach, bis er verschwunden war, dann heftete er die Augen auf die entfernten Türme von Caer Dathyl. Eilonwy und Glew waren auf Befehl in der Burg zurückgeblieben und standen unter dem Schutz des Hochkönigs. Taran bemühte sich vergeblich, die Prinzessin auf der Mauerkrone zu entdecken. Was sie für ihn empfinden mochte, wusste er jetzt ebenso wenig wie in Caer Dallben; damals hatte er beinahe gesprochen, doch dann war er plötzlich wie von einer Woge ergriffen und fortgeschickt worden, um Truppen zu sammeln, ohne dass er sich verabschieden konnte. Sehnsucht stieg in ihm hoch und Bedauern über seine unausgesprochenen Worte schnürte ihm wie mit eiserner Faust die Kehle zu.

Er erschrak und umkrampfte die Zügel, als Melynlas schnaubend eine weiße Atemwolke ausstieß und mit den Hufen scharrte. Mit einem Blick sah er, dass Pryderis Armee sich erhoben hatte und in das Tal flutete.

Sie kamen schnell näher, nicht in einer langsam anwachsenden Woge, die Taran erwartet hatte. Ein anschwellendes Meer schreiender Männer strömte auf sie zu. Die Söhne von Don warteten Pryderis Angriff nicht ab, sondern stürmten auf das Heer los. Taran sah Gwydion auf Melyngar, die sich wild aufbäumte. Er konnte den Augenblick nicht feststellen, als zum ersten Mal die Waffen aufeinander prallten; denn anstelle von zwei Wogen, die aufeinander zurollten, gab es plötzlich eine einzige, die wild herumwirbelte und schließlich zu einem Strudel von Speeren und Schwertern wurde.

Taran stieß ins Horn. Llassar antwortete und Taran bohrte die Fersen in Melynlas Flanke. Coll und die Reiter der Commots jagten ihm nach. Zuerst kanterte Melynlas, dann fiel er in einen gestreckten Galopp. Seine Muskeln hoben und senkten sich unter Taran, der mit gezücktem Schwert eintauchte in das Meer aus Kriegern. Er war verwirrt und schnappte nach Luft, als wäre er am Ertrinken. Er spürte, wie namenloses Entsetzen nach ihm griff.

Um ihn herum wogten die Krieger, Freunde und Feinde. Er sah für einen Augenblick Llonio, wie er nach allen Seiten um sich schlug. Sein provisorischer Helm hüpfte auf und nieder und bedeckte seine Augen. Er hatte die langen Beine hochgezogen und ähnelte auf erstaunliche Weise einem lebendig gewordenen Korkenzieher. Doch fielen dort, wo Llonio vorbeikam, die Angreifer wie Weizen vor der Sense. Hevydds wuchtige Gestalt hob sich wie eine Mauer aus dem Schlachtgewühl. Von Llassar fehlte jede Spur, doch glaubte Taran, seinen hohen Kriegsruf zu hören. Dann erreichte wütendes Knurren sein Ohr, und er wusste, dass Llyan und Fflewddur in den Kampf eingegriffen hatten. Schon im nächsten Moment nahm Taran nichts mehr wahr außer seiner Klinge, die durch die Luft schwang, und er fand sich in dem Wahnsinn der Schlacht wieder, zusammen mit Kriegern, die nach ihm hieben und deren Schläge er zurückzugeben versuchte.

Wieder und wieder schlugen Taran und die Commot-Reiter tiefe Breschen in die Flanken der Angreifer und warfen sich herum, um dem eisernen Strudel zu entkommen und sich sogleich erneut hineinzustürzen. Einen klaren Augenblick lang erspähte Taran den Glanz von Karmesinrot und gleißendem Gold. Es war König Pryderi, der ein schwarzes Ross lenkte. Taran kämpfte sich bis zu ihm durch, um ihn zu stellen. Sekundenlang trafen sich ihre Blicke, doch der Sohn des Pwyll machte keine Anstalten, die Herausforderung eines wütenden Reiters anzunehmen. Er wandte sich vielmehr ab und drängte weiter nach vorn. Dann war er verschwunden. Und es war Pryderis spöttischer Blick, der Taran schmerzhafter traf als das Schwert, das ihm aus der Menge der Feinde über das Gesicht fuhr.

Einmal trug der Sog der Kampfeswoge Taran an den Rand des Geschehens. Er erblickte Gurgis Fahne und versuchte, die Reiter um sie zu sammeln. Eine Bresche hatte sich zwischen Pryderis Reihen geöffnet und im gleichen Augenblick hetzte ein Pferd auf ihn zu: Lluagor. Ein Krieger, bewaffnet mit einer langen Lanze, klammerte sich auf seinem Rücken fest.

»Geh zurück!«, schrie Taran. »Hast du den Verstand verloren?«

Eilonwy – denn es war sie – zügelte das Pferd. Sie hatte die Zöpfe unter einem Lederhelm verborgen. Die Prinzessin von Llyr lächelte ihn fröhlich an. »Ich verstehe ja, dass du böse bist«, schrie sie zurück. »Aber trotzdem brauchst du nicht unhöflich zu sein.« Sie galoppierte weiter. Taran konnte nicht glauben, dass er sie tatsächlich gesehen hatte. Doch einen Augenblick später musste er sich gegen eine Gruppe Krieger verteidigen, die auf Melynlas einschlugen, sich gegen seine Flanken warfen und versuchten, Ross und Reiter zu Boden zu ziehen. Taran bemerkte undeutlich, dass jemand die Zügel seines Pferdes ergriff und ihn zur Seite zog. Die Soldaten Pryderis ließen von ihm ab. Taran schwang sich, als er sich frei von seinen Angreifern sah, herum, um sein Schwert gegen den neuen Gegner zu erheben.

Es war Coll. Der mächtige Bauer hatte den Helm verloren, und sein kahler Schädel war zerschunden, als sei er mit dem Kopf zuerst in einen Dornenstrauch gestürzt.

»Heb dir dein Schwert für die Feinde auf, nicht für deine Freunde!«, rief er. Die Überraschung machte Taran für den Moment sprachlos. Dann stammelte er: »Du hast mir das Leben gerettet, Sohn des Collfrewr.«

»Ich glaube fast, das stimmt«, erwiderte Coll, als sei ihm dieser Gedanke erst jetzt gekommen.

Sie sahen einander an und brachen in lautes Lachen aus.

Die Sonne begann bereits unterzugehen, und der Himmel selbst schien blutverschmiert, als Taran wieder Übersicht über die Schlacht gewann. Gwydions Krieger, die sich dem

Angriff Pryderis entgegenstellten, hatten den ersten Anprall aufgehalten. Die feindlichen Reihen wankten, als wären sie über ihre eigenen Toten gestolpert: Die Woge türmte sich empor und erstarrte. Nun aber wehte ein frischer Wind durch das Tal. Tarans Herz klopfte vor Freude, als er den Kriegsruf der Gefolgsleute Gwydions hörte. Sie drängten voran. Taran stieß in sein Horn und galoppierte mit den Reitern der Commots, um die zurückweichende Flut zu verfolgen.

Plötzlich teilten sich die Reihen der Feinde wie eine geborstene Mauer. Taran umkrampfte die Zügel. Melynlas wieherte wild auf und stieg steil in die Höhe. Entsetzen zog durch das Tal. Taran begriff, lange bevor die anschwellenden Angstschreie an sein Ohr drangen.

»Die Kesselkrieger! Die lebenden Toten!«

Die Männer Pryderis hielten sich zurück, um sie passieren zu lassen, und es schien, als ehrten sie sie dadurch auf eine beklemmende Weise. Die Kesselkrieger füllten die Lücken, ohne zu eilen, ohne zu zögern, mit entsetzlicher Lautlosigkeit. Nur das Dröhnen ihrer schweren Stiefel hallte durch das Tal. In dem blutigen Dunst der sterbenden Sonne glichen ihre Gesichter denen Lebender. Doch ihre Augen blickten kalt und glanzlos und tot wie Steine. Stetig und unaufhaltsam bewegte sich die Masse der schrecklichen Mordsknechte Arawns auf Caer Dathyl zu. Mit sich führten sie einen eisenverkleideten Rammbock, der mit Stricken umwickelt war.

Die Krieger Pryderis, die zu beiden Seiten der Kesselkrieger standen, griffen nun aufs Neue an. Voller Entsetzen erkannte Taran, warum Pryderi die Schlacht hinausgezögert hatte, und er begriff dessen bedingungslosen Ehrgeiz: Erst jetzt war der Plan des Verräters in Erfüllung gegangen. Hinter den Kesselkriegern strömten ausgeruhte Männer Pryderis von den Hügeln herab ins Tal. Die Schlacht, die einen Tag gewährt hatte, war für den König nur Spott und Ablenkung gewesen. Jetzt begann das Gemetzel.

Die Bogenschützen und Speerträger in der Burg drängten sich auf den Mauern. Doch die stummen Krieger zögerten keinen Augenblick in dem dichten Pfeilregen, und obwohl jeder Schaft sein Ziel erreichte, bewegten sie sich unaufhörlich vorwärts. Sie hielten lediglich inne, um die Pfeile aus ihrem blutlosen Fleisch zu ziehen. Ihre unbeweglichen Züge zeigten weder Schmerz noch Wut, keine menschliche Regung, keinen Triumph. Von Annuvin waren sie heranmarschiert wie aus dem Grab. Ihre Aufgabe war allein, Tod zu bringen – mitleidlos, unerbittlich und teilnahmslos wie ihre eigenen, leblosen Gesichter.

Unter den Schlägen des Rammbocks ächzten und zitterten die Tore Caer Dathyls. Die riesigen Scharniere lockerten sich und der Klang der Stöße hallte durch die Burg. Das Tor splitterte; die erste Bresche klaffte wie eine Wunde. Wieder und wieder sammelten die Kesselkrieger Kraft, um den Bock gegen das Holz zu jagen. Dann gaben die Tore nach und fielen in den Hof. Die Söhne von Don aber waren eingekeilt zwischen den Reihen der Krieger Pryderis und versuchten vergeblich, die Burg zu erreichen.

Taran schluchzte vor Verzweiflung und Wut, als er hilflos zusehen musste, wie die Kesselkrieger durch die geborstenen Tore drangen.

Vor ihnen stand Math, der Hochkönig. Er trug den Mantel des königlichen Hauses mit dem Gürtel aus Goldgliedern. Über seiner Stirn glänzte die goldene Krone der Don, um die Schultern hing ein Umhang aus feiner weißer Wolle, gefaltet wie ein Leichentuch. Seine ausgestreckte Hand umklammerte ein blankes Schwert.

Die Kesselkrieger zögerten, als regte sich eine ferne Erinnerung in ihnen, doch der Augenblick ging vorüber, und sie marschierten weiter.

Auf dem Schlachtfeld war es totenstill; ein entsetztes Schweigen hatte sogar Pryderis Leute ergriffen.

Der Hochkönig wandte sich nicht ab, als die Kesselkrieger näher kamen. Er sah ihnen in die Augen und hob herausfordernd das Schwert. Entschlossen stand er da, voller Stolz und im Bewusstsein seiner Königsmacht. Der erste der bleichen Krieger war vor ihm. Der Hochkönig packte das blitzende Schwert fester mit seinen zerbrechlichen Händen und ließ es mit einem mächtigen Schlag niedersausen. Die Klinge des Kriegers wehrte ihn ab. Gewaltig schlug der Kesselkrieger zu.

König Math taumelte und sank auf die Knie. Die bleichen Krieger drängten weiter. Taran bedeckte sein Gesicht mit den Händen und wandte sich weinend ab, als Math Sohn des Mathonwy fiel und die eisenbeschlagenen Schuhe der Kesselkrieger ihren unaufhaltsamen Vormarsch über seinen leblosen Körper fortsetzten.

Da erhob sich von den dunklen Hügeln der lang gezogene Ton eines Jagdhorns, zitternd, und hallte von den Felswänden wider. Und ein Schatten schien über den Himmel zu ziehen.

Hinter den Kesselkriegern strömten nun die Männer Pryderis durch die zerbrochenen Tore und andere trieben die restlichen Krieger Gwydions in die Berge und zerstreuten sie in dem schneebedeckten Gelände. Von Caer Dathyl klangen erneut donnernde Schläge herüber, als die Kesselkrieger die Mauern schleiften. Flammen schlugen aus der Großen Halle, aus der Halle der Überlieferung, und vom Mittelturm wehte der rote Falke Pryderis. Neben ihm flatterte das schwarze Banner von Arawn Todesfürst und löschte die sterbende Sonne aus.

Caer Dathyl war gefallen.

Das Rote Brachland

Die ganze Nacht währte das Zerstörungswerk und am Morgen lag Caer Dathyl in Schutt und Asche. Feuer schwelte, wo einst die stolzen Hallen sich erhoben. Die Schwerter und Äxte der Kesselkrieger hatten den Tannenhain nahe dem Ehrenhügel zerstört. Im Dämmerlicht schienen die geborstenen Mauern blutverschmiert.

Die Truppen Pryderis hatten die Verteidiger in das Hügelland östlich von Caer Dathyl getrieben, ohne ihnen das Recht zu gewähren, ihre Gefallenen zu bestatten. Und hier, im Durcheinander eines provisorischen Lagers, trafen sich die Gefährten wieder. Der getreue Gurgi trug immer noch die Fahne mit dem Weißen Schwein, auch wenn die Stange zerbrochen und der Stoff zerfetzt war. Llyan und Fflewddur hatten sich Schutz suchend an einen Felsen geschmiegt. Llyans Schwanz zuckte und ihre gelben Augen glommen immer noch erbost. Hevydd der Schmied sorgte für ein Lagerfeuer, und Taran, Eilonwy und Coll versuchten, sich an der heißen Asche aufzuwärmen. Llassar war schwer verwundet, hatte die Schlacht aber lebend durchgestanden. Doch hatte der Feind einen grausamen Tribut von den Commot-Leuten gefordert; unter denen, die steif und stumm auf dem aufgewühlten Schlachtfeld lagen, war auch Llonio Sohn des Llonwen. Einer der wenigen Überlebenden aus der Festung war Glew. Ein Krieger von Don hatte ihn verlassen und verwirrt vor den Mauern gefunden, ihn aus Mitleid mitgenommen und ins Lager gebracht. Der ehemalige Riese freute sich überschwänglich, wieder bei den anderen zu sein. Doch war er noch zu entsetzt und verschreckt, als dass er mehr als einige wenige Worte gemurmelt hätte. Er wickelte sich in einen zerrissenen Mantel, kauerte sich ans Feuer und bedeckte sein Gesicht mit den Händen.

Gwydion stand allein. Lange Zeit ruhten seine Augen auf der schwarzen Rauchsäule, die den Himmel über den Ruinen von Caer Dathyl verdunkelte. Schließlich wandte er sich ab und befahl allen Überlebenden, sich zu versammeln. Taliesin trat vor, nahm Fflewddurs Harfe und sang die Totenklage für die Gefallenen. Die Stimme des großen Barden klang traurig und sorgenvoll durch den dunklen Föhrenwald, doch sie war nicht verzweifelt. Und obwohl die Saiten von schwerer Trauer sangen, sangen sie gleichzeitig von lebendiger Hoffnung.

Als Taliesin sein Lied beendet hatte, hob er den Kopf und sagte ruhig: »Jeder zerstörte Stein von Caer Dathyl soll ein Ehrenmal und das ganze Tal die Ruhestätte für Math Sohn des Mathonwy und alle unsere Toten sein. Doch ein Hochkönig ist noch am Leben. So wie ich ihn ehre, so ehre ich gleichzeitig alle, die ihm Folge leisten.«

Er wandte sich zu Gwydion und verneigte sich tief. Die Krieger zogen ihre Schwerter und riefen den Namen des neuen Königs von Prydain.

Wenig später sammelte Gwydion die Freunde um sich. »Wir haben uns nur getroffen, um sogleich wieder zu scheiden«, sagte er. »Pryderis Sieg gibt uns eine Möglichkeit und eine Hoffnung. Boten werden die Kunde unserer Niederlage König Smoit und den Fürsten des Nordens überbringen. Doch wir können ihre Hilfe nicht abwarten. Was wir tun müssen, müssen wir jetzt tun. Nicht einmal eine zehnfache größere Kriegerschar als die Pryderis könnte den Kesselkriegern widerstehen. Armee auf Armee könnte ihnen gegenübertreten und sie würden nur die Reihen der Gefallenen vermehren.

Doch hier liegt unsere Hoffnung«, fuhr Gwydion fort. »Nie seit Menschengedenken hat Arawn seine schrecklichen Krieger in so großer Anzahl ausgeschickt. Er hat für einen großen Gewinn ein großes Risiko auf sich genommen. Und er hat triumphiert. Doch dieser Triumph wurde zugleich seine größte Schwäche: Ohne die Kesselkrieger als Verteidiger liegt Annuvin jedem Angreifer offen und schutzlos da. Und wir müssen angreifen.«

»Glaubst du denn, dass Annuvin unbewacht ist?«, fragte Taran schnell. »Außer den Kesselkriegern dient Arawn niemand?«

»Doch, sterbliche Krieger«, entgegnete Gwydion, »und vielleicht eine Abteilung Häscher. Doch wir können sie besiegen, wenn die Kesselkrieger nicht rechtzeitig zu deren Beistand nach Annuvin zurückkehren.«

Gwydions blutverkrustetes Gesicht war hart wie Stein. »Sie dürfen Annuvin nicht erreichen. Ihre Kräfte schwinden, je länger sie dem Reich des Todesfürsten fern bleiben, deshalb müssen sie um jeden Preis behindert, aufgehalten und von ihrem Weg abgelenkt werden.«

Coll nickte. »Ja, das ist wirklich eine Hoffnung, die letzte, die wir überhaupt noch haben. Und es muss rasch geschehen, denn nun werden sie eilig zu ihrem Herrn zurückkehren. Können wir sie überholen, wenn sie sich einmal auf den Weg gemacht haben? Können wir sie zurückhalten und gleichzeitig Annuvin angreifen?«

»Nicht wenn wir zusammen reiten«, sagte Gwydion. »Wir müssen uns in zwei Gruppen teilen. Die erste, kleinere, wird so viele Pferde erhalten, wie nur unbedingt entbehrt werden können. Sie wird die Kesselkrieger verfolgen. Die zweite wird zum Tal von Kynvael marschieren und dann dem Fluss nach Nordwesten bis an die Küste folgen. Das Gebiet des Tales ist ruhig und in einem Gewaltmarsch kann man das Meer in zwei Tagen erreichen. Das Meer muss unser Wagnis unterstützen«, fuhr Gwydion fort, »denn Pryderi kann zu leicht unseren Vormarsch auf dem Land verhindern.« Er wandte sich zu Taran. »Math Sohn des Mathonwy sprach zu dir von den Schiffen, die die Söhne aus dem Hause Don vom Sommerland hertrugen. Diese Schiffe wurden nicht aufgegeben. Sie sind immer noch seetüchtig und werden in ständiger Bereitschaft gehalten. Ein getreues Volk von Wächtern wartet sie in einem verborgenen Hafen nahe der Kynvael-Mündung. Sie werden uns zur Westküste Prydains tragen, vor die Bastionen Annuvins. Zwei Menschen haben Kenntnis von diesem Hafen. Einer war Math Sohn des Mathonwy. Der andere bin ich. Ich habe keine andere Wahl, als die zweite Abteilung zu führen.« Er wandte sich an Taran. »Willst du die Führung der ersten Abteilung übernehmen?«

Taran hob den Kopf. »Ich tue, was du befiehlst.«

»Ich befehle es nicht«, sagte Gwydion. »Ich lege keinem Mann eine derartige Aufgabe gegen seinen Willen auf. Und alle, die dir folgen, sollen es freiwillig tun.«

»Es ist mein Wunsch«, sagte Taran.

Die Gefährten murmelten zustimmend.

»Die Schiffe der Söhne aus dem Hause Don sind schnell«, erklärte Gwydion weiter. »Ich verlange von euch nur, dass ihr die Kesselkrieger eine kurze Zeit aufhaltet. Doch hängt alles von dieser kurzen Zeit ab.«

»Wenn ich versage«, warf Taran ein, »wie soll ich dir eine Nachricht zukommen lassen? Wenn die Kesselkrieger Annuvin vor dir erreichen, wird dein Plan nicht gelingen können und du musst umkehren.«

Gwydion schüttelte den Kopf. »Es gibt kein Zurück, denn es gibt keine andere Hoffnung. Wenn einer von uns versagt, dann ist unser aller Leben verspielt.«

Llassar, Hevydd und all die anderen Leute aus den Commots folgten Taran. Die restlichen Krieger Fflewddur Fflams schlossen sich ihnen an und machten den größten Teil von Tarans Abteilung aus.

Zur allgemeinen Verwunderung wollte auch Glew mit ihnen reiten.

Der ehemalige Riese hatte sich von dem Schrecken erholt – jedenfalls so weit, dass er wieder fast so verdrießlich war wie früher. Seinen Appetit jedoch hatte er vollständig zurückgewonnen und er verlangte ständig aus Gurgis unerschöpflichem Schnappsack etwas zu essen.

»Das Hin- und Hergestupse reicht mir langsam«, murmelte er und leckte sich die Finger ab. »Und jetzt soll ich entweder auf ein Schiff gezerrt oder zwischen eine Herde wilder Gäule geschleppt werden. Gut, gut. Ich entscheide mich für das Letztere. Wenigstens ist das nicht nass und salzig. Aber ich sage euch, als ich ein Riese war, hätte ich weder dem einen noch dem anderen zugestimmt.«

Fflewddur blickte den ehemaligen Riesen finster an und nahm Taran an der Schulter. »Scheint so, als seien wir dazu verurteilt, neben all unseren Sorgen auch noch diesen Jammerlappen zu ertragen. Ich bin sicher, er hat es sich in sein mickriges Wieselgehirn gesetzt, doch noch seine Schäfchen ins Trockne zu bringen.«

Der Barde schüttelte den Kopf und sah Taran sorgenvoll an. »Aber gibt es denn noch Schafe? Es gibt keinen sicheren Ort mehr, an dem Glew seinen Kopf verbergen könnte.«

Gurgi hatte die Fahne mit dem Weißen Schwein an einer neuen Stange befestigt, aber er seufzte, bekümmert über den zerrissenen Stoff.

»Armes Schweinchen«, winselte er. »Man kann es nicht mehr sehen. Es ist zerrissen mit Stechen und Schlagen.«

»Ich verspreche dir, dass ich ein neues machen werde«, sagte Eilonwy. »Sobald …«

Sie unterbrach sich und sprach nicht weiter.

Dann schwang sie sich auf Lluagor. Taran bemerkte ihren sorgenschweren Blick. Die Prinzessin von Llyr würde lange warten müssen, befürchtete er, bis sie wieder eine Sticknadel in der Hand halten könnte. Und in seinem Herzen keimte die uneingestandene Furcht, sie würden Caer Dallben niemals wiedersehen. Am Ende ihres verzweifelten Marsches würde vielleicht der Tod als einziger Preis winken.

Die Krieger, bewaffnet mit Lanzen und Schwertern, waren aufgesessen und standen bereit. Die Gefährten nahmen Abschied von Gwydion und ritten nach Westen. Coll hatte die Vermutung geäußert, dass die Kesselkrieger auf direktem Weg nach Annuvin marschieren würden. An der Spitze der kleinen Truppe, die sich ihren gewundenen Weg von den schneebedeckten Höhen ins Tal suchte, ritten Taran und Llassar. Die Klugheit des jungen Hirten erleichterte ihnen den Marsch, denn er leitete sie rasch hinunter in die tieferen Gebiete, ohne dass die Armee Pryderis etwas davon bemerkte.

Einige Tage lang ritten sie, und Taran befürchtete, dass die Kesselkrieger einen zu großen Vorsprung hätten. Doch konnten sie nichts weiter tun, als so schnell wie möglich weiterzuziehen. Sie hatten sich nach Süden gewandt und durchquerten weite Landstriche mit spärlichem Baumbestand.

Gurgi machte als Erster die schrecklichen Krieger Arawns aus. Die Kreatur wurde grau vor Furcht und deutete auf eine felsübersäte Ebene. Glew blinzelte, verschluckte sich und konnte nur mit Mühe den Bissen hinunterschlucken, an dem er herumkaute. Eilonwy blickte schweigend nach vorn und der Barde stieß einen leisen Pfiff aus.

Tarans Mut sank beim Anblick der Armee der Kesselkrieger, die sich wie ein Lindwurm über das flache Land wand. Er sah Coll an und fragte ihn: »Werden wir sie überhaupt aufhalten können?«

»Ein Steinchen kann die Bahn einer Lawine verändern«, gab Coll zurück, »oder ein Zweig die Flut aufhalten.«

»Aber ich frage mich«, murmelte Fflewddur, »was passiert mit dem Zweig oder dem Steinchen? Ich sollte lieber nicht daran denken.«

Taran wollte seinen Kriegern den Befehl geben, sich zum Angriff zu formieren, als Coll seinen Arm ergriff.

»Noch nicht, mein Junge«, riet er. »Zuerst würde ich mir Gewissheit darüber verschaffen, welchem Weg diese Kreaturen folgen wollen, um nach Annuvin zu gelangen. Wenn der Zweig Erfolg haben soll, muss er an der richtigen Stelle liegen.«

Bis zum Morgen des nächsten Tages passten die Gefährten ihre Marschgeschwindigkeit der der Kesselkrieger an. Manchmal waren sie vor ihnen, manchmal an ihren Flanken, nie jedoch verloren sie sie aus den Augen. Es schien Taran, dass die bleichen Krieger ihren Schritt verlangsamt hatten. Ihre schwarzen Reihen bewegten sich gleichmäßig, doch schwerfällig, als trügen sie schwere Lasten. Er sprach mit Coll darüber.

»Ihre Stärke nimmt etwas ab«, sagte dieser. »Die Zeit arbeitet für uns, doch, so vermute ich, werden auch wir bald für uns arbeiten müssen.«

Sie hatten einen weiten Gürtel Brachland erreicht, nackte, graslose Erde, die sich endlos nach beiden Seiten ausdehnte, so weit das Auge reichte. Der rote Boden war, als sei er schlecht gepflügt worden, mit tiefen Senken und Rinnen durchzogen. Kein Baum, kein Strauch wuchs in der unfruchtbaren roten Erde, und nirgends entdeckte Taran auch nur die leiseste Spur, dass jemals etwas Lebendes hier gewesen war. Unentschlossen überblickte er die Ebene. Ihn fror. Aber es war nicht nur der eisige Wind, der ihn erschaudern ließ, sondern das Schweigen, das wie ein Eisnebel über dem toten Land lag. Leise fragte er: »Was ist das für ein Ort?«

Coll verzog das Gesicht. »Das Rote Brachland heißt es heute. Allerdings glaube ich, dass mein Garten augenblicklich ebenso aussieht«, fügte er bekümmert hinzu.

»Ich habe davon gehört«, sagte Taran. »Freilich hatte ich gedacht, es sei ein Märchen der fahrenden Leute gewesen.«

Coll schüttelte den Kopf. »Keine Geschichte fahrender Leute, ganz und gar nicht. Die Menschen haben diese Gegend seit langem gemieden und doch war sie einst das prächtigste Reich in Prydain. Der Boden war so fruchtbar, dass alle Arten von Früchten wie über Nacht wuchsen. Getreide, Gemüse, Früchte – ja, die Apfel aus dem Obstgarten hier waren in Größe und Geschmack so ungewöhnlich, dass meine im Vergleich dazu wie verschrumpeltes Fallobst ausgesehen hätten.

Es war ein kostbarer Besitz – und viele Fürsten kämpften um ihn. Und in den jahrelangen Schlachten, die um dieses Land ausgetragen wurden, zerwühlten die Pferdehufe den Boden, und das Blut der Krieger befleckte ihn. Mit der Zeit starb das Land, genau wie die, die darum fochten, und bald schon wehte der Gifthauch der Zerstörung weit über das Schlachtfeld hinaus.« Coll seufzte. »Ich kenne das Land hier, mein Junge. Und es gefällt mir nicht, es wiederzusehen. In jüngeren Jahren bin auch ich hier mit einer Truppe marschiert. Und nicht wenig meines eigenen Blutes ließ ich im Brachland zurück.«

»Wird es nie wieder grünen?«, fragte Taran und blickte bestürzt über die kahle Ebene. »Prydain würde reich sein durch die Früchte, die hier wachsen könnten. Es würde schlimmer als Blutvergießen sein, ließe man dieses Land verwüstet. Würde die Erde erneut tragen, wenn man sie sorgfältig bearbeitete?«

»Wer kann das wissen?« Coll zuckte die Achseln. »Vielleicht. Niemand hat sie seit Jahren bebaut. Doch für uns ist jetzt alles verloren.« Er wies auf die Höhenzüge, die sich in der Ferne auftürmten. »Das Rote Brachland erstreckt sich entlang der Hügel von Bran-Galedd nach Südwesten und fast bis nach Annuvin. Von hier aus führt der längste, aber leichteste Weg in Arawns Reich. Und wenn ich Recht habe, werden die Kesselkrieger ihm eilig folgen, um zu ihrem Herrn zu kommen.«

»Wir dürfen sie nicht vorbeilassen«, entgegnete Taran. »Hier müssen wir uns zum ersten Mal stellen und sie am Weitermarsch hindern, so gut wir können.« Er sah zu den Höhen hinüber. »Wir müssen sie in die Hügel treiben. Zwischen den Felsen und Bodenwellen können wir ihnen Fallen stellen oder sie in einen Hinterhalt locken.«

»Vielleicht«, stimmte Coll zu. »Doch bevor du dich entscheidest, sollst du Folgendes wissen: Durch die Hügel von Bran Galedd führt ebenfalls ein Weg nach Annuvin – und es ist ein kürzerer. Die Berge erheben sich steiler, je weiter sie nach Westen liegen, und werden rasch zu zerklüfteten Felsen. Dort liegt der Drachenberg, der höchste Gipfel, der das Eiserne Tor zum Land des Todes bewacht. Es ist ein mühsamer Durchgang, hart und gefährlich – und das für uns mehr als für die Kesselkrieger, die unsterblich sind.« Taran runzelte besorgt die Stirn, dann sagte er mit einem bitteren Lächeln: »Die Aussichten sind tatsächlich nicht sehr erfreulich, alter Freund. Der Weg durch das Rote Land ist leichter, aber länger, der Weg durch die Berge schwieriger und kürzer!« Er schüttelte den Kopf. »Ich habe die Klugheit nicht, zu entscheiden. Kannst du mir nicht raten?«

»Du musst die Entscheidung treffen, Feldherr«, erwiderte Coll. »Doch als Rüben- und Kohlzüchter darf ich vielleicht sagen, dass die Berge, wenn du deiner Stärke vertraust, Freunde und Feinde sein können.«

Taran lächelte ihm bekümmert zu.

»Wenig traue ich der Stärke eines Hilfsschweinehirten«, sagte er nach einer Weile, »viel jedoch der Stärke und Weisheit seiner Freunde. So soll es sein. Wir müssen die Kesselkrieger in die Berge treiben.«

»Du sollst auch dies wissen«, sagte Coll. »Wenn du dich dafür entscheidest, dann muss der Plan um jeden Preis sofort und auf der Stelle durchgeführt werden. Weiter südlich weitet sich das Brachland, die Ebene wird flach. Und es besteht die Gefahr, dass die Kesselkrieger uns entkommen, wenn wir hier versagen.«

Taran lächelte. »Das versteht auch ein Hilfsschweinehirt.«

Taran ritt durch die Reihen der Krieger, um sie von dem Plan zu unterrichten. Er bedeutete Eilonwy und Gurgi, sich so weit wie möglich vom Kampf fern zu halten, konnte sich aber ohne Schwierigkeiten ausmalen, dass die Prinzessin von Llyr nicht die geringste Absicht hatte, seiner Warnung zu folgen. Die Entscheidung, die Taran getroffen hatte, lag drückend auf ihm, und seine Zweifel wurden größer, als die Reiter sich am Waldrand sammelten und der Augenblick für ihren Ritt über das Brachland immer näher rückte.

Er fror. Der Wind, der über das flache Land strich, drang durch den Stoff seines Mantels wie eisiges Wasser. Er fing einen Blick von Coll auf, der ihm zuzwinkerte und zunickte. Taran hob das Horn an die Lippen und blies zum Vormarsch. Auf Colls Rat hin hatten die Gefährten und die Reiter kräftige Zweige von den Bäumen gehauen. Jetzt ritten sie wie Ameisen, die mit Strohhalmen beladen sind, hinaus auf das weite, kahle Land und kämpften sich durch die Rinnen und Bodenerhebungen. Zu ihrer Rechten erhob sich eine beschädigte Mauer, eine frühere, längst nutzlose Grenzmarkierung, deren geborstene Teile sich über das Land erstreckten und erst unmittelbar am Fuß der steilen Bran-Galedd-Hügel aufhörten.

Dorthin führte Taran in aller Eile seine Truppe. Es schien ihm, dass die Kesselkrieger sie bereits bemerkt hatten, denn die dunklen Reihen beschleunigten ihren Schritt und stürmten rasch über das Brachland. Tarans Reiter waren abgesessen und warfen ihre Äste in die Lücken zwischen die Mauerabschnitte. Die Reihen der Kesselkrieger näherten sich. Neben ihnen ritten Häscher, gekleidet in schwere Jacken aus Wolfsfell. Sie waren die Feldherren, und Taran hörte ihre Befehle, die ihn wie Peitschenhiebe trafen. Er konnte sie nicht verstehen, da sie in einer unbekannten Sprache gegeben wurden, doch verstand er sehr wohl den hasserfüllten Klang der Stimmen und das grausame Lachen, das die Häscher ausstießen.

Wie vor Caer Dathyl blieben die Kesselkrieger in Reih und Glied und marschierten und marschierten unaufhaltsam. Sie hatten die Klingen aus ihren schweren Bronzegürteln gezogen. Matt glänzten die Beschläge auf ihren ledernen Brustpanzern. Ihre bleichen Gesichter waren erstarrt und ebenso leer wie ihre blicklosen Augen.

Plötzlich schrien die Hörner der Feldherren wie Falken. Die Kesselkrieger strafften sich, stürmten im nächsten Augenblick mit schnelleren Schritten vorwärts und stampften schwer über die dunkle rote Erde.

Die Männer der Commots sprangen zu ihren provisorischen Barrikaden aus Steinen und Zweigen. Die Kesselkrieger warfen sich gegen die Mauer und versuchten, sich hinaufzuziehen. Fflewddur ließ Llyan und Glew bei den Pferden. Er ergriff einen langen Ast, schrie, so laut er konnte, und warf den Zweig wie einen Speer in die angreifende Kriegerschar. Neben ihm schwang Gurgi eine riesige Stange und drosch verzweifelt in die anschwellende Woge wütender Krieger. Ohne Rücksicht auf Tarans Befehl schleuderte Eilonwy ihren Speer, sodass der erste der Kesselkrieger taumelte und stürzte, während die anderen schweigend und unheimlich über ihn hinwegströmten.

Tarans Trupp verdoppelte sogleich seine Anstrengung, schlug wild um sich und wehrte sich mit aller Kraft gegen den stummen Feind.

Andere der unheimlichen Truppe verloren den festen Halt,

als sie sich blind gegen die Barriere warfen und dort niedergeschlagen wurden.

»Sie fürchten sich vor uns!«, triumphierte der Barde. »Seht! Sie wenden sich ab! Wenn wir sie nicht erschlagen können, bei Belin, so können wir sie wenigstens zurückschlagen!«

In dem Durcheinander und Lärm der Krieger und Signale der Häscher gewahrte Taran, dass die Reihen der Kesselkrieger vor den drohenden Speeren zurückwichen. Sein Herz schlug schneller. Hatten die Anführer tatsächlich Angst vor dem Hindernis, vor der schwindenden Kraft ihrer schweigsamen Truppe? Schon jetzt schien die Woge der Angreifer schwächer – doch er konnte nicht sicher sein, ob nur die Hoffnung ihm dies vorspiegelte. Er wusste nicht einmal sicher, wie lange sie an der Mauer gekämpft hatten. Er war müde vom ständigen Schlagen, sodass es ihm eine Ewigkeit zu dauern schien. Doch war der Himmel noch hell.

Plötzlich erkannte er, dass Fflewddur Recht hatte. Die bleichen Krieger waren zurückgeworfen. Die Häscher hatten ihre Entscheidung getroffen. So wie Raubtiere, die eine Beute finden, die zu gut geschützt und nicht ihrer Mühe wert ist, bliesen sie einen lang gezogenen, schwellenden Ton auf dem Horn und führten die Kesselkrieger auf die Berge von Bran-Galedd zu.

Die Commot-Leute jubelten. Taran aber suchte Coll. Der alte Krieger lief an der Mauer entlang und Taran rief ihn an. In diesem Augenblick bemerkte er, was auch Coll gesehen hatte. Ein Teil der Kesselkrieger hatte sich von der Haupttruppe abgesondert und versuchte nun, durch eine ungeschützte Bresche zu klettern.

Coll erreichte sie, als der erste der stummen Krieger über den Mauersteinen erschien. Der Alte warf sich auf ihn, ließ seinen Speer fallen, umklammerte den Gegner mit seinen mächtigen Armen und warf ihn zurück. Andere Kesselkrieger strömten zur Mauerlücke und Coll ergriff das Schwert und wirbelte die blanke Klinge blindlings um sich. Doch die Waffe zerbrach und zornig schrie der riesige Bauer auf. Er warf den Knauf fort und griff mit seiner bloßen Faust an. Die lebenden Toten klammerte sich an ihn und versuchten, ihn in ihre Mitte zu zerren. Er aber schüttelte sie ab, entriss einem das Schwert und schwang es, als wollte er eine Eiche mit einem einzigen Schlag fällen.

Im nächsten Moment war Taran an seiner Seite.

Die Hörner der Häscher schrien das Rückzugssignal. Jetzt erst erkannte Taran, dass der Angriff endgültig beendet war. Die Kesselkrieger hatten schon begonnen, die Höhen zu ersteigen; das Rote Brachland war für sie versperrt.

Coll war am Kopf verwundet. Sein Schaffellmantel war blutdurchtränkt, zerstochen und zerrissen von den Klingen der Kesselkrieger. Eilig trugen ihn Taran und Fflewddur zum Ende der Mauer. Gurgi winselte verschreckt und besorgt und kam hastig, ihnen zu helfen. Eilonwy hatte den Mantel abgelegt, um den Alten darauf zu betten.

»Ihnen nach, mein Junge«, keuchte Coll. »Lass sie nicht zur Ruhe kommen. Die Zweige haben die Flut abgehalten, aber sie muss wieder und wieder aufgehalten und umgeleitet werden, wenn du ihr den Weg nach Annuvin versperren willst.«

»Ein einziger, starker Eichenstamm hat sie eingedämmt«, entgegnete Taran. »Wiederum habe ich mich auf ihn gestützt.« Er ergriff Colls schwielige Hand und versuchte, ihn vorsichtig anzuheben.

Colls breites Gesicht verzog sich zu einem Lächeln. »Ich bin ein Bauer«, murmelte er, »aber doch Krieger genug, um meine Todeswunde zu erkennen. Geh, mein Junge. Nimm nicht mehr an Bürde mit, als du unbedingt musst.«

»Was denn«, widersprach Taran, »soll ich mein Versprechen brechen, das ich dir gegeben habe? Dass wir zusammen umgraben und jäten wollen?«

Aber die Worte klangen schmerzvoll.

Eilonwy blickte Taran ernst und besorgt an.

»Ich hatte gehofft, dass ich einst in meinem Garten schlafen würde«, sagte Coll. »Das Summen der Bienen würde mir besser gefallen als das Horn Gwyns des Jägers. Aber ich merke, dass ich darüber nicht entscheiden kann.«

»Das Horn Gwyns bläst nicht für dich«, sagte Taran. »Was du hörst, ist das Signal für die Kesselkrieger, die sich zurückziehen.«

Doch noch während er sprach, erklangen die entfernten Töne eines Horns über die Hügel, und das verklingende Echo zitterte wie ein Schatten über dem kahlen Land. Eilonwy bedeckte ihr Gesicht mit den Händen.

»Sieh nach unseren Pflanzen, mein Junge«, sagte Coll.

»Wir werden es gemeinsam tun«, entgegnete Taran. »Das Unkraut wird dir ebenso wenig widerstehen können wie die Krieger Arawns.«

Der mächtige alte Bauer antwortete nicht. Taran erkannte, dass Coll tot war. Taran hob in der harten Erde ein Grab aus. Von keinem ließ er sich helfen. Die Freunde suchten in der Zwischenzeit Steine von der alten Mauer zusammen. Als der Grabhügel aufgeschichtet war über Coll Sohn des Collfrewr, stand Taran immer noch bewegungslos da. Aber er befahl Fflewddur und den anderen, eilig weiterzuziehen. In den Hügeln von Bran-Galedd würde er sie beim Einbruch der Nacht treffen.

Lange stand er schweigend da. Doch als der Himmel dunkler wurde, wandte er sich schließlich ab und stieg schwerfällig in den Sattel. Noch einen Augenblick hielt er an dem Grabhügel aus roter Erde und unbehauenen Steinen.

»Schlaf gut, Rübenzüchter und Sammler von Äpfeln«, flüsterte Taran. »Du bist weit entfernt von deiner Heimat. So wie ich.«

Er ritt allein über das düstere Brachland, auf die Hügel zu, die auf ihn warteten.

Dunkelheit

In den Tagen, die nun folgten, versuchten die Gefährten, die Kesselkrieger zu überholen, um sich ihnen erneut in den Weg zu werfen. Doch kamen sie nur mühsam voran. Taran wusste, dass Coll die Wahrheit gesprochen hatte, als er sagte, dass die Berge von Bran-Galedd zugleich Freunde und Feinde sein könnten: Die Felsschlünde und die engen Durchlässe, die abrupten Steilwände, die unvermittelt zu Eisschluchten abfielen, boten den Freunden die einzige Hoffnung, die bleichen Krieger aufzuhalten, die wie ein eherner Fluss unablässig voranströmten. Gleichzeitig aber schlugen schneebeladene Windböen, die von hohen Felswänden im Westen herüberkamen, wie mit Eishämmern auf die kleine Truppe ein und hielten sie auf. Die gewundenen Saumpfade waren schlüpfrig und trügerisch. Die eingefressenen Täler, aufgefüllt mit tiefem Schnee und grundlos, drohten Ross und Reiter zu verschlingen.

In den Bergen war Llassar Tarans verlässlichster Führer. Der trittsichere junge Hirte aus dem Commot, der das Gebirge seit langem genau kannte, war nun der Hüter einer anderen kampfentschlosseneren Herde. Mehr als einmal bewahrten Llassars wache Sinne die Gefährten vor Eisfällen in schneeüberdeckten Spalten, und er entdeckte Wege, die kein anderes Auge wahrnehmen konnte. Doch war der Vormarsch der erschöpften Krieger trotzdem langsam. Alle litten entsetzlich unter der Kälte – Männer wie Tiere. Nur die große Katze Llyan beachtete den beißenden Sturm nicht, der Eispfeile gegen die ungeschützten Gesichter der Freunde richtete.

»Sie scheint sich gut zu unterhalten«, seufzte Fflewddur und zog sich noch weiter in seinen weiten Mantel zurück. Er war gezwungen abzusitzen, denn Llyan hatte es sich plötzlich in den Kopf gesetzt, ihre Krallen an einem Baumstamm zu schärfen.

»Mir würde es mit ihrem Fell ja ebenso gehen«, fügte er hinzu.

Gurgi stimmte ihm jämmerlich zu. Seitdem sie durch die Hügel ritten, glich die arme Kreatur mehr und mehr einer haarigen Schneewehe. Es war so bitterkalt, dass sogar Glew aufhörte zu winseln. Der ehemalige Riese zog seine Mütze tief ins Gesicht und man konnte wenig mehr von ihm sehen als das frostrote Ende seiner fleischigen Nase. Auch Eilonwy war ungewöhnlich still. Ihr Herz, das wusste Taran, war ebenso schwer wie das seine.

Taran aber zwang sich, so gut es ihm möglich war, die Trauer zu vergessen. Die beharrliche Verfolgung hatte sie den Kesselkriegern zumindest auf Angriffsdistanz näher gebracht. Nun dachte er nur an Mittel und Wege, ihren Vormarsch nach Annuvin zu verzögern. Wie im Roten Brachland errichteten die Freunde mühsam Hindernisse aus Baumstümpfen, die sie in einer engen Schlucht aufbauten. Sie arbeiteten, bis ihre Kleider schweißgetränkt waren und in dem scharfen Wind erstarrten. Doch diesmal überrannten die bleichen Krieger sie und hieben stumm die Zweige mit ihren Schwertern aus dem Weg. Voller Verzweiflung stellten sich die Commot-Krieger einem Mann-zu-Mann-Kampf, doch die Kesselkrieger drangen mitleidslos durch ihre Reihen. Taran und die Gefährten versuchten, den Weg mit schweren Felsbrocken ungangbar zu machen. Doch sogar mit Hevydds starken Armen war dies eine Mühe, die ihre Kräfte überstieg – und der Tribut an Toten, den sie dafür zahlen mussten, wurde höher und höher.

Die Tage wurden zu einem einzigen weißen Albtraum von Schnee und Wind. Die Nächte waren eisesstarr und erfüllt von lähmender Hoffnungslosigkeit, und die Gefährten suchten wie erschöpfte Tiere Zuflucht unter überhängenden Felsen oder seltener in einer Hütte auf den Passhöhen. Doch es nützte nicht viel, wenn sie sich verborgen hielten; denn ihre Anwesenheit war bekannt und all ihre Bewegungen wurden sofort von den Feldherren ausspioniert. Zunächst schenkten die Kesselkrieger der armseligen, abgerissenen Truppe keine Beachtung. Dann aber beschleunigten die Mordknechte Arawns nicht nur ihren Schritt, sondern sie holten sogar auf, als seien sie begierig, sich mit Tarans Reitern ein Gefecht zu liefern.

Dies verwirrte Fflewddur. Er ritt neben Taran an der Spitze der Krieger und sprach mit ihm. Taran runzelte die Stirn und schüttelte entschlossen den Kopf.

»Ich verstehe es nur zu gut«, sagte er. »Ihre Kräfte nahmen ab, als sie weit von Annuvin entfernt waren. Jetzt nähern sie sich Annuvin und die Kräfte kommen zu ihnen zurück. Wie wir schwächer werden, so werden sie stärker. Und wenn wir sie nicht endgültig aufhalten können, dann werden alle unsere Anstrengungen nur das eine bewirken: dass wir unsere Kräfte verbrauchen. Bald«, so fügte er hart hinzu, »werden wir uns selbst vernichtender besiegen, als Arawns Krieger es jemals tun könnten.«

Doch sagte er nichts von der anderen Furcht, die ihre Herzen bewegte. Und jeder Tag zeigte deutlicher, dass die Kesselkrieger sich nach Süden wandten, fort von den Bran-Galedd-Bergen und wieder dem leichteren, rascheren Weg durch das Rote Brachland zu. Mit grimmer Befriedigung deutete Taran dies so, dass der Feind noch immer die Verfolger fürchtete und alles unternehmen würde, um sie loszuwerden.

In der Nacht fiel Schnee, und die Freunde, geblendet von den wirbelnden Flocken und der Erschöpfung, schlugen ein Lager auf.

Bevor die Dämmerung heraufzog, griffen die Kesselkrieger an.

Zunächst glaubte Taran, nur eine Abteilung der stummen Krieger hätte seine Außenposten überrannt. Doch als die Commot-Männer hastig nach ihre Waffen griffen, die Pferde vor Schrecken aufwieherten und Schwerter gegen Schwerter klangen, erkannte er, dass das gesamte Heer der Feinde im Anmarsch war. Er trieb Melynlas mitten ins Kampfgetümmel. Fflewddur – Glew hatte sich an ihn geklammert – saß auf Llyan und eilte den bedrängten Verteidigern zu Hilfe. Taran hatte Eilonwy und Gurgi aus den Augen verloren. Wie ein unbarmherziges Schwert teilten die bleichen Krieger die Reihen der Commot-Männer und strömten ungehindert weiter. Wer ihnen im Weg stand, wurde vernichtet.

Den ganzen Tag tobte die ungleiche Schlacht, und die Commot-Krieger versuchten verzweifelt, ihre Truppen zu sammeln. Als der Tag sank, bezeichnete eine blutige Spur von Verwundeten und Getöteten den Weg der fahlen Feinde. Mit einem vernichtenden Schlag hatten sie die Reihen der

Verfolger durchbrochen und marschierten nun unaufhörlich und rasch der Ebene zu.

Eilonwy und Gurgi waren verschwunden.

Entsetzt und niedergeschlagen bahnten sich Taran und Fflewddur einen Weg durch die verstreuten Truppenteile, die sich erneut zu formieren suchten. Man hatte Fackeln entzündet, um Sammelstellen zu markieren, für die, die verirrt und angeschlagen zwischen ihren toten Kameraden umhertaumelten. Die ganze Nacht suchte Taran fieberhaft, blies sein Horn und rief die Namen der vermissten Freunde. Zusammen mit Fflewddur war er über das Schlachtfeld geritten und hatte gehofft, dort irgendein Zeichen von ihnen zu finden. Doch der fallende Schnee deckte alle Spuren zu.

Am späten Morgen versammelten sich die Überlebenden. Der Durchbruch der Kesselkrieger hatte einen schmerzlichen Wegzoll an Rossen und Reitern gefordert. Unter den Commot-Kriegern war einer von dreien dem Schwert des Feindes zum Opfer gefallen; von den Pferden mehr als die Hälfte. Lluagor galoppierte mit leerem Sattel. Eilonwy und Gurgi waren weder unter den Gefallenen noch unter den Überlebenden.

Taran rüstete sich, seine verzweifelte Suche in den entfernten Gebieten weiterzuführen. Doch Fflewddur nahm Taran am Arm und hielt ihn zurück. Sein Gesicht war ernst und voller Anteilnahme.

»Alleine wirst du sie nie finden«, warnte er. »Auch kannst du keinen deiner Leute für die Suche entbehren. Wenn wir diese Bestien aufhalten wollen, bevor sie das Brachland erreichen, dann müssen wir uns beeilen. Deine Commot-Freunde sind bereit zum Aufbruch.«

»Du und Llassar, ihr müsst sie anführen«, bestimmte Taran.

»Wenn ich Eilonwy und Gurgi gefunden habe, werden wir euch irgendwo treffen.«

Der Barde schüttelte den Kopf. »Wenn das ein Befehl ist, dann soll es geschehen. Doch, soweit ich gehört habe, war es Taran der Wanderer, der die Commot-Leute unter seiner Fahne versammelt hat; und sie kamen wegen Taran dem Wanderer. Sie folgten, wohin du sie geführt hast. Für keinen anderen hätten sie dies getan.«

»Und was meinst du?«, rief Taran. »Willst du, dass ich Eilonwy und Gurgi zurücklasse?«

»Es ist eine schwere Entscheidung«, sagte Fflewddur. »Und niemand kann sie dir leichter machen.«

Taran gab keine Antwort. Fflewddurs Worte bekümmerten ihn umso mehr, als er wusste, dass sie wahr waren. Hevydd und Llassar wollten nur an seiner Seite kämpfen. Llonio hatte sein Leben in Caer Dathyl geopfert. Es gab keinen Commot-Krieger, der nicht einen Verwandten oder einen Freund verloren hätte. Wenn er sie verließ, um Eilonwy zu suchen, würden sie dann seinen Entschluss gutheißen? Die Reiter warteten auf seine Befehle. »Wenn Eilonwy und Gurgi getötet wurden«, sagte Taran gepresst, »dann kann ich ihnen nicht mehr helfen. Wenn sie leben, muss ich hoffen, dass sie einen Weg zu uns finden.« Er schwang sich in den Sattel. »Wenn sie leben«, sagte er leise. Ohne einen letzten Blick auf die schweigenden, leeren Hügel zurückzuwerfen, ritt er auf seine Krieger zu.

Als die Commot-Leute ihren Weg fortsetzten, hatten die Kesselkrieger bereits einen großen Vorsprung und bewegten sich unablässig auf die Ausläufer der Bran-Galedd-Berge zu. Und die Commot-Krieger, selbst wenn sie nur kurze Zeit rasteten und in größter Eile vorwärts drängten, konnten wenig von der verlorenen Zeit einholen.

Tag für Tag blickte Taran nach einem Zeichen von Eilonwy und Gurgi aus, und er hoffte entgegen aller Vernunft, dass sie doch noch eine Möglichkeit finden würden, sie einzuholen. Doch die beiden Freunde waren verschwunden, und Fflewddurs verzweifelte Fröhlichkeit und Versicherung, dass beide ganz plötzlich auftauchen würden, klang falsch und gequält.

Am dritten Tag, als der Morgen bereits weit fortgeschritten war, kam ein Kundschafter in wildem Galopp zurück und berichtete von seltsamen Bewegungen in einem Kiefernwald. Taran ließ anhalten und befahl den Männern, sich eilig in Schlachtordnung aufzustellen, dann ritt er mit Fflewddur, um nachzusehen.

Durch die Bäume, die in einiger Entfernung vor ihnen aufragten, nahm er nur eine undeutliche Bewegung wahr, als wenn Schatten von Zweigen über die Schneefelder zögen. Doch dann schrie der Barde auf und Taran stieß ins Horn.

Aus den Wäldern bewegte sich eine lange Schlange aus kurzen, stämmigen Gestalten auf sie zu. Eingehüllt in weiße Mäntel und Kapuzen, waren sie in dem Schnee fast nicht zu erkennen. Und erst als sie über eine kahle, felsübersäte Stelle marschierten, konnte Taran die einzelnen Gestalten unterscheiden. Ihre festen Lederstiefel, die mit Riemen umschnürt waren, wurden von den langen Mänteln fast völlig verborgen. Sie sahen aus wie Baumstümpfe, die sich hastig bewegten. An den Schultern und an der Taille waren sie seltsam verformt, und Taran vermutete deshalb, dass sie Waffen oder Schnappsäcke trugen.

»Großer Belin!«, schrie Fflewddur. »Wenn es stimmt, was ich jetzt denke …«

Taran war bereits abgesessen und stürmte den Hang hinunter. Dem Barden bedeutete er, ihm zu folgen. An der Spitze der Schlange, die aus mehr als hundert Gestalten zu bestehen schien, ging eine plumpe Gestalt, die ihnen wohl vertraut war. Denn obwohl auch sie weiß eingemummt war, sahen doch die Spitzen der roten Haare unter der Mütze hervor. In der Hand trug sie eine kurze, breite Axt, in der anderen eine mächtige Stange. Sie hatte Taran und Fflewddur entdeckt und kam ihnen entgegen.

Taran und Fflewddur ergriffen die Hand des Männchens, schlugen ihm auf die Schulter und riefen ihm so viele Fragen und Grußworte zu, dass dieses sich die Ohren zuhielt. »Doli!«, rief Taran. »Guter alter Doli!«

»Ich habe dich auch beim ersten Mal ganz gut verstanden«, schnaubte der Zwerg. »Falls ich jemals gezweifelt haben sollte, ob du mich wiedererkennst, so hast du mich jetzt völlig überzeugt.«

Er stemmte die Fäuste in die Seite, blickte mit strengem Blick zu Taran auf und versuchte – wie gewöhnlich –, so unfreundlich auszusehen, wie er nur irgend konnte. Trotzdem glänzten seine hellen roten Augen vor Freude, und sein Gesicht verzog sich zu einem Grinsen, das er erfolglos in seinen üblichen finsteren Gesichtsausdruck zu verwandeln suchte.

»Du hast uns ganz schön herumgejagt«, beschwerte sich Doli aus dem Feenvolk und gab seinen Leuten einen Wink, ihm und Taran den Hang hinauf zu folgen.

»Wir haben erfahren, dass du in die Berge gegangen bist, doch haben wir dich erst heute entdeckt.«

»Doli!« Taran hatte sich noch nicht von der Überraschung erholt, seinen Freund so unerwartet wiederzusehen. »Welcher glückliche Zufall bringt dich zu uns?«

»Glücklicher Zufall?«, brummte Doli. »Nennst du das einen Zufall und noch dazu einen glücklichen, wenn man Tag und Nacht in Schnee und Sturm marschiert? Jeder aus dem Volk der Unterirdischen ist unterwegs – Befehl von König Eiddileg. Meine Aufgabe war, dich zu finden und dir meine Dienste anzubieten. Ich will dich ja nicht beleidigen, aber wenn irgendjemand in Prydain Hilfe braucht, kann ich sicher sein, dass es immer du bist. So, hier sind wir also.«

»Gwystyl hat es gut gemacht«, sagte Taran. »Wir wussten, dass er auf dem Weg in euer Reich war, aber wir hatten Angst, König Eiddileg würde ihn nicht anhören ...«

»Ich kann nicht behaupten, dass er sehr erfreut war«, entgegnete Doli grinsend. »Er wäre sogar fast geplatzt. Ich war gerade da, als unser schwermütiger Freund von deiner Bedrängnis erzählte, und ich glaubte, meine Ohren würden zerspringen, so hat Eiddileg getobt. ›Diese erbärmlichen Dummköpfe! Diese dickköpfigen Einfaltspinsel! Diese gehirnamputierten Bohnenstangen!‹ Alles seine Meinung über Menschen. Doch hat er trotz seines Tobsuchtsanfalls bereitwillig zugestimmt. Er mag dich wirklich gern, egal was er auch sagt. Vor allem erinnert er sich noch genau, dass du das Feenvolk davor bewahrt hast, in Frösche, Maulwürfe und anderes Viehzeug verwandelt zu werden. Es war der größte Dienst, den jemals ein Sterblicher für uns geleistet hat. Und Eiddileg möchte seine Schuld begleichen.

Ja, die Unterirdischen sind auf dem Weg«, fuhr Doli fort. »Aber ach, wir kamen zu spät nach Caer Dathyl. König Smoit allerdings hat Grund, uns dankbar zu sein ... Eine Abteilung aus dem Volk der Zwerge kämpft an seiner Seite. Die Fürsten der nördlichen Gebiete sind bereit zur Schlacht und wir werden auch dort unsere Hand im Spiel haben.«

Doli, trotz der Barschheit, war offensichtlich stolz über seine Nachricht. Er berichtete weiter von einer Schlacht, in der die Zwerge den Feind dadurch in die Flucht geschlagen hatten, dass sie ein gesamtes Tal von entsetzlichen Echos widerhallen ließen, sodass die Angreifer voller Schrecken flohen, da sie sich umringt glaubten. Mit viel Schwung wollte er gerade zu einem neuen Lobgesang über das Feenvolk ansetzen, als er plötzlich verstummte. Er hatte die Sorge in Tarans Gesicht entdeckt. Nun lauschte er aufmerksam, als Taran von den Freunden erzählte. Der Zwerg wurde ernst. Und als Taran geendet hatte, schwieg Doli eine Weile.

»Was Eilonwy und Gurgi betrifft«, sagte er schließlich, »so kann ich Fflewddur nur zustimmen. Sie werden schon irgendwie zurechtkommen. Und wie ich die Prinzessin kenne, würde es mich nicht wundern, wenn sie an der Spitze einer eigenen Armee angeritten käme.

Mit den Kesselkriegern allerdings sind wir bös in der Klemme«, fuhr er fort. » Selbst wir vom Volk der Kleinen Leute können wenig gegen diese Geschöpfe tun. Alle Listen, die einen gewöhnlichen Sterblichen hereinlegen würden, sind gegen sie wertlos. Die Kesselkrieger sind nicht menschlich – ich sollte sogar sagen, sie sind noch weniger als menschlich. Sie haben keine Erinnerung an das, was sie einst waren; keine Furcht, keine Hoffnung – nichts kann sie berühren.« Der Zwerg schüttelte den Kopf. »Und ich weiß, dass jeder Sieg, den wir irgendwo erkämpfen würden, vergeudet wäre, bevor wir einen Weg finden, diesem Geschmeiß von Annuvin zu begegnen. Gwydion hat völlig Recht. Wenn sie nicht aufgehalten werden – nun, mein Freund, es ist wohl klar, dass wir es tun müssen.«

Inzwischen hatte die Truppe der Unterirdischen Tarans

Schlachtreihen erreicht, und ein erstauntes Gemurmel erhob sich unter den Commot-Kriegern. Alle hatten sie von der Macht und den Fähigkeiten von König Eiddilegs Streitkräften gehört, niemand aber hatte sie bisher gesehen. Hevydd der Schmied bewunderte ihre Äxte und Kurzschwerter und fand sie besser gehärtet und schärfer als alle, die er schmieden konnte. Die Kleinen Leute ihrerseits schienen sich keineswegs unsicher zu fühlen. Der längste von Eiddilegs Kämpfern reichte gerade bis zu Llassars Knie, doch die Zwerge blickten zu ihren menschlichen Gefährten mit einer freundlichen Nachsicht auf, als seien sie nichts als hoch aufgeschossene Kinder. Doli tätschelte Llyan am Kopf und die Riesenkatze schnurrte glücklich. Beim Anblick von Glew, der auf einem Felsen kauerte und die Neuankömmlinge mürrisch beäugte, schrie der rothaarige Zwerg erstaunt auf.

»Wer oder was ist das? Es ist zu groß für einen Pilz und zu klein für etwas anderes!«

»Ich bin froh, dass du das fragst«, entgegnete Glew würdevoll. »Es ist eine Geschichte, die du höchst interessant finden wirst. Ich war früher ein Riese und meine gegenwärtige Erscheinung erwuchs aus mangelndem Interesse derer« – er blickte Taran und den Barden finster an –, »von denen man wenigstens ein bisschen Rücksicht erwarten würde. Mein Königreich – übrigens würde ich es sehr begrüßen, wenn du mich als König Glew anreden würdest – war die herrlichste Höhle mit den wundervollsten Fledermäusen, gelegen auf der Insel Mona. Eine Höhle, so geräumig … Fflewddur hielt sich die Ohren zu.

»Hör auf, Riese! Genug! Wir haben keine Zeit für dein Gesabber über die Höhlen und Fledermäuse. Wir wissen, man hat dich nie verstanden, du hast es uns ja selbst erzählt.

Glaube mir, ein Fflam ist die Geduld selbst, aber wenn ich eine Höhle finden könnte, würde ich dich sofort hineinstecken und dich dort kaltblütig zurücklassen.«

Doli war sehr nachdenklich geworden.

»Höhlen«, brummelte er vor sich hin. Er schnippte mit den Fingern. »Höhlen! Hört zu«, fuhr er schnell fort. »Nur eine Tagesreise von hier entfernt – ja, da bin ich ganz sicher –, liegt ein Bergwerk des Zwergenvolkes. Die besten Steine und die wertvollen Juwelen sind bereits abgebaut, und seit ich zurückdenken kann, lässt König Eiddileg niemanden dort mehr arbeiten. Aber ich glaube, wir können hineingelangen. Natürlich! Wenn wir dem Hauptstollen folgen, müssten wir fast am Rand des Roten Brachlandes herauskommen. Ihr könnt die Kesselkrieger ohne weiteres einholen. Mit all unseren Kriegern werden wir sie auf irgendeine Weise aufhalten können. Wie, das weiß ich nicht. Das spielt im Augenblick auch keine Rolle. Wir werden dieses Hindernis nehmen, wenn es so weit ist.«

Doli grinste von einem Ohr zum anderen. »Meine Freunde, ihr habt nun das Feenvolk an eurer Seite. Wenn wir etwas tun, dann tun wir es gut. Die eine Hälfte unserer Sorgen sind nun vorüber. Die andere«, fügte er hinzu, »das ist etwas anderes.«

Zum ersten Mal seit dem Aufbruch von Caer Dallben schien Glew guter Laune zu sein. Die Vorstellung von einer Höhle schien ihn aufzuheitern, auch wenn das Ergebnis seiner guten Laune eine wahre Sturzflut weitläufiger Geschichten über seine Heldentaten als Riese war. Doch als nach einem Marsch von einem Tag und einer Nacht Doli vor einem steilen Felsen anhielt, blickte er furchtsam um sich. Er rümpfte die Nase und sah bestürzt aus. Der Zugang zu der alten Mine war nichts weiter als ein Riss im Felsen, gerade breit genug für ein Pferd und mit durchsichtigen Eiszapfen bestückt, die wie scharfe Zähne über dem Eingang hingen.

»Nein, nein«, stammelte Glew. »Das lässt sich nicht vergleichen mit meinem Reich auf Mona. Nicht halb so groß. Nein, ihr könnt einfach nicht von mir erwarten, dass ich in einer derartig armseligen Höhle herumstolpere.« Er wäre zurückgewichen, hätte ihn nicht Fflewddur am Kragen erwischt und mitgezogen.

»Halt den Schnabel, Riese!«, schrie er ihn an. »Du gehst hinein wie wir anderen auch.«

Aber Fflewddur selbst schien nicht gerade erbaut davon, Llyan durch den Felsspalt zu führen.

»Ein Fflam ist tapfer«, murmelte er, »ich aber bin nie ein Freund von unterirdischen Gängen und so etwas gewesen. Nur Ärger mit ihnen. Passt auf, wir werden uns in wühlende Maulwürfe verwandeln, bevor wir wieder rauskommen.«

Am Eingang der Höhle zügelte Taran sein Pferd. Nun gab es keine Hoffnung mehr, dass sie Eilonwy finden könnten. Wieder kämpfte er mit dem Gedanken, nach ihr zu suchen, bevor sie ewig für ihn verloren wäre. Er versuchte mit aller Macht, den Gedanken zu vertreiben, doch als er sich schließlich zwang, dem Barden zu folgen, war ihm, als ließe er sein Herz zurück. Blind stolperte er in die Finsternis.

Nach Dolis Anweisungen hatten die Krieger Fackeln angefertigt. Diese wurden nun angezündet, und Taran erkannte, dass sie der Zwerg durch einen Schacht führte, der sich leicht senkte. Die Wände, natürlicher Felsen, reichten nicht weiter in die Höhe als Tarans ausgestreckte Hand. Die Commot-Krieger waren abgesessen und führten die verstörten Pferde vorsichtig an scharfen Felsnasen vorbei und über spitzes Geröll.

Dies, so erzählte Doli, war nicht das Bergwerk selbst, sondern nur einer der unzähligen Nebentunnel, den die Kleinen Leute benutzt hatten, die Säcke mit den kostbaren Steinen fortzutragen. Und tatsächlich, wie Doli es vorhergesagt hatte, öffnete sich bald der Durchgang, und die Decke war nun dreimal so hoch, wie Taran groß war. Schmale Galerien aus Holz, eine über der anderen, zogen sich entlang den Wänden. Viele allerdings waren verrottet und die Balken lagen in einem wirren Haufen auf dem Boden. Halb verfaulte Holzträger stützten die Gewölbe ab. Doch einige waren völlig zerstört, sodass die Krieger gezwungen waren, ihren Weg äußerst vorsichtig zu ertasten. Die Luft war erstickend nach dem eisigen Wind über der Erde und schwer von Staub und Moder. Echos flogen wie Fledermäuse durch die längst aufgegebenen Gänge, als das Heer sich in schwankender Reihe vorwärts bewegte. Die Männer hielten die Fackeln hoch über den Kopf und die tanzenden Schatten schienen die Geräusche der Schritte zu dämpfen.

Nur das durchdringende Wiehern eines verängstigten Pferdes durchbrach die Stille.

Glew hatte während der ganzen Zeit nicht aufgehört, sich zu beklagen, nun stieß er einen überraschenden Schrei aus. Er bückte sich und hob etwas vom Boden auf. Im Licht der Fackeln erkannte Taran, dass der ehemalige Riese einen funkelnden Edelstein, so groß wie eine Faust, in der Hand hielt. Auch Fflewddur hatte es bemerkt, und er befahl streng: »Wirf das fort, Kleiner. Dies ist das Gebiet der Unterirdischen und nicht die fledermausverseuchte Höhle von dir.«

Glew presste seinen Fund an die Brust. »Er gehört mir!«,

quäkte er. »Niemand von euch hat ihn gesehen. Sonst hättet ihr ihn selbst behalten.«

Doli warf einen Blick auf den Stein. Verächtlich sagte er: »Wertlos. Keiner der Handwerker aus dem Feenvolk würde seine Zeit damit vergeuden. Wir benützen bessere Steine, um unsere Straßen auszubessern. Wenn dein pilzgesichtiger Freund sich damit abschleppen will, soll er ruhig.«

Ohne es sich zweimal sagen zu lassen, stopfte Glew den Stein in einen Lederbeutel, den er am Gürtel trug. Sein breites, fleischiges Gesicht nahm einen Ausdruck an, den Taran bisher nur gesehen hatte, wenn der ehemalige Riese beim Essen war.

Die Gefährten kamen gleichmäßig voran. Glews Knopfaugen waren überall und er drängte weiter mit einer für ihn ungewöhnlichen Energie. Und der ehemalige Riese wurde nicht enttäuscht, denn bald fiel das Licht der Fackeln auf weitere Edelsteine, die halb verborgen im Boden steckten oder aus den Wänden hervorstanden. Glew stürzte sich sogleich darauf, buddelte sie mit seinen feisten Fingern aus und steckte die glitzernden Kleinodien in den Beutel. Je mehr er fand, desto erregter wurde er, kicherte und brummte, glücklich mit sich selbst. Der Barde sah ihn mitleidig an.

»Nun«, seufzte er, »das kleine Wiesel hat endlich etwas gefunden, was es an sich reißen kann. Was soll ihm das schon auf der Erde nützen? Eine Hand voll Steine! Das Einzige, was ich mir vorstellen könnte, ist, dass man damit nach den Kesselkriegern werfen kann.«

Aber Glew war derart beschäftigt, die Edelsteine so flink wie möglich aufzulesen, dass er Fflewddur nicht beachtete. Bald war sein Ledersack mit hellroten, grünen, glasklaren und silbergefleckten Steinen gefüllt.

Tarans Gedanken standen nicht nach den Reichtümern des Bergwerks, obgleich die Juwelen mehr und mehr zu werden schienen, je weiter der Zug der Krieger in den Stollen eindrang. Soweit er es beurteilen konnte, war es nicht später als Mittag und die Gefährten hatten bereits eine beträchtliche Entfernung zurückgelegt. Und als der Tunnel sich verbreiterte und der Weg gerader verlief, schritten sie sogar noch schneller aus.

»Kinderleicht«, erklärte Doli. »Noch eineinhalb Tage im höchsten Fall und wir kommen im Brachland heraus.«

»Es ist unsere einzige Hoffnung«, sagte Taran, »und dank deiner Hilfe auch die beste, die wir überhaupt haben können. Aber das Rote Brachland macht mir Kummer. Wenn das Land kahl ist, dann finden wir wenig Schutz und wenig Möglichkeiten, die Kesselkrieger aufzuhalten.«

»Hach!«, brüstete sich Doli. »Wie ich dir bereits gesagt habe, hast du es ab jetzt mit den Kleinen Leuten zu tun, mein Junge. Und wenn wir uns einer Sache annehmen, dann tun wir es weder kleinlich noch erbärmlich.«

»Da wir gerade von kleinlich und erbärmlich sprechen«, unterbrach Fflewddur. »Wo ist eigentlich Glew?«

Taran blieb stehen und blickte sich schnell um. Zunächst sah er überhaupt nichts von dem ehemaligen Riesen. Er hielt die Fackel empor und rief seinen Namen. Dann erspähte er ihn und lief erschreckt nach vorn.

Glew, auf der Suche nach Edelsteinen, war auf eine hölzerne Galerie geklettert. Gerade über dem Bogen, der zum nächsten Höhlenraum führte, blinkte ein Stein so groß wie sein eigener Kopf. Glew hatte sich unsicher, aber erfolgreich auf einem schmalen Sims herangearbeitet und versuchte nun, mit aller Kraft dieses Kleinod herauszubrechen.

Taran rief ihm zu, er solle herunterkommen, Glew aber zog und zerrte nur noch stärker. Taran ließ daraufhin die Zügel von Melynlas los und wollte sich ebenfalls hinaufschwingen. Doli aber ergriff ihn am Arm.

»Lass das!«, fuhr ihn der Zwerg an. »Die Balken tragen dich nicht.«

Er pfiff durch die Zähne und beorderte zwei der Unterirdischen, auf die Galerie zu klettern, die bereits bedrohlich unter Glews wütendem Kampf mit dem Stein zu schwanken begann.

»Beeilt euch!«, brüllte Doli. »Holt diesen Idioten herunter!«

Genau in diesem Augenblick platzte Glews über und über gefüllter Lederbeutel. Die Steine fielen in einem glitzernden Schauer herunter. Glew schrie vor Wut auf und fuhr herum, um danach zu greifen. Aber er verlor den Halt, rutschte aus und klammerte sich verzweifelt an die Bretter der Galerie. Doch das Gewölbe gab unter ihm nach. Glew schrie jetzt nicht mehr nach seinen Steinen, sondern um sein Leben. Er wurde wild umhergewirbelt und bekam endlich einen der schwankenden Balken zu fassen. Mit Getöse stürzte er auf die Erde. Hinter ihm krachte es im Gewölbe und die Decke knisterte. Glew rappelte sich auf und stolperte blindlings davon, um den fallenden Gesteinsbrocken zu entgehen.

»Zurück!«, schrie Doli. »Zurück! Alle zurück!«

Die Pferde stiegen in die Höhe und wieherten, als die Krieger versuchten, sie herumzureißen. Mit einem ohrenbetäubenden Lärm fiel die obere Galerie in sich zusammen, eine Lawine aus Steinen und Balken ging in den Tunnel nieder.

Undurchdringlicher, erstickender Staub erfüllte den Gang, der Berg schien zu beben. Dann folgte tödliche Stille.

Taran rief nach Doli und Fflewddur und bahnte sich einen Weg zu dem Trümmerhaufen. Keiner der Krieger und keines der Tiere war verletzt, denn der Tunnel hinter ihnen war unbeschädigt geblieben und hatte sie gerettet. Aber der Weg nach vorn war hoffnungslos blockiert.

Doli war auf den Geröllhaufen geklettert und zerrte an einem Balkenende. Doch schon bald gab er es auf und sah Taran verzweifelt an.

»Es hat keinen Zweck«, keuchte er. »Wenn du weiterwillst, werden wir uns den Weg graben müssen.«

»Wie lange?«, fragte Taran besorgt. »Wie viel Zeit dürften wir verlieren?«

Doli schüttelte den Kopf. »Schwer zu sagen. Selbst für das Feenvolk ist es eine schwierige Aufgabe. Tage, wahrscheinlich. Wer weiß, wie groß der Schaden ist?« Er schnaubte wütend. »Und du kannst dich bei deinem schwachsinnigen, eingeschrumpften zweibeinigen Giftpilz von einem Riesen dafür bedanken!«

Taran erschrak. »Was aber sollen wir tun?«, fragte er. »Müssen wir umkehren?«

Aus dem Ausdruck auf Dolis grimmigem Gesicht erriet er die Antwort.

Doli nickte kurz. »Wir haben sehr viel Zeit verloren. Aber wenn du meinen Rat hören willst, dann sage ich, kehre um. Wir müssen über der Erde das Brachland erreichen, so gut wir können.

Das gesamte Bergwerk ist nun unsicher. Es wird noch mehr einstürzende Stollen geben. Das ist sicher wie nur was. Und das nächste Mal kommen wir vielleicht nicht mehr so glücklich davon.«

»Glücklich!«, stöhnte der Barde. Er hatte sich auf einen

Felsen gesetzt und vergrub den Kopf in den Armen. »Tage vergeudet! Die Kesselkrieger werden in Annuvin ankommen, bevor wir auch nur eine Gelegenheit haben, sie aufzuhalten. Das einzige Glück, das mir jetzt passen würde, wäre, dieses gierige Wiesel unter einem Berg seiner eigenen wertlosen Steine zu sehen!« Glew kam inzwischen vorsichtig unter einer der Galerien hervorgekrochen. Sein Mantel war zerrissen, sein feistes Gesicht staubverschmiert.

»Tage vergeudet?«, winselte er. »Kesselkrieger? Zugeschüttete Gänge? Aber hat einer von euch auch nur im Entferntesten daran gedacht, dass ich soeben ein Vermögen verloren habe? Meine Edelsteine sind weg, alle, und ihr erwähnt das mit keinem Wort. Das nenne ich egoistisch. Egoistisch! Ein anderes Wort gibt es nicht dafür.«

Das Licht des Tages

Prinzessin Eilonwy war doppelt wütend. Sie wusste nicht, wo sie war, und sie war gefangen. Während des Angriffs war sie von Taran und Fflewddur getrennt worden, und die Kesselkrieger hätten sie sicherlich erschlagen, hätte Gurgi sie nicht aus dem Kampfgetümmel fortgezogen. Als der Sturm sich dann von ihnen entfernte, waren sie beide blindlings über die zerklüfteten Felsen gestolpert, und als die Nacht einfiel und sie ihre Suche nach Taran abbrechen mussten, hatte Gurgi eine kleine Höhle gefunden, in der sie sich zitternd verbargen, bis der Tag sich ankündigte. Am Tag waren sie dann, als sie nach Spuren von Taran suchten, von Räubern angegriffen worden.

Eilonwy biss, trat und kratzte, um sich aus dem Griff des kräftigen Mannes zu befreien. Ein anderer hatte Gurgi auf den Boden geworfen, zog ein langes Messer und setzte der unglücklichen Kreatur das Knie auf den Rücken. Im Nu waren die beiden an Händen und Füßen gebunden und wurden von den Männern wie Mehlsäcke über die Schulter geworfen. Eilonwy hatte keine Ahnung, wohin sie gebracht wurde, doch erblickte sie bald den Lichtschein eines Lagerfeuers und darum herum ungefähr ein Dutzend abgerissener Gestalten.

Der Mann, der dem Feuer am nächsten saß, sah sich um. Er war mit einem schmutzigen Schaffell und einem groben

Umhang bekleidet. Sein Gesicht war breit und übersät mit Bartstoppeln, das lange gelbliche Haar hing ihm strähnig um den Kopf.

»Ich habe euch nach Wild fortgeschickt, nicht nach Gefangenen«, polterte er. »Was habt ihr gefunden?«

»Magere Ausbeute«, gab Eilonwys Räuber zurück und ließ seine erboste Beute neben Gurgi auf den Boden gleiten. »Zwei Kerle, was immer sie wert sein mögen.«

»Nichts, wie mir scheint.« Der Mann mit dem breiten Gesicht spie ins Feuer. »Du hättest ihnen den Bauch aufschneiden und dir die Schlepperei ersparen sollen.«

Er erhob sich und schlenderte auf die Freunde zu. Brutal packte er Eilonwy mit seiner schmutzigen Hand an der Kehle, als wollte er sie erwürgen.

»Wer bist du, Bursche?«, fragte er mit rauer Stimme. Seine kalten blauen Augen verengten sich zu Schlitzen. »Wem dienst du? Wie viel Lösegeld wirst du einbringen? Antworte rasch, wenn Dorath dich etwas fragt.«

Als Eilonwy den Namen hörte, hielt sie den Atem an. Taran hatte von Dorath gesprochen.

Und nach Gurgis verschrecktem Gewimmer musste auch er den Räuber erkannt haben.

»Antworte!«, brüllte Dorath und stieß einen Fluch aus. Er schlug Eilonwy ins Gesicht, dass das Mädchen taumelte und hinfiel. Ihre goldene Kugel rollte zu Boden. Vergeblich zerrte Eilonwy an den Fesseln und versuchte, sich auf die Kugel zu werfen. Doch ein Stiefel trat sie außer Reichweite. Dorath hob die Kugel auf und drehte sie neugierig im Licht des Feuers.

»Was ist das?«, fragte einer der Männer und kam näher, um die Kugel zu betrachten.

»Das ist Gold«, sagte ein anderer. »Komm, Dorath, zerschlag das Ding und teile es mit uns.«

»Pfoten weg, ihr miesen Kerle«, knurrte Dorath.

Er stopfte die Kugel in die Schaffelljacke. Die Bande protestierte, aber Dorath brachte sie mit einem Blick zum Schweigen. Er beugte sich zu Eilonwy.

»Wo hast du das gestohlen, du kleiner Dieb? Willst du den Kopf auf deinen Schultern behalten? Dann sage mir, wo ich noch mehr von solchen Schätzen finden kann.«

Eilonwy war wütend, sagte aber kein Wort.

Dorath grinste.

»Du wirst früh genug sprechen«, sagte er. »Und dann wirst du dir wünschen, dass du schon eher gesprochen hättest. Lass mich zuerst sehen, ob dein Freund eine losere Zunge hat als du.«

Gurgi schnatterte mit den Zähnen und verkroch sich noch tiefer in sein Schaffellwams, das er eng um die Schultern gewickelt hatte.

»Du denkst wohl, du bist eine Schildkröte?«, rief Dorath und lachte roh. Er grub seine plumpen Finger in Gurgis Haare und zerrte den Kopf der unglücklichen Kreatur nach hinten. »Kein Wunder, dass du dein Gesicht versteckst. So was Hässliches habe ich noch nie gesehen.«

Dorath unterbrach sich plötzlich und schaute Gurgi genauer an. »Hässlich ist es und man vergisst es nicht so leicht. Hallo! Wir sind alte Freunde, du und ich. Du genießt nun meine Gastfreundschaft ein zweites Mal. Als wir uns das letzte Mal gesehen haben, warst du in Begleitung eines Sauhirten.« Er warf Eilonwy einen Blick zu. »Das aber ist er nicht.«

Dorath packte Eilonwys Kopf und drehte ihn grob von einer Seite zur anderen.

»Dieser bartlose Bursche ...« Er grunzte erstaunt. »Was? Ein Bursche? Aber nein, ein Mädchen!«

Eilonwy konnte sich nicht länger zusammenreißen.

»Mädchen! Ich bin Eilonwy Tochter der Angharad Tochter der Regierenden Prinzessin von Llyr. Ich mag nicht gefesselt sein, ich mag nicht geschlagen werden. Ich mag nicht angefasst werden, und ich wäre dir sehr dankbar, wenn du sofort damit aufhörst!«

Trotz ihrer Fesseln trat sie wütend nach dem Räuber.

Dorath lachte schallend und wich einen Schritt zurück.

»Ich erinnere mich, dass der Herr Sauhirt einmal von dir sprach.« Er verbeugte sich mit gespieltem Ernst. »Willkommen, Prinzessin Zänkerin. Du bist ein wertvollerer Gewinn als irgendein Lösegeld. Groß ist der Unterschied zwischen Dorath und deinem Schweinehüter. Du gibst mir und meinen Leuten die Freude, diesen Unterschied etwas kleiner zu machen.«

»Ich gebe dir die Freude, Gurgi und mich sofort zu befreien«, gab Eilonwy zurück. »Und ich will meine Kugel wiederhaben.«

Dorath verfärbte sich.

»Du wirst frei sein«, zischte er. »In einiger Zeit, meine hübsche Prinzessin, in einiger Zeit. Wenn du der rechte Umgang für einen Schweinehirten bist, wirst du dich ihm vielleicht wieder anschließen. Vielleicht wird er sogar deine Anmut und Schönheit erkennen oder was davon noch übrig ist.«

»Hast du dir überlegt, was von dir übrig sein wird, wenn Taran dich findet?«, entgegnete Eilonwy. Bis zu diesem Zeitpunkt hatte die Prinzessin von Llyr ihre Selbstbeherrschung bewahrt. Aber sie konnte die Gedanken des Räubers in dessen kalten Augen lesen und zum ersten Mal hatte sie Angst.

»Der Herr Sauhirt und ich, wir werden unsere Rechnung schon noch begleichen, wenn die rechte Zeit kommt«, erwiderte Dorath. Grinsend beugte er sich zu ihr hinunter. »Deine Zeit aber ist jetzt da.«

Gurgi strampelte wild, um seine Fesseln zu lösen.

»Rühre gute, kluge Prinzessin nicht an!«, schrie er. »Oh, Gurgi lässt dich zahlen für grausame Schmerzen!«

Er warf sich auf Dorath und versuchte, seine Zähne in dessen Bein zu graben.

Dorath fluchte, fuhr herum und packte sein Schwert. Eilonwy schrie auf.

Aber bevor der tödliche Schlag niederfuhr, sprang plötzlich ein langer Schatten von einem überhängenden Felsen herab. Dorath stieß einen erstickten Schrei aus. Die Waffe entglitt seiner Hand und er taumelte zurück. Der bepelzte Schatten knurrte und biss sich in seiner Kehle fest. Die anderen Männer am Feuer sprangen auf die Füße und schrien vor Entsetzen. Graue Schatten waren überall und drangen auf sie ein. Vergeblich suchten die Räuber zu entkommen. Immer wieder wurden sie zurückgedrängt, zu Boden gerissen von der Gewalt schlanker Körper und kräftiger Pfoten.

Gurgi kreischte voller Entsetzen. »Helft. Oh, helft. Oh, böse Geister reißen uns!«

Eilonwy richtete sich mit Mühe auf. Da spürte sie, wie etwas Scharfes an ihren Fesseln nagte, und schon waren ihre Hände frei. Sie taumelte und der graue Schatten riss die Stricke an ihren Füßen fort. Vor ihr lag der bewegungslose Körper Doraths. Schnell kniete sie nieder und zog die goldene Kugel aus seinem Wams, umschloss sie mit den Händen, und sogleich leuchtete das Gold hell auf. Die Strahlen fielen auf einen riesigen Wolf, der vor ihr kauerte. In der Nähe des Lagerfeuers erblickte sie weitere Wölfe, die sich nun ebenso rasch zurückzogen, wie sie erschienen waren. Jedes Geräusch war verstummt. Eilonwy erschauderte und wandte den Blick ab. Die Wölfe hatten ihre Aufgabe gründlich erledigt.

Gurgi wurde von einer grauen Wölfin befreit, die einen weißen Fleck auf der Brust trug. Gurgi war heilfroh, dass er den Räubern entronnen war, trotzdem zog er die Stirn kraus und warf einen misstrauischen Blick auf seinen Befreier. Die Wölfin Briavael blinzelte mit ihren gelben Augen und grinste ihn an. Aber Gurgi hielt es dennoch für klüger, Abstand zu wahren. Eilonwy empfand weder Furcht noch Unsicherheit. Der Wolf Brynach sah sie an. Und Eilonwy legte die Hand auf den sehnigen, starken Hals des Tieres. »Ich hoffe, du begreifst, dass wir versuchen, dir zu danken«, sagte sie, »auch wenn ich nicht sicher bin, ob du meine Sprache verstehst. Die einzigen Wölfe, die ich jemals näher kennen gelernt habe, lebten weit entfernt in Medwyns Tal.«

Brynach winselte und bewegte den Schwanz.

»Nun, das verstehst du offensichtlich«, sagte Eilonwy. »Medwyn …« Sie zögerte. »Dort waren zwei Wölfe …« Sie klatschte in die Hände. »Natürlich! Ich will zwar nicht behaupten, dass ich einen Wolf vom anderen unterscheiden kann, jedenfalls nicht auf Anhieb, aber irgendetwas an dir erinnert mich … Auf alle Fälle, wenn du es bist, dann sind wir sehr, sehr froh, dich zu sehen. Wir sind dir dankbar. Aber nun müssen wir aufbrechen, auch wenn ich keine Ahnung habe, wohin – wenn du das verstehst.«

Brynach grinste und machte keine Anstalten fortzugehen. Er blieb sitzen und stieß ein hohes Bellen aus.

Eilonwy seufzte und schüttelte den Kopf. »Wir haben uns verlaufen und suchen unsere Freunde. Aber ich habe keine Ahnung, wie man Hilfsschweinehirt in der Wolfssprache sagt.«

Gurgi hatte inzwischen seinen unerschöpflichen Schnappsack aufgelesen und hängte ihn über die Schulter. Dann, als er sah, dass Brynach und Briavael ihm nichts tun wollten, kam er vorsichtig näher. Und nun betrachteten sich die beiden Wölfe und der Tiermensch gegenseitig neugierig und voller Interesse.

Eilonwy wandte sich an Gurgi. »Ich bin sicher, dass sie uns helfen wollen. Wenn ich sie nur verstehen könnte. Was nützt es, eine halbe Zauberin zu sein, wenn man nicht einmal versteht, was ein Wolf sagen will?« Sie unterbrach sich. »Aber – aber ich glaube, ich habe verstanden! Ja! Einer von ihnen hat gerade gesagt: ›Erzähle!‹ Ich habe es deutlich gehört – nein, nicht wirklich gehört. Ich habe es gefühlt.«

Sie sah Gurgi verwirrt an. »Es sind keine Worte. Es ist, als ob du ohne Ohren hören, als ob du mit dem Herzen hören würdest. Ich weiß es, aber ich habe keine Ahnung, wie ich das fertig bringen soll. Und doch«, fügte sie ungläubig hinzu, »genau das hat Taliesin zu mir gesagt.«

»Oh! Große Weisheit!«, schrie Gurgi. »Oh! Kluges Lauschen! Gurgi lauscht auch. Aber innen hört er nur Rumpeln und Pumpeln, wenn sein armer Bauch leer ist! Oh! Kummer! Gurgi wird nie tiefes Geheimnis hören wie liebe Prinzessin.«

Eilonwy hatte sich neben Brynach niedergekniet. Rasch erzählte sie von Taran, von den Freunden und was ihnen geschehen war. Brynach stellte die Ohren auf und bellte kurz und scharf. Der riesige Wolf erhob sich, schüttelte den Schnee aus dem zottigen Fell, packte mit den Zähnen Eilonwys Ärmel und zerrte leicht daran.

»Er sagt, wir sollen ihnen folgen«, berichtete sie Gurgi. »Komm, wir sind jetzt in sicheren Händen. Oder sollte ich vielleicht Pfoten sagen?«

Die Wölfe liefen rasch und lautlos. Sie folgten verborgenen Spuren und Wegen, deren Existenz Eilonwy nie vermutet hätte. Die beiden Freunde bemühten sich, Schritt zu halten, doch waren sie oft gezwungen anzuhalten und zu rasten. Dann warteten die Wölfe geduldig, bis die beiden sich wieder erholt hatten. Brynach kauerte sich an Eilonwys Seite, den Kopf zwischen den Vorderpfoten. Manchmal döste er ein wenig, doch die Ohren waren ständig wachsam und spielten bei dem geringsten Geräusch. Briavael war ebenfalls Wachtposten und Führer zugleich, sie sprang leichtfüßig auf Felsspitzen und prüfte die Luft. Mit einem Zeichen ihres Kopfes bedeutete sie den Freunden zu folgen.

Vom Rest des Rudels sah Eilonwy wenig. Hin und wieder jedoch, wenn sie aus einem kurzen Schlaf erwachte, fand sie die Wölfe in einem schützenden Kreis um sie herum sitzen. Doch die sehnigen Tiere verschwanden sofort im Schatten und allein Brynach und Briavael blieben zurück. Bald bemerkte das Mädchen, dass die Wölfe nicht die einzigen Tiere in den Hügeln von Bran-Galedd waren. Einmal sah sie eine große Gruppe Bären, die, einer hinter dem anderen, an einem Abhang entlangtrotteten. Die hielten einen Augenblick inne, blinzelten neugierig und setzten dann ihren Weg fort. In der kalten, klaren Luft hörte sie das Bellen von Füchsen in einiger Entfernung und andere Laute, die Echos oder Antworten auf ein unbekanntes Signal sein konnten.

»Sie streifen durch das ganze Bergland«, flüsterte Eilonwy Gurgi zu und deutete auf einen baumlosen Hügelkamm, wo plötzlich ein großer Hirsch aufgetaucht war. »Ich möchte gern wissen, wie viele Räuberbanden noch unterwegs sind. Wenn die Bären und Wölfe auch nur ein bisschen Einfluss haben, glaube ich fast, dass es nicht sehr viele sein können.«

Der Wolf Brynach warf ihr einen Blick zu, als hätte er ihre Worte verstanden. Er streckte seine Zunge heraus und blinzelte mit den gelben Augen. Seine Lippen verzogen sich zu einem leichten Grinsen und entblößten eine scharfe Reihe blitzender Zähne.

Sie setzten ihren Weg fort. Als die Nacht hereinbrach, entzündete Eilonwy die goldene Kugel und trug sie vor sich her. Sie sah, dass das ganze Wolfsrudel sich ihnen wieder angeschlossen hatte, sich aber außerhalb des Lichtkegels bewegte. Auch die Bären folgten und andere Waldtiere, deren Anwesenheit sie eher spürte als tatsächlich wahrnahm.

In den Hügeln von Bran-Galedd gab es viele gefährliche und todbringende Schluchten. Doch die Prinzessin von Llyr wusste nichts davon, denn sie und Gurgi schritten sicher zwischen ihren stummen und wachsamen Begleitern.

Am späten Morgen des nächsten Tages gebärdete sich Briavael, die die meiste Zeit über das Gelände ausgekundschaftet hatte, erregt und nervös. Die Wölfin bellte und sprang auf hochragende Felsen, die ihr weite Sicht nach Westen gewährten. Sie wedelte mit dem Schwanz und trieb die Gefährten zu größerer Eile an.

»Ich glaube, sie haben Taran gefunden!«, rief Eilonwy. »Ich weiß nicht genau, was sie sagen, aber es klingt so, als ob sie ihn wirklich gefunden hätten. Männer und Pferde! Eine Gebirgskatze – das muss Llyan sein! Aber was suchen sie hier? Gehen sie wieder ins Rote Brachland zurück?«

Weder Eilonwy noch Gurgi konnten ihre Ungeduld verbergen, die Freunde wiederzutreffen. Sie weigerten sich zu rasten, und oft musste Brynach Eilonwy am Mantel packen, um sie vor steilen Abgründen zu bewahren. Bald erreichten die Wanderer den Rand einer tiefen Talmulde und Eilonwy schrie vor Freude laut auf.

»Ich sehe sie! Ich sehe sie!« Aufgeregt deutete sie hinunter in das breite Tal. Gurgi tanzte und hüpfte vor Freude. »Oh, ja! Es ist lieber Herr!«, schrie er. »O ja! Und tapferer Barde! Nicht größer wie Ameisen! Aber scharfäugiger Gurgi erkennt sie mit Spähen und Sehen.«

Eilonwy musste sehr genau hinsehen, um die winzigen Gestalten unterscheiden zu können, so weit waren sie entfernt. Sie wusste, dass der langwierige Abstieg ins Tal noch den ganzen Tag dauern würde, und sie musste die Freunde unbedingt vor Einbruch der Dunkelheit erreichen. Gerade wollte sie den Felsen hinabklettern, als sie plötzlich innehielt.

»Was tun sie bloß?«, rief sie. »Sie gehen direkt in die Felswand. Ist es eine Höhle? Schau, der letzte Reiter. Von den anderen ist keine Spur mehr zu sehen. Wenn das eine Höhle ist, dann ist es sicher die größte in ganz Prydain. Ich verstehe überhaupt nichts mehr! Gibt es dort irgendeinen Durchgang? Oder einen Tunnel? Sonderbar. Aber eigentlich sollte man bei diesem Hilfsschweinehirten darauf gefasst sein, dass er immer dann verschwindet, wenn man ihn eben gefunden hat.«

Und Eilonwy tastete sich eilig den steilen Hang hinab. Es schien endlos zu dauern. Selbst mit der Hilfe von Brynach und Briavael hatten sie erst wenig mehr als die Hälfte des Weges zurückgelegt, als die Sonne versank und die Schatten länger wurden. Brynach blieb ganz plötzlich stehen und knurrte. Er hechelte und entblößte die Zähne. Seine Augen waren auf das Tal gerichtet und die Schnauze zuckte unsicher. Eilonwy bemerkte nun, was Brynach gesehen haben musste. Eine lange Reihe von Kriegern war aufgetaucht und marschierte eilig nach Westen.

Briavael winselte durchdringend. Aus dem Ton spürte Eilonwy Furcht und Hass. Und dann verstand sie.

»Häscher!«, rief das Mädchen. »Es sieht aus, als seien es hunderte von ihnen, die zurück nach Annuvin gehen. Oh, ich hoffe, sie finden Tarans Spuren nicht, auch wenn er jetzt wahrscheinlich in Sicherheit ist.«

Doch gerade als sie dies gesagt hatte, nahm sie eine Bewegung an der Felswand wahr. Entsetzt schlug sie die Hände vors Gesicht. Einer nach dem anderen von Tarans Kriegern trat aus dem Schatten.

»Nein!«, flüsterte Eilonwy entsetzt. »Sie kommen wieder heraus.«

Von ihrem Beobachtungsposten konnte das Mädchen das gesamte Tal übersehen, und plötzlich wurde ihr klar, dass die Commot-Krieger und die Häscher sich einander ahnungslos näherten.

»Sie gehen in eine Falle!«, schrie Eilonwy. »Taran! Taran!«

Das Echo erstarb in der weiten Schneewüste. Taran konnte sie weder sehen noch hören. Dunkelheit hatte sich nun über das Tal ausgebreitet und verbarg so den unvermeidlichen Zusammenstoß der beiden Truppen vor Eilonwys Augen. Es war ein Albtraum, man konnte nichts tun, als auf das Gemetzel warten, das unausweichlich war. Eilonwy kam sich vor, als seien ihre Hände gefesselt und ihr Mund geknebelt.

Sie rief immer noch Tarans Namen. Dann zog sie die goldene Kugel aus dem Mantel und hob sie hoch empor. Heller und heller glühte sie auf. Die Wölfe wandten sich erschreckt ab und Gurgi bedeckte sein Gesicht mit den haarigen Armen. Die Strahlen breiteten sich aus und leuchteten bis in die Wolken hinauf, als würde die Sonne selbst aus dem felsigen Hang des Gebirges erstrahlen. Die schwarzen Felsen und Bäume waren in Licht getaucht. Das ganze Tal war so hell wie am Mittag.

Der Fluss aus Eis

Die Woge goldenen Lichts, die so plötzlich über das Tal hereinbrach, erschreckte die Häscher. Sie schrien auf und die Furcht lief durch ihre Reihen. Sie gerieten in Unordnung und zogen sich in den schützenden Schlund eines Felsens zurück. Augenblicklich erkannte Taran, wie nahe er daran gewesen war, die Commot-Reiter in eine tödliche Falle zu führen. Aber er schrie vor Freude auf.

»Eilonwy!«

Er hätte Melynlas angetrieben, um die andere Seite des Tals zu erreichen, wäre ihm nicht Fflewddur in die Zügel gefallen.

»Halt, halt«, rief der Barde. »Sie hat uns gefunden, das ist richtig. Bei Belin! Es gibt keinen Zweifel, dass das Licht von ihrer Kugel kommt. Sie hat uns das Leben gerettet. Gurgi ist sicherlich bei ihr. Aber wenn du zu ihnen reitest, wird keiner von euch zurückkommen. Wir haben die Häscher gesehen und sie müssen uns ebenfalls entdeckt haben.«

Doli war auf einen Felsen geklettert und spähte den Häschern Arawns nach, die sich zurückgezogen hatten.

Eilonwys Signal erlosch ebenso rasch, wie es aufgeleuchtet war. Und schon im nächsten Augenblick lag wieder winterliche Dunkelheit über dem Tal. »Eine feine Situation«, murrte der Zwerg. »Gerade hier über der Erde erwischt es uns. Das Bergwerk ist jetzt nutzlos und es gibt keinen zweiten Durchgang innerhalb eines Umkreises von einem Wochenmarsch. Und selbst wenn es einen gäbe, würden wir ihn nie erreichen, mit dieser Armee von Häschern, die uns den Weg abschneidet.«

Fflewddur hatte das Schwert gezückt. »Ich sage: Angriff! Diese erbärmlichen Schurken sind zu Tode erschrocken. Sie werden nicht den Mumm haben, gerade jetzt zu kämpfen. Wir überfallen sie überraschend. Großer Belin, das werden sie nicht erwarten!«

Doli fuhr ihn an: »Du hast deinen Verstand wohl im Bergwerk verloren! Die Häscher überrumpeln? Einen erschlagen, damit die anderen noch stärker werden? Sogar die Kleinen Leute würden es sich zweimal überlegen, bevor sie diese Kerle angreifen. Nein, mein Freund, so geht es nicht.«

»Als ich ein Riese war«, bemerkte Glew, »da war es mir ein Leichtes, sie alle in die Flucht zu schlagen. Jetzt aber und ohne meine Schuld haben sich die Zeiten geändert, und ich kann kaum behaupten, dass sie sich gebessert hätten. Auf Mona zum Beispiel hatte ich eines Tages beschlossen, dass man etwas gegen diese unverschämten Fledermäuse unternehmen müsste. Es ist eine hochinteressante Geschichte …«

»Schnabel, du halbe Portion«, knurrte der Barde. »Du hast genug erzählt und du hast auch genug angestellt.«

»Du hast Recht, gib nur mir die Schuld«, schnüffelte Glew beleidigt. »Ich bin daran schuld, dass Gwydions Schwert gestohlen wurde. Ich bin schuld, dass die Kesselkrieger entkommen sind, und ich bin an allem schuld, was bisher geschehen ist.«

Der Barde ignorierte den weinerlichen Ausbruch des ehemaligen Riesen.

Taran hatte den Commot-Kriegern befohlen, sich in die

Tunnelöffnung zurückzuziehen, wo sie einigermaßen in Sicherheit waren. Nun kam er zurück und trat neben die Freunde.

»Ich fürchte, Doli hat Recht«, sagte Taran. »Wenn wir die Häscher angreifen, werden wir uns nur selbst vernichten. Wir sind nicht sehr stark und wir dürfen uns nicht weiter schwächen. Wir sind lange aufgehalten worden. Um Gwydion zu helfen, mag es bereits zu spät sein. Nein, wir müssen Mittel und Wege finden, trotz der Häscher Arawns weiterzumarschieren.«

Doli schüttelte den Kopf. »Auch das geht nicht. Sie wissen, dass wir hier sind, und sie bemerken es ganz sicher, wenn wir versuchen, uns zu bewegen. Sie brauchen uns nur zu folgen. Ich wäre übrigens nicht überrascht, wenn sie uns noch vor Sonnenaufgang angreifen. Passt auf eure Köpfe auf, meine Freunde. Es kann sein, dass ihr sie bald nicht mehr so fest auf den Schultern habt.«

»Doli«, drängte Taran, »du bist der Einzige, der uns jetzt noch helfen kann. Willst du nicht das Lager der Häscher auskundschaften? Suche, so viel wie möglich über ihre Pläne zu erfahren. Ich weiß, wie du darüber denkst, wenn du dich unsichtbar machen sollst, aber ... «

»Unsichtbar!« Doli schlug entsetzt die Hände vors Gesicht. »Ich wusste, früher oder später würde es darauf hinauslaufen. Es geschieht ja regelmäßig. Guter alter Doli! Mach dich unsichtbar! Ich bin überhaupt nicht sicher, ob ich es noch kann. Ich habe mich bemüht, es zu vergessen. Es macht mir Ohrensausen. Lieber möchte ich meinen armen Kopf mit Hornissen und Wespen voll gestopft haben. Nein, nein, darüber brauchen wir überhaupt nicht zu diskutieren. Bitte mich um alles, was du willst, aber nicht darum.«

»Guter alter Doli«, schmeichelte Taran. »Ich war so sicher, dass du es tun würdest.«

Doli zierte sich noch ein wenig, doch niemand außer ihm selbst nahm sein Zögern ernst. Dann stimmte der rothaarige Zwerg Tarans Vorschlag zu. Er klappte die Augen zu, holte tief Luft, als wollte er sich in eisiges Wasser stürzen, und war verschwunden. Hätte Taran nicht noch undeutlich unzufriedenes Gemurmel gehört, hätte er glauben können, dass Doli überhaupt nicht mehr da war. Und nur das leise Klicken der Steinchen, über die die unsichtbaren Füße des Zwerges liefen, sagte Taran, dass Doli sich auf die feindlichen Linien zubewegte.

Doli hatte den Kriegern der Unterirdischen befohlen, Wachtposten am Tunneleingang aufzustellen, von wo aus sie jedes beunruhigende Geräusch auffangen konnten. Taran war überrascht, wie ruhig und bewegungslos die Krieger standen, fast so still und unsichtbar wie Doli. Ihre weißen Mäntel gaben ihnen das Aussehen eisüberzogener Steine oder frostweißer Erdhügel, die im Mondlicht schimmerten, denn inzwischen kam auch der Mond hinter den Wolken hervor. Die Reiter kauerten sich zwischen ihre Tiere, um sich zu wärmen. Glew hatte sich in der Nähe zusammengerollt. Am Eingang saß Fflewddur und lehnte sich an die Felswand. Die eine Hand lag auf der Harfe, die andere auf dem riesigen Kopf Llyans, die sich neben ihm ausgestreckt hatte und leise schnurrte.

Taran, eingemummt in seinen Mantel, sah zu dem Abhang hinüber, wo das Signal Eilonwys erschienen war.

»Sie lebt«, sagte er wieder und wieder leise zu sich selbst. »Sie lebt.« Und jedes Mal sprang sein Herz vor Freude. Gurgi würde bei ihr sein, davon war er überzeugt. Sein Herz sagte ihm, dass beide Freunde lebten. Die kalte Luft trug das Geheul eines Wolfs zu ihm herüber. Er hörte noch andere Geräusche wie ferne Rufe, doch verstummten sie bald, und er achtete nicht weiter darauf. Neue Hoffnung erfüllte ihn.

Die Nacht war halb vorüber, als Doli langsam wieder sichtbar wurde. Der Zwerg war zu aufgeregt, sich über seine sausenden Ohren zu beklagen, und winkte nur schnell Taran und Fflewddur, ihm zu folgen. Taran befahl den Reitern höchste Aufmerksamkeit und stürzte hastig dem Freund nach. Die Kleinen Leute trotteten bereits wie weiße Schatten hinter Doli her.

Taran dachte zunächst, der Zwerg wollte sie direkt ins Lager der Häscher führen. Doch Doli schlug eine andere Richtung ein und kletterte einen steilen Abhang hinauf. »Die Häscher sind noch da«, keuchte Doli leise. »Aber nicht unbedingt freiwillig. Wir haben da einige Freunde, von denen wir keine Ahnung hatten – Bären, Wölfe, dutzende von ihnen, hier am Rand des Abgrunds. Eine Abteilung der Häscher versuchte durchzubrechen. Gut, dass sie mich nicht gesehen haben, sonst wäre ich nicht hier. Sie aber wurden gesehen. Zuerst machten sich die Bären über sie her. Sie wurden sehr schnell mit diesen grausamen Kerlen fertig. Schnelle Arbeit, blutig, aber schnell.«

»Sie haben Häscher erschlagen?« Taran runzelte die Stirn. »Jetzt sind die anderen noch stärker.«

»Und wenn schon«, beruhigte ihn Doli, »die Bären und Wölfe werden besser mit ihnen fertig als wir. Ich glaube kaum, dass die Häscher noch heute Nacht angreifen werden, denn sie fürchten die Tiere. Und bis zum Morgen bleiben sie sicher in der Schlucht. Das ist genau, was ich will. Ich glaube nämlich, ich habe etwas entdeckt.«

Sie hatten die Höhe erreicht und standen am Ufer eines zugefrorenen Sees. Über eine steile Klippe stürzte sich ein glitzernder, eisesstarrer Wasserfall. Wie Finger klammerten sich lange Eiszapfen an die vorspringenden Felsen, als hielten sie den See in ihrem eisigen Griff. Ein Fluss wie hartes Silber schlängelte sich in das Tal, in dem die Häscher ihr Lager aufgeschlagen hatten. Taran konnte deutlich ihr Lagerfeuer erkennen, das wie ein bösartiges Auge in der Dunkelheit leuchtete. Er war nicht sicher, hatte aber das Gefühl, dass verschwommene Schatten sich zwischen den Felsbrocken und im verfilzten Unterholz bewegten. Vielleicht waren das die Bären und Wölfe, von denen Doli gesprochen hatte.

»Hier!«, sagte Doli befriedigt. »Was hältst du hiervon?«

»Was ich davon halte?«, rief der Barde erstaunt. »Mein lieber Freund, ich habe den Eindruck, dass du derjenige bist, der seinen Verstand im Bergwerk gelassen hat. Du hast uns ganz schön den Berg hinaufgehetzt, aber ich halte das kaum für den rechten Augenblick, die Schönheiten der Natur zu bewundern.«

Der Zwerg stemmte die Fäuste in die Hüften und sah Fflewddur entgeistert an. »Manchmal glaube ich fast, Eiddileg hat Recht mit seiner Meinung über die Menschen. Kannst du denn nicht über deine Nase hinaussehen? Kannst du überhaupt sehen? Wir sind fast genau über diesen Burschen. Taue den See auf! Taue den Wasserfall auf! Lass ihn hinunterstürzen! Genau ins Lager der Häscher!«

Taran hielt den Atem an. Einen Augenblick schöpfte er Hoffnung. Dann schüttelte er den Kopf. »Das ist zu schwierig, Doli. Gegen das Eis kommen wir nicht an.«

»Schmilz es!«, brüllte der Zwerg. »Hole Zweige und Büsche und alles, was brennt. Wo das Eis zu massiv ist, hacke es auf! Wie lange muss ich euch noch alles erklären! Du hast es jetzt mit dem Feenvolk zu tun!«

»Ist es wirklich möglich?«, fragte Taran atemlos.

»Hätte ich davon gesprochen, wenn es nicht möglich wäre?«, gab der Zwerg ungeduldig zurück.

Fflewddur pfiff anerkennend. »Du machst sehr große Pläne, alter Kumpan. Aber das gefällt mir durchaus. Bei Belin, wenn wir es schaffen könnten, würden wir sie mit einem einzigen Schlag vernichten. Wir wären sie ein für alle Mal los!«

Doli hörte dem Barden nicht mehr zu. Er gab rasch Befehle an seine Krieger. Diese nahmen sogleich ihre Äxte auf und hieben und hackten auf die Bäume ein, entwurzelten Büsche und eilten mit ihrer Last an den See.

Taran vergaß seine Zweifel, zog das Schwert und schlug ebenfalls Äste von den Bäumen. Fflewddur arbeitete neben ihm und trotz der eisigen Kälte lief ihnen der Schweiß von der Stirn. Ihr Atem hing als weiße Wolke vor den Gesichtern. Am erstarrten Wasserfall erklangen die Äxte der Unterirdischen. Doli sauste zwischen den Männern hin und her, häufte Holz an oder wälzte Felsbrocken und Steine, um ein schmaleres Bachbett zu schaffen.

Die Nacht verging schnell. Taran war so erschöpft, dass er taumelte. Seine steifen Hände waren aufgerissen und bluteten. Auch Fflewddur vermochte sich kaum auf den Füßen zu halten. Doch das Volk der Zwerge arbeitete unermüdlich weiter. Bevor die Morgendämmerung anbrach, waren der See und der Wasserlauf so mit Ästen und Zweigen bedeckt, als wären sie von einem Wald überwuchert. Da erst war Doli zufrieden.

»Jetzt zünden wir es an«, sagte er zu Taran. »Der Zunder des Feenvolkes brennt heißer als alles, was ihr Menschen kennt. Die ganze Pracht wird in einem Augenblick in Flammen stehen.«

Er pfiff durch die Zähne. Am Ufer wurden die Fackeln der Zwerge angezündet. Wie fallende Sterne flogen sie durch die Luft, als die Kleinen Leute sie in die Holzhaufen schleuderten. Die ersten Zweige fingen Feuer, dann brannten plötzlich alle Äste. Ein wütendes Krachen erfüllte die Luft, das nur von Dolis Ruf übertönt wurde, der den Freunden befahl, sich von den Flammen zurückzuziehen. Eine heiße Woge, wie der Feueratem eines Hochofens, griff nach Taran, sodass er schwankte und zwischen den Steinen fast den Halt verlor. Das Eis schmolz. Er hörte das Zischen erlöschender Flammen. Doch das Feuer, zu stark, um völlig zu erlöschen, wütete nur um so wilder. Aus dem Fluss erhob sich ein Krachen und Stöhnen, als die Felsbrocken von der anschwellenden Flut bewegt wurden. Im nächsten Moment gaben die Steine nach wie ein Tor, das aus den Angeln gehoben wird, wie eine Mauer, die man durchbricht, und durch die enge Rinne stürzten Wassermassen, die alles vor sich herschoben. Riesige Eisblöcke donnerten den Felsen hinab, sprangen und rollten, als seien es nur Kieselsteine. Die Flut trug die brennenden Zweige mit sich fort. Über dem wütenden Wasser flogen und tanzten Wogen aus Funken, der Wasserlauf brannte lichterloh und Feuerkaskaden sprangen den Abhang hinunter.

Im Tal unter ihnen schrien die Häscher und suchten zu fliehen. Es war zu spät. Das brüllende Wasser und die niedersausenden Steinbrocken trieben die Krieger zurück, die versuchten, den Hohlweg hinanzusteigen. Schreiend und fluchend wurden sie von den Wassermassen überspült oder wie Splitter durch die Luft gewirbelt und gegen die scharfkantigen Felsen geschmettert. Einige erreichten höher gelegene Gebiete. Doch Taran bemerkte schwarze Schatten, die sich auf sie stürzten – nun war die Reihe an den Tieren, Rache an denen zu nehmen, die sie seit jeher mitleidslos gejagt und vernichtet hatten.

Stille breitete sich über dem Tal aus. Im Dämmerlicht sah Taran den Schimmer von dunklem Wasser, das den Hohlweg ausfüllte. Einige der Zweige brannten noch, andere qualmten. Grauer Rauch lag wie feiner Nebel in der Luft.

Ein Geräusch in seinem Rücken ließ Taran herumfahren und nach dem Schwert tasten.

»Hallo!«, sagte Eilonwy. »Wir sind wieder da.«

»Du hast eine sonderbare Art, Leute zu begrüßen«, fuhr Eilonwy fort, als Taran sie überrascht ansah und unfähig war, ein Wort hervorzubringen. »Du könntest wenigstens etwas sagen.«

Gurgi versuchte währenddessen, jeden gleichzeitig zu begrüßen, überkugelte sich vor Freude und stieß ein begeistertes Gebell aus.

Taran hatte sich etwas gefasst, trat auf Eilonwy zu, legte den Arm um ihre Schulter und drückte sie an sich.

»Ich hatte die Hoffnung schon aufgegeben …«

»Wie dumm von dir«, tadelte Eilonwy. »Ich habe nie die Hoffnung aufgegeben. Allerdings muss ich zugeben, dass ich einige recht ungemütliche Augenblicke mit diesem Grobian Dorath verbracht habe. Und ich könnte dir Geschichten über Wölfe und Bären berichten, die du niemals für wahr hältst. Ich heb mir das aber für später auf, wenn du mir erzählst, was dir passiert ist.«

Die Gefährten machten sich bereit, um zum Höhleneingang zurückzukehren. Und Eilonwy fuhr fort: »Was mit den Häschern geschehen ist, habe ich ganz genau gesehen. Zuerst wusste ich überhaupt nicht, was du vorhattest. Dann verstand ich. Es war wunderbar. Ich hätte wissen müssen, dass Doli seine Hände im Spiel hatte. Guter alter Doli! Es sah aus wie ein Fluss von brennendem Eis …«

Die Prinzessin brach ab und sah völlig verdattert aus.

»Ist dir eigentlich klar, was du getan hast?«, flüsterte sie. »Siehst du es nicht?«

»Ob wir wissen, was wir getan haben?« Fflewddur lachte gutmütig. »Natürlich wissen wir das! Wir haben uns von den Häschern befreit. Eine gute Arbeit! Nicht einmal ein Fflam hätte bessere leisten können. Und was das Sehen betrifft – ich bin froh über das, was ich nicht sehe, wenn du verstehst, was ich damit meine, nämlich keine Spur von diesen sauberen Brüdern.«

»Hen Wens Prophezeiung!«, rief Eilonwy. »Ein Teil davon hat sich erfüllt! Habt ihr denn alle vergessen? ›Nacht wird zum Tag, Flüsse flammen in gefrorenem Feuer, ehe Dyrnwyn gewonnen wird.‹ Nun, ihr habt einen Fluss in Brand gesteckt, jedenfalls sehe ich es so. Gefrorenes Feuer könnte genauso gut Eis und brennende Zweige bedeuten, nicht wahr?«

Taran sah Eilonwy aufmerksam an.

Er zitterte und die Worte der Weissagung klangen in ihm nach.

»Du hast etwas gesehen, was wir nicht gesehen haben. Und du? Wie steht es mit dir? Hast du nicht ebenso viel getan, und ohne, dass du es bemerkt hättest? Denke nach! ›Nacht wird zum Tag.‹ Deine Kugel hat aus der Dunkelheit helles Tageslicht gemacht.«

Nun war Eilonwy überrascht. »Du hast Recht!«, rief sie aus.

»Ja! Ja!«, quiekte Gurgi eifrig. »Weißes Schweinchen hat wahrgesagt mit Grunzen und Schnauben! Scharfes Schwert wiedergefunden mit Suchen und Spähen, mit Schlagen und Stechen!«

Fflewddur räusperte sich.

»Ein Fflam ist immer optimistisch«, erklärte er, »doch in diesem speziellen Fall muss ich euch daran erinnern, dass die Prophezeiung auch gesagt hat, dass Dyrnwyns Flamme erlöschen und seine Kraft verlieren werde. Wenn wir das Schwert also tatsächlich finden sollten, so wären wir genauso schlecht dran wie jetzt. Ich erinnere mich weiter daran, dass da etwas war über stumme Steine, die man befragen sollte. Bis jetzt habe ich von keinem dieser Steine hier – egal ob Kieselstein oder Felsbrocken – auch nur ein Wort gehört. Und es gibt wahrlich genug von jeder Sorte. Das Einzige, was sie mir erzählt haben, ist, dass man unbequem auf ihnen schläft. Außerdem, wenn ihr mich fragt, dann muss ich euch versichern, dass man Prophezeiungen nicht trauen sollte. Ich habe die Erfahrung gemacht, dass sie genauso schlimm sind wie Zauberei und nur zu einem Ergebnis führen: zum Unglück.«

»Ich verstehe den Sinn der Weissagung ja selbst nicht«, gab Taran zu. »Sind es Zeichen von Hoffnung, oder betrügen wir uns nur selbst, wenn wir sie zu solchen machen? Nur Dallben oder Gwydion haben die Weisheit, sie zu deuten. Trotzdem, ich kann mir nicht helfen, aber ich habe das bestimmte Gefühl, dass wir wenigstens ein wenig Hoffnung schöpfen können. Aber es ist richtig: Unsere Aufgabe ist nicht leichter geworden.«

Doli verzog das Gesicht. »Nicht leichter? Unmöglich! Willst du immer noch das Rote Brachland erreichen? Ich warne dich, die Kesselkrieger sind längst außer Reichweite.« Er schnaubte. »Erzähle mir bloß nichts über Prophezeiungen. Erzähl mir was über Zeit. Wir haben zu viel verloren.«

»Auch ich habe lange darüber nachgedacht«, sagte Taran. »Seit der Stollen eingebrochen ist, denke ich ständig daran. Ich glaube, unsere einzige Hoffnung liegt darin, direkt über die Berge zu ziehen und die Kesselkrieger aufzuhalten, wenn sie sich nach Nordwesten, nach Annuvin, wenden.«

»Geringe Aussichten«, entgegnete Doli. »Die Unterirdischen können sich nicht so weit vorwagen. Das ist verbotenes Land. So nahe bei Arawns Reich würde es den Tod für das Feenvolk bedeuten. Gwystyls Stützpunkt war der nächste am Reich des Todes, und du hast selbst gesehen, wie sich das auf seine Gesundheit geschlagen hat. Das Einzige, was wir tun könnten, ist, dich auf den richtigen Weg zu bringen. Einer von uns sollte mit dir gehen«, fügte er hinzu. »Du kannst dir ja denken, wer das sein wird. Guter alter Doli! Ich habe so viel Zeit mit den Menschen zugebracht, dass mir Annuvin kaum schaden wird. Ja, ich gehe mit euch«, fuhr Doli fort und brummte wütend. »Es gibt sonst keine Möglichkeit. Guter alter Doli! Manchmal wünsche ich mir wirklich, ich wäre nicht so umgänglich.«

Der Zauberer

Der alte Mann saß wie ein verdrossenes Kind über den bücherbesäten Tisch gebeugt, den Kopf in den Armen vergraben. Um die knochigen Schultern trug er einen Mantel. Das Feuer flackerte noch im Herd, doch die winterliche Kälte drang tiefer in sein Mark als je zuvor. Zu seinen Füßen lag Hen Wen und bewegte sich unruhig. Sie wimmerte mit einer dünnen, klagenden Stimme. Dallben, der weder schlief noch wachte, streckte seine zerbrechliche Hand aus und kratzte sie am Ohr.

Das Schwein beruhigte sich nicht. Sein rosiger Rüssel verzog sich, und es grunzte und schnaubte unglücklich und versuchte, den Kopf zwischen den Falten des Mantels zu verbergen. Der Meister erhob sich endlich.

»Was ist denn, Hen? Ist unsere Zeit gekommen?« Er gab dem Schwein einen zärtlichen Patsch und erhob sich steif aus seinem hölzernen Sessel. »Es ist nur ein Augenblick, nicht länger, was immer auch folgen wird.«

Ohne Eile ergriff er einen Eschenholzstab und humpelte aus der Kammer. Hen Wen folgte ihm auf den Fersen. An der Tür zerrte der alte Mann den Mantel enger um die Schultern und trat hinaus in die Nacht. Der Mond war voll und schwamm weit weg in einem unergründlichen Himmel. Dallben blieb stehen und lauschte angestrengt. Einem anderen wäre das kleine Gehöft still erschienen, still wie der

Mond selbst. Doch der alte Zauberer zog die Augenbrauen zusammen und nickte.

»Du hast Recht, Hen«, murmelte er. »Ich höre sie jetzt. Aber sie sind noch weit entfernt.« Dann fügte er lachend hinzu: »Soll ich denn so lange auf sie warten, dass die Kälte mir bis in die Knochen dringt?«

Doch er drehte sich nicht um, sondern trat noch einige Schritte weiter in den Hof. Seine Augen, die schwer und müde waren, wurden nun hell und scharf wie Eiskristalle. Er spähte wachsam hinüber zum Obstgarten, als wollte er mit seinen Blicken die Schatten durchdringen, die wie Efeuranken den zurücktretenden Wald umwucherten. Hen Wen hielt sich hinter ihm und beobachtete den Alten mit beinahe besorgtem Ausdruck in ihrem breiten, borstigen Gesicht.

»Es scheint, als seien es zwanzig Leute«, bemerkte Dallben und fügte mit einer Grimasse hinzu: »Ich weiß nicht, soll ich deswegen erleichtert oder verletzt sein? Nur zwanzig? Das ist eine armselige Zahl. Und doch würden mehr eher hinderlich sein bei einer solch langen Reise. Vor allem durch das Tal des Ystrad, wo ständig gekämpft wird. Nein, zwanzig kann als wohl ausgewählt und angemessen angesehen werden.«

Eine Zeit lang wartete der Alte schweigend und geduldig. Dann wurde das Geräusch von entferntem Hufgetrappel deutlicher, verstummte schließlich, als seien die Reiter abgesessen und führten nun die Tiere am Zügel. Vor dem Hintergrund der verfilzten Bäume, dort, wo am Rande des Stoppelfeldes der Wald begann, hätten die hervorspringenden Gestalten genauso gut Schatten von Ästen sein können. Dallben richtete sich auf, hob den Kopf und stieß den Atem so leise aus, als blase er eine Pusteblume an.

Im nächsten Augenblick fuhr ein scharfer Sturm über das

Feld. Auf dem Gehöft blieb alles ruhig. Doch der Wind schlug mit der Gewalt von tausend Schwertern in den Wald, dass die Bäume stöhnten und krachten. Pferde wieherten, Männer schrien, wenn sie plötzlich von Ästen getroffen wurden. Der Sturm traf die Krieger, und diese hoben die Waffen, um sich gegen die unbekannte Gewalt zu schützen. Und doch drangen sie weiter vor und kämpften sich durch den windgepeitschten Wald. Schließlich erreichten sie das Stoppelfeld. Als der Sturm einsetzte, hatte eine ängstlich quiekende Hen Wen kehrtgemacht und war in die Hütte zurückgeflohen. Dallben hob eine Hand, und der Sturm erstarb so rasch, wie er aufgekommen war. Nachdenklich stieß er seinen Stab auf den gefrorenen Boden.

Donner grollte, der Boden erbebte und das Feld hob und senkte sich wie eine bewegte See. Die Krieger taumelten und verloren ihren festen Halt. Viele von ihnen flohen in den Wald und brachten sich in Sicherheit, vor Angst, die Erde könnte sich öffnen und sie alle verschlingen. Doch der Rest drängte weiter voran, zog die Schwerter und kämpfte sich über das Feld auf die Hütte zu.

Irritiert steckte Dallben seinen Arm aus und spreizte die Finger, als wollte er Steine in einen Tümpel werfen. Doch aus seiner Hand sprang eine rote Flamme, die wie eine feurige Peitsche gegen den schwarzen Himmel züngelte.

Die Krieger schrien auf, als die prasselnden Flammen nach ihnen griffen und sich um ihre Arme und Beine wandten. Die Pferde machten sich los und galoppierten wild in den Wald. Die Angreifer warfen die Waffen von sich und rissen verzweifelt an ihren Mänteln und Jacken. Schreiend vor Schmerz und Entsetzen, machten sie kehrt und stürmten zurück unter die Bäume.

Die Flammen erloschen. Dallben wollte sich gerade abwenden, da sah er eine Gestalt, die über das Feld eilte. Der Alte erschrak, packte den Stab mit festem Griff und humpelte, so rasch er konnte, auf die Hütte zu. Der Krieger lief an den Ställen vorbei und betrat nun den Hof vor der Hütte. Das Geräusch von Schritten verfolgte Dallben. Er hastete über die Schwelle. Doch er hatte kaum seine Stube erreicht, da stürmte der Krieger zur Tür herein. Dallben fuhr herum und blickte seinem Angreifer ins Gesicht.

»Hüte dich!«, rief der Meister. »Keinen Schritt weiter!«

Dallben hatte sich hoch aufgerichtet, seine Augen blitzten, und seine Stimme klang so bestimmt, dass der Krieger zögerte. Die Kappe war ihm nach hinten gerutscht, und das Licht der Feuerstelle spielte über das goldene Haar und die stolzen Züge Pryderis Sohn des Pwyll.

Dallben zeigte kein Erstaunen. »Ich habe lange auf dich gewartet, König des Westreiches.«

Pryderi machte Anstalten, einen Schritt voranzugehen. Seine Hand lag auf dem Knauf der bloßen Klinge, die er ohne Scheide am Gürtel hatte.

Aber der Blick des alten Zauberers ließ ihn auf der Stelle verharren.

»Du kennst meinen Rang nicht«, sagte Pryderi spöttisch. »Ich regiere jetzt ein größeres Reich. Ganz Prydain.«

Dallben tat erstaunt. »Was denn, ist Gwydion aus dem Hause Don nicht mehr Hochkönig von Prydain?«

Pryderi lachte rau. »Ein König ohne Reich? Ein König in Lumpen, gejagt wie ein Fuchs? Caer Dathyl ist gefallen, die Söhne des Don sind in alle Winde zerstreut. Das scheinst du bereits zu wissen. Die Nachricht hat dich rasch erreicht.«

»Jede Nachricht erreicht mich rasch«, sagte Dallben. »Schneller vielleicht als dich.«

»Brüstest du dich mit deiner Macht?« Pryderi blickte den Alten verächtlich an. »Als du sie am nötigsten hattest, hat sie dich im Stich gelassen. Deine Zaubereien konnten nur ein paar Krieger erschrecken. Betrachtet es der mächtige Dallben als stolze Leistung, Männer in die Flucht zu schlagen?«

»Mein Zauber sollte nicht zerstören, nur warnen«, entgegnete Dallben. »Dies ist ein Ort der Gefahr für alle, die gegen meinen Willen eindringen. Deine Leute haben die Warnung verstanden. Wehe dir, Fürst Pryderi, wenn du sie nicht verstehen willst. Diese Männer sind klüger als ihr König, denn es ist nicht weise, dass ein Mann seinen Tod sucht.«

»Wieder muss ich dir widersprechen, Zauberer«, sagte Pryderi. »Deinen Tod suche ich.«

Dallben zupfte seinen weißen Bart.

»Was du suchst und was du findest, braucht nicht immer dasselbe zu sein, Sohn des Pwyll«, sagte er ruhig. »Ja, du würdest mein Leben nehmen. Das ist mir nicht verborgen geblieben. Ist Caer Dathyl gefallen? Dieser Sieg ist nichts wert, solange Caer Dallben steht und solange ich noch lebe. Zwei Festungen haben seit langem gegen Annuvin bestanden: ein goldenes Schloss und die Hütte eines Bauern. Die eine liegt in Trümmern. Die andere aber ist noch immer ein Schild gegen das Böse und ein Schwert, direkt auf Arawns Herz gerichtet. Der Todesfürst weiß dies. Er weiß ebenso, dass er hier nicht eindringen kann. Weder seine Häscher noch seine Kesselkrieger können es. So bist also du gekommen«, fügte Dallben hinzu, »um den Befehl deines Meisters auszuführen.«

Zornesröte überzog Pryderis Gesicht.

»Ich bin mein eigener Meister«, schrie er. »Wenn ich die Macht bekommen habe, Prydain zu dienen, soll ich sie dann nicht gebrauchen? Ich bin kein Häscher, der aus Freude tötet. Ich tue, was getan werden muss. Ich ziehe mich nicht von meiner Verantwortung zurück. Mein Ziel ist größer als das Leben eines Mannes oder das tausender. Und wenn du sterben musst, Dallben, dann muss es geschehen.«

Pryderi riss das Schwert vom Gürtel und stieß unerwartet nach dem Alten. Doch Dallben hatte seinen Stab fest gepackt und wehrte den Schlag ab. Die Klinge zersplitterte an dem biegsamen Holz und die Metallstücke fielen scheppernd zu Boden.

Pryderi schleuderte den Knauf von sich, doch waren seine Augen nicht erfüllt von Angst, sondern von Verachtung. »Man hat mich vor deinen Kräften gewarnt, Zauberer. Aber ich habe es vorgezogen, mich mit eigenen Augen zu überzeugen.«

Dallben hatte sich nicht bewegt. »Hat man dich tatsächlich gewarnt? Ich glaube es nicht. Würde es stimmen, so hättest du nicht gewagt, vor mich zu treten.«

»Deine Macht ist groß, Zauberer«, sagte Pryden, »aber nicht so groß wie deine Schwäche. Ich kenne dein Geheimnis. Bekämpfe mich, wenn du willst – am Ende werde ich doch siegen. Von allen deinen Kräften ist dir eine einzige bei Strafe deines Todes verboten. Beherrschst du die Winde? Kannst du die Erde beben machen? Spielereien. Du kannst nicht tun, was der gemeinste Krieger tun kann: Du kannst nicht töten.«

Aus seinem Mantel hatte Pryderi einen schwarzen kurzen Dolch gezogen, der am Heft das Siegel Annuvins trug.

»Mir ist kein derartiges Verbot auferlegt«, sagte er. »So wie man mich gewarnt hat, so hat man mich auch gerüstet. Diese Klinge kommt von Arawn selbst. Gegen sie vermag dein Zauber nichts.«

Dallbens runzliges Gesicht trug nun den Ausdruck tiefen Mitleids und großer Sorge.

»Armer Narr«, murmelte er. »Es ist wahr. Diese Waffe aus Annuvin kann mir das Leben nehmen und ich kann mich deiner Hand nicht erwehren. Doch du bist blind wie der Maulwurf in der Erde, Fürst Pryderi, frage dich doch, wer der Meister, wer der Sklave ist. Arawn hat dich betrogen.

Ja, betrogen«, sagte Dallben kalt. »Du hast geglaubt, du wirst ihn dazu bringen, dir zu dienen. Dabei hast du ihm unbewusst mehr gedient als sämtliche seiner gekauften Gefolgsleute. Er hat dich gesandt, mich zu töten. Und er hat dir ein Mittel dafür gegeben. Vielleicht wirst du mich töten; doch das wird dann Arawns Sieg sein, nicht deiner. Wenn du einmal getan hast, was der Fürst von Annuvin von dir verlangte, bist du nur noch nutzloser Ballast. Er weiß sehr gut, dass ich dich niemals lebend von Caer Dallben wegziehen lasse. Du bist bereits ein toter Mann, Fürst Pryderi, so wie du dastehst.«

Pryderi hob den schwarzen Dolch. »Mit Worten suchst du deinen Tod abzuwehren.«

»Sieh zum Fenster«, entgegnete Dallben ruhig.

Durch das Fenster flutete ein roter Schein in die Stube. Ein breiter Gürtel aus Flammen umgab Caer Dallben. Pryderi zögerte und trat zurück.

»Du hast halben Versprechungen vertraut«, sagte Dallben. »Kein Mensch wurde durch mich getötet. Aber die, die meine Macht verspotten, tun es auf eigene Gefahr. Erstich mich, Fürst Pryderi, und die Flammen werden Caer Dallben vernichten. Es gibt keinen Ausweg für dich.«

Pryderis goldenes Gesicht zeigte ungläubiges Staunen und Furcht stieg langsam in seinen Augen hoch.

»Du lügst«, flüsterte er heiser. »Die Flammen werden erlöschen, wenn du dein Leben aushauchst.«

»Das wirst du sehen, Fürst«, sagte Dallben.

»Ich habe meinen Beweis!«, rief Pryderi. »Arawn würde nicht das vernichten, was er am nötigsten braucht. Ich hatte zwei Aufträge. Und bei all deiner Weisheit hast du dies nicht erraten. Dein Tod war nur ein Teil; der zweite war, das ›Buch der Drei‹ zu holen.«

Dallben schüttelte traurig den Kopf und blickte zu dem schweren, ledergebundenen Buch hinüber. »Dann bist du zweifach betrogen. Dieses Buch wird weder Arawn noch seinen bösen Zielen dienen. Es wird auch dir nicht dienen, Fürst Pryderi.«

Die Stimme des alten Meisters war kalt wie der Wintersturm.

»Du hast deine Hände in Blut getaucht, und in deiner Überheblichkeit hast du versucht, deine Mitmenschen zu richten. Wolltest du Prydain helfen? Dann hast du ein schlechtes Mittel gewählt. Gutes kann nicht aus Bösem entspringen. Du hast dich mit Arawn verbündet, um ein Ziel zu erreichen, das dir erhaben schien. Jetzt bist du Gefangener dieses Bösen, das du überwinden wolltest – Gefangener und Opfer. Denn im ›Buch der Drei‹ bist du bereits zum Tode verurteilt.«

Dallbens Augen schienen in Flammen zu stehen und die Wahrheit seiner Worte schnürte Pryderi die Kehle zu. Der König war aschfahl geworden. Mit einem Aufschrei schleuderte er den Dolch von sich und versuchte, das Buch zu erreichen.

»Berühre es nicht!«, warnte Dallben.

Aber Pryderi hatte es bereits ergriffen.

Und in diesem Augenblick fuhr ein greller Blitz wie ein brennender Baum aus dem uralten Buch. Der Todesschrei Pryderis hallte Grauen erregend durch die Hütte.

Dallben wandte sich ab und beugte den Kopf, als drücke ihn ein unsäglicher Kummer. Jenseits des kleinen Gehöfts erlosch der Flammengürtel und der Feuerschein verblich mehr und mehr in der ruhig aufziehenden Dämmerung.

Der Schneesturm

Alle Krieger aus dem Volk der Zwerge mit Ausnahme von Doli kehrten am Fuß der kahlen Felsklippen um, die die westliche Grenze der Hügel von Bran-Galedd bezeichneten. Jenseits davon lag das Land unter dem Bann Arawn Todesfürsts. Einige Tage lang drangen die Freunde mühsam durch die Steinwildnis voran, in der weder Moos noch Flechten gediehen. Der Himmel war bleifarben; die wenigen Wolken wirkten wie graue Fetzen. Es schien, als habe ein verderblicher Dunst, der von der Festung Arawns herüberdrang, alles Leben erstickt und nur diese Felswüste zurückgelassen.

Die Freunde sprachen wenig. Sie schonten ihre Kräfte, so gut es ging. Seit sie die Grenze Annuvins überschritten hatten, mussten sie absitzen und die müden Pferde an trügerischen Stellen vorbeiführen. Sogar Melynlas zeigte Zeichen von Erschöpfung; sein kräftiger Hals war gebeugt und seine Hufe glitten oft aus. Nur Llyan trottete geschickt an den schmalsten und gefährlichsten Steinsimsen entlang. Und oft, wenn die Gefährten sich abmühten und vorsichtig einen steilen Hang hinabstiegen, nur um auf der anderen Seite des Abgrunds wieder emporzuklettern, nahm die riesige Katze die Schlucht mit einem langen Satz. Wenn sie dann wieder auf sie trafen, saß sie ruhig da, den Schwanz eingeringelt und wartete, dass Fflewddur ihn die Ohren kraulte. Dann sprang sie wieder fort.

Doli, mit einem Stab in der Hand und den weißen Hut tief ins Gesicht gezogen, führte die kleine Gruppe an. Taran bewunderte den nimmermüden Zwerg, der wie durch einen Instinkt verborgene Pfade und enge Durchlässe entdeckte, die ihnen halfen, rascher voranzukommen.

Doch nach einiger Zeit schien auch Doli zu ermatten. Taran bemerkte mit wachsender Sorge, dass der Zwerg bisweilen den sicheren Halt verlor und ausglitt. Dann stolperte er und fiel auf die Knie. Taran lief zu ihm, erschrocken und ratlos, und versuchte, ihm aufzuhelfen. Die anderen schlossen sich ihm eilig an.

Dolis Gesicht, das gewöhnlich rötlich glühte, war nun fleckig, und er atmete nur noch mühsam. Er rappelte sich schwerfällig und völlig erschöpft auf.

»Verflucht soll dieses Todesreich sein«, murmelte er undeutlich. »Ich vertrage es doch nicht so gut, wie ich dachte. Schau nicht so langsam. Hilf mir.«

Trotzdem weigerte sich der Zwerg eigensinnig zu reiten und behauptete, er fühle sich wohler, wenn er die Füße auf dem Boden hätte. Und als Taran ihn zu einer Rast bewegen wollte, schüttelte er ärgerlich den Kopf.

»Ich habe gesagt, dass ich einen Weg für euch finden werde«, sagte er barsch. »Und genau das werde ich tun. Halbe Arbeit kann ich nicht ausstehen. Wenn die Unterirdischen sich einer Sache annehmen, dann tun sie es richtig und bummeln nicht.«

Aber schon nach kurzer Zeit gab Doli zögernd nach und kletterte auf Melynlas. Er mühte sich mit den Steigbügeln ab, brummte aber ärgerlich, als Fflewddur ihm in den Sattel half.

Doch auch das verschaffte ihm nicht lange Erleichterung.

Bald schon fiel sein Kopf kraftlos vornüber. Sein kleiner, gedrungener Körper schwankte, und noch bevor Taran an seiner Seite war, glitt er vom Rücken des Pferdes und schlug auf den Boden.

Taran ließ sogleich anhalten. »Wir gehen heute nicht mehr weiter«, sagte er zu Doli. »Und morgen hast du wieder mehr Kraft.«

Doli schüttelte den Kopf. Sein Gesicht war weiß und die roten Augen hatten allen Glanz verloren.

»Es hat keinen Sinn, zu warten«, keuchte Doli, »ich bin schon zu lange hier. Es wird schlimmer werden. Wir müssen weiter, solange ich dich noch führen kann.«

»Nicht um den Preis deines Lebens«, rief Taran. »Hevydd der Schmied wird mit dir zur Grenze reiten. Llassar Sohn des Drudwas wird uns helfen, den Weg zu finden.«

»Nein«, flüsterte Doli schwach. »Dauert zu lange. Er hat nicht die Weisheit der Kleinen Leute. Binde mich am Sattel fest«, befahl er.

Er versuchte, sich zu erheben, fiel jedoch zurück und blieb regungslos liegen. Sein Atem wurde schwächer und schwächer.

Taran schrie vor Schrecken auf. »Er stirbt. Schnell, Fflewddur! Hilf mir, ihn auf Llyan zu legen. Reite zurück. Vielleicht ist es noch nicht zu spät.«

»Lass mich«, keuchte Doli. »Du brauchst Fflewddur. Sein Schwert ersetzt zehn Leute. Oder doch wenigstens sechs. Schnell weiter.«

»Nein, das tue ich nicht«, erwiderte Taran bestimmt.

»Narr!«, stöhnte der Zwerg. »Hör auf mich!«, befahl er. »Ich muss es tun. Bist du ein Feldherr oder ein Hilfsschweinehirt?«

Taran kniete neben Doli und legte ihm zärtlich die Hand auf die Schulter. »Musst du fragen, alter Freund? Ich bin ein Hilfsschweinehirt.«

Taran erhob sich und ging dem Barden entgegen, der mit Llyan hastig herankam. Doch als Taran sich umblickte, war der Zwerg verschwunden.

»Wo ist er?«, schrie Fflewddur.

Eine ungeduldige Stimme erklang ganz nahe. »Hier! Wo sonst?«

»Doli«, rief Taran. »Du warst so schwach und jetzt ...«

»Ich habe mich unsichtbar gemacht, wie jeder Dummkopf, der auch nur ein bisschen Verstand hat, klar sehen kann«, schnaufte Doli. »Ich hätte schon früher daran denken sollen. Das letzte Mal in Annuvin war ich fast die ganze Zeit unsichtbar. Ich hab nie gemerkt, wie mich das geschützt hat.«

»Und hilft es dir jetzt?« Taran war immer noch erschrocken. »Wagst du weiterzugehen?«

»Natürlich«, gab der Zwerg ungeduldig zurück. »Mir geht's schon besser. Aber ich muss unsichtbar bleiben. Das heißt, solange ich es eben aushalte! Unsichtbar! Hornissen und Wespen in meinem armen Kopf!«

»Guter alter Doli!«, rief Taran und suchte vergeblich nach Dolis unsichtbarer Hand, um sie zu drücken.

»Nein, nicht schon wieder!«, empörte sich der Zwerg. »Ich tue es bestimmt nicht freiwillig – oh, meine Ohren – für keinen in ganz Prydain – oh, mein Kopf – außer für dich! Und schrei nicht so! Meine Ohren halten das nicht aus!«

Dolis Stab, der auf den Boden gefallen war, schien sich von allein zu erheben, als der unsichtbare Zwerg ihn aufnahm. Und aus seiner Bewegung konnte Taran ersehen, dass Doli wieder die Führung übernommen hatte.

Die Gefährten folgten dem Stab. Doch auch ohne dieses sichtbare Zeichen von Dolis Anwesenheit hätten sie ohne Schwierigkeit den Weg gefunden, denn sie brauchten nur dem verdrießlichen Brummen nachzugehen.

Fflewddur war der Erste, der die Gwythaints, entdeckte. Über einem flachen Tal kreisten in einiger Entfernung drei schwarze Schatten.

»Was mögen sie gefunden haben?«, rief der Barde. »Jedenfalls hoffe ich, dass wir nicht die Nächsten sind.«

Taran stieß in sein Horn und bedeutete den Kriegern, Deckung zwischen den Felsen zu suchen. Eilonwy kletterte trotz Tarans Verbot auf einen großen Stein.

»Ich bin nicht sicher«, sagte sie, »aber es sieht so aus, als hätten sie etwas in die Enge getrieben. Armes Geschöpf. Es wird sich nicht lange gegen sie behaupten können.«

Gurgi presste sich ängstlich gegen einen Felsen und versuchte, sich so platt zu machen wie ein Fisch.

»So wie Gurgi, wenn sie ihn sehen«, wimmerte er. »Sie werden sein armes, zartes Haupt greifen mit Hacken und Zwacken!«

»Weiter! Weiter!«, brüllte Glew. Sein fettes Gesicht zitterte vor Furcht. »Sie sind mit der Beute beschäftigt. Geht weiter, ihr Narren. Geht so weit weg wie nur möglich. Oh, wenn ich doch wieder ein Riese wäre – ich würde keinen Augenblick lang zögern.«

Die Gwythaints zogen nun engere Kreise und begannen herabzustoßen, um die Beute zu stellen. Doch plötzlich näherte sich von Osten her eine schwarze Wolke – so hatte es jedenfalls den Anschein –, der etwas Dunkles voranflog. Und bevor die Freunde in ihrem Erstaunen der raschen Bewegung folgen konnten, zerstob die Wolke wie auf Kommando in geflügelte Fetzen, die sich geradewegs auf die riesigen Vögel stürzten. Taran konnte trotz der weiten Entfernung die wütenden Schreie der Gwythaints hören, als sie sich wieder in die Höhe warfen, um den Angreifern zu begegnen.

Fflewddur war neben Eilonwy hinaufgeklettert. Nun folgten auch Taran und Doli. Da schrie der Barde aufgeregt: »Krähen! Bei Belin, nie habe ich so viele auf einmal gesehen!«

Wie schwarze Hornissen schwärmten die schwarzen Vögel über ihren Feinden. Es war nicht ein Kampf Vogel gegen Vogel, sondern eine regelrechte Schlacht. Ganze Abteilungen von Krähen krallten sich in die weiten Schwingen der Gwythaints, achteten nicht der scharfen Schnäbel und der spitzen Krallen und zwangen die Tiere zu Boden. Wenn die Gwythaints ihre Angreifer einmal abschütteln konnten, war sogleich ein neuer Trupp Krähen zur Stelle, der sie bedrängte. Die gefiederten Schreckensboten Arawns versuchten, sich ihrer Last zu entledigen, indem sie halsbrecherisch nahe über die spitzen Steine streiften. Doch die Krähen hackten wütend auf sie ein, sodass die riesigen Vögel die Orientierung verloren. Mit letzter Anstrengung erkämpften sich die Gwythaints schließlich einen Weg nach oben und flogen, so schnell sie vermochten, nach Norden. Die Krähen folgten ihnen. Dann waren sie am Horizont verschwunden – bis auf eine einzelne.

Diese kam geradewegs auf die Freunde zu.

»Kaw!« Taran streckte dem Vogel seinen Arm hin.

Die Krähe plapperte unaufhörlich, ließ sich niederfallen und landete geschickt auf Tarans Handgelenk. Ihre Augen glitzerten triumphierend und sie schlug mit den Flügeln, stolzer als jeder Hahn. Sie plapperte und krächzte und kreischte und gab einen solchen Schwall von schrillen Tönen von sich, dass sich Gurgi entsetzt die Ohren zuhielt.

Kaw nickte mit dem Kopf und öffnete den Schnabel. Er war sehr mit sich zufrieden und unterbrach für keinen Moment sein aufgeregtes Geschnatter. Vergeblich versuchte Taran, ihn zu unterbrechen, und gab es schließlich auf, von diesem übermütigen Vogel auch nur ein klares Wort zu hören. Doch da flatterte Kaw, als wollte er wieder davonfliegen.

»Achren!«, krächzte Kaw. »Achren! Königin!«

»Hast du sie gesehen?« Taran hielt den Atem an. Er hatte kaum mehr an die Königin gedacht, seit sie von Caer Dallben geflohen war. »Wo ist sie?«

Kaw flatterte ein Stück weit und kehrte wieder zurück. Mit den Schwingen bedeutete er Taran, rasch zu folgen.

»Nahe! Nahe! Gwythaints!«

Eilonwy erstarrte. »Das also haben wir gesehen. Die Gwythaints haben sie getötet!«

»Lebt!«, antwortete Kaw. »Verwundet!«

Taran befahl den Commot-Männern zu warten und saß ab, um Kaw zu folgen. Eilonwy, Doli und Gurgi liefen ihm nach. Glew weigerte sich, auch nur einen Schritt zu gehen, und behauptete, er habe sich schon an genug Felsen die Haut abgeschunden und hätte nicht die geringste Lust, für irgendjemanden auch nur einen Finger krumm zu machen.

Fflewddur zögerte. »Nun ja, ich glaube, ich sollte auch mitgehen, falls ihr Hilfe braucht, um sie zu tragen oder so. Aber im Grunde behagt mir das nicht recht. Achren wollte ihren eigenen Weg gehen, und ich glaube beinahe, dass wir uns da nicht einmischen sollten. Natürlich habe ich keine Angst vor ihr, kein bisschen. Hm, um die Wahrheit zu sagen«, fügte er mit einem raschen Blick auf seine ungewöhnlich straff gespannten Harfensaiten hinzu, »diese Frau jagt mir eine Gänsehaut über den Rücken. Seitdem sie mich in ihren Kerker geworfen hat, habe ich so etwas Unfreundliches an ihr bemerkt. Sie liebt Musik überhaupt nicht, das sage ich euch. Trotzdem«, schrie er entschlossen, »ein Fflam, ein Retter!«

Königin Achren lag in einer Felsspalte, in die sie sich in ihrer Verzweiflung gezwängt hatte, um den grausamen Schnäbeln und Krallen der Gwythaints zu entgehen, und glich mehr einem Bündel schwarzer Stofffetzen als einem Menschen. Aber sie hatte wenig Schutz gefunden. Vorsichtig hoben die Freunde sie auf. Achren stöhnte leise. Llyan, die dem Barden gefolgt war, kauerte sich nieder und schlug unsicher mit ihrem buschigen Schwanz. Achrens verschlossenes und totenfahles Gesicht war bös zugerichtet und ihre Arme waren von tiefen, blutenden Wunden bedeckt. Eilonwy versuchte, sie wiederzubeleben.

»Llyan soll sie zurückbringen«, bestimmte Taran. »Sie wird mehr Heilkräuter brauchen, als ich bei mir habe. Aber mehr als die Wunden hat sie ein Fieber geschwächt. Sie scheint lange nichts mehr gegessen oder getrunken zu haben.«

»Ihre Schuhe sind völlig zerfetzt«, sagte Eilonwy. »Wie weit muss sie durch diese schreckliche Gegend gelaufen sein! Arme Achren! Ich kann zwar nicht behaupten, dass ich sie gern mag, trotzdem lässt es mir das Blut gerinnen, wenn ich daran denke, was hätte passieren können.«

Fflewddur hatte geholfen, die ohnmächtige Königin auf den Boden zu betten, hielt sich nun aber einige Schritte entfernt. Auch Gurgi zog es offensichtlich vor, der Königin nicht zu nahe zu kommen. Doch auf Tarans Bitten traten sie heran, und der Barde beruhigte Llyan mit leiser Stimme, sodass die Freunde Achren auf den breiten Rücken der Katze heben konnten.

»Schnell«, rief die Stimme von Doli. »Es beginnt zu schneien.«

Weiße Flocken schwebten leise vom schwer behangenen Himmel nieder, und wenige Augenblicke später schon kam ein scharfer Wind auf, sodass die Schneeflocken die Freunde in immer dichteren Wirbeln umtanzten. Eisnadeln stachen ihnen ins Gesicht. Schwieriger und schwieriger wurde es, etwas zu erkennen, und als der Sturm noch zunahm, war nicht einmal Doli mehr sicher, den rechten Weg gefunden zu haben. Geblendet von den wirbelnden Flocken, stolperten die Gefährten weiter, einer hinter dem anderen; jeder hielt sich am nächsten fest und Taran umklammerte ein Ende von Dolis Stock.

Kaw war fast völlig vom Schnee bedeckt und bemühte sich verzweifelt, einen sicheren Halt auf Tarans Schulter zu finden. Llyan, die immer noch die reglose Königin trug, hatte den mächtigen Kopf gesenkt, stemmte sich gegen den Sturm und tapste unablässig weiter. Doch stolperten auch die weggewohnten Tatzen des großen Tieres bisweilen über schneebedeckte Felsbrocken oder versanken in Bodenwellen, die durch die Masse des Schnees unsichtbar waren. Einmal schrie Gurgi entsetzt auf und verschwand so plötzlich, als hätte ihn die Erde verschlungen. Er war in eine tiefe Spalte gestürzt, und als die Freunde ihn endlich befreit hatten, sah die erbarmungswürdige Kreatur aus wie ein zitternder Eiszapfen. So heftig schnatterte und bebte er, dass er sich kaum auf den Beinen halten konnte, und Taran und Fflewddur nahmen ihn schließlich in ihre Mitte.

Der Wind ließ nicht nach und der Schnee fiel wie ein undurchdringlicher Vorhang. Auch wurde die Kälte beißender, das Atmen mühevoller und mit jedem keuchenden Atemzug spürte Taran die eisige Luft wie ein Messer in seinen Lungen. Eilonwy schluchzte vor Kälte und Erschöpfung, und sie klammerte sich an Taran, um Schritt zu halten mit den anderen, die Doli nun bereits durch Schneewehen führte, in denen sie knietief versanken.

»Wir können nicht weiter.« Doli musste laut schreien, um den heulenden Sturm zu übertönen. »Schutz suchen. Wir kehren zu unseren Reitern zurück, wenn das Schneetreiben aufhört.«

»Aber wie wird es ihnen ergehen?«, fragte Taran besorgt.

»Besser als uns«, behauptete Doli. »Dort, wo sie sind, gibt es eine geräumige Höhle, habe ich bemerkt. Dein junger Schäfer wird sie sicher finden. Wir sollten uns lieber um einen Unterschlupf für uns selbst sorgen.«

Doch das Einzige, das der Zwerg nach langem Suchen fand, war eine flache Rinne unter einem vorspringenden Felsen. Dankbar verkrochen sich die Freunde und waren wenigstens gegen den beißenden Wind geschützt. Doch es war immer noch bitterkalt, dass sie sofort völlig erstarrten und Arme und Beine nur noch mühsam bewegen konnten. Sie pressten sich aneinander, um sich gegenseitig zu wärmen, und kuschelten sich in Llyans wolliges Fell. Doch auch dies nützte wenig, denn als die Nacht herniedersank, wurde es noch kälter. Taran zog den Mantel aus und deckte Achren und Eilonwy damit zu. Gurgi bestand darauf, auch seine Schaffelljacke herzugeben, und saß nun zusammengekrümmt, die mageren Arme fest um den Körper geschlungen, da und schnatterte erbärmlich mit den Zähnen.

»Ich fürchte, Achren wird die Nacht nicht überleben«, sagte Taran leise zu Fflewddur. »Sie war bereits zu nahe am Tod, als wir sie fanden. Und sie wird nicht die Kraft haben, diese Kälte zu überstehen.«

»Wird überhaupt jemand von uns die Kälte überstehen?«, fragte der Barde.

»Ohne Feuer können wir uns gleich Lebwohl sagen.«

»Ich weiß gar nicht, warum ihr euch beklagt«, seufzte Eilonwy. »Ich habe mich nie so gemütlich gefühlt wie gerade jetzt.«

Taran sah sie erschrocken an. Das Mädchen regte sich nicht. Sie hatte die Lider halb geschlossen und ihre Stimme war schwer vor Müdigkeit.

»Ganz warm«, murmelte sie glücklich. »Was für eine wunderbare Decke aus weichen Gänsefedern ich habe. Wie sonderbar. Mir hat geträumt, wir wären alle in einen schrecklichen Sturm geraten. Das war gar nicht komisch. Oder träume ich immer noch? Macht nichts. Wenn ich aufwache, wird alles verschwunden sein.«

Taran schüttelte sie unsanft.

»Du darfst nicht einschlafen!«, schrie er. »Wenn du einschläfst, dann wird das dein Tod sein.«

Eilonwy antwortete ihm nicht. Sie wandte den Kopf ab und schloss die Augen. Gurgi hatte sich neben sie gekauert und konnte nicht geweckt werden. Taran selbst spürte, wie eine gefährliche Müdigkeit in ihm hochstieg.

»Feuer«, sagte er, »wir müssen ein Feuer machen.«

»Und womit?«, fragte Doli lakonisch. »In dieser Wildnis gibt es keinen Zweig. Was willst du verbrennen? Unsere Stiefel? Unsere Mäntel? Wir werden nur umso rascher erfrieren.« Plötzlich wurde er wieder sichtbar. »Und wenn ich schon erfriere, dann aber nicht mit Hornissen in den Ohren.«

Fflewddur hatte zu all dem geschwiegen. Nun nahm er die Harfe von der Schulter. Doli fuhr ihn wütend an: »Harfenmusik! Mein Freund, dein Verstand ist jetzt schon eingefroren.«

»Sie wird uns die Melodie geben, die wir brauchen«, sagte Fflewddur ruhig.

Taran zwängte sich neben den Barden. »Fflewddur, was willst du tun?«

Der Barde gab keine Antwort. Einen Augenblick betrachtete er seine Harfe liebevoll und berührte zärtlich ihre Saiten, dann hob er sie rasch empor und schmetterte sie auf sein Knie, dass sie zerbrach.

Taran schrie auf, als das Holz zersplitterte und die Saiten mit schrillem Klang rissen. Fflewddur ließ die Stücke auf die Erde fallen.

»Verbrennt sie«, sagte er. »Das Holz ist gut und trocken.«

Taran ergriff den Barden an der Schulter.

»Was hast du getan«, schluchzte er. »Lieber, dummer Fflam! Du hast deine Harfe zerbrochen für einen Augenblick Wärme. Wir brauchen ein größeres Feuer, als ihr Holz uns jemals geben kann.«

Doch Doli hatte inzwischen mit Feuerstein und Zunder Funken geschlagen. Im Nu brannte das Holz lichterloh und angenehme Wärme schlug den Freunden entgegen. Taran starrte überrascht auf die züngelnden Flammen. Die Holzstückchen schienen nicht zu verbrennen und doch loderte das Feuer heller und heller. Gurgi bewegte sich und hob den Kopf. Er hatte aufgehört, vor Kälte zu schnattern, und Farbe kehrte in sein froststarres Gesicht zurück. Auch Eilonwy richtete sich auf und blickte sich um, als erwache sie aus einem Traum. Mit einem Blick erkannte sie, was der Barde geopfert hatte, und Tränen stiegen ihr in die Augen.

»Denk nicht mehr daran«, rief Fflewddur. »Um ehrlich zu sein, ich bin froh, dass ich sie los bin. Ich hab sie nie richtig spielen können und sie war eher eine Last. Bei Belin, ich fühle mich ohne sie leicht und unbeschwert wie eine Feder. Glaube mir, ich hätte nie Barde werden sollen. So ist alles nun in Ordnung.«

Mehrere Saiten im Feuer zersprangen und Funken sprühten in die eisige Luft.

»Aber der Rauch ist entsetzlich«, murmelte Fflewddur, obgleich das Feuer rauchlos brannte. »Meine Augen tränen.«

Die Flammen hatten nun alle Holzstückchen erreicht, und als die Saiten zu glühen anfingen, erklang plötzlich eine Melodie aus dem Feuer. Lauter und herrlicher wurde sie, und die Töne erfüllten die klare Luft und hallten endlos zwischen den Felswänden wider. Sterbend schien die Harfe all die Lieder zu spielen, die je auf ihr angestimmt worden waren, und die Töne glänzten hell wie Flammen.

Die ganze Nacht spielte die Harfe Lieder von Freude, Sorge, Liebe und Mut. Das Feuer aber verlosch nicht und die Gefährten gewannen langsam ihre Zuversicht und Stärke zurück. Und als die Töne anschwollen, erhob sich ein Wind, der das Schneegestöber wie einen Vorhang zerteilte und die Hügel mit seinem milden Atem behauchte. Erst als die Morgendämmerung heraufzog, sanken die Flammen in sich zusammen, und die Stimme der Harfe verklang. Der Sturm war beendet und in den Felsspalten glitzerte schmelzender Schnee.

Die Freunde verließen ihren Unterschlupf. Sie sprachen

kein Wort und waren erfüllt von dem Wunder. Fflewddur blieb etwas zurück. Von seiner Harfe war nichts übrig geblieben als eine einzige Saite, die eine Saite, die nie riss und die er vor langer Zeit von Gwydion erhalten hatte. Fflewddur kniete nieder und zog sie aus der Asche. In der Hitze der Flammen hatte sie sich gebogen und zusammengerollt, aber sie schimmerte wie pures Gold.

Der Drachenberg

Wie Doli es vorhergesagt hatte, hatte Llassar die Krieger in den Schutz einer Höhle geführt, sodass sie vor dem Wüten des Schneesturms geschützt waren. Die Gefährten machten sich nun weiter auf den Weg. Die steilen Felsen, die ihr letztes Hindernis bedeuteten, lagen nicht mehr fern, und der Gipfel des Drachenberges dräute finster und unheimlich. Achren hatte, dank Tarans Heilkräutern und Eilonwys Pflege, das Bewusstsein wiedererlangt. Fflewddur war noch immer nicht dazu zu bewegen, näher als auf drei Schritte an die schwarz gekleidete Königin heranzukommen, aber Gurgi hatte schließlich doch so weit Mut gefasst, dass er der halb verhungerten Frau aus seinem schier unerschöpflichen Schnappsack etwas zu essen anbot.

Trotzdem war sein Gesicht noch immer unsicher, und er hielt die Speise mit ausgestrecktem Arm, als hätte er Furcht, Achren würde ihn beißen. Diese jedoch aß nur sehr wenig. Glew, gierig, wie er war, grapschte sofort nach dem, was übrig blieb, stopfte es in seinen breiten Mund und wartete gierig darauf, ob noch mehr zu bekommen sei.

Das Fieber hatte Achrens geschwächten Körper verlassen, doch war ihr Gesicht noch immer hager und eingefallen. Taran erzählte ihr kurz, was ihn und die Freunde so nahe an Annuvin herangeführt hatte. Achren antwortete ihm verächtlich: »Glauben ein schäbiger Sauhirt und seine armseligen Begleiter, sie würden Erfolg haben, da doch eine Königin aufgeben musste? Ich hätte Annuvin längst erreicht, wäre nicht Magg mit seinem Heer gewesen. Durch einen Zufall trafen sie auf mich im Cantref-Cadiffor.« Sie verzog ihre schmalen Lippen zu einem bitteren Lächeln. »Sie hielten mich für tot, als sie weiterzogen. Ich hörte Maggs Lachen, als man ihm erzählte, ich sei erschlagen worden. Auch er wird meine Rache zu spüren bekommen.

Ja, ich lag da wie ein verwundetes Tier, aber mein Hass war schärfer als ihr Schwertstreich. Ich wäre ihnen auf Händen und Knien nachgekrochen und hätte meine letzte Kraft gegeben, um sie niederzustrecken. Trotzdem fürchtete ich, ich würde ungerächt sterben. Dann fand ich eine Zuflucht. Es gibt noch Menschen in Prydain, die Achren ehren. Bis ich weiterziehen konnte, gaben sie mir Unterschlupf. Dafür werden sie belohnt werden.

Und doch habe ich kurz vor dem Ziel versagt. Die Gwythaints waren grausamer als Magg. Sie hätten sich überzeugt, ob ich wirklich tot war. Und ich habe ihnen einst Befehle erteilt. Grausam sollen sie bestraft werden.«

»Ich habe das Gefühl«, flüsterte Eilonwy Taran ins Ohr, »dass Achren manchmal denkt, sie sei immer noch Königin von Prydain. Das macht mir natürlich nichts aus, solange sie sich nicht in den Kopf setzt, auch uns zu strafen.«

Achren hatte die Worte Eilonwys gehört und wandte sich an sie.

»Vergib mir, Prinzessin von Llyr«, sagte sie rasch. »Ich sprach wie im Traum und war versunken in angenehmer Erinnerung. Ich bin dir dankbar, dass du mir das Leben gerettet hast, und ich werde dich belohnen. Hört mir zu. Wollt ihr die Berge, die Bastionen Annuvins, überschreiten? Dann folgt ihr dem falschen Weg.«

»Hach«, schrie Doli und wurde für einen Augenblick sichtbar. »Erzähle bloß nicht einem aus dem Feenvolk, er sei auf dem falschen Weg.«

»Und doch stimmt es«, beharrte Achren. »Es gibt Geheimnisse, die sogar deinem Volk unbekannt sind.«

»Es ist kein Geheimnis, dass man den einfachsten Pfad wählt, wenn man ein Gebirge überschreitet«, gab Doli schnippisch zurück. »Und genau das habe ich vor. Ich halte auf den Drachenberg zu. Aber du kannst mir glauben, wenn wir erst näher heran sind, werden wir einen Pass finden, der niedriger liegt. Meinst du denn, ich bin so ein Dummkopf, dass ich etwas anderes versuchen würde?«

Achren lachte verächtlich. »Wenn du das tust, dann bist du wirklich ein Dummkopf, Zwerg. Von allen Gipfeln, die Annuvin schützen, kann allein der Drachenberg überwunden werden. Sei versichert«, fügte sie hinzu, als Taran ungläubig etwas erwidern wollte, »die Felswände sind Fallen. Andere als ihr sind getäuscht worden und ihre Gebeine liegen im Abgrund. Die niedrigen Hügel winken mit der Aussicht einer leichteren Überschreitung. Doch wenn man sie erstiegen hat, fallen sie ab zu glatten Felswänden. Schreckt euch die Steile und die Höhe des Drachenbergs? Der Abstieg auf der anderen Seite ist die direkte Straße zu dem Eisentor von Annuvin. Es gibt einen verborgenen Pfad, der zu ihm führt. Ich werde euch leiten.«

Taran musterte die Königin scharf. »Das sind deine Worte, Achren. Verlangst du von uns, dass wir dir unser Leben anvertrauen?«

Achren blitzte ihn an. »Im Herzen fürchtest du mich,

Schweinehirt. Doch was fürchtest du mehr – den Weg, den ich dir zeige, oder den sicheren Tod Fürst Gwydions? Möchtest du die Kesselkrieger Arawns überholen? Das schaffst du nicht, denn die Zeit ist gegen dich – es sei denn, du folgst mir. Das ist mein Geschenk für dich, Schweinehirt. Lehne es ab, wenn du willst, und unsere Wege werden sich trennen.«

Achren wandte sich ab und hüllte sich fester in ihren zerrissenen Mantel. Die Gefährten beratschlagten untereinander. Doli, tief verletzt von Achrens Äußerung über seine Fähigkeiten, gab doch zu, dass er sie möglicherweise auf einen falschen Weg geführt hatte, ohne es zu wissen oder zu wollen. »Wir Unterirdischen haben uns nie so weit nach Annuvin hineingewagt und ich kann ihre Worte weder beweisen noch widerlegen. Aber ich habe schon Berge gesehen, die auf der einen Seite steil und unüberwindlich aussahen, und auf der anderen konnte man ganz gemütlich hinuntergehen, ohne die mindeste Gefahr zu laufen. Sie könnte also die Wahrheit sagen.«

»Aber sie könnte versuchen, uns loszuwerden, indem sie uns den gefährlichsten und weitesten Weg zeigt«, warf der Barde ein. »Diese Abgründe mit Gebeinen lassen mich erschaudern. Ich kann mir vorstellen, dass Achren entzückt wäre, wenn einige der Knochen von uns wären. Sie sorgt für ihren eigenen Vorteil, da könnt ihr ganz sicher sein.« Er schüttelte langsam den Kopf. »Ein Fflam ist ohne Furcht, aber wenn ich mit Achren zu tun habe, will ich lieber vorsichtig sein.«

Taran schwieg. Er versuchte, eine weise Entscheidung zu treffen, und spürte aufs Neue die Last, die ihm Gwydion aufgebürdet hatte und die seine Kräfte überstieg. Achrens Gesicht war wie eine wächserne Maske. Nichts konnte er darin lesen. Mehr als einmal hatte sie die Freunde töten wollen, doch als ihre Macht gebrochen war, hatte sie Dallben treu gedient. Das wusste er.

»Ich glaube«, sagte er langsam, »dass uns nichts übrig bleibt, als ihr zu vertrauen, solange sie uns keinen Anlass gibt, der ihre Worte Lügen straft. Ich fürchte sie wie wir alle. Doch soll mich die Angst nicht blind machen, einen Ausweg zu erkennen.«

»Du hast Recht«, stimmte Eilonwy zu. »Ich glaube, dass du wenigstens in diesem Fall völlig Recht hast. Ich gebe zu, dass Achren zu trauen so ist, als wenn man eine Hornisse auf der Nase dulden wurde. Doch manchmal wird man nur gestochen, wenn man versucht, sie zu verjagen – die Hornisse, meine ich.«

Taran ging zu Achren. »Führe uns zum Drachenberg. Wir werden dir folgen.«

Ein weiterer Tagesmarsch führte die Freunde durch ein unwirtliches Tal, das am Fuß des Drachenberges lag. Der Gipfel trug seinen Namen zu Recht, denn seine Form war die eines Ungeheuers mit einem gezackten Kamm auf dem mächtigen Kopf und mit weit aufgerissenem Rachen. Die Hänge an den Seiten glichen ausgebreiteten Flügeln. Die gigantischen Steinblöcke, die den Rumpf bildeten, waren schwarz und gezeichnet mit stumpfen roten Flecken. Vor diesem letzten Hindernis, das über ihnen hing, als wollte es jeden Augenblick niederstürzen, hielten die Gefährten an. Achren bedeutete den Kriegern weiterzugehen.

»Es gibt andere, leichtere Wege«, sagte sie und führte sie über ein schmales Felsband, das sich an den steilen Felswänden entlangzog, »aber sie sind länger. Außerdem sind diese

Wege von Annuvin her einzusehen. Dieser Pfad ist nur Arawn selbst und seinen vertrautesten Dienern bekannt. Und mir, denn ich habe ihnen die geheimen Wege des Drachenberges gezeigt.«

Taran begann bald zu fürchten, Achren hätte sie getäuscht, denn der Pfad stieg so steil an, dass Männer und Pferde nur mit Mühe einen festen Halt fanden. Achren schien sie tief in den Berg hineinzuführen. Mächtige Felsplatten wölbten sich wie Arkaden über den Himmel. Bisweilen lief der Weg an gähnenden Abgründen entlang, und mehr als einmal strauchelte Taran, wenn ihn ein eisiger Windstoß ergriff und gegen die Felswand warf. Sein Herz pochte, und ihm wurde schwindlig bei dem Anblick der grundlosen Schlünde, die sich vor seinen Füßen öffneten. Entsetzt klammerte er sich an den rauen, scharfkantigen Fels. Achren schritt, ohne zu zögern, voran.

Nur manchmal drehte sie sich um und blickte Taran spöttisch an.

Der Pfad stieg weiter. Doch war er nun weniger steil, da er nicht mehr dem Hang folgte, sondern in sich zurückzulaufen schien. Die Gefährten kamen nur langsam höher. Die riesigen klaffenden Kiefer des Drachenkopfes hingen drohend über ihnen, und der Saumpfad, der oft von bizarren Felsbrocken verborgen gewesen war, lag völlig frei. Sie waren fast am höchsten Punkt der Drachenschulter angelangt, als Kaw, der immer den Weg auskundschaftete, zurückkehrte und außer sich schien.

»Gwydion! Gwydion!«, krächzte er aufgeregt. »Annuvin! Schnell!«

Taran kletterte hastig das letzte Wegstück hinauf und versuchte angestrengt, einen Blick von der Festung zu erhaschen. Hatten die Söhne aus dem Hause Don bereits den Angriff auf Annuvin begonnen? Hatten die Krieger Gwydions selbst die Kesselkrieger überholt? Tarans Herz hämmerte, und er kletterte weiter und weiter, so rasch er konnte. Und plötzlich lagen die finsteren Türme von Arawns Burg unter ihm. Jenseits der hohen Mauern und jenseits des hässlichen, unheimlichen Eisentores erblickte er in dem weiten Hof die Halle der Krieger, wo einst der Zauberkessel gestanden hatte. Arawns Große Halle lag da wie ein glänzender, polierter schwarzer Marmorblock und darüber wehte die Flagge des Todesfürsten.

Der Anblick und der Hauch des Todes, der über der Festung wehte, trafen ihn. Ihm wurde schwindlig und die Schatten machten ihn beinahe blind. Höher stieg er hinauf. Kämpfende Gestalten drängten sich in den Höfen und das Getöse von Waffen und das Geschrei der Krieger drang an sein Ohr. Männer überstiegen die westlichen Mauern. Das Finstere Tor selbst war aufgebrochen. Und Taran glaubte sogar, die weiße Flanke und die goldene Mähne von Melyngar und die hoch aufgerichteten Gestalten von Gwydion und Taliesin zu unterscheiden. Die Commot-Leute hatten nicht versagt! Arawns Mordknechte, die bleichen Krieger, waren aufgehalten worden, und der Sieg gehörte Gwydion. Doch als Taran sich umwandte, um die gute Nachricht den Freunden zuzurufen, erstarrte er. Von Süden her näherte sich im Eiltempo die Armee der Kesselkrieger mit dröhnenden Eisenstiefeln den schweren Toren. Die Hörner der Feldherren ertönten und schrien nach Rache.

Taran sprang zu den Freunden hinunter. Doch die Felsplatte zerbarst und gab unter ihm nach. Er stürzte. Eilonwys Schreckensruf drang in sein Ohr und die scharfkantigen Steine schienen ihm entgegenzuwirbeln.

Verzweifelt versuchte er, sich daran festzuklammern, um seinen Fall zu bremsen. Mit aller Kraft krallte er sich in die glatte Felswand. Die scharfen Kanten gruben sich in seine Handflächen, und das Schwert, das sich vom Gürtel gelöst hatte, polterte in die Tiefe. Doch er fiel nicht weiter.

Er sah die versteinerten Gesichter seiner Freunde und wusste, er war außer aller Reichweite. Seine Muskeln zitterten vor Anstrengung, seine Lungen schienen zu bersten, aber er versuchte, sich einen Weg nach oben zu erkämpfen.

Sein Fuß glitt aus, und er drehte sich, um das Gleichgewicht wiederzugewinnen. Und dann sah er es: Von dem Gipfel des Drachenberges stürzte ein Gwythaint genau auf ihn herab.

Der Todesfürst

Der Gwythaint, größer und mächtiger, als Taran jemals einen zuvor gesehen hatte, schrie und schlug so kraftvoll mit den Flügeln, dass Taran den Eindruck hatte, er befinde sich in einem Sturm. Dann sah er den gebogenen, weit geöffneten Schnabel und die blutroten Augen. Im nächsten Augenblick schlugen die Klauen des Vogels in seine Schultern. Der grausame Vogel kam ihm so nahe, dass der Gestank seiner Federn unangenehm in Tarans Nase stach. Am Kopf hatte er eine böse Narbe einer alten Wunde.

Taran wandte das Gesicht ab und wartete auf den Todesstoß. Aber der Gwythaint hackte nicht zu. Stattdessen zog er Taran so kraftvoll vom Felsen weg, dass dieser nicht standhalten konnte. Auch schrie der Gwythaint nicht mehr, sondern gab sanfte, einschmeichelnde Laute von sich. Die Augen blickten nicht mehr wütend, sondern zeigten den Ausdruck des Wiedererkennens.

Der Vogel schien ihn zu drängen, den festen Halt loszulassen. Und da stieg plötzlich die Erinnerung an seine Jugendjahre in Taran auf. Er sah wieder einen ganz jungen Gwythaint, der sich in einem Dornengebüsch verfangen hatte, schwer verwundet und vom Tode gezeichnet. War dies das zerzauste Federknäuel, das er damals vor dem Tod bewahrt hatte? Kam das Tier, um nun eine Schuld zu vergelten, die es so lange im Gedächtnis bewahrt hatte? Taran wagte nicht zu hoffen, und doch, als er so am Felsen hing und zusehends schwächer wurde, war dies seine letzte Hoffnung. Er öffnete die Finger und ließ sich fallen.

Das Gewicht zog den Gwythaint zur Erde. Unter Taran öffnete sich der Abgrund. Doch der Vogel bewegte mit aller Kraft die Flügel und trug Taran höher und höher. Mit regelmäßigem Flügelschlag stieg der riesige Vogel, öffnete schließlich seine Klauen und setzte Taran auf dem Gipfel des Drachenberges nieder.

Achren hatte die Wahrheit gesprochen. Der kurze, sanfte Abstieg lag vor ihm, frei und ohne Hindernis führte er bis vor das Eiserne Tor. Dieses öffnete sich nun und die Kesselkrieger strömten nach Annuvin hinein.

Die schrecklichen stummen Krieger hatten ihre Schwerter gezogen. In diesem Augenblick bemerkten die Leute Gwydions in der Burg den Feind. Verzweiflungsschreie erhoben sich aus den Reihen der Söhne von Don.

Eine Abteilung der Kesselkrieger hatte die einsame Gestalt Tarans auf dem Berggipfel erspäht und wandte sich nun dem Drachenberg zu. Waffenschwingend stürmten sie den Hang hinauf.

Der Gwythaint, der über dem Berg kreiste, stieß einen Kriegsruf aus. Flügelschlagend stürzte sich der mächtige Vogel in die Reihen der marschierenden Krieger und hieb mit Schnabel und Krallen um sich. Unter den wütenden Schlägen des unerwarteten Angriffs fielen die vorderen Reihen der Kesselkrieger zurück. Doch einer der fahlen Krieger stieß zu und schlug wieder und wieder auf den Vogel ein, bis dieser zu Boden fiel und sich nicht mehr regte.

Drei der Kesselkrieger waren nach vorn gestürmt und eilten auf Taran zu. Sein Tod stand in ihren totenbleichen Gesichtern. Verzweifelt blickte Taran sich um und suchte etwas, womit er sich verteidigen konnte.

Auf der höchsten Spitze des Drachenkammes erhob sich ein hoher Felsen. Die Zeit und die Witterung hatten ihn in eine skurrile Form verwandelt. Der Wind heulte unheimlich durch seine Höhlungen und Spalten, und der Stein stöhnte und schrie, als sei er lebendig. Die gespenstische Klage schien Taran zu beschwören und magisch anzuziehen. Der Stein war seine einzige Waffe. Er warf sich gegen den Felsbrocken, stemmte sich dagegen und versuchte mit aller Kraft, ihn zu bewegen. Die Kesselkrieger hatten ihn fast erreicht, da schien der Stein sich etwas zu bewegen.

Taran verdoppelte die Anstrengung und plötzlich begann der Fels zu rollen. Mit einem letzten kräftigen Stoß polterte der Stein mitten in die Angreifer. Zwei der Kesselkrieger taumelten zurück und die Klingen entfielen ihren Händen. Doch der dritte setzte seinen Weg unbeirrbar fort.

Verzweifelt suchte Taran nach einer Hand voll Steinchen oder Erde, nach einem Zweig, um sich gegen den Angreifer zu wehren, der näher und näher kam und bereits die Klinge zum Schlag erhoben hatte.

Die Höhlung, in der der große Felsbrocken geruht hatte, war mit flachen Steinen ausgelegt, und darin lag wie in einem schmalen Grab Dyrnwyn, das Schwarze Schwert. Taran griff danach. Einen Augenblick lang war ihm nicht klar, was er in der Hand hielt. Einmal, vor langer Zeit, hatte er versucht, Dyrnwyn zu ziehen, und das wäre beinahe sein Ende gewesen. Nun aber dachte er nicht an den hohen Preis. Er spürte nur eine Waffe in der Hand und zog die Klinge aus der Scheide. Dyrnwyn leuchtete auf und eine weiße, blendende Flamme schlug aus der Spitze. Da begriff Taran ganz vage, dass das Schwert in seiner Hand brannte und er trotzdem noch lebte.

Geblendet schlug der Kesselkrieger die Hände vors Gesicht und ließ sein Schwert fallen. Taran sprang nach vorn und stieß die brennende Waffe mitten ins Herz des Angreifers.

Der Kesselkrieger strauchelte und fiel. Und von seinen Lippen, die so lange stumm gewesen waren, klang ein Schrei, der widerhallte von den Mauern Annuvins, als käme er aus tausend Kehlen.

Taran wich zurück. Der Kesselkrieger bewegte sich nicht mehr.

Alle bleichen Mordknechte am Eisernen Tor und auf dem Hang stürzten zugleich zu Boden. Die lebenden Toten, die in der Festung mit den Söhnen aus dem Hause Don kämpften, schrien ebenfalls auf und brachen zusammen, als Tarans Angreifer zu Boden fiel. Eine Abteilung, die zum Finsteren Tor geeilt war, um den Durchgang zu verteidigen, fiel kopfüber Gwydions Kriegern zu Füßen. Und die Gruppe, die die westliche Mauer hielt, stürzte ebenfalls. Der Tod hatte die unsterblichen Krieger endlich besiegt.

Taran rief nach den Freunden und eilte den Abhang hinunter. Die Commot-Krieger saßen auf und trieben ihre Rosse an.

Taran stürmte über den Hof. Viele der sterblichen Soldaten Arawns hatten beim Anblick der reglosen Kesselkrieger die Waffen von sich geschleudert und suchten vergeblich, der Festung zu entfliehen. Andere fochten wie Männer, die sich bereits aufgegeben hatten. Nur die Häscher, die durch die Gefallenen an Stärke gewonnen hatten, stießen den Kriegsruf aus und stürzten sich auf Gwydions Krieger. Einer der Anführer, das gebrandmarkte Gesicht verzerrt vor Hass, schlug auf Taran ein. Doch als er das flammende Schwert sah, schrie er vor Entsetzen auf und floh.

Taran kämpfte sich seinen Weg durch die Feinde und eilte auf die Große Halle zu, wo er Gwydion erblickt hatte. Er stürmte durch die Tore und plötzlich ergriff ihn Furcht und Hass. Fackeln glommen an den Wänden der finsteren, glatten Gänge. Einen Augenblick erschauderte er, als hätte eine schwarze Woge ihn überflutet. Gwydion hatte ihn vom anderen Ende des Ganges erblickt und kam nun an seine Seite. Taran lief ihm entgegen und verkündete, dass Dyrnwyn gefunden sei.

»Steck die Klinge in die Scheide!«, befahl Gwydion und bedeckte das Gesicht mit den Händen. »Steck die Klinge in die Scheide oder es kostet dich dein Leben.«

Taran gehorchte.

Gwydion war bleich geworden, die grünen Augen glänzten. »Wie konntest du das Schwert ziehen, Schweinehirt?«, fragte er. »Meine Hände allein dürfen es berühren. Gib mir das Schwert.«

Gwydions Stimme klang rau und befehlend, aber Taran zögerte. Sein Herz klopfte wild und Furcht erfüllte ihn.

»Rasch!«, befahl Gwydion. »Willst du zerstören, wofür ich gekämpft habe? Arawns Schätze liegen ungeschützt vor uns, und Macht, größer als man erträumen kann, wartet auf uns. Du wirst sie mit mir teilen, Schweinehirt. Niemand anderem traue ich. Soll irgendein niedriger Krieger uns diese Reichtümer entreißen? Arawn ist geflohen, Pryderi erschlagen und seine Armee verstreut. Niemand ist stark genug, sich gegen uns zu stellen. Gib mir das Schwert, Schweinehirt. Ein halbes Königreich gehört dir, nimm es, bevor es zu spät ist.«

Gwydion streckte die Hand aus.

Taran aber wich zurück. Seine Augen waren vor Entsetzen geweitet. »Fürst Gwydion, das ist nicht der Rat eines Freundes. Das ist Verrat…«

Und als er den Mann anstarrte, den er seit seiner Kindheit verehrte, begriff er die Falle.

Taran riss Dyrnwyn aus der Scheide und hob die gleißende Klinge.

»Arawn!«, keuchte Taran und holte zum Schlag aus.

Doch bevor Taran traf, verschwamm die verkleidete Gestalt des Todesfürsten. Ein Schatten huschte den Gang entlang und entschwand in der Ferne.

Die Freunde drängten nun in die Große Halle und Taran lief ihnen entgegen. Er warnte sie, dass Arawn noch am Leben und entkommen sei. Achrens Augen glühten vor Hass. »Dir entkommen, Sauhirt, aber nicht meiner Rache. Die verborgenen Kammern Arawns sind kein Geheimnis für mich. Ich werde ihn finden, wo immer er sich auch verborgen haben mag.«

Und ohne auf die Gefährten zu warten, die ihr folgten, stürzte Achren davon. Sie lief an einem schweren Tor vorbei, auf dem das Siegel des Todesfürsten, tief in das eisenharte Holz eingebrannt, prangte.

In diesem Augenblick sah Taran am anderen Ende der langen Halle eine gebeugte, spinnendürre Gestalt, die auf einen hohen, totenkopfförmigen Thron zueilte.

Es war Magg. Das Gesicht des Haushofmeisters war bleich, die Lippen bebten. Speichel troff aus seinem Mund und die Augen rollten in ihren Höhlen. Er stolperte auf die Stufen des Thrones zu, hob einen Gegenstand von den Fliesen auf und wandte sich den Gefährten zu.

»Nicht näher!«, kreischte Magg so, dass sogar Achren stehen blieb. Taran, der im Begriff war, Dyrnwyn zu ziehen, wurde von Entsetzen geschüttelt, als er Maggs verwüstete Züge sah.

»Wollt ihr euer Leben behalten?«, schrie Magg. »Dann auf die Knie mit euch! Erniedrigt euch und bittet um Gnade. Ich, Magg, werde euch die Gnade erweisen, meine Sklaven zu sein.«

»Dein Gebieter hat dich im Stich gelassen«, entgegnete Taran. »Und deine eigene Verräterei hat auch ein Ende.« Er trat einen Schritt näher.

Maggs knochige Klauen machten eine warnende Bewegung, und Taran sah, dass der Haushofmeister eine sonderbar geformte Krone in den Händen hielt.

»Ich bin hier der Gebieter«, brüllte Magg. »Ich, Magg, Fürst von Annuvin. Arawn hat mir gelobt, dass ich die Eiserne Krone tragen würde. Ist sie ihm aus den Fingern geglitten? Sie gehört mir, mir nach Recht und Versprechen!«

»Er ist wahnsinnig geworden«, sagte Taran leise zu Fflewddur, der angewidert beobachtete, wie der Haushofmeister die Krone erhob und mit sich selbst sprach. »Hilf mir, ihn zu fangen«, drängte Taran.

»Kein Gefangener wird er sein«, schrie Achren und zog einen Dolch aus den Falten ihres Mantels. »Sein Leben gehört mir. Und er soll sterben, so wie alle, die mich getäuscht haben. Meine Rache beginnt hier, mit einem verräterischen Sklaven. Dann kommt sein Gebieter an die Reihe.«

»Lass ihn«, befahl Taran, als die Königin sich dem Thron nähern wollte.

»Er soll Gerechtigkeit vor Gwydion finden.«

Achren wehrte sich, doch Eilonwy und Doli packten sie

am Arm. Taran und der Barde gingen auf Magg zu. Dieser warf sich auf den Thron.

»Willst du mir erzählen, dass die Versprechungen Arawns Lügen sind?«, zischte er und streichelte die schwere Krone. »Er versprach mir, ich würde dies hier tragen. Nun wurde sie mir übergeben. So soll es denn sein!«

Rasch hob Magg die Krone empor und setzte sie auf.

»Magg!«, schrie er. »Magg der Mächtige! Magg der Todesfürst!«

Doch das Triumphgeschrei des Haushofmeisters verwandelte sich in einen gellenden Todesschrei. Hastig packte er den ehernen Reif auf seinem Kopf und Taran und Fflewddur wichen entsetzt zurück.

Die Krone glühte wie ein rotes Eisen in der Esse. In seiner Todesnot zerrte Magg vergeblich an dem glühenden Metall, das nun weiß vor Hitze geworden war. Und mit einem letzten Schrei stürzte er vom Thron. Eilonwy schrie auf und wandte sich ab.

Gurgi und Glew hatten die Spur der Freunde verloren und tappten durch die gewundenen Gänge, um sie wiederzufinden. Gurgi war entsetzt, dass er mitten in Annuvin war, und schrie bei jedem Schritt nach Taran. Doch nur das Echo aus den düsteren Hallen antwortete ihm. Glew hatte ebenso viel Angst.

Doch fand er immer noch Gelegenheit, sich bitter zu beklagen.

»Das ist zu viel!«, schrie der ehemalige Riese. »Zu viel! Habe ich denn nicht schon genug erduldet? Auf ein Schiff gezerrt, nach Caer Dallben entführt, halb totgefroren, mein Leben in diesem Gebirge aufs Spiel gesetzt, ein Vermögen aus der Hand geschlagen! Und jetzt das! Als ich ein Riese war, hätte ich niemals so eine Behandlung erduldet!«

»Oh, Riese, lass das Jammern und Klagen!«, sagte Gurgi, der selbst verzweifelt war, weil er sich von den Freunden getrennt sah. »Gurgi ist verzweifelt und verloren, aber er will lieben Herrn finden mit Rufen und Suchen. Hab keine Angst«, versicherte er mutig, obgleich seine Stimme unsicher klang, »tapferer Gurgi rettet klagenden kleinen Riesen, o ja.«

»Dabei bist du nicht gerade erfolgreich«, gab Glew schnippisch zurück. Trotzdem hielt sich der feiste kleine Mann dicht an der Seite der armseligen Kreatur und folgte ihr mit seinen kurzen, plumpen Beinen Schritt für Schritt.

Sie hatten das Ende eines Ganges erreicht und fanden eine schwere Eisentür offen. Gurgi blieb ängstlich stehen. Kaltes, grelles Licht drang aus der Kammer. Gurgi machte ein paar vorsichtige Schritte und blickte hinein. Vor ihm erstreckte sich ein scheinbar unendlicher Gang. Das Licht aber kam von Bergen wertvoller Juwelen und goldener Kleinodien. Weiter hinten nahm er undeutlich sonderbar geformte Gegenstände wahr, die im Halbdunkel verborgen waren. Gurgi wich zurück. Seine Augen traten fast aus den Höhlen vor Erstaunen und Entsetzen.

»Oh, das Schatzhaus von bösem Todesfürst!«, flüsterte er. »Oh, Glimmern und Flimmern! Das ist ein schrecklicher und unheimlicher Ort, nicht klug für tapferen Gurgi zu bleiben und weilen.«

Glew jedoch drang weiter vor, und als er die Edelsteine erblickte, röteten sich seine blassen Wangen und seine Augen blitzten auf. »Ein Schatz! Wirklich!«, sagte er und schluckte vor Aufregung. »Einen Schatz hat man mir genommen, aber jetzt werde ich dafür entgolten. Er gehört mir!«, schrie er.

»Alles gehört mir! Ich habe es zuerst gesagt! Niemand wird mich daran hindern!«

»Nein, nein«, widersprach Gurgi. »Das ist nicht deins, gieriger Riese! Nur mächtiger Prinz kann geben und nehmen. Komm mit Eilen, die Freunde zu suchen. Komm mit Reden und Warnen, denn Gurgi fürchtet Täuschung und Fallen. Großer Schatz ohne Wächter? Nein, nein, kluger Gurgi riecht bösen Zauber.«

Glew aber hörte nicht auf die Kreatur, sondern drängte sie zur Seite. Mit einem Freudenschrei sprang der ehemalige Riese über die Schwelle und hinein in den Gang, wo er seinen Kopf in den größten Juwelenhaufen steckte. Gurgi packte ihn am Kragen und versuchte vergeblich, ihn zurückzuziehen. Da plötzlich schlugen Flammen aus den Wänden der Schatzkammer.

Vor der Großen Halle von Annuvin sammelte Gwydion die Überlebenden der Söhne aus dem Hause Don und der Commot-Reiter. Dort trafen ihn die Freunde und Kaw, der sie triumphierend umkreiste. Einen Augenblick sah Taran Gwydion prüfend an, doch seine Zweifel schwanden sofort, als der große Krieger zu ihm trat und ihm die Hand drückte.

»Wir haben uns viel zu erzählen«, sagte Gwydion, »aber jetzt ist dazu keine Zeit. Obgleich Annuvin unser ist, ist der Todesfürst entkommen. Er muss gefunden und vernichtet werden, wenn es in unserer Macht steht.«

»Gurgi und Glew sind irgendwo in der Großen Halle«, sagte Taran. »Lass uns erst beide finden.«

»Gut, aber beeilt euch«, sagte Gwydion. »Wenn der Todesfürst noch in Annuvin ist, dann schweben sie in Todesgefahr wie wir.«

Taran nahm Dyrnwyn vom Gürtel und hielt es Gwydion hin. »Nun verstehe ich, weswegen Arawn es besitzen wollte – nicht für sich, sondern weil er seine tödliche Macht kannte. Nur Dyrnwyn konnte die Kesselkrieger vernichten. Arawn wagte nicht einmal, es in seiner Festung zu verbergen, und glaubte es sicher auf dem Gipfel des Drachenberges. Als Arawn sich in deine Gestalt verwandelte, hätte er mich fast dazu gebracht, ihm die Waffe zu geben. Nimm sie nun, die Klinge ist sicherer in deiner Hand.«

Gwydion schüttelte den Kopf. »Du hast dir das Recht verdient, sie zu ziehen, Hilfsschweinehirt, und damit das Recht, sie zu tragen.«

»Das ist wahr!«, warf Fflewddur ein. »Es war herrlich, wie du den Kesselkrieger niedergestreckt hast. Ein Fflam hätte das nicht besser gekonnt. Wir sind diese widerlichen Burschen für immer los.«

Taran nickte. »Und doch – ich hasse sie nicht länger. Es war nicht ihre freie Entscheidung, als Sklaven einem fremden Willen gehorsam zu sein. Jetzt haben sie Frieden.«

»Jedenfalls ist Hen Wens Prophezeiung doch noch in Erfüllung gegangen«, bemerkte Fflewddur. »Freilich habe ich nie auch nur einen Augenblick daran gezweifelt.«

Aus Gewohnheit blickte er über die Schulter, doch diesmal erklang kein schriller Ton, der das Zerreißen einer Saite begleitete. »Sie hatte eine witzige Art, Dinge auszudrücken. Doch bis jetzt habe ich noch keinen Stein sprechen hören.«

»Aber ich«, sagte Taran. »Auf dem Gipfel des Drachenberges schien mir, der Stein riefe mich. Ich hätte sonst gar nicht auf ihn geachtet. Und dann, als ich sah, wie ausgehöhlt und zerstört er war, glaubte ich, ich könnte ihn bewegen. Ja, Fflewddur, der stumme Stein sprach.«

»Wahrscheinlich hast du Recht, wenn du es so betrachtest«, stimmte Eilonwy zu. »Was aber Dyrnwyns Flamme betrifft, so hat sich Hen gründlich geirrt. Aber das ist verständlich, sie war so erregt damals ...«

Zwei verängstigte Gestalten rannten aus der Großen Halle genau auf die Gefährten zu. Gurgis Haare waren stellenweise versengt, seine Brauen geschwärzt und sein Mantel glomm noch. Der ehemalige Riese sah noch schlimmer aus. Er schien ein einziges Häuflein Schmutz und Asche zu sein. Taran blieb keine Zeit, die beiden zu begrüßen, denn die Stimme Achrens ertönte: »Suchst du Arawn? Er ist hier!«

Achren warf sich Taran zu Füßen. Entsetzt und erstarrt sah dieser die Schlange, die sich hinter ihm zum Angriff zusammengerollt hatte.

Mit einem Satz sprang er zur Seite und zog das flammende Zauberschwert. Achren hatte die Schlange gepackt, als wollte sie sie erwürgen oder zerreißen. Da stieß der Kopf vor, der geschuppte Körper wand sich wie eine Peitsche und die Fangzähne vergruben sich in Achrens Kehle. Mit einem Aufschrei fuhr sie zurück. Im nächsten Augenblick hatte sich die Schlange erneut zusammengeringelt. Ihre Augen glänzten in kaltem, todbringendem Feuer. Sie zischte wütend, sperrte den Rachen auf und entblößte die scharfen Zähne. Dann schnellte sie vor, auf Taran zu. Eilonwy schrie entsetzt. Taran aber schwang das sprühende Schwert mit aller Wucht und die Klinge teilte den Leib der Schlange entzwei.

Sofort schleuderte Taran Dyrnwyn von sich und fiel neben Gwydion auf die Knie. Der Fürst hielt die wie leblose Königin in den Armen. Alles Blut war aus ihren Lippen gewichen und ihre Augen suchten den Blick Gwydions. »Habe ich meinen Schwur gehalten, Gwydion?«, murmelte sie und lächelte schwach. »Ist der Fürst von Annuvin tot? Dann ist es gut. Der Tod ist leicht für mich.« Ihre Lippen öffneten sich, als wollte sie noch weitersprechen, doch ihr Kopf sank zurück und ihr Körper sackte in sich zusammen.

Ein erstickter Entsetzensschrei kam von Eilonwy. Taran sah das Mädchen an. Sie deutete auf die Schlange. Ihr Körper wurde durchscheinend und die Umrisse verschwammen. Und es erschien die schwarz gekleidete Gestalt eines Mannes, dessen abgetrennter Kopf mit dem Gesicht zur Erde auf den Boden gefallen war. Doch auch diese Gestalt verlor ihre Umrisse und versank wie ein Schatten in der Erde. Und dort, wo sie gelegen hatte, war der Grund verbrannt, verwüstet und von Rissen durchzogen, wie nach einer großen Dürre. Arawn Todesfürst war verschwunden.

»Das Schwert!«, schrie Fflewddur. »Seht das Schwert!«

Rasch hob Taran das Schwert auf, doch die Flamme flackerte, als werde sie vom Wind bewegt, und der weiße Glanz erlosch wie ein sterbendes Feuer. Dann glühte das Schwert nicht mehr weiß, sondern in bunten, tanzenden, wirbelnden Farben. Und im nächsten Augenblick hatte Taran nur mehr eine schartige Waffe in der Hand, deren Klinge stumpf schimmerte. Die Flamme, die einst in ihr gebrannt hatte, war erloschen, nur die Strahlen der sinkenden Sonne spiegelten sich im Stahl.

Eilonwy trat neben Taran. »Die Schrift auf der Scheide ist ebenfalls verschwunden. Ich glaube es wenigstens. Vielleicht liegt es aber auch an dem schwachen Licht. Lass mich sehen.«

Sie zog die goldene Kugel aus dem Mantel und hielt sie nahe an die schwarze Scheide. Und da erschienen in den goldenen Strahlen plötzlich Schriftzüge.

»Meine Kugel macht die Buchstaben sichtbarer! Früher haben wir nicht so viel davon lesen können!«, rief sie überrascht. »Sogar der Teil, der ausgelöscht war. Ich kann fast alles davon sehen!«

Die Freunde drängten sich um sie. Eilonwy hielt die Kugel und Taliesin nahm die Scheide und untersuchte sie eingehend.

»Die Schrift ist deutlich, aber sie schwindet rasch«, sagte er. »Dein goldenes Licht, Prinzessin, zeigt wirklich, was bisher verborgen war. ›Dyrnwyn ziehe nur, wer da königlichen Geblüts ist, zu herrschen damit, zu schlagen das Böse. Wer immer es zieht in edler Absicht, wird sogar den Fürsten des Todes bezwingen.‹«

Einen Augenblick später war die Zauberschrift verschwunden. Taliesin drehte und wandte die Scheide in den Händen. »Vielleicht verstehe ich erst jetzt, was in den alten Gesängen angedeutet war, dass nämlich einst ein mächtiger König seine Gewalt für seinen eigenen Vorteil missbrauchte. Ich glaube, Dyrnwyn war seine Waffe. Lange war sie verschollen. Nun ist sie wiedergefunden.

»Dyrnwyns Aufgabe ist beendet«, sagte Gwydion. »Lasst uns diesen üblen Ort verlassen.«

Das Gesicht der toten Achren war ruhig und entspannt und ohne Bitterkeit. Die Freunde hüllten sie in ihren schwarzen Mantel und trugen sie in die Große Halle. Denn sie, die einst Prydain regiert hatte, war nicht ohne Verdienst gestorben.

Plötzlich ging auf dem Turm Annuvins die schwarze Fahne des Todesfürsten in Flammen auf. Die Wände der Großen Halle zitterten und die Festung erbebte.

Die Freunde ritten durch das Eiserne Tor. Hinter ihnen

fielen die Mauern in sich zusammen und die hohen Türme sanken zu Boden. Eine Flammenwand züngelte aus den Ruinen, die einst Annuvin gewesen waren, in den Himmel.

Das Geschenk

Endlich waren sie wieder zu Hause. Gwydion hatte die Freunde nach Westen geführt, wo die goldenen Schiffe auf sie warteten. Von dort aus waren sie, mit Kaw stolz auf der Spitze des höchsten Mastes, zum Avren-Hafen gesegelt. Die Nachricht von Arawns Tod hatte sich rasch verbreitet. Und als die Gefährten die Schiffe mit den glänzenden Segeln verließen, hatten sich bereits viele Cantref-Fürsten eingefunden, um den Söhnen der Don zu folgen, König Gwydion zu huldigen und die Commot-Leute und Taran den Wanderer zu umjubeln. Gurgi entfaltete das, was von der Fahne des Weißen Schweins übrig geblieben war, und zog sie triumphierend auf.

Gwydion jedoch war sehr still. Und Taran fühlte mehr Kummer als Freude, als sie sich dem kleinen Gehöft näherten. Der Winter hatte seine Kraft verloren. Es taute und die Erde regte sich aufs Neue. Die ersten, kaum sichtbaren grünen Sprossen bedeckten die Flügel wie mit feinem Nebel. Taran blickte auf Colls verödeten Garten, und die Trauer um den mächtigen Züchter von Rüben, der weit entfernt ruhte, überkam ihn aufs Neue.

Dallben humpelte ihnen entgegen. Das Gesicht des Meisters war noch zerfurchter, noch zerbrechlicher geworden, und die Haut glich mehr denn je altem, durchsichtigem Pergament. Als Taran ihn erblickte, wusste er, dass Dallben Coll nicht mehr erwartete. Eilonwy lief in seine ausgestreckten Arme. Taran saß ab und folgte ihr. Kaw schlug mit den Flügeln und schwatzte unaufhörlich. Fflewddur, Doli und Gurgi, der noch schäbiger und zerzauster als sonst aussah, eilten, um Dallben zu grüßen und ihm alle zur gleichen Zeit zu berichten, was ihnen widerfahren war.

Hen Wen quiekte, grunzte und schnaubte und machte Anstalten, ihren Garten zu verlassen. Taran sprang über die Umzäunung, um das ausgelassene Schwein in die Arme zu schließen. Da schrie Eilonwy plötzlich auf. »Ferkel!«

Sechs kleine Schweinchen, fünf weiß wie Hen Wen und eines schwarz, standen, aufgerichtet auf die Hinterbeine, neben ihrer Mutter. Hen Wen grunzte stolz.

»Wir hatten Besuch«, erklärte Dallben. »Einer war ein sehr stattlicher Eber. Im Winter suchte er hier Futter und Unterschlupf. Und er fand Caer Dallben angenehmer als die Wälder. Er zieht jetzt irgendwo in der Nähe umher, denn er ist doch noch etwas wild und nicht an so viele Menschen gewöhnt.«

»Bei Belin!«, rief Fflewddur. »Sieben Orakelschweine! Taran, mein Freund, deine Aufgabe wird schwerer sein als im Hügelland von Bran-Galedd.«

Dallben schüttelte den Kopf. »Fett und gesund sind sie, doch sie haben keine anderen Fähigkeiten als gewöhnliche Schweine auch – und das sollte eigentlich für sie genügen. Hen Wens Kraft hatte langsam nachgelassen, seitdem die Runenstäbe zerbrachen. Und jetzt ist sie völlig verschwunden. Und das ist nur gut. Denn solch eine Kraft ist eine Last, für die Menschen ebenso wie für die Schweine. Ich glaube, sie ist jetzt viel glücklicher.«

Zwei Tage lang ruhten die Freunde aus und waren glücklich und zufrieden, die Stille des kleinen Gehöfts gemeinsam zu genießen. Der Himmel war ihnen nie leuchtender erschienen und versprach darüber hinaus einen herrlichen Frühling. König Smoit war mit einer Ehrengarde eingetroffen und eine Nacht lang hallte die Hütte wider von fröhlichem Festgelage.

Am folgenden Tag rief Dallben die Gefährten zusammen in seine Stube, wo Gwydion und Taliesin sie bereits erwarteten. Der alte Zauberer blickte sie ernst und freundlich an. Dann sagte er leise: »Dies waren die Tage des Wiedersehens, doch auch die Tage des Abschieds.«

Taran sah Dallben beunruhigt an. Aber Fflewddur packte sein Schwert und rief: »Ich wusste es! Was bleibt noch zu tun? Sind die Gwythaints zurückgekommen? Ist noch eine Truppe Häscher unterwegs? Habt keine Angst. Ein Fflam ist immer bereit!«

Gwydion lächelte traurig. »Nein, mein tapferer Freund. Die Häscher Arawns und die Gwythaints sind geschlagen. Doch es ist wahr: Etwas bleibt zu tun übrig. Die Söhne aus dem Hause Don und ihre Gefolgsleute müssen die goldenen Schiffe besteigen und in das Sommerland segeln, das Land, aus dem sie kamen.«

Taran wandte sich an den Hochkönig, als hätte er seine Worte nicht verstanden. »Wie«, fragte er schnell, er wagte nicht zu glauben, was er eben gehört hatte, »die Söhne aus dem Hause Don verlassen Prydain? Musst du schon jetzt segeln? Wann wirst du zurückkehren? Willst du dich nicht erst deines Sieges freuen?«

»Der Sieg ist gerade der Grund für unsere Reise«, entgegnete Gwydion. »Das ist das Schicksal, das uns vor langer Zeit auferlegt wurde: Wenn der Fürst von Annuvin besiegt ist, müssen die Söhne der Don für immer von Prydain Abschied nehmen.«

»Nein!«, widersprach Eilonwy. »Nicht gerade jetzt!«

»Wir können uns nicht unserer Bestimmung entziehen«, sagte Gwydion. »König Fflewddur Fflam wird sich uns auch anschließen müssen, denn er entstammt dem Hause der Don.«

Der Barde blickte jämmerlich drein. »Ein Fflam ist dankbar«, begann er, »und normalerweise würde ich mich auf eine Seereise freuen, aber ich wäre ganz froh, wenn ich in meinem Königreich bleiben könnte. Und obgleich es nichts Besonderes ist, vermisse ich es doch.«

Da sprach Taliesin: »Es ist nicht an dir, zu wählen, Sohn des Godo. Doch wisse, das Sommerland ist ein hübsches Land – hübscher noch als Prydain –, wo jeder Wunsch in Erfüllung geht. Llyan wird mit dir kommen. Und du wirst eine neue Harfe erhalten. Ich selbst werde dich spielen lehren und du wirst die alten Weisheiten der Barden lernen. Dein Herz war immer das eines wahren Barden, Fflewddur Fflam. Bisher war es nur noch nicht bereit. Hast du nicht das, was du am meisten liebst, für deine Freunde hergegeben? Die Harfe, die auf dich wartet, wird wertvoller sein, und ihre Saiten werden niemals reißen.

Auch sollst du Folgendes wissen«, fuhr Taliesin fort. »Alle Menschen, die geboren wurden, sterben, außer denen, die im Sommerland leben. Es ist ein Land ohne Hader und Leid und der Tod ist dort unbekannt.«

»Ein anderes Schicksal erwartet uns«, fügte Dallben hinzu. »So wie die Söhne aus dem Hause Don in ihr Land zurückkehren müssen, so muss meine Kraft schwinden. Lange habe ich darüber nachgesonnen, welche Prophezeiung wohl Hen Wens letzter Runenstab anzeigte. Nun weiß ich, weshalb die Eschenstäbe zersplitterten. Sie konnten nur eine Botschaft übermitteln, die so gelautet haben muss: Es wird nicht nur die Flamme Dyrnwyns verlöschen, alle Zaubereien werden vergehen. Und die Menschen werden ohne Hilfe ihr eigenes Schicksal meistern müssen.

Auch ich reise ins Sommerland«, fuhr Dallben fort. »Ich bin traurig darüber, aber die Freude ist doch größer. Ich bin ein alter Mann. Ich werde Ruhe finden und kann eine Last niederlegen, die mir zu schwer geworden ist. Doli wird zu den Unterirdischen zurückkehren so wie Kaw. Die Stützpunkte wurden aufgegeben, und König Eiddileg wird bald befehlen, alle Zugänge zu seinem Reich zu schließen. Medwyn hat bereits sein Tal so verborgen, dass kein Mensch es jemals mehr betreten wird. Die Tiere aber werden auch weiterhin dort Zuflucht finden.«

Doli senkte den Kopf. »Hach!«, schnaubte er schließlich. »Es wird auch langsam Zeit, dass wir uns nicht mehr mit Sterblichen abgeben. Bringt nur Schwierigkeiten. Ja, ich bin heilfroh, dass ich fortgehe. Ich hab die Nase voll! Guter alter Doli hier, guter alter Doli da, und guter alter Doli, würdest du so nett sein, dich noch einmal unsichtbar zu machen, wirklich, nur ein einziges Mal!« Der Zwerg strengte sich nach Kräften an, so böse wie möglich auszusehen, doch in seinen roten Augen glitzerten Tränen.

»Auch Prinzessin Eilonwy Tochter der Angharad muss ins Sommerland zurückkehren«, sagte Dallben. »Es muss sein«, fuhr er fort, als er Eilonwys Erstaunen sah. »In Caer Colur gab sie nur die Fähigkeit auf, ihre Zauberkräfte anzuwenden. Doch sie besitzt sie noch immer. So wie sie sie erhielt von ihren Ahnen, den Töchtern des Hauses von Llyr. Deshalb muss sie reisen. Doch«, fuhr er rasch fort, bevor Eilonwy ihn unterbrechen konnte, »es gibt noch andere, die den Söhnen der Don treu gedient haben: Gurgi, Hen Wen und Taran von Caer Dallben. Dafür dürfen sie mit uns fahren.«

»Ja! Ja!«, rief Gurgi. »Alle gehen ins Land, wo es kein Seufzen und Klagen gibt!« Er schlug Purzelbäume und wedelte mit den haarigen Armen. »Ja! Oh, ja! Alle zusammen und für immer! Und Gurgi wird finden, was er sucht. Weisheit für sein armes, zartes Haupt!«

Taran rief Eilonwys Namen und nahm sie in die Arme.

»Wir werden nie mehr Abschied nehmen müssen. Im Sommerland werden wir hei ... « Er unterbrach sich. »Falls – falls du es möchtest. Falls du einen Hilfsschweinehirten heiraten willst.«

»Na endlich«, entgegnete Eilonwy, »ich war sehr gespannt, wann du mich endlich fragen würdest. Natürlich will ich. Und wenn du auch nur einmal nachgedacht hättest, dann hättest du selbst die Antwort gewusst.«

Taran war noch immer benommen von all den vielen Neuigkeiten, die er von Dallben gehört hatte. »Ist es wahr? Eilonwy und ich, wir dürfen wirklich zusammen fahren?«

Dallben schwieg einen Augenblick, dann nickte er. »Es ist wahr. Es steht nicht in meiner Macht, etwas Größeres zu gewähren.«

Glew knurrte. »Das ist ja schön und gut, dass du nach allen Seiten Glück und ewiges Leben verteilst. Sogar einem Schwein gibst du das! Aber niemand denkt an mich! Wie seid ihr selbstsüchtig! Ohne Mitgefühl! Es ist doch völlig klar. Wenn dieses Zwergenbergwerk nicht zusammengestürzt wäre – was mich nebenbei bemerkt um ein Vermögen brachte –, dann hätten wir einen anderen Weg eingeschlagen, wir wären nicht auf den Drachenberg gestiegen, wir hätten Dyrnwyn nicht gefunden, die Kesselkrieger wären nicht besiegt worden …«

Trotz seiner Entrüstung zitterte er und sah erbärmlich aus. »Geht nur, geht nur! Lasst mich ruhig, so wie ich bin, in dieser lächerlichen Größe! Ich sage euch, als ich ein Riese war …«

»Ja! Ja!«, rief Gurgi. »Winselnder Riese hat auch gedient mit Raten und Taten. Es ist nicht richtig, ihn einsam und allein zu lassen, so klein und schwach. Und im Schatzhaus von bösem Todesfürst wurde ein Leben aus der heißen und schrecklichen Glut gerettet.«

»Ja, auch Glew hat uns gedient, auch wenn er es nicht wusste«, erwiderte Dallben. »Auch er wird wie ihr belohnt werden. Im Sommerland soll er, falls er möchte, wachsen. Aber willst du mir erzählen, dass er dir das Leben gerettet hat?«, fragte Dallben und sah Gurgi streng an.

Gurgi zögerte einen Augenblick. Bevor er antworten konnte, sagte Glew: »Nein, nein, das wollte er nicht. Ein Leben wurde gerettet. Meins. Wenn er mich nicht aus der Schatzkammer gezerrt hätte, wäre ich jetzt Asche.«

»Wenigstens hast du die Wahrheit gesagt, Riese«, rief Fflewddur. »Sehr gut! Großer Belin, ich glaube, du bist schon ein bisschen gewachsen.«

Gwydion legte die Hand auf Tarans Schulter. »Bald ist es so weit«, sagte er leise. »Morgen werden wir aufbrechen. Mach dich bereit, Hilfsschweinehirt.«

In dieser Nacht schlief Taran unruhig. Die Freude, die ihn anfangs erfüllt hatte, war vergangen und entschwunden wie ein bunter Vogel, den er vergeblich zurücklocken wollte. Selbst der Gedanke an Eilonwy und die Freuden im Sommerland, die auf ihn warteten, vermochten ihn nicht aufzuheitern.

Schließlich erhob er sich und trat unsicher ans Fenster. Das Lagerfeuer der Söhne aus dem Hause Don war niedergebrannt und der volle Mond verwandelte die schlafenden Felder in ein Meer aus Silber. Weit jenseits der Hügel stieg eine Stimme empor und sang leise, aber klar. Eine zweite fiel ein und noch eine. Taran hielt den Atem an. Nur einmal, vor langer Zeit im Feenreich, hatte er dergleichen gehört. Nun schwoll der Gesang an, herrlicher, als er in Erinnerung hatte, und eine Woge von Tönen, klarer als Mondstrahlen, überflutete den Garten und die Felder. Plötzlich brachen sie ab.

Taran seufzte tief, er wusste, er würde so etwas Wunderbares nie wieder erleben. Und dann hörte er – doch vielleicht war es nur seine Einbildung –, wie schwere Tore zufielen.

»Was? Du schläfst nicht, mein Hühnchen?«, sagte eine Stimme hinter ihm. Er fuhr herum. Das Licht, das sein Zimmer erfüllte, verwirrte ihn, doch als er sich daran gewöhnt hatte, sah er drei hohe, hagere Gestalten. Zwei von ihnen waren in weiße, goldene und brennend rote Gewänder gehüllt. Doch war es schwer, die Farbe zu bestimmen, denn sie änderte sich ständig. Die dritte trug einen Mantel mit einer Kapuze aus glänzendem schwarzen Stoff. Geschmeide funkelten in den Flechten der ersten. Die zweite trug eine Kette von weißen Perlen um den Hals. Taran sah, dass ihre Gesichter ruhig waren und wunderschön. Und obwohl er die Züge der dritten nicht erkennen konnte, wusste er doch, dass sie nicht weniger schön sein konnten.

»Du schläfst nicht und hast dazu noch die Sprache verloren, mein Vögelchen«, sagte die mittlere. »Und morgen wird es dann gähnen, anstatt vor Freude zu springen, mein Häschen.«

»Eure Stimmen – ich kenne sie genau«, stammelte Taran. Er war kaum fähig zu sprechen. »Aber eure Gesichter – ja, einmal habe ich sie gesehen, einmal, vor langer Zeit in den Marschen von Morva. Aber ihr könnt nicht dieselben sein. Orddu, Orwen und Orgoch?«

»Natürlich sind wir es, mein Gänschen«, sagte Orddu. »Freilich, es ist wahr, immer wenn du uns getroffen hast, sahen wir nicht sehr vorteilhaft aus.«

»Aber gut genug«, brummte Orgoch unter ihrer Kapuze. Orwen kicherte mädchenhaft und spielte mit ihren Perlen.

»Du darfst nicht denken, dass wir immer wie alte Hexen aussehen«, sagte sie. »Nur wenn es erforderlich ist.«

»Warum seid ihr gekommen?«, fragte Taran. Er konnte es immer noch nicht fassen, dass die Stimmen der alten Hexen von solchen lieblichen Geschöpfen kamen. »Reist ihr auch ins Sommerland?«

Orddu schüttelte den Kopf. »Wir reisen, aber nicht mit euch. Salzluft bekommt Orgoch nicht. Wir reisen – nun – irgendwohin. Du kannst sogar sagen: überallhin.«

»Du wirst uns nicht mehr wiedersehen«, fügte Orwen fast bedauernd hinzu. »Wir werden dich vermissen. Das heißt, soweit wir überhaupt jemanden vermissen können. Vor allem Orgoch hätte dich liebend gern … Nun, ich will nicht wieder davon anfangen.«

Orgoch schnaubte.

Orddu hatte währenddessen einen bunten Teppich auseinander gefaltet und zeigte ihn Taran.

»Wir sind gekommen, um dir dies zu bringen«, sagte sie. »Nimm es und achte nicht auf Orgochs Gebrumm. Sie wird ihre Enttäuschung schon überwinden – sie hat ja sonst nichts weiter zu tun.«

»Ich habe das schon auf deinem Webstuhl gesehen«, sagte Taran misstrauisch. »Warum gibst du es mir? Ich habe euch nicht darum gebeten, und ich habe nichts, womit ich bezahlen könnte.«

»Es gehört dir, mein Rotkehlchen«, entgegnete Orddu. »Es kommt von unserem Webstuhl, wenn du es genau wissen willst. Aber eigentlich warst du es, der es gewoben hat.«

Verwirrt starrte Taran auf den Stoff. Er war übersät mit Figuren von Männern und Frauen, Kriegern und Rossen, Vögeln und anderen Tieren.

»Das sind Bilder aus meinem Leben«, sagte er verwundert.

»Aber natürlich«, nickte Orddu. »Das ist das Muster, das du gewählt hast.«

»Das ich gewählt habe?«, fragte Taran. »Nicht ihr? Ich hatte geglaubt ...«

Er unterbrach sich und sah zu Orddu auf. »Ja«, sagte er langsam, »einst hatte ich geglaubt, die Welt würde von euch geführt. Nun sehe ich, dass es nicht stimmt. Die Fäden des Lebens werden nicht von drei alten Hexen oder von drei schönen Damen gewoben. Das Muster war wirklich so, wie ich es mir gewünscht habe. Aber hier«, fügte er stirnrunzelnd hinzu, »aber hier ist es noch nicht fertig.«

»Natürlich nicht«, sagte Orddu. »Du musst das Muster dafür erst wählen, und so muss es jedes kleine Vögelchen tun, bis auch der letzte Faden verbraucht ist.«

»Aber ich sehe mein Muster nicht mehr klar«, rief Taran. »Ich verstehe mein Herz nicht mehr. Warum überschattet

Kummer meine Freude? Sagt es mir! Lasst mich es wissen, gebt es mir als letztes Geschenk.«

»Liebes Hühnchen«, sagte Orddu und lächelte traurig, »wann haben wir dir wirklich je etwas gegeben?«

Dann waren sie verschwunden.

Der Abschied

Den Rest der Nacht verbrachte Taran am Fenster. Der angefangene Teppich lag zu seinen Füßen. Er beobachtete, wie in der Dämmerung eine Menge Commot-Leute eintrafen, denn es war bekannt, dass die Söhne der Don Prydain verließen und die Töchter aus dem Hause Don mitnahmen, die von den Burgen im Osten gekommen waren. Schließlich wandte sich Taran ab und ging zu Dallben.

Die Gefährten hatten sich bereits versammelt, sogar Doli, der sich steif und fest geweigert hatte, aufzubrechen, bevor er sich nicht von jedem Einzelnen verabschiedet hatte. Kaw war ungewöhnlich still und hockte auf der Schulter des Zwergs. Glew schien froh fortzukommen. Taliesin und Gwydion standen bei Dallben, der sich in einen schweren Reisemantel gehüllt hatte und einen dicken Eschenstab in der Hand hielt. Unter dem Arm trug er das »Buch der Drei«.

»Lieber Herr, schnell!«, schrie Gurgi. Er stand neben Llyan, die ungeduldig mit ihrem buschigen Schwanz schlug. »Alle sind bereit zu segeln und zu fahren!«

Taran sah von einem zum anderen: Eilonwy, die ihn aufmerksam beobachtete, Gwydion mit seinem wetterharten Gesicht und Dallben mit seinem zerknitterten, unendlich weisen Gesicht – nie hatte er sie mehr geliebt als in diesem Augenblick. Er sprach nicht, bevor er neben dem Meister stand.

»Nie hast du mich mehr geehrt als mit diesem Geschenk, das du mir gemacht hast«, sagte er langsam und stockend. »Heute Nacht war mein Herz bekümmert. Ich träumte von Orddu – nein, es war kein Traum. Sie war bei mir. Und ich habe gesehen, dass ich deine Gabe nicht annehmen kann.«

Gurgi, der die ganze Zeit glücklich gewinselt hatte, verstummte plötzlich und starrte Taran mit ungläubigen Augen an.

Die Freunde erschraken, und Eilonwy rief aus: »Taran von Caer Dallben, weißt du überhaupt, was du da sagst? Hat die Flamme Dyrnwyns deinen Verstand verwirrt?« Ihre Stimme zitterte. Sie biss sich auf die Lippen und wandte sich abrupt ab. »Ich verstehe. Im Sommerland wollten wir heiraten. Fragst du immer noch mein Herz? Es ist dasselbe geblieben. Dein Herz ist es, das sich geändert hat.« Taran wagte nicht, Eilonwy anzusehen.

»Du hast Unrecht, Prinzessin«, sagte er leise. »Ich liebe dich seit langem. Wenn mir das Herz bricht, weil ich die Freunde verlassen muss, so bricht es mir zweifach, wenn ich von dir Abschied nehmen soll. Aber es muss sein.«

»Überlege es dir genau, Hilfsschweinehirt«, sagte Dallben scharf. »Wenn du dich einmal entschieden hast, kannst du nicht mehr zurück. Willst du lieber sorgenvoll leben, wenn du das Glück ewigen Lebens haben kannst? Willst du nicht nur Glück, sondern auch ewiges Leben zurückweisen?«

Taran schwieg lange. Als er wieder sprach, war seine Stimme schwer von Kummer. »Es gibt viele, die deine Gabe mehr verdienen würden als ich. Und doch wird sie ihnen nie angeboten werden. Mein Leben ist mit dem ihren verbunden. Coll Sohn des Collfrewrs Garten und Obstwiese sind verwahrlost und warten auf die Hand eines Gärtners, damit wieder Frucht gedeiht. Meine Kenntnisse sind gering, aber ich werde mich dafür umso mehr bemühen.

Die Hafenmauer in Dinas Rhydnant ist noch nicht beendet«, fuhr Taran fort. »Vor dem Grab des Königs von Mona schwor ich, ich würde sein Werk vollenden.«

Taran holte eine Tonscherbe aus der Tasche. »Soll ich Annlaw den Töpfer vergessen? Commot Merin und die anderen? Ich kann Llonio Sohn des Llonwen und die vielen, die mir so treu gefolgt sind, nicht wieder zum Leben erwecken. Ich kann nicht die Herzen der Witwen und Waisen trösten. Doch wenn es in meiner Macht steht, nur einen Teil wieder gutzumachen, so will ich es tun. Das Rote Brachland war einst fruchtbar. Mit Mühe und Arbeit wird es vielleicht wieder Früchte tragen.« Er wandte sich an Taliesin. »Caer Dathyls stolze Hallen der Überlieferung und die Weisheiten der Barden. Hast du nicht gesagt, dass die Erinnerung länger besteht als das, was man im Gedächtnis behält? Aber was geschieht, wenn die Erinnerung verloren geht? Wenn ich jemanden finde, der mir helfen will, werde ich die Steine wieder auftürmen und die Weisheit zurückgewinnen.«

»Gurgi hilft! Er fährt nicht, nein!«, winselte die Kreatur. »Er bleibt immer bei liebem Herrn! Er will kein Geschenk annehmen, das ihn von liebem Herrn trennt.«

Taran legte seine Hand auf Gurgis haarigen Arm. »Du musst mit den anderen fahren. Nennst du mich Herr? Gehorche mir also. Suche die Weisheit, die du finden möchtest. Sie wartet auf dich im Sommerland. Was ich finden könnte, das liegt hier.«

Eilonwy senkte den Kopf. »Du hast gewählt, wie du es tun musst, Taran von Caer Dallben.«

»Auch ich will dich nicht davon abbringen«, sagte Dallben, »aber ich möchte dich warnen. Die Aufgaben, die du dir gestellt hast, sind schwer. Es gibt keine Sicherheit, dass du auch nur eine davon vollenden wirst. Und deine Anstrengungen bleiben vielleicht ohne Lohn und Anerkennung und werden vergessen. Und am Ende wirst du wie jeder Mensch dem Tod ins Antlitz blicken. Und du wirst vielleicht nicht einmal einen Ehrenhügel haben, der deine Ruhestätte bezeichnet.«

Taran nickte. »So soll es sein«, sagte er. »Einst wollte ich ein Held sein, ohne zu wissen, was ein Held war. Nun verstehe ich es ein wenig besser. Ein Rübenzüchter oder ein Töpfer, ein Commot-Bauer oder ein König – jeder ist ein Held, wenn er mehr für andere kämpft als für sich. Einst hast du mir erzählt, dass es wichtiger ist, zu suchen, als zu finden. So muss der Kampf mehr zählen als der Sieg. Einst träumte ich von einem glanzvollen Leben. Doch der Traum verging mit meiner Kindheit. Er war angenehm, blieb aber der Wunsch eines Kindes. Ich bin zufrieden als Schweinehirt.«

»Und sogar diese Zufriedenheit kannst du nicht haben«, sagte Dallben. »Du bist nicht mehr Hilfsschweinehirt, du bist Hochkönig von Prydain.«

Taran starrte den alten Zauberer an.

»Du treibst deinen Spott mit mir«, flüsterte er. »Bin ich so überheblich, dass du mich verhöhnst?«

»Dein Edelmut bestand die Probe, als du Dyrnwyn zogst«, entgegnete Dallben, »und deine Königswürde, als du beschlossen hast, hier zu bleiben. Es ist kein Geschenk, das ich dir anbiete, sondern eine Last, schwerer, als du je eine getragen hast.«

»Warum muss ich sie dann tragen?«, rief Taran. »Ich bin ein Hilfsschweinehirt.«

Es stand geschrieben im ›Buch der Drei‹«, erwiderte Dallben und hob die Hand. »Ich habe nicht gewagt, mit dir davon zu sprechen. Ich war nicht sicher, ob du derjenige bist, der zur Regierung auserwählt ist. Und gestern fürchtete ich, du seist es nicht.«

»Wie das?«, fragte Taran. »Konnte das ›Buch der Drei‹ dich täuschen?«

»Nein«, entgegnete Dallben. »Das Buch heißt so, weil es von den drei Teilen unseres Lebens erzählt: der Vergangenheit, der Gegenwart und der Zukunft. Aber man könnte es auch ein Buch des ›Wenn‹ nennen. Wenn du versagt hättest, wenn du einem falschen Weg gefolgt wärest, wenn du getötet worden wärest, wenn du dich anders entschieden hättest – tausend Wenn. Das ›Buch der Drei‹ kann nur von ›Wenn‹ sprechen, von Dingen, die sein könnten. Denn nicht die Worte einer Weissagung, sondern die Taten bestimmen das Schicksal eines Menschen.«

»Nun verstehe ich, weswegen du meine Herkunft geheim gehalten hast«, sagte Taran. »Aber werde ich es nie erfahren?«

»Ich habe es nicht allein aus eigener Entscheidung geheim gehalten«, antwortete Dallben. »Vor langer Zeit, als das ›Buch der Drei‹ in meine Hände kam, las ich darin, dass die Söhne aus dem Hause Don von Prydain Abschied nehmen würden und dass dann einer Hochkönig sein würde, der eine Schlange erschlagen, ein flammendes Schwert errungen und wieder verloren hat und der ein Königreich der Sorgen wählte, obwohl er eines der Sorglosigkeit haben konnte. Diese Weissagungen waren sogar für mich dunkel. Und am geheimnisvollsten war die Angabe, dass der, der über Prydain herrschen sollte, keinen festen Platz in der Welt haben würde. Lange habe ich diese Dinge bedacht. Schließlich verließ ich Caer

Dallben, um den zukünftigen König zu suchen. Jahrelang wanderte ich, doch jeder, den ich befragte, kannte seinen Platz in der Welt. Die Zeit verging. Könige kamen und gingen, Kriege wandelten sich in Frieden und Friede in Kriege. Zu einer Zeit, die so lange zurückliegt, wie du Jahre zählst, herrschte ein bitterer Krieg im Land. Ich war verzweifelt und wollte nach Caer Dallben zurückkehren. Eines Tages kam ich an einem Schlachtfeld vorbei. Viele waren gefallen, Adelige und Gemeine, Männer, Frauen und Kinder. Aus dem nahen Wald klang plötzlich ein Schrei. Ein Kind war zwischen den Bäumen versteckt, als ob seine Mutter es in Sicherheit bringen wollte. Aus seiner Kleidung ließ sich nichts über seine Herkunft sagen. Ich spürte nur, dass seine Eltern tot auf dem Schlachtfeld lagen. Hier plötzlich war jemand, der keinen Platz in der Welt hatte, ein unbekanntes Kind. Ich trug das Kind nach Caer Dallben. Und ich gab ihm den Namen Taran. Ich hätte dir nicht von deinen Eltern erzählen können, selbst wenn ich es gewollt hätte, denn ich wusste auch nicht mehr als du. Meine geheime Hoffnung vertraute ich nur Fürst Gwydion und Coll an. Unsere Hoffnungen wuchsen, doch waren wir nie sicher, dass du der kommende Hochkönig sein würdest. Bis jetzt«, schloss Dallben, »warst du das große ›Vielleicht‹.«

»Was geschrieben stand, ist in Erfüllung gegangen«, sagte Gwydion. »Und nun müssen wir Abschied nehmen.«

In der Stube war es still. Llyan spürte Fflewddurs Verstimmung und stupste ihn zärtlich. Die Freunde bewegten sich nicht. Dann trat Glew vor und sagte: »Ich habe das die ganze Zeit mit mir herumgeschleppt, seitdem ich so rücksichtslos von Mona weggeschafft worden bin«, und zog einen kleinen blauen Stein aus der Tasche, den er in Tarans Hand legte. »Er hat mich an meine Höhle erinnert und an diese herrlichen Tage, als ich noch ein Riese war. Aber aus verschiedenen Gründen möchte ich jetzt nicht mehr daran erinnert werden. Und da ich ihn nicht mehr haben will – da, nimm ihn als Erinnerung an mich.«

»Er ist immer noch nicht der selbstloseste Mensch auf der Welt«, brummte Fflewddur, »aber ich bin sicher, es ist das erste Mal, dass er überhaupt etwas hergeschenkt hat. Bei Belin! Ich könnte schwören, das kleine Wiesel ist eine Handbreit gewachsen.«

Doli löste die prächtige Axt von seinem Gürtel.

»Du wirst dies brauchen können«, sagte er zu Taran, »und sie wird dir gute Dienste leisten. Die Kleinen Leute haben sie geschmiedet und du wirst sie nicht leicht zerbrechen.«

»Sie kann mir nicht besser dienen als seinem Besitzer«, sagte Taran warm und ergriff seine Hand. »Und ihr Eisen kann nicht reiner sein als dein Herz, guter alter Doli …«

»Hach!«, fuhr Doli auf. »Guter alter Doli! Das habe ich doch schon mal gehört.«

Taran strich der Krähe zärtlich übers Gefieder und Kaw nickte mit dem Kopf.

»Leb wohl«, krächzte er. »Leb wohl, Taran!«

»Ja, leb wohl«, lächelte Taran. »Wenn ich auch daran verzweifelt bin, dir gute Manieren beizubringen, so haben mir doch deine schlechten gefallen. Du bist ein übermütiger Bursche, aber ein Adler unter den Krähen.«

Llyan trottete zu Taran und rieb ihren Kopf an seinem Arm. Sie tat es so stürmisch, dass sie Taran beinahe umwarf.

»Sei Fflewddur ein guter Freund«, sagte Taran und kraulte Llyans Ohr. »Muntere ihn mit deinem Schnurren auf, wenn er traurig ist, so wie ich wünschte, dass du es mit mir tun könntest. Lass ihn nicht allein, denn auch ein tapferer Barde wie Fflewddur kennt Einsamkeit.«

Fflewddur reichte Taran die Saite seiner Harfe, die er aus dem Feuer gerettet hatte. Die Hitze der Flammen hatte sie zu einem eigenartigen Muster verformt, das weder Anfang noch Ende zu haben schien und sich ständig veränderte.

»Das ist alles, was von dem alten Topf übrig geblieben ist«, sagte Fflewddur. »Glaube mir, ich bin froh darüber. Er war doch schon alt und ständig verstimmt…« Er unterbrach sich, sah sich unsicher um und räusperte sich. »Nun, was ich eigentlich sagen wollte, ist, dass ich diese Saiten, die ständig kaputt waren, sehr vermissen werde.«

»Auch ich werde sie vermissen«, sagte Taran. »Denke an mich genauso oft, wie ich an dich denke.«

»Keine Angst!«, rief der Barde. »Es gibt noch viele Lieder, die gesungen, und viele Geschichten, die erzählt werden wollen. Ein Fflam vergisst nie!«

»O weh! O weh!«, winselte Gurgi. »Armer Gurgi hat nichts, dem lieben Herrn zu geben zum lieben Erinnern. Weh! Sogar der Reißen-und-Beißen-Sack ist leer!« Die arme Kreatur schlug plötzlich die Hände zusammen. »Ja! Ja! Vergesslicher Gurgi hat ein Geschenk! Hier ist es! Vom flammenden Schatzhaus, von bösem Todesfürst holte tapferer Gurgi es mit Greifen und Packen. Sein armes, zartes Haupt war so voll mit Wirbeln und Zwirbeln, dass er vergaß!«

Gurgi zerrte ein kleines, flammengeschwärztes Döschen aus seinem Schnappsack und hielt es Taran hin. Dieser betrachtete es neugierig und erbrach dann das schwere Siegel.

In dem Döschen lagen einige Pergamentfetzen, die über

und über beschrieben waren. Taran sah sie erstaunt durch und wandte sich dann an Gurgi.

»Weißt du, was du gefunden hast?«, flüsterte er. »Das hier ist das Geheimnis des Schmiedens, das Geheimnis der Töpferei und das Geheimnis der Feldbestellung. Arawn hat es vor langer Zeit den Menschen gestohlen. Das Wissen ist ein Schatz von ungeheuerem Wert.«

»Wahrscheinlich der größte überhaupt«, stimmte Gwydion zu, der ebenfalls den Fund betrachtete.

»Die Flammen von Annuvin haben die Zaubergeräte zerstört, die von allein arbeiteten. Doch dieser Schatz ist wertvoller; denn um ihn zu nutzen, bedarf es Geschick und Kraft.«

Fflewddur pfiff durch die Zähne. »Wer dies besitzt, ist wahrer Herrscher über Prydain. Taran, alter Freund, der stolzeste Cantref-Fürst wird sich dir unterwerfen und um deine Gunst bitten.«

»Und Gurgi hat es gefunden!« Vor Freude sprang der Tiermensch in die Luft und schlug Purzelbäume. »Ja! O ja! Tapferer, kluger, treuer, beherzter Gurgi findet immer besondere Dinge! Einmal fand er verlorenes Schweinchen und einmal fand er den bösen schwarzen Kessel! Nun findet er mächtiges Geheimnis für lieben Herrn!«

Taran lächelte über den aufgeregten Freund. »Du hast wirklich viele mächtige Geheimnisse gefunden. Aber es steht mir nicht zu, sie zu behalten. Ich werde sie mit allen in Prydain teilen, denn sie gehören allen.«

»Dann teile auch dies«, sagte Dallben und reichte Taran den schweren, ledergebundenen Band, den er unter dem Arm trug.

»Das ›Buch der Drei‹?« Taran sah ihn verwundert an. »Ich wage nicht …«

»Nimm es, mein Junge«, lächelte Dallben. »Es wird dir nicht die Finger versengen wie einst, als du noch ein neugieriger Hilfsschweinehirt warst. Alle seine Seiten darfst du aufschlagen. Das ›Buch der Drei‹ weissagt nicht länger, was kommen wird, sondern berichtet von dem, was war. Und nun können die letzten Sätze niedergeschrieben werden.«

Der Meister nahm einen Federkiel vom Tisch, öffnete das Buch und trug mit kühner, fester Schrift ein: »Und so wurde ein Hilfsschweinehirt Hochkönig von Prydain.«

»Auch das ist ein Schatz«, sagte Gwydion. »Das ›Buch der Drei‹ ist nun zugleich Geschichte und Erbe. Ich könnte dir nichts Wertvolleres geben. Auch schenke ich dir keine Krone, denn der wahre König trägt die Krone im Herzen.« Der große Krieger nahm Tarans Hand. »Leb wohl. Wir werden uns nie wieder sehen.«

»Nimm Dyrnwyn als Andenken«, bat Taran.

»Dyrnwyn gehört dir«, widersprach Gwydion, »so wie es bestimmt war.«

»Aber Arawn ist tot«, wandte Taran ein. »Das Böse ist besiegt und die Klinge hat ihre Aufgabe erfüllt.«

»Das Böse besiegt?«, fragte Gwydion. »Du hast viel gelernt, nun lerne auch noch dies: Du hast nur den Zauber besiegt. Das war die einfachste Aufgabe, ein Anfang, kein Ende. Glaubst du, das Böse wird so rasch besiegt? Nicht solange die Menschen hassen und sich gegenseitig töten, solange Neid und Zorn sie treibt. Dagegen kann selbst ein flammendes Schwert nicht bestehen, sondern nur das Gute im Herzen der Menschen. Und das ist eine Flamme, die nicht erlöschen wird.«

Eilonwy hatte die ganze Zeit geschwiegen. Sie trat nun auf Taran zu, blickte ihm in die Augen und hielt ihm die goldene Kugel entgegen.

»Nimm dies«, sagte sie leise, »auch wenn es nicht so hell leuchtet wie unsere Liebe. Leb wohl, Taran von Caer Dallben. Denk an mich.«

Plötzlich funkelten ihre blauen Augen zornig auf und sie stampfte mit dem Fuß. »Das ist ungerecht! Ich kann doch nichts dafür, dass ich aus einer Familie von Zauberinnen komme. Ich wollte keine Zauberkräfte. Das ist schlimmer, als wenn man mich zwingt, Schuhe zu tragen, die nicht passen! Ich verstehe nicht, warum ich sie behalten muss!«

»Prinzessin von Llyr«, sagte Dallben, »ich habe darauf gewartet, dass du diese Worte sagst. Willst du wirklich auf dein Erbe verzichten?«

»Natürlich!«, rief Eilonwy. »Wenn Zauberei uns trennt, dann will ich nichts damit zu tun haben.«

»Das steht in deiner Macht«, sagte Dallben, »liegt ganz in deiner Hand; oder eigentlich an deinem Finger. Der Ring, den du trägst, das Geschenk, das dir Fürst Gwydion vor langer Zeit gemacht hat, wird dir diesen Wunsch gewähren.«

»Was?« Eilonwy war empört und überrascht. »Willst du damit sagen, dass ich jahrelang einen Ring getragen habe, der mir einen Wunsch erfüllt? Und du hast mir nichts davon erzählt! Das ist ja noch schlimmer. Ich hätte ganz einfach wünschen können, dass der Zauberkessel zerstört wird! Oder dass Dyrnwyn gefunden wird! Ich hätte wünschen können, dass Arawn besiegt würde! Ohne die geringste Gefahr! Und ich habe das nicht gewusst!«

»Kind, Kind«, unterbrach Dallben, »dein Ring kann dir wirklich einen Wunsch erfüllen, aber nur einen einzigen. Doch das Böse kann man nicht durch Wünsche besiegen. Der Ring wird nur einen Wunsch erfüllen, der ganz allein dich betrifft, dein Herz. Ich habe es dir nicht früher erzählt, weil ich nicht sicher war, ob du genau wusstest, was du eigentlich wolltest. Dreh nun den Ring an deinem Finger«, sagte Dallben. »Wünsche dir von ganzem Herzen, dass deine Zauberkräfte schwinden.«

Verwundert und fast ängstlich schloss Eilonwy die Augen und tat, was der Meister gesagt hatte. Der Ring erglühte für einen Augenblick und das Mädchen schrie vor Schmerz auf. Das Licht der goldenen Kugel in Tarans Hand erlosch.

»Es ist geschehen«, sagte Dallben.

Eilonwy blinzelte.

»Ich fühle mich überhaupt nicht anders«, stellte sie fest. »Sind meine Zauberkräfte wirklich weg?«

Dallben nickte.

»Ja«, sagte er. »Aber du wirst immer die magische und geheimnisvolle Kraft haben, die allen Frauen eigen ist. Und ich fürchte, dass Taran, wie alle Männer, oft davon verblüfft sein wird. Kommt, ihr zwei, reicht euch die Hände und versprecht euch gegenseitig.«

Sie taten, wie ihnen geheißen, und die Freunde umdrängten sie, um sie zu beglückwünschen. Dann traten Gwydion und Taliesin aus der Hütte und Dallben nahm seinen Eschenstab auf.

»Wir dürfen nicht länger verweilen«, sagte der Alte. »Hier müssen sich unsere Wege trennen.«

»Doch was ist mit Hen Wen?«, fragte Taran. »Darf ich sie nicht ein letztes Mal sehen?«

»So oft du willst«, entgegnete Dallben. »Sie konnte sich entscheiden, ob sie bleiben oder gehen wollte. Ich weiß, sie wird bei dir bleiben. Aber ich würde vorschlagen, du lässt zunächst diese Leute, die uns die Felder hier zertreten, wissen, dass es einen neuen Hochkönig von Prydain gibt und eine neue Königin. Gwydion hat die Nachricht verbreitet, und deine Untertanen werden ungeduldig sein, dir zu huldigen.«

Taran und Eilonwy, gefolgt von den Freunden, verließen die Stube. Doch an der Tür drehte Taran sich noch einmal um.

»Kann jemand wie ich überhaupt ein Königreich regieren?«, fragte er Dallben. »Ich entsinne mich noch genau an die Zeit, als ich kopfüber in einen Dornbusch stürzte. Ich fürchte, mit der Königswürde wird es ähnlich sein.«

»Und wahrscheinlich ebenso unbequem«, warf Eilonwy ein. »Aber wenn du Schwierigkeiten haben solltest, werde ich dir gern mit meinem Rat helfen. Im Augenblick ist eigentlich nur wichtig, ob du hinein- oder hinausgehen willst.«

Unter den Leuten, die vor der Hütte standen, bemerkte Taran Hevydd und Llassar, die Leute aus den Commots, Gast und Goryon neben dem Bauern Aeddan und König Smoit mit seinem flammenden Bart, der sie alle überragte. Aber viele der vertrauten Gesichter sah er nur im Herzen. Er griff Eilonwys Hand und trat aus der Tür. Lauter Jubel empfing sie.

Und so lebten sie viele glückliche Jahre, und die Arbeiten, die Taran versprochen hatte, wurden ausgeführt.

Doch lange danach, als alles nur noch eine ferne Erinnerung war, gab es manchen, der sich fragte, ob König Taran, Königin Eilonwy und ihre Freunde tatsächlich gelebt hatten oder ob sie nur Träume waren, um die Kinder zu unterhalten.

Und später kannten nur noch die Barden die Wahrheit.

Lloyd Alexander, 1924 geboren, arbeitete in den USA als Cartoonzeichner, Werbetexter, Grafiker, Übersetzer und Herausgeber einer Zeitung, bevor er begann, Bücher zu schreiben. Inzwischen ist Lloyd Alexander einer der erfolgreichsten Fantasyautoren der USA. Seine Bücher wurden vielfach preisgekrönt, die Romane um den Schweinehirten Taran u.a. mit der Newbery Medal.